Hobbit Presse
Klett-Cotta

Über das Buch:
In einem abgelegenen Dorf lebt der Außenseiter Mykar. Vom eigenen Vater und allen Bewohnern verachtet, hat er nur einen Freund: Cay, den Sohn des Dorfpriesters. Als eine Reihe grauenvoller Verbrechen geschieht, machen die verzweifelten Bauern Mykar zum Sündenbock. Sie knüppeln ihn nieder und verscharren ihn im Wald – alle halten ihn für tot. Als Jahre später Cay des Mordes an einem Adligen beschuldigt wird, ist für Mykar die Zeit gekommen zurückzukehren. Verbündete findet er in dem versoffenen Adligen Justinius, dessen verrückter Magd Scara und einer geheimnisvollen Schönen. Keiner von ihnen ahnt, dass viel mehr auf dem Spiel steht als Cays Leben.

Außerdem erschienen: Skargat 2. Das Gesetz der Schatten und Skargat 3. Der Stern der Mitternacht.

Der Autor:
Daniel Illger, geboren 1977, hat als Film- und Literaturwissenschaftler an der Freien Universität Berlin gearbeitet. Sein Debütroman, der erste Band der Skargat-Trilogie, wurde mit dem SERAPH 2016 ausgezeichnet. Er lebt in Berlin und Zürich.

DANIEL ILLGER

SKARGAT

I

DER PFAD DES SCHWARZEN LICHTS

Klett-Cotta

MIX
Papier aus verantwortungsvollen Quellen
FSC www.fsc.org
FSC® C083411

Hobbit Presse
www.hobbitpresse.de

Printed in Germany
Umschlag und Karten: wunderlandt.com
Illustration: © wunderlandt.com, Veronika Wunderer
Gesetzt von Fotosatz Amann, Memmingen
Gedruckt und gebunden von CPI – Clausen & Bosse, Leck
ISBN 978-3-608-98160-5

Vierte Auflage, 2018

Für Hexen,
Hochlandrinder
und
kleine Tiere

Weiss. Die älteste Farbe. Sie brennt.
Erika Burkart

INHALT

TEIL I

TEIL II

TEIL III

TEIL I

Solange es wehtut, ist es Leben.
Tomen von Gethar, Medikus aus Donost

PROLOG

Ziehen wir aus, heut' Nacht?«, fragte der Schwarze Jäger. Wie er es schon unzählige Male zuvor getan hatte.

Jubelrufe antworteten ihm. Sie klangen machtvoll und triumphierend, zugleich seltsam hohl, als kämen sie von sehr weit her.

Der Schwarze Jäger wartete einen Moment. Dann stimmte er in das Gebrüll ein. Er riss einen gewaltigen Spieß über seinen Kopf. Den Stab hielt er mit beiden Händen umfasst, in einer wilden, stolzen Geste. Die Klinge war aus schwarzem Metall geschmiedet; mächtige Zacken und Widerhaken stießen aus ihr hervor.

Als der Jubel verklungen war, stellte der Schwarze Jäger die zweite Frage: »Und für wen ziehen wir aus?« Er musste nicht lange auf seine Antworten warten.

»Für den Wanderer auf dunkler Straße«, sagte der erste Reiter.

»Für die Magd auf verlassener Heide«, sagte der zweite Reiter.

»Für den Hirten in einsamen Hügeln«, sagte der dritte Reiter.

»Für die Verirrten und Verlorenen«, grollte eine rauhe, harsche Stimme.

»Für die, die ihren Weg gefunden haben«, wisperte eine dürre Frauenstimme. Sie schien in den Wind einzugehen, der um die Ruine blies. Auf seinen zerzausten Flügeln drang sie bis in die hintersten Winkel des Gemäuers vor.

So erreichte sie auch die Ohren des Mannes, der sich im Schutz des Torbogens verborgen hielt. Da waren noch mehr Stimmen. Mehr Antworten. Doch der Mann war nun zu aufgeregt, um länger zuhören zu können. Er wusste, dass es so weit war. Der Augenblick, auf den er so lange gewartet, den er herbeigesehnt und gefürchtet hatte – er war endlich gekommen.

Noch als er seinen Weg durch den dunklen Wald gesucht hatte – nur mit einer verrußten Sturmlaterne ausgestattet, aus Sorge, man könnte ihn vor der Zeit bemerken –, hatte er sich gefragt, ob er seinen Entscheidungen würde standhalten können. Daran, dass die anderen dies nicht konnten, hatte er keine Sekunde gezweifelt. Deshalb war er allein gekommen. Und das war gut und richtig. Schließlich war alles, was in seinem Leben zählte, in Einsamkeit geschehen. Und so würde es auch in dieser Nacht sein.

Der Mann strich sich die Haare aus dem Gesicht. Dann trat er hinter dem Torbogen hervor. Er hatte Dinge getan, die Henker und Nekromanten erbleichen lassen würden. Dennoch musste er seinen Willen aufs äußerste anspannen, um diesen einen kleinen Schritt zu machen. Ein letztes Mal sah er sich um. Als könnte ihm das Wissen, wo er sich befand, einen Halt in der Wirklichkeit geben, die er nun verlassen würde. Dabei war die uralte Klosterruine ein Ort, den sogar die Räuberbanden, die im Mahrwald ihr Unwesen trieben, zu meiden suchten.

Während er langsam, ganz langsam, auf die Stimmen zuging, dachte der Mann an die Geschichte des Klosters. Für ihn war es eine alte, längst vertraute Geschichte, beruhigend und besänftigend in ihrer Schrecklichkeit: Vor hundert Jahren und mehr war hier ein Sitz der Bruderschaft des Zweiten Todes gewesen – jener Thaala geweihte Kriegerorden, der es sich zur Aufgabe gemacht hatte, die unheilige Brut, deren Dasein das Gesetz der Vergänglichkeit verhöhnte, ohne Erbarmen zu verfolgen und bis zum Letzten auszurotten. Doch es schien, dass sich die Ordenskrieger zu tief in die Dunkelheit hineinbegeben hatten. Anstatt sie mit dem Licht ihres Glaubens zu bannen, wurden sie von ihr verschluckt. Bald schon strebten sie nur noch danach, hinter die Geheimnisse der Untoten, Wiedergänger und Werwesen zu kommen, die sie doch hätten vernichten sollen.

Wie so viele andere vor ihnen, wollten die Abtrünnigen den einen Sieg erringen, der jeden weiteren Kampf unnötig machen würde. Den Sieg über den Tod. Und wie so viele andere vor ihnen, wussten die Ordenskrieger keinen Weg, den Tod zu besiegen, als ihn auf seinem eigenen Gebiet herauszufordern.

Die Dörfer, die nah dem Waldrand lagen – an der längst überwucherten Straße, die damals zum Kloster geführt hatte –, zahlten den Blutzoll dieser Herausforderung. Die Abtrünnigen verschleppten Dutzende Männer, Frauen und Kinder. Sie wurden in unterirdische Verliese gesperrt, und nur die Götter wissen, was dort mit ihnen geschah. Es kam vor, dass Schreie vom Wald her hallten. Dann verrammelten die Bauern ihre Türen und Fenster.

Über ein Jahr lang ging das so. Bis die Kunde von den Ereignissen schließ-

lich Elaahs Hohen Tempel zu Mandris erreichte. Gemeinsam mit Ordensbrüdern der abtrünnigen Thaala-Streiter zogen die Sonnenrichter gegen das Kloster aus. Nicht einmal der Wintereinbruch konnte sie aufhalten. An einem vor Eiseskälte klirrenden Tag kam es zum Kampf. Die Frevler leisteten erbitterten Widerstand – was hätten sie auch sonst tun sollen? Namenlose Kreaturen, aus der jenseitigen Finsternis hervorgezerrt, stellten sich den Geweihten und Kriegern entgegen.

Es hieß, dass der Schnee nicht all das Blut hatte aufnehmen können, welches an diesem Tag vergossen wurde.

Es hieß, das vergossene Blut sei nicht nur rot gewesen.

Die Abtrünnigen, die nicht das Glück hatten, durch das Schwert zu fallen, starben auf dem Scheiterhaufen, oder sie wurden in ihre eigenen Verliese eingemauert, wo sie in lichtloser Fäulnis zugrunde gingen. Das Kloster selbst aber wurde in Brand gesteckt und zu einem verfluchten Ort erklärt. Einem Ort, der für Elaahs Gnade verloren war. Kein Rechtgläubiger sollte ihn betreten, so lange im Gedächtnis der Menschen das Wissen darum bewahrt wurde, was hier geschehen war.

Trotz seiner Anspannung musste der Mann lächeln, als er sich die frommen Priester und Ritter vorstellte, all die glaubensstrengen Eiferer, wie sie in heiligem Zorn die Abtrünnigen niederstreckten. Er fragte sich, was sie wohl gesagt hätten, hätten sie gewusst, wer in der heutigen Nacht hinter den geschwärzten Mauern des ehemaligen Klosters versammelt war.

Doch auch die Horde kannte nicht die wahre Bedeutung des Klosters. Für sie war es nur ein weiterer Unterschlupf. Einer der dunklen Plätze, die sie auf ihrer endlosen Reise durch die Nacht aufsuchte, um Rast zu halten, bis die Zeit für die nächste Jagd gekommen war. Der Mann aber wusste es besser. Er wusste, dass die abtrünnigen Ordenskrieger am Ende triumphiert hatten. In ihrem Untergang hatten sie den größten Sieg errungen: Ihre Todesschreie gellten über den Rand der Welt hinaus und fanden ein Echo in der namenlosen Kälte, die kein Segen je erreicht. Denn wenn so viele, die dem weißen Licht hätten dienen sollen, sich dem schwarzen Licht zuwandten, dann hatte das Folgen. Sinkt die linke Schale, steigt die rechte. Das war immer so gewesen, obgleich fast alle es vergessen zu haben schienen – Bettler wie Könige. Was aber geschah, wenn in der einen Schale fast kein Gewicht übrig blieb, wenn sie leicht geworden war, allzu leicht? War es dann nicht an der Zeit, die Waage umzustürzen und demjenigen ins Gesicht zu lachen, der sich angemaßt hatte, die Summe von Gewinn und Verlust zu bestimmen?

Vielleicht würde es schon bald so weit sein. Und vielleicht – wenn auch sein Bruder in Ahekris das Nötige tat; er, den der Mann nie gesehen und dessen Stimme er nie gehört hatte; er, sein Bruder und sein Herr –, vielleicht würde man irgendwann einmal sagen, dass in dieser Nacht alles begonnen hatte. Das war ein Gedanke, der ihm Mut gab. Er machte einen Schritt nach vorne. Dann noch einen.

Schon spiegelte sich das Feuer, um welches die geisterhaften Jäger versammelt waren, in den Augen des Mannes wider. Es war ein schwarzes Feuer, das grelle, zuckende Lichter gegen die halb verfallenen Wände der Klostergebäude warf. Obwohl es den Innenhof fast völlig erleuchtete, war es unmöglich, die Gestalten richtig zu erkennen, die am Rand des Flammenkreises standen. Es waren furchteinflößende Schatten. Sie schienen in Felle gehüllt und trugen Waffen, die an irdische Jagdwerkzeuge gemahnten, zugleich aber fremd waren in ihrer Grausamkeit.

Drei der Gestalten unterschieden sich von dem Rest: Da war ein riesiger Wolf, der in einem Winkel des Hofes kauerte; das war Garoy. Da war ein altes Weib, das sich auf einen knorrigen Stab stützte; das war die Luziera. Und da war er, den sie den Schwarzen Jäger nannten: der Anführer der Horde. Sein Umhang schien aus Dornenranken gewirkt, seine Haare waren wie Moos und Flechten und verfaultes Laub, und drei lange, gebogene Hörner ragten aus seinem Schädel hervor. Es wirkte, als wäre er größer als all die anderen. Vielleicht war er aber nur dunkler, oder strahlender in seiner Schwärze.

Erneut erklang seine Stimme. »Dann lasst die Jagd beginnen!«, schrie er und ballte die Rechte zur Faust.

Unter den Jubel, der nun ertönte, mischten sich das Schnauben der Rösser, auf denen die Nachtgeister reiten würden, und das wütende Gebell der Hunde, die ihre Beute hetzen würden. Die Augen der Pferde waren glutrot, ihr Fell schneeweiß. Auch die Hunde, welche die Größe von Kälbern erreichten, hatten weißes Fell. Weißes Fell und rote, gezackte Ohren.

So sehr der Mann sich auch anstrengte – viel mehr konnte er nicht erkennen.

Es war verstörend, etwas zu sehen und zugleich nicht zu sehen. Doch er ahnte, was vor sich ging. Er hatte die Tür einen Spalt weit geöffnet: Es reichte, um auf die andere Seite zu blicken; aber es reichte nicht, um wirklich dort zu sein. Dass er zwischen ihnen und der Menschenwelt stand, war auch der einzige Grund, warum die gespenstischen Jäger ihn noch nicht bemerkt hatten. Das würde sich jedoch ändern.

Es musste sich ändern.

Denn bald schon würden sie in den dunklen Himmel hineingaloppieren. Dann wären seine Mühen vergeblich gewesen. Und all seine Opfer wären nichtig.

Der Mann machte zwei weitere Schritte in Richtung des schwarzen Feuers und des Schwarzen Jägers.

Da endlich witterte ihn einer der weißen Hunde, über die Kluft des Todes hinweg. Er riss den Kopf zur Seite, legte die Ohren an und fletschte die Zähne, die wie in Teer getauchte Dolchspitzen waren. Dabei stieß er ein böses Knurren aus. Der Mann wagte nicht, den Fuß aufzusetzen; er bekam das Gefühl, als würde sich etwas Schartiges in seine Eingeweide graben. Trotz der Kühle der Herbstnacht lief ihm der Schweiß über das Gesicht. Er wünschte, es wäre nicht gar so finster. Aber kein Mond schien, und keine Sterne blinkten.

In den wenigen Augenblicken, die ihm blieben, bevor er sich der Horde stellen musste, fragte sich der Mann, wann er zuletzt eine solche Angst gehabt hatte. Vielleicht in jenen entsetzlichen Nächten, als er, fast ein Junge noch, zum ersten Mal die Wahrheit begriffen hatte: die Wahrheit über sich selbst und sein Schicksal; die Wahrheit über den Weg, den er zu gehen hatte. In grausamen, bluttriefenden Träumen war sie ihm offenbart worden, und schon damals hatte er gewusst, dass der Preis hoch sein würde – unerträglich hoch. Doch auch dies hatte er gewusst: dass der Weg für ihn nur in eine Richtung führte. Ein Schritt musste dem anderen folgen, bis zum Ende.

Plötzlich fiel ihm das schwarzhaarige Bauernmädchen ein. Sie war nicht die Erste gewesen, und längst nicht die Letzte. Aber an sie dachte er öfter als an alle anderen. Öfter sogar als an diejenige, deren Kind er genommen hatte. Sie war schön gewesen. Er hatte nicht gewusst, dass Bauernmädchen so schön sein können. Und sie hatte sich gewehrt. Das hatten sie alle getan. Doch nie war ihm eine derartige Verzweiflung begegnet. Dieses Mädchen hatte wirklich leben wollen; sie hatte leben und lieben wollen. Vor allem aber: Sie hätte leben und lieben können. Als das Licht in ihren Augen brach, hatte er zum ersten Mal gespürt, dass er das Richtige tat. Und als er das Zeichen in ihr Fleisch schnitt, hatte er sich ihr ganz nah gefühlt – jener Macht, der er all seinen Schmerz und alle seine Sehnsucht gegeben hatte.

Mit einer Handbewegung brachte der Schwarze Jäger das Wutgebrüll seiner Gefährten zum Schweigen. Ebenso wie das Schnauben der Pferde und das Geheul der Hunde.

Dutzende von Gespensteraugen starrten den Mann an.

Doch er, der so lange auf diesen Moment gewartet hatte, hielt den kalten, fremden Blicken stand.

»Wenn einer von euch aus freien Stücken zu uns kommt«, sagte der Schwarze Jäger schließlich, »dann gibt es etwas, das ihm wichtiger ist als das Leben.«

Dem Mann war, als hörte er die Stimme des Schwarzen Jägers zum ersten Mal. Sie klang weder hoch noch tief. Sie klang alt. Unsagbar alt.

»Oder er will einfach sterben«, hauchte die Luziera.

Einige Herzschläge lang wartete der Mann. Er brauchte den Moment, um sich sicher zu sein, dass seine Stimme nicht zittern würde. Wie beschämend wäre es gewesen, hätte er die schicksalsschwere Feierlichkeit des Augenblicks durch einen Kiekser oder Gestammel verdorben.

Der Mann holte tief Luft. »Es gibt etwas, das ich mehr ersehne als das Leben«, sagte er.

Seine Stimme war so klein in der kalten Weite der Klosterruine.

Vielleicht lag es daran, dass er die nächsten Worte fast schrie: »Ja – ja, das gibt es!«

Die Worte schienen wie Steine vor seine Füße zu fallen.

Schweigen antwortete ihm.

In diesem Moment wurde dem Mann klar, dass das schwarze Feuer völlig lautlos brannte.

»Du kennst den Preis?«, fragte der Schwarze Jäger, nachdem eine Sekunde oder eine Stunde vergangen war. Wie er es schon unzählige Male zuvor getan hatte.

Der Mann dachte an das Blut, das er vergossen hatte. An die Tränen, die er verlacht hatte. An die Träume, die er zerstört hatte. Aber hatte das nicht jeder getan? Blut vergossen, Tränen verlacht und Träume zerstört? Jeder einzelne Mensch, der jemals gelebt hatte?

Wenn das stimmte, hieß es, dass ihm das wahre Grauen noch nicht begegnet war.

Wie viel Trost lag in diesem Gedanken.

»Ja«, flüsterte er. »Ich kenne den Preis.«

I
EIN KIND DER BÖSEN ERNTE

Mykar

Mein letzter Sommer war sehr heiß.

Tage- und wochenlang brannte die Sonne vom Himmel herab. Kein einziges Wölkchen zeigte sich. Wohin man auch blickte, alles war dürr und ausgetrocknet. Kleine Kinder und Greise fielen tot um und begannen zu stinken, ehe man Abschied von ihnen nehmen konnte.

Doch wir waren Bauern, und die Ernte musste eingebracht werden. Also schleppten sich die Leute in die Felder. Sie schnitten und banden den Weizen, tagein, tagaus, und kehrten verklebt von Schweiß und Staub ins Dorf zurück. Ihre Gesichter waren starr, und an den Abenden hörte man weder Gesang noch Gelächter.

»Es ist eine schlimme Zeit, wenn das Gute nicht länger gut ist«, sagte Cays Vater, der Geweihte Elaahs.

Dabei sah er mich mitleidig an. Als wüsste ich ganz genau, wovon er sprach. Alles, was ich wusste, war, dass die Erde meine Fußsohlen versengte. Und dass die alten Frauen wieder begonnen hatten, Verwünschungen zu murmeln, wenn ich mich an ihnen vorbeidrückte.

Diejenigen, deren Kraft für müßige Unterhaltungen reichte, fragten sich manchmal, wann es zuletzt so schlimm gewesen war. Natürlich kannten sie die Antwort.

Dreizehn Sommer war es jetzt her, das Jahr der Bösen Ernte. Auf einen Winter, der so kalt war, dass die Steine vor Frost zerbarsten, folgte damals ein Frühling, in dem es über Wochen hinweg regnete, immer nur regnete. Dann kam eine Gluthitze, die selbst die Schatten verbrannte. In jenem Jahr wurden Kälber mit zwei Köpfen geboren.

Die Kühe gaben keine Milch mehr. Das Korn verfaulte oder verdorrte. Es überraschte niemanden, dass in einem solchen Jahr ein böses Kind geboren wurde.

Das böse Kind war ich.

Die Hebamme erkannte es daran, dass ich mit den Füßen zuerst aus dem Leib meiner Mutter kam. Ich hatte schwarze Fingernägel, spitze Zähnchen und schwarzes, struppiges Haar, das einfach nicht ausfallen wollte.

Für meinen Vater stand fest, dass ich ein Wechselbalg war. Kobolde hatten mich mit seinem wahren Sohn vertauscht, der jetzt in unterirdischen Höhlen leben und brennend scharfe Milch aus den Zitzen eines Erdweibchens trinken musste.

Die Männer stritten noch darüber, ob ich im Bach ertränkt oder auf dem Dorfplatz verbrannt werden sollte, als Illiam, der Geweihte, in die Hütte stürmte. Er war zornig, er schrie. Alles Leben sei ein Geschenk von Elaah. Alles Leben sei heilig.

»Auch das eines Skargat-Kindes?«, fragte mein Vater.

»Es gibt keine Skargat-Kinder«, sagte Illiam.

Als ich älter wurde, erzählte mir meine Mutter diese Geschichte. Nicht einmal, immer wieder. Dabei flüsterte sie, als täte sie etwas Verbotenes. Manchmal weinte sie. Sie weinte und strich mir durchs Haar. Wenn jemand kam, schickte sie mich eilig fort.

Mein Vater weinte nie. Er betrachtete mich mit harten, bitteren Blicken. Er ließ nicht zu, dass ich mit ihm redete. Es kam vor, dass er sich betrank. Dann schlug er meine Mutter. Er schlug sie, bis sie am Boden lag. Er trat ihr in den Unterleib und nannte sie Dämonenhure. Keuchend stieß er das Wort hervor. Sie wehrte sich nie. Wenn er mit ihr fertig war, bat sie ihn um Verzeihung.

Mir hat mein Vater niemals ein Haar gekrümmt. Er hat mir auch nie verziehen.

Ich freute mich, als meine Mutter wieder schwanger wurde. Da war ich acht Jahre alt. Ich freute mich, denn sie lachte jetzt häufiger. Zwei Kinder auf einmal brachte sie zur Welt: Janne, benannt nach seinem Vater, und Ebra. Meine Brüder. Sie waren gesund. Sie schrien kräftig.

Am Tag ihrer Elaah-Weihe wurde ein Fest begangen. Ein Mann spielte auf einer Fiedel, ein anderer schlug die Trommel. Meine Eltern tanzten miteinander. Ich sah, wie mein Vater meine Mutter küsste. Alle waren fröhlich.

Von da an durfte ich nicht mehr im Haus schlafen. In einer Ecke des Hofes lagen ein Strohsack und ein paar Decken für mich bereit. Wenn es kalt war oder stark regnete, ging ich in den Stall zu den Ziegen. Abends brachte mir meine Mutter eine Schüssel Grütze. Gemeinsam sprachen wir ein Dankgebet. Dann aß ich, und sie ging wieder.

Bald bemerkten die Kinder des Dorfes, dass sich etwas verändert hatte. Schon früher hatten die Mädchen das Gesicht verzogen, wenn sie mich sahen. Sie hatten gekichert und getuschelt – und noch mehr gekichert und getuschelt, wenn ich mit rotem Kopf davonschlich. Die Jungen hatten mir vor die Füße gespuckt oder mich ausgelacht.

Jetzt wurde es schlimmer.

Eines Nachts erwachte ich davon, dass mir jemand einen Eimer Jauche über den Kopf schüttete. Mehrmals lauerten mir andere Jungen auf. Sie griffen meine Arme und Beine und warfen mich in ein Brennnessel-Gebüsch.

Und es wurde noch schlimmer.

Am Elaah-Tag versammelte sich stets das ganze Dorf im Tempel. Man dankte dem Höchsten Gott und pries seinen Namen. Da Illiam mich nicht fortjagte, wagte auch sonst niemand, mir die Teilnahme am Gebet zu verweigern. Natürlich musste ich ganz hinten stehen, im Schatten. Aber das war mir nur recht. Denn so konnte ich unbeachtet den Gesängen lauschen, die Illiam anstimmte. Ich konnte mich an dem Anblick seines weißen Priestergewandes freuen, auf dem ein goldener Elaah-Kreis prangte, und an den großen, mit geheimnisvollen Zeichen versehenen Weihkerzen, die zu beiden Seiten des Altars brannten. Und wenn der Geweihte am Ende seinen Sonnenstab hob, um das Dorf unter Elaahs Segen zu stellen, dann konnte ich mich einen kurzen Moment lang so fühlen, als wäre ich wie alle anderen. Als würde ich dazugehören.

Es war ein trüber, kühler Frühlingstag; meine Brüder waren schon fast ein Jahr alt. Am Vorabend hatte es stundenlang geregnet. Nach dem Gebet gingen die Männer in die Dorfschenke, um ein paar Biere und Schnäpse zu trinken. Die Frauen und Mädchen stellten sich in Grüppchen zusammen und schwatzten miteinander. Die Jungen tobten durch die matschigen Dorfstraßen, oder sie liefen in den nahen Wald, wo sie mit Stöcken kämpften.

Um mich kümmerte sich niemand. Zunächst ging ich zurück zur Hütte. Ich setzte mich auf meinen Strohsack, den ich unter den Überhang des Stalldaches gezogen hatte. Eine Weile lang beobachtete ich, wie das Wasser entlang der Furchen im Schlamm rann. Dann begann ich, mich schrecklich zu langweilen. Ich durfte weder auf den Feldern arbeiten, noch im Dorf mit anpacken. Langweile war die größte Plage.

Schon früh hatte ich begonnen, mir Geschichten auszudenken: Ich war ein Held, der den Räuberbanden das Handwerk legte, von deren Verbrechen fahrende Händler berichteten. Oder ich brachte die Ungeheuer zur Strecke, die – wie man sich erzählte – in den ewig verdüsterten Schluchten und Klüften der Fokris-Berge hausten, deren Ausläufer bis in die Windmarken reichten. Früher oder später würde der Kaiser selbst auf meine Taten aufmerksam werden und mich nach Ahekris in seinen Palast holen. Und dann würde meine Ruhmesgeschichte erst richtig beginnen. Ich würde Schlachten schlagen, Kriege gewinnen, Prinzessinnen retten …

An diesem Tag aber war mir nicht nach Geschichten zumute. Ich konnte mich nicht dazu bringen, ihnen Glauben zu schenken. Also ging ich zurück zum Dorfplatz. Ich hockte mich auf eine Bank, die bei einer Gruppe Eichen stand und auf der gerade niemand sonst sitzen wollte. Es fing wieder an zu regnen, leicht nur, und die Straßen leerten sich. Ich war es gewohnt, bei Wind und Wetter draußen zu sein, und ließ mich durch den Regen nicht stören. Neben der Bank lag ein Ast, den der Wind von einem Baum gerissen hatte. Ich nahm den Ast und zupfte ein paar Zweige ab. Dann lief ich zwischen den Häusern herum und schlug in Pfützen, dass es nur so spritzte.

»He! Skargat-Kind!«

Die anderen Jungen nannten mich nie beim Namen. Meine Fingernägel waren nicht schwarz, meine Zähne waren einfach Zähne, und meine Haare waren hellbraun. Aber darum ging es nicht.

»Du hast mich dreckig gemacht!«

Ich hatte sie nicht gesehen. Berin, den Sohn von Emer, dem Müller, und seine Freunde, Garth und Ansel. Die drei trugen Stöcke; sie waren wohl gerade aus dem Wald zurückgekommen und überall mit Matsch bespritzt. Aber auch darum ging es nicht.

»Was fällt dir ein, du Wurm!?«

Plötzlich schlug mir das Herz bis zum Hals.

»I-i-ich … Ent-entschuldigung!«, stammelte ich.

Berin, Garth und Ansel traten auf mich zu. Sie waren einige Jahre älter als ich, und Berin schleppte täglich Mehl- und Getreidesäcke durch die Mühle.

»Was hast du gesagt? Was?«, fragte er, indem er sich vor mir aufbaute.

Ich senkte den Blick.

»E-es – t-t-tut mir leid«, brachte ich hervor.

Berin riss mir den Ast aus der Hand.

»Und du meinst, das reicht mir, du Wurm?«

Ich hörte, wie Garth und Ansel lachten. Vielleicht lachte Berin selbst auch.

»Nein! N-n-nein … ich – ich wollte …«

Weiter kam ich nicht. Berin stieß mir vor die Brust. Ich fiel zu Boden, landete auf dem Hintern. Ehe ich mich aufrappeln konnte, stand er über mir.

»Du hörst mir jetzt gut zu, verstanden?«

Er sprach in herrischem Tonfall. Dabei grinste er, ebenso wie seine Freunde. Ich sah das Funkeln in seinen Augen, und ich sah, wie sich Ansel über die Lippen leckte.

Ich nickte hastig.

»Gut! Pass auf …« Er schlug mir mit dem Stock gegen den Arm, und ich zuckte zusammen. »Heute Abend kommst du zum See, wenn es dunkel wird, klar? Und du bringst – du bringst …« Berin sah zwischen Garth und Ansel hin und her. Er schien nachzudenken. »Und du bringst uns – du bringst uns einen Schatz!« Jetzt strahlte er übers ganze Gesicht. »Ist das klar?«

»Einen Schatz?!«, fragte ich entsetzt.

»Red ich Iskrisch, du Wurm?«, schrie Berin und schlug mir auf den anderen Arm, fester diesmal. Ich schrie auf.

»Nein! Nein! Einen Schatz … einen Schatz …«

»Gut. Also – komm mit einem Schatz, und ich verzeihe dir …« Er machte eine gewichtige Pause. »Vielleicht«, fügte er triumphal hinzu. Seine Freunde lohnten es ihm mit einem Lachen.

Nachdem Berin, Garth und Ansel gegangen waren, blieb ich einige Momente im Schlamm sitzen. Ich betrachtete den grauen Himmel, die schweren Wolken, die langsam vorüberzogen. Woher, bei Elaahs Gnade, sollte ich einen Schatz nehmen? Ich hatte gehört, dass Drachen und Waldgeister Schätze bewachten. Die Schätze waren in Höhlen oder unter den Wurzeln gewaltiger, uralter Bäume versteckt. Es waren Truhen, randvoll mit Gold und Juwelen. Erwartete Berin, dass ich ihm einen solchen Schatz brachte? Ich wusste nicht einmal, wie Juwelen aussahen.

2
MEIN BRUDER CAY

Mykar

Meine Mutter wirkte überrascht und erschrocken, als sie mir die Tür öffnete. Ich wollte etwas sagen, aber sie hob rasch die Hand.

»Nicht jetzt!«, zischte sie. »Der Vater schläft … und deine Brüder schlafen auch.«

Aus der dunklen Hütte drang Schnarchen. Meine Mutter stand kaum einen Schritt von mir entfernt. Man hätte sie berühren können. Man hätte sie umarmen können.

»Später«, sagte sie und ihre Züge wurden weicher. »Komm später wieder, ja?«

Ich drehte mich um und ging davon.

Die nächsten Stunden verbrachte ich damit, ziellos durchs Dorf zu irren. Das Dorf bestand aus einigen Dutzend Häusern – manche aus Holz, manche aus Lehm –, einem Tempel, einer Schenke und einer Mühle, an der ein Bach vorbeifloss. Es kam mir sehr groß vor, doch ich durchquerte es an diesem Nachmittag bestimmt zehnmal. Von einem Ende zum anderen. Zwischendurch setzte ich mich auf die Bank bei den Eichen und starrte den Boden an, als wäre auch unter diesen Bäumen ein Schatz vergraben. Wenn ich jemandem begegnete, wich ich zur Seite aus. Den Männern und Frauen, die da ihrer Wege gingen, warf ich verstohlene und flehentliche Blicke zu. Die Blicke wurden nicht erwidert.

Am späten Nachmittag brach die Wolkendecke auf. Schräg fielen die Strahlen der Sonne zur Erde; sie ließen die Pfützen glitzern und hüllten das Dorf in einen golden-diesigen Glanz. Mir wurde klar, dass die Luft wieder nach Frühling roch. Zuvor war sie von der Schwere des Herbstes erfüllt gewesen.

Als ich zu der Hütte zurückkam, schlief mein Vater nicht mehr. Er hockte auf einem Schemel, den er nach draußen geholt hatte, und spielte mit Janne und Ebra. Gerade hatte er einen von ihnen – es war Ebra – unter den Armen gefasst. Nun hob er ihn schwungvoll in die Luft. Mein Bruder quiekte vor Vergnügen. Mein Vater lachte. Janne patschte im Matsch herum, während meine Mutter im Eingang stand, mit sanftem, leerem Gesicht.

Ich drehte mich um und ging davon.

Der See war am Waldrand gelegen, vielleicht eine halbe Meile vom Dorf entfernt. Es war ein ziemlich kleiner See, eher ein Teich. Ich mochte ihn. Hier standen zwei alte Weiden, die ihre Kätzchen ins Wasser hinabsenkten. Im Winter konnte man auf dem Eis herumrutschen, und im Sommer, wenn es warm war, schwirrten Mücken und Libellen über das Schilf. Jetzt, der Frühling war vielleicht zur Hälfte vorbei, sah man große grüne und winzige schwarzgelbe Frösche, die sich auf den Seerosenblättern sonnten oder zwischen den Schilfrohren schwammen.

Ich war als Erster beim See. Von Berin, Garth und Ansel war weit und breit nichts zu sehen.

Mir war schlecht, und ich musste ständig pinkeln. Schließlich – ich hatte gerade zum dritten oder vierten Mal meine Hose hochgezogen und festgebunden – war es so weit. Ich sah, wie Berin und seine Freunde über die Wiesen kamen. Ich stand da und wartete, bis sie bei mir waren.

»Skargat-Kind, wo ist mein Schatz?«, rief Berin. Er ließ seinen Stock auf einer Schulter ruhen. Auch Garth und Ansel trugen Stöcke.

Einige Sekunden lang dachte ich, ich würde in Ohnmacht fallen.

Ich hatte Angst.

Und ich war ganz allein.

»Ich habe keinen Schatz«, sagte ich leise.

»Hast du gehört, er hat keinen Schatz«, sagte Ansel.

»Ich hab kein Wort verstanden«, sagte Garth.

»Ich auch nicht«, sagte Berin.

Er baute sich wieder vor mir auf. »Was hast du gesagt, du Wurm?«, schrie er.

Ich konnte seinem Blick nicht standhalten.

»Ich habe keinen Schatz.« Ich starrte meine Hände an. Ich hatte sie vor dem Schoß gefaltet. Fast, als wollte ich beten. Die Finger waren ineinander verkrampft und so heftig zusammengepresst, dass sie vorne rot und hinten weiß waren.

»Er hat keinen Schatz«, wiederholte Garth.

»Da hat er aber Pech gehabt«, sagte Ansel.

»Und wie!«, sagte Berin. »Strafe muss sein. Das weißt du doch, du Wurm?«

Ich nickte.

»Gut.« Berin klang zufrieden. »Zieh dich aus.«

Ich wollte den Blick hochreißen und Berin anschreien, dass ich das nie und nimmer tun würde. Doch ich wagte es nicht. Ich wollte wild um mich schlagen. Doch ich wagte es nicht. Ich wollte davonlaufen. Doch nicht einmal das wagte ich.

»Bitte nicht«, wimmerte ich.

»Wird's bald«, zischte Berin.

Gegen Abend waren die Wolken fast völlig verschwunden. Nur einige wenige hingen noch in der Luft, wie hauchfeines Tuch. Die untergehende Sonne tauchte alles in rötliches Licht: den Weiher, das Schilf, die Weiden und uns. Ich hörte ein paar Frösche quaken, während ich mich auszog. Es ging ganz schnell. Die Luft war angenehm, fast warm, aber ich fror. Gänsehaut überzog meinen nackten Körper. Ich begann zu weinen.

»Jetzt flennt er auch noch, der kleine Hosenscheißer!«, rief Berin empört.

Er packte mich im Nacken, drehte sich um, zog mich mit sich, stieß mich dann nach vorne. Ich verlor das Gleichgewicht und fiel in die feuchte, kühle Ufererde am Rand des Schilfs. Bäuchlings lag ich da. Berin stellte seinen Fuß auf meinen Rücken, drückte mich tiefer in den Schlamm.

»Was machen wir mit ihm?«, fragte er.

»Verpass ihm eine Abreibung«, sagte Ansel.

»Was für eine Abreibung?«, wollte Berin wissen.

Einige Augenblicke verstrichen. Niemand antwortete. Dann lachten die drei.

Ich schrie und zappelte. Berins Fuß lastete tonnenschwer auf mir.

»Na warte!«, sagte er.

Er ging in die Hocke, kniete sich auf mich, griff mir in die Haare und presste mein Gesicht in die Erde. Ich schluckte Schlammwasser. Jemand hielt meinen rechten Arm fest. Mit meiner linken Hand umklammerte ich ein Schilfrohr. Ich bekam keine Luft, schluckte immer mehr Wasser. Ich konnte mich kaum noch bewegen.

Plötzlich hörte ich eine andere Stimme. In meine Angst und in meinen Schmerz hinein klang sie.

»Es reicht. Lasst ihn in Ruhe.«

Berin ließ mich los.

Ich hob den Kopf aus dem Matsch, keuchte, hustete, würgte. Als ich es geschafft hatte, mir den Schmutz aus den Augen zu wischen und mich auf den Rücken zu drehen, sah ich, wer gekommen war.

Er stand da, eine Hand an die Hüfte gelegt. Die anderen waren zu dritt, und sie hatten Stöcke. Aber er stand einfach da.

»Das geht dich überhaupt nichts an!«, schrie Berin. »Verschwinde!«

»Nein«, sagte Cay.

Dann sagte er nichts mehr.

Berin, Garth und Ansel schwiegen ebenfalls.

Einige Herzschläge lang tat niemand etwas. Plötzlich riss Garth den Stock hoch, mit einer irgendwie unsicheren Bewegung.

»Lass das«, sagte Cay.

Seine Stimme war ruhig. Es lag weder Wut noch Furcht darin.

Garth ließ den Stock sinken. Berin klopfte ihm auf die Schulter, wie um ihn zu trösten.

»Kommt, wir verschwinden!«, rief er. »Sonst läuft der noch zu seinem Vater und flennt ihm die Ohren voll!«

Die drei machten sich auf den Weg zurück ins Dorf. Cay sah ihnen nicht einmal nach. Langsam ging er auf mich zu. Ich versuchte, mich hochzurappeln. Doch es war, als hätte ich vergessen, wie man sich bewegt. Cay war stehen geblieben und sah mich an.

Das Abendlicht sank ins Blaue hinab; die Schatten lösten sich in der Dämmerung auf. In Cays Augen schimmerte etwas. Ich blickte zur Seite.

»Ist alles in Ordnung, Mykar?«, fragte er.

Ich nickte.

Da ich Cay nicht ansah, brauchte ich einige Momente, bis ich begriff, dass er mir seine Hand hinstreckte. Zögernd ergriff ich sie. Er zog mich auf die Beine. Dann sammelte er meine Kleider auf. Er reichte sie mir und wartete, bis ich angezogen war. Ich wusste nicht, was ich tun sollte.

Schließlich fragte Cay: »Willst du einen Tee?«

»Einen … Tee?«

»Meine Mutter könnte uns einen Kräutertee kochen. Mit Honig.«

»B-b-bei euch … zu Hause?«, fragte ich entsetzt.

»Sicher.«

»Bei euch *zu Hause?*«, wiederholte ich.

Cay zuckte die Schultern. Er lächelte.

Anfangs dachte ich, Cay würde sich aus Mitleid mit mir abgeben. Oder er würde Anweisungen seines Vaters befolgen. Doch wenn er abends mit seinen Freunden auf dem Dorfplatz stand, rief er mich stets zu sich. Die ersten paar Male bedachten mich die anderen Jungen mit Blicken, die dafür sorgten, dass ich im Boden versinken wollte. Ihn scherte das nicht. Und nach einer Weile gewöhnten sich seine Freunde an mich.

Im Sommer gingen Cay und ich häufig zum Bach. Wir hüpften von Stein zu Stein. Oder wir versuchten es. Ich fiel ständig ins Wasser, Cay fast nie. Doch wenn er über mich lachte, war das etwas anderes. Er lachte mich nicht aus. Es war schön, mit ihm zu lachen. Als der Winter kam, war es so weit, dass ich von den anderen Kindern fast völlig in Ruhe gelassen wurde und sogar bei den Schneeballschlachten mitmachen durfte.

Ich war immer noch das Skargat-Kind. Doch es schien, als wäre das nicht mehr so schlimm.

Natürlich schlief ich nach wie vor auf dem Hof.

Wenn Cay und ich alleine waren, sprachen wir nicht viel. Eine Weile lang fürchtete ich, es könnte ihm langweilig werden. Bald begriff ich jedoch, dass er das Schweigen mochte. Manchmal fragte mich Cay etwas. Das waren merkwürdige Fragen. Er erzählte mir von dem Gefühl, inmitten seiner Freunde allein zu sein, und wollte wissen, ob ich das auch kannte. Er hatte Angst, dass er eines Tages einen furchtbaren Fehler begehen würde – und dann würde er den Rest seines Lebens versuchen, diesen Fehler wieder gutzumachen. War es möglich, dass eine Sekunde alles entschied?

Es kam häufig vor, dass ich nachts auf meinem Strohsack lag und nicht schlafen konnte. Dann dachte ich über Cay nach. Ich wusste, dass ich ihn eigentlich gar nicht kannte. Das machte mich traurig.

Obwohl er nur drei Jahre älter war als ich, behandelten ihn die Männer des Dorfes wie ihresgleichen. Das lag nicht daran, dass der Elaah-Geweihte sein Vater war. Natürlich blickten alle ehrfurchtsvoll auf Illiam. Er konnte Krankheiten heilen. Er verstand, zu lesen und zu schreiben. Und manchmal ließ der Baron von Hagenow, dem unser Dorf lehenspflichtig war, ihn auf seine Burg kommen, um seinen Rat einzuholen. Aber daran lag es nicht.

Nein, Cay war – anders.

Er war groß, schön und stark, außerdem klug und mutig. Die Mädchen umschwärmten ihn, und diejenigen unter den Jungen, die ihm seinen Erfolg neideten, versuchten, ihre Missgunst zu verbergen.

Alle mochten Cay. Alles, was er sich vornahm, gelang ihm.

Und nichts davon schien ihm etwas zu bedeuten.

Als er elf war, schlug er einen Landstreicher in die Flucht, der eines Nachts eine Ziege vom Hof der Nachbarn stehlen wollte. Es war ein schöner Herbstabend und Cay streifte noch ums Dorf. Auf dem Heimweg hörte er ein verdächtiges Geräusch und entschloss sich, der

Sache nachzugehen. Den Dieb ließ er einen Knüppel spüren, wie man ihn benutzt, um wilde Hunde zu vertreiben.

Bei einer anderen Gelegenheit hatte Cay im Wald eine Frau gefunden, die von einer verrückten Schlange gebissen worden war. Sie hatte Pilze gesammelt; nun lag sie um Atem ringend am Fuß einer Böschung. Er kam gerade von dem Hirten Harun, der mit seinen Schafen oft wochenlang dem Dorf fernblieb und dem er Vorräte gebracht hatte. Obwohl er den ganzen Tag in den Hügeln gewesen war, lief er zum Dorf zurück, ohne ein einziges Mal innezuhalten. Noch vor Einbruch der Dunkelheit führte er seinen Vater zu der Stelle, an der die Unglückliche auf Hilfe wartete, schon ganz ausgezehrt von dem Gift in ihrem Blut.

Geschichten wie diese weckten in manch einem die Überzeugung, dass die Götter Großes mit Cay vorhatten.

Aber auch das schien ihm nichts zu bedeuten.

Einmal – da waren wir schon ein ganzes Jahr befreundet – wagte ich es, ihn zu fragen, wie das denn sei.

»Wie ist was?«, gab er zurück.

»Nun«, murmelte ich. »Wenn man … wenn man so ist … wie du.«

Meine Stimme war mit jedem Wort leiser und verdruckster geworden. Nachdem ich zu Ende gesprochen hatte, starrte ich angestrengt auf meine Fingernägel. Cay sagte nichts, und ich spürte, wie meine Ohren rot wurden. Plötzlich brach er in Gelächter aus. Es war ein helles, warmes Lachen. Ich wurde noch röter. Cay legte einen Arm um meine Schulter und hörte gar nicht mehr auf zu lachen.

Was ihm wirklich etwas bedeutete, war Alva.

Die beiden waren schon immer ineinander verliebt gewesen. Sie wollten heiraten, wenn Cay, wie der Brauch es verlangte, sein fünfzehntes Lebensjahr vollendet hatte. Alva stammte aus einer guten Familie. Ihr Vater, Brogar, besaß Kühe, Ochsen, Ziegen, Schweine und Schafe, und sogar das Land, das er bestellte, gehörte ihm. Vor allem aber war Alva schön, so schön. Ihre Locken hatten den Glanz von Rabenfedern. Und in jenem letzten Sommer träumte ich oft davon, sie zu berühren: Alvas schwarze Haare und ihre Haut, die etwas dunkler war als die der anderen Mädchen im Dorf.

Eines Abends, es war Erntezeit, saß ich am Rand des Dorfplatzes und zeichnete mit einem Zweig Figuren in den Sand. Auf der gegenüberliegenden Seite des Platzes half Cay seinem zukünftigen Schwiegervater dabei, ein Wagenrad zu wechseln. Nicht weit entfernt stand Illiam vor dem Eingang des Tempels. Er sprach mit Flanna, deren jüngster Sohn an den Pocken erkrankt war und sich in der Obhut des Geweihten befand. Alva kam gerade mit ein paar Freundinnen vom Feld. Sie verabschiedete sich von den anderen Mädchen, winkte Cay zu und setzte ihren Weg in meine Richtung fort.

Plötzlich verspürte ich den Drang, aufzuspringen und davonzulaufen.

Ich rührte mich nicht vom Fleck.

Dann stand Alva vor mir. Unter dem Kopftuch, das sie sich umgebunden hatte, lugten ein paar schwarze Strähnen hervor. Ihre Halsgrube glitzerte vom Schweiß, und durch den Stoff ihres Hemdes konnte ich die Umrisse ihrer Brustwarzen erkennen. Ich stellte mir Alvas Brustwarzen groß und dunkel vor – dunkel wie ihre Haut und ihre Augen und ihre Haare.

Sie betrachtete mich einen Moment lang. »Na, Mykar, was machst du da?«, fragte sie lächelnd.

Ich dachte, dass Alva fast die Einzige war, der die Hitze nichts anzuhaben schien. Ich dachte an ihren Mund und ihre Augen und ihre Brüste. Ich dachte an Cay und die Hände, mit denen er das Wagenrad umfasst hielt.

Und ich schämte mich.

Der Abend ging über in eine klare Nacht. Die Luft war noch immer schwül und drückend. Wieder einmal konnte ich nicht einschlafen. Ich lag da und betrachtete die Sterne, die an dem schwarzen Himmel funkelten. Es gab so viele von ihnen. Manchmal dachte ich, dass man nur aus Gewohnheit am Boden klebte. Man musste aufpassen, sonst würde man in die Leere zwischen den Sternen stürzen. Warum konnte Cay nicht mein Bruder sein? Warum konnte ich nicht Cay sein? Ich schluchzte und weinte. Ich schwor, dass ich bis ans Ende der Welt ziehen würde – ich, der ich nie auch nur unser Dorf verlassen hatte –, um ihn wiedergutzumachen: jenen *einen* Fehler, den Cay niemals begehen würde. In der Stille der Nacht schwor ich es, mit einer wilden Verzweiflung, schwor es zu allen Göttern und allen Dämonen.

Dann bat ich Cay, mir zu verzeihen.

Ich sprach die Worte nicht aus. Aber ich wusste, dass er sie eines Tages hören würde.

3
DIE LICHTUNG IM WALD

Mykar

So verging die Zeit. Auf den Sommer folgten Herbst und Winter. Irgendwann kehrte der Frühling zurück. Jetzt war es schon zwei Jahre her, dass mich Cay vor Berin und seinen Freunden gerettet hatte.

In meinem Leben änderte sich nichts. Manchmal dachte ich, dass sich niemals etwas ändern würde. Manchmal dachte ich, dass es gut so wäre.

Doch dann begann Cays Vater, ihn auf die Fahrten mitzunehmen, die ihn als Diener Elaahs übers Land führten. Zwischen unserem Dorf und der Perle – der Stadt unseres Herrschers, des Dorn, die einige Tagesreisen entfernt im Südwesten lag – gab es kaum eine Handvoll Geweihte der höchsten Gottheit. Darum musste Illiam viel unterwegs sein, um den Menschen in ihren Nöten beizustehen. Und wenn sein Sohn, so wie Illiam es wünschte, sein Nachfolger werden sollte, gab es mehr als genug für ihn zu lernen.

»Geburten, Beerdigungen, Hochzeiten, Segnungen sowie der Kampf gegen Krankheiten, Plagegeister, friedlose Tote und Missernten«, zählte Cay auf. »Es ist erstaunlich, dass Vater überhaupt Zeit zum Schlafen hat.«

Er konnte in gleichgültigem Tonfall von den bedeutsamsten Dingen sprechen. Manchmal erschreckte mich das.

Aber ich sehnte mich noch nach diesem Unbehagen, wenn Cay nicht da war. Alles im Dorf schien mir dann öder und hässlicher. Und die anderen Kinder vergaßen langsam, warum sie sich je mit mir abgegeben hatten. Ich spürte wieder feindselige Blicke. Es gab seltener freundliche Worte.

Ich wollte mein Glück nicht auf die Probe stellen. Also versuchte ich, mich im Dorf so wenig wie möglich sehen zu lassen, wenn Cay mit seinem Vater unterwegs war. Manchmal dachte ich, es wäre fast, als ob ich ihn auf seinen Fahrten begleiten würde. Das war ein schönes Gefühl.

Ich entdeckte meine Zuflucht bereits wenige Monate, nachdem Illiam entschieden hatte, dass ihn sein Sohn von nun an bei seinem Götterdienst unterstützen sollte. Es war ein Tag im Spätsommer. Der Himmel war blau, und die Sonne schien. Seit dem Morgen hatte ich mich im Wald herumgetrieben. Ich freute mich an dem Wechsel zwischen der Schattenkühle unter dichtem Blattwerk und den offenen Stellen, wo mich leuchtende Wärme umfing. Die Vögel sangen, und ich spürte die Blätter unter meinen bloßen Füßen.

Als ich auf die Lichtung kam, wunderte ich mich. Ich hatte diesen Ort noch nie betreten, obwohl er gar nicht weit vom Dorf entfernt war. Auf der Lichtung standen eine Hütte und ein kleiner Stall. Die beiden Gebäude waren verfallen. Die Dächer waren eingestürzt. Türen und Fensterläden hingen schief in den Angeln. Die Innenräume waren völlig mit Unkraut überwuchert. Es war sehr still. Als würden die Tiere des Waldes Abstand halten. Oder als wollten sie jemandem die Ehre erweisen mit ihrem Schweigen. Doch nicht allein die Stille verzauberte den Ort. Da war auch das Licht. Es war irgendwie anders; es schien das alte Holz und das Unkraut zu streicheln, es legte sich wie eine tröstende Hand auf das Gras und auf die Erde.

Einige Schritte vom Eingang der Hütte entfernt gab es einen Steinkreis. Vielleicht war hier einmal eine Feuerstelle gewesen. Ich setzte mich auf einen großen, runden, weißen Stein und tat – überhaupt nichts. Es war nicht nötig, etwas zu tun. Ein Gefühl, das ich niemals gekannt hatte, erfüllte mich.

Ich blieb bis zur Dämmerung auf der Lichtung und kam von da an fast täglich wieder. Es wurde mir nie langweilig, dort zu sitzen und die Nähe des Ortes zu spüren. Abends huschte gelegentlich ein Fuchs zwischen den Baumstämmen entlang, oder ein Marder raschelte im Gebüsch. Aber eigentlich war ich immer allein. Zumindest dachte ich das.

Wochen später – wieder einmal hockte ich auf dem weißen Stein bei der verfallenen Hütte und wärmte mich in der Nachmittagssonne – fiel mir ein, dass ich diesen Ort kannte. Das heißt, ich kannte Geschichten über ihn. Im Jahr der Bösen Ernte, oder nicht lange danach, war hier etwas Furchtbares geschehen …

Der Jäger Jarl war klein und drahtig und hatte eine sehr tiefe Stimme, die seine Zuhörer sofort in den Bann schlug. Wenn er an langen Winterabenden zu erzählen begann, verstummten die Gespräche in der Dorfschenke. Als junger Mann hatte Jarl viele Abenteuer erlebt, von denen er stundenlang berichten konnte. Keine Geschichte aber erzählte er so oft wie die jener Nacht:

Es war, sagte er, eine helle Nacht gewesen; eine Nacht mit einem roten Mond, in der ein geisterhaftes Licht über den Wäldern und Bachläufen lag. Jarl hielt Ausschau nach äsenden Rehen, als er plötzlich einen entsetzlichen Lärm hörte. Zuerst dachte er, ein Sturm würde aufziehen, derart jaulte der Wind. Und ein Grollen ging durch die Nacht, wie von heftigen Donnerschlägen. Doch keine Wolke stand am Himmel. Kein Lüftchen regte sich. Jarl bekam Angst. Das bekannte er freimütig, wann immer er in der Dorfschenke von diesen unseligen Stunden berichtete. Aber er vergaß auch nicht zu betonen, dass er keineswegs davongelaufen war. O nein, nicht er, Jarl, der schon in den dunkelsten Ecken des Mahrwalds auf der Pirsch gelegen hatte und mit den Truppen von Kaiser Winand gegen Iskrien gezogen war! Vielmehr hatte er den Elaah-Kreis geschlagen, einen Pfeil auf die Sehne gelegt und war vorsichtig in Richtung des Lärms geschlichen. Doch als er auf die Lichtung kam, war bereits alles vorbei. An dieser Stelle pflegte Jarl die Stimme zu senken. Er beugte sich vor, sodass ein flackernder Widerschein vom Kaminfeuer über sein Gesicht huschte, und ließ seinen Blick langsam von einem Lauschenden zum nächsten schweifen. Flüsternd erzählte er, dass er einen Mann, eine Frau und ein Mädchen gefunden habe. Alle drei waren tot; zerfetzt und zerbrochen lagen sie im Gras. Ihre

Leiber waren grauenhaft entstellt. Und um die Hütte herum war die Erde zerwühlt, als wäre ein Rudel Wildschweine über die Lichtung geprescht. Nachdem er seinen Zuhörern Gelegenheit gegeben hatte, sich mit einem Schluck Bier oder Obstbrand zu stärken, fügte Jarl hinzu, die Luft habe nach der Süße von Verwestem geschmeckt; sie sei zugleich eisig kalt und glühend heiß gewesen. Manchmal, wenn er selbst ein paar Schnäpse gehabt hatte, sprach er auch von dem Schmerz und dem Entsetzen, welche die Gesichter der Toten gezeichnet hatten, und von dem furchtbaren Kampf, den sie vor ihrem Ende gefochten haben mussten, gegen einen übermächtigen, unheiligen Gegner. Doch so gerne Jarl auch erzählte – wenn er anhob, von dem Mädchen zu sprechen, versagte ihm die Stimme.

Das war die Geschichte des Jägers. Nicht allen gefiel sie.

Der Elaah-Geweihte Gerold, Illiams Vorgänger, erklärte immer wieder, dass diejenigen, die auf der Lichtung gelebt hatten, kein Mitleid verdienten; ja, sie verdienten nicht einmal, erinnert zu werden. Sie seien Hexen gewesen. Sie hätten böse Geister angebetet. Und jetzt wären sie von Skargat und seiner Brut geholt worden.

Aber es gab manche im Dorf, die Gerold in dieser Sache nicht folgen wollten. Hinter vorgehaltener Hand erzählten sie davon, dass die Hexen stets geholfen hätten, wenn jemand im Fieber daniederlag oder sich ein Holzfäller mit seiner Axt ins Bein schlug. Und noch etwas stimmte nicht. Denn diejenigen, die die Familie auf der Lichtung besucht hatten, waren überzeugt davon, dort stets zwei Mädchen gesehen zu haben. Was war aus der anderen Tochter geworden?

Niemand fand es je heraus. Aber noch ein Jahrzehnt nach dem schrecklichen Ereignis erzählte man sich im Dorf die Geschichten. Selbst ich hatte sie gehört, an den seltenen Abenden, die ich in der Schenke verbracht hatte.

Die Lichtung jedenfalls galt als verwunschen. Es war kein guter Ort. Niemand ging je hierhin.

Außer mir …

Erst jetzt, als mir Jarls Geschichte einfiel, bemerkte ich die mächtige Linde. Sie wuchs am Waldrand, etwas abgesetzt von den anderen Bäumen. Ihr Stamm war mehr als doppelt so breit wie ich und hatte die Farbe von altem Blut. Durch ihr hellgrünes, prachtvolles Blätterkleid ging immer ein leises Rauschen. Selbst, wenn es windstill war. Und obwohl bereits der Herbst nahte, schmückten unzählige sternförmige Blüten die Zweige. Ich war mir sicher, dass die Linde schon viele hundert Jahre hier gestanden hatte.

Dann fand ich die Knochen. Sie lagen ein paar Schritte vom Stamm entfernt. Es waren Kinderknochen; vergilbt, von Schmutz verkrustet, bräunlich verfärbt. Aber sie waren gut erhalten. Und sie schienen fast vollständig. Das wunderte mich. Hätte das Skelett nicht völlig verfallen sein müssen, nach zehn Jahren im Wald?

Ich wusste sofort, wen ich da gefunden hatte. Und ich wusste auch, wie das Mädchen geheißen hatte – Danje. Das war ein schöner Name, und er passte zu ihr. Ich freute mich. Doch als mir klar wurde, wie schlimm es Danje ergangen war, musste ich weinen. Sie tat mir so leid, dass ich ihre Knochen ganz nass machte mit meinen Tränen. Selbst als die Nacht herabsank, brachte ich es kaum über mich, zum Dorf zurückzugehen.

Bereits im Morgengrauen war ich wieder auf der Lichtung. Ich holte Wasser von einem Bächlein, das nicht weit entfernt durchs Unterholz floss. Ich wusch Danjes Knochen. Dann brachte ich sie zur Hütte, wo ich sie auf der Türschwelle ablegte. Ich dachte, sie würde sich hier weniger allein fühlen. Auch wenn ich die Überreste ihrer Eltern nicht finden konnte. Später pflückte ich Blumen. So gut es ging, flocht ich einen Kranz. Den setzte ich Danje auf den Kopf. Ich brachte ihr auch Dinge, die ich im Wald fand: bunte Steine, Tannenzapfen, Kastanien. Einmal entdeckte ich im Moos die Scherben einer Tonvase. Man konnte noch die Reste der Bemalung erkennen: ockerfarbene, ineinander verschlungene Linien. Ich war glücklich, als ich Danje dieses Geschenk machte.

Wenn mir meine Mutter ein Stück Brot und Käse gab, konnte ich den ganzen Tag auf der Lichtung verbringen. Häufig tat ich das auch. Niemand fragte danach, was ich trieb. Außer Cay. Alva hatte ihm einmal gesagt, man sehe in der letzten Zeit so wenig von mir. Da fragte er mich. Ich entgegnete, dass ich lieber allein im Wald wäre als bei den anderen, die mich doch nicht mochten. Er nickte, und damit war die Sache für ihn erledigt. Wenn Cay im Dorf war, wollte ich auch dort sein. Das war der einzige Grund, weshalb ich Danje manchmal über Tage und sogar Wochen hinweg nicht besuchte. Ich hatte dann ein schlechtes Gewissen, spürte aber, dass sie mir nicht böse war.

Dafür ging ich selbst im Winter zu ihr, an frostklirrenden Tagen, an denen man sich in den Hütten um die Öfen scharte. Natürlich konnte ich bei Schnee und Eis nicht stundenlang im Freien bleiben. Danje und ich zogen uns dann in eine windgeschützte Ecke ihres Hauses zurück. Ich wickelte mich in die Decken, die ich mitgebracht hatte. So eingekuschelt, betrachtete ich die riesige, uralte Linde. Selbst jetzt, da die Erde hart war wie Stein und alle Bäume kahle Äste zeigten, grünte sie. Manchmal trieb sie sogar Blüten, als könnte sie das nach Lust und Laune tun. Es war schön, die Linde zu betrachten, mit ihren leuchtenden Blättern und ihrem dunkelroten Holz – viel besser als der Ziegenstall.

An einem dieser kalten Tage begann ich, mit Danje zu reden. Ich erzählte ihr von meinem Leben, von den kleinen Sorgen und Nöten. Und ich erzählte ihr von Cay; Alva kam in meiner Geschichte nur am Rande vor, weil ich nicht wollte, dass Danje eifersüchtig würde. Obwohl ich wenig Aufregendes und fast gar nichts Schönes zu berichten hatte, hörte sie mir geduldig zu. In den kommenden Wochen und Monaten unterhielten wir uns oft miteinander. Das heißt, natürlich sprach nur ich. Aber ich war mir sicher, dass Danje früher oder später Antwort geben würde. Ich ahnte, dass sie einiges auf dem Herzen hatte. Und ich wünschte mir sehr, dass sie mich ins Vertrauen ziehen würde.

Doch das Einzige, was sie mir je sagte, war, dass sie begraben werden wollte. Das war bereits in jenem letzten Sommer. Eines Tages, als ich auf die Lichtung kam, stellte ich bestürzt fest, dass Danje ganz unglücklich dreinschaute. Später wurde mir klar, dass sie mich vorwurfsvoll ansah.

Ich bat Cay, mir einen Spaten zu leihen. Er tat es, ohne eine Frage zu stellen. Im Abenddämmer grub ich ein Loch unter der großen Linde. Mein Körper war schon nach wenigen Stichen schweißnass, und von der trockenen Erde wirbelten Staubwolken auf. Bald war ich fertig; tief musste das Loch ja nicht sein. Doch als ich Danjes Knochen in das Loch, oder die Mulde, gelegt hatte, traf mich die Erkenntnis wie ein Schlag: Ich nahm Abschied von ihr. Das war es, was ich tat.

In dieser Nacht schlief ich bei Danjes Grab. Als ich erwachte, war die Sonne bereits aufgegangen. Ihre Strahlen fielen durch das Laub der Linde, das trotz der Dürre leuchtete wie eh und je. Es wiegte sich sanft in dem Wind, der nicht wehte, und warf grüne Schatten auf die Erde. Die Zweige senkten sich zu mir herab, als wollten sie mich umarmen.

Ich nahm drei der weißen, runden Steine. Ich legte die Steine auf das Grab. Dann ging ich.

Zwei Jahre lang kam ich zu der Lichtung, ohne Cay davon zu erzählen. Ich wollte auf den richtigen Moment warten.

Ich dachte, der richtige Moment würde sicherlich kommen.

Ich dachte, wir hätten Zeit.

4
DREIZEHN SOMMER, ZWÖLF WINTER

Mykar

Einmal – der heiße, dürre Sommer, mein letzter, mein dreizehnter, neigte sich schon dem Ende zu – kehrte ich früher als gewöhnlich ins Dorf zurück. Einige starke Gewitter hatten die Trockenheit gebrochen, und am Nachmittag wollten sich die Jungen auf den abgeernteten Feldern, die bis zur Aussaat des Winterweizens brach lagen, zum Spiel treffen. Ich wäre lieber im Wald geblieben. Aber Cay hatte mich gefragt, ob ich dabei sein wollte.

Ich hatte länger nichts mehr mit den anderen Kindern zu tun gehabt und überlegte noch, wie ich ihnen begegnen sollte, als ich Alva sah, die in einiger Entfernung zwischen den Bäumen und Büschen herumging. Sie hatte einen Korb dabei und sammelte Beeren. Ohne zu zögern, folgte ich ihr. Dabei bemühte ich mich, so wenig Geräusche wie möglich zu machen. Warum sie an diesem Tag allein unterwegs war, wusste ich nicht. Auch warum ich ihr hinterherging, wusste ich nicht. Ich hätte ja jeden Tag dabei zusehen können, wie sie dies und jenes erledigte.

Alva pflückte Beeren; ich beobachtete sie dabei. Nach einer Weile blieb sie stehen. Sie blickte sich um, stellte den Korb ab und ging in die Hocke. Einen Moment fürchtete ich, sie hätte mich entdeckt. Doch sie wollte nur pinkeln. Sie zog ihren Rock hoch; ich sah ihren schönen runden Hintern, ihre gebräunten Hände, mit denen sie den Stoff festhielt, und den hellen Strahl, der zwischen ihren Beinen hervorsprudelte. Das war mehr, als ich ertragen konnte. Ich warf mich hinter einem Busch auf die Erde. Ich starrte die Baumwipfel an und krallte meine Finger in den Waldboden.

So lag ich da und wartete. Dann, mit einem Mal, fühlte ich mich schrecklich müde. Mir war, als könnte ich hundert Jahre schlafen. Tatsächlich döste ich ein. Doch plötzlich hörte ich Schreie. Es dauerte bis zum zweiten oder dritten Schrei, ehe ich begriff, dass es Alva war, die schrie. Irgendwie passte das nicht zusammen, Alva und Schreien. Meine Müdigkeit war wie weggeblasen. Ich sprang auf und rannte los. Nur, dass ich nicht mehr wusste, wo oben und wo unten war. Ich brauchte viel zu lange, um sie zu finden.

Alva lag neben einem Brombeerstrauch, nah am Waldrand. Ihr Korb war umgefallen und hatte seinen Inhalt über das Laub verteilt. Ihre Kleider waren zerrissen. Ich sah ihre Brüste, ihren Bauch, ihr Geschlecht, ihre Beine. Aber alles war falsch. Ihre Glieder waren verkrümmt. Ihre Augen waren weit aufgerissen, blicklos und hervorgequollen. Ihr Gesicht war dunkel angelaufen und mit Blut bespritzt. Ihre Zunge hing aus dem Mund und war so dick wie etwas Fremdes und Böses.

Das Schlimmste aber war das Zeichen. Eine rote Blume in ihrem Fleisch. Ich hatte niemals lesen gelernt; doch ich wusste, dass nicht das der Grund war, weshalb ich das Zeichen nicht erkannte. Es verschwamm vor meinen Augen. Es schien seine Form zu verändern. Eine stolze, grausame Blume zwischen Alvas Brüsten und ein klaffendes Maul. Ein Riss in der Welt und die Dunkelheit aller verlorenen Träume.

Ich konnte den Blick nicht abwenden. Ich bekam mit, dass drei Männer davongingen und Pferde bestiegen. Aber ich sah sie und sah sie doch nicht. Unmöglich hätte ich sagen können, wie groß die Männer waren, ob sie schiefe oder gerade Nasen hatten, Backen- oder Vollbärte, und welche Kleidung sie trugen. Das Einzige, was ich deutlich erkannte, war, dass der Mann in der Mitte eine Hand an seinen Hals hielt, dass an seinen Fingern etwas Rotes herunterfloss und dass der Ringfinger an jener Hand fehlte – seltsam weich und weiß sah sie aus, die vernarbte Fingerkuppe.

Die Männer ritten davon, ohne mich bemerkt zu haben.

Ich hörte, wie die Blätter der Buchen und Birken raschelten. Ich sah, wie Bienen von einer Blüte zur nächsten flogen. Ich stand da und versuchte, in dem, was vor mir lag, Alva zu erkennen.

Schließlich löste ich mich aus meiner Starre. Ich eilte zum Dorf, so schnell ich nur konnte. Der erste Mann, den ich dort traf, war Harun, der Schafhirt. Ich zeigte auf den Wald und wimmerte Alvas Namen. Illiam kam und versuchte, mehr in Erfahrung zu bringen. Aber ich schüttelte nur den Kopf. Die Männer, die gerade bei der Hand waren, versammelten sich und liefen in die Richtung, die ich gewiesen hatte; Cay war einer von ihnen. Die Kinder und Frauen blieben zurück. Alles redete durcheinander. Immer wieder murmelte ich, dass *ihm* ein Finger gefehlt habe. Als sei das der Grund für alles, was Alva angetan worden war.

Die Leiche wurde ins Dorf gebracht. Es dämmerte bereits. Alvas Vater kam auf mich zu, gefolgt von einigen anderen Männern.

Illiam lief neben der Gruppe her. Er sah gehetzt aus. Er rief: »Brogar, in Elaahs Namen, hör mich an! Das kann er gar nicht getan haben! Hörst du, er *kann* es nicht getan haben!« Jemand zischte eine wütende Entgegnung. Die Männer verfluchten Skargat und seine Brut; sie ballten die Fäuste oder fletschten die Zähne. Alvas Vater starrte mich unentwegt an.

Dann schlossen sie einen Kreis um mich. Hatte jemand den Geweihten weggestoßen? Doch das war unmöglich. Brogar blickte auf mich herab. Tränen liefen über seine sonnenverbrannten Wangen. Seine Züge waren von Hass verzerrt. Er war ein Berg von einem Mann; er hatte Oberarme so dick wie zwei Kinderköpfe und riesige, schwarzbehaarte Hände.

Ich dachte, dass er mich jetzt fragen würde, wie die Dreckskerle aussahen, die seine Tochter auf dem Gewissen hatten.

Er schlug mir ins Gesicht.

Ich ging zu Boden. In meinem Kopf tobte ein Sturm von bunten Lichtern. Ich blinzelte, hob die Augen, sah, wie Brogars Stiefel auf mich zukam. Ich spuckte Zahnsplitter. Einer der Männer drehte mich auf den Rücken und trat mir zwischen die Beine. Ich schrie. Ich würgte dünnen Schleim aus, gelb und rot. Dann prasselten von allen Seiten Schläge und Tritte auf mich nieder.

Schließlich ließen die Männer von mir ab. Gekrümmt lag ich da. Meine Nase war gebrochen. Ich konnte mein rechtes Auge nicht mehr öffnen. Um mich herum war die Erde besudelt.

»Und jetzt?«, fragte Brogar mit rauher Stimme.

»Schlag ihn tot wie einen tollwütigen Hund«, keuchte jemand.

Einige Momente lang geschah gar nichts. Ich hörte rasselnde Atemzüge; sie klangen fremd in meinen Ohren.

Dann trat Brogar an mich heran. Er hielt einen großen Knüppel in beiden Händen. Er spuckte mir ins Gesicht: »In der tiefsten Hölle sollst du schmoren!«

Ich blickte ihn an. Ich wollte etwas sagen. Aber es ging nicht.

In mir regte sich eine grauenvolle Angst: Was, wenn auch Cay glaubte, dass ich es getan hatte? Was, wenn er mich so in Erinnerung behalten würde?

Brogar holte aus.

Da schrie jemand: »Nein! Brogar, nein!«

Mit letzter Kraft drehte ich den Kopf zur Seite.

Cay war vielleicht fünf Schritte von mir entfernt. Zwei Männer rangen mit ihm. Ein dritter hielt ihn von hinten umfasst.

»Nein!«, schrie er wieder.

Brogar schien ihn nicht zu hören. Vielleicht wusste er gar nicht, dass Cay gekommen war.

Er hielt den Knüppel noch immer erhoben.

Ich aber sah zu Cay hinüber. Unsere Blicke trafen sich.

Plötzlich war da etwas anderes in mir. Etwas, das stärker war als mein zertrümmerter Körper.

Ich begann, die Hand auszustrecken.

Brogar schlug zu.

5
DAS KÖNIGREICH AUS WIND UND DUNKELHEIT

Mykar

Ich war tot. Das war es, was sie dachten.

Als ich zu mir kam, war die Sonne beinah untergegangen. Ich war allein. Noch immer lag ich einige Schritte vom Eingang des Tempels entfernt. Der Dorfplatz war leer. Alle Hütten waren abgedunkelt. Ein paar Kühe brüllten. Jemand ging und melkte sie; sie verstummten. Stille senkte sich über das Dorf. Es war eine andere Stille als die der Lichtung.

Ich versuchte, mich zu bewegen. Meine Glieder gehorchten mir nicht. Ich wollte schreien. Ich hatte keine Stimme.

Langsam, unendlich langsam, sah ich mich um.

Auf einer niedrigen Mauer am Rande des Dorfplatzes hockte ein Rabe. Er betrachtete mich mit einem runden Auge, und ich erwiderte seinen Blick. Ich wusste aus den Erzählungen der Alten, dass den Raben die Macht gegeben war, sich in beiden Welten zu bewegen: jener der Lebenden und jener der Toten. In Neumondnächten kratzten sie an der Pforte, die Thaalas Königreich aus Wind und Dunkelheit verschloss. Ihr Flügelschlag hallte wider von den Wänden schwarzer Abgründe, die in die unvorstellbaren Tiefen des Todes hinabreichten.

Der Rabe öffnete den Schnabel und stieß einen heiseren Schrei aus.

Mir war, als würde er auf einen Ruf antworten.

Dann flog er davon; ich rührte mich nicht mehr.

Die Männer kehrten zurück. Die letzten Strahlen der untergehenden Sonne ließen sie aussehen wie Schatten, die einen Körper angenommen hatten.

Wiederum stellten sie sich im Kreis um mich auf. Ich erkannte ein neues Gesicht. Es gehörte Ordalf, dem Säufer. Er lebte im Dorf, ohne ein Teil von ihm zu sein. Im Frühling und Sommer schlief er auf den Feldern oder Wiesen, im Herbst und Winter in den Scheunen oder im Tempel. Die Leute gaben ihm kleinere Arbeiten. Er reparierte Zäune und half aus, wenn das Dach eines Stalls geflickt werden musste. Er war fleißig und gewissenhaft. Außer, er war betrunken. Dann fluchte und krakeelte er; ein paarmal hatte ich gesehen, wie er sich schluchzend auf den Boden warf, die Arme und Beine von sich streckte und die Götter anflehte, ihn zu erschlagen.

»Wirst du an alles denken, was wir gesagt haben?«, fragte Brogar.

Er hielt einen kleinen Tonkrug vor Ordalfs Nase.

Der nickte und griff nach dem Krug, ohne Brogars Blick zu erwidern.

Die Männer machten sich an die Arbeit.

Jemand hatte eine Schubkarre geholt, kaum mehr als zwei Bretter mit einem Rad und einem Griff. Ich wurde auf die Karre gelegt. Zugleich begannen die Männer, den Dorfplatz umzugraben. Zwei von ihnen hielten Fackeln. Die anderen füllten die Erde, die mit meinem Blut in Berührung gekommen war, in eine große hölzerne Schale, während sie frische, unbesudelte Erde an die Stelle schippten, wo sie mich niedergeschlagen hatten.

Ordalf hängte sich eine Ledertasche um, in der er auch den Tonkrug verstaute. Er strich sich durch seinen zottigen Bart. Wieder nickte er – wieder, ohne jemanden anzusehen.

Dann umfasste er den Griff der Schubkarre und setzte sich in Bewegung.

Langsam entfernten wir uns aus dem Kreis des Fackelscheins. Wir ließen die letzten Häuser des Dorfes hinter uns und kamen auf die abgeernteten Felder. Keine Wolken standen am Himmel. Der Mond war groß, rund und orange. Ordalf konnte mühelos seinen Weg finden.

Ich sah, dass der dunkle Umriss des Waldes näher kam. Die Karre rumpelte über den unebenen Boden. Mein Körper schlackerte auf den schmalen Brettern. Bei den ersten Bäumen hielten wir an. Ordalf kippte die Karre zur Seite. Ich rollte auf die Erde und blieb liegen.

Irgendwo hier war Alva gestorben.

Der Säufer atmete schwer. Wenn Blätter raschelten oder im Wald ein Ast knackte, blickte er gehetzt um sich. Und gehetzt waren die Bewegungen, mit denen er das Werkzeug aus der Ledertasche nahm: ein Beil, einen Hammer, einen angespitzten Holzpfahl. Er trat an mich heran, ging in die Hocke, legte das Beil ab, umfasste den Pfahl mit der einen Hand, den Hammer mit der anderen, beugte sich über mich. Von seiner Stirn fielen Schweißtropfen. Er fuhr sich mit der Zunge über bräunliche Zahnstummel. Seine Hände zitterten, als er die Spitze des Pfahls gegen meine Brust drückte.

Ordalf stöhnte. Er nahm den Pfahl weg, setzte ihn erneut an, hob den Hammer, ließ ihn wieder sinken.

Ich hörte ein seltsames, fiependes Geräusch. Es kam aus meiner Kehle. Ordalf starrte mich mit weitaufgerissenen Augen an. Grauen verzerrte seine Züge. Ich hatte mir ein Stück der Zungenspitze abgebissen, als die Männer auf mich einprügelten. Die Worte wollten nicht kommen.

»Ordalf … bitte …«, flüsterte ich.

Meine Stimme klang rauh und wund. Sie klang wie etwas, das nicht zu mir gehörte.

Der Säufer schrie. Er sprang auf, wirbelte herum und rannte davon.

Das Werkzeug und die Ledertasche mit dem Tonkrug ließ er zurück.

Eine Weile lang blieb ich liegen; dort, wo Ordalf mich abgeladen hatte. Dann begann ich, mich zu bewegen. Ich hatte nicht gewusst, dass ich mich noch bewegen konnte. Mühsam rollte ich mich auf den Bauch. Ich dachte an Nacktschnecken, die in der Sonne vertrockneten: Manchmal krümmten sie sich und zuckten, wenn man einen Stock in ihren weichen Leib bohrte. Ich streckte die Hände aus, grub die Finger in die Erde, zog mich nach vorne, versuchte zugleich, mit den Füßen Halt zu finden.

Nach fünf Metern war ich am Ende meiner Kraft.

Nach fünfzig Metern spürte ich keine Schmerzen mehr.

Ich wusste, dass das der Tod war. Er war in mir; er umgab mich. Aber er wollte nichts von mir. Er war einfach da.

6
STERNE IN DER ERDE

Mykar

Tiefer im Wald, unter den dichten Baumkronen, zwischen Büschen und Sträuchern, war es stockfinster. Vielleicht war ich auch blind geworden. Ich hatte keine Ahnung, in welche Richtung ich mich bewegte. Doch ich war nicht überrascht, als ich auf die Lichtung kam. Ich erkannte es an der Stille. Die Stille war immer dieselbe, bei Tag und bei Nacht. Sie gehörte zu dem Ort: zu der verfallenen Hütte und dem Kreis aus weißen Steinen, zu der Linde und den Stimmen – den Stimmen mit ihrem wortlosen Flüstern, das man manchmal hören konnte, wenn man genau aufpasste.

In der Dunkelheit war Danje. Ich konnte sie spüren. Auf einmal ging es ganz leicht. Ich wusste, dass ich beinah am Ziel war. Nur ein paar Meter noch; ein paar Meter und wenige Atemzüge. Ich würde beim Stamm der Linde sterben, so wie Danje. Im Schatten der leuchtend grünen Blätter würde ich liegen bleiben, bis nichts mehr von mir übrig war. Oder vielleicht würde eines Tages ein Junge auf die Lichtung kommen, meine Knochen finden und sich mit mir anfreunden. Das war ein schöner Gedanke.

Ich hatte es geschafft. Ich drehte mich auf den Rücken und schloss die Augen. In dieser Nacht summte die Linde, leise und zärtlich. Es klang wie ein Wiegenlied.

Ein Gedanke schoss mir durch den Kopf. Der Gedanke an Cay. Ich spürte einen Stich im Herzen. Warum hatte ich ihn nur so enttäuscht?

Der Waldboden unter mir war weich. Weicher, als es mein Strohsack je gewesen war. Ich sank in die Erde ein, wohl einen Schritt tief. Die

Erde war warm und duftend. Als sie sich über mir schloss, wusste ich, dass ich jetzt schlafen würde.

Manchmal, wenn es stark regnete, hörte ich ein Rauschen und Pladdern, und die Nässe sickerte zwischen den Wurzeln hindurch, bis sie mich berührte. Manchmal, nach heftigen Schneefällen, fühlte ich das Gewicht der Erde auf mir. Im Sommer kam es hingegen vor, dass die Erde leicht wurde, ganz leicht und pulverig, sodass ich kaum noch merkte, dass sie da war. Am Anfang vermisste ich den Mond und die Sterne. Aber ich fand heraus, dass tief im Boden andere Sterne blinkten. Da waren Höhlen, und in den Höhlen weitere Höhlen, und diese Höhlen führten hinaus in die Nacht.

Irgendwann begann ich, auf Erkundungsreisen zu gehen. Man konnte den Tautropfen dabei zuschauen, wie sie auf Grashalmen tanzten. Man konnte den Amseln dabei zuschauen, wie sie in den Baumkronen ihre Nester bauten, ihre Eier ausbrüteten und die Jungen fütterten. Es gab viel zu entdecken.

So verging die Zeit. Die Tage schwanden; es kamen Dunkelheit und Kälte. Das Licht kehrte zurück, und mit ihm blühende Wärme. Immer weiter drehte sich das Rad. Es drehte und drehte sich. Das Leben, das ich einmal gehabt hatte, entfernte sich. Es war wie ein Schwarm Zugvögel, der am Horizont verschwindet. Bald würde ich selbst mich vergessen haben.

7

DIE WANDLUNG

Mykar

Dann sah ich Cay wieder.

Ich erschrak. Ich war oft im Wald gewesen. Ihm war ich niemals begegnet. Doch plötzlich war er da. Er saß bei dem Brombeerstrauch, wo Alva gestorben war. Er saß da, stützte das Kinn auf den Händen ab und blickte zu Boden.

Er war ganz allein.

Cay hatte sich verändert: Auf seinen Wangen sah ich blonde Bartstoppel, seine Stirn war von Falten gezeichnet, er hatte dunkle Ringe unter den Augen. Plötzlich begriff ich zum ersten Mal, dass auch ich älter geworden war. Ich hatte gedacht, dass das keine Bedeutung mehr hätte; dass nichts von alldem, was früher wichtig gewesen war, noch eine Bedeutung hätte. Jetzt wurde mir klar, dass ich mich geirrt hatte.

Jahre waren vergangen seit jenem Sommertag, an dem Alva den Tod gefunden hatte. Jahre waren vergangen, und Cay war ein Mann geworden.

Ich wollte zu ihm gehen und ihn trösten. Aber das ging nicht. Ich wollte ihm durchs Haar streichen und ihm von all den schönen Dingen erzählen, die ich gesehen hatte. Aber das ging nicht.

Dennoch wartete ich auf Cay. Hundertmal oder tausendmal. Abend für Abend wartete ich auf ihn, dort, bei dem Brombeergebüsch. Wenn er nicht kam, und manchmal kam er für lange Zeit nicht, spürte ich eine Leere. Sie schien mit jedem Augenblick zu wachsen. Und ich wusste nicht, wie ich sie füllen sollte.

Einmal – es war ein Abend im Spätsommer, der Strauch hing voll von blauschwarzen Früchten – kam er, und etwas war anders. Cay schien gehetzt; Angst stieg in mir auf. Dann jedoch wurde er ganz ruhig. Er kniete nieder und faltete die Hände. Er betete. Aber in Wahrheit nahm er Abschied. Ich sah sein Herz, und ich sah, dass er Abschied nahm.

Ich wollte schreien: »Nein!« Doch ich flüsterte. Inmitten der undurchdringlichen Stille, die mich umgab, flüsterte ich. Und Cay hörte mich nicht.

Es waren vier. Vier Männer. Sie kamen auf Pferden. Sie trugen Lederharnische, mit Nieten besetzt, schwere Helme und Handschuhe. Sie stiegen ab und gingen auf Cay zu. Er hatte sich erhoben und blickte sie an. Seine Züge waren hart. Ohne ein Wort zu sagen, schlug ihm der erste Mann in den Magen. Cay krümmte sich. Zwei der anderen Reiter fassten ihn an den Armen. Sie hielten ihn fest, während ihm der erste Mann die Faust ins Gesicht rammte, wieder und wieder. Blut floss aus Rissen über Cays Auge und in seiner Wange; Blut troff aus seinem Mund. Er sackte zusammen. Der vierte Reiter, der bei den Pferden geblieben war, sagte etwas zu seinen Kumpanen. Die nickten. Sie fesselten Cay die Hände, schleiften ihn zu den Pferden und stiegen auf. Einer der Männer umwickelte seinen Sattelknauf mit dem Seil, das sie benutzt hatten, um Cay zu binden. Dann ritten sie langsam davon. Ihr Gefangener stolperte hinter ihnen her.

Die ganze Zeit über – während die Männer Cay schlugen, fesselten und wegschleiften – war ich wie erstarrt gewesen. Auch jetzt noch war ich gelähmt vor Schrecken. Doch plötzlich begann der Wald, auf mich einzuhauen: Die Äste waren Peitschenriemen, die Blätter schnitten wie Messerklingen, und ich schrie. Ich schrie; dann fiel ich. Und während ich fiel, brach etwas aus mir hervor. Es waren die Flammen eines schwarzen Feuers: Sie flackerten, brannten, loderten, loderten hoch und höher, der Schmerz und der Hohn und die Angst und die Trauer und der Hass und der Schmerz, hoch und höher, dunkler und strahlender und hungriger – bis nichts anderes mehr übrig blieb.

Ich wusste nicht, wo ich mich befand. Erde füllte meinen Mund.

Ihre Last schien meine Knochen zu zerdrücken. Wurzeln zerrten an mir, zogen mich weiter nach unten. Verzweifelt schlug und trat ich um mich. Doch ich konnte mich kaum rühren. Meine Muskeln brannten, ich erstickte. Die Wurzeln sogen mich ein. Ich war in ihrem Inneren, wurde durch schartige Tunnel geschleift, die enger wurden, immer enger. Jäh durchstießen meine Hände den Boden. Ich krallte mich im Gras fest, zog mich nach oben. Dann war ich frei. Ich rollte mich zur Seite und atmete gierig.

Es war eine warme Nacht. Der Wald stand schwarz und weit. Ein Schimmer von Mondlicht überzog die Lichtung. Ich sprang auf, taumelte ein paar Schritte, stürzte, sprang wieder auf. Alles war zu grell und zu laut; die Nacht bohrte Stacheln und Haken in mein Fleisch; ich zitterte. Zwischen den Bäumen suchte ich Zuflucht. Dornen rissen mir die Haut auf. Ich stieß gegen Steine und Wurzeln. Meine Füße bluteten. Doch ich stolperte tiefer in den Wald hinein, bis ich zu einem Bachlauf kam. An einer Stelle bildete die Böschung einen Überhang, wie die Finger einer gekrümmten Hand. Ich kroch in die Einbuchtung, presste meinen Körper und mein Gesicht gegen die kühle, feuchte Erde. Völlig erschöpft schlief ich ein.

8
DIE MAGD UND DER RITTER

Mykar

Als ich erwachte, war es Tag geworden. Ich glaubte, das Licht würde mir die Augen ausbrennen. Langsam gewöhnte ich mich an die Helligkeit. Schließlich wagte ich es, unter dem Vorsprung hervorzukommen. Erst jetzt wurde mir klar, wie durstig und hungrig ich war.

Ich trank Wasser aus dem Bach. Die Spiegelung in dem schattigen Wasser zeigte mir ein Gesicht, das ich kaum wiedererkannte. Meine Haare waren schwarz, lang und struppig. Auch meine Fingernägel waren schwarz. Kleider hatte ich keine. Ich blickte an mir hinab: Mein Körper war bleich und hager, aber es war nicht der Körper eines Kindes. Ich stellte fest, dass ich mich nicht ganz gerade hielt; wahrscheinlich waren ein paar Knochen schief zusammengewachsen. Außerdem hatte ich eine große weiße Narbe auf der Stirn. Und meine Nase war krumm.

Aber das alles kümmerte mich nicht. Was mich kümmerte, war mein Hunger. Ich suchte und fand Beeren. Ich wühlte unter verfaulten Baumstümpfen, wälzte Steine um, verschlang Schnecken, Asseln und Würmer. Schließlich wurde ich sehr müde. Nah am Waldrand rollte ich mich im Moos zusammen.

Lichter und Stimmen weckten mich. Die Nacht war bereits hereingebrochen. Ich schreckte hoch, starrte in Richtung der Lichter. Es war eine Gruppe von Fackelträgern; sie gingen am Saum der Bäume entlang. Plötzlich erinnerte ich mich: Ich musste Cay helfen.

Wo war Cay? Wut ergriff mich.

Ich schlich hinter den Fackelträgern her, näherte mich ihnen langsam. Fast lautlos bewegte ich mich über den von Laub und Blättern bedeckten Boden.

Nur wenige Meter entfernt erklang eine tiefe, kalte Stimme: »So, das ist weit genug. Hier wird man sie nie finden. Falls sie überhaupt jemand suchen sollte.«

Ich hielt an, spähte hinter einem Baumstamm hervor. Es waren drei Männer und eine Frau. Zwei von ihnen trugen Fackeln; sie waren in Kapuzenumhänge gehüllt, ebenso wie ihr Kumpan, der einen Langdolch in der rechten Hand hielt, während er mit der Linken den Arm der Frau umfasste.

»Gut!« Der Kerl mit dem Dolch nickte. »Stehen bleiben!«, schnauzte er dann.

Die Meuchler hatten der Gefangenen einen Sack über den Kopf gezogen. Ich konnte ihr Gesicht nicht sehen. Doch sie bewegte sich wie jemand, der einen kleinen Spaziergang unternimmt.

Sie sagte: »Ich wollte sowieso gerade stehen bleiben. Und eigentlich möchte ich jetzt auch umkehren. Das ist ja alles ganz schön. Aber ich habe noch ein Brot im Ofen und außerdem muss ich mich um meinen Kleinen kümmern.«

Ihre Stimme klang dumpf durch den Stoff. Sie war ganz ruhig.

Einer der Fackelträger lachte kurz auf: »Verrückt! Vollkommen verrückt!«

»Verrückt oder nicht verrückt – es reicht jetzt!« Der Kerl mit dem Dolch trat der Frau von hinten in die Beine – »Aua!«, rief sie empört –, zog ihr dann den Sack vom Kopf.

Sie fiel nur wenige Schritte von mir entfernt auf die Knie, und unsere Blicke trafen sich. Ich war in der Dunkelheit verborgen, doch ich wusste sofort, dass sie mich sah.

Der Meuchler griff ihr in die Haare, zog ihren Kopf zurück und führte den Dolch an ihren Hals. Sie schien es gar nicht zu bemerken. Sie betrachtete mich mit einem Blick, der weder Erstaunen noch Angst verriet. Vielleicht lag Neugier darin, vielleicht auch nicht.

Die Klinge senkte sich.

Ohne zu zögern sprang ich aus meinem Versteck hervor. Ich stürzte mich auf den Meuchler, entriss ihm den Dolch und rammte die Klinge in seinen Kehlkopf. Blut spritzte aus der Wunde; der Sterbende schloss eine Hand um den Hals und begann zu röcheln. Die beiden Fackelträger starrten ihren Kumpan an. In ihre Gesichter stand Entsetzen geschrieben.

Es hatte nur wenige Herzschläge gedauert, den ersten Mann zu töten. Dem zweiten bohrte ich den Dolch ins Auge, noch ehe er Zeit hatte, das Kurzschwert zu ziehen, das an seinem Gürtel hing.

Der dritte Mann ließ seine Fackel fallen, wirbelte herum und rannte in den Wald hinein. Er kam nicht weit. Ich warf ihn zu Boden, kniete mich auf seinen Rücken, packte seine Haare, drückte sein Gesicht in den Boden. Der Meuchler stieß einen erstickten Schrei aus; er zappelte und zuckte. Ich spürte eine wilde Freude in mir aufsteigen, presste mit aller Kraft. Schließlich erschlaffte der Körper unter mir.

Als ich zum Waldrand zurückkehrte, war die Frau gerade dabei, sich eine der Fackeln zu nehmen. Die andere hatte sie ausgetreten. Ich blieb ein paar Schritte von ihr entfernt stehen.

Sie hob die Augen und sah mich an.

»Hm«, machte sie und zog die Brauen zusammen.

Ich senkte den Blick und spürte, wie ich rot wurde.

»Hm«, machte sie noch einmal.

Ich nahm allen Mut zusammen, sagte mühsam: »Ich habe dir gerade das Leben gerettet.«

Meine Stimme war ein Krächzen. Und ich konnte die Worte nicht gut aussprechen. Das musste daran liegen, dass mir ein Stück der Zungenspitze fehlte.

»Eigentlich gehört sich das nicht, unangezogen mit einer Dame zu reden«, erwiderte sie.

Erst jetzt fiel mir ein, dass ich völlig nackt war. Ich wurde noch röter und sprang zurück ins Dunkle.

Die Frau seufzte, drehte sich um und ging fort.

»Halt! Warte!«, rief ich.

Sie gab mir keine Antwort.

Hastig wandte ich mich den Leichen zu. Ich schätzte, dass der Mann, dem ich die Klinge ins Auge gestoßen hatte, ungefähr so groß war wie ich. Ich begann, ihn auszuziehen. Seine gesamte Kleidung war schwarz: Er trug schwarze Stiefel, eine schwarze Hose, ein schwarzes Hemd und einen schwarzen Kapuzenumhang. Auch sein Gürtel, seine Handschuhe und sogar die Scheide seines Kurzschwertes waren schwarz. Die Hose war mir zu weit, die Stiefel etwas zu groß. Nachdem ich den Gürtel zwei Loch enger geschnallt und Gras in die Stiefelspitzen gestopft hatte, ging es. Ich wusste nicht, was ich mit einem Kurzschwert anfangen sollte, und ließ die Waffe liegen. Aber ich griff mir den Dolch, der noch immer im Schädel des Meuchlers steckte.

Als ich angezogen war, lief ich hinter dem Lichtschein der Fackel her, der sich langsam entfernte. Bald hatte ich zu der Frau aufgeschlossen. Sie warf mir einen kurzen Blick zu; das war alles.

Eine kleine Weile gingen wir schweigend nebeneinander her. Schließlich ertrug ich es nicht länger: »Was machst du da eigentlich?«, platzte ich heraus.

»Ich gehe nach Hause.«

»Einfach so?!«

Sie warf mir wiederum einen kurzen Blick zu. »Nein, nicht einfach so«, erklärte sie. »Ich habe ein Brot im Ofen und muss mich um meinen Kleinen kümmern.«

»Aber die drei Kerle waren drauf und dran, dich zu töten … Und ich – ich –«

»Es tut mir leid, aber ich habe jetzt wirklich keine Zeit. Vielleicht können wir uns ein andermal unterhalten, ja?«

Ich starrte sie fassungslos an. »Begreifst du nicht, was ich sage?!«, schrie ich. »Da, wo die drei hergekommen sind, gibt es bestimmt noch mehr! Wahrscheinlich warten sie bei dir zu Hause. Du wirst sterben, wenn du da hingehst!«

Dieses Mal blieb sie stehen. Sie wandte sich mir zu; ihr Gesicht hatte einen strengen Ausdruck angenommen. »Hör zu«, begann sie,

»ich weiß, dass du gerne mit mir mitkommen möchtest. Aber ich kann dich leider nicht brauchen. Geh jetzt. Auf Wiedersehen.«

Sie machte eine scheuchende Handbewegung und wollte sich abwenden.

Ich hielt sie am Arm fest. Sie drehte sich wieder zu mir um; sie sah verärgert aus. »Was ist denn jetzt noch?«, fragte sie, und in ihrer Stimme lag ein gefährlicher Unterton.

»Was soll das heißen, du kannst mich nicht brauchen?«, rief ich. »Ich habe dir doch gerade das Leben gerettet! Das hast du doch wohl nicht vergessen?!«

Nachdenklich legte sie eine Hand ans Kinn. Plötzlich hellte sich ihr Gesicht auf. »Richtig!«, sagte sie. »Dann kann ich dich ja doch brauchen. Da sind bestimmt noch mehr böse Männer. Du darfst mitkommen.«

Die letzten drei Worte hatte sie mit einiger Huld gesprochen. Sie lächelte mich an und setzte dann ihren Weg fort.

Ich folgte ihr.

Mittlerweile hatten wir uns ein Stück vom Waldrand entfernt. In der Ferne erhoben sich Hügel, und ich konnte eine gepflasterte Straße erkennen, die zwischen brach liegenden, von Unkraut überwucherten Feldern hindurch führte. Von dieser Straße zweigte ein Weg ab. Der Weg lief auf ein großes Anwesen zu. Obwohl wir noch ein Stück zu gehen hatten, ehe wir das Herrenhaus erreichten, sah ich, dass sowohl die Gebäude als auch das sie umgebende Mauerwerk in schlechtem Zustand waren. Hier und da hatten sich Steinhaufen aufgetürmt. Bei einem Nebenhaus fehlte das Dach.

Ich öffnete den Mund, schloss ihn wieder, öffnete ihn erneut. »Wie heißt du eigentlich?«, fragte ich.

»Scara«, antwortete sie. Ihr Ton ließ keinen Zweifel daran aufkommen, dass sie das nicht jedem verriet.

»Und du wohnst in dem Haus dahinten?«

Sie nickte. »Mit meinem Kleinen«, fügte sie hinzu.

Ich fragte mich, wer sie wohl war, dass sie mit ihrem Sohn ganz alleine in einem verfallenen Landgut wohnte. Eigentlich hätte sie eine große Dame sein müssen, um ein Herrenhaus ihr Eigen zu nennen. Doch Scara war barfuß und trug einen schlichten, dunklen Rock, der ihr bis auf die Knöchel fiel. Ihr Hemd war weiß, weit und nicht ganz sauber. Um den Hals hatte sie ein bunt besticktes Tuch gelegt. Ich konnte keinen Schmuck an ihr erkennen. Ihr Gesicht war nicht bemalt. Sie roch nach Schweiß und Rauch.

Verstohlen musterte ich Scaras Züge. Auch das gab mir keine Antwort auf die Frage, wer oder was sie war. Sie schien ziemlich jung – wohl nur ein paar Jahre älter, als Alva bei ihrem Tod gewesen war –, hatte große, graue Augen und dunkles Haar, das ihr bis auf die Schultern fiel.

»Und was ist mit dem Vater?«, fragte ich.

»Welcher Vater?«

»Der Vater von deinem Kind.«

»Ach so.« Sie zuckte die Schultern. »Der ist alt und eklig und hat uns verstoßen.«

Scara klang ganz unbekümmert.

Ich schwieg und blickte zu Boden.

Keiner von uns sprach mehr, bis wir den Landsitz erreichten.

Aus der Nähe betrachtet, bestätigte das Anwesen meinen ersten Eindruck. Eine breite Freitreppe führte zum Eingang des zweistöckigen Hauptgebäudes, der von einem säulengestützten Vordach überspannt war. Auf der linken und der rechten Seite des Hauses gab es je einen Söller.

Alles war aus einem Stein gefertigt, der im Laufe der Zeit ein schmutziges Graubraun angenommen hatte. Die Außenwände waren mit Mosaiken und Ornamenten geschmückt, die von wildem Wein überwuchert wurden. Hier und da standen mannsgroße Statuen, und zwischen den Steinplatten, mit denen Teile des Hofs ausgelegt waren, spross das Unkraut.

»Hübsch, nicht wahr?«, sagte Scara, kaum dass wir zwischen den vermoderten Resten der Torflügel hindurch auf den Hof getreten waren. Wie zur Bestätigung hörten wir das Iah eines Esels.

Den Esel konnte ich nicht sehen. Aber bei den Stallungen waren sieben Pferde angebunden. Es fehlten also noch vier Meuchler.

Ich wandte den Blick nach rechts: Im Osten verblassten die Sterne, und über den schwarzen Horizont zogen sich die ersten grauen Streifen.

Scara ging zielstrebig auf den Haupteingang des Herrenhauses zu. Ich hatte keine Ahnung, was sie vorhatte. Doch ich fragte auch nicht. Nachdem sie ihre Fackel in einen Pferdetrog hatte fallen lassen, in dem ein paar Fingerbreit Wasser stand, stiegen wir die Freitreppe hoch. Dann öffnete sie das zweiflügelige Eingangsportal. Es knarrte, aber nur leise.

Wir betraten eine weitläufige Halle, in der es fast völlig dunkel war. Ich sah ein halbes Dutzend große Kandelaber, aber nur wenige Kerzen waren entzündet. Links und rechts von uns führten Treppen zu einer Galerie empor, die mit einer brüchigen Balustrade ausgestattet war. Auf der gegenüberliegenden Seite der Halle befand sich eine Tür, unter der etwas Licht hindurch fiel. Und aus dem Raum dahinter waren Stimmen zu hören. Scara war noch immer nicht gewillt, mich in ihren Plan einzuweihen. Schnurstracks ging sie dem Licht und den Stimmen entgegen.

Mir wurde klar, dass ich lächelte. Ich zuckte zusammen.

Wenige Augenblicke später hörte ich von jenseits der Tür eine schrille, wütende Stimme: »Zum letzten Mal, Justinius, unterschreib die dreimal verdammte Erklärung! Sonst ist es vorbei mit dir!«

Es klang nicht so, als hätte jemand mit einem kleinen Jungen gesprochen.

Die Drohung wurde von einem verächtlichen Lachen beantwortet: »Wenn ich den Dreck unterschreibe, bringst du mich doch erst recht um!«

Scara öffnete seelenruhig die Tür. Sie betrat das dahinterliegende Zimmer.

Und ich folgte ihr.

Wir kamen in einen Speisesaal. An den seitlichen Enden des Saales waren spitzbogige Fenster eingelassen, die halb von roten, mottenzerfressenen Vorhängen verdeckt wurden. Verblasste Gobelins schmückten die Wände, und in den vier Zimmerecken hielten rostfleckige Ritterrüstungen eine Wacht ohne Ende. Es gab einen großen Kamin, über dessen Sims ein zerbrochenes Wappen hing. In dem Kamin brannte ein Feuer, das alles in flackerndes Zwielicht tauchte; auch die Gestalten, die bei der langen, langen Tafel standen.

Als Erstes erblickte ich einen Mann, dem man die Hände hinter dem Rücken zusammengebunden hatte. Der Gefesselte war ein Hüne. Er hatte dunkelblonde Haare, die ihm in schweißnassen Strähnen ins Gesicht fielen. Seine Züge waren herb, zugleich aufgeschwemmt, und eine Wampe schob sich über seinen Gürtel. Trotzig reckte er das Kinn, obwohl sich zwei blutige Striemen über seine nackte Brust zogen.

Um ihn herum standen vier Männer. Drei von ihnen trugen schwarze Kapuzenumhänge. Zwei der Meuchler hatten den Hünen an den Armen gepackt, einer hielt ein Messer in der Hand, dessen Klinge rot schimmerte.

Der vierte Mann war fast so groß wie der Gefesselte. Sein weißes Hemd war mit Rüschen besetzt und hatte sehr weite Ärmel. Er fuchtelte mit einem Pergament in der Luft herum. Zorn verzerrte sein Gesicht; aber nicht nur Zorn – da war noch etwas anderes.

Scara spazierte in den Speisesaal, und die Männer erstarrten. »Hallo«, sagte sie. »Ich finde, ihr solltet jetzt gehen. Ich habe noch ein Brot im Ofen. Außerdem muss mein Kleiner ins Bett. Es ist spät. Es ist sogar schon früh. Seht ihr, das kommt davon.«

Nachdem Scara zu Ende gesprochen hatte, herrschte für zwei oder drei Sekunden Schweigen im Saal. Der Mann, der Justinius hieß, lächelte. Es schien, als wollte er nicht lächeln. Er tat es dennoch.

Dann begann das Rüschenhemd zu toben: »Warum lebt die Irre noch?! Kann mir das jemand erklären?!«, schrie er außer sich. Dabei schwollen seine Stirnadern an, als wollten sie platzen.

»Herr, Gunnar und –«, stammelte der Kerl mit dem Messer.

»Ausreden! Götterverdammte Ausreden! Schneidet ihr gefälligst die Kehle durch! Oder hackt ihr den Kopf ab! Und zwar sofort!«

»Aber Herr, der Plan – «

»Ich kenne den Plan, du Schwachkopf!«, schrie der Mann und stampfte mit dem Fuß auf. »Es ist schließlich *mein* Plan! Dann werdet ihr die Leiche eben unterwegs verbuddeln! Und jetzt schafft mir dieses verrückte Weib aus den Augen!«

Der Meuchler gab seinen Kumpanen ein Zeichen. Doch noch ehe sie sich in Bewegung gesetzt hatten, ergriff Scara erneut das Wort: »Also, das würde ich nicht tun«, sagte sie, nach wie vor völlig unaufgeregt. »Ich habe nämlich jemanden mitgebracht.« Sie wies mit der Hand über die Schulter. »Er ist schwarz und sehr gefährlich. Außerdem ist er mein Diener und tut alles, was ich will.«

Dieses Mal war es an mir, sie fassungslos anzustarren: »*Was* bin ich?!«, brachte ich hervor.

Scara wandte sich nach mir um. Sie legte eine Hand an die Hüfte, mit der anderen wies sie auf die Meuchler. Sie schürzte die Lippen.

Ein Gedanke: Etwas war gekommen, Jahr um Jahr, durch das Licht und die gleißende Dunkelheit. Jetzt war es da. Das Blut dreier Männer klebte an meinen Händen. Ich trug die Kleider eines Toten.

Ich begann zu lachen.

Es war so einfach.

Bislang hatte ich mich außerhalb des Feuerscheins gehalten. Nun trat ich nach vorne. Zwei der Meuchler näherten sich Scara. Als sie mein Lachen hörten, hielten sie inne. Sie sahen mich. Sie sahen mich und wussten nicht, was sie tun sollten.

Ich lachte und lachte.

Mit gekrümmten Fingern und weit aufgerissenen Augen lachte ich.

Plötzlich begann der Speisesaal zu verwischen. Die Meuchler, das Rüschenhemd und der Gefesselte, die Tafel, der Kamin und die Ritterrüstungen – alles war nur noch als blasser Schlieren zu erkennen. Die Geräusche klangen, als wären sie ihr eigenes Echo. Ein dumpfes Dröhnen breitete sich in mir aus. Es wurde immer wuchtiger, bis es jeden anderen Laut übertönte. Ich wollte mich auf die Männer stürzen. Aber meine Glieder waren schwer wie Baumstämme. Ich sank auf die Knie. Die Steinplatten, mit denen der Saal ausgelegt war, schienen brüchig. So, als könnte man jederzeit durch sie hindurchfallen.

Dann war ich wieder auf der Lichtung. Ich starrte den Boden des Speisesaals an und war doch auch bei der Linde im Wald. Die Lichtung hatte sich verändert: Sie wirkte größer, weiter, und ich konnte keine Spur von der Hütte erkennen, in der Danjes Familie gelebt hatte. Dennoch wusste ich, dass es *meine* Lichtung war. Und ich war nicht allein.

Man hatte sie zusammengetrieben: Männer, Frauen und Kinder; genug, um ein kleines Dorf zu füllen. Sie kauerten im Gras, weinten, schluchzten, beteten in Todesangst. Um sie herum standen die Soldaten. Ich sah Schwerter, Speere, Streitkolben – das Licht der sinkenden Sonne ließ den Stahl rötlich glänzen. Ein Mann war vorgetreten, vielleicht ein Offizier. Er hielt sich sehr gerade, hatte die Hände auf dem Rücken zusammengelegt und sprach zu den Gefangenen. Sein Ton war herrisch, jedes Wort eine Drohung. Das spürte ich. Doch ich konnte nicht verstehen, was er sagte. Ebenso wenig, wie ich die Gesichter der Soldaten zu erkennen vermochte. Das Einzige, was ich deutlich sah, war eine Frau, die ganz nah bei mir kniete. Sie hielt jemanden in den Armen – ich wusste nicht, war es ihr Sohn, ihr Bruder, ihr Geliebter? – und sprach immer wieder dieselben Worte. Diese Worte verstand ich. »Wir gehen heim …«, sagte sie. »Wir gehen heim …« Dann zerschmetterte ihr ein Streitkolben den Schädel, und ihr Blut vermischte sich mit dem der anderen Erschlagenen, während es langsam in die Erde sickerte.

Ich hörte ungläubiges Lachen, wie aus großer Ferne, und hob den Blick. Einen Lidschlag lang sah ich das Gesicht der toten Frau vor mir; sie streckte die Hände nach mir aus, als wollte sie auch mich umarmen. Doch in der nächsten Sekunde war es einer der Meuchler, der grinsend auf mich zukam. Er hatte sein Kurzschwert gezogen. Ich biss die Zähne zusammen und versuchte, mich hochzurappeln …

Justinius stieß ein wildes Gebrüll aus. Irgendwie war es ihm gelungen, seine Fesseln zu sprengen, während die anderen durch mich abgelenkt waren. Er packte einen der schweren, hochlehnigen Eichenstühle und schlug damit nach dem Messerträger. In letzter Sekunde duckte sich der Mann weg. Ein dröhnender Hall erfüllte den Speisesaal, als der Stuhl gegen die Tafel krachte. Indem er auswich, verlor Justinius' Gegner das Gleichgewicht. Er stolperte über seine eigenen Füße und stürzte zu Boden.

Sein Kumpan hatte von mir abgelassen. Mit erhobenem Schwert wirbelte er herum. Doch ehe er zuschlagen konnte, schleuderte Justinius den Stuhl gegen seine Brust. Das Kurzschwert fiel klirrend auf die Steinplatten. Als der Meuchler nach der Waffe greifen wollte, verpasste ihm Justinius einen Haken, der ihn von den Beinen holte. Sein Hinterkopf knallte gegen die Tischkante. Er kam zum Liegen; Blut floss aus seinem Schädel. Mittlerweile war der Messerträger im Begriff, wieder aufzustehen. Doch Justinius war schneller. Er stieß einen Wutschrei aus und trat zu. Seine Stiefelspitze traf den Mann am Kinn. Der stürzte ein weiteres Mal zu Boden und rührte sich nicht mehr.

Das Rüschenhemd und der vierte Meuchler waren einige Schritte zurückgewichen.

Ich stellte mich neben Justinius. Auch Scara war an die Tafel herangetreten. Sie hatte die Hände vor dem Schoß gefaltet und machte einen abwesenden Eindruck.

»Hör zu, Justinius …«, begann der hochgewachsene Mann; er wirkte plötzlich seltsam jung und sprach mit zitteriger Stimme. »I-ich – ich kann es dir er –«

»RAUS! RAUS AUS MEINEM HAUS!«, brüllte Justinius und ballte die Fäuste. »SCHIEB DIR DEIN VERDAMMTES PERGAMENT IN DEN ARSCH UND VERSCHWINDE!«

»D-du verstehst nicht – ich –«

»RAUS HAB ICH GESAGT!!!«

Das Rüschenhemd nickte hastig dem vierten Meuchler zu. Die beiden eilten zu ihren ohnmächtigen Kumpanen, zogen sie auf die Beine und schleppten sie aus dem Speisesaal, ohne noch ein Wort zu sagen.

Justinius schwankte hinter ihnen her. »Ich scheiß auf dich, Edmund! Ich scheiß auf euch alle!«, schrie er.

Doch da verließ ihn die Kraft. Er blieb stehen, fasste sich an die Stirn und stöhnte. Dann sackte er auf einem Stuhl zusammen.

Scara blinzelte ein paarmal. Sie sah sich im Speisesaal um. Als ihr Blick auf die Blutpfütze fiel, legte sie die Stirn in sorgenvolle Falten.

»Siehst du, mein Kleiner, das passiert, wenn du nicht auf mich hörst«, mahnte sie.

»Ich bin nicht dein Kleiner«, knurrte Justinius, »wie oft soll ich dir das noch sagen? Halt einfach deinen verdammten Mund, ja?« Einen Moment später fügte er hinzu: »Und sag mir, was bei allen Höllen hier gespielt wird!« Er machte eine schwache Geste in meine Richtung.

»Ich fürchte, ich kann dir nicht folgen. Soll ich nun reden, oder soll ich nicht reden?«

»Sowie ich weiß, was hier vor sich geht, kannst du dir von mir aus die Zunge rausschneiden.«

Scara schüttelte den Kopf. Ihre Züge zeigten milden Tadel. »Das sind aber böse Worte. So habe ich dich nicht erzogen, mein Klei-«

»DU HAST MICH ÜBERHAUPT NICHT ERZOGEN!!!«, brüllte Justinius und hieb mit der Faust auf die Tafel. Dann sackte er wieder in sich zusammen. »Ich brauche Schnaps!«, jammerte er, indem er das Gesicht in den Händen vergrub. »Bring mir Schnaps, in Dreidämonsnamen!«

»Hm …«, machte Scara. Offenbar ging sie mit sich zu Rate, ob sie der Aufforderung folgen sollte. Schließlich blickte sie in meine Richtung. »Nun, was ich sagen wollte, das da hinten ist …« Scara zog die Brauen zusammen. »Wie heißt du eigentlich?«, fragte sie.

»Mykar.«

»Na, es geht doch. Höflich ist das übrigens nicht, seinen Namen für sich zu behalten. Das da hinten ist also Mykar«, sagte sie und wandte sich wieder Justinius zu. »Er ist ganz nett, und wir mögen uns.«

Eine unsinnige, beschämende Freude ergriff mich. Zugleich zuckten die Bilder des Gemetzels, das ich bezeugt hatte, durch meinen Geist. Ich sagte mir, dass ich der Frau und den anderen Gefangenen helfen musste. Aber ich wusste, dass es zu spät war … viel zu spät … immer schon zu spät … Der Speisesaal begann, sich um mich zu drehen.

»Mykar …?«, wiederholte Justinius. Er hob die Augen, und unsere Blicke trafen sich. Es war, als hätte er mich erst jetzt bemerkt. Er betrachtete mich eine Sekunde lang, verzog dann das Gesicht.

»Und wo zur Hölle hast du diese Vogelscheuche ausgegraben?«, fragte er.

Ich hörte schon nicht mehr, was Scara antwortete.

Ich wurde ohnmächtig.

9
SCHATTEN AUF DEN HÜGELN

Mykar

Als ich die Augen öffnete, war es hell. Ich lag auf der steinernen Bank eines großen, kalten Ofens. Abgesehen von einem Holztisch, um den herum fünf Schemel standen, war der Raum leer. Durch zwei Fenster und eine Türöffnung fiel Licht ins Innere. Draußen erblickte ich den von Unkraut überwucherten Hof des Landguts. Da war ein Esel, der zwischen den Steinplatten graste. Er hatte graues Fell und alle Zeit der Welt.

Ich hatte keine Zeit.

Es waren schon fast zwei Tage vergangen, seit Cay von den Reitern verschleppt worden war.

Was tat ich?

Was tat ich, bei allen Göttern?

Ich sprang auf. Mir wurde schwindelig. Ich musste mich wieder setzen. Ich fletschte die Zähne und grub mir die Fingernägel in die Handflächen.

Ein weiteres Mal zog ich mich auf die Beine; dieses Mal blieb ich stehen.

Auf dem Tisch entdeckte ich meinen Langdolch. Die Klinge war mit getrocknetem Blut besudelt. Ich nahm die Waffe und wollte mich gerade zum Gehen wenden, als Scara vom Hof hereinkam. Sie trug zwei Eimer, in denen das Wasser schwappte.

»Hallo«, sagte sie, indem sie ihre Last abstellte.

»Hallo«, erwiderte ich hastig. »Wie spät ist es?«

Sie fasste sich nachdenklich ans Kinn. »Es ist Mittag. Oder vielleicht auch Abend. Je nachdem, wie man es betrachtet.«

»Verdammt noch mal, Scara!« Ich schob mich an ihr vorbei, um nach der Sonne zu sehen. Sie hatte ihren höchsten Stand längst überschritten.

»Ich muss Cay finden!«, rief ich.

»Wer ist Cay?«, fragte Scara.

Die Frage traf mich unerwartet. *Wer ist Cay?* Aber das war doch ganz klar. Cay war …

Ich wandte mich zu Scara um. Sie betrachtete mich gleichmütig.

»Cay … ist … mein Freund«, murmelte ich.

»Ah!«, machte Scara. Sie legte den Kopf schief.

»Er – er hat mich gerettet. Als – als ich ein Kind war … Die anderen Jungen waren hinter mir her, und er hat mich beschützt.«

»Das ist ein schöner Zug von ihm.«

»Und jetzt … jetzt ist Cay in Gefahr.«

»Aber nicht doch.«

»Und er hat niemanden … niemanden außer mir.« Ich sprach die Worte und begriff, dass ich die Wahrheit sagte. »Ich muss ihn finden!«, rief ich wieder.

»Na, wenn das so ist!«, entgegnete Scara. »Aber sei rechtzeitig zum Abendbrot wieder zurück.«

Sie lächelte aufmunternd, und plötzlich wurde mir alles klar … wieso hatte ich nicht früher daran gedacht?

»Scara, ich brauche deine Hilfe!«, sagte ich eindringlich.

»Meine Hilfe? Helfen kann ich bei vielem. Ob ich will, ist eine andere Sache. Worum geht es denn?«

»Um Cay natürlich! Wirst du mir helfen, ihn zu retten?«

»Ich dachte, das machst du jetzt schnell?«

Ich verzog das Gesicht. »Ich weiß ja nicht einmal, wo er ist. Es waren vier Männer. Sie haben ihn mitgenommen. Ich habe keine Ahnung, was sie mit ihm vorhaben. Vielleicht wird es gefährlich …«

»Gefährlich?«

»Ja. Sie werden ihn kaum freiwillig herausgeben.«

»Nun, wenigstens hat Justinius etwas zu tun, wenn er sich mit bösen Männern haut. Bewegung ist gut für ihn, allgemein gesprochen. Ich weiß nicht, ob es dir aufgefallen ist, aber er ist nicht der Schlanksten einer.«

»Heißt das, dass du mir hilfst?«

»Vielleicht. Ich werde darüber nachdenken.«

»Scara, wir haben keine Zeit zum Nachdenken!«

»Zum Nachdenken ist immer Zeit. Ich selbst denke gerne und viel nach und kann es nur empfehlen. Wäge deine Entscheidungen sorgsam ab, dann hast du keinen Grund, sie zu bereuen.«

»Ich habe meine Entscheidung, dir das Leben zu retten, auch nicht sorgsam abgewogen!«

»Das ist etwas anderes. In meinem Fall ist es offensichtlich, dass man mir das Leben retten sollte. Was deinen Freund Cay betrifft, bin ich mir da noch nicht ganz sicher. Erzähl mir mehr von ihm. Ich verspreche dir, nach Möglichkeit zu deinen Gunsten abzuwägen.«

Ärgerlich winkte ich ab. »Dann reden wir später weiter! Ich muss sowieso erst herausfinden, wo sie Cay hingebracht haben!«

»Das versteht sich. Ich wünsche dir viel Freude dabei …« Scara hob einen mahnenden Finger. »Aber pass auf, dass du dir keinen Schnupfen holst. Ich vermute nämlich, es wird bald regnen.«

Der Esel unterbrach sein Kauen, als ich an ihm vorbeieilte. Mir war, als hätte er mich kurz angesehen: mit einem Blick voll schweigendem Mitleid.

Ich überquerte den Hof, ließ die Mauern des Anwesens hinter mir und eilte den Weg entlang, der quer durch die Felder und Wiesen führte. Erst, als ich die gepflasterte Straße erreicht hatte, wurde mir klar, dass ich gar nicht wusste, in welcher Richtung das Dorf lag. Meine Erinnerungen fühlten sich fremd an, wie etwas, das ich nur vom Hörensagen kannte.

Ich schloss die Augen und versuchte, die Bilder zu greifen.

Mir fiel ein, dass man die Hügelkette, die sich in einiger Entfernung rechter Hand der Straße erhob, auch sehen konnte, wenn man vom Dorf aus zum Weiher ging und dann dem Verlauf des Waldes folgte, bis er ins Wiesenland überging – und ich musste daran denken, dass man an klaren Tagen sogar die grau-weißen Gipfel der Fokris-Berge erkannte, die sich weiter im Norden erhoben.

Ich lief weiter. Bald brach mir der Schweiß aus. Doch ich spürte, dass ich wenn nötig den ganzen Tag laufen konnte.

Als ich Huftrommeln hörte, blieb ich verwirrt stehen. Ich blickte über die Schulter. Eine Kutsche nahte. Es gab keinen Grund, warum ich mich hätte verstecken sollen. Es gab keinen Grund, warum ich mich überhaupt um die Kutsche hätte scheren sollen. Dennoch verließ ich die Straße, die hier über einen Damm geführt wurde. Ich lief in die Wiese hinein, legte mich ins hohe Gras und wartete.

Die Kutsche hielt fast auf einer Höhe mit mir. Es war ein Fünfspänner: Der Wagen aus schwarzglänzendem Holz wurde von drei Schimmeln und zwei Füchsen gezogen. Auf dem Bock saßen zwei Männer. Sie trugen rote Wämser, ebenso wie ein dritter Mann, der auf dem Dach der Kutsche hockte. Der dritte Mann hatte eine Armbrust über die Schulter gelegt. Auch die beiden Reiter, die dem Wagen folgten, waren bewaffnet.

Einen Augenblick lang glaubte ich, dass es um mich ginge. Dass da jemand käme, der auf der Jagd nach mir war. Dann begriff ich, dass es einfach eine Kutsche war, die eine Rast einlegte.

Eine Handvoll Reisende entstiegen dem Wagen. Es waren hohe Herren und Damen; sie wollten sich die Beine vertreten und sich etwas erfrischen. Die beiden Rotgekleideten holten zwei Weidenkörbe und ein paar Decken aus einem Stauraum im hinteren Teil des Wagens. Während die Reiter bei der Kutsche wachten, verließ die kleine Gesellschaft die Straße. Für ihr Nachmittagsmahl wählte sie ein Stück Wiese auf der gegenüberliegenden Seite des Damms.

Ich wollte aufatmen. Da sah ich, dass sich eine Frau von der Gruppe getrennt hatte. Sie kam in meine Richtung. Einer der Reiter hielt ihr die Hand hin, um sie zu stützen, während sie die niedrige Böschung hinunterstieg. Sie wies ihn ab – mit einer kleinen, irgendwie harten Geste, die den Mann zurückschrecken ließ. Wenige Schritte von mir entfernt blieb die Frau stehen. Sie hätte mich entdeckt, wenn sie in meine Richtung geblickt hätte.

Aber das tat sie nicht.

Sie stand einfach da und sah geradeaus, auf den Wald oder etwas, das weit hinter dem Wald lag.

Ich betrachtete die Frau. Sie hatte einen leichten blauen Reisemantel über die Schultern geworfen. Ihre blonden Locken waren am Hinterkopf zu einem großen Knoten aufgesteckt, der mit perlenbesetzten Bändern geschmückt war. Sie hatte sehr helle Haut und sehr dunkle Augen. Und sie hatte Fingernägel, länger und spitzer, als ich es für möglich gehalten hätte.

Plötzlich war mir, als hätte sie schon immer da gestanden. Als würde sie den Blick seit Tausenden von Jahren in die Ferne schweifen lassen und auf etwas warten, ein Zeichen oder die Spur eines Zeichens, das doch nie kam.

Dann ging die Frau, und nach einer Weile setzte die Kutsche ihren Weg fort.

Ich blieb noch im Gras liegen. Ich sah, dass vor mir ein Käfer über den Boden krabbelte – ein kleiner brauner Käfer mit winzigen Beinen und winzigen Zangen. Es war nur ein Käfer. Aber er konnte auf seinen Beinchen zwischen den Grashalmen hindurchhuschen und sein Käferleben leben. Und ich? Wessen Leben lebte ich? Lebte ich überhaupt? Ich hob die Augen. Die fernen Hügel wurden von der sinkenden Sonne in Rot und Gold getaucht. Ein paar niedrige, merkwürdig helle Wolken zogen vorüber und warfen Schatten auf die Hügel.

10
DER SEELENRUF

Mykar

Es dämmerte bereits, als ich zum Dorf kam. Während ich über die Straße, die Wiesen und die abgeernteten Felder gelaufen war, hatte sich der Himmel zugezogen und ein Regenschauer war niedergegangen – so wie Scara vorausgesagt hatte. Nun waren die Feldwege verschlammt. Ein fauliger Dunst hing in der Luft. Als ich die ersten Häuser erreichte, begann es erneut zu regnen. Das Dorf schien menschenleer. Windböen pfiffen zwischen den Hütten umher. Sie rissen an den Strohmatten, mit denen die Dächer gedeckt waren, ließen das Holz der Türen und Wände ächzen und klapperten mit Fensterläden, wo es welche gab.

Ich blieb auf dem Dorfplatz stehen. Nur wenige Schritte entfernt von der Stelle, an der Brogar mir den Schädel eingeschlagen hatte. Der Regen hörte auf. So jäh, wie er begonnen hatte.

Durch eine offen stehende Tür konnte ich in eine Lehmhütte hineinblicken. In der Hütte saßen eine uralte Frau und ein verschrumpeltes Männchen schweigend beieinander. Früher hatten Marun und seine Frau Casta in dieser Hütte gelebt. Sie waren mit Kinderlosigkeit geschlagen. Alle Welt hatte gewusst, dass sie einmal auf die Almosen ihrer Nachbarn angewiesen sein würden.

Der Alte erhob sich mühsam vom Schemel, um das Talglämpchen zu entzünden; es stand in einer Wandnische unter dem Elaah-Kreis, der aus Stroh, getrockneten Gräsern und Eschezweigen gefertigt war. Er schlurfte zum Ofen, beugte sich vor und ließ einen Kienspan erglimmen. Dabei legte er eine Hand auf sein Knie und fuhr mit der Zunge über den rechten Mundwinkel.

In diesem Moment begriff ich, dass die zwei Greise Marun und Casta waren. Und ich begriff, wie viel Zeit in Wahrheit vergangen sein musste, seit ich das letzte Mal im Dorf gewesen war. Die beiden hatten das karge Brot, das die Götter ihnen gaben, bis zum letzten Krumen aufgegessen; an tausend stillen, leeren Abenden.

Plötzlich war mir, als hörte ich Stimmen, oder den Widerhall von Stimmen: Kinderrufen, Kinderlachen. Und mir war, als würde ich sie sehen, im schwindenden Licht: eine Schar von Jungen und Mädchen, die am Elaah-Tag zwischen den Hütten spielten, ehe sie zu ihren Familien zurückkehrten – den Eltern und Großeltern und Geschwistern –; ihren Familien, die ihnen einen Ort gaben, wo sie sein konnten. Einen Ort und eine Aufgabe: Sie hatten bereits begonnen, einfache Arbeiten zu verrichten. Sie melkten die Kühe, fütterten die Schweine oder halfen bei der Schafschur. Sie nähten, backten Brot oder wuschen die Wäsche. All das taten sie ganz selbstverständlich. Sie waren in das Dorf hineingeboren. Sie wuchsen dazu heran, ein Teil von ihm zu sein. Und sie würden ein Teil von ihm bleiben, bis zu dem Tag, an dem sie starben.

Die Kinder lösten sich auf, die Stimmen lösten sich auf. Zurück blieb eine Leere, eine schreckliche Leere. Mir tat das Herz weh. Tränen schwammen in meinen Augen. Diese Leere, war sie nicht mein Dorf?

Da wurde mir klar, dass ich tatsächlich Stimmen hörte. Stimmen, die sangen. Sie kamen vom Friedhof. Langsam wandte ich mich ab. Ich wischte mir die Augen und ging zögernd in Richtung des Gesangs.

Mittlerweile war die Sonne hinter dem Horizont verschwunden. Die Stunde zwischen Tag und Nacht kehrte ein. Es war die Stunde, in der ein Widerschein des letzten Lichts über der Welt liegt, während sich bereits die Dunkelheit anschickt, alles in ihren Mantel zu hüllen. Noch aber war es nicht so weit. Noch war es nicht das schwere, schwarze Tuch, aus dem Thaala ihr Gewand webt, das die matschige Straße und die Bauernhütten bedeckte. Noch strich der blaue Schleier übers Land, in den sich Minga hüllt, die Tochter der Todesgöttin, wenn sie sich auf die Suche nach ihrem verlorenen Geliebten macht.

Als ich ein Kind war, hatte ich gelernt, dass diese Stunde gefährlich ist. Denn wenn Minga ihren einsamen Gang antrat, öffnete sie manche Pforte, die besser geschlossen blieb. Sie bot den Toten und Schattenwesen eine Gelegenheit, ins Reich der Lebenden einzudringen. Die Geister und Wiedergänger, die Kobolde und Dämonen versuchten, durch den Spalt zu schlüpfen, den ihnen die Dämmerung auftat. Und nur widerwillig kehrten sie dorthin zurück, woher sie gekommen waren – bis Elaah den Morgen schickte.

Fast das ganze Dorf war auf dem Friedhof versammelt: die Männer und Frauen und Kinder, unter denen ich dreizehn Sommer und zwölf Winter verbracht hatte. Doch wie hatten sie sich verändert. Ich sah Harun, den Hirten. Er war in einen dicken Umhang aus Schafsfell gehüllt, halb auf einen Stock gestützt und halb auf Ugin, seinen Jüngsten. Ich sah Emer, den Müller, dessen Sohn einen Schatz von mir verlangt hatte. Und ich sah Brogar. Den riesenhaften, kraftstrotzenden Brogar. Er war ein gebeugter, zittriger Mann. Seine Frau, seine Kinder und Enkelkinder umgaben ihn – ein Dutzend an der Zahl –, als wollten sie ihn vor etwas beschützen. Tränen liefen über seine eingefallenen Wangen und seinen dürren ergrauten Bart.

Harun, Emer, Brogar – sie waren die Ersten, die ich erkannte.

Dann sah ich, wer fehlte.

Es fehlten Illiam und seine Frau. Als mir das klar wurde, wusste ich, dass die beiden tot waren. Es fehlte Ordalf. Ordalf, der anständige Säufer, der mich im Wald hatte verscharren sollen. Und es fehlte mein Vater. Mein Vater, der sich stets für mich geschämt hatte. Mein Vater, von dem ich niemals auch nur ein gutes Wort gehört hatte. Ich sah meine Mutter und meine Brüder, die selbst in drei oder vier Jahren alt genug sein würden, um zu heiraten und Kinder zu haben. Doch mein Vater … Einige Augenblicke lang bekam ich keine Luft. Mein Vater war tot.

Eine Handvoll Männer hatten Fackeln mitgebracht. Die Flammen zuckten in dem Wind. Dunkler Rauch stieg in den sich verdüsternden Himmel empor.

So standen sie da, die Leute aus unserem Dorf. Sie standen in dem blaugrauen Zwielicht, während ich mich am Rand des Friedhofs hinter einem Baum versteckt hielt. Sie standen zwischen den schmucklosen Gräbern, über denen Holzlatten aufragten, mal schief, mal gerade, an welchen aus Stroh geflochtene Elaah-Kreise hingen. Ruhig und würdevoll standen sie da. Sie sahen dabei zu, wie zwei von Brogars Söhnen das Skelett seiner ältesten Tochter aus der Grube hoben, die sie zuvor gegraben hatten. Und sie sangen eine Totenklage.

Alvas Überreste wurden auf ein weißes, mit Schutzzeichen besticktes Tuch gelegt, das neben dem Grab ausgebreitet worden war. Der Geweihte, der Illiams Nachfolge angetreten hatte, ging bei den Knochen in die Knie, um zu beten. Er sprach von Elaahs Güte und Sorins Weisheit. Er sprach von dem Ratschluss der Ewigen und davon, dass es jenseits von Thaalas Schattenlanden noch ein anderes Reich gibt. Wer schwach oder niederträchtig war und Skargat verfiel, der würde niemals hier eintreten, sagte er. Doch für die Gerechten würden sich die Pforten öffnen. Und auch für diejenigen, die unschuldig im Herzen waren.

Dann erhob sich der Geweihte. Er breitete die Arme aus, und das ganze Dorf empfing den Göttersegen aus seiner Hand. Dann kniete er erneut nieder. Er nahm einen Tonkrug, goss geweihten Wein auf ein Tuch und begann, Alvas Knochen zu waschen.

Im siebten Jahr nach der Beerdigung wurde diese Waschung vollzogen. Es war der endgültige Abschied. Die Seele wurde dem Jenseits überantwortet. Was noch für Bande bestanden haben mochten zwischen dem Verstorbenen und der Welt, die er auf immer verließ – sie wurden nunmehr gelöst. Nichts Ungetanes und Ungelebtes sollte die fliehende Seele zurückhalten.

Keine Liebe und kein Groll. Keine Sehnsucht und keine Trauer. Kein Schmerz und keine Reue.

Die Mitglieder von Brogars Familie traten nacheinander vor und legten kleine Gaben und Geschenke zu den Knochen: ein Paar Sandalen, ein besticktes Tuch, bunte Steine, ein Kamm, Brot und einen Wasserschlauch. Alvas Skelett wurde in das Tuch gewickelt und zurück in die Grube gehoben. In einem letzten Gebet wurde sie der Gnade Elaahs anempfohlen.

Bald war alles getan. Der Geweihte führte die Männer, Frauen und Kinder von den Gräbern weg. Er war ein junger Mann, schlank und hochgewachsen, mit einem sehr sauber geschnittenen Bart und strengen Zügen. Ich hörte ihn noch singen, nun schon vom Dorfplatz aus, als alle den Friedhof verlassen hatten.

Er sang und sang. Fast glaubte ich, er würde überhaupt nicht mehr damit aufhören. Aber irgendwann verklang seine Stimme.

Der Wind blies Blätter und Stöckchen über die Gräber. Ich betrachtete die locker aufgeschüttete Erde, die Alvas Überreste bedeckte. Ich fragte mich, welchen Weg sie wohl genommen hatte. Und ich fragte mich, was das war, ein Leben.

11
DAS VERBRECHEN

Mykar

Erst als es völlig dunkel geworden war, betrat ich die Dorfschenke. Der trübe Schimmer von Talglampen erhellte den Raum. An einem großen Tisch saßen ein halbes Dutzend Männer. Ich sah ihnen nicht in die Augen, setzte mich an einen Nebentisch und wartete.

Nach einigen Momenten kam eine Schankmagd zu mir. Ich hatte die Kapuze tief ins Gesicht gezogen. Ohne aufzuschauen sagte ich ihr, sie solle mir ein Bier bringen. Sie nickte und ging. Ich hielt weiter den Blick gesenkt. Ich wollte sie nicht ansehen. Weder sie noch die Bauern. Was wäre, wenn ich eines der Gesichter von früher erkannt hätte? Eines der Mädchen, die mich verlacht, einen der Jungen, die mich geschlagen hatten – oder einen der Männer, die mich nach meiner Geburt im Bach ertränken wollten?

Während ich auf mein Bier wartete, spürte ich die Blicke der Bauern. Es kamen selten Fremde in unser Dorf. Vielleicht einmal ein fahrender Händler; vielleicht eine armselige Gauklertruppe, die froh war, überhaupt irgendwo auftreten zu können.

Keine Gestalten in schwarzen Kapuzenumhängen.

Regungslos saß ich da. Als mir die Magd das Bier brachte, murmelte ich einen Dank. Ich betrachtete den Tonkrug; in dem matten Licht schien die Flüssigkeit sehr dunkel. Ich trank ein paar Schlucke. Das Bier schmeckte sauer und abgestanden. So, wie ich es in Erinnerung hatte. Ich mochte den Geschmack. Ehe ich mich versah, war der Humpen halb leer.

Die Gespräche der Männer setzten wieder ein. Als würde ich irgendwie dazugehören, jetzt, da ich getrunken hatte.

Anfangs redeten sie über Alltägliches. Einer hatte eine Kuh, die bald kalben würde. Ein anderer besaß einen Wagen, der ein neues Rad benötigte. Der Dritte fragte sich, wie die Kartoffeln dieses Jahr werden würden. Der Vierte kündigte an, er werde zur Elaah-Weihe seines Enkels ein Schwein schlachten.

Ich bestellte ein neues Bier. Und da ich hungrig geworden war, fragte ich die Magd, ob sie mir Brot mit Speck und Käse bringen könne.

Wieder verstummten die Männer. Dieses Mal hatte ihr Schweigen nichts mit mir zu tun. Es war, als ob sie einander in der Stille versichern würden, dass sie nun genug über die Dinge gesprochen hatten, die zu ihrem Leben gehörten.

Dann hörte ich den Namen: Cay.

Ich erstarrte.

»… hat ihm den Dolch ins Herz gerammt! Einfach so!«, sagte einer der Bauern. Seine Stimme klang gepresst und angespannt.

»Bei Elaahs Gnade und Sorins Weisheit!«, murmelte ein anderer.

»Nein! Was redest du denn da, Iundolf! Er hat ihn nicht erstochen! Erwürgt hat er ihn! Ich weiß es ganz genau! Mein Oheim hat's mir erzählt – und die Schwester von dem sein Weib steht seit vielen Jahren im Dienst des Grafen!«

Iundolf wollte protestieren. Aber derjenige, der ihn zurechtgewiesen hatte, ließ sich nicht beirren. Er schrie nun fast: »Nein! Nein! Wenn ich's dir doch sage! Seine Hochgeboren ist zu ihm gekommen –«

»Wie?! Doch nicht der Graf selbst?«

»Nein! Natürlich nicht! Der jüngste Sohn des Herrn Grafen war's! Der Cay hat da gerade am Zaun gearbeitet, sagt mein Oheim, und Seine Hochgeboren wollte wohl einfach freundlich sein, weil doch bald Alvas Seelenruf war und –«

»So ein Schwachsinn, Orgen!«, unterbrach nun ein Dritter. »Der Rudrick soll freundlich zu seinen Dienern gewesen sein? Nie und nimmer! Dem hat doch Skargat in die Wiege gelächelt –«

»Bier und Brot, mein Herr.«

Ich schreckte hoch, als die Magd den Tonkrug und die Holzplatte vor mir abstellte.

»Danke«, sagte ich, während sich unsere Blicke einen Moment lang trafen. Ihr Gesicht war müde, aber sie lächelte. Halb erwartete ich, das Lächeln würde verschwinden, wenn sie sah, wer ich war. Doch wahrscheinlich war ich ihr ebenso fremd wie sie mir. Sie drehte sich um und ging.

Am Nebentisch schrien die Bauern durcheinander. Ich konnte ihnen nicht länger zuhören. Ich versuchte zu begreifen, was sie gesagt hatten. Mir war, als müssten die Worte einen verborgenen Sinn haben – als könnten sie einfach nicht das bedeuten, was sie zu bedeuten schienen. Denn wie war das möglich? Cay hatte einen Adeligen getötet – Rudrick, den jüngsten Sohn des Grafen von Nordwiesen –, mit bloßen Händen hatte er ihn erwürgt, oder er hatte ihm die Klinge ins Herz gebohrt. Das war es, was die Männer sagten.

Aber warum? Warum sollte Cay das getan haben? Ich kannte ihn. Er war weder jähzornig noch aufbrausend. Und welchen Grund hätte er gehabt, den Grafensohn zu töten? Cay war gerecht. Er war tapfer und gerecht. Ich kannte ihn. Und warum sollte er die Tat zwei Tage vor Alvas Seelenruf begangen haben? Er hätte doch wissen müssen, dass er sich dann nicht mehr von ihr würde verabschieden können! Nein, das war unmöglich … Cay war mein Freund; ich kannte ihn …

Ich ließ den Kopf hängen. Erst jetzt sah ich, dass die Speckscheiben auf meinem Teller gebraten waren. Sie hatten sich zusammengezogen und waren mit einer bräunlichen, knusprigen Kruste bedeckt. Der Sud, in dem sie schwammen, hatte die zwei Brotstücke und den Kanten weißen, krümeligen Hartkäse getränkt, die am Rand der Platte lagen. Nun stiegen mir auch die Gerüche in die Nase, als wären sie vorher nicht da gewesen: das Würzige des Specks, die Schärfe des Käses, das leicht Süßliche des frisch gebackenen Brots.

Mein Magen zog sich zusammen. Ich dachte, ich müsste mich übergeben, bis ich begriff, dass mir schlecht war vor Hunger. Vor Hunger und vor Durst. Wie lange hatte die feuchte, kühle Erde meinen Mund gefüllt? Wie lange war die Dunkelheit meine Heimat gewesen? Ich schlang das Essen herunter, das Brot, den Speck, den Käse, und kippte einen zweiten und dritten Krug Bier hinterher. Während ich das tat, stellte ich fest, dass sich die Männer wieder beruhigt hatten. Doch noch immer sprachen sie über Cay …

»Es ist ein Jammer um den Jungen! Früher war er ganz anders gewesen, wisst ihr noch?«

»Er hat das mit der Alva halt nie wegstecken können. Habt ihr den seitdem eigentlich irgendwann mal lachen sehen? Zwischendurch war der auch mal eine halbe Ewigkeit weg, oder? Hat sich die Götter wissen wo rumgetrieben … Über drei Jahre waren das? Na, eine halbe Ewigkeit, sag ich doch! Geholfen hat's ihm jedenfalls nicht! Das ist mal klar! Der wär besser mal hier geblieben und hätt sich eine anständige Frau gesucht!«

»Aber ein geschickter Arbeiter ist er halt doch. Schreinert, als hätte er sein Leben lang nichts anderes gemacht. So einen kann eben auch ein hoher Herr gebrauchen.«

… und sein Verbrechen …

»Als er fertig war, hat er Seine Hochgeboren einfach liegen lassen! Er hat nicht mal versucht, es zu verbergen!«

»Und da kannst du sagen, was du willst, Travin, der junge Rudrick war kein schlechter Herr! Die Schwester meiner Marte ist ja seit Jahren im Dienste des Grafen, und grad gestern hat sie zu meinem Oheim seiner Frau gemeint …«

»Ich frag mich nur, wie der Cay das angestellt hat, Seiner Hochgeboren einfach so den Hals umzudrehen – der junge Herr war doch bestimmt bewaffnet. Ohne sein Schwert hat man den doch überhaupt nie gesehen!«

… und sein Schicksal …

»Das, was dem blüht, kann man seinem schlimmsten Feind nicht wünschen!«

»Die bringen ihn jetzt in die Perle – ich hab gehört, dass der Dorn selbst ihn richten wird!«

»Ja, und nicht nur ihn bringen sie dahin! Vorhin, als wir vom Friedhof gekommen sind, haben Ehrwürden Dagian doch gesagt, er schreibt jetzt an den Thaala-Tempel und dann wird die Leiche von Seiner Hochgeboren zu den Geweihten da gekarrt.«

»Aber was denkst du denn! Wenn ein Grafensohn ermordet wird, wird man den bestimmt nicht einfach in der Erde verscharren!«

»Haben die Geweihten nicht auch eigene Gerichte? Da kann man dem Cay nur wünschen, dass er nicht vor so einem landet!«

»Na, wer weiß? Strenger als der Dorn können Thaalas Schweiger auch nicht sein. Außerdem, wenn er Seine Hochgeboren ermordet hat, dann muss er auch dafür büßen.«

… und während ich all das hörte, spürte ich einen anderen Hunger in mir. Ich tunkte den letzten Rest von dem fettigen Sud mit einem Stück Brot auf und spürte, wie der Hunger wuchs. Ich konnte ihn so nicht stillen. Das Wissen um Cays Schmerz und seine Einsamkeit ließen ihn fast unerträglich werden. Ich musste daran denken, dass nur ein paar Dutzend Schritte entfernt von dem Tisch, an dem ich jetzt saß, der Hof war, auf dem mein Strohsack gelegen hatte. Und da war die Hütte, in der meine Mutter und meine Brüder schliefen.

Ich erinnerte mich: Es gab einen Ort, wo wir immer die Kinder sein würden, die wir niemals gewesen waren: leuchtend und glücklich und frei.

Nun, ich war nicht dorthin gegangen. Und Cay auch nicht.

Ich rief die Magd und sagte ihr, dass ich zahlen wollte. Ich sprach zu laut, aber die Männer kümmerten sich nicht mehr um mich. Mir fiel ein, dass ich gar kein Geld hatte. In einer Hosentasche fand ich ein paar Kupferstücke. Sie reichten.

12
DIE FRÖHLICHEN TOTEN

Mykar

Vor der Schenke blieb ich stehen. Ich atmete tief durch und blickte um mich. Meine Kleidung war dunkler als die Umrisse der Hütten und Bäume, dunkler als der tiefblaue Himmel, an dem ein Sichelmond hing, der von reglosen Wolken umlagert wurde.

Sie war ebenso dunkel wie der Rabe.

Er hockte auf der Mauer am Rande des Dorfplatzes, wie damals. Nachdem ich ihn bemerkt hatte, öffnete er die schwarzen Schwingen und stieß ein lautes, scharfes Krächzen aus. Mit hohlem Klang verhallte es zwischen den Hütten und Gassen des Dorfes, und mir war, als würde der Ruf von einem Dutzend weiteren beantwortet, die von irgendwo aus der Dunkelheit klangen.

Ich erschauderte. Es konnte keinen Zweifel geben: Das war der Rabe, den ich am Abend von Alvas Tod gesehen hatte. Und ich wusste, dass er auf mich gewartet hatte. All die Jahre.

Noch ehe ich einen Schritt auf die Mauer zu machen konnte, war er davongeflogen.

Ich folgte ihm.

Im Wiesenland holte ich den Raben ein. Dieses Mal hockte er auf dem Ast eines Wacholderbaums. Wieder flog er davon, noch ehe ich ihn erreicht hatte. Doch sein mächtiger Flügelschlag hob sich gegen den Nachthimmel ab. Ich behielt ihn im Auge.

Der Rabe flog einen weiten Bogen. Ich dachte, er wolle sich über mich lustig machen. Dann ließ er sich in einem anderen Baum nieder.

Wieder folgte ich ihm; wieder flog er davon, nur um sich erneut auf einen Ast zu hocken und zu warten, bis ich zu ihm kam.

Kurz fragte ich mich, warum ich ihm überhaupt folgte. Ich musste mit Scara reden. Wir hatten keine Zeit zu verlieren; es galt, in die Perle zu kommen. Nur so konnten wir Cay helfen. Aber ich spürte, dass mir der Rabe etwas zu zeigen hatte.

Schließlich erreichten wir eine große Kreuzung. Ein oder zwei Wagen hatten auf der matschigen Straße, die ich nun betrat, tiefe Spuren hinterlassen. Und mancher Bauer wird den Elaah-Kreis geschlagen haben, wenn er unter den drei Galgen entlangging, die an der Kreuzung standen. Aber ich war mir sicher, dass es nicht *diese* Galgen waren, die die Bauern und fahrenden Händler erblickt hatten. Diese Galgen nämlich waren turmhoch. So hoch, als sollten der Mond und die Sterne an ihnen aufgeknüpft werden. Das Holz, aus dem man sie gezimmert hatte, war schwarz wie die Höllenbäume, an die Skargats Geißeln die Seelen von Verrätern nageln. Die Galgenstricke wiegten sich im Wind, und in den drei Schlingen baumelte je ein Bündel von Skeletten.

Der Rabe setzte sich auf den Querbalken des höchsten Galgens.

Dieses Mal flog er nicht davon, als ich herankam.

Wir waren am Ziel.

Unter den Galgen, am Knotenpunkt der Kreuzwege, stand ein Haus. Das Haus war klein und windschief. Es schien völlig verlassen. Kein Lichtschein drang nach draußen. Kein Laut war zu hören. Über die Tür hatte jemand einen Schriftzug gepinselt. Die Farbe war verblichen, und ich konnte ohnehin nicht lesen. Aber neben dem Schriftzug waren zwei Skelette an die Wand gemalt, die einander mit Bierkrügen zuprosteten.

Ich blickte mich um.

Die Kreuzwege zogen sich schnurgerade in vier Richtungen, ehe sie sich zwischen den Wiesen, Hainen und leichten Anhöhen verloren. Ein Igel überquerte gemächlich die Straße.

Ich öffnete die Tür.

Der Schankraum war so groß, dass er unmöglich in diesen Bretterverschlag passen konnte. Lichter und Stimmen empfingen mich, die von außen weder zu sehen noch zu hören gewesen waren.

Ich zögerte.

Da tippte mir jemand auf die Schulter.

Ich drehte mich um und erblickte zwei Greise, einen Mann und eine Frau. Die zwei waren tot; ich konnte die Spuren der Verwesung an ihnen sehen. Sie waren tot und hielten Händchen.

»Wird das heute noch was?«, fragte der Mann, und die Frau blickte mich streng an.

Ich machte einen Schritt zur Seite. Die beiden Leichname gingen an mir vorbei, ohne ein weiteres Wort zu verlieren.

Einige Augenblicke lang sah ich hinaus in die Nacht.

Dann betrat ich das Gasthaus.

Der Boden der Herberge bestand aus gestampftem Lehm, ganz ähnlich wie in unserer Dorfschenke. Im Unterschied zu dieser – wo man das Bier aus Fässern schöpfte, die beim Durchgang zur Küche aufgestellt wurden – gab es hier aber eine Theke. Rechts hinter der Theke sah ich eine Tür. Sie war geschlossen. Ich dachte, dass sie vielleicht zu Zimmern führte, in die sich Reisende, die Götter wissen was für Reisende, auf ihrem Weg durch die Nacht einquartieren konnten. Die Einrichtung des Schankraums setzte sich aus Tischen, Bänken und Stühlen zusammen, die willkürlich im Raum verteilt schienen. Einige Schritte von mir entfernt befand sich ein Kamin, in dem ein Feuer brannte. Es brannte in veilchenblauen Flammen, die weder Hitze noch Rauch hervorbrachten.

Auf einem Tisch zu meiner Linken saßen drei Babys mit schwarzen Augen. Ich hörte sie hämisch kichern, während sie Tonstumpen mit Schnaps füllten. Zu ihren Füßen hockten kleine, fahlgelbe Wölfe. An der Theke stand ein hagerer Mann mit einer Glatze, umkränzt von bräunlich-grauen Haaren, die in fettigen Strähnen bis auf seine Schultern fielen. Er war in ein grau vermodertes Leichentuch gewickelt.

Dann sah ich zwei Frauen in schneeweißen Kleidern. Ihre Augen waren rot vom Weinen. Je länger man sie ansah, desto weniger wusste man, ob sie alt oder jung waren, schön oder hässlich. Gerade lachten die Frauen, und es war, als ob sie im selben Moment lachen und wimmern würden.

Die meisten Gäste waren Schatten, lebende Schatten. Sie hatten eine dürre, irgendwie spitzige Gestalt und glimmende Augen. In ihrer Brust, auf Höhe des Herzens, entdeckte ich ein schwaches Leuchten. Ich bildete mir ein, verschiedene Farben zu erkennen: dunkle Töne von Grün, Rot, Gelb und Blau.

Eine Schankmagd, die ein Tablett mit Krügen trug, huschte an mir vorbei. Sie war hochgewachsen und sehr schlank. Ein tiefer Schnitt klaffte in ihrem Hals, und sie lächelte mir neckisch zu.

Ich versuchte, das Lächeln zu erwidern. Dann trat ich an die Theke.

Der Wirt trug ein Hemd, das eher einem Lumpen glich. Seine Arme und seine Brust waren mit dichten, schwarzen Haaren bedeckt. Er ließ mich an die Albträume meiner Kindheit denken. Mit einem Grinsen, das Zähne wie Pfeilspitzen entblößte, begrüßte er mich.

»Ah, wenn das nicht ein neues Gesicht ist!«, rief er, nachdem er mich kurz gemustert hatte. »Willkommen im Gasthof *Zum Fröhlichen Toten*, Fremder! Alle Freuden der Mitternacht erwarten dich!«

»Ich bin zum ersten Mal hier«, sagte ich.

»Wieder kommen sie alle, das kannst du mir glauben.« Der Wirt zwinkerte mir zu; unwillkürlich wich ich einen halben Schritt zurück.

»Ich bin Grolek«, sagte er dann.

»Mein Name ist Mykar«, murmelte ich.

»Mykar. Der Name gefällt mir. Und was soll es sein, Mykar?«

»Nun … ein Bier«, sagte ich zögernd.

Grolek rang die Hände. »Aber doch kein Bier, Mykar! Kein Bier! Es gibt hier viel Besseres! Feine Sachen, ganz feine Sachen!«

»Kein Bier? Was – was denn dann?«, fragte ich und fühlte mich sehr dumm.

Die Augen des Wirtes blitzten: »Also, zunächst einmal haben wir natürlich Rotes. Ziegenrot, Hahnenrot, Menschenrot. Dem anspruchsvollen Zecher kann ich etwas besonders Erlesenes anbieten: Jungfrauenrot. Wahlweise von männlichen oder weiblichen Jungfrauen, je nachdem, wovon man lieber nascht.«

Grolek lachte ein tiefes, dröhnendes Lachen und sah mich erwartungsvoll an.

Als ich schwieg, fuhr er fort: »Dann etwas, worauf wir besonders stolz sind: unseren Eiter.«

»Euren … Eiter?«

»Eiter. Jawohl. Frisch aus der Wunde, schaumig gerührt. Eine De-li-ka-tesse!« Grolek schmackte die Lippen. »Keine Sorge, die Wunden sind nicht unsere«, fügte er behaglich hinzu.

Ich starrte ihn an.

»Sehr beliebt ist auch unser Leichenlikör. Wir nennen ihn Thaalas Tau. Er wird aus besonderen Säften zubereitet, die wir eigenhändig in Särgen sammeln und mit erlesenen Kräutern anreichern. Es handelt sich hierbei übrigens um ein sehr bekömmliches Gebräu, gut für die Verdauung … wenn man denn eine hat.« Wieder lachte er. »Tja, und dann gibt es auch noch Bier, Wein und Schnaps. Das ist zwar ein bisschen langweilig, aber unerlässlich, wenn man will, dass sich auch die eher menschlichen Gäste wohlfühlen. Und für unsere Gäste tun wir alles!«

Grolek strahlte übers ganze Gesicht.

Einige Momente vergingen, und sein Strahlen verblasste.

»Also, Mykar, wir machen das jetzt so«, sagte er schließlich. »Ich geb dir erst mal ein schönes Krüglein Wein, und dann schauen wir weiter!«

Er drehte sich um und trat zu einem Fass, das auf einer Anrichte hinter der Theke stand; er zapfte eine dunkle Flüssigkeit in einen tönernen Trinkkrug, den er mir reichte. Auch sich selbst goss Grolek ein.

»Willkommen, mein Freund!«, sagte er, als er seinen Krug hob.

Ohne es zu wollen, stieß ich mit ihm an und trank.

»Ah, das tut gut, was?!« Grolek schlug mir auf den Oberarm, wurde dann ernst und sagte: »So und jetzt, wo du dich gestärkt hast, hör mir mal zu: Du gehst jetzt zum Elenden Ede und lässt dir erklären, wie das hier so läuft.«

»Der Elende Ede?«

Der Wirt wies mit dem Daumen in eine Ecke des Schankraums. Da saß ein Mann an einem Tisch, der mir bisher nicht aufgefallen war. Er war nahezu durchsichtig und hockte vollkommen steif auf seinem Stuhl. Als hätte er vergessen, wie man sich bewegt.

»Das ist Ede?«, fragte ich.

»Jawohl, das ist er!«, bestätigte Grolek. »Siehst du, mein Freund, die meisten hier sind ja mehr oder weniger auf der Durchreise. Früher oder später zieht fast jeder weiter: hierhin, dorthin … *irgendwohin*. Das kann manchmal ganz schnell gehen. Eben hast du noch mit jemandem ein Schwätzchen gehalten, und plötzlich ist er weg.« Er schnipste mit den Fingern. »Einfach so. Es kann aber auch dauern. Viele beginnen irgendwann zu verblassen, lösen sich langsam auf, bis nichts mehr von ihnen übrig ist. Häufig ist das so, wenn niemand mehr da ist, der sich an jemanden erinnert, der einen noch gekannt hat. Das dritte Glied, verstehst du?«

Ich verstand überhaupt nichts, nickte aber.

»Gut. Unser Ede hier ist ein ganz gewöhnlicher Wiedergänger, der ein Weilchen lang die Leute in seinem Dorf gepiesackt hat, wie man das eben so macht. Dann begann er, sich aufzulösen und dachte wohl: So, das war's jetzt bald. Aber Pustekuchen! Als er schon fast ganz verschwunden war, hat es nämlich aufgehört. Verstehst du, er ist einfach so geblieben. Kaum mehr als ein Lufthauch, aber auch nicht weniger. Ede verbrachte jahraus, jahrein damit, darauf zu warten, dass er sich endlich verabschieden kann. Nichts da! Irgendwer hat ihn wohl vergessen. Oder vergessen, ihn zu vergessen. Skargat weiß es! Jedenfalls war Ede schon immer da, und auch wenn er ein ziemlicher Trauerkloß ist, kennt er sich doch bestens hier aus. Und ich meine, wer kann ihm das verdenken, dass er ständig Trübsal bläst. Hättest du etwa Lust, ewig und drei Tage in so einem idiotischen Zustand durch die Gegend zu laufen?«

Grolek beantwortete seine Frage selbst: »Siehst du, sag ich doch!«, rief er aus. »Aber sei's drum, geh nur zu ihm und lass dir das eine oder andere erklären. Und keine Angst, er ist ganz nett.«

Ich nickte zögernd und wandte mich um.

»Ach, Mykar?«

Ich blickte über die Schulter.

»Der Wein da geht natürlich aufs Haus, weil es das erste Mal ist und so. Aber in Zukunft wird gezahlt, klar? Und zwar mit Knochen, dass du Bescheid weißt.«

Ich nickte wieder, und mit den Bewegungen eines Schlafwandlers ging ich zu dem Tisch hinüber, den Grolek gewiesen hatte.

Ede trug zerschlissene Bauernkleidung: ein Leinenhemd, eine sackige Hose und Holzschuhe. Er hatte ein unwahrscheinlich langes Gesicht, an dem alles herabzuhängen schien: die Mundwinkel, die Nase, die Tränensäcke, die Lider, die tiefen Stirnfalten und das mausgraue Haar.

Langsam, unendlich langsam, hob er die Augen.

»Horch, horch«, sagte er.

»Ich bin Mykar.«

Warten.

»Horch, horch.«

»Der Wirt Grolek hat mir gesagt, ich soll mich an Euch wenden ... Ihr könntet mir erklären, was – wo ...«

Ich wusste nicht weiter.

»Horch, horch.«

Ede blickte mich mit einem Ausdruck grenzenloser Gleichmut an, der sich nicht im Geringsten veränderte, wenn er etwas sagte. Der sich ebenso wenig veränderte, wenn ich etwas sagte. Oder wenn wir beide schwiegen.

»Darf ich mich setzen?«

Er nickte.

Nachdem ich Platz genommen hatte, geschah zunächst gar nichts. Ede betrachtete die Tischplatte. Ich hätte nicht sagen können, wie viel Zeit verging. Der Schankraum um uns herum schien sich mit jeder Sekunde weiter zu entfernen. Als wären wir in einer stummen Ewigkeit gefroren.

»Wo sind wir?« Meine Stimme war kaum mehr als ein Flüstern.

»In den Schatten«, entgegnete Ede.

»Ich verstehe nicht – was für Schatten?«

Nun hob Ede den Blick. Er sah mir in die Augen. »Weißt du nicht, dass das Licht Schatten wirft?«

»Doch … aber …«

»Auch die Dunkelheit wirft ihre Schatten.«

»Ich – ich verstehe nicht …«, sagte ich wieder.

»Wir sind in den Schatten von Licht und Dunkelheit.«

Ich warf einen unruhigen Blick über die Schulter. Ich sah die schwarzäugigen Babys, die weißen Frauen, die hageren, spitzigen Gestalten. »Was – was heißt das?«, fragte ich.

Ich brauchte eine Weile, um zu begreifen, dass er mir nicht antworten würde. Es verwirrte und quälte mich, mit jemandem zu reden, dessen Züge keine Spur eines Gefühls offenbarten.

»Wollt Ihr mir wenigstens sagen, um wen es geht? Ich meine … wer ist ›wir‹ … wer kommt hierhin?«

Ede blickte mich lange an. Sein Gesicht blieb dabei so regungslos wie zuvor. Doch in seiner Stimme lag etwas Feierliches – oder der ferne Widerhall von etwas Feierlichem –, als er schließlich sagte: »Diejenigen, die nirgendwo anders hinkönnen. Die Verderbten, Verlorenen und Vergessenen. Die Toten und die Ungeborenen.«

Dann sagte Ede nichts mehr.

Ich spürte, wie ein Abgrund aufbrach, in meinem Herzen und in meiner Seele.

»Und was bin ich?«, fragte ich, während ich mir selbst dabei zusah, wie ich in diesen Abgrund stürzte.

Zum ersten Mal veränderte sich Edes Gesicht. Der Hauch eines Lächelns spielte um seine Lippen. »Wenn du in die Welt gehst, vergiss den Schädel nicht«, sagte er.

Ich wollte schreien: *Nein, nein!* Doch ich schrie nicht. Ich wollte fragen: *Welcher Schädel?* Doch ich kannte die Antwort.

Mühsam reihte ich die Worte aneinander: »Was wisst Ihr über Danje? Und woher kennt Ihr sie?«

»Sie ist ein totes Mädchen«, entgegnete Ede. »Und ihr gehört zusammen.«

»Aber ich – ich bin nicht tot …«, brachte ich hervor.

»Ihr gehört zusammen«, wiederholte er. »Es ist gefährlich für dich, von ihr getrennt zu sein. Und jetzt, wo Danje wieder da ist, ist sie sehr allein.«

»Wo sie wieder da ist?«

Eine Sekunde lang fragte ich mich, ob ich mich darüber wundern sollte, dass Danje tatsächlich Danje hieß. Aber im Grunde hätte ich es nur merkwürdig gefunden, wenn es anders gewesen wäre.

»Du hast sie begraben, als sie ins Grab wollte. Und dann du bist zu ihr gekommen. Schließlich war sie bereit, zu gehen. Doch du warst nicht bereit. Du bist zurückgekehrt, und sie ist mit dir zurückgekehrt.«

»Aber sie … sie ist nur … Knochen.«

Edes Lächeln wurde breiter. »Ja, Knochen. Und Hass.«

»Hass? Nein! Wovon redet Ihr?!«

»Sie hat den Tod ihrer Eltern mit angesehen. Dann wurde sie in Stücke gerissen. Sie will Rache.«

»Rache? Aber an wem?« Ein jäher Zorn stieg in mir auf, obwohl ich doch längst wusste, dass Danje Furchtbares widerfahren war. »Wer hat sie ermordet? Sagt mir, wer das getan hat!«, zischte ich. »Sagt es mir, und ich werde – ich werde –«

»Nein, Mykar.« Ede schüttelte den Kopf. »Zeig mir, dass du es wert bist, und ich werde dir helfen. Wenn du mir hilfst.«

Der Zorn verließ mich so plötzlich, wie er gekommen war. »Aber wie soll ich Euch denn helfen? Und wie kann ich Euch zeigen, dass ich es wert bin? W-was bedeutet das überhaupt? Und – und woher wisst Ihr all diese Dinge?«

»Nein, Mykar«, sagte er noch einmal. »Nicht jetzt. Jetzt musst du gehen.«

Ich nahm allen Mut zusammen: »Einen Moment noch. Was ist mit Cay?«

Ede zog eine seiner buschigen, schlaffen Augenbrauen nach oben. »Cay?«

»Cay ist mein Freund. Er soll einen Adeligen ermordet haben, Rudrick, den Sohn des Grafen von Nordwiesen. Er ist aber unschuldig. Ich muss beweisen, dass er unschuldig ist! Ich muss ihm helfen!«

»Und was geht mich Cay an?«, fragte Ede.

»Ich – ich dachte …« Ich unterbrach mich, senkte den Blick. *Was geht mich Cay an?* Dieses Unverstehen, diese Blindheit – genau wie bei Scara. Warum war es so schwer, es ihnen begreiflich zu machen? Cay durfte nicht sterben. Er *durfte* einfach nicht sterben.

»Aber eines kann ich dir sagen …«

Ich riss die Augen hoch. »Was …?«, fragte ich.

»Wenn einer ermordet worden ist, kommt es vor, dass er sich weigert, die Welt zu verlassen. Sein Geist bleibt dann bei seinem Körper. Bis er in geweihter Erde begraben worden ist. Such die Leiche. Vielleicht findest du so die Wahrheit.«

Ich wusste, was mit dem toten Grafensohn geschehen würde. Die Bauern hatten davon gesprochen: Man würde den Leichnam in den Thaala-Tempel der Perle bringen. Es gab also etwas, das ich tun konnte.

»Danke!«, sagte ich.

Ede lächelte wieder – es war ein kaltes, unheimliches Lächeln, aber ich beachtete es kaum. »Du wirst noch Gelegenheit haben, mir zu danken. Aber jetzt … jetzt musst du gehen.«

Ich hatte noch so viele Fragen. Da war so viel, was ich wissen musste. Aber ich spürte, dass dieses Gespräch beendet war. Das Lächeln war bereits von Edes Gesicht verschwunden. Und es schien, als ob er geradewegs durch mich hindurch blickte.

Ich erhob mich, drehte mich um und machte einen Schritt auf die Theke zu. Schwindel erfasste mich. Ich stützte mich auf der Holzplatte ab. Plötzlich war mir, als würden sie den Kopf wenden, all die grausigen Gestalten. Als würden sie den Kopf wenden und mich anstarren: Dutzende schwarze, glimmende, blutunterlaufene Augen, aus denen mich böser, stummer Hohn traf.

Ich blinzelte, fuhr mir mit der Hand übers Gesicht. Ich hob den

Blick und sah, dass ich mich geirrt hatte. Natürlich hatte ich mich geirrt. Die Gespenster und Nachtgestalten scherten sich nicht um mich. Sie tranken und redeten, oder sie tranken und schwiegen, sie saßen und standen, allein oder in Gruppen, gebückt oder aufrecht – aber was immer sie taten, ich war ihnen völlig gleichgültig.

Nur die Magd mit dem durchgeschnittenen Hals beachtete mich. Während sie ein Tablett mit Holzpokalen durch die Schankstube trug, warf sie mir erneut ein neckisches Lächeln zu. Dieses Mal erwiderte ich es nicht.

Ich musste an die Lichtung im Wald denken. An die uralte, immergrüne Linde. Und an das Band zwischen Danje und mir. Hatte ich nicht immer gewusst, dass es dieses Band gab – seit dem Tag, an dem ich über ihren Knochen weinte?

Ohne es recht zu merken, führte ich den Krug zum Mund und trank. Der Wein schmeckte metallen und bitter. Ich stellte den Krug auf der Theke ab und wandte mich zum Gehen. In diesem Moment sah ich, dass die Tür leicht angelehnt war – die Tür zu meiner Rechten, die wohl zu Gastzimmern führte. Und über die Stimmen und das Klacken von Tonkrügen und Holzpokalen hinweg meinte ich, ein Geräusch zu hören. Ein Geräusch von jenseits der Tür.

Es klang wie ein Schluchzen.

Ich machte einen Schritt auf die Tür zu. Dann hielt ich inne. Vorsichtig blickte ich um mich: Ede stierte ins Leere, die Schankmagd schwatzte mit den weißen Frauen, und Grolek war im Begriff, aus einem Holzeimer eine dicke, gräulich-grüne Flüssigkeit in einen kleinen Becher zu füllen, der vor dem hageren Mann im Leichentuch auf der Theke stand. Niemand kümmerte sich um mich. Ich machte einen weiteren Schritt, dann noch einen. Angst erfasste mich. Ich begriff nicht, warum das so war. Die Tür war einfach eine Tür, aus groben, schweren Holzlatten gezimmert. Eine Hanfschnur, die durch ein Loch im Türblatt gezogen worden war, erlaubte es, sie zu öffnen und zu schließen. Das war alles. Dennoch spürte ich, wie mir der Schweiß ausbrach, als ich nach der Schnur griff und die Tür aufzog.

Ich blickte in einen Gang. Er war dunkel. Und er war lang, so lang, dass ich sein Ende nicht erkannte – wie wenn er eine Meile weit in die Finsternis hineingeführt hätte. Mir war klar, dass es den Gang nicht geben konnte. Ebenso wenig, wie es den Gasthof *Zum Fröhlichen Toten* geben konnte. Oder Grolek, oder die Schankmagd, oder Ede. Und doch stand ich auf der Schwelle zu ihm: diesem Gang, der mich an einen riesigen Sack oder einen Brunnenschacht denken ließ. Der Boden, die Wände und die Decke des Ganges waren schwarz. Auch die Türen waren schwarz. Dass Türen vom Gang abgingen, konnte ich allerdings nur erahnen. Denn keine Lampe brannte dort. Nur die unirdischen, flackernden Flammen, die den Gasthof in blaues Zwielicht tauchten, erhellten die Dunkelheit vor mir.

Wieder hörte ich das Schluchzen. Es musste aus einem der Zimmer stammen, die zu beiden Seiten des Ganges lagen. Obwohl es nur leise und gedämpft an mein Ohr drang, schnitt es mir in die Seele – eine Verzweiflung, tief und trostlos, wie ich sie noch nie gehört hatte, klang aus dem Gewimmer. Mitleid ergriff mich. Wer immer es war, der dort klagte und jammerte, ich wollte ihm helfen. Schon hatte ich einen Schritt in den Gang hinein gemacht. Und nun wusste ich auch, wo die gequälten Laute ihren Ursprung hatten. Der Raum lag gleich zu meiner Linken. Ich streckte die Hand aus, wollte klopfen oder die Tür aufstoßen …

Ich zuckte zusammen, als mich jemand an der Schulter fasste.

»Na, na, na, Mykar! So haben wir aber nicht gewettet!«, hörte ich Groleks raspelnde Stimme.

Ehe ich etwas entgegnen konnte, hatten sich seine feisten, schwarzbehaarten Finger um meinen Arm geschlossen. Er zog mich zurück in den Schankraum. Ohne mich loszulassen, schloss er die Tür, die in den dunklen, langen Gang führte. Dann wandte er sich mir zu, noch immer, ohne mich loszulassen.

»Was sollte das denn, mein Freund?«, fragte Grolek. Während er sprach, konnte ich seine spitzen, keilförmigen Zähne sehen, die jetzt mit einem roten Schimmer bedeckt waren.

»I-ich … ich habe et-etwas gehört …«, stammelte ich.

»Und?«

»Ein Schluchzen … ich wollte – wollte nachsehen …«

»*Was* wolltest du nachsehen?«

»Wer da … wer da so traurig ist. Und ob ich etwas für ihn tun kann.«

»Und was geht dich das an, Mykar?« Wieder blitzten die Augen des Wirtes.

Ich schluckte. »Nichts«, murmelte ich. »Ich dachte nur, vielleicht ka-«

»Nichts. Ganz genau.« Grolek verstärkte seinen Griff um meinen Arm. Es tat weh. So weh, dass ich fast aufgeschrien hätte. »Das hier ist *mein* Haus, das hast du doch nicht vergessen? Und das dahinten sind *meine* Gäste. Sie wollen gefälligst allein gelassen werden – dafür haben sie schließlich *bezahlt*, verstehst du?« Groleks Augen hatten sich zu Schlitzen verengt. Mit seinen roten, furchtbaren Zähnen grinste er mich an.

»I-i-ich verstehe …«

»Gut! Sehr gut!« Plötzlich klang die Stimme des Wirts freundlich, beinah vergnügt. »Dann können wir ja Freunde bleiben!«

Er ließ mich los, und ich taumelte einen Schritt zurück.

»Du willst doch, dass wir Freunde bleiben, oder, Mykar?«

»Ja … ja …«

»Schön!« Grolek grinste noch immer. »Dann auf bald, mein Freund!« Er zwinkerte mir zu. »Und vergiss die Knochen nicht!«

Ich nickte, wandte mich hastig um, wollte den Gasthof verlassen – und sah, dass mich sämtliche Gäste anstarrten. Dieses Mal war es keine Einbildung, kein Irrtum. Die hämischen Babys und die fahlgelben Wölfe, die weißen Frauen und die dürren, spitzigen Schatten, der Mann im Leichentuch und die lustige Schankmagd: Sie alle hatten ihre Blicke auf mich gerichtet. Erst jetzt wurde mir klar, wie still es im Schankraum geworden war. Niemand rührte sich, niemand sprach ein Wort. Die Augen und Gesichter waren fremd, tot, ausdruckslos. Nur Ede lächelte.

Mühsam unterdrückte ich ein Zittern. Dann ging ich los, langsam und vorsichtig. Weg von der Theke, quer durch die Stube, hin zum

Ausgang. Noch immer geschah nichts. Kein zorniges Wort, keine Verwünschung wurde gesprochen. Keine Hand streckte sich nach mir aus. Nur die Augen der Nachtgestalten, die Augen folgten mir, folgten mir und starrten … starrten …

Als ich die Tür der Gespensterherberge hinter mir geschlossen hatte, begann ich zu rennen.

13
PLÄNE

Mykar

Erst als ich Justinius' Landsitz erreichte, wagte ich es, mich umzublicken. Natürlich war mir niemand gefolgt. Wer hätte mir auch folgen sollen? Es war eine gewöhnliche Nacht, sogar schöner als viele andere. Während ich im Gasthof *Zum Fröhlichen Toten* gewesen war, hatten sich die Wolken verzogen. Unter dem sternklaren Himmel war es ein Leichtes für mich gewesen, meinen Weg zu dem Anwesen zu finden.

Im Torbogen blieb ich stehen. Keuchend beugte ich mich vor, stützte die Hände auf die Knie. Während ich versuchte, zur Ruhe zu kommen, dachte ich an die Ereignisse der letzten Stunden zurück. Sie kamen mir entrückt und unwirklich vor. Doch ich wusste wohl, dass ich die Gespensterschenke betreten und mit Grolek gesprochen hatte. Noch meinte ich, das hoffnungslose Schluchzen zu hören. Noch meinte ich, den harten Griff des Wirtes um meinen Arm zu spüren. Vor allem erinnerte ich mich nur zu gut daran, was er mir gesagt hatte: Ede, der Wiedergänger, der nicht wirklich da und auch nicht wirklich fort war.

Ich hob den Blick und sah, dass beim Haupteingang des Herrenhauses ein Licht brannte. Ich atmete tief durch und ging über den Hof auf das wuchtige, dunkle Gebäude zu.

Scara hockte auf den Steinstufen der Freitreppe, unter dem säulengestützten Vordach. Sie hatte sich eine Decke umgelegt und strickte beim Schein einer Öllampe. Etwas Warmes für den Winter, nahm ich an.

Ich trat bis auf einige Schritte an sie heran und wartete.

Sie hob den Blick. »Oh, hallo Mykar! Da bist du ja wieder«, rief sie.

»Hör zu, ich muss mit dir reden!«, sagte ich und ging auf sie zu.

»Das freut mich. Es ist immer schön, sich mit den Leuten zu unterhalten.«

Ich schüttelte den Kopf. »Nein, du verstehst nicht …«

»Doch, doch. Du sprichst Ahekrisch, ich spreche Ahekrisch. Wir sind hier in den Windmarken. Die Windmarken sind ein Teil von Ahekrien, da macht man das so.«

»Scara, es ist wegen Cay! Du erinnerst dich daran, worüber wir heute Nachmittag gesprochen haben?«

»Natürlich erinnere ich mich. Ich habe ein sehr gutes Gedächtnis.«

»Gut, ich weiß jetzt, wo er ist.«

»Wo wer ist?«

»Scara, bitte!«

»Was hast du denn?«

»Ich meine es ernst, Scara! Wenn ich Cay retten will, brauche ich deine Hilfe! Hör mir zu!«

Sie seufzte, rutschte aber ein Stück zur Seite. Als wollte sie mir zu verstehen geben, dass ich mich neben sie setzen durfte. Das tat ich dann auch.

»Eigentlich habe ich keine Zeit, aber da du mir neulich bei diesem Problem geholfen hast, mache ich eine Ausnahme«, verkündete sie.

Ich wollte ihr von dem Gespräch erzählen, das ich im Wirtshaus unseres Dorfes belauscht hatte. Ich wollte ihr davon erzählen, dass man Cay in die Perle gebracht hatte und er sterben würde, wenn wir nichts unternähmen; und ich wollte ihr von meinem Plan erzählen, seine Unschuld zu beweisen. Doch plötzlich erschien mir das alles aberwitzig. Ich wagte nicht, es auszusprechen.

»Wie geht es deinem Kleinen?«, fragte ich stattdessen. Dabei versuchte ich mich an etwas, das ich für ein verschwörerisches Grinsen hielt.

Scara sah mich verständnislos an: »Meinem … Kleinen?«

»Also … Justinius, meine ich.«

»Hm. *Klein* ist der nun wirklich nicht. Ich fürchte, Mykar, mit deinem Kopf stimmt etwas nicht. Aber wenn du schon fragst: Es geht ihm gut. Selbstverständlich, wenn ich das hinzufügen darf. Schließlich kümmere *ich* mich um ihn. Allerdings ist er sehr anstrengend. Ich weiß nicht, ob ich ihn behalten soll.«

»Ah … und ihr hattet heute keine … Probleme mehr?«

»Nein. Die Probleme haben wir gut vertrieben.« Nun lächelte Scara. Sie lächelte und klopfte mir auf die Schulter.

Ich krümmte mich, wie unter einem Schlag. Mit offenem Mund saß ich da.

Scara schien das nicht zu stören. Sie nahm ihre Arbeit wieder auf. Dabei summte sie.

Nachdem wir eine Weile geschwiegen hatten, legte Scara das Strickzeug zusammen. Sie stand auf, strich mit einer Hand ihren Rock glatt und sagte: »Schön, dass wir uns unterhalten haben. Wir wollen es bald wieder tun. Nur nicht morgen. Da bin ich sehr beschäftigt. Gute Nacht!«

Sie wandte sich zum Gehen. Ich hob eilig eine Hand. »Warte!«, rief ich.

»Hm … Was ist denn noch?«

»Scara, meinst du, du kannst Justinius davon überzeugen, mit uns in die Perle zu kommen?«

»Nun, wie ich dir bereits heute Mittag gesagt habe, etwas Bewegung kann ihm nur gut tun. Wobei ich für den Anfang schon froh wäre, wenn er es öfters aus dem Bett schaffen würde. Übrigens, was hat er in der Perle verloren? Oder du? Oder ich?«

»Das ist … eine längere Geschichte. Setz dich noch mal hin, dann erzähle ich sie dir.«

»Na gut. Aber beeil dich, ich habe noch ein Brot im Ofen!« Scara nahm Platz. Sie betrachtete mich mit ihren seltsamen grauen Augen. Irgendwie spürte ich, dass sie jetzt bereit war, mir *wirklich* zuzuhören.

Ich gab mir einen Ruck und begann zu erzählen. Scara lauschte, das Kinn auf die Hände gestützt. Sie war ruhig und gefasst. Das blieb auch so, als ich von der Gespensterherberge und dem Elenden Ede sprach; von dem, was er mir über Danje und mich und den ermordeten Grafensohn Rudrick von Nordwiesen gesagt hatte.

»Und wobei brauchst du jetzt meine Hilfe?«, wollte Scara schließlich wissen. Noch immer wirkte sie unbekümmert auf mich.

Ich atmete tief ein. Langsam und zögernd setzte ich ihr meinen Plan auseinander. Ich hatte gehofft, dass ich meiner Sache umso sicherer werden würde, je länger ich redete. Das Gegenteil war der Fall. Mit jedem Satz, den ich sprach, wuchsen meine Zweifel. Die Worte verloren ihren Sinn, während ich sie aneinanderreihte. Ich spürte, wie mich Verzweiflung überkam. Cay war verloren. Wieder hatte ich versagt.

»A-a-also ich dachte – vi-vielleicht würde das … würde das … irgendwie gehen«, stammelte ich.

Scara sagte nichts. Sie zog die Brauen zusammen und musterte mich nachdenklich.

Ich ließ den Kopf hängen. Ich wagte nicht, sie anzusehen.

Es dauerte furchtbar lange, bis sie sprach. Schließlich sagte sie: »Ja, das klingt vernünftig. So machen wir das.«

Ich war auf alles gefasst gewesen. Nur nicht auf das. Ich blinzelte. Ich blinzelte wieder. Unterdessen war Scara aufgestanden. Sie streckte sich und gähnte herzhaft. »Nun will ich aber zu Bett gehen. Wir können demnächst weiterreden. Aber nicht übermorgen. Da habe ich zu tun. Übrigens ist das ganz egal, weil wir morgen abreisen werden. Auf Wiedersehen.«

Ich gab keine Antwort. Ich versuchte zu verstehen, was gerade geschehen war. Aber es gelang mir nicht.

»Scara!«, rief ich, indem ich aufsprang.

Sie war mittlerweile die Stufen emporgestiegen und hatte die Eingangstür geöffnet. Mit unverhohlenem Widerwillen drehte sie sich noch einmal zu mir um: »Weißt du, Mykar, irgendwann muss man die Leute auch einmal schlafen lassen«, mahnte sie.

Meine Stimme war ein heiseres Flüstern. »Scara – meinst du wirklich, wir können es schaffen?«

»Natürlich können wir es schaffen. Das versteht sich doch von selbst.«

Ich hätte laut auflachen mögen vor Freude. Stattdessen schrie ich. Nein, nicht ich schrie. Da stand eine Frau auf der Lichtung. Sie war es, die geschrien hatte. Ihr Schrei brach ab – wurde zu einem erstickten Schluchzen, dann zu einem Wimmern. Die Frau legte eine Hand vor den Mund, während die Tränen aus ihren Augen liefen. Langsam, schwankend, kam sie in meine Richtung, durch den kühlen Sommernebel, den die Morgensonne noch nicht vertrieben hatte. Sie war barfuß. Ihr Rock und ihr Hemd waren aus gefärbter Wolle; ein langer Ziegenpelz, mit dem Leder nach außen getragen, hing um ihre Schultern. Vielleicht hatte ihn der Mann für sie gegerbt, bei dem sie jetzt auf die Knie fiel. Er hing noch in seinen Fesseln – doch er war tot. Seine Haare und sein Bart waren mit Blut verkrustet, sein Gesicht von Schlägen gezeichnet, sein Körper unter den Kleiderfetzen zerschunden. Die Frau hob ihre Augen zu dem Toten, schüttelte den Kopf, dreimal, viermal, wandte dann verzweifelt den Blick ab. Erst jetzt bemerkte sie die andere Leiche, und ihre Klage wurde wieder zu einem Schrei. Der zweite Mann lag im Gras. Zahllose Messerstiche hatten ihn getötet. Sein Gesicht aber war unversehrt; seltsam sanft und edelmütig schien es, umrahmt von blonden Locken. So ähnlich sah er der Frau, die sich jetzt über ihn beugte, dass man die beiden fast für Zwillinge hätte halten können.

Plötzlich ertrug ich den Anblick nicht mehr. Ich wandte mich der Lichtung zu; ich wünschte mir so sehr, dass es dort etwas Schönes gäbe. Doch wieder hatte sie sich verwandelt. Dies war weder der Ort, wo ich Danje so oft besucht hatte, noch jener, an dem all die Männer, Frauen und Kinder niedergemacht worden waren. Ich sah eine Hütte, mit Steinwänden und einem strohgedeckten Dach, einen Ziegenstall mit einem kleinen Pferch, etwas abseits einen Schuppen; dort standen eine Kürschnerbank und ein Gestell, an dem eine Tierhaut aufgespannt war. Ich sah den Kadaver eines Hundes, ein Jagdhund. Aus seiner Seite ragte ein Bolzen hervor. Und ich sah einen dritten Mann. Er hielt sich am Waldrand versteckt. Mit einem gehetzten und zerquälten Blick starrte er auf die Toten und die klagende Frau.

Ich stockte, stutzte. Denn ich kannte den Mann. Ich hatte ihn irgendwo gesehen, vor gar nicht langer Zeit … Zugleich schien er völlig fremd zu sein … Aber wie war das möglich?

»Mykar? Hallo, Mykar?«

Scara stand vor mir. Sie hatte die Hände gegen meine Brust gestemmt. Wohl um zu verhindern, dass ich umfiel.

»Es gibt gar keine Gerber bei uns im Dorf«, murmelte ich. »… im Nachbardorf … im Süden.«

»Das macht gar nichts, diese Leute stinken.« Scaras Stimme klang wie üblich gelassen und überlegen. Ihr Gesicht hatte jedoch einen angestrengten Ausdruck.

»Aber es war nur einer … ein Jäger, glaube ich.«

»Nun, dann hat es vielleicht weniger gestunken. Wie wir gerade dabei sind: Du könntest auch ein Bad vertragen, wenn ich das so sagen darf. Und, Mykar …«

»Ja …?«

»Stell dich mal anständig hin, ja? Du bist recht schwer. Wenngleich nicht annähernd so schwer wie Justinius.«

»Oh, V-ver-verzeihung!« Ich trat hastig einen Schritt zurück. Sofort wurde mir schwindelig.

»Scara, ich – ich glaube, ich muss mich hinlegen …«

»Hinlegen? Das begrüße ich. Denk immer daran: Eines guten Schlafes Rast nimmt dem Tage jede Last.«

»Ja, ich bin … wirklich ziemlich müde.«

Sie fasste sich nachdenklich ans Kinn. »Hm … Da wir ja sowieso morgen früh losziehen, können wir dich eigentlich gleich zu Schlappi legen.«

Trotz meiner Erschöpfung horchte ich auf. »Schlappi? Wer ist Schlappi?«

Scara seufzte und schüttelte tadelnd den Kopf. »Du musst noch viel lernen, Mykar …«, sagte sie.

TEIL II

Was ist Gerechtigkeit? Ein Traum für Kinder und Narren.
Der Krieger weiß, dass das Blut von Unschuldigen an jedem Schwert klebt. Der Dichter weiß, dass die Treue nur in seinen Liedern siegt. Der Gelehrte weiß, dass die Wahrheit der Lüge dient. Der Herrscher weiß, dass die Satten sich an den Hungrigen mästen. Ja, Gerechtigkeit ist ein Traum für Kinder und Narren.
Doch sagt mir: Wo wären wir ohne diesen Traum?

Talbides, Von gestürzten Thronen

PROLOG

Du kennst den Preis?«, fragte der Schwarze Jäger.

»Ja«, flüsterte der Mann. »Ich kenne den Preis.«

Die Worte verklangen. Sie wurden von den stummen, zuckenden Flammen verzehrt, und die uralten Steine sogen sie in sich auf. Dann war da nur noch der Nachtwind – der Nachtwind und die Dunkelheit und die Augen, die ihn anstierten: die glimmenden, glühenden Augen, die weder tot noch lebendig waren.

Einige Momente lang fürchtete der Mann, er hätte gar nicht gesprochen. Vielleicht hatte er die Worte nur in seinem Kopf geformt?

Dann aber hörte er ein Kichern.

Es war die Greisin, die kicherte.

»Hört, was er sagt! Er kennt den Preis!«

Ihre Stimme klang vergnügt. Es war fast mehr, als der Mann ertragen konnte: Dass sie sich über ihn lustig machte; dass sie es wagte, sich über ihn lustig zu machen.

Das Kichern der Luziera war kaum lauter als ihr Wispern. Niemand antwortete ihr. Sie waren alle wie erstarrt: die Hunde und Pferde und Reiter.

Der Schwarze Jäger hielt seinen Spieß mit beiden Händen umfasst. Auch er rührte sich nicht. Garoy aber kam aus dem Hofwinkel hervor. Mit langsamen, beinah gemächlichen Bewegungen trottete er auf den Mann zu.

Das Kichern der Alten steigerte sich zu einem Lachen.

»Wir wollen ihn anschauen!«, rief sie.

»Und riechen«, knurrte der Wolf.

»Wir wollen ihn anhören!«

»Und schmecken«, grollte der Wolf.

Er war jetzt schon nah, allzu nah. Auf vier Pfoten laufend war er größer als viele Männer. Sein Fell war weiß, seine Augen waren rot, wie das Fell und die

Augen der Pferde und Hunde. Auch seine Zähne waren rot. Schartige Knochensplitter bohrten sich durch seinen Rücken und seine Schultern und seine Flanken.

Der Mann zwang sich zur Ruhe. Er wollte weinen und um Gnade flehen. Er wollte sich umdrehen und davonlaufen. Keine Sekunde zweifelte er daran, dass Garoy ihn niederwerfen und in Stücke reißen würde, noch ehe er den Torbogen erreicht hätte. Er brauchte all seine Kraft, um die Stimmen zu unterdrücken, die in ihm nach Flucht schrien.

Aber da war etwas, das ihm Zuversicht schenkte. Der Mann wusste, was es war. Es war die Macht, der er diente. Sein ganzes Leben hatte sie ihn geführt; sie strahlte wie eine schwarze Sonne, und hätte sie sich offenbart, die gefürchtete Horde – all die Geisterreiter und Gespensterjäger mitsamt ihrer Meute – wäre in ihrem Glanz verbrannt und verglüht und zu Asche zerfallen.

Der Mann fühlte Dankbarkeit.

Plötzlich stand die Alte neben ihm.

»Ich bin die Luziera«, säuselte sie und strich mit langen, dunklen Fingernägeln über das Holz ihres Krückstabes. »Und wer bist du?«

Er sagte nichts.

Sie kicherte wieder; kicherte und begann, langsam um ihn herumzugehen. Der Wolf hingegen hatte sich hingekauert. Er verströmte einen entsetzlichen Gestank, als ob ein Dutzend Gräber aufgebrochen wäre.

»Ich bin die Luziera«, sagte die Greisin erneut. »Manchmal gehe ich in die Dörfer. Ich habe einen großen Kochlöffel, damit schlage ich die Leute …« Der Mann erschauderte, denn die Greisin war keine Greisin mehr: Eine junge Frau blickte ihn an; sie hatte rote, volle Lippen, weiße Haut und weiße Haare. »Und ich habe ein Messer …« – die Lippen lächelten – »… damit schneide ich den Kindern den Bauch auf. Dann schaue ich nach, was ich darin finde.«

Sie blieb stehen.

»Und wer bist du?«, fragte sie zum zweiten Mal, noch immer lächelnd.

Der Mann zögerte. Zuerst wollte er die Antwort verweigern. Er dachte, dass sie es hätten sehen, dass sie es hätten wissen müssen. Dann jedoch begriff er, dass ihn seine Eitelkeit zum Narren hielt. Schließlich war er nur ein Soldat, der einen Auftrag zu erfüllen hatte. Seine Wünsche waren belanglos; seine Gefühle waren belanglos.

Wer also war er? Er war jemand, der eine große Gnade empfangen hatte: die Gnade des Hasses. Hass auf eine Welt, in der alles Lüge und Heuchelei war. Hass auf die Menschen, die in dieser Welt lebten und sich ihr unterwarfen. Der Hass hatte ihn befreit. Aber er hatte wachsen und reifen müssen, ehe er zur Tat werden konnte. Schon als Junge hatte er geahnt, dass es etwas anderes geben müsse, etwas anderes als die Kriecherei und das erbarmungswürdige Getue. Ein jeder machte den Buckel krumm: der Knecht vor dem Herrn, der Herr vor dem König, der König vor den Göttern. Ein jeder folgte blind den Gesetzen, deren einzige Wahrheit in der Gewalt bestand, die sie durchsetzte. Allesamt waren sie wie geprügelte Hunde, die winselnd den Schwanz einzogen und darauf hofften, dass man ihnen einen Knochen zuwerfen würde, an dem noch ein bisschen Fleisch hing. Und wenn sie die Gesetze übertraten, dann nur aus Schwäche und Not – weil ihre Bäuche leer waren, weil sie froren, weil sie die anderen Hunde beneideten, denen der Herr selbst einen Tritt verpasste –, nie, weil sie stolz und frei waren.

Ihm aber waren früh die Augen geöffnet worden, was das bedeutete: Stolz und Freiheit.

Er hatte es begriffen, als er zum ersten Mal ein Leben nahm.

Das Mädchen lebte in einem Dorf, das er manchmal bei seinen Ausritten durchquerte. Einmal stand sie am Wegrand, ein Körbchen voller Eier unterm Arm, und sah ihn mit großen Augen an, während er vorbeiritt. Bei einer anderen Gelegenheit legte er in dem Dorf eine Rast ein; er ließ sich eine Schale Dickmilch und einen Kanten Brot geben und setzte sich auf eine sonnenbeschienene Holzbank. Sie stand ein paar Schritte entfernt und sah ihm beim Essen und Trinken zu; sie spielte mit einer honigblonden Haarsträhne, und als er sie anlächelte, lief sie davon.

Er hatte niemals erfahren, was ihr Name war. Aber das war auch gleichgültig. Sie war ein Niemand gewesen, und er hatte dafür gesorgt, dass sie ein Nichts wurde.

In der Nacht, die diesem Besuch im Dorf folgte, hatte er einen furchtbaren Traum. Ein Mann fiel über das Mädchen her. Er riss ihr die dicken blonden Haare aus. Er rammte ihr die Haarbüschel in den Mund, zertrümmerte ihre Zähne, brach ihren Kiefer. Sie zuckte und zappelte, schlug um sich und kratzte. Schließlich erstickte sie, an ihrem Blut und ihren Haaren, und er erwachte mit einem Schrei, als er sah, dass er selbst der Mann war, der die Tat begangen hatte.

Schweißüberströmt saß er in seinem Bett, den Geschmack von dicker Milch im Mund, und starrte mit weit aufgerissenen Augen in die Dunkelheit. Er flehte um Erbarmen. Doch die Schwärze seines Schlafgemachs warf das Flehen als Hohngelächter zurück.

Von dieser Nacht an machte er einen Bogen um das Dorf. Wenn er ausritt, mied er es. Aber die Träume hörten nicht auf. Wann immer er die Augen schloss, sah er sich dabei zu, wie er das Mädchen quälte und mordete. Schließlich schwand das Grauen. An seine Stelle trat etwas anderes.

Dennoch spürte er eine verzweifelte Angst, als der Moment endlich gekommen war. Er traf sie außerhalb des Dorfes. Es war ein diesiger Herbsttag, die Luft schmeckte nach Rauch und Nebel. Sie hatte Pilze gesammelt; lächelnd zeigte sie ihm, was sie gefunden hatte. Er sagte, dass das schöne Pilze seien und fragte das Mädchen, ob sie ihm die Stelle zeigen könne. Sie erschrak und nickte. Während er neben ihr über die Felder ging – sie beide ganz stumm und steif vor Aufregung –, sagte er sich, dass es nicht möglich war; dass es einfach nicht wahr sein durfte. Er wiederholte die Worte in seinem Kopf, bis er sie schrie.

Da begriff er, was die Freiheit war. Er hätte sich jederzeit anders entscheiden, hätte sich umdrehen und weggehen und das Mädchen mit ihren Pilzen unter dem grauen Herbsthimmel stehen lassen können. Und er begriff, was der Stolz war. Dass er sich nicht umdrehte und nicht wegging. Dass er seiner Wahrheit folgte, wohin immer sie ihn führte.

Doch noch als es so weit war, als er ihr ins Gesicht geschlagen und sie zu Boden geworfen und ihre Kleider zerrissen und sich zwischen ihre Schenkel gedrängt hatte, konnte er nicht glauben, dass er es war, der all das tat. Und noch als sich seine Hände um ihren Hals schlossen, konnte er nicht glauben, dass er verantwortete, was er in ihren Augen sah.

Die Leiche des Mädchens schleifte er in den Wald. Er ließ sie in einem Gebüsch liegen. Dann brach er zusammen. Er weinte, krümmte sich auf den feuchten, rotbraunen Blättern und flehte die Götter um Erbarmen an.

Erst Stunden später fand er die Kraft, nach Hause zurückzukehren.

Danach schloss er sich für eine Woche in seinen Räumen ein. Manchmal wurde der Ekel so groß, dass er den Dolch an seine Kehle führte. Manchmal meinte er, das Mädchen wäre bei ihm, schon von der Verwesung gezeichnet, und würde ihn anklagen. In dieser Woche – in den schwarzen, kalten Nächten und endlosen Tagen – begann die Reinigung seiner Seele. Er tötete sich nicht. Er verzweifelte nicht. Er verlor nicht den Verstand. Als ein anderer, stärkerer Mann ging er aus der Zeit seiner ersten Prüfung hervor. Die Würmer in den Augen des Mädchens machten ihm keine Angst mehr. Die grauenhafte Fratze, mit der er sich selbst in seinen Träumen begegnete, machte ihm keine Angst mehr. Er konnte ihn jetzt ertragen, den Blick in den Abgrund, in den er sich selbst und viele andere, so viele andere, hinabschleudern musste.

Am Ende dieser langen Woche wurde ihm das Zeichen offenbart. Er sah es im Schlaf, und er sah es im Wachen. Er sah es so klar und deutlich, als wäre es mit Tinte auf ein Stück Pergament gemalt. Und er wusste, dass sie es in Zukunft tragen würden, diejenigen, die er in seinem Dienst hingab, während er zugleich sich selbst hingab.

»Und wer bist du?«, fragte die Luziera zum dritten Mal.

Der Mann wurde aus seinen Gedanken gerissen. Er wollte sprechen, aber er fand die Worte nicht.

Er sah ihr in die Augen, der Greisin, die eine junge Frau war.

Ihre Augen waren von einem hellen Grau. Kalt und hart wie der tiefste Winter waren sie; man konnte in ihnen verlorengehen wie in einem Schneesturm; wenige Schritte nur, und man fror bis ins Mark.

Der Mann blickte der Luziera in die Augen und suchte nach einer Antwort.

Da begann sie zu lachen. Es war ein vergnügtes, grausames Gelächter.

Sie drehte sich zu dem Schwarzen Jäger um, breitete die Arme aus und rief: »Ich habe ihn gesehen! Ich habe ihn gehört! Sein Herz hat sich mir gezeigt, und seine Seele hat zu mir gesprochen! Er ist einer für den Ritt durch die Nacht – den wilden, den endlosen Ritt!«

Der Mann dachte, die Horde würde von neuem in ihr Jubelgeschrei ausbrechen. Aber alles blieb still. Der Schwarze Jäger verharrte unbewegt, den gewaltigen Spieß in den Händen. Auch die übrigen Gespenster, die Reiter und Pferde und Hunde, rührten sich nicht – als wären sie verdammt zu tun, was ihr Anführer tat. Das einzige Geräusch kam von dem Wind, der noch immer um die Klosterruine strich.

Die Luziera schien das nicht zu stören. Nachdem sie zwei Herzschläge lang geschwiegen hatte, ließ sie wieder ihr grässliches Gelächter hören. Garoy hingegen stieß ein Knurren aus, tief wie Donnergrollen.

Der Mann war sich sicher, dass er sein Leben verwirkt hatte; dass er sein Leben verwirkt und versagt hatte. Er würde an den Klüften des Nichts zerschellen und bis zum Ende der Zeit sein eigenes Fleisch verschlingen. Er sehnte sich nach Strafe.

Da sprach der Schwarze Jäger.

Er sagte: »Das Urteil der Luziera ist nicht mein Urteil. Aber ihr Urteil ist Gesetz.«

Der Anführer der Horde streckte den Spieß aus, sodass die schwarze Klinge auf den Mann wies. »Komm näher und nenn mir deinen Namen«, sagte er.

Fast ohne es zu wollen, trat der Mann an den Schwarzen Jäger heran. Er spürte die verächtlichen Blicke des Wolfs im Rücken. Zugleich wurde ihm klar, dass er die gespenstischen Gestalten, die ihn umgaben, jetzt besser erkennen konnte. Er sah, dass die Geisterreiter Gesichter hatten: die Gesichter von Männern. Er sah, dass von den weißen Hunden und Pferden einige nur drei Läufe besaßen. Und er sah den Schwarzen Jäger vor sich: seine Augen, seine Arme und Hände, seine ganze mächtige Gestalt.

Der Mann senkte den Blick. Er verspürte den Wunsch, auf ein Knie zu sinken. Aber er zwang sich, aufrecht zu bleiben.

Denn es gab nur einen, vor dem er knien würde. Und nur eine Macht, der er diente.

Trotz allem hatte er bewiesen, dass er ein würdiger Soldat war.

Der Mann biss die Zähne zusammen. Er spürte die Schweißtropfen, die ihm über die Schläfen liefen. Langsam, wie unter großen Mühen, hob er den Blick. Er sah dem Schwarzen Jäger in die Augen, sah das Alte und Dunkle und Mächtige, den Fluch und den Stolz und die Trauer.

Er wusste jetzt, dass er dem Anführer der Horde würde standhalten können.

Er nannte seinen Namen.

I
EIER, SPECK UND STAUB

Justinius

Ich kann ganze Nächte durchsaufen. Ich liebe das. Was ich hasse, ist der Morgen danach. Mit der Zeit lernt man, die Maskenspiele des Elends zu würdigen. Es gibt da gewisse Unterschiede. Manchmal fühlt sich der Schädel an, als ob ihn ein donostischer Schmied auf den Amboss gelegt hätte. Manchmal ist es, als würde eine Herde Taimatan-Ponys durch die Eingeweide galoppieren. Und manchmal glaubt man, jemand hätte einen auf einem Steinhaufen vor den Firfjen-Inseln ausgesetzt. Dann will man einfach nur nach Hause. Die Probleme beginnen, wenn einem klar wird, dass man genau da ist.

In meinem Fall gibt es noch eine ganz besondere Trinkerhölle. Eine, die nicht jeder hat. Sie hört auf den Namen Scara. Wenn ich aufwache und feststelle, dass mein ganzes Kissen vollgesabbert ist, will ich meine Ruhe haben. Ich will mich vielleicht noch eine Weile der Illusion hingeben, dass ich wieder einschlafen könnte. Oder ich will versuchen, die Gedanken und Gefühle wiederzufinden, die ich einige Stunden zuvor im Branntweinkrug entdeckt hatte.

Was ich nicht will, ist, in Scaras Fresse zu starren, kaum dass ich meine Augen aufbekommen habe. Ich habe keinerlei Lust, ihr dabei zuzusehen, wie sie die Nase rümpft und mich betrachtet, als wäre ich ein kranker Hund. Ein kranker Hund, dem man eine letzte Gnadenfrist einräumt, ehe man ihn totprügelt. Kaum besser ist es, wenn sie mit Duldermiene dasteht und die Hände vor dem Bauch faltet. Ihr Blick sagt dann: *Ich weiß, du kannst nichts dafür, dass du zu nichts zu gebrauchen bist. Es ist der Wille der Götter.*

Manchmal bringt sie mir aus Barmherzigkeit eine Tasse heißes

Wasser, in das sie ein paar Grashalme geworfen hat. Sie nennt das Kräutertrank.

Irgendwie weiß Scara immer, wann ich gesoffen habe. Es kommt natürlich vor, dass ich nüchtern ins Bett gehe. Dann lässt sie mich schlafen, so lange ich will. Nur wenn ich dringend Ruhe brauche, besteht sie darauf, mich im ersten Morgengrauen zu wecken. Warum sie das tut, ist mir ein Rätsel. Sollte ich mich dazu entschließen, den Rest meines Daseins unter der Decke zu verbringen, es würde nicht das Geringste ändern am Lauf der Dinge.

Wahrscheinlich hat sie einfach Spaß daran, mich zur Weißglut zu treiben. Vielleicht glaubt sie auch wirklich, dass ich ihr Sohn bin und erzogen werden muss. Das ist ein Wahn, den sie erst ausgebrütet hat, seit wir in dieser Ruine hausen. Früher – als wir noch auf der Burg des Herrn Baron lebten – war ihre Verrücktheit schlichter gestrickt. Scara bildete sich stets ein, dass in Wahrheit sie die Herrin wäre und alle anderen ihre Diener. Daran hat sich auch nicht viel geändert. Nur ist ihr eben irgendwann eingefallen, mich ihren »Kleinen« zu nennen und so zu behandeln, als ob mir gerade die ersten Sackhaare wüchsen. Zumindest manchmal.

Und das ist es, was Scara so unberechenbar macht. Man weiß nie genau, ob sie vielleicht eine ihrer klaren Stunden hat. Und nur so tut, als wäre sie verrückt. Oder ob sie gerade bis zur Nase in der Tollheit versinkt. Und nur so tut, als könnte man vernünftig mit ihr reden. Scara ist nämlich nicht blöd. Wahnsinnig wie ein schwangerer Sar'Anaam-Priester. Aber nicht blöd. Man muss bei ihr auf der Hut sein.

An diesem Morgen ahnte ich sehr schnell, dass sie etwas im Schilde führte. Wie so oft wurde ich davon wach, dass sie mir die Decke wegzog und verkündete: »Mein Kleiner, es ist *höchste* Zeit, dass du aufstehst.«

Ich blinzelte, wälzte mich auf die Seite und griff unwillig nach der Decke. Das bereute ich sofort. In meinem Magen begann etwas zu schwappen, das sich zugleich heiß und kalt anfühlte. Klebrig und steinschwer. Und in meinem Schädel heulte es, als hätte man sämtlichen Gossenkatzen von Mandris zugleich auf den Schwanz getreten. Dass mir jemand vor zwei Nächten an der Brust rumgeschnitzt hatte, machte die Sache nicht besser.

»Lass mich schlafen, verdammt!«, stöhnte ich und presste meine Hände gegen die Augen.

»Nein, das geht leider nicht. Ich habe bereits drei Mal versucht, dich zu wecken, und wir haben viel zu tun.«

Kürzlich hatte Scara mir erklärt, dass sie die ersten drei Versuche, mich aus dem Bett zu scheuchen, zukünftig würde ausfallen lassen, da ich sowieso erst beim vierten Anlauf aufstand.

»Verschwinde!«, schnauzte ich. »Ich habe überhaupt nichts zu tun!«

Mir war allerdings klar, dass sie kaum so leicht klein beigeben würde.

Und tatsächlich sagte sie in strengem Tonfall: »Wenn du nicht sofort aufstehst, bekommst du kein Abendbrot.«

Obwohl mir beinah der Kopf zersprang, musste ich lachen. »Das ist mal eine Drohung!«, kicherte ich.

Bei dem Fraß, den Scara mir vorsetzte, grenzte es an ein Wunder, dass ich noch immer so fett war. Ihre Überzeugung, meilenweit über den restlichen Menschen zu schweben, hatte jedenfalls nichts mit irgendwelchen geheimnisvollen Fähigkeiten zu tun. Sie konnte nicht kochen. Ihre Näh- und Strickarbeiten hatten nur entfernte Ähnlichkeit mit Kleidung – außer natürlich, sie waren für die missratenen Experimente eines Nekromanten gedacht. Und sie schaffte es nicht im Ansatz, das Haus sauber zu halten. Scara war ganz einfach die untauglichste Dienstmagd zwischen Norrfall und Lihanny. Und exakt aus diesem Grund war sie *meine* Magd.

Ihre größte Tugend bestand darin, dass sie hübsche Titten hatte.

Die Titten putzten jedoch auch nicht für mich.

Ich war noch dabei, mich über Scaras Drohung zu amüsieren, als sie sich vorbeugte und einen Krug vom Boden aufnahm. Den schüttete sie mir dann ins Gesicht. Ohne eine Miene zu verziehen. Es war zwar nur Wasser. Aber das Wasser war ziemlich kalt.

Ein paar Sekunden vergingen, bis ich begriff, was soeben geschehen war. Ich hatte schon längst den Versuch aufgegeben, Scara dazu zu bringen, mich mit »Ihr« und »Herr« anzureden, wie sich das für eine anständige Dienerin gehört.

Doch das war zu viel.

»SCARA!«, tobte ich. »WAS FÄLLT DIR EIN!! ICH ERSCHLAGE DICH, DU VERDAMMTES LUDER!!!«

Sie aber hatte sich bereits umgedreht und war gelassen aus dem Zimmer spaziert, ohne mich noch eines Blickes oder eines Wortes zu würdigen. Immerhin *eine* Wirkung hatte mein Gebrüll: Mein Kopf fühlte sich nun endgültig so an, als würde er jeden Augenblick platzen. Stöhnend sank ich auf mein Kissen. Ich wollte mich schon dazu beglückwünschen, dass ich es wenigstens geschafft hatte, Scara loszuwerden, als mir auffiel, dass sie meine Decke mitgenommen hatte. Und dass ich vor Nässe troff. Ich fluchte. Ich fluchte noch mehr. Begann zu frieren und wuchtete mich aus dem Bett. Nahm mir zum tausendsten Mal vor, das Schloss an meiner Tür zu reparieren.

Abgesehen von dem kaputten Schloss war mein Schlafgemach eines der am besten erhaltenen Zimmer auf dem ganzen Anwesen. Das bedeutete, dass zum Beispiel keine Gefahr bestand, durch den Boden zu brechen, wenn man fest auftrat. Und dass die Möbel nicht zu Staub zerfielen, wenn man sie berührte. Es gab einen großen Schrank und eine Anrichte mit irgendwelchen Schnitzereien. Einen Tisch mit drei Stühlen. Und eine Messing-Waschschüssel, die auf einem Schemel stand, den ich regelmäßig zerschlug und durch einen neuen ersetzen musste. Dann gab es natürlich mein Bett. Ein großes Himmelbett, das sicherlich vor kaum fünfzig Jahren ebenso prunkvoll wie behaglich gewesen war und zu allerlei Schäferstündchen verführt hatte. Heutzutage konnte man immerhin darin schlafen, ohne um Leib und Leben fürchten zu müssen. Vorausgesetzt, man kam nicht auf den Einfall, die Vorhänge zuzuziehen, in denen vermutlich sämtliche Seuchen nisteten, die Ebera jemals heimgesucht hatten. Schließlich gab es ein Fenster, das sogar verglast war. Manchmal putzte ich das Fenster, was Scara natürlich niemals eingefallen wäre.

Deshalb konnte ich nun erkennen, dass draußen ein sonniger,

klarer Morgen angebrochen war. Ein Morgen, der an wohlbehütete Jungfrauen denken ließ, die sich brav das Näschen und den Hintern puderten und mit ihren Freundinnen anmutige Gespräche führten, während sie durch die Gärten lustwandelten. Und an kühne Recken, die voller Tatendrang ihre Bärte und Pferde striegelten, ehe sie zur Jagd aufbrachen oder für Turniere trainierten, wo sie die Gunst besagter Jungfrauen zu erringen hofften.

Ein Morgen, mit anderen Worten, der in mir den drängenden Wunsch weckte, jemandem den Schädel einzuschlagen.

Während ich meine Kleider zusammenklaubte, ging ich im Geiste die Reihe geeigneter Schädel durch. Schließlich fand ich ein weißes Hemd, das tatsächlich noch annähernd weiß war. Hose, Wams und Stiefel, und was ich sonst benötigte, um mich dem Tag zu stellen. Nur mich selbst konnte ich nirgends entdecken.

Scara hatte sich unterdessen in die Küche verfügt. Die hatte eine gewölbte, rußgeschwärzte Decke, eine große und mehrere kleine Feuerstellen. Und sie war eindeutig darauf ausgerichtet, die Verköstigung für umfängliche Gesellschaften bereitzustellen, die Gaumenfreuden durchaus zu schätzen wussten. Wahrscheinlich lag es daran, dass dieser Raum einen noch trostloseren Eindruck erweckte als das restliche Haus. Hier waren nämlich schon seit vielen Jahren keine Feste mehr gefeiert worden. Und abgesehen davon stellte Scaras Kocherei eine Beleidigung für jede anständige Küche dar.

Zumindest hatte das bislang gegolten. Umso erstaunter war ich, als mich, sowie ich den Raum betrat, ein Wohlgeruch empfing. Den hatte ich auf dem Weg nach unten noch für eine Sinnestäuschung gehalten. Was aber auch daran liegen kann, dass ich in meinem Zustand darauf achten musste, mir nicht im Halbdunkel den Hals zu brechen. Warum, bei Elaahs Gnade, hatte ich es den ganzen verdammten Sommer nicht geschafft, die Vorhänge von den Fenstern zu nehmen?

Scara empfing mich mit den Worten: »Da bist du ja endlich, mein Kleiner. Das Frühstück ist fertig.«

Sie sagte das in einem Tonfall, als ob nicht das Geringste dabei wäre, dass sie mir ein Frühstück zubereitete. Es war aber etwas dabei. Das hatte sie nämlich noch nie getan. Üblicherweise musste ich mir ein paar Scheiben altes Brot zusammensuchen und erst den Schimmel von dem Käse kratzen, den ich essen wollte.

Dieses Frühstück aber sah richtiggehend schmackhaft aus. Scara hatte irgendwo ein Huhn gefunden, das noch Eier legte, und die Eier hatte sie mit Speck in einer Pfanne gebraten. Das Ergebnis ihrer Bemühungen gab sie gerade in eine Holzschüssel. Zu meiner Überraschung verstummten die mandrischen Gossenkatzen, die bislang in meinem Kopf geheult hatten. Stattdessen begannen sie, sich schnurrend die Pfoten zu lecken.

Ich ließ mich auf einen Stuhl sinken. Beschloss, mich schleunigst über das Frühstück herzumachen.

Doch mein Misstrauen regte sich, noch während ich den Löffel zum Mund führte. Warum, bei Elaahs Gnade und Sorins Weisheit, sollte Scara ausgerechnet jetzt anfangen, die Pflichten einer Magd ernst zu nehmen? Zugegeben, sie war verrückt. Aber ihr Wahn hatte sie noch nie dazu verleitet, etwas Sinnvolles zu tun. Ich kniff die Augen zusammen und musterte meine unselige Dienerin. Die hatte zu allem Überfluss einen Besen ergriffen und begonnen, die Küche zu fegen. Zwar war die Küche der letzte Raum, den sie hätte fegen sollen, wenn es nach mir gegangen wäre. Aber dass sie überhaupt fegte, war ein Ereignis, von dem die Barden noch jahrhundertelang singen würden.

Ich gab mir einen Ruck. Jeder Zweifel war ausgeräumt. Hier stimmte etwas nicht.

»Sag mal, Scara«, begann ich und versuchte, einen aufgeräumten Eindruck zu machen, »wie komme ich zu der Ehre eines Frühstücks? Du willst mich doch wohl nicht vergiften?«

Scara ließ einige Augenblicke verstreichen. »Nein«, sagte sie beiläufig. »Das ist gerade nicht tunlich.«

»*Gerade* nicht tunlich? Hm …«

Ich nahm einen Schluck Wasser. Stellte fest, wie durstig ich war, und trank den ganzen Humpen.

Dann wurde ich wütend. »Und warum *fegst* du, bei allen Höllen?! Du fegst sonst *nie*! Du hast an diesem Morgen mehr Nützliches getan als im ganzen letzten Jahr, verdammt noch mal! Und jetzt erzähl mir, dass du nicht irgendeinen Skargatsspaß ausheckst!«

Scara fiel es freilich nicht ein, mir dergleichen zu erzählen. Überhaupt ließ sie sich erst zu einer Antwort herab, als sie keine Lust mehr hatte zu fegen. Sie stellte den Besen zur Seite, streckte den Rücken durch und verkündete: »Wenn man eine Reise macht, soll man das Haus so zurücklassen, als wollte man es verschenken.«

»Deine Tugend blendet mich und deine Weisheit ist hoch wie der Himmel!«, fauchte ich. »Und wohin führt dich deine Reise? Zum Brunnen? Oder sogar zum Stall?«

»*Wir* reisen selbstverständlich zur Perle.«

Ich traute meinen Ohren nicht. »Was hast du gesagt?«

»Du hast mich sehr gut verstanden, mein Kleiner.«

»Wer bitteschön ist wir? Welcher Schwachkopf würde schon mit dir reisen?«

»Du natürlich.«

Ich hieb auf den Tisch. »WAG ES NICHT, MICH EINEN SCHWACHKOPF ZU NENNEN!«

Scara bedachte mich mit einem mitleidigen Blick.

Sie seufzte schwer.

Mir fiel selbst auf, dass dieser Wutausbruch nicht wirklich am Platz gewesen war. Aber das konnte ich ja kaum zugeben.

Deshalb beschloss ich, weiter zu schreien: »UND BILDE DIR JA NICHT EIN, DASS ICH DIR ERLAUBE, DICH MAL EBEN SO DAVONZUSTEHLEN! DU HAST HIER ZU ARBEITEN UND NUR, WEIL DU DAS SOWIESO NICHT TUST, HEISST DAS NOCH LANGE NICHT, DASS … dass … äh … dass … DU DICH MAL EBEN SO DAVONSTEHLEN DARFST! JAWOHL!«

Ich war einfach nicht gut beisammen an diesem Morgen. Für gewöhnlich zählten Schimpftiraden zu meinen einfachsten Übungen. Und Leute zusammenstauchen hatte ich schon immer gut gekonnt. Zumindest was das betraf, war ich ganz der Sohn meines Vaters.

Scara beantwortete mein Gebrüll mit Schweigen. Ich funkelte sie ausgiebig an. Beschloss schließlich, mich wieder den Eiern zuzuwenden. Nahm einen guten Bissen. Der mir dann im Hals stecken blieb, als Scara sagte: »Wir müssen nämlich Cay retten.«

Sie sagte noch mehr. Den Rest konnte ich jedoch nicht verstehen, weil ich damit beschäftigt war, zu husten und zu würgen.

»Wie bitte?«, krächzte ich.

»Wenn du ordentlich kaust, bevor du schluckst, passiert so etwas nicht, mein Kleiner. Dann kann man sich auch vernünftig mit dir unterhalten. Jedenfalls sagte ich, dass Mykar mich um Hilfe gebeten hat. Ich habe beschlossen, seine Bitte zu erfüllen. Deshalb also reisen wir zur Perle. Du solltest jetzt aufessen, während ich mich fertigmache. Dann können wir bald aufbrechen. Mykar kommt übrigens auch mit. Gestern Nacht haben wir uns recht nett unterhalten. Leider war der Ärmste sehr erschöpft. Er liegt jetzt im Stall und erholt sich.«

»Ich … verstehe … kein Wort.«

»Nun, es ist ganz einfach. Sie haben diesen Freund von Mykar verhaftet und wollen ihn hinrichten, oder so. Und das wollen wir nicht, und deshalb werden wir ihm helfen.«

Ich hob die Hände. »Moment! Moment mal! Wovon redest du, in Dreidämonsnamen? Die Vogelscheuche, die du da angeschleppt hast, hat also einen Freund? Das ist ja herzallerliebst! Ein Jammer, dass sie ihn hinrichten wollen. Übrigens – wer und wieso überhaupt?«

»Du solltest öfters aus dem Haus gehen, mein Kleiner. Dann wüsstest du das alles schon längst. Wie ich bereits erwähnte, handelt es sich um Cay. Sie sagen, dass er einen Adeligen getötet hat. Deshalb sind sie böse auf ihn und haben ihn in die Perle gebracht. Wir wissen aber, dass er das selbstverständlich nicht getan hat und werden jetzt schnell seine Unschuld beweisen.«

»*Wir* wissen also, dass dieser Cay unschuldig ist? Na, von mir aus kann er mit seinem Freund Mykar über die Wiesen hüpfen und Blumen pflücken. Bleibt nur eine Frage …«

Scara sah mich erwartungsvoll an.

»Und diese Frage lautet: Wer, bei Sorins Weisheit, sollte sich einen feuchten Pferdefurz darum scheren, ob ein Bauerntölpel unschuldig ist oder nicht?«

Ich hatte sehr langsam gesprochen.

Vielleicht half ihr das ja, es zu kapieren.

Scara lächelte milde. »Du, mein Kleiner.«

»Ich?«

»Du.«

Einige Momente lang herrschte Schweigen.

»Ich?«, fragte ich noch einmal.

Sie nickte.

»Und warum sollte mich das kümmern?«

Plötzlich hatte ich ein ungutes Gefühl im Magen.

Ein verdammt ungutes.

»Du hast noch gar nicht gefragt, wer der Adelige ist …« Scara kratzte sich am Kinn und betrachtete die Decke.

»Ach.«

»Es ist ein alter Bekannter von dir …«

»Und wer soll dieser Bekannte sein?«

»Rudrick von Nordwiesen.«

Ich umklammerte den Holzlöffel. So fest, dass die Knöchel weiß hervortraten. »*Rudrick …*«, zischte ich.

Ohne ein weiteres Wort verließ Scara die Küche. Ich bekam es kaum mit. Der Eierfladen in der Schüssel vor mir sah plötzlich aus wie ein Brei von Hirn und Eingeweiden. Glennas Gesicht stieg aus dem Dunkeln empor. Sie lächelte. Ich konnte ihre Stimme hören. Aber ihr Mund klaffte auf und wurde zu einer blutigen Wunde. Und die Wunde wurde zu einem rotgezackten Höllenstern, der stolz und höhnisch auf ihrer Brust glomm.

Tränen liefen mir über die Wangen.

Ich hieb mit beiden Fäusten auf die Tischplatte. Stieß einen Schrei aus. Blieb schwer atmend sitzen und starrte die Wand an.

So saß ich noch da, als Scara zurückkam.

»Nun, mein Kleiner, bist du endlich fertig?«, flötete sie. »Dann geh mal schnell deinen Mantel holen. Die Nächte werden langsam kühl, und wir wollen nicht, dass du dir einen Schnupfen holst.«

Sie selbst trug über ihrem Wollkleid einen grauen Umhang. An ihrem Arm hing ein großer Weidenkorb. In der Hand hielt sie eine Schaufel.

Ich legte den Löffel zur Seite. Erhob mich und machte Anstalten, die Küche zu verlassen. Blieb wieder stehen.

Was ging hier vor, bei allen Höllen? Plötzlich taucht mein Bruder auf, den ich über ein Jahr lang nicht gesehen habe. Mitten in der Nacht spaziert er in mein Haus. Damit es nicht langweilig wird, hat er eine Bande messerschwingender Finsterlinge dabei. Freundlich legen sie mir nah, ein hübsches, kleines Pergament zu unterschreiben. In dem geschrieben steht, dass ich meinen Vater umgebracht hätte. Als ich nicht recht mitmachen mag, bringen sie stahlblitzende Argumente vor. So kann man sich schon ein paar Stunden vergnügen. Und um die Nacht noch ein bisschen unterhaltsamer zu gestalten, will Edmund meiner verblödeten Magd den Garaus machen. Das hätte ja immerhin was für sich. Aber anstatt sie an Ort und Stelle abzumurksen, muss man sie natürlich erst in den Wald schleppen. Dort kommt eine blutgierige Vogelscheuche namens Mykar des Weges. Der frisst aus unerfindlichen Gründen einen Narren an Scara, räumt drei ausgewachsene Meuchler aus dem Weg, um ihr seine Zuneigung zu beweisen, und rettet dankenswerterweise auch mir das Leben, wie er gerade dabei ist. Jetzt stellt sich heraus, dass die Vogelscheuche einen Freund hat. Der Freund heißt Cay und soll Rudrick von Nordwiesen umgebracht haben. Und Scara, die für gewöhnlich davon ausgeht, dass es dem ahekrischen Kaiser eine Ehre wäre, ihr die Füße abzuschlecken, entdeckt mit einem Mal die Dankbarkeit.

Nichts von alldem machte Sinn.

Ich wusste nur eines: Wenn dieser Cay der Mörder Rudricks war, sollte man ihm einen Orden verleihen. Und wenn nicht, musste ich wissen, was wirklich vorgefallen war. Wer die Welt von diesem Dreckschwein befreit hatte.

Wieder dachte ich an Glenna.

Ich stützte mich am Türrahmen ab und fuhr mir mit der Hand übers Gesicht.

Dann sah ich ihn vor mir. Der Junge hieß Justinius und hatte gerade begonnen, Schwertkampf zu lernen. Ich wusste, dass er viel vorhatte. Sein Leben war zum Bersten gefüllt, er hatte keine Sekunde zu verlieren. Dennoch stand er regungslos da und starrte mich an. Sein Gesicht zeigte Angst. Angst und Widerwillen und bittere Enttäuschung. Ich senkte den Blick. Als ich ihn wieder hob, sah ich nur die düstere, schäbige Halle. Hier und da rieselten Staubflocken durch einen Lichtstrahl, der seinen Weg ins Innere gefunden hatte.

Mir war, als würden die Steine und das Holz ächzen.

»Ach, und vergiss nicht, frische Unterwäsche mitzunehmen«, rief Scara hinter mir.

Ich nickte. Dabei hatte ich gar keine frische Unterwäsche.

2
AUFBRUCH

Justinius

Man konnte meinem Vater, dem Baron Gernot von Hagenow, einiges nachsagen. Er war jähzornig, herrisch und selbstgerecht. Obwohl er längst keine Zähne mehr im Maul hatte, vögelte er alles, was nicht schnell genug auf den Baum kam. Er vergaß gerne mal, wen er aus welchem Grund in den Kerker gesteckt hatte. Und im Vergleich zu ihm war ich zurückhaltend wie Thaalas Schweiger, wenn es um den Branntwein ging.

Ja, der Herr Baron war nicht ohne Fehl.

Aber man musste ihm lassen, dass er sich um die Seinen kümmerte. Mich zum Beispiel hatte er zwar von seiner Burg gejagt. Für mein Wohlergehen sorgte er aber weiterhin. Zum einen war der Baron großmütig genug gewesen, mir Scara zu überlassen. Und nicht nur den Verlust dieser unvergleichlichen Dienerin hatte er in Kauf genommen. Nein, um der Mildtätigkeit die Krone aufzusetzen, schickte er einmal im Monat einen Boten vorbei, der mir einen prall gefüllten Beutel in die Hand drückte. In dem Beutel befanden sich zwar weit mehr Kupferstücke als Silber- oder gar Goldgulden. Aber es war auch nicht so, dass ich den Baron mit Schätzen überhäuft hätte, wäre ich an seiner Stelle gewesen.

Immerhin reichte der Inhalt des Beutels, um unser Überleben zu sichern. Wenn die Vorräte zur Neige gingen, spannte Scara einen Esel vor den Karren, der im Stall bereitstand, und fuhr in die große weite Welt hinaus. Sofern die große weite Welt aus ein paar götterverlassenen Bauerndörfern besteht, die wie Furunkel zwischen Wiesen, Wald und Feldern kleben. Jedenfalls machte sie regelmäßig die Runde durch diese Elendsnester und kaufte das Nötige. Getrocknetes Fleisch und Käse. Getreidesäcke und Bierfässer. Gemüse, wenn es welches gab. Und natürlich Krüge, bis zum Rand mit Branntwein gefüllt. Das scheußlichste Zeug, das man sich vorstellen kann. Aber ich hing dran, als wären's Mamas Zitzen.

Während meine schwachsinnige Dienerin Einkäufe tätigte, blieb ich zu Hause, steckte den Daumen in den Arsch und jammerte darüber, dass es nichts Ordentliches zu fressen gab. Das ist ein Vorrecht des Adels. Schließlich sind wir die Lieblinge der Götter.

Aber es schien ja, als hätte das Nichtstun erst mal ein Ende. Ich war auf mein Zimmer gegangen, um meinen Mantel und mein Schwert zu holen. Was ich sonst an Brauchbarem fand, hatte ich in eine Kiste geworfen, die ich dann in den Hof hinab trug. Das war eine große, höchst solide Kiste, die schon manch ein Mitglied derer von Hagenow auf manch einer Reise begleitet hatte. Sie war mit einer Gravur des Familienwappens – ein Turm für unsere Treue, gekreuzte Klingen für unsere Wehrhaftigkeit; fehlte noch der Dunghaufen für unsere Beschissenheit – und schweren Eisenbeschlägen versehen. Doch nicht fein gewobene Leinen, geschmeidige Seide und sonstiges edles Tuch füllten sie nun. Sondern zerlumpte Wäsche und schmutzige Decken. Und so viele Tonkrüge mit Fusel, wie sich unterkriegen ließen.

Dann hatte ich noch meinen Hut mitgenommen. Einen für die besonderen Anlässe, den ein zerfledderter Federbusch ziert.

Reiher, wenn ich nicht irrte.

Die Ausbeute meines Lebens.

Nun stand ich da. Blinzelte in den blassblauen Spätsommerhimmel. Wartete darauf, dass Scara mit dem Esel fertig wurde. Der tat seine Unlust durch empörtes Iahen kund. Vom Stall her drang es an mein Ohr. Ich seufzte und setzte mich auf ein Stück Mauer. Legte den Kopf in den Nacken. Schloss kurz die Augen, öffnete sie dann wieder. Die Luft roch frisch und klar. Ein leichter Wind ging, und ich sah einer Handvoll Dohlen dabei zu, wie sie über das Anwesen flatterten. Dabei spürte ich ein seltsames Gefühl in mir aufsteigen. Ein Gefühl, das mir so fremd geworden war, dass ich einige Momente benötigte, bis ich ihm einen Namen geben konnte.

Leise, verstohlene Erwartung.

Trotz Rudrick.

Und all der Erinnerungen voll Blut und Pisse.

Bald darauf kam Scara aus dem Stall. Sie führte den Esel am Zaum, der seinerseits brav den Karren zog. Offensichtlich hatte er sich in sein Schicksal gefügt. Es blieb ihm auch nicht viel anderes übrig. Ich seufzte abermals und wuchtete die Kiste auf die Ladefläche. Dort befanden sich bereits der Weidenkorb, die rätselhafte Schaufel und ein nicht minder rätselhafter Sack, der wohl irgendwo im Stall gelegen hatte.

Und da war unsere Vogelscheuche: Mykar. Er schien zu schlafen. Ich trat näher an ihn heran. Betrachtete ihn unwillig. Er trug noch immer das schwarze, verwaschene Zeug, das er einem der Meuchler abgenommen hatte, den er – wenn ich Scara Glauben schenkte – bei dem Stelldichein im Wald getötet hatte. Seine Haut war totenbleich. Seine Haare waren schwarz, lang und struppig. Er hatte eine riesige Narbe auf der Stirn, fahl und wulstig. Seine Nase war krumm. Sein Mund stand leicht offen, und ich konnte sehen, dass einige seiner Zähne irgendwie zackig waren. Als hätte man Stücke von ihnen abgebrochen. Obendrein roch er nach feuchtem Moder. Wie etwas, das lange in der Erde gelegen hat.

Ich rümpfte die Nase.

Wandte mich ab und stieg auf den Bock.

Wortlos nahm Scara neben mir Platz. Sie schob sich eine Bogenpeitsche in die Armbeuge, ergriff die Zügel und ließ sie schnalzen. Der Esel, der stehen geblieben war, setzte sich erneut in Bewegung, und wir rumpelten in Richtung des Tores.

Scara winkte den Statuen von Hardwig dem Zweiten, Kailos dem Kühnen und den anderen großen Männern, die da auf ihren Sockeln standen und aussahen, als würden sie sich mit Verstopfungen abplagen.

»Auf Wiedersehen!«, rief sie.

Der Esel iahte.

Mykar stöhnte leise.

Ich hielt meine Klappe.

Dann fuhren wir auch schon zwischen den morschen Torflügeln hindurch. Jenseits der Mauern des Gutshofs erstreckten sich grüne, saftige Wiesen. In einiger Entfernung stand eine Gruppe von Apfelbäumen. Unwillkürlich warf ich einen Blick über die Schulter. Da war das mächtige, halb verfallene Gebäude, das vielleicht mein Zuhause sein würde, so lange ich lebte. Ich dachte an die Grabesdünste, die durch die schattigen Räume zogen, die ich soeben hinter mir gelassen hatte.

Die Wunde an meiner Brust schmerzte unter dem Verband. Oder vielleicht war es etwas anderes.

3

FREMDE PFADE

Justinius

Nach einer Weile kamen wir auf die Reichsstraße. Sie führte von Mandurien aus durch die Windmarken und lief schnurstracks auf die Perle zu. Zu meinem Ärger ging es unendlich langsam voran. Der Esel war mindestens so alt wie die Pflastersteine, über die der Wagen holperte, und ich verfluchte meinen Bruder samt seiner Mörderbande, dass sie die Geistesgegenwart besessen hatten, ihre Pferde mitzunehmen.

Zu allem Überfluss wurde auch noch das Wetter schlechter. Dunkle Wolken zogen auf. Kalte Windstöße drangen durch die Kleidung. Mir wurde klar, dass wir keinerlei Unterschlupf hätten, wenn es anfinge zu regnen. Der Wagen besaß kein Verdeck. Weit und breit war kein Bauernhof zu sehen. Wir würden bis auf die Knochen durchnässt, sollte der Himmel seine Schleusen öffnen.

Ich spürte, wie sich meine Galle schwärzte.

Dabei waren wir gerade erst eine Stunde unterwegs.

Wieder einmal wurde ich wütend. »Und was jetzt?«, fuhr ich Scara an. »Hast du eigentlich irgendeine Ahnung, was du tust?«

»Wir sind gleich da«, erklärte sie ungerührt.

»Was soll das heißen, bei allen Höllen?! *Wo* sind wir gleich?«

»Da, wo wir hinwollen.«

Zähneknirschend gab ich mich geschlagen. Ich war mir sicher, dass Scara innerlich jubilierte. Da mochte sie ein noch so nüchternes Gesicht aufsetzen.

»Übrigens, mein Kleiner …«, begann sie erneut.

»Ja?«, knurrte ich.

»Es würde helfen, wenn du zu Fuß weitergingest. Du hast dem Abendbrot in letzter Zeit doch recht reichlich zugesprochen.«

Scara zog an den Zügeln. Der Esel hielt. Sie sah mich aufmunternd an.

Ich glotzte wie ein Fisch, der unversehens am Ufer gelandet ist.

Ich stieg vom Bock.

Wenig später lenkte Scara den Wagen von der Straße herunter. Querfeldein ging es nun. Über eine Wiese rumpelte der Wagen auf den Waldrand zu und kam schließlich zum Stehen. Der Esel schien kurz unschlüssig, was zu tun sei. Dann begann er zu grasen. In der Zwischenzeit hatte Scara Schaufel und Sack von der Ladefläche genommen. Ich meinerseits rückte den Federhut zurecht und zog probeweise das Schwert aus der Scheide. Stellte fest, dass sich das gar nicht schlecht anfühlte. Schließlich genehmigte ich mir einen Schluck Branntwein, ehe ich mich zu meiner verblödeten Dienerin gesellte. Wenigstens hatte unsere kleine Spazierfahrt dafür gesorgt, dass meine Kopfschmerzen verschwunden waren.

»Wirst du mir jetzt endlich verraten, was wir vorhaben?«, fragte ich.

»Wir gehen graben«, antwortete Scara, indem sie Sack und Schaufel schulterte.

»Aha. Und wonach graben wir?«

»Nach etwas, das Mykar benötigt.«

»Und der bleibt so lange hier und hält ein Nickerchen, oder was?«

»So ist es«, entgegnete Scara.

Dann setzte sie sich in Bewegung. Ich betrachtete ihren Rücken, den grauen Umhang und das Kopftuch, das sie sich umgebunden hatte. Eigentlich hätte ich, das versteht sich von selbst, voranschreiten müssen. Aber da ich den Weg nicht kannte, war das schlecht machbar. Also folgte ich ihr. Folgte ihr und atmete den kühlen, moderigen Waldduft. Eine Weile lang stapften wir durch die zum Teil schon gelb und rot verfärbten Blätter, die der Wind von den Zweigen gezupft hatte. Das dichte Astwerk fing manchen Lichtstrahl ab. Und da zudem schwere Wolken über den Bäumen hingen, war es ziemlich dunkel.

Dann hatten wir unser Ziel erreicht. Das schloss ich daraus, dass Scara stehen blieb. Unser Ziel war demzufolge eine Lichtung.

Ich wusste vom ersten Augenblick an, dass mir der Ort nicht gefiel. Irgendwer hatte irgendwann einmal hier gelebt. Doch das war lange her. Im Vergleich zu der Hütte und dem Stall, die auf der Lichtung standen und gemütlich verrotteten, nahm sich mein Landsitz geradezu prachtvoll aus. Und die Linde, die am Waldrand wuchs, war allzu groß, ihr Stamm allzu dunkel und rot, ihre Blätter allzu grün. Vor allem aber gefiel mir die Stille nicht. Es war etwas verfickt Unheiliges an dieser Stille. Es war eine Stille wie ein Verbot.

Ein paar Schritte von dem Baum entfernt hatte jemand drei große, weiße Steine hingelegt. Mir kamen diese Steine ziemlich beunruhigend vor. Scara hingegen machte einen zufriedenen Eindruck.

»Ah, Mykar hat gesagt, dass es bei den Steinen wäre!«, verkündete sie.

»Dass es bei den Steinen wäre? Dass *was* bei den Steinen wäre?«

Scara hielt mir die Schaufel hin. »Die Stelle, wo wir graben müssen.«

In meinem Inneren rangen üble Vorahnungen mit überschäumendem Ärger.

Der Ärger gewann.

Wie immer.

»Du glaubst doch wohl selbst nicht, dass ich für dich und deine Vogelscheuche *grabe*!«, fauchte ich.

Scara wurde ernst. Sie steckte das Schaufelblatt in die Erde und verschränkte die Arme vor der Brust. »Eine Dame gräbt nicht«, sagte sie in kühlem Tonfall.

»Ach so! Eine Dame gräbt nicht! Wie konnte ich das vergessen? Und Prinzessinnen scheißen Lilien! Dann würde mich nur noch eins interessieren: *Wo, beim Schwanz des Gehörnten, siehst du hier eine Dame?!*«

Anstelle einer Antwort schürzte Scara die Lippen. Ich meinerseits schnaubte höhnisch. Dann funkelten wir uns an. Schwiegen und funkelten. Funkelten und schwiegen. Schließlich begann ich zu fluchen. Und griff mir die Schaufel.

»Und wo bei allen Höllen soll ich graben?«

»Unter den Steinen natürlich. Das sagte ich doch bereits.«

Wütend gab ich den Steinen einen Tritt. Brach mir fast den Fuß dabei. Trat trotzdem noch einmal zu. Schrie dabei alle Verwünschungen in den Wald hinein, die mir auf die Schnelle einfielen.

»Und benimm dich ein bisschen. Man darf nie seine Manieren vergessen.«

Ich stützte mich auf die Schaufel und schloss die Augen. Ich atmete tief ein und aus. Und ich versuchte, zur Ruhe zu kommen.

Manchmal fragte ich mich, ob Scara eigentlich irgendeine Vorstellung davon hatte, wie gefährlich sie lebte. Selbst *gute* Diener waren etwas, das man benutzte, wie es einem einfiel. Und Scara war ungefähr so viel wert wie ein gesprungener Topf. Ich hätte ihr den Hals umdrehen können, ohne auch nur einen Schweißtropfen dabei zu vergießen. Ich hätte *alles* mit ihr machen können. Stattdessen erlaubte ich ihr, sich so aufzuspielen, als wäre sie eine verkappte Fürstin. Warum eigentlich? Warum ließ ich mir das gefallen? War sie mir vielleicht doch ans Herz gewachsen, still und heimlich? Nein, nein und nochmals nein! Was war es dann? Fühlte ich mich verantwortlich für das, was mein Vater ihr angetan hatte? Wahrscheinlich war es das. Ich konnte den Tag nicht vergessen, als sie vor Elaahs Sonnenrichter hatte treten müssen. Und obwohl ich damals selbst kaum mehr als ein Junge gewesen war, litt ich unter der Schuld.

Der Schuld meines Vaters.

Das war Scaras Glück. Verdammt, vielleicht war es sogar mein Glück.

Aber genug ist genug.

Ich öffnete die Augen, sah Scara an und sagte leise: »Ich werde jetzt graben. Und von dir will ich kein Wort mehr hören. Verstehst du? Kein Wort.«

Unsere Blicke trafen sich. Langsam nickte Scara. Und sie schwieg tatsächlich.

So war ich es, der als Erstes wieder sprach. Ich war zwar ganz zufrieden, dass ich Scara mal wieder gezeigt hatte, wer der Herr im Haus war. Doch nach ein paar Minuten fiel mir auf, dass ich etwas übersehen hatte. Ich hatte nämlich keine Vorstellung, *wonach* ich eigentlich grub. Als mir das klar wurde, überkam mich erneut ein ungutes Gefühl. Und ehe ich michs versah, hatten die düsteren Vorahnungen ganz von mir Besitz ergriffen. Nicht nur das: Sie begannen, sich wie ein feiner Nebel über der Lichtung auszubreiten. Tatsächlich war es etwas diesig geworden. Nieselregen hatte eingesetzt, während ich schaufelte. Obwohl noch einige Stunden bis zum Sonnenuntergang fehlten, war das Licht bleich und dämmerig. Und da war ein Rabe. Als ich mich umsah, stellte ich fest, dass er auf einer Buche am Rand der Lichtung hockte. Er schien mich zu mustern.

Plötzlich war mir, als hätte das verdammte Drecksvieh schon die ganze Zeit da gesessen und geglotzt. Ich spürte, wie es mir eiskalt den Rücken hinunterlief, und wandte mich schnell ab.

Beschloss, mich lieber mit Scara zu beschäftigen.

»Hör mal, was suchen wir hier eigentlich?«

Sie hatte zu Boden geschaut. Hob nun zögernd die Augen. Ihr Gesicht hatte einen wunden Ausdruck angenommen. Und in ihrem Blick war etwas auseinandergefallen. Ich erschrak. Diese Stimmungen kannte ich von Scara. Manchmal überkam es sie. Nicht allzu häufig, einmal im Monat vielleicht. Das konnte ich jetzt überhaupt nicht gebrauchen. Nicht mit diesem Raben im Nacken und einem Haufen kalter, feuchter Erde vor meinen Füßen.

Und auch sonst nicht.

»Darf ich wieder reden?«, fragte sie leise.

Ich seufzte schwer. »Ja«, sagte ich ungeduldig. »Also: Was suchen wir?«

»Danje.« Sie flüsterte fast.

»Danje?«

»Ja. Ihre Knochen.«

»Ihre Knochen?«, wiederholte ich und fühlte mich wie ein verblödeter Schauspieler, der seinen Text vergessen hat.

»Er hat sie doch hier begraben.«

Ich starrte in das Loch hinab, das ich auszuheben begonnen hatte, und schluckte.

»Wer – wer ist diese Danje?«

»Mykars Freundin.«

»Und weshalb suchen wir … Danjes Knochen?«

»Sonst muss … sonst muss sie doch … muss sie doch hierbleiben … und ist für immer allein!«

Bei den letzten Worten war Scara vom Sprechen zum Schluchzen übergegangen. Nun stand sie da und weinte. Die Tränen liefen ihr nur so übers Gesicht, während sie die Hände zu Fäusten schloss, die sie an ihre Augen drückte.

Wunderbar.

Das hatte gerade noch gefehlt.

Der Rabe krächzte und flatterte davon. Vermutlich entrüstet über meine Gemeinheit. Widerwillig ging ich zu Scara hinüber. Ließ die Schaufel über die Erde schleifen. Dann standen wir beieinander. Scara weinte immer noch. Schließlich legte ich ihr eine Hand auf die Schulter.

»Es ist schon in Ordnung«, sagte ich. »Das wird ja nicht passieren … wir … nehmen – nehmen die Knochen ja mit. Und wir werden alle Freunde …«

Freunde? Wie bitte? War ich noch zu retten?

Scara nahm die Hände vom Gesicht. »Ja?«, fragte sie. »Wirklich?«

»Gaaanz sicher.«

»Und du bist auch nicht mehr böse mit mir?«

»Ach was!«, versicherte ich.

Wir schauten uns tief in die Augen. Diesmal ohne zu funkeln. Was für ein herzerwärmender Moment. Irgendwo hüpften sicherlich ein paar Feen von Blatt zu Blatt und zupften ihre daumennagelgroßen Lauten.

»Gut. Dann gräbst du besser schnell weiter. Es ist schon spät, weißt du. Und wir haben noch viel vor.«

»Ja, Scara«, sagte ich und wandte mich ab.

Eines Tages werde ich sie umbringen, dachte ich, *so wahr Hekir der Herr der Klingen ist.* Gegenwärtig begnügte ich mich damit, die Erde zu malträtieren. Freute mich, wenn ich auf eine Wurzel stieß, die ich mit der Schaufel durchhauen konnte. Doch auch diese Freude währte nicht lange. Bald nämlich fand ich Danje. Ihre Überreste, um genau zu sein. Zuerst dachte ich, es wären Tierknochen. So dünn waren sie. Ich hockte mich hin. Da die Grube nicht sehr tief war, konnte ich die feuchten Erdklumpen mit den Händen zur Seite schieben. Das also tat ich. Und stellte fest, dass ich mich geirrt hatte. Warum auch sollte jemand einen Fuchs oder einen Maulwurf verscharren? Nein, es war ein Kinderskelett, das ich gefunden hatte.

Ich hatte nicht die geringste Ahnung, was hier gespielt wurde. An einem aber bestand kein Zweifel: Das Ganze war eine götterverdammte Scheiße.

Nun gehört es zu den zahlreichen Dingen, die Scara zu einer solchen Landplage machen, dass ihr Verhalten einfach niemals angemessen ist. Eben noch hatte sie Rotz und Wasser geheult, weil sie das Schicksal des armen Mykar so dauerte. Jetzt hockte sie sich neben mich hin, betrachtete das erbarmungswürdige Gerippe da unten mit nüchternem Blick und sagte: »Der Kopf reicht.«

»Wovon redest du, bei allen Höllen?«

»Wir müssen nur den Kopf mitnehmen. Der Rest kann dableiben.«

»Mitnehmen? Du willst das *mitnehmen*?!«

»Aber davon rede ich doch schon die ganze Zeit. Wenn der Kopf nicht mitkommt, muss Danje hierbleiben.«

»Und warum sollte sie nicht einfach hierbleiben? Ist doch nett hier!« Ich versuchte mich an einem höhnischen Lachen.

»Nun, weil Mykar sie braucht. Ich meine, ich hätte das schon erwähnt.«

»Das ist ja sehr bedauerlich, aber leider nicht zu ändern! Ich werde ganz bestimmt *nicht* mit einem Kinderschädel im Gepäck zur Perle reisen! Es ist nämlich ein Schädel, Scara, ein *Schädel* und kein *Kopf*, bei Elaahs Gnade!«

»Mykar wird dir alles erklären.«

»Ich will aber nichts erklärt bekommen! Ich will mit diesem Mist nichts zu tun haben! Kapierst du das?!«

»Justinius, wir haben jetzt wirklich keine Zeit für so etwas. Sei so gut und hol bitte den Kopf aus dem Loch, ja?«

Vielleicht fand ich den Gedanken unerträglich, dass der Geist der unglückseligen Danje oder Die-Götter-wissen-Wer unseren Streit mit anhören mochte. Vielleicht wollte ich auch einfach nur von dieser verfluchten Lichtung wegkommen. Jedenfalls nahm ich den Schädel aus der Grube.

Er war leicht wie eine Feder. Der Unterkiefer fehlte.

Derweil hatte Scara aus ihrem Reisesack ein Tuch hervorgeholt. Das Tuch war erstaunlich weiß. In dieses Tuch wickelte sie den Schädel ein, nachdem sie ihn zuvor sauber gerieben hatte. Dabei ging sie sehr sorgfältig zu Werke. Dann verstaute sie das Tuch wieder in dem Sack.

Schließlich stand sie auf, warf sich den Sack über die Schulter und verkündete: »Wir sind hier fertig. Machst du das Loch wieder zu? Dann können wir heimgehen und Abendbrot essen.«

Das war ausnahmsweise mal eine gute Idee. Und tatsächlich waren wir bald darauf nach Hause zurückgekehrt. Will sagen: zu unserem Wagen und dem Esel. Der Regen hatte zwischenzeitlich aufgehört, und Scara konnte genügend trockenes Holz finden, um ein Feuer zu entzünden. Sie hatte sogar für Verpflegung gesorgt. Ihr Weidenkorb war prall gefüllt mit guten Dingen. Wir wärmten uns also an dem Flammengeknister, aßen Brot, gepökeltes Fleisch und Hartkäse und spülten alles mit Bier herunter. Als wir gegessen und getrunken hatten, sahen wir dem Himmel dabei zu, wie er sich verdunkelte.

Mykar schlief die ganze Zeit über.

Auch der Esel hatte sich zur Ruhe begeben.

Scara summte leise, während sie eingehend ihre Fingernägel betrachtete.

Und ich dachte über die Launen des Schicksals nach. Als ich

gestern Nacht ins Bett gefallen war, hatte ich einfach nur meinen Rausch ausschlafen wollen. Hatte meinen Rausch ausschlafen wollen und mich ansonsten auf einen Tag gefreut, an dem ich … nun, überhaupt nichts tun würde.

Außer vielleicht Kraft für das nächste Besäufnis sammeln.

Mit anderen Worten: Alles hätte seinen gewohnten Gang genommen, in dem lauschigen Trümmerhaufen, der mein Heim war. Da wusste ich, was mich erwartete. Ich kannte das Spiel. Beherrschte sämtliche Regeln. Das Spiel bestand darin, weiterzumachen und sich nicht nach dem Warum zu fragen. Das war alles, was die Götter von mir verlangten. Alles, was *ich* von mir verlangte.

Es war ganz einfach: Ein Tag folgte dem anderen. Und allesamt glichen sie sich. Sie waren leer wie der Bauch eines Bettlers. Und sinnlos wie parfümierte Scheiße. Meine Tage. Eine Reihe, die sich bis zum Horizont erstreckte.

So hatte ich gedacht.

Plötzlich sprach Scara: »Nun, morgen werden wir weitersehen. Aber jetzt will ich zu Bett gehen. Nähre die Kraft deines Geistes, um jähem Unglück gewachsen zu sein. Das ist sehr wichtig.«

Ich nickte nur. Ich war mir nicht einmal sicher, ob sie mit mir geredet hatte.

Jedenfalls schien sie der Meinung zu sein, dass alles wunderbar geklappt hatte. Sie stand auf, gähnte und streckte sich. Dann verschwand sie hinter dem Wagen. Kurz darauf hörte ich einen Wasserschlauch glucksen und ein bisschen neckisches Gespritze.

Ich nahm einen der Branntweinkrüge. Blickte ins Feuer, das knackte und flackerte, und trank. Nicht so viel, um besoffen zu werden. Aber genug, um mich nicht ständig mit Vogelscheuchen, Raben und toten Kindern beschäftigen zu müssen. Nach ein paar Minuten gab der Wagen ein Knarren von sich, und ich hörte, wie sich Scara auf der Ladefläche ausbreitete. Sie seufzte wohlig.

Eine Weile lang blieb alles ruhig.

Dann begann der Regen von neuem.

Zuerst fielen nur ein paar Tropfen. Doch bereits nach wenigen

Augenblicken goss es in Strömen. Zischend verloschen die Flammen. Ich sprang auf die Füße.

Kurz überlegte ich, unter den Wagen zu kriechen. Aber die Wiese war abschüssig, und binnen kürzester Zeit würde ich in einem Schlammfeld liegen. Unschlüssig blieb ich stehen. Mein Haar und meine Kleider troffen bereits vor Nässe. Und die Regentropfen waren verdammt kalt.

Da fiel mir auf, dass ich gar nichts von meiner elenden Magd und Mykar gehört hatte. Wie stellten die beiden es an, bei dem Regen einfach weiterzuschlafen? Ich kletterte auf die Ladefläche, um die Sache zu ergründen.

Und fand zu meiner Überraschung heraus, dass Scara, verrückt oder nicht, daran gedacht hatte, für einen solchen Fall vorzusorgen. In ihrem Reisesack hatte sie ein Teertuch verstaut, das groß genug war, um die ganze Ladefläche des Wagens zu bedecken. Unter diesem Tuch hatte sie es sich mit ihrer Vogelscheuche bequem gemacht. Eilig griff ich mir ein paar Decken aus meiner Kiste und schlüpfte neben Scara unter das Tuch.

Sobald ich im Trockenen war, versuchte ich, mich in eine der Decken einzuwickeln, während ich die andere unter meinen Kopf schob. Scara brummelte, schlummerte aber weiter. Von Mykar war kein Laut zu hören. Ich fühlte mich einigermaßen unwohl, so dicht bei meiner unseligen Dienerin zu liegen. Aber auf der anderen Seite von ihr schlief die Vogelscheuche. Da fiel die Wahl nicht schwer.

Ich drehte mich also auf die Seite, mit dem Rücken zu meinen Bettgenossen, schlug das Tuch ein Stück zurück, um besser atmen zu können, und versuchte, mich der Müdigkeit zu überlassen. Ich war davon überzeugt, dass Scara am Daumen nuckelte, während sie schlief. Nun, sollte sie. Solange sie nicht Mykars Daumen lutschte. Schließlich war sie *meine* Dienerin, und wenn sie schon jemandes Daumen lutschen musste … Ich zuckte zusammen. Verspürte plötzlich den Wunsch, meinen Kopf ausgiebig gegen die Ladefläche des Wagens zu schlagen. Was zur Hölle war eigentlich mit mir los?

Gänzlich ungebeten kam mir ein Traum in den Sinn, den ich einige

Wochen zuvor gehabt hatte: Ich lag nackt auf einer Art Podest, inmitten einer Halle, die so groß war, dass ich weder Decke noch Wände erkennen konnte. Scara saß rittlings auf mir. Wir vögelten. Meine Hände kneteten ihren Hintern. Und ihre Titten hüpften, dass es die reinste Freude war. Um das Podest herum waren kreisförmig Kerzen aufgestellt. Es waren rote, mannshohe Kerzen, die ein seltsames Licht warfen. Jenseits der Kerzen stand meine Familie. Die von Hagenows. Lebende, Tote – die ganze Ahnengalerie. Einige von ihnen waren halbverfaulte Leichen. Dann gab es alte Weiber und zahnlose Greise, die mir unentwegt zuzwinkerten. Auch meinen Vater und meinen Bruder sah ich. Ihre Augen waren weit aufgerissen, ihre Gesichter völlig leblos. Und sie holten sich einen runter. Außer Scaras Lustgewimmer war kein Laut zu vernehmen. Die ganze riesige Halle war totenstill.

Ich war schweißgebadet erwacht. War aus dem Bett gesprungen und hatte mir Wasser über den Schwanz geschüttet. Vor lauter Entsetzen hätte ich dabei um ein Haar meinen Trinkkrug mit dem Nachttopf verwechselt.

Der Regen prasselte auf das Teertuch. Ich rutschte zum Rand der Ladefläche und tat mein Bestes, die Traumbilder zu verscheuchen. Sandte ein Stoßgebet zu Jelkar – Sorins missratenem Sohn, dem ich mich überaus verbunden fühlte –, dass er mir ein paar ordentliche Huren schicken würde, sowie wir die Perle erreicht hatten. Da sprach Scara. In ihrem Schlaf murmelte sie etwas. Was sie sagte, verstand ich nicht richtig. Ich hörte nur die Worte »Blumen« und »Fische«. Vergeblich mühte ich mich, weiter von ihr wegzurücken.

Am liebsten hätte ich angefangen zu heulen.

4
EIN SCHÄDEL AUF REISEN

Mykar

Der Morgen brach schon an, als ich erwachte. Ich lag auf der Ladefläche eines Wagens, halb unter, halb neben einer Teerplane. Das Holz war feucht. Dort, wo die Plane Mulden bildete, hatte sich Wasser gesammelt. Die Luft war kühl. Es roch nach Regen.

Ich zog mich an der Seitenwand der Ladefläche hoch. Meine Knochen schmerzten. Mir war schwindelig. Langsam verging die Schwäche. Ich hob den Kopf und sah mich um. Schlappi, der Esel, war wach. Er schaute mit müden Augen in die Welt hinaus. Sein Fell troff vor Nässe, die langen Ohren standen seitlich ab. Dichter, weißer Nebel lag über dem Wald und den Feldern. Die Erde war schlammig und mit Pfützen bedeckt. Ich wusste, dass die gepflasterte Straße nah war, auch wenn ich sie nicht sehen konnte.

Da war eine Gruppe von Platanen, über der einige Krähen kreisten. Ihr Gekrächze klang dumpf und fern; zugleich schien es die stille, graue Welt ganz zu erfüllen. Die dunklen Vögel ließen sich in den Ästen der dunklen Bäume nieder, und ich blickte auf Scara und Justinius hinab.

Die beiden schliefen. Ich hörte sie atmen: von ihr ein leises Pfeifen, von ihm ein grummeliges Schnarchen. Vorsichtig zog ich das Tuch von den Köpfen meiner Gefährten. Das Wasser, das sich darauf gesammelt hatte, lief ab, ohne sie nass zu machen. Scara und Justinius drehten einander den Rücken zu. Sie hielt ein kleines Bündel im Arm. Sie hielt es, als wäre es etwas Kuscheliges. Mein Herz begann wild zu schlagen. Langsam ging ich in die Hocke. Ich nahm das Bündel. Scara brummte, wurde aber nicht wach. Ich stand auf, machte die paar

Schritte zum Rand der Ladefläche und setzte mich, sodass meine Beine in der Luft baumelten.

Plötzlich bekam ich Angst. Mit zittrigen Händen faltete ich das weiße Tuch auf. Danje kam zum Vorschein. Erst jetzt wurde mir klar, dass ich sie sehr vermisst hatte. Ich schluchzte; es war ein kurzes, hartes Schluchzen, das mich selbst überraschte.

»Was für eine verdammte …«, murmelte Justinius und schlief weiter.

Mit sanften Fingern streichelte ich Danje. Wie viele Jahre waren vergangen, seit wir uns zum letzten Mal gesehen hatten? Ich erschrak, als mir zu Bewusstsein kam, dass ich jetzt ja viel älter war als Danje. Andererseits: Wenn sie zehn Jahre vor mir gestorben war, war sie dann nicht die Ältere? Oder würde sie in Ewigkeit das Mädchen bleiben, das sie bei ihrem Tod gewesen war? Und wenn ich *nicht* gestorben war, wenn ich trotz allem weitergelebt hatte – das hieß doch, dass ich unterdessen zum Mann geworden war? Ich hätte mir eine Frau suchen und mit ihr Kinder haben können. Bei dem Gedanken musste ich lachen. Auf einmal war mir leicht ums Herz, ganz leicht.

Der Elende Ede hatte recht gehabt. Wenn Danje bei mir war, war alles gut.

Hinter mir hörte ich jemanden gähnen. »Oh, Mykar, du bist ja schon munter!«, sagte Scara.

Bald darauf erwachte auch Justinius. Er schimpfte über das Wetter und über Scara; Danje und mich ließ er in Frieden. Wir versuchten vergeblich, ein Feuer zu entzünden. Justinius schimpfte noch mehr. Nachdem wir etwas Brot gegessen und dünnes Bier getrunken hatten, brachen wir auf.

Ich fühlte mich stark genug, um gemeinsam mit Justinius neben dem Wagen herzugehen. Scara saß auf dem Bock. Aber auch sie musste absteigen, wenn die Straße anstieg. Manchmal schien es, dass die Kraft des Esels kaum ausreichte, um den Wagen auf ebener Strecke zu ziehen. Justinius schlug wiederholt vor, ihn zu Wurst zu verarbeiten. Er meinte, das wäre für alle die beste Lösung. Scara warf ihm dann böse Blicke zu. Ich hatte den Eindruck, dass er sich darüber freute – allerdings schien er nicht zu wissen, dass der Esel Schlappi hieß und Scaras Freund war.

So reisten wir also. Es war ein langsames, mühseliges Vorankommen. Schon nach wenigen Stunden begann Justinius, über schmerzende Füße zu klagen. Doch ich war jetzt zuversichtlich, dass wir es schaffen würden: Wir würden rechtzeitig in die Perle kommen. Wir würden Cays Unschuld beweisen. Wir würden ihn retten. Immer wieder ertappte ich mich bei einem Lächeln. Ich stellte mir vor, dass man meine gebrochenen, spitzen Zähne sah, wenn ich nur breit genug lächelte. Das war so lustig, dass ich mir ein Kichern verkneifen musste.

Ich wollte, dass Danje etwas von der Welt sah. Deshalb hielt ich ihren Schädel die meiste Zeit in der Hand. Mir entging nicht, dass mich Justinius verstohlen musterte, mit zusammengezogenen Brauen und verkniffenem Gesicht. Das war mir gleichgültig. Mich bekümmerte aber, dass es für Danje an diesem Tag nur wenig zu entdecken gab. Unentwegt fiel Nieselregen. Auch nachdem sich der Nebel gelichtet hatte, hing ein feuchter, kalter Dunst über dem Land. Der Himmel war ein grauweißes Tuch. Ein- oder zweimal trafen wir auf fahrende Händler – noch bevor wir die Wagen selbst sahen, drang das Glockengebimmel an unser Ohr, fremd und unwirklich kam es aus der trüben Ferne –, und ein- oder zweimal durchquerten wir ein Dorf. Dann entschuldigte ich mich bei Danje und wickelte ihren Schädel in das Tuch.

Am Nachmittag brach der Himmel auf. Sonnenlicht überströmte uns. Die Strahlen waren überraschend kräftig: Unsere durchnässte Kleidung begann zu trocknen, und die Flanken des Esels dampften. Justinius schimpfte nicht mehr über das Wetter. Er klagte aber immer noch über seine Füße. Ich freute mich, weil die Welt jetzt bunter war und Danje ihren Blick schweifen lassen konnte.

Gegen Abend erreichten wir ein Dorf, in dem es eine Herberge gab. Ansonsten bestand es aus einer matschigen Straße und ein paar einfachen Hütten, die die untergehende Sonne in schwach-rosiges Licht tauchte. Das Wirtshaus machte einen ärmlichen Eindruck. Wir stellten den Wagen ab und versorgten Schlappi. Dann ließen wir uns einen Eintopf geben. Während wir den Eintopf – Kohl-, Kartoffel- und Karottenstücke mit ein wenig Lauch und Brühe – aus Holzschüsseln löffelten, betrachteten wir durch Fensteröffnungen, die trotz der beginnenden Herbstkühle nicht verhängt waren, den Einbruch der Dunkelheit.

Die übrigen Gäste waren Bauern. Sie kümmerten sich nicht weiter um uns. Ein wenig wunderte mich das. Schließlich war Justinius ein hoher Herr. Aber im Grunde genommen unterschied er sich gar nicht so sehr von den Knechten und Ackerleuten, die ihr Bier mit Kellen aus dem Eimer schöpften. Seine Kleidung war alt und schmutzig. Zwar hatte er lange Haare. Aber auch Spielleute konnten lange Haare haben. Und auch Söldner trugen Schwerter. Niemand hätte sagen können, wer oder was er war.

Nachdem wir uns gestärkt und aufgewärmt hatten, zogen wir uns für die Nacht zurück. Wir waren in einem kleinen, düsteren Schlafsaal untergebracht. Jetzt, da der Herbst kam, war er völlig verwaist. Durch eine schmale Fensteröffnung fiel ein letzter Rest Tageslicht auf einen Schemel und fünf Strohsäcke, die über den Lehmboden verteilt waren.

Ich hockte mich auf einen von ihnen, öffnete das Tuch und legte Danjes Schädel vor mir ab. Scara setzte sich auf den Strohsack zu meiner Linken. Justinius holte einen Branntweinkrug aus der großen Holzkiste, die er mit sich führte. Dann nahm er auf dem Schemel Platz.

Einige Momente lang schwiegen wir.

»So«, sagte Justinius schließlich, »was ist der Plan?«

Er hatte sich mir zugewandt und sah mir in die Augen. Er tat das zum ersten Mal. Plötzlich fühlte ich mich eingeschüchtert.

Scara kam mir zu Hilfe: »Nun, da wäre also Mykars Freund Cay, der des Mordes an-«

»Jaja!«, unterbrach sie Justinius. »Das hatten wir schon. Was mich interessiert ist: Wie in allen Höllen wollt ihr die Unschuld von diesem Cay beweisen?«

Er klang gereizt und herrisch. Ich senkte den Blick.

Scara hingegen plapperte unverdrossen weiter: »Ach so, sag das doch gleich, mein Kleiner! Man muss den Leuten immer genau erklären, was man von ihnen wissen will. Missverständnisse sind der Eintracht Feind, das sollte man sich merken …«

Justinius verdrehte die Augen, ließ sie aber reden.

»… Ja, so ist das … Wo war ich? Ah, richtig. Wie wir Cays Unschuld beweisen. Das ist ganz einfach. In Mykars Dorf haben sie erzählt, dass nicht nur Cay in die Perle gebracht worden ist, sondern auch die Leiche von Rudrick. Weil dort ja der große Thaala-Tempel ist, wo sie irgendetwas besonders Heiliges mit toten Adeligen anstellen, nicht wahr? Und Mykar ist also mit ein paar Geistern einen trinken gegangen – ich hoffe übrigens, du hast es nicht übertrieben, Mykar, zu viel Schnaps ist nämlich ungesund, wie man an Justinius sehen kann … Jedenfalls wollte ich sagen, dass einer dieser Geister, ein Herr, der sich gut mit toten Leuten auskennt, so freundlich war, Mykar ein bisschen auf die Sprünge zu helfen. Er vermutet, dass Rudrick auch ein Geist geworden sein könnte. An dieser Stelle möchte ich einfügen, dass wir unsererseits ja wissen, dass Rudrick von Nordwiesen zu Lebzeiten nicht der Nettesten einer war, stimmt's mein Kleiner? Vielleicht hilft das beim Geist-Werden, wer weiß? Jedenfalls meint der Herr, der sich gut mit toten Leuten auskennt, dass Rudrick, wenn er denn jetzt ein Geist sein sollte, sich bestimmt noch irgendwo in der Nähe seiner Leiche herumtreibt. Mykar will also, kurz gesagt, in der Perle nach dem Geist von Rudrick suchen. Und wenn er ihn dann gefunden hat, wird er fragen, wer der wahre Mörder ist.«

Als Scara begann, von meinen Erlebnissen im Gasthof *Zum Fröhlichen Toten* zu erzählen, war Justinius ganz steif auf dem Schemel geworden. Jetzt, als sie geendet hatte, saß er noch immer so da. Er hielt die Lippen zusammengepresst und starrte die Öffnung des Branntweinkruges an.

Mittlerweile war die Sonne untergegangen. Scara entzündete eine Kerze, die bei den Strohsäcken stand. Danach beschäftigte sie sich damit, die Wände zu betrachten. Ich nahm Danjes Schädel und legte ihn in meinen Schoß. Ich hoffte, sie nahm es mir nicht übel, dass ich mich so an ihr festhielt.

Nach einer Weile gab sich Justinius einen Ruck. »Gut!«, begann er. »Und welche Rolle soll ich bei dem Ganzen spielen?« Seine Stimme war etwas zu laut für den engen Schlafsaal; sie klang gepresst und angestrengt.

Scara wurde sofort munter: »Nun, du gehst zu Cay ins Gefängnis, sagst ihm, dass du von Mykar kommst, und lässt dir erklären, was wirklich geschehen ist. Zufällig weiß ich, dass das Dorf, aus dem Cay und Mykar kommen, deiner Familie gehört. Sie werden dich also bestimmt reinlassen.«

Justinius nickte. Er kniff die Augen zusammen, als versuchte er, etwas im Halbdunkeln zu erspähen. Dann nickte er wieder. »So weit, so gut«, sagte er. »Wenn Rudrick ermordet wurde, haben sie ihn in die Perle gebracht, das stimmt. Und ob dann irgendwo sein Geist rumläuft, werden Mykars Gespensterfreunde am besten wissen, nicht wahr? Es sollte auch in der Tat kein Problem für mich sein, mit Cay zu reden. Falls der noch in einem Zustand ist, in dem er reden kann. Vielleicht können wir sogar beweisen, dass er unschuldig ist. Es gibt nur ein Problem: Wenn es denen passt, dass er der Mörder ist, dann ist er der Mörder, unschuldig oder nicht. So läuft das nun mal.«

Er zuckte die Schultern und stand auf.

»Gute Nacht«, sagte er, nachdem er noch einen kräftigen Schluck aus dem Krug genommen hatte.

Dann ließ er sich auf den Strohsack zu meiner Rechten fallen. Mit einem Grummeln zog er die Decke, die dort bereitlag, bis zum Hals hoch.

Scara kratzte sich am Kopf. »Aber mein Kleiner«, begann sie, »wenn er unschuldig ist, dann wird er natürlich freigelassen, und der wahre Täter wird bestraft.«

»Ja, ist das so? War deine Mutter etwa schuldig?« Justinius murmelte die Worte. Es klang ruhig und gelassen. Er rührte sich nicht.

»Aber der Dorn – der Dorn ist doch gerecht!«, platzte ich heraus.

»Ach, und woher weißt du das? Habt ihr zusammen ein paar Bier geschlürft und darüber geplaudert, wie man so eine Mark am besten regiert?« Noch immer rührte sich Justinius nicht.

»Nein, natürlich nicht! A-a-aber *jeder* weiß doch, dass der Dorn gerecht ist … Ich meine, er ist der *Dorn*!«

Justinius seufzte. »Tja, vielleicht ist der Dorn wirklich gerecht. Was den Grafen Erwig von Nordwiesen betrifft, würde ich mir da allerdings keine große Hoffnung machen.«

»I-ich verstehe das nicht! Was hat Rudricks Vater denn davon, wenn ein Unschuldiger stirbt? Er muss doch wollen, dass der wahre Mörder seines Sohnes gefunden und bestraft wird!«

»Ja. Außer, er selbst ist der Mörder.«

»Was? Der Graf von Nordwiesen soll seinen eigenen Sohn ermordet haben?! Aber – aber …« Mir war, als würde Brogar wieder über mir stehen. Den Knüppel in der Hand; bereit, mir den Schädel einzuschlagen. Wo war mein Vater gewesen? Wo meine Mutter? Die Stimme versagte mir.

»Keine Ahnung. Vielleicht hat er's getan, vielleicht auch nicht. Wundern würde es mich jedenfalls nicht. Du weißt wohl nicht viel über Rudrick, oder?«

»Nein«, murmelte ich.

»Dann erzähle ich dir den einen oder anderen Schwank aus seinem Leben. Du wirst Tränen lachen. Aber jetzt will ich schlafen.«

Ich wandte mich Scara zu. *Und was war mit deiner Mutter?*, wollte ich fragen. Doch als ich ihr Gesicht sah, zögerte ich. Ihre Augen waren ganz leer, ihre Züge schlaff. Ich wollte die Hand nach ihr ausstrecken, traute mich aber nicht. Ohne noch ein Wort zu sagen, sank Scara auf dem Strohsack nieder. Sie drehte sich von mir weg, mit irgendwie behutsamen Bewegungen. Eine halbe Stunde und länger saß ich einfach da. Langsam brannte die Kerze herab. Immer wieder hörte ich lautes Gelächter aus dem Schankraum.

Scara und Justinius waren beide sehr still. Ich fragte mich, ob sie eingeschlafen waren. Mir wurde klar, wie wenig ich über die beiden wusste. Über ihr Leben, ihre Vergangenheit – und darüber, wie sie zueinander standen.

Schließlich blies ich die Kerze aus und legte mich hin, mit Danjes Schädel im Arm.

Am nächsten Morgen zogen wir weiter. Meine Gefährten sprachen kaum ein Wort, und der Esel schien erschöpfter als je zuvor. Doch das Wetter wurde freundlicher. Danje schaute vergnügt drein. Ich hatte den Eindruck, dass sich das Land insgesamt veränderte: die Felder, auf denen hier bereits der Winterweizen wuchs, die Wiesen, die Weiden mit ihren Viehkoppeln – alles schien üppiger, weniger karg und rauh, als ich es von unserer Gegend her kannte. Doch auch hier sah ich die Erntealtäre, die die Bauern am Ende des Sommers errichteten. Es waren Steinhaufen, auf denen Brot und Blumen lagen. Sie galten Lemarah, der Göttin des Ackerbaus und der Fruchtbarkeit. Ich erinnerte mich: Cay hatte mir einmal erzählt, dass die Elaah-Geweihten es gar nicht mochten, wenn die Bauern zu Lemarah beteten. Warum das so war, hatte ich allerdings vergessen.

An diesem Tag kamen wir schneller voran. Später bewölkte sich der Himmel. Aber es blieb trocken. Bei Einbruch der Dunkelheit erreichten wir ein größeres Dorf. Es hatte eine gepflasterte Hauptstraße. Der Marktplatz wurde von einem Bachlauf geteilt, den eine Holzbrücke überspannte. Manche Häuser waren aus Stein und hatten sogar Glasfenster. Das erstaunte mich. Ich hatte immer gedacht, Glasfenster gäbe es nur in Tempeln.

Als wir in das Dorf einfuhren, bemerkte ich ein Mädchen. Sie kam von einem nahegelegenen Weiher und trieb eine Herde Hausgänse über die Straße. Sie trug ein grünes Wollkleid, das ihr bis auf die Knie fiel, und braune, schlammverkrustete Lederstiefel. Die letzten Sonnenstrahlen brachten ihre roten, ganz glatten Haare zum Glänzen, und über ihre Nase zog sich eine Brücke von Sommersprossen. Das Mädchen sah uns kommen und warf einen halb neugierigen, halb schüchternen Blick in unsere Richtung. Ich fragte mich, für wen oder was sie uns wohl hielt – Scara, Justinius und mich. Da trafen ihre Augen die meinen, und sie lächelte. Es war nur ein kurzes, beinah verschämtes Lächeln, doch es bohrte sich in mein Herz. Plötzlich wusste ich, wusste mit einer Sicherheit, die keinen Zweifel kannte, dass Danje genauso ausgesehen hatte wie das Gänsemädchen. Ich bekam Angst und wandte den Blick ab. Glücklicherweise hatte ich Danje bereits in das Tuch gewickelt. Ich wollte nicht, dass sie mitbekam, wie sehr mich ihre Schönheit verwirrte.

Bei einem Wirtshaus, das unmittelbar am Dorfplatz gelegen war, hielten wir an. Wir nahmen uns zwei Zimmer. Während Scara, die den ganzen Tag abwesend und schweigsam gewirkt hatte, Schlappi von seinem Geschirr befreite, trug ich unsere Sachen ins Innere. Die Schankstube war dunkel, aber sauber. In einem gemauerten Kamin brannte ein Feuer, die Gäste saßen an langen Holztischen beisammen. Ich wurde als Justinius' Diener ausgegeben und sollte am Fuß seines Bettes auf dem Boden schlafen. Scara verbrachte den größten Teil des Abends bei dem Esel im Stall. Ich begann mir Sorgen zu machen, hatte aber keine Gelegenheit, nach ihr zu sehen. Justinius wollte nämlich, dass ich ihm aufwartete; vielleicht, um dem Mummenschanz, den wir aufführten, mehr Glaubwürdigkeit zu verleihen.

Ich stand also hinter seinem Stuhl, während er sich mit einem fahrenden Händler unterhielt, und ging hin und wieder zum Wirt, um etwas zu trinken für meinen angeblichen Herrn zu holen. Wenigstens bekam ich auf diese Weise mit, worüber sich Justinius mit dem Händler unterhielt. Ich hatte immer gerne Geschichten gehört, und dieser Mann – er war schon recht alt und hatte einen gewaltigen, grauweißen Bart, der mit Wein und Bratensoße bespritzt war – schien eine Menge erlebt zu haben. Er erzählte von seinen Reisen, die ihn bis ans Ende der Welt geführt hätten: Jenseits der Grenzen des ahekrischen Reiches, weit weit im Norden, gäbe es Völker, die sich tagein, tagaus, Jahr für Jahr in dicke Tierfelle und Leder kleiden mussten, und die Städte und Paläste aus Schnee bauten. Und tief im Süden, jenseits des Meeres, läge ein Land namens Num'er, wo niemals auch nur ein einziger Regentropfen fiel und die Menschen eine solche Not litten, dass sie Sand aßen und Knochen aussaugten.

Justinius grinste, als er das hörte: »Hm …«, sagte er. »Ich dachte immer, Num'er wäre ein Reich, das es an Macht und Größe mit

Ahekrien aufnehmen kann. Wie schaffen die das nur, wenn sie nichts als Sand zu essen haben?«

Zu meinem Erstaunen war der Händler gar nicht verärgert darüber, dass ihn Justinius verspottete. Er lachte herzlich, zwirbelte seinen fleckigen Schnurrbart und rief: »Oh, mein Herr, Ihr macht Euch gar keine Vorstellung davon, mit wie wenig so ein Reich auskommt! In Num'er haben sie wenigstens ihren Großtyrann auf dem Thron! Und wie heißt es so schön? – Am besten kehrt der eiserne Besen. Aber wusstet Ihr …«, der Mann senkte seine Stimme und beugte sich über den Tisch nach vorne, »… wusstet Ihr, dass unser Kaiser Winand schon seit Jahr und Tag nicht mehr regiert?«

Justinius wurde ernst. »Wie bitte? Der Kaiser regiert nicht? Wovon redet Ihr?«

»Aber wenn ich es Euch doch sage! Vielleicht hat die betrübliche Kunde die Windmarken noch nicht erreicht, aber ich komme gerade aus Mandris, und da reden sie über nichts anderes. Der Kaiser leidet seit langem an einer schweren Krankheit. Im ganzen Reich hat man nach den berühmtesten Medizi geschickt, und wer unseren Herrn heilen kann, dem sind Säcke voller Gold versprochen. Aber niemand vermag dies zu vollbringen. Mysteriös, das Ganze, höchst mysteriös!«

»Ach, wirklich …«, sagte Justinius und furchte die Stirn.

»Ja, mein Herr! Und das ist noch nicht alles! Es gibt die merkwürdigsten Gerüchte über den ältesten Sohn des Kaisers, Prinz Gereon. Es heißt da zum Beispiel, dass er den Schwarzen Künsten frönt. Habt Ihr das gewusst?«

»Prinz Gereon? Prinz Gereon soll die Schwarzen Künste üben?«, fragte Justinius. Er klang ungläubig. Zugleich verunsichert. Vielleicht dachte er, der Händler mache sich über ihn lustig.

»Jaja, die Schwarzen Künste! In der Tat! Stellt Euch vor, ich habe gehört …«

In diesem Moment betrat Scara den Gasthof. Sie hielt den Blick starr geradeaus und ging auf ihr Zimmer, ohne mit jemandem ein Wort zu wechseln. Es erschreckte mich, sie so zu sehen. Nachdem ich Justinius ein neues Bier gebracht hatte, bat ich ihn, mich zu entschuldigen. Er nickte nur, ganz eingenommen von der Erzählung des Händlers, und ich eilte zu Scaras Zimmer. Dort angekommen, klopfte ich an ihre Tür – sie gab mir keine Antwort. Ich blieb eine Weile im Treppenhaus stehen, unschlüssig, was zu tun sei. Dann versuchte ich es noch einmal. Wieder antwortete sie mir nicht.

Ich gab auf und kehrte in den Schankraum zurück. Justinius und der Händler saßen immer noch zusammen. Aber als ich wieder bei ihrem Tisch in Stellung ging, sprachen sie bereits von anderem.

Die Nacht änderte nichts an Scaras Stimmung. Ich beschloss, mit ihr zu reden. Nur wusste ich nicht, wie ich das anstellen sollte. Den ganzen Tag über, während wir der Perle entgegenzogen, dachte ich über diese Frage nach. Als es dunkel wurde und wir erneut Unterkunft nahmen, war ich kaum weitergekommen. Beim Abendessen war Scara wieder wie immer. Sie trieb Justinius zum Wahnsinn und belehrte mich. Dabei machte sie einen rundum zufriedenen Eindruck.

Ich war verwirrt. Ich wusste nicht, was ich denken sollte. Ich fragte mich: War Scara wirklich verrückt? Wusste sie überhaupt, dass wir anderen da waren? Was hatte Justinius gemeint, als er von ihrer Mutter sprach? Schuldig oder unschuldig woran? Und was war, wenn er recht hatte – wenn es nicht zählte, ob Cay ein Mörder war oder nicht, weil diejenigen, die über seinen Tod entschieden, einen Mörder brauchten?

Ich beschloss, noch einmal nach draußen zu gehen.

Die Nacht war hell. Ein blassgelber Sichelmond lächelte von einem sternklaren Himmel herab – als freute er sich daran, dass er langsam rund wurde. Ich verließ das Dorf und wanderte ziellos über die Wiesen. Danje war bei mir. Ich spürte ihre bekümmerten Blicke. Es gefiel ihr gar nicht, dass ich so verunsichert war. Ich schämte mich vor ihr. Ich schämte mich umso mehr, als ich ständig daran denken musste, wie schön sie war. Aber ich konnte nicht anders. Ich hatte von ihr geträumt: von ihren roten Haaren und ihren Sommersprossen.

Plötzlich wurde ich sehr traurig. Es war die Traurigkeit der dunklen Nächte, wenn in der Hütte meiner Eltern noch Licht brannte; von Händen, die immer nur ins Leere griffen.

Ich drückte Danje an meine Brust und starrte den blauschwarzen Himmel an. Es gab so viele Sterne. Ihr Leuchten war bleich wie die Spuren von allem, was man nie getan hatte.

Ich wandte mich Danje zu und bat sie um Verzeihung.

Auch sie war traurig.

Und auch sie hatte keine Antworten.

5
TAUSEND LICHTER

Mykar

Am nächsten Tag verbrachten wir wieder viele Stunden auf der gepflasterten Straße; der Reichsstraße, wie ich mittlerweile gelernt hatte. Wir kamen jetzt häufiger durch Dörfer. Und in den Dörfern gab es mehr Gebäude aus Stein und Holz. Ich sah auch immer wieder Glasfenster. Lehmhütten – wie die, in der ich meine ersten Jahre verbracht hatte – waren selten geworden.

Es ging nur langsam vorwärts, da Justinius kaum noch gehen konnte. Er wollte ständig Rast machen und erklärte, seine Füße seien eine einzige blutige Blase. Doch als ihm Scara den Platz auf dem Wagenbock anbot, wurde er wütend. Zuerst beschimpfte er sie, Cay und mich. Dann marschierte er weiter; schweigend und mit mahlenden Kiefern. Erst als es dämmerte, hob sich Justinius' Laune. Er meinte, die Perle sei jetzt schon ganz nah. Er könne sie fast riechen. Auch mir schien, der Wind würde uns geheimnisvolle Gerüche und Klänge zutragen.

Schließlich brach die Nacht herein. Wir kamen durch ein Dorf, in dem schon alle Häuser dunkel waren. Dann erklomm die Straße eine Anhöhe. Mit einem Mal war ich aufgeregt. Und als wir auf dem Bühel ankamen, wusste ich auch, warum das so war.

Ich schaute hinab in eine weite Ebene. Sie wurde von sanften Erhebungen umfasst, die langsam in Hügelland übergingen. Ein großer, im Mondlicht glitzernder Fluss durchzog sie. Zahlreiche Dörfer kauerten in ihren Weiten. Und im Mittelpunkt der Ebene befand sich etwas, das völlig unerwartet und unbegreiflich war.

Ich sah Tore, groß genug, um unseren Dorftempel hineinzustellen.

Ich sah gewaltige Mauern, über denen sich Türme, Spitzen und Kuppeln erhoben, die die Wolken berührten. Ich sah dunkle Umrisse, vielfach gezackt und gewölbt und gebrochen, in denen tausend große und kleine Lichter prangten.

Einen Herzschlag lang dachte ich, Cay müsse eines dieser Lichter sein, flimmernd und flackernd in der Nacht.

Ich konnte meinen Blick nicht losreißen.

Es fiel mir schwer zu glauben, dass das, was ich sah, wirklich war.

Die Perle.

Eine seltsame Empfindung regte sich in mir, als ich auf die Stadt des Dorn hinabschaute. Dass ich – das Skargat-Kind, das von allen verachtet und verhöhnt und geprügelt worden war –, dass ausgerechnet ich es so weit geschafft hatte …

»He! Willst du die ganze Nacht hier stehen und glotzen?«, fuhr mich Justinius an. »Ich hab Hunger, verdammt noch mal!«

Ich nickte und setzte mich in Bewegung. Aber ich fühlte mich, als wäre ich von einem Traumgespinst umfangen, während wir den Hügel hinabgingen, uns der Perle näherten und durch riesige Tore ins Innere der Stadt gelangten – vorbei an streng und düster dreinschauenden Wachen, deren Rüstungen silbrig glänzten und die uns erst weiterfahren ließen, nachdem Justinius sein Schwert abgegeben hatte.

Während meiner ersten Minuten in der Perle erblickte ich mehr Menschen, als ich in meinem ganzen bisherigen Leben zu Gesicht bekommen hatte. In mir rangen Begeisterung und tödlicher Schrecken. Ich hatte mir niemals vorgestellt, dass so viele Leute auf einem Haufen lebten. Und was das für Leute waren! Ich sah zwei Frauen, die an einer Straßenecke standen. Die beiden hatten ihr Haar hochgesteckt – so hoch wie mein Arm lang war – und mit Bändern geschmückt. Die Bänder waren fast ebenso bunt wie die Bemalung ihrer Gesichter. Ihre Kleider waren aus einem leuchtenden, purpurroten Stoff gefertigt. Und sie waren halb durchsichtig.

Ehe ich noch wusste, ob ich die Augen abwenden oder starren sollte, wurde mir der Blick durch eine Gruppe von Männern verstellt. Die Männer waren ganz in eisenbeschlagenes Leder gekleidet. Sie hatten lange, wilde Haare. In ihre Bärte waren Zöpfe eingeflochten. Ich fragte mich, ob es sich bei ihnen um Aynorr handelte – die Barbaren aus dem Hohen Norden, über die ich als Kind so viele Schauergeschichten gehört hatte.

Dann war da eine weitere Gruppe, die gerade an unserem Karren vorbeiging. Das waren junge Männer, kaum älter als ich. Sie trugen sternförmige Hüte und lange dunkle Mäntel. In den Händen hielten sie mit Schnitzereien verzierte Stöcke, die mich an Hirtenstäbe erinnerten. Ich hörte, wie sie fröhlich miteinander plauderten. Ich hätte gerne gewusst, worüber sie sich unterhielten. Doch ich verstand die Worte nicht.

Ebenso wie die bunten Frauen und die Barbaren wurden auch die jungen Männer von einem Schwall anderer Eindrücke weggespült. Allein die Straße. Sie war mindestens doppelt so breit wie die Wege in unserem Dorf. Und doch bot sie kaum genügend Platz für all die Menschen und Fuhrwerke, die sich auf ihr bewegten. Da waren Händler, die mit Äpfeln, Brotlaiben oder Fischen beladene Handwagen vor sich herschoben. Lauthals priesen sie ihre Ware an. Andere hatten sich an den Hauswänden hingehockt und kleine Feuer entzündet. Über den Feuern rösteten sie Kastanien. Von den Kastanien ging ein rauchigsüßer Geruch aus, und vor einigen der Feuer hatten sich Schlangen gebildet. Ich sah Arbeiter, die schwere Holzbündel auf dem Rücken schleppten. Und ich sah auch Mägde, die Körbe voll mit Eiern oder Kohl trugen. Ab und zu blieben sie stehen, die Körbe auf dem Kopf balancierend, um mit anderen Frauen zu schwatzen.

Ein paarmal erblickte ich Gestalten, die wie abgeschnitten schienen von dem lebensvollen Treiben um sie herum: Das waren Männer und Frauen in schmutzstarrenden Lumpen. Sie hatten lange, verfilzte Haare, und ihre Gesichter waren kaum zu erkennen unter einer Schicht von Dreck und Ruß. In einer seltsam steifen Haltung hockten sie da, eine Hand ausgestreckt. Oder sie knieten auf der Erde und murmelten unentwegt vor sich hin. Fast wie Betende.

»Was sind das für Leute?«, fragte ich Justinius über das Stimmengewirr hinweg, indem ich auf einen der Knienden zeigte.

Er starrte mich an, als wäre ich gerade aus der Erde gewachsen. »Das sind Bettler, Mykar.«

»Und – und was machen sie?«

»Es sind *Bettler*. Sie betteln.«

»Ich verstehe nicht …«

»Was gibt es denn da nicht zu verstehen? Sie bitten darum, dass man ihnen ein paar Münzen gibt, oder etwas zu fressen.«

»Ah«, sagte ich und nickte. Ein Bettler war also in der Stadt das, was jemand wie Ordalf bei uns im Dorf gewesen war; jemand wie Ordalf oder wie ich selbst, wenn alles anders gekommen wäre.

Ich sah die leeren, müden Augen der Knienden und Kauernden, sah ihre ausgestreckten Hände und ihre hündische Ergebenheit – und ich fragte mich, ob ich nicht Grund hätte, Brogar dankbar zu sein.

Die Straße hatte sich unterdessen zu einem Platz geweitet. Auf dem Platz wurde Markt gehalten. Erhellt von Laternen, die an den Wänden der umstehenden Häuser hingen, reihten sich die Stände und Buden aneinander. Die Vielfalt der feilgebotenen Waren machte mich schwummerig: Schinken, Trockenfisch, Gewürze, Tücher, Felle, Duftöle, Schmuck, Spiegel, Süßigkeiten, Spielzeug, Räucherwerk, Schnitzereien. Und was ich sah, war nichts im Vergleich zu dem, was ich roch. Anfangs hatte mich der Geruch der Perle an Schweineställe und Schankstuben erinnert. Dann kamen die Röstkastanien hinzu. Nun wusste ich nicht mehr, wie ich die Düfte benennen sollte, die mich bestürmten. Hier zwischen den Marktständen roch es süß, käsig, faulig, würzig, herb, säuerlich, beißend-scharf und mild-umschmeichelnd. Alles auf einmal, alles zugleich.

Ich wunderte mich darüber, dass in der Perle noch abends und nachts Markt gehalten wurde. Doch meine Gefährten waren zu beschäftigt, als dass sie Zeit für meine Fragen gehabt hätten. Die beiden schienen ausgehungert. Justinius kaufte sich ein paar rötliche, vor Fett glänzende Würste, die er mit einem Bier herunterspülte. Scara aß einen Brotfladen mit gebratenem Schafkäse und trank ebenfalls einen Krug Bier. Als sie fertig waren, fragten sie mich, ob auch ich etwas haben wollte. Doch ich hatte keinen Hunger. Ich hatte mich auf dem

Marktplatz umgesehen, während Scara und Justinius aßen. Langsam begriff ich, dass hier ganz andere Regeln galten als an dem Ort, wo ich aufgewachsen war.

Keiner von ihnen hatte je gesehen und gehört und gerochen, was ich jetzt sah und hörte und roch. Weder Marun noch Casta. Weder Emer, der Müller, noch Harun, der Hirte. Und auch nicht Alva. Mit Danje aber wollte ich den Zauber der Perle teilen. Ich hatte sie so in das Tuch gewickelt, dass sie zwischen den Stofffalten hinauslinsen konnte. Zwar fürchtete ich, dass die Stadt des Dorn sie überwältigen würde. Trotzdem brachte ich es nicht über mich, ihr das Tuch vor die Augen zu ziehen.

Als wir den Platz mit seinem Menschengewimmel hinter uns gelassen hatten, leerten sich die Straßen. Jetzt konnte ich durchatmen. Mit ruhigerem Blick schaute ich um mich. Mir fiel auf, dass die Perle – in ihrer ganzen Pracht und Größe – einen unfertigen Eindruck machte. Es gab immer wieder Stellen, wo in den Häuserreihen etwas zu fehlen schien. Eine Lücke tat sich auf, und man meinte, dass dort ein weiteres Gebäude hätte stehen sollen. Auch die Häuser selbst wirkten manchmal, als hätte man ihren Bau mittendrin unterbrochen. Da waren Paläste mit gewaltigen Eingangsportalen, die sich kaum über die Erde erhoben. Andere Häuser ragten hingegen weit in den Himmel auf. Prunkvolle Pforten öffneten den Weg in Türme, die höher waren als der höchste Baum.

Ich sah einen Palast, dessen Fassade offen geblieben war. Zwischen den Mauern und Treppen wurde eine Feier begangen. Im Schein von Kohlebecken konnte ich Männer und Frauen in hellen Gewändern erkennen. Bedienstete liefen mit Weinkrügen umher. Ein Musikant zupfte ein Saiteninstrument, das vor ihm auf dem Boden stand. Zu den summenden Tönen sang er mit heller, schwingender Stimme. Es war ein wehmütiges Lied, aber die Gäste lachten.

Ich sah auch, dass man in den Brachen hier und da kleine Gärten angelegt hatte. Es gab herbstlich-bunte Obstbäume und kahle Blumenbeete. Es gab Sitzbänke, die aus Wagenrädern und Kutschböcken gezimmert worden waren. Und es gab ein Wasserbecken, in dem sich die Vögel tummeln konnten, wenn der Frühling wiederkam.

Jetzt aber nahten die dunklen Monate. Es war eine der letzten schönen Nächte des Jahres.

»Warum ist die Perle so?«, fragte ich Justinius.

»Wie soll sie denn sein? Groß? Bunt? Stinkend?«

»Nein, ich meine … warum gibt es so viele Häuser, die nur halb fertig sind?«

»Ach so …« Justinius warf mir einen zweifelnden Blick zu. Als fragte er sich, ob mein Verstand ausreichen würde, um zu erfassen, was er zu sagen hatte. Dann zuckte er die Schultern. »Nun, die anderen großen Städte des ahekrischen Reichs – Mandris, Dohlravan, Syrathanis und natürlich Ahekris selbst – sind alle viel älter als die Perle. Die Stadt des Dorn gibt es nicht einmal seit hundert Jahren. Früher lebten hier nur ein paar Bauern und Fischer. Aber dann hat man Kohle gefunden. Südlich der Stadt. Jede Menge davon. Jede Menge Kohle heißt jede Menge Geld. So ein Kaiserreich hat nämlich gewaltigen Appetit auf das Zeug. Allein Mandris braucht täglich viele Tonnen davon, und es gibt weit und breit keine Vorkommen, die auch nur annähernd so groß sind wie diese hier – die Iskrier haben natürlich bergeweise Kohle, nur sind die nicht gerade wild darauf, uns was von ihren Schätzen abzugeben. Deshalb haben viele Leute die Chance gewittert, sich hier eine goldene Nase zu verdienen. Und das hat sie natürlich angezogen wie die Scheiße die Fliegen. Von nah und fern sind sie gekommen und dachten, versuch ich doch mal mein Glück. Anfangs ging's drunter und drüber, und jeder hat gegraben, wo und wie's ihm einfiel. Bald aber hat man begonnen, die Sache planmäßig anzugehen. Man hat Minen gebaut, Schächte, Stollen, teilweise Hunderte von Metern tief.«

Mein Mund klappte auf. »Hunderte von Metern? Aber das gibt es doch gar nicht!«

»Doch, doch, das gibt es. Wenn das hier vorbei ist, kannst du mal einen kleinen Ausflug machen und dir die Minen ansehen. Da drin zu arbeiten würde ich dir aber nicht empfehlen. Das ist ziemlich hart und gefährlich. Stollen können einstürzen, es gibt unterirdische Brände, jemand hat zu viel gesoffen und haut seinem Nebenmann die Spitzhacke in den Fuß – was weiß ich. Ist jedenfalls alles kein Spaß, und reich wird man auch nicht davon. Reich wurden nur die, die von Anfang an genug Geld hatten, um die Minen bauen zu lassen. Die haben's sich dann auch in diesen hübschen Palästen bequem gemacht, die du hier siehst.« Justinius wies mit der Hand auf die Gebäude, die die Straße säumten.

»Und warum haben sie ihre Paläste dann nicht fertig gebaut?«

»Nun, die ganze Stadt wurde ja mit allem drum und dran innerhalb von ein paar Jahrzehnten aus dem Boden gestampft. Das ging sehr schnell, vielleicht zu schnell. Bis heute sind sich die Gelehrten und Medizi uneins, warum die Seuche ausgebrochen ist. Die einen sagen, dass die Bergwerke einfach zu tief reichten. Die Erdgeister empfanden das Treiben der Menschen als Anmaßung, so heißt es, und um uns zu strafen, schickten sie giftige Winde, die durch die Stollen an die Oberfläche drangen und alles ringsum verdarben. Andere behaupten, die Kohle selbst wäre die Ursache. Sie glauben, dass es gute und böse Kohle gibt, und wenn man Pech hat und die falsche erwischt, hat man sein eigenes Todesurteil unterschrieben. Denn die schlechte Kohle ist in Wahrheit das versteinerte Skelett von riesenhaften Ungeheuern, Drachen, groß wie Gebirge, die vor vielen tausend Jahren die Welt beherrschten. Wer mit dieser Kohle in Berührung kommt, dem dringt das Böse ins Blut, das die Ungeheuer in ihren Knochen aufgesogen haben, und er wird von innen her zerfressen. Klingt ganz überzeugend, finde ich. Aber ich hab niemals ganz verstanden, woher dann die gute Kohle kommen soll. Schließlich gibt es noch ein paar, die meinen, das Problem sei ganz einfach gewesen, dass so viele Leute in Dreck und Unrat zusammenlebten, und all dieser Schmutz, der vor sich hin verrottete, hätte die Seuche ausgebrütet. Wie dem auch sei, jedenfalls –«

»Aber welche Seuche denn?«, warf ich aufgeregt ein.

»Das wollte ich dir gerade erklären. Halt den Mund und hör zu. Manche nennen sie ›Xynadras Hauch‹, andere die ›Schwarze Keuche‹.

Es geht mit Husten los. Du fängst an zu husten und kannst nicht mehr damit aufhören. Dann kommt das Fieber. Dann, nach ungefähr einem Tag, beginnst du, Blut zu spucken. Aber die Seuche hat das Blut in dir verdorben. Es ist schwarz und klumpig, und früher oder später erstickst du daran. Entweder das, oder du würgst deine eigenen Gedärme aus. Kommt so ungefähr aufs Gleiche hinaus.«

Ich verzog das Gesicht.

Justinius nickte bestätigend. »Ja, ziemlich widerwärtig. Und jetzt stell dir mal vor, wie es hier zugegangen sein muss, als plötzlich jeder zweite Lachen von schwarzem Blut ausgespuckt hat. So viele waren es nämlich. Innerhalb von zwei Wochen hat die Seuche die Hälfte der Einwohner niedergemacht und zwei Drittel der Minenarbeiter. Man erzählt sich, dass die Leichen zuhauf in den Straßen herumlagen, weil niemand es wagte, sie zu begraben. Und das schwarze Blut, das überall verspritzt war, ließ es so aussehen, als ob die Erde selbst Aussatz bekommen hätte. Und dann der Gestank, bei Elaahs Gnade, der Gestank muss wirklich höllisch gewesen sein, denn die Seuche ist ja mitten im Sommer ausgebrochen!«

»Und was ist dann passiert?«

»Was soll passiert sein? Die Leute haben die Beine in die Hand genommen und sind um ihr Leben gerannt. Was denn sonst? Die Reichen haben zusammengerafft, was sie auf ihren Wagen unterbringen konnten, und winke winke gemacht. Die Armen sind oft mit dem geflohen, was sie am Leib hatten. Auch die großen Adelshäuser der Windmarken haben sich nicht gerade mit Ruhm bekleckert: Graf Marwig von Nordwiesen, Rudricks Großvater, hielt es für geraten, sich in seiner Burg zu verschanzen, als ihn Kunde von der Schwarzen Keuche erreichte. Dasselbe gilt für meinen Großvater, Baron Odwin. Und auch die von Felsenkamm, die von Silkwiesen, und wie sie alle heißen, haben die Rettung der Perle lieber den Göttern anempfohlen, als sich selbst in Gefahr zu bringen. Wahrscheinlich stände hier nur noch ein Haufen verfallener Ruinen, wenn nicht Arno von Durenwald gewesen wäre.«

»Arno von Durenwald?«

»Der Vater des Dorn. Die von Durenwald sind eine alte Adelsfamilie aus der Nordmark. Arnos Vater hatte in dem Krieg gekämpft, den Kaiser Bechtol der Vierte gegen Ask führte und der mit der Unterwerfung von König Urschel endete. Er galt als großer Krieger, genau wie sein Vater und seines Vaters Vater vor ihm. Die von Durenwald marschierten nämlich schon an Elgarts Seite. Stück um Stück haben sie ihr Land den Waffenherren der Warek abgerungen und es über all die Jahre hinweg immer wieder gegen Angriffe verteidigt. Auch Kaiser Bechtol hielt große Stücke auf Arnos Kriegskunst. Er belohnte ihn reich für seine Dienste. Aber dann wurden die von Durenwald von großen Unglücken heimgesucht. Bei einem Gewitter schlug der Blitz zweimal in ihre Burg ein, die in der Folge abbrannte. Über Jahre hinweg gab es Missernten auf ihrem Land, sodass ihre Bauern verarmten oder wegzogen. Fast die Hälfte ihres Haushalts starb an einem Fieber. Schließlich entschied sich Arno, das Stammland seiner Familie aufzugeben und anderswo neu anzufangen. Doch es schien, als würde ihn das Unheil verfolgen. Denn schon in den ersten Tagen der Schwarzen Keuche erkrankten und starben seine beiden Töchter. Es heißt, dass er sich zehn Tage in seinen Zimmern einschloss. Als er wieder hervorkam, war er ein anderer. Er schwor, seine neue Heimat zu retten. Er versammelte die Männer, die in der Stadt geblieben waren, und entzündete ihren Mut. Unter seiner Aufsicht wurden die Leichen zusammengetragen und verbrannt. Alle Häuser, in denen ein Kranker lag, wurden versiegelt. Auch die Stadttore wurden versiegelt. Niemand durfte die Perle mehr verlassen oder betreten. Vorher aber hat Arno alle Minenarbeiter, die von der Seuche verschont geblieben waren, mit ihren Familien in die Stadt geholt und in den nun leerstehenden Gebäuden untergebracht.«

Mir schwirrte der Kopf von all den Namen und Geschichten. »Und dann – dann ist die … die Schwarze Keuche … verschwunden?«, fragte ich zögernd.

»Nein. Arno hat noch mehr getan. Er ordnete an, dass jede Familie das kostbarste Schmuckstück, das sich in ihrem Besitz befand, abgeben sollte. Dann wurden die Ketten, Ringe, Armreife und Diademe eingeschmolzen und zu einer Kugel aus Gold, Silber und Kupfer geformt. Jetzt brauchte es jemanden, der die Opfergabe nach Mandris brachte, zum Hohen Elaah-Tempel. Arno war nämlich überzeugt davon, dass Xynadra nur deshalb Macht über die Perle gewinnen konnte, weil die Leute nur noch daran dachten, wie sie möglichst viele Reichtümer scheffeln konnten, und darüber den Dienst an den Göttern vergaßen. Eigentlich müsste die Schwarze Keuche ja schon längst ganz Ebera hinweggerafft haben, wenn es da wirklich einen Zusammenhang gäbe, aber sei's drum. Jedenfalls verlangte Arno von Durenwald Reue und Umkehr, und am Ende erklärte sich sein jüngerer Bruder Lynnar bereit, die Kugel nach Mandris zu schaffen. Das war gar nicht so einfach, denn der Sommer war in dem Jahr höllisch heiß. Und von hier bis Mandris sind es fast fünfhundert Meilen – das ist mehr als viermal so viel wie die Strecke, die wir in den letzten Tagen zurückgelegt haben. Aber Lynnar hat es geschafft. Angeblich brauchte er nur drei Tage und drei Nächte für die Reise. Dabei hat er wohl ein halbes Dutzend Pferde zuschanden geritten, und am Ende wurde er auch noch überfallen. Das war kurz vor Mandris, in den Friedmarschen. Es gelang ihm, die Räuber abzuwehren, aber er wurde schwer verwundet. Mit letzter Kraft erreichte er sein Ziel. Er schleppte sich die Stufen zum Tempel empor, sank vor dem Altar auf die Knie und starb, nachdem er dem Hohepriester die Kugel übergeben hatte. Die Macht der Seuche aber war gebrochen. Skargats bleiche Tochter ließ ihren Giftatem jetzt woanders wehen, und als Arno die Nachricht vom Tod seines Bruders erhielt, hatte es schon über eine Woche lang keine neuen Erkrankungen gegeben. Er hatte die Stadt gerettet. Die Überlebenden wollten, dass er sie fortan regiere, und später machte ihn Kaiser Bechtol zum Herrscher über die Windmarken, in Anerkennung seiner Dienste. Übrigens waren die anderen Adelshäuser gar nicht begeistert davon. Für sie waren die von Durenwald dahergelaufene Emporkömmlinge. Aber diese dahergelaufenen Emporkömmlinge waren nun einmal die Einzigen gewesen, die versucht hatten, der Seuche Einhalt zu gebieten. Besonders hart traf die kaiserliche Entscheidung Rudricks Familie. Der Graf von Nordwiesen war bis dahin nämlich der Statthalter des Kaisers in den Windmarken gewesen.«

»Statthalter? … das heißt …«

»Derjenige, der im Namen des Kaisers spricht und regiert. Das war jetzt Arnos Amt. Aber ob er daran froh geworden ist, weiß ich nicht. Schließlich hat er einen hohen Preis bezahlt. Nicht nur seine Töchter und sein Bruder starben. Auch seine Frau war so geschwächt, dass sie die Geburt seines Sohnes im folgenden Winter nicht überlebte – sein Sohn, das ist Rutger von Durenwald, der Dorn.«

»Das ist ja alles ganz schön«, verkündete Scara. »Aber leider hast du Mykars Frage nicht beantwortet. Man soll den Leuten immer antworten, wenn sie eine Frage stellen.«

Justinius blickte zu ihr empor. »Was redest du da schon wieder für einen götterverdammten Schwachsinn?«, fragte er verärgert.

»Mykars Frage. Eigentlich wollte er doch wissen, warum so viele Häuser kaputt sind.«

»Nein, ich dachte –«, begann ich zögerlich.

»Sie sind nicht kaputt!«, unterbrach mich Justinius. »Sie sind niemals fertiggestellt worden. Davon rede ich doch die ganze Zeit! Arno von Durenwald hat sich geweigert, diejenigen, die während der Schwarzen Keuche geflohen waren, noch einmal in seine Stadt zu lassen. Einige der Reichen versuchten, sich seinem Befehl zu widersetzen. Aber das ist ihnen nicht gut bekommen. Außerdem hat Arno angeordnet, dass die Häuser der Flüchtlinge so bleiben sollen, wie sie sind – als Mahnung an alle anderen, nicht zu vergessen, was wahr und gerecht ist.«

»Siehst du, so schwierig war das doch nicht«, sagte Scara, ohne Justinius eines Blickes zu würdigen.

»Und warum haben sie ihre Stadt die Perle genannt?«, fragte ich schnell, ehe er zu einer wütenden Entgegnung ansetzen konnte.

Justinius wandte sich mir erneut zu. »Weißt du überhaupt, was eine Perle ist?«

»Ja … eine Perle ist … eine Kugel, oder? Etwas Wertvolles … ein – ein Schatz …?« Ich musste an den Tag zurückdenken, als Berin und seine Freunde mich verhöhnt und gequält hatten … *und du bringst uns – du bringst uns einen Schatz* … der Tag, an dem Cay mein Beschützer geworden war.

»Fein, bist ein kluges Kerlchen!«, knurrte Justinius. »So hat es nämlich begonnen. Es war ein Hirtenjunge, der als Erstes Kohle fand. Er wusste nicht, was für einen Schatz er da entdeckt hatte. Aber er nahm die Kohle und machte Schmuck daraus. Er schnitzte Perlen und band sie zu Ketten zusammen. Die verkaufte oder verschenkte er dann. Irgendwann hat sich ein durchreisender Händler gewundert, wie viele Bauersfrauen und Fischerweiber hier mit Kohleketten rumlaufen. Als dann die ersten Siedlungen entstanden, haben die Leute sie ›die Perlen‹ genannt. So ist die Stadt zu ihrem Namen gekommen. Und Jahre später hat Arno von Durenwald gesagt: Jetzt bringen wir den Göttern unser aller Perlen zum Opfer – und hat die Kugel aus Gold, Silber und Kupfer schmieden lassen.«

»Und sein Bruder hat wirklich in drei Tagen fünfhundert Meilen zurückgelegt?«, staunte ich.

Justinius zuckte die Schultern. »Na ja, mehr oder weniger …«

»Es gibt sogar ein Lied darüber: *Lynnars Ritt*«, sagte Scara. »Es ist ein sehr schönes Lied. Ich werde es dir einmal singen, wenn du brav bist.«

»Du und singen!«, gluckste Justinius.

»Natürlich singe ich«, entgegnete Scara in spitzem Tonfall. »Ich singe sogar sehr gut. Wie heißt es doch? Erhebe deine Stimme zum Himmel, und deine Seele wird folgen.«

»Dass ich nicht lache! Wenn du singst, kommt eher was vom Himmel runter, nämlich ein Schwall Ochsenpisse!«

»Ich muss schon sagen, mein Kleiner, manchmal bist du wirklich *sehr* unartig!«

Die beiden machten noch eine Weile weiter. Aber ich hörte nicht mehr zu. Ich blickte um mich und sog die fremden, betörenden Bilder ein. Mir war, als ob ich die Stadt des Dorn erst jetzt wirklich sehen konnte. Denn nun hatte ich begriffen, an was für einen Ort ich gekommen war: einen Ort der Wunder, des Zaubers und der Gerechtigkeit. Sicher würde es uns an einem solchen Ort gelingen, Cay zu retten und den wahren Mörder des Grafensohns Rudrick zu entlarven.

Unterdessen hatten Scara und Justinius aufgehört, sich zu kabbeln. Mehrmals hielt unser Karren. Justinius sprach dann mit einem der Gardisten, die durch die Stadt patrouillierten. Diese Männer trugen Wappenröcke, auf denen ein wuchtiger Hammer prangte. Soweit ich sah, waren sie die Einzigen, die Schwerter führten – Schwerter und lange Spieße, die sie über die Schulter gelegt hatten.

Den Unterhaltungen schenkte ich keine Aufmerksamkeit. Ich stellte mir vor, wie es wäre, gemeinsam mit Cay durch die Perle zu gehen. Mein Herz machte einen Sprung vor Freude. Das Einzige, was mich verunsicherte, waren die Bettler. Wie passte es zu der Stadt des Dorn, dass Menschen hier hungern und im Dreck leben mussten? Zu meiner Überraschung hatte ich auch in diesen lichten, frohen Straßen eine Bettlerin entdeckt. Eine kleine Weile lang war sie hinter unserem Wagen hergegangen, vielleicht auf der Suche nach einem Ort, wo sie die Nacht verbringen konnte. Sie war ebenso zerlumpt wie die Gestalten, die ich in der Nähe des Stadttores gesehen hatte, hielt sich aber sehr aufrecht. Vielleicht hatte sie sich eine Hoffnung bewahrt.

Plötzlich hörte ich Justinius sagen: »So, wir sind da.«

6
DIE PERLEN DER VERDAMMNIS

Mykar

Ein weiteres Mal hielt der Karren. Schlappi iahte erschöpft. Er ließ den Kopf hängen. Und ich begriff, wie still es geworden war. Irgendwie hatte ich mich nicht von den lebenssprudelnden Straßen losreißen können. Ich war bei den Lichtern und Farben, den Düften und Geräuschen geblieben. Ich hatte kaum gemerkt, dass wir uns mittlerweile in einem anderen Teil der Stadt befanden.

Der Karren stand auf einem Platz, der mir unwahrscheinlich groß vorkam. Vielleicht auch deshalb, weil er vollkommen leer war. An den Häusern ringsum waren Laternen angebracht. Trotz der späten Stunde und der Verlassenheit der Gegend brannten sie allesamt. Das machte einen merkwürdigen Eindruck. Die Straßen, die von verschiedenen Seiten auf den Platz führten, lagen nämlich weitgehend im Dunkeln. Noch merkwürdiger fand ich, dass die Häuser hier so gebaut waren, dass keine Tür, kein Fenster auf den Platz wies. Ich meinte sogar zu erkennen, dass man Wandöffnungen zugemauert hatte.

Während ich mich umsah, suchte ich nach einer Erklärung.

Und dann wusste ich es.

Auf der uns gegenüber liegenden Seite des Platzes, unter dem einsam blinkenden Nordstern, in jener Himmelsrichtung, die niemals von der Sonne berührt wird, stand nur ein einziges Gebäude. Hier brannte kein Licht. Aber der Stein, aus dem das Gebäude bestand, war so hell, dass es schien, als würde die Fassade matt leuchten. Links und rechts des Bauwerks erhob sich eine mächtige Mauer. Sie war aus demselben weißen Stein errichtet worden. Jenseits von ihr konnte man die Umrisse riesenhafter Pinien und Zypressen erkennen. In der Mitte des Gebäudes gab es eine breite Treppe. Sie führte über sieben Stufen zu einem nachtschwarzen Tor. Links und rechts von diesem Tor stand je eine Statue.

Die Statuen waren in Nischen eingelassen. Sie wirkten so lebendig, dass man den Eindruck bekam, sie könnten jeden Augenblick aus dem weißen Stein heraustreten. Beide Figuren stellten dasselbe dar: eine Gestalt, größer, als je ein Mensch gewesen ist. Sie war unter einer Kapuzenkutte verborgen. Vom Gesicht ließen sich nur Nase, Mund und Kinn erkennen. Dennoch begriff man, dass da eine Frau stand – eine Frau, die von sehr weit her zu kommen schien und allem, was sie umgab, entrückt war. Sie hielt den Zeigefinger an die Lippen. Es war eine sanfte und doch gebieterische Geste. Sie mahnte zu Einkehr und Stille. Nur ein Unterschied bestand zwischen den Statuen: Links der Pforte war es die linke, rechts der Pforte die rechte Hand, die zu jener Geste erhoben war. Von den Statuen und einigen rätselhaften, in den weißen Stein gemeißelten Zeichen abgesehen, war die Fassade des Bauwerks ohne jeden Schmuck. Auch das schwarze Tor schien von einer beinahe unwirklichen Glätte und makellosem Ebenmaß.

Was ich erblickte, war der große Thaala-Tempel.

Nun fiel mir auf, dass Justinius' Stimme gedämpft geklungen hatte. Rückblickend kam mir selbst das Iahen des Esels eingeschüchtert vor.

Eine unbegreifliche Benommenheit überkam mich. Scara – die ebenfalls leise und vorsichtig sprach – erklärte mir, wo sie und Justinius Unterkunft nehmen würden. Ich verstand kaum, was sie sagte. Dann fragte sie mich, ob ich noch Hilfe benötigte. Ich schüttelte den Kopf. Ehe ich mich versah, fuhr der Karren davon. Unerträglich laut erschienen mir das Geklapper der Hufe, das Knarren der Räder, der Klang von Justinius' Schritten. Der Lärm wurde noch verstärkt durch den Widerhall, den die Leere des Platzes, die Stille der Nacht und das Rund der abweisenden, gesichtslosen Häuser hervorbrachten.

Der Wagen entfernte sich. Alles lag wieder ruhig da. Die guten Wünsche von Scara klangen mir noch im Ohr; sogar Justinius hatte etwas Aufmunterndes gemurmelt. Ich dachte an die beiden, während die steinernen Abbilder der Todesgöttin vor mir ins Riesenhafte wuchsen. Ich hatte es nicht übers Herz gebracht, ihnen die Wahrheit zu sagen.

Die Wahrheit, dass ich hier ausharren könnte, bis der Himmel einstürzte. Und doch niemals vermöchte, in den Tempel einzudringen. Die Wahrheit, dass mein Plan schon jetzt gescheitert war.

Ich hielt Danjes Schädel in der Hand, gut eingewickelt in das weiße Tuch. Und ich spürte ihre Angst. Ihre Angst, die zugleich die meine war.

Thaala duldete uns nicht in ihrem Heiligtum. Dort war nur Platz für die Toten. Für die Toten und für jene, die sie betrauerten. Nicht aber für Schattenwesen und Nachtgestalten. Nicht für ein kleines Mädchen, das ermordet worden war und die Welt doch nicht verlassen hatte. Und nicht für mich, der ich zugleich diesseits und jenseits des Grabes stand. Das war es, was die mahnende Geste bedeutete. Es war ein Bann, ein Fluch, ein Verbot.

Und die Macht dieses Verbots war unüberwindlich. Danje und ich, wir konnten uns ihm nicht widersetzen. Vielleicht würde es mir gelingen, über die Mauer zu klettern und die Tempelgärten – oder was immer sonst dahinter lag – zu betreten. Doch mir fehlte unendlich viel, um auch nur einen Fuß auf die unterste Stufe der Treppe zu setzen, die zum Inneren des Tempels führte. Dorthin, wo der Leichnam des Grafensohns Rudrick von Nordwiesen lag. Und wo die Antwort auf die Frage wartete, wer ihn in Wahrheit getötet hatte.

Ich dachte an Cay. Es tat sehr weh, an ihn zu denken. Ich sah ihn vor mir, in irgendeinem Folterkeller. Er war nur noch zuckendes Fleisch und roter Schmerz. Ich ließ den Kopf hängen.

Selbst wenn der menschlichen Gerechtigkeit mehr zuzutrauen sein sollte, als Justinius glaubte – die Götter kannten kein Erbarmen.

Nach einer Weile schaffte ich es, mich vom Tempel abzuwenden. Ich verließ den Platz und begann, durch die Viertel der Perle zu wandern; durch Straßen, die plötzlich alle dunkel und leer waren. So dunkel, dass ich kaum meinen Weg fand; voll schwarzer, abweisender Häuser und verrammelter Fenster.

Der Zauber der Stadt war gebrochen. Ihre Schönheit barg keine Verheißung mehr. Die Geschichte, die Justinius erzählt hatte, kam mir nun wie eine Lüge vor. Was konnten die Opfer, die Arno von Durenwald gebracht hatte, denn wert sein, wenn der beste aller Menschen in seiner Stadt zugrunde gehen musste? Warum hatte er sie überhaupt gerettet, wenn Cay dazu verdammt war, in ihr einen grauenvollen Tod zu finden? War das Gerechtigkeit? War das Wahrheit? Ich knirschte mit den Zähnen und krümmte die Finger. Eine ohnmächtige Wut stieg in mir auf – und sank zurück in dumpfe, schwarze Traurigkeit.

Plötzlich stand ich wieder auf dem Marktplatz, ohne zu wissen, wie ich dort hingekommen war.

Obwohl die Nacht weit vorgerückt war, herrschte immer noch reges Treiben. Die Stände waren abgebaut und die meisten Laternen verloschen. Aber aus den Schenken und Wirtshäusern, die um den Platz herum gelegen waren, kamen Licht, Gelächter und Stimmengewirr. Vielleicht war es unter den Händlern und Verkäufern üblich, einen guten Markttag zu begießen. Jedenfalls war reichlich Branntwein geflossen. Hier und da waren Betrunkene an den Wänden niedergesunken. Eine Gruppe von Nachtschwärmern schwankte singend über den Platz. Ich beobachtete die Männer, bis sie in einer Seitengasse verschwunden waren. Dann setzte ich mich auf eine der Steinbänke, die entlang den Häuserfronten standen. Der Boden war übersät mit Abfällen und Speiseresten. Ein schaler Dunst hing in der Luft.

Ich legte Danje in meinen Schoß und stützte den Kopf in die Hände. Müde betrachtete ich das rötliche Licht, das aus der offenen Tür des nächsten Gasthauses auf die Straße fiel. Ich roch den säuerlichen Geruch von Bier und Schweiß, der zusammen mit ihm nach draußen strömte. Ich fragte mich, wie es jetzt weitergehen sollte.

Da bemerkte ich, dass ich nicht der Einzige war, der zu dieser späten Stunde auf dem Platz saß. Genau gegenüber von mir hatte sich eine Frau auf einer der Bänke niedergelassen. Ich wunderte mich, dass sie sich zu dieser Stunde an einem solchen Ort aufhielt. Diese

Frau war nämlich eine Dame. Sie trug ein hellblaues, mit Rüschen und Spitzen besetztes Kleid. Die blonden Locken fielen ihr bis über die Brust. Aufgrund der Entfernung und der schummerigen Beleuchtung konnte ich nicht viel von ihr erkennen. Aber sie machte einen sehr ehrbaren Eindruck.

Ich spürte jedoch, dass da noch etwas anderes war. Ich musste an eisige, götterverlassene Winternächte, von Frost überzogene Felder und schneeverwehte Waldpfade denken. Ein Schauer lief mir über den Rücken.

Ich versuchte, mich mit anderem zu beschäftigen. Doch es gelang mir nicht. Wohl eine halbe Stunde lang beobachtete ich die Fremde. Immer wieder warfen ihr die Männer, die aus den Schenken kamen, Blicke zu. Einer von ihnen machte Anstalten, an sie heranzutreten. Doch im letzten Moment überlegte er es sich anders. Dabei hatte die Frau kein Wort gesagt. Sie hatte nicht einmal aufgesehen.

Schließlich erhob sie sich. Ihre Bewegungen waren langsam, fast schlafwandlerisch. Sie hielt den Kopf gesenkt. Und sie kam in meine Richtung.

Ich rührte mich nicht. Doch als die Fremde an mir vorbeiging – so nahe, dass ich sie hätte berühren können –, wurde mir klar, dass ich sie schon einmal gesehen hatte.

Es war die Frau aus der Kutsche; ich hatte im Gras gelegen und sie beobachtet. Da war ein Käfer gewesen, und Schatten auf den Hügeln. Im Laternenschein erkannte ich ihre helle Haut und ihre dunklen Augen. Und ich erkannte ihre langen, spitzen Fingernägel.

Die Schritte der Fremden verhallten. Plötzlich war mir, als hätte ich immer gewusst, dass ich ihr wiederbegegnen würde. Edes Worte fielen mir ein: *Diejenigen, die nirgendwo anders hinkönnen … die Verderbten und Verlorenen …* Und ich begriff, dass ich einen Fehler gemacht hatte. Ich hätte die Fremde nicht ziehen lassen dürfen. Ich brauchte sie. Da war ein Glimmen und Glosen in der kalten Dunkelheit, die sie umgab. Sie würde mir helfen, Cay zu befreien.

Hastig stand ich auf und verließ den Platz. Bald schon erspähte ich die Frau. In einiger Entfernung ging sie durch die leeren Straßen, mit jenen langsamen und abwesenden Bewegungen. Etwas sagte mir, dass es zu früh war, um mit ihr zu reden. Also folgte ich ihr.

Ich folgte ihr, bis ich wieder vor Thaalas Tempel stand. Da war es, das weißschimmernde Gebäude, das so schön und so abstoßend war. Was mochte die fremde Dame hier wollen? Sie machte keine Anstalten, sich dem Tempel selbst zu nähern. Stattdessen hielt sie auf die mächtige Mauer zu, die sich links und rechts des Bauwerks erstreckte. Erst jetzt bemerkte ich, dass an mehreren Stellen eiserne Tore in die Mauer eingelassen waren. Die Frau trat an eines dieser Tore heran und öffnete es.

Ich zögerte. Wieder spürte ich Danjes Angst. Und ich spürte das Verbot der Todesgöttin, das wie schwarzer Fels auf mir lastete. Doch ich wusste auch – wusste es mit einem harten, unabweislichen Wissen –, dass Cay verloren wäre ohne diese Frau und mich.

Keine Angst und kein Verbot änderten etwas daran.

Quer über den Platz lief ich zu dem Tor hinüber. Es stand einen Spalt weit offen. Ich gab ihm einen Stoß.

Ich trat auf die andere Seite.

Da war ein Friedhof. Nein, kein Friedhof.

Die Nacht war hell; die Mondsichel rundete sich, und kaum eine Wolke stand am Himmel. Ich sah mehr als genug, um zu wissen: Dies hier war eine Totenstadt.

Unser ganzes Dorf hätte in einen Winkel des Geländes gepasst. Ich hätte es nicht für möglich gehalten, dass man den Toten all das schenkte. Ich hätte es nicht einmal für möglich gehalten, dass da genügend Tote waren, um diese Weite zu füllen.

Anstelle der Elaah-Kreise aus Stroh, die ich von unserem Friedhof kannte, gab es hier makellos runde Steingebilde. Sie thronten auf Sockeln, in die Schriftzeichen eingraviert waren – wohl Segnungen und die Namen der Verstorbenen. Aber das war nicht alles. Ich sah Grüfte, die wie Häuser waren: mit Säulen versehen, von Gärten und Mauern umgeben und manchmal mehrere Stockwerke hoch. Diese Totenhäuser standen entlang gepflasterter Straßen, die sich bis weit hinter den Tempel erstreckten. Wie weit genau, war unmöglich zu sagen. Denn auf dem Gelände wuchs eine Unmenge von Büschen und Bäumen, klein und groß, karg und üppig. Die Hauptstraßen verzweigten sich zudem in zahllose Pfade, die sich zwischen den Grüften und Hainen verloren. Schließlich waren die Gräber und Totenhäuser, zumindest in diesem Teil des Friedhofs, aus demselben weißen Stein gefertigt, mit dem der Tempel und die Mauer erbaut worden waren. Und über alldem erhoben sich die Pinien und Zypressen, die ich vom Platz aus gesehen hatte. Wie Wächter standen sie da. Sie waren die Beschützer der Toten. Ungebeugt von den vielen Jahren, während derer sie Dienst geleistet hatten. Mit einem Blick, der hunderte Schritte weit reichte, hinein in die Nacht.

Ich brauchte einige Momente, bis ich mich wieder gefasst hatte. Aber ich hatte nicht vergessen, weshalb ich an diesen Ort gekommen war. In dem Gewirr von Stein und Baum erhaschte ich einen Blick auf die blonden Haare der Fremden. Ich lief los.

Zwischen den Grüften und Denkmälern, den Grabsteinen und Totenhäusern eilte ich hindurch. Ich hörte die Rufe der Käuze. In den Büschen und Ästen raschelte es.

Beinah wäre ich in einen bärtigen Mann hineingerannt. Erschrocken wich ich zurück. Dann begriff ich, dass ich Stein vor mir hatte. Langsam streckte ich die Hand aus. Meine Finger berührten etwas Kaltes und Hartes. Ich schüttelte mich und lief weiter.

Schließlich fand ich die fremde Dame. Sie saß auf einer umgestürzten Statue und schien auf etwas zu warten. Sie hatte mich nicht bemerkt. Sie sah traurig aus. Traurig und zu Tode erschöpft. Ich zögerte, zog mich dann in den Schatten einer Gruft zurück.

Zunächst geschah gar nichts. Die Frau saß einfach da und rührte sich nicht. Mir fiel auf, dass der Friedhof in diesem Teil ein anderes Gesicht zeigte. Hier waren die Gräber verwittert und die Grüfte teilweise eingestürzt. Der weiße Stein war schmutzig und das Pflaster der Straßen an vielen Stellen aufgebrochen. Die Sträucher, Büsche und Bäume wucherten wild, ebenso wie das Gras.

Plötzlich wurde die brüchige Deckplatte eines benachbarten Grabes mit einem knirschenden Ruck zur Seite geschoben. Von unten. Sofort kam Leben in die Frau. Sie riss den Kopf herum. Aus dem Inneren des Grabes wurde etwas nach draußen geworfen. Das Etwas landete vor den Füßen der Fremden. Es war ein menschlicher Arm. Jemand hatte ihn am Schultergelenk abgetrennt. Das Fleisch war schwarz vor Verwesung.

Die Blonde hob den Arm auf, mit einer irgendwie gehetzten Bewegung. Sie murmelte einen Dank. Dann verzerrten sich ihre Züge zu einem Ausdruck von Ekel und Gier. Sie keuchte. Sie leckte sich über die Lippen. Sie schlug ihre Zähne in den Arm, wild und verzweifelt, und riss Fleischfetzen heraus. Nachdem sie ein paar Bissen verschlungen hatte, wurde sie etwas ruhiger. Nun löste sie das faulige Fleisch mit ihren langen, spitzen Fingernägeln von dem Knochen. Sie schnitt sich einige Streifen zurecht, die sie dann aufaß. Ein Leichenwurm zappelte zwischen ihren Zähnen.

Entsetzt sah ich der Fremden bei ihrem Mahl zu. Mir war schlecht. Ich unterdrückte ein Würgen und wich einen Schritt zurück. Ich wandte die Augen ab und wartete, bis ich keine Essgeräusche mehr hörte. Dann schaute ich hinter der Gruft hervor. Der Knochen lag im Gras, säuberlich abgenagt, und die Frau blickte ins Leere.

Erst jetzt fiel mir auf, dass sie wunderschön war.

Ich zwang mich dazu, aus meinem Versteck hervorzutreten.

»Ich muss mit Euch reden«, sagte ich.

Die Frau starrte mich an. Zuerst sah sie erschrocken aus. Dann beschämt, dann empört. Schließlich wütend. Alles innerhalb weniger Sekunden.

»Wer – wer seid Ihr? Ich kenne Euch nicht! Was fällt Euch ein, mich einfach so anzusprechen!«, stieß sie hervor.

Ich wusste, dass ich etwas falsch gemacht hatte. Aber ich wusste nicht, was das Richtige gewesen wäre.

»Ich … ich muss … ich muss mit Euch reden«, sagte ich noch einmal, »… wenn es geht …«

»Nein, das geht ganz bestimmt nicht! Ich will sofort in Ruhe gelassen werden!« Ihre Stimme passte zu ihrer restlichen Erscheinung. Sie war hell und glockenklar. Und selbst in ihrem Ärger sprach die Frau jedes Wort mit größter Deutlichkeit aus.

Ich hätte ihr gerne den Wunsch erfüllt, sie allein zu lassen. Aber irgendwo lag Cay in einem dunklen Kerker und wartete auf seine Hinrichtung.

Ich trat einen Schritt an die fremde Dame heran und sagte: »Bitte hört mir zu, es ist sehr wichtig.«

»Ich denke nicht daran! Wenn Ihr nicht gehen wollt, dann gehe ich eben!«

Sie wirbelte herum und schritt davon. Es tat weh, sie so zu sehen: ihre würdevolle Haltung inmitten des Verfalls. Zugleich war es lächerlich: die Frau und ich und dieser ganze Friedhof.

»Nein!«, rief ich.

Ich eilte hinter ihr her und packte sie am Arm.

Sie stieß einen überraschten Laut aus. Dann verhärtete sich ihr Gesicht. Ich sah, dass sie ihre Krallenfinger gekrümmt hatte.

»Ich habe Euch gesehen …«, sagte ich, »… auf der Reichsstraße.«

Wieder veränderten sich ihre Züge. Da waren jetzt Zweifel und Zögern.

»Ihr seid aus der Kutsche gestiegen«, fuhr ich fort. »Ich lag im Gras versteckt. Und da habe ich Euch gesehen. Ihr seid ein Schatten.«

Sie schüttelte sich, wie um eine quälende Erinnerung zu verscheuchen. »Ein … was? Wovon redet Ihr überhaupt?«

»Ede hat mir davon erzählt. In der Geisterschenke. Ihr seid eine von denen, die nirgendwo sonst hinkönnen. Die Verirrten und Verlorenen. Ihr tragt feine Kleider, wie eine hohe Dame. Aber Ihr kommt nachts auf den Friedhof und …« Ich dachte daran, wie verzweifelt sie ausgesehen hatte, als sie das verweste Fleisch in sich hineinschlang. »… und Ihr trefft Euch mit Gespenstern. So ist es doch, oder?«

Selbst im Mondlicht konnte ich erkennen, dass sie errötete. Zugleich schien sie erleichtert. Sie nickte kurz.

»Ich verstehe«, sagte sie. »Ich bin also ein Schatten. Und was seid Ihr?«

Ich schüttelte heftig den Kopf. »Es geht nicht um mich! Es geht um Cay!«

Sie stutzte. »Cay …? Wer ist Cay?«

Dieses Mal war ich auf die Frage vorbereitet. »Er ist mein Freund. Er hat mich gerettet. Bevor all das begann …« Ich riss an meiner Kleidung herum. »Die Jungen im Dorf haben mich gejagt und geschlagen, und er hat mich gerettet. Aber dann haben sie Alva getötet und ihr einen bösen Stern ins Fleisch geschnitten. Und mir haben sie … sie haben mich halbtot geschlagen und nachher im Wald liegenlassen!« Ich lachte auf. »Aber da konnte ich nicht bleiben! Denn jetzt haben sie Cay verhaftet! Und sie wollen ihn umbringen! Aber ich weiß, dass er es nicht getan hat, er hat diesen Grafensohn nicht ermordet! Und das müssen wir beweisen, sonst wird Cay sterben! Und das geht nicht, hört Ihr, das geht nicht!«

Ich hatte mit jedem Wort lauter gesprochen. Am Ende hatte ich geschrien. Die Frau rührte sich nicht.

Plötzlich fühlte ich mich müde. Müde und unsagbar traurig. Ich betrachtete die Statue, auf der die Blonde gesessen hatte. Ein paar Schritte entfernt lag sie im Gras. Es war die Statue eines Kriegers. Er trug eine schwere Rüstung. Wäre er nicht zu Boden gestürzt, er hätte sein Schwert in die Luft gereckt. So bohrte es sich in ein Wacholdergebüsch.

»Scara und Justinius helfen mir«, setzte ich verzagt hinzu. »Er ist ein Adeliger, aber er lebt in einer Ruine an der Reichsstraße. Und Scara ist … sie ist seine Dienerin … glaube ich … ich – ich weiß gar nicht, warum die beiden mir helfen … aber es ist egal … es reicht nämlich nicht … es reicht nicht …« Meine Stimme hatte sich zu einem Flüstern gesenkt. »Wenn sie Cay hinrichten, hat nichts einen Sinn … Cay ist gut …«

Das war alles, was mir zu sagen blieb. Ich hatte keine Gedanken und keine Gefühle mehr. Ich war ganz leer.

Doch ich spürte, dass die Frau verstanden hatte. Sie erhob den Blick zum Himmel, und ich stellte mir vor, dass sie Cay sehen würde.

Als sie sich mir wieder zuwandte, standen Tränen in ihren Augen.

»Dieser Cay … er war dein Freund, als du … ein Junge warst?«, fragte sie leise. Da war etwas Weiches und Sehnsuchtsvolles in ihrer Stimme.

»Ja.«

»Und dann hast du ihn jahrelang nicht gesehen?«

»Ja.«

»Und jetzt hast du deinen Wald verlassen und bist in die Perle gekommen, nur um ihm zu helfen? Ich meine, es ist so lange her, seit er … für dich da war. Und doch tust du das für ihn … um ihn zu retten?«

»Ich würde alles tun, um ihn zu retten.«

Die fremde Dame fasste sich ans Kinn und sah zur Seite. »Wobei soll ich dir helfen?«, fragte sie.

Ich schluckte. »Der Name … der Name des toten Adeligen ist Rudrick von Nordwiesen«, sagte ich. »Wenn er ermordet worden ist, ist es möglich, dass sein Geist bei seiner Leiche umgeht. Die Leiche liegt im Thaala-Tempel. Ich muss also in den Tempel. Aber die Göttin erlaubt es nicht … es ist wegen Danje … sie hat es ihr verboten.«

Langsam öffnete ich das Bündel, in dem ich den Schädel verborgen gehalten hatte. Die Frau blieb ganz ruhig. Sie zog nur die Brauen zusammen, während sie zwischen uns beiden hin- und hersah.

Ich vermied es, Danje anzublicken. Ich schämte mich, weil ich gelogen hatte. Aber ich hatte Angst bekommen. Vielleicht würde mir die fremde Dame nicht helfen, wenn sie wüsste, dass Thaalas Bann auch mich getroffen hatte? Vielleicht war ich ja noch etwas Schlimmeres als sie selbst?

»Erzähl mir mehr von deinen anderen Freunden – Scara und Justinius«, sagte die Dame.

»Die beiden sind nicht meine Freunde«, erwiderte ich eilig. Es war mir peinlich, dass sie so etwas behauptete. »Sie helfen mir.«

»Das sagtest du bereits. Du sagtest auch, du wüsstest nicht, warum sie das tun.«

»Doch … vielleicht schon. Da waren Männer, die sie überfallen haben. Sie wurden von einem Mann namens Edmund angeführt. Ich habe drei der Meuchler getötet. Deshalb helfen mir die beiden jetzt.

Und Scara hat etwas gesagt … Ich glaube, Justinius kennt Rudrick, und ich glaube, er mag ihn nicht. Aber – aber bei Scara weiß man nie. Vielleicht hat sie das auch nur so gesagt. Etwas stimmt nicht mit ihr … Es kann sein, dass sie – also, dass sie verrückt ist. Aber ich mag sie …« Hastig senkte ich die Augen. Da waren meine Füße und das Gras, das dunkel schien im Mondlicht. Ich wünschte, ich hätte nicht so viel über Scara gesprochen. Es stimmte, dass ich sie mochte. Aber Danje mochte ich lieber.

»Und was ist mit Justinius?«, fragte die blonde Frau.

Ich war froh, dass sie über ihn reden wollte. Ich hob den Blick. »Er ist sehr arm. Und ich glaube, er trinkt sehr viel Schnaps, wenn auch nicht so viel wie Ordalf.«

»Wer ist Ordalf?«

»Niemand … ein Säufer aus unserem Dorf. Aber er ist tot.«

»Ach so. Du hast gerade von Justinius gesprochen, nicht wahr?«

»Ja. Er ist arm, wie gesagt. Aber er ist groß und sehr stark. Die Männer hatten ihn gefesselt. Aber er hat seine Fesseln gesprengt und zwei von ihnen verprügelt. Obwohl sie bewaffnet waren, und er nicht. Er hat einen Stuhl nach einem von ihnen geworfen. Am Anfang dachte ich, er könnte ein Held sein, nur dass er …«

»Arm ist und viel Schnaps trinkt?«

»Ja.«

»Warum sollte ein Held nicht arm sein und viel Schnaps trinken?«

Ich zuckte die Schultern. »Ich weiß nicht …«, murmelte ich.

Danach schwiegen wir. Ich fragte mich, worüber die fremde Dame nachdachte. Es gefiel mir nicht, dass sie so viel nachdenken musste.

»Ich glaube, ich kann tatsächlich etwas für dich und Cay tun«, sagte sie schließlich. »Es gibt einen verborgenen Weg. Er führt unter die Erde, durch einen sehr alten Teil des Tempels, der längst nicht mehr benutzt wird, und endet an dem Ort, wo sie die Toten aufbewahren. Ich kenne diesen Weg, und ich kenne auch Leute im Tempel, die uns helfen könnten. Den größten Teil der Strecke könnten … Danje und du mich begleiten. Dann würde ich allein weitergehen und schauen, was ich in Erfahrung bringen kann. Aber wenn wir das versuchen, kann es sehr gefährlich werden.«

»Das kümmert mich nicht.«

»Gut … Wenn ich dir helfe, musst du mir eins versprechen.«

Ich nickte.

»Du hörst auf mich und tust, was ich sage. Einverstanden?«

Ich nickte wieder.

»Dann lass uns gehen. Wir haben keine Zeit zu verlieren.« Die Stimme der Frau klang hart und entschlossen.

Sie ging los, hielt aber noch einmal inne. »Wie lange … wie lange bist du eigentlich schon hier?«, fragte sie.

Ich spürte ihren Schmerz. Ich zögerte kurz. Dann sagte ich: »Ich bin Euch vom Marktplatz gefolgt. Als wir zur Totenstadt kamen, habe ich Euch aus den Augen verloren. Dann habe ich Euch hier gefunden. Ihr habt auf der Statue gesessen und schient … auf etwas zu warten.«

Ihr Gesicht war ausdruckslos. »Gut«, sagte sie und wandte sich um.

Nachdem wir ein paar Schritte gemacht hatten, sah ich, wie sie nach einem Täschlein griff, das an ihrem Gürtel befestigt war. Sie holte etwas daraus hervor, ganz ruhig und beiläufig. Ich roch frische Minze. Ohne mich anzusehen, steckte sie die Blätter in den Mund und begann, sie zu zerkauen.

7
VÄTER, SÖHNE, HUREN

Justinius

Warum war ich hier, bei allen Höllen? Ich trank noch einen Schluck. Sagte mir, dass das Zeug, das sie einem in dieser prächtigen Stadt andrehten, noch widerlicher war als der Fusel, den ich zu Hause soff. Stellte den Holzbecher auf den Tisch und starrte hinein. Verdammt, langsam hätte ich wissen sollen, dass ich darin keine Weisheit fand.

Allerdings gab es um mich herum auch nichts, was angenehmer zu betrachten gewesen wäre. Ich hatte schon Schweineställe gesehen, die sauberer waren als dieser Laden. Und besser rochen. Die Einrichtung war so schmierig, dass man sie kaum zu berühren wagte. Das Essen wertete Scaras Küche nachträglich auf, und zwar in ungeahntem Maße. Und was sich auf den Bänken neben mir herumdrückte, war mit »Pöbel« noch schmeichelhaft beschrieben. Verwüstete Gesichter, stinkende Lumpen und Krakeelerei – es war eine Pracht. Ja, der Gardist hatte uns zielgerichtet in die elendigste Absteige geschickt, die sich weit und breit finden ließ.

Das kam davon, wenn man nach etwas fragte, das »möglichst billig« ist.

Aber hatte ich eine Wahl? Wenn sich diese kleine Lustreise noch ein bisschen hinzog, würde sich der Speiseplan den Winter über auf Mäuse und Ungeziefer beschränken. Die paar Münzen, die ich vom Geld des Herrn Baron hatte zurücklegen können, waren jedenfalls schon weg. Ich wusste, dass ich auch den Hunger überstehen würde, wenn es sein musste. Aber das Schlimmste war ja, dass der ganze Spaß vollkommen zwecklos war! Die Vorstellung, ich und Scara könnten diesen Cay retten, war das Lächerlichste, was ich in den letzten paar Jahrzehnten gehört hatte. Es war so lächerlich, dass es schon wieder traurig war.

Da konnte der Dorn noch so gerecht sein – selbst der Herrscher der Perle würde es sich dreimal überlegen, ob er wirklich wegen einem Bauerntölpel den Zorn des Grafen von Nordwiesen erregen wollte, wenn der nun mal durchaus der Meinung war, dass besagter Bauerntölpel auf den Scheiterhaufen gehörte. Und außerdem: Woher wollte Mykar eigentlich wissen, dass sein Freund *nicht* der Täter war? Wahrscheinlich hatte Rudrick im Lauf seines Lebens eine halbe Heerschar von Männern dazu gebracht, dass sie ihn umbringen wollten – warum sollte Cay nicht einer von ihnen sein?

Wie gesagt: Das Ganze war so lächerlich, dass es schon wieder traurig war.

Vorhin, beim Thaala-Tempel, hatte ich einen Moment lang geglaubt, dass das nicht alles sein konnte. Die Götter mussten sich doch etwas dabei gedacht haben, mich mit Scaras Vogelscheuche zusammenzuwürfeln! Aber vielleicht stimmte es ja, was manche Frevler behaupteten: Dass sich die Unsterblichen im Grunde einen feuchten Pferdefurz um uns Menschlein scherten und uns nur durch die Welt hampeln ließen, damit sie etwas zu lachen hatten. Wenn das zutraf, hatten sie sich bestimmt prächtig darüber amüsiert, wie ich mich als Märchenonkel produzierte und dem andächtig lauschenden Mykar die Geschichte der Perle erzählte. Als ob ich dabei gewesen wäre! Als ob ich die Heldentaten des Arno von Durenwald mit eigenen Augen bezeugt hätte und mich dafür verbürgen könnte, dass er sich nicht einfach in seinem Palast verkrochen hatte, genau wie alle anderen, während die Leute vor seiner Tür wie die Fliegen verreckten!

Da war doch tatsächlich der alte Justinius durchgekommen, der nichts so sehr liebte, wie über Tapferkeit und Ehre nachzusinnen, und der halbe Tage und Nächte damit zubringen konnte, von sich selbst als Ritter in goldener Rüstung zu träumen, eine gerettete Jungfrau in jedem Arm und ein Dutzend erschlagene Schurken unter dem Stiefel. Wer weiß, vielleicht stellte sich Mykar seinen Cay ja ganz genauso vor? Vielleicht waren wir uns gar nicht so unähnlich, was das betraf?

Nur dass *er* am liebsten mit irgendwelchen Spukwesen und Nachtgestalten saufen ging. Und das machte die Sache nicht besser – durchaus nicht, keineswegs, ganz und gar nicht. Was zur Hölle sollte man von Scaras Vogelscheuche halten? Einerseits konnte er im Vorbeigehen zwei, drei Meuchler abmurksen und war offenbar gern gesehener Gast in Gespensterschenken. Andererseits lispelte er so putzig. Und zeichnete sich durch eine derart treuherzige Tumbheit aus, dass man ihm am liebsten eine Zuckerstange in die Patschehändchen gedrückt hätte.

Ich wurde einfach nicht schlau aus dem Burschen. Und genaugenommen wollte ich auch nicht schlau werden aus ihm. Eine Stunde in dieser elenden Kaschemme hatte mich glücklicherweise auf den Boden der Tatsachen zurückgeführt – das und der Umstand, dass jeder Muskel in meinem Körper wehtat und sich meine Füße anfühlten, als wäre ich tagelang über Scherben gelaufen.

Bei Elaahs Gnade und Sorins Weisheit, ich hatte reichlich andere Sorgen!

Warum also war ich hier? Warum hatte ich Scara nicht einfach ein paar Ohrfeigen gegeben und sie notfalls an den Haaren heimgeschleift, nachdem mir dieser aberwitzige Plan und Mykars Vorliebe für unheilige Zechkumpanen offenbart worden waren?

In Wahrheit kannte ich die Antwort. Ich kannte sie allzu gut. Meine Finger schlossen sich immer fester um den Becher. Und das Holz knirschte mit meinen Zähnen um die Wette, als ich zurückdachte. Zurück an den Nachmittag, als ich ein für alle Mal begriff, was es hieß, ein Sohn des Barons von Hagenow zu sein …

Er saß in einem hohen, mit Leder bespannten Stuhl hinter einem dunklen, schweren Eichentisch, als ich in das Erkerzimmer stürmte, in das er sich zum Arbeiten zurückzog. Im Kamin brannte ein Feuer, und der Regen schlug gegen die Fensterscheiben hinter den roten, halbgeschlossenen Brokatvorhängen.

Er hob kaum die Nase aus seinen Pergamenten, als ich an den Tisch trat. Ich hatte mir vorgenommen, ruhig zu bleiben. Aber ich schwitzte und atmete schwer. Mein Schritt war so leicht wie der eines Mastochsen vor der Schlachtung. Und als ich den Mund aufmachte, schrie ich.

»Herr Vater!«

Erst nachdem ich eine Minute, die mir wie eine Ewigkeit vorkam, dagestanden hatte, ließ sich der Baron dazu herab, mir seine Aufmerksamkeit zu schenken. Er kratzte sich seine dicke rote Nase mit einem dicken weißen Finger.

»Was gibt es, Justinius?«, fragte er. Je unbeherrschter ich war, desto gefasster und überlegener gab er sich. Das war schon immer so gewesen.

»Herr Vater! Das kann nicht Euer Ernst sein!«

»Was kann nicht mein Ernst sein? Beruhig dich erst mal, Justinius. Bist du etwa betrunken?«

Alle meine guten Vorsätze waren dahin. Es brachte mich zur Weißglut, dieses amüsierte Lächeln, das seine Lippen umspielte, während er mich gelassen maßregelte.

Ich hieb mit der Faust auf den Tisch; das Tintenfässchen machte einen Hüpfer, und der goldene Weinkelch fiel fast um. »Einen Gehörnten werd ich tun!«, schrie ich. »Das Ganze ist eine götterverdammte Schweinerei! Und wenn Ihr das zulasst, seid Ihr nicht besser als – als …«

Weiter kam ich nicht. Damals hatte ich noch Respekt vor meinem Vater.

Der Baron zog die Brauen zusammen. Seine Stimme wurde eine Spur strenger und schneidiger. Ich war sicher, er hatte es vor dem Spiegel eingeübt, dieses allmähliche Aus-der-Haut-Fahren, das keinen Zweifel daran ließ, dass man ihn – den Vernünftigen, den Gerechten – zum Äußersten getrieben hatte.

»Mir gefällt dein Ton nicht, Justinius«, sagte er. »Wenn du willst, dass ich dir noch zuhöre, solltest du dich mäßigen.«

Mit äußerster Willensanstrengung hatte ich es geschafft, ihn ausreden zu lassen. Nun brach es aus mir hervor. »Und mir gefällt nicht, dass Ihr Euch auf die Seite von Mördern und Vergewaltigern stellt!

Rudrick, Bero, Radulf, Laghras, Gerrik …« – ich spuckte die Namen aus – »… diese Dreckskerle sind ein Fall für den Henker! Allesamt!«

Langsam stand er auf, der Herr Baron. An seiner rechten Schläfe pochte eine Ader. Ein gutes Zeichen. Langsam nahm er einen Schluck aus seinem goldenen Pokal und wischte sich den Mund ab. Seine Kiefer mahlten. Noch ein gutes Zeichen.

»Ich glaube kaum, dass du das beurteilen kannst. Die von Nordwiesen sind eine ehrbare, würdige Familie. Ebenso wie die vom Hohen Teich und die von Felsenkamm. Was wäre, wenn der alte Adel der Windmarken als eine Bande von Verbrechern dastände? Hier stand die Wiege Ahekriens! Elgart war einer von uns – und wenn er nicht den Marsch der Tausend gegen die Warek geführt hätte, hätte es das Kaiserreich nie gegeben! Und was ist heute? Sie lachen über uns! In Ahekris, Mandris und selbst in Hayfarn, wo vor einer Generation noch die Barbaren aus Knochenhörnern gesoffen haben! Sie lachen uns aus und sagen, wir seien nicht besser als die Schafhirten und Kuhtreiber, über die wir herrschen! Wenn es nach ihnen geht, gibt es nur eines, was hier von Wert ist: Die Perle mit ihrer verdammten Kohle! Und jetzt kommst du und verlangst, dass wir die Unseren an die Sonnenrichter ausliefern! Einige der edelsten Söhne der Windmarken! Willst du uns zum Gespött Eberas machen? Willst du das?«

Ich stützte mich auf den Tisch und lehnte mich nach vorne: »Ich will Gerechtigkeit«, knurrte ich.

Er schnaubte verächtlich. »Du willst Gerechtigkeit? Wenn diejenigen zusammenstehen, die von altem Blut sind, dann können die Windmarken wieder stark werden. Das ist Gerechtigkeit!«

»Und wie stark können wir sein, wenn wir zulassen, dass Unschuldige gequält und geschändet werden? Ihr sagt, Rudrick und seine Freunde sind die edelsten Söhne der Windmarken? Wenn das wahr ist, dann soll Skargat uns allesamt holen!«

Zu dem Pochen der Schläfe und dem Mahlen der Kiefer kam jetzt noch ein Beben der Nasenflügel hinzu, als der Baron mich mit zusammengekniffenen Augen musterte. »Es reicht jetzt, Justinius!«, grollte er schließlich. »Ich bin dir keine Rechenschaft schuldig. Es reicht schon, dass ich einen Versager wie dich durchfüttern muss. Ich muss mir nicht auch noch dein Gejammer anhören. Du wirst jetzt dieses Zimmer verlassen, und wir werden nicht mehr darüber reden.«

Ich knirschte mit den Zähnen. Es half mir damals so wenig wie heute. »Sie haben die Tochter eines Mannes in den Wahnsinn getrieben, der alles für Ahekrien gegeben hat«, zischte ich. »Sie haben ihr Leben zerstört. Sie haben das Glück ihres Vaters zerstört. Und es gibt noch viele andere, von denen wir nichts wissen. Dutzende, vielleicht mehr! Rudrick hat es mir selbst gesagt. Und Ihr wollt, dass er einfach so weitermacht?«

Nun lachte er. »Oh, ich weiß, woher der Wind weht, Justinius! Du und dein Gerede von Gerechtigkeit! Du warst in die Schlampe verliebt, nicht wahr? Und es hat dir nicht gefallen, dass sie einem anderen den Vorzug gegeben hat, oder? Versuch nicht, mir etwas vorzumachen – ich weiß es von deinem Bruder selbst. Nun, vielleicht haben ihr ja auch Rudrick und seine Freunde gefallen. Erzähl mir nichts von den Weibern!«

Ich nickte. Knirschte wieder. Sagte: »Wie Ihr wünscht, Herr Vater. Es ist Eure Entscheidung. Aber in dieser Sache ist das letzte Wort noch nicht gesprochen. Ich werde in die Perle reiten und den Dorn wissen lassen, was es mit unserem alten, ehrwürdigen Adel auf sich hat.«

Einen Moment lang musterte er mich. Ich sah Zweifel in seinen Augen. Vielleicht sogar Angst. Dann brüllte er: »Das wirst du nicht tun!«

»O doch, das werde ich! Noch heute reise ich ab! Ich bin weder so blöd noch so versoffen, dass ich nicht mitbekommen hätte, was hier läuft. Vor ein paar Tagen habe ich den alten Gelfrat besucht. Wusstet Ihr, dass er längst die Reise zur Perle angetreten hatte, um die Mörder seiner Tochter anzuklagen? Bedauerlicherweise ist er nie dort angekommen – neuerdings wird offenbar sogar die Reichsstraße von Räuberbanden heimgesucht! Die Wegelagerer haben die Diener erschlagen und den Herrn verprügelt. Jetzt überlegt sich Gelfrat, ob er Euch um Hilfe bitten soll. Aber ich habe abgeraten. Habe ihm gesagt, dass ich selbst reiten würde.« Dieses Mal war es an mir, zu lachen. »Schließlich gehöre ich auch zum alten, ehrbaren Adel! Vielleicht flößt das den Räubern ja ein wenig Respekt ein! Was meint Ihr, Herr Vater? Wollt Ihr mir nicht eine gute Reise wünschen?«

»KEINEN FUSS WIRST DU AUS DER BURG SETZEN! ICH VERBIETE ES DIR!« Er beantwortete mein Lachen, indem er seinerseits mit der Faust auf den Tisch hieb. Ich registrierte mit Genugtuung, dass es bei mir stärker gewackelt hatte.

»Auf Eure Verbote scheißt der Hund, Herr Vater«, sagte ich und wandte mich zum Gehen um.

»WACHE!«

Ich erstarrte.

Die beiden Wehrknechte, die vor der Tür des Erkerzimmers postiert waren, überschlugen sich fast vor Eifer, als sie hereingepoltert kamen.

»Euer Hochwohlgeboren befehlen?«, fragte der Ältere von beiden. Sein Name war Barek. Ich kannte ihn gut, wir würfelten manchmal zusammen. Er hatte eine Glatze und einen schwarzen, buschigen Schnurrbart; der Schnurrbart bedeckte einen Mund, der gerne lachte. Jetzt lachte Barek nicht. Weit entfernt davon.

»Nehmt ihn fest«, befahl mein Vater.

Barek stutzte. Seine Züge zeigten Unverständnis und Verwunderung. Ein ähnliches Gesicht pflegte er aufzusetzen, wenn er beim Würfeln verlor: Als könne er nicht glauben, dass ihn sein Glück schon wieder im Stich gelassen hatte. Heute würde er kein Glück brauchen. Er hatte ein schönes, großes Schwert, bestimmt frisch geschliffen. »Ihn, Eu-euer Hochwohlgeboren?«, stammelte er. »Ju-justinius …?«

Der Herr Baron ballte die Fäuste. »Ich habe gesagt, dass ihr meinen Sohn festnehmen sollt«, grollte er. »Nehmt ihn fest und werft ihn in den Kerker. Sofort. Oder ich lasse euch auspeitschen!«

Barek tauschte einen Blick mit der anderen Wache. Der zweite Mann war ein Blondschopf, dessen Name mir entfallen war. Mit ihm hatte ich jedenfalls nie gewürfelt – nicht, dass es einen Unterschied gemacht hätte. Die beiden waren große, kräftige Burschen. Auch ich war ein großer, kräftiger Bursche. Aber nicht annähernd groß und kräftig genug. Nicht hier, nicht heute.

Ich drehte mich zu meinem Vater um: »Du Schwein … das wirst du bereuen …«, flüsterte ich.

Die Wachen packten mich und schleiften mich fort.

»DU SCHWEIN! DU DRECKIGES SCHWEIN!«, brüllte ich.

Das war das Letzte, was ich während der kommenden neun Monate zu ihm sagte. Oder zu irgendjemandem sonst. Wenn man von den Ratten und Spinnen und einem gelegentlichen Plausch mit dem Kerkermeister absah. Konnte auch sein, dass ich irgendwann begonnen habe, mit mir selbst zu sprechen. Das werden hochinteressante Unterhaltungen gewesen sein. Voller Verständnis, Mitgefühl und Zuneigung.

Als ich wieder aus dem Verlies herauskam, war ich bereit, dem Herrn Baron aus der Hand zu fressen. Und freudig hätte ich mit dem Schwanz gewedelt, so wie er meinen Namen rief, wenn ich nur einen besessen hätte.

Ich war auf mein wahres Maß zurechtgestutzt: Justinius der Säufer. Justinius der Versager. Justinius der Jammerlappen.

Plötzlich fiel mir wieder Edmund mit seinem Pergament ein. Verdammt, ich wünschte, ich *hätte* meinem Vater den Hals umgedreht. Ihn einen Kopf kürzer gemacht. Oder die Treppe hinuntergestürzt. Irgendwas. Vielleicht sollte ich noch einmal mit meinem geliebten Bruder reden. Und ihm erklären, dass er seine Meuchler beim nächsten Mal daheim lassen konnte. Wenn er wirklich vorhatte, den Herrn Baron in Thaalas Nacht zu schicken, würde ich ihm jederzeit zur Hand gehen. Er musste nur nett bitte bitte sagen.

Mühsam stand ich auf. Ich schob mich an einem Kerl vorbei, dessen Glatze bräunliche Schweißschlieren zierten. Und sah zu, dass ich nach draußen kam. Vor der Tür musste ich noch über die eine oder andere Schnapsleiche hinwegsteigen. Dann konnte ich endlich Nachtluft atmen. Die hatte in dieser Straße zwar eine feine Note von Kuhdarm (oder schlimmer noch: von Kuhhirtendarm), war aber frischer als alles, was ich gerochen hatte, seitdem Scara und ich in dieses sogenannte Gasthaus *Der Gescheckte Hahn* gekommen waren. Bei nächster Gelegenheit würde ich eine Umbenennung in *Die Singende Kackwurst* vorschlagen.

Ich setzte mich auf den Rand eines Pferdetroges, der vermutlich als Waschbütte diente. Setzte mich und rieb mir die Augen. Bei allen Göttern, ich war müde! Seit Tagen hatte ich kaum etwas gegessen. Dafür jede Menge billigen Schnaps getrunken. Ich fühlte mich alt und schmutzig. Und so müde. Das einzig Vernünftige wäre gewesen, mich auf das Zimmer zu begeben, das ich gemietet hatte, und zu schlafen. Es war ungefähr so groß wie ein Sarg und auch in etwa so gemütlich.

Aber dort wartete Scara auf mich. Meine verblödete Magd war bereits vor Stunden »zu Bett gegangen«, wie sie sich auszudrücken beliebte. Mit anderen Worten: Sie hatte sich auf einen der zwei Strohsäcke gelegt, die das Zimmer fast zur Gänze einnahmen. Wahrscheinlich schlummerte sie süß und träumte davon, etwas anderes zu sein als eine erbärmliche Irre.

Verdammt, ich musste etwas tun, um meine Stimmung zu heben! Dann wäre es mir vielleicht möglich, mich hinzulegen und einzuschlafen, ohne das Bedürfnis zu verspüren, meine Dienerin als Bettvorleger zu gebrauchen. Ich holte meinen Beutel hervor. Öffnete ihn und befasste mich mit dem Inhalt. Viel war es nicht. Es war sogar ziemlich wenig. Aber es würde reichen. Wenn nichts mehr half, konnte man immer noch zwischen Frauenschenkeln nach seiner Seele suchen.

Ich beschloss also, vögeln zu gehen. Erhob mich und bemühte mein Gedächtnis. Ich war schon öfters in der Perle gewesen, vor langen Jahren. Von diesen Besuchen wusste ich, dass es in der Stadt einen Straßenzug gab, wo die Huren Tag und Nacht auf Balkonen und in Fenstern saßen und sich anboten. Damals pflegte ich freilich in einer Kutsche vorzufahren und lud die Frau meiner Wahl erst mal zu mir in den Wagen ein, um sie ein bisschen spazieren zu führen. Wahrscheinlich, um ihr zu zeigen, dass ich mir das leisten konnte.

Und dass sie froh sein musste, wenn sie einem wie mir die Eier lutschen durfte.

Jedenfalls meinte ich mich nach kurzem Nachdenken zu erinnern, in welche Richtung ich meine Schritte lenken musste. Ich streckte die Knochen, humpelte los und hoffte, dass mich mein Gedächtnis nicht trog.

Sonderlich angenehm war der Weg nicht. Der Stadtteil, in dem ich mich befand, machte insgesamt den Eindruck, als hätte ihn jemand vergessen und wollte tunlichst nicht daran erinnert werden. Die Straßen waren gerade so weit beleuchtet, dass Diebe und Halsabschneider ihre Opfer sehen konnten. Und die Häuser schienen nur darauf zu warten, dass sie endlich von ihrem Leiden erlöst würden und einstürzen durften.

Ich befand mich zwar nicht gerade auf dem Gipfel der Selbstachtung, in diesem Dreck sterben wollte ich aber doch nicht. Anders als dem gemeinen Volk war es Adeligen zwar erlaubt, innerhalb der Perle ihr Schwert mit sich zu führen. Aber der Eselkarren, mein Aufzug und Scaras Gesellschaft waren mir so peinlich gewesen, dass ich darauf verzichtet hatte, mich zu erkennen zu geben. Jetzt verfluchte ich natürlich meine Eitelkeit. Und war froh, als ich ein paar Gardisten begegnete.

»Wo geht's hier zu den Huren?«, fragte ich nach einem höflichen Göttergruß.

Schließlich war ich am Ziel. Der Straßenzug lag an der Grenze zu einem besseren Viertel. Hier brannten zahlreiche rote Laternen. Aus den Türöffnungen wehte der süße Duft irgendwelcher Räucherkerzen. Und ich war längst nicht der Einzige, den es zu dieser späten Stunde noch in der Hose juckte. Ich versuchte also, den stolzen Gang eines wohlhabenden Mannes anzunehmen, der mit sich und der Götterordnung zufrieden ist, und schlenderte entlang der Häuserfronten. Versuchte, nicht nur meine Armut zu vergessen. Sondern auch, wie lange ich keine Frau mehr gehabt hatte. Das war nicht leicht, weil immer wieder gekünsteltes Lustgestöhn und echtes Männerschnaufen an mein Ohr drangen. Und weil ich nicht nur einen

Steifen bekam, sondern mich auch leichtes Unbehagen zu erfüllen begann.

Aber, bei Skargats Finsternis, die Weiber waren ja vermutlich heute nicht anders gebaut als vor ein paar Jahren!

Hoffte ich.

Nach dem zu urteilen, was ich von den Frauen mitbekam, die sich links und rechts von mir feilboten, musste ich mir da wohl keine Sorgen machen. Die meisten von ihnen trugen halbdurchsichtige Gewänder, hatten eine Brust entblößt oder den Rock bis zu den Oberschenkeln hochgezogen. Einige von ihnen machten lockende oder herausfordernde Gesten. Oder sie luden die Freier mit mehr oder weniger verruchten Worten dazu ein, ihr Glück bei ihnen zu versuchen. Andere saßen nur stumm da und wirkten fast so müde und ausgelaugt, wie ich mich fühlte. Ja, sich als öffentliche Zisterne zu verdingen, war bestimmt nicht immer einfach. Meine Anteilnahme hielt sich allerdings in Grenzen.

Ich erspähte eine Frau, die nach meinem Geschmack war. Üppige dunkle Locken, schön rund, aber nicht fett, jung und sauber. Dummerweise war bereits ein anderer Freier zu ihrem Fenster getreten. Ich konnte nicht hören, was die beiden sprachen. Aber der Mann öffnete mit einer lässigen Bewegung seinen Umhang und ließ einen prallgefüllten Beutel sehen. Mir sank der Mut. Und nicht nur der. Die nächste Dirne, die ich mir aussuchte, war nicht ganz so hübsch. Sie machte aber immer noch einen ziemlich verheißungsvollen Eindruck, und es ging wieder aufwärts. Ich näherte mich ihr und unsere Blicke trafen sich. Sie sah mich zweifelnd an. Schamerfüllt wandte ich mich ab und tat so, als hätte ich gar nicht zu ihr gewollt. Bei der dritten Hure brachte ich es immerhin so weit, mich nach dem Preis zu erkundigen. Ihre Titten und ihr Bauch hingen bereits. Sie war mehr, als ich mir leisten konnte. Ich lachte, um ihr zu verstehen zu geben, dass sie das Geld nicht wert sei, und sie schickte mir Flüche hinterher.

War ein bisschen Gevögel wirklich so teuer geworden? Oder hatte ich mir früher einfach keine Gedanken um zwei oder drei Silbergulden gemacht?

Nach einer Weile war ich derart geil und verzweifelt, dass ich nahm, was ich kriegen konnte. Die Frau war fast alt genug, um meine Mutter zu sein. Sie sah mich mit einer Gleichgültigkeit an, die wohl nur ausgeleierte Huren aufbringen. Offenbar erwartete sie nichts anderes als einen wie mich. Sie zog sich aus, legte sich auf eine Pritsche, öffnete die Beine. Ich ließ meine Hose herunter und stellte fest, dass mein Schwanz hing. Die Frau rieb ein wenig daran herum, völlig lustlos, aber mit einer gewissen Sachkenntnis. Immerhin schaffte sie es irgendwann, dass er halbwegs stand. Ich legte mich auf sie und drang in sie ein. Versuchte, nicht daran zu denken, wie viele Männer – und was für Männer – vor mir dort gewesen waren. Schloss die Augen, atmete durch den Mund und bemühte mich, an etwas Schönes zu denken. Stattdessen fielen mir die Frauen ein, in die ich verliebt gewesen war.

Als ich endlich kam, war ich von Schweiß überströmt.

8
DER DORN UND DIE MADE

Justinius

Bis zum Morgengrauen lief ich durch die Straßen der Perle. Oder um genau zu sein: Mal humpelte ich, mal schlurfte ich, mal kroch ich. In einer Kellerschenke hatte ich noch einen Krug Branntwein bekommen, den ich die ganze Zeit mit mir herumschleppte. Als die Sonne aufging, war der Krug geleert. Ich warf ihn gegen eine Hauswand und lachte. Dann sank ich an einer Mauer nieder. Es war ein gefährlicher Zustand. Natürlich wusste ich das auch irgendwie. Aber es war mir egal. Im Lauf der Nacht war ich zu der Überzeugung gelangt, dass ich den Bauerntrottel Cay retten musste. Unbedingt und sofort. Ich hatte jedoch noch genug Verstand, um zu begreifen, dass ich kaum zum Dorn vorgelassen werden würde, so wie ich gegenwärtig aussah.

Ich musste also zurück in die Absteige, Scara und Mykar – wenn der schon mit der Geistersuche fertig war – aus dem Bett schmeißen und mich präsentabel machen. Mühsam kam ich auf die Beine und torkelte weiter. Die Götter wissen, wie ich den Weg zum *Geschecktem Hahn* fand. Unterwegs kotzte ich ein paarmal. Das tat sogar gut. Einmal sah ich eine Gruppe Minenarbeiter. Die Männer waren offenbar Nachkommen der Glücklichen, die Arno in verwaisten Häusern und Palästen einquartiert hatte, als die Schwarze Keuche wütete. Bis heute hatten die Familien, denen damals das Bürgerrecht zugesprochen worden war, nicht in die elenden Siedlungen zurückkehren müssen, wo die restlichen Arbeiter ihr Dasein fristeten. Dennoch waren die Männer, die im ersten Morgenlicht an mir vorbeigingen, mit einer Schicht aus Ruß und Dreck und Staub bedeckt, die so dick war, dass man nicht einmal sagen konnte, ob sie helle oder dunkle Haare hatten. Langsam streckte ich die Hand aus, zeigte mit dem Finger auf die Arbeiter und begann zu lachen. Doch sie zuckelten weiter, ohne mich eines Blickes zu würdigen.

Ich kicherte noch immer, als ich beim *Geschreckten Hahn* angekommen war. Ließ meine Kleider und Stiefel samt mir selber in den Pferdetrog fallen, der vor dem Gebäude stand. Das Wasser war brackig, eiskalt, und als ich mich über den Rand des Troges hievte, bildete ich mir ein, wieder klar im Kopf zu sein.

Offenbar hatte sich niemand die Mühe gemacht, die Schenke zu verriegeln. Ich stolperte ins Innere. Die Luft sorgte dafür, dass ich fast noch mal kotzte. Nun, da musste ich durch. Das war allerdings einfacher gesagt als getan. Denn die Fensterläden waren geschlossen, und das Dämmerlicht, das durch die Türöffnung fiel, reichte nicht weit. Ich tastete mich also durchs trübe Halbdunkel. Einige Male stieß ich gegen irgendwelche Säufer, die sich der Einfachheit halber an Ort und Stelle hingelegt hatten. Vielleicht waren solche Absteigen auch ihr ganzes Zuhause. Sei's drum. Ich stieß jedenfalls gegen sie oder trat auf sie drauf. Sie grunzten, schnauften und gurgelten kurz, schnarchten dann weiter.

Schließlich fand ich den Gang, in dem unser Zimmer lag. Machte Anstalten, das Zimmer zu betreten. Stellte fest, dass die Tür einen Spalt weit geöffnet war. Das war die erste Überraschung. Die zweite bestand darin, dass Scara wach war. Angezogen saß sie auf dem Strohsack. Sie hatte die klapperigen Fensterläden nicht geschlossen. Sodass ich sehen konnte, dass meine verrückte Magd erschreckend klar schien. Schlimmer noch: Sie war eindeutig beunruhigt. Kaum hatte ich den Raum betreten, sprang sie auf.

Beim Schwanz des Gehörnten, sie sprang wirklich auf. Wahrscheinlich hätte sie auch noch einen eiligen Schritt auf mich zu gemacht, wenn das Zimmer nicht so klein gewesen wäre.

»Wo warst du? Ich habe die ganze Nacht auf dich gewartet!«, rief sie.

Scara hatte einen Anfall von Fürsorglichkeit. Das war endgültig mehr, als ich ertragen konnte.

»Nirgendwo … vergiss es«, murmelte ich.

»Nein, so geht das nicht. Weißt du eigentlich, wie du *aussiehst?*«

»Das ist noch gar nichts dagegen, wie ich rieche. Wie ein Aynorr aus der Hose. Jetzt lass mich durch. Ich muss zu meinen Sachen.«

»Alles, was du musst, ist dich hinlegen, mein Kleiner!«

Ah, Elaah sei Dank! Sie war doch dasselbe verrückte Huhn geblieben.

»Scara, du bist nicht meine Mama. Und ich habe etwas zu erledigen. Also halt einfach deinen Mund.«

Ich schob sie zur Seite. Das war schwieriger, als ich erwartet hätte. Sie ließ sich zwar schieben – viel anderes blieb ihr auch nicht übrig –, doch ich verlor das Gleichgewicht. Stürzte auf den Strohsack und stieß mit dem Kopf gegen die Wand. Es gab ein dumpfes Krachen, und einen Moment lang dachte ich, das Dach würde einstürzen. Das tat es dann doch nicht. Ich fluchte und rieb mir den Schädel. Dann begann ich, frische Kleider zu suchen. Natürlich fand ich keine. Aber es gab ein paar Stofffetzen, die man für Hemd und Hose halten konnte und die nicht nach Branntwein oder Erbrochenem stanken. Scara hatte sich unterdessen auf vorwurfsvolles Schweigen verlegt. Von mir aus.

Als ich versuchte, mich umzuziehen, fiel ich erneut auf die Fresse. Ich rappelte mich hoch und nahm noch einen Anlauf. Scara änderte nun ihre Taktik. Sie stützte mich und half mir dabei, in die Hose zu steigen und das Hemd überzuziehen. Ihre Hände waren kalt und rauh, aber ihre Berührungen hatten eine gewisse Sanftheit. Mit wachsendem Entsetzen wurde mir klar, dass ich meiner nutzlosen Dienerin wirklich am Herzen zu liegen schien. Nun, das hatte sie im vergangenen Jahr geschickt überspielt.

»Tu das nicht, Justinius«, sagte Scara, nachdem ich angezogen war.

»Was soll ich nicht tun?«

»Das, was du vorhast.«

»Und was habe ich vor?«

»Das, was du tun willst.«

»Scara, wir werden diese Unterhaltung nicht fortsetzen. Für so einen Schwachsinn *kann* ich gar nicht besoffen genug sein. Ich gehe jetzt und tue, wofür wir hergekommen sind.«

»Ich verstehe dich leider nicht, wenn du so lallst.«

»Ich lalle überhaupt nicht.«

»Wie bitte?«

»Ich … sagte … ich … lal-le … üb-ber-haupt … nicht.«

»Ach so.«

»Scara, ich gehe jetzt. Ich gehe jetzt, und ich gehe auch dann, wenn du noch hundertmal sagst, dass ich nicht gehen soll. Und ich gehe selbst noch, wenn du sagst, dass ich gehen soll, weil ich nämlich –«

Ich unterbrach mich. Furchte die Stirn und legte den Zeigefinger, den ich wohl erhoben hatte, an meinen rechten Nasenflügel. Versuchte, meine eigenen Worte zu verstehen. Und kam zu dem Schluss, dass ich anscheinend nicht so klar im Kopf war, wie ich geglaubt hatte.

»Du solltest das nicht tun, mein Kleiner. Das gibt ein Unglück.«

Scara hatte leise gesprochen. Sie hatte die Hände vor dem Schoß gefaltet und schaute sehr ernst drein. Nach kurzem Überlegen nickte ich. Ich wusste ja sehr gut, dass das ein Unglück geben würde.

Plötzlich überkam mich Rührung. Spülte sozusagen über mich hinweg. Wie eine Pisswelle. Ich strich Scara durch die Haare. Wahrscheinlich lächelte ich sogar.

Dann drehte ich mich um und verließ das Zimmer.

Etwa eine halbe Stunde später stand ich vor der Festung des Dorn. Genauer: Auf dem Platz, den man überqueren musste, um den mächtigen Wall zu erreichen, der die weitläufige Anlage umgab. Unterwegs hatte ich mich ein paarmal an einer Mauer oder einem Geländer abstützen müssen, wenn mich der Schwindel erfasste. Auch war mir der Gedanke gekommen, dass der Fünftagebart, der mir zwischenzeitlich gewachsen war, den Gesamteindruck trüben mochte. Doch die Benutzung eines Rasiermessers lag gegenwärtig jenseits meiner Möglichkeiten. Und einen Barbier konnte ich mir nicht leisten. Ganz abgesehen davon, dass die Läden noch geschlossen waren. Also blieb ich, wie ich war. Erkundigte mich bei Knechten und Hausdienern, die bereits um diese Stunde irgendwelche Arbeiten erledigen mussten, nach dem Weg. Ignorierte dabei sämtliche rätselnde Blicke.

Ich war immer noch Justinius von Hagenow.

Unterdessen war der Tag heraufgezogen. Am Himmel hingen hellgraue Wolken. Sie bildeten merkwürdige Formen und Muster, die sich ständig veränderten. Manchmal kam die Sonne hervor. Dann ergoss sich ein unwahrscheinlich reines Licht über die Perle. Es war kühl. Der Geruch von Kohle und Rauch zog durch die Straßen. Die Herbstluft tat ihr Bestes, um mich auszunüchtern. Hoffentlich hatte sie mehr Erfolg als der Pferdetrog. Jedenfalls war ich noch betrunken genug, um nicht an meinem Entschluss zu rütteln. Ich atmete also tief durch und ging los.

Die Festung lag erhöht im Vergleich zu den umgebenden Straßen. Wenn man sich dem Eingangstor näherte, blickte man die ganze Zeit von unten auf die Türme, die jenseits des Walls emporragten und darum umso gewaltiger wirkten. Es konnte kein Zweifel aufkommen, dass man sich dem Dorn als jämmerlicher Bittsteller näherte. Ich wollte mich ablenken und betrachtete die Brunnen, die auf dem Platz standen und lustig vor sich hinplätscherten. Das Wasser floss aus Krügen, die von steinernen Frauen getragen wurden. Sein Rauschen begleitete das Spiel der neckischen Meeresgestalten, die sich zwischen Bögen und Pfeilern räkelten. Oder es untermalte das endlose, stumme Gespräch, welches die Abbilder von Arn Merlingen und Timon Kalandri über Dichtkunst und Philosophie führten.

Nichts von alldem schien etwas mit den Kriegern zu tun zu haben, die vor dem Tor Wache hielten.

Und ganz sicher hatte es nichts mit mir zu tun.

Außer dem Wasserrauschen war kein Geräusch vernehmbar. Es war sehr still. Und der ganze weite Platz war leer. Langsam überquerte ich ihn. Zwang mich, meinen Schritt nicht zu beschleunigen. Kurz wurde mir schwarz vor Augen. Doch ich blieb auf den Beinen. Dann war es so weit. Ich stand bei dem Eingangstor, am Fuß des Schutzwalls, der sich höher erhob als viele Häuser der Stadt. Hier begann die Welt der Macht. Eine Welt, zu der ich einmal gehört hatte.

Die beiden Wächter hatten sich nicht bewegt und sprachen mich auch nicht an. Sie trugen Morions und Wappenröcke, unter denen man Rüstungen aus dunklem Metall erkannte. Jeder hielt einen Speer in der Hand. Ihre Blicke waren hart. Man hätte meinen können, ich wäre gar nicht da. Oder unsichtbar wie ein Geist.

Mein Mund war trocken und mein Herz schlug heftig. Hinter meiner Stirn pochte es.

»Hekir mit Euch«, sagte ich. »Ich bin Justinius von Hagenow, Sohn des Barons Gernot von Hagenow, und wünsche eine Audienz beim Dorn.«

Zunächst erhielt ich keine Antwort. Die Gesichter der Krieger blieben völlig ausdruckslos. Ich spürte, wie mir der Schweiß die Stirn hinab rann und in den Bartstoppeln juckte. Mühsam widerstand ich der Versuchung, ihn abzuwischen.

Schließlich sagte einer der Wächter: »Verschwinde und schlaf deinen Rausch aus, Mann.« Seine Stimme klang weder wütend noch belustigt. Sie war kalt wie jungfräulicher Stahl.

Ich begann zu zittern. Mit letzter Kraft hielt ich mich aufrecht. »Ich sagte, ich bin Justinius von Hagenow und wünsche eine Audienz beim Dorn.«

»Und ich sagte: Verschwinde und schlaf deinen Rausch aus.« Er sprach noch immer sehr ruhig. Doch am Rand seiner Stimme war etwas Rohes und Schartiges aufgetaucht.

Der zweite Wächter fügte hinzu: »Solange du noch kannst.«

Da wusste ich, dass dies meine letzte Chance war.

Nicht um zum Dorn zu gelangen.

Sondern um von ihm wegzukommen.

Mir fiel mein Siegelring ein, und einen Augenblick lang fühlte ich mich stolz und stark. Dann kam mir zu Bewusstsein, dass ich den Ring kürzlich im Plumpsklo versenkt hatte, als ich besonders besoffen gewesen war.

Ich nickte, drehte mich um und ging weg. Ohne ein weiteres Wort. Einfach so. Als hätte es sich um ein Missverständnis gehandelt. Während ich mich entfernte, spürte ich die Blicke der Krieger in meinem

Rücken. Im selben Moment wusste ich, dass sie mich rein aus Gewohnheit beobachteten. Nicht, weil sie erwarteten, dass ich ihnen Ärger machen würde. Wie sollte ihnen ein derartiger Abschaum auch Ärger machen? Der Platz war noch immer verlassen. Zunächst war ich dankbar dafür. Doch plötzlich erschien mir der weite, leere Raum so einsam und unüberwindlich wie die iskrische Steppe. Mir war, als wäre jeder Versuch, die Häuserreihen am Ende des Platzes zu erreichen, von vornherein zum Scheitern verurteilt. Als würde ich früher oder später, nach einem Tag oder einer Woche, entkräftet zusammenbrechen, um nie mehr aufzustehen. Meine Knochen würden in dieser steinernen Wildnis verrotten, ohne dass jemand auch nur ein Gebet über ihnen gesprochen hätte. Im Handumdrehen wäre ich vergessen – wie ein im Rausch gegebenes Versprechen.

Mir stockte der Atem. Ich blieb stehen. Spürte die Verlockung, mich einfach fallen zu lassen. Was machte es schon für einen Unterschied? Ich hatte keine Antwort auf diese Frage. Doch ich ging weiter. Ich biss die Zähne zusammen. So fest, dass mein Kiefer schmerzte. Und ich ging weiter. Setzte ein Bein vor das andere. Immer wieder. Wieder und wieder.

Es war ein Weg von tausend Meilen.

Schließlich hatte ich die Festung und den Wall und den Platz hinter mir gelassen. Wie ein Schlafwandler irrte ich durch die Straßen der Perle. Mittlerweile war ich stocknüchtern. So nüchtern, wie ein Säufer nur sein kann. Und ich hätte alles dafür gegeben, mich bis zur Blödheit zu betrinken. Doch ich wagte es nicht, nach einer Schenke oder einem Laden zu suchen, die geöffnet hätten. Aus Angst, dass mein Geld nicht einmal für den billigsten Fusel reichen würde; aus Angst, dass man mich erkennen und auslachen würde.

Der Zusammenbruch kam ganz unerwartet. Mit einem Mal konnte ich nicht mehr. Ich presste mein Gesicht gegen eine Hauswand. Als wäre es möglich gewesen, auf diese Weise meine Schande zu verbergen. Und ich begann zu weinen. Ich heulte und schluchzte und war mir sicher, dass das alles war, was ich jemals tun würde. Irgendwann fand ich mich auf dem Boden wieder. Krallte meine Finger in die Erde und biss in den Stein. Schlug gegen die Mauer, bis meine Knöchel bluteten.

Immer wieder schoss derselbe Gedanke durch meinen Kopf: *Was habe ich nur getan?*

Ich dachte an etwas, das ich letzte Nacht gesehen hatte, als ich von meiner müden Hure wegwankte. Da war ein Mädchen, mit grell bemaltem Mund und starren Zügen. Sie trug ein hauchdünnes Nichts von einem Kleid. Man konnte sehen, dass ihr Geschlecht ganz nackt war. Brüste sah man keine. Ein hochgewachsener Mann mit kurzem dunklem Bart hatte ihr eine Hand auf die Schulter gelegt. Es war eine feingliedrige Hand, am kleinen Finger steckte ein silberner Ring. Der Mann lächelte und führte das Mädchen in einen Hauseingang. Ein paar Meter entfernt standen zwei Gardisten. Auch sie lächelten.

Es war eine warme, duftige Herbstnacht. Wir alle freuten uns des Lebens. Wir waren vergnügt wie das Fohlen auf der Weide. Oder der Fuchs im Hühnerstall. Oder die Klinge, die sich in Eingeweide bohrt.

Ich blinzelte die Erinnerung weg. Ich wollte mich auf die Beine ziehen. Ich schaffte es nicht.

Dann schlief ich ein.

Skargat weiß, wie ich das anstellte.

Das Nächste, was ich sah, waren Füße, die vor meiner Nase vorbeitrampelten. Stiefel, Schnabel- und Holzschuhe. Auf und ab. Hin und her. Das reinste Durcheinander. Meine Wange war feucht. Ich hatte auf den Boden gesabbert und mein Gesicht in das Zeug gebettet. Anscheinend hatte ich aber genug gekotzt, um den schlimmsten Kater zu verhüten. Es ging mir ganz gut. Zumindest so lange, bis mir alles wieder einfiel. Dann waren sie wieder da: meine alten Freunde, Scham und Schuld. Zechkumpanen zahlloser Nächte. Ich stöhnte. Schaffte es mühsam, mich aufzusetzen. Lehnte meinen Kopf gegen die Wand und kniff die Augen zusammen. Die Sonne stand bereits hoch am Himmel. Ich stöhnte nochmals. Fragte mich, was wohl die angenehmste Art war, sich umzubringen. Damit ich die schon mal ausschließen konnte.

Plötzlich fiel etwas auf meine Schenkel. Ich zuckte zusammen, starrte wild um mich. Es waren Geldstücke. Jemand hatte mir ein paar Kupfermünzen hingeworfen.

Ein roter Nebel senkte sich vor meinen Augen. Ehe ich es wusste, war ich auf den Beinen. Ich sah einen kleinen, dicklichen Mann, der meinen Blick erschrocken erwiderte. Er trug eine lächerliche Zipfelmütze, die mit Edelsteinen besetzt war, ebenso wie die Ärmel und der Saum seines Gewandes. Wahrscheinlich war das, was der Kerl am Leib trug, wertvoller als mein Landsitz. Und er wagte es, mir Almosen zu geben!

Ich hasste den Mann. Hasste ihn, wie ich noch niemals jemanden gehasst hatte. Ich hasste seinen kunstvoll gezwirbelten Spitzbart und seinen sorgsam geschnittenen Schnauzer. Ich hasste sein widerlich-süßes Parfüm, das mir in Übelkeit erregenden Schwaden in die Nase stieg. Ich hasste die weißen, haarlosen, makellos manikürten Hände, mit denen er einen breiten Ledergürtel umfasste, als wollte er sagen: *Seht her, ich habe etwas erreicht im Leben!* Und vor allem hasste ich den Ausdruck auf seinem weichen, schwabbeligen Gesicht: halb Angst, halb Empörung. Offenbar fragte er sich, was dieser undankbare Hungerleider wollte.

Oh, ich würde ihm zeigen, was ich wollte.

Ich packte den Kerl am Kragen, zog ihn zu mir heran und brüllte: »Was wagst du, mir Geld zu geben, du widerliche, aufgeblähte Made! Meine Familie hat in jedem götterverdammten Krieg gekämpft, den Ahekrien in den letzten dreihundert Jahren geführt hat!«

Zumindest war es das, was ich ihm ins Gesicht schreien wollte. In Wahrheit klang es wohl eher wie: »UARRRGH!«

Viel Zeit zum Brüllen blieb mir sowieso nicht. Ich wurde von hinten gepackt und gegen die Wand geschleudert. Wieder einmal stieß ich mir den Kopf an, und es tat weh. Ein bisschen Schmerz war jedoch genau das, was ich brauchte, um richtig wütend zu werden. Ich wirbelte herum. Der Dicke hatte tatsächlich einen Leibwächter dabei. Im Gegensatz zum Herrn war der Diener nicht klein und weichlich. Er hatte ein Gesicht, als ob er am liebsten kleine Kinder frühstückte.

Und das war offenbar eine Speise, die groß und stark machte. Aber ich wog über hundert Steine. Und nicht alles davon war Fett. Ich stürzte mich auf den Kerl, bevor er noch Zeit hatte, die Zähne zu fletschen. Rammte ihm die Faust ins Gesicht. Ich traf ihn gut und nutzte meinen Vorteil, um weitere Schläge folgen zu lassen. Die Nase des Mannes brach, meine Knöchel begannen erneut zu bluten, und ich fühlte mich mit jeder Sekunde besser.

Ich würde Hackfresse in den Boden stampfen. Und dann würde ich Made zeigen, wen er da wie einen Bettler behandelt hatte.

Ich wollte laut auflachen.

Es wurde dann doch ein Schmerzensschrei.

Etwas Hartes, Schweres hatte mich am Hinterkopf getroffen. Ich fiel um wie ein gefällter Baum. Einen Moment lang war ich blind und taub. Dann tanzten dunkel-glühende Flecken vor meinen Augen. Und in meinen Ohren begann es so laut zu summen, dass die Geräusche der Stadt meilenweit entfernt schienen. Unwillkürlich fasste ich mir an den Kopf. Meine Hand wurde feucht. Und als ich sie anstarrte, schien sie rot zu leuchten. Ich versuchte zu begreifen, was geschehen war. Erblickte einen weiteren Riesenkerl, der Hackfresse auf die Beine half. Es schien, als ließe sich Made auf seinen Spaziergängen von *zwei* Leibwächtern begleiten. Wie umsichtig von ihm.

Ich hatte keine Ahnung, warum Nummer zwei nicht gleich auf mich losgegangen war. Vielleicht war er pinkeln gewesen. Oder er hatte seiner Liebsten ein Ständchen gebracht. Was wusste ich. Viel mehr beschäftigte mich die Keule, die er in der freien Hand hielt. Sie war mächtig lang. Aus dunklem, poliertem Holz. Und mit ein paar hübschen Rundnieten versehen. Anscheinend durfte man so etwas in der Perle mit sich führen. Wenn man Leibwächter war.

Ich versuchte aufzustehen. Schaffte es gerade so, mich auf alle viere zu hieven, bevor Hackfresse einfiel, dass er noch ein Hühnchen mit mir zu rupfen hatte. Er trat mir in die Seite, und ich fiel wieder auf den Boden. Stieß zur Abwechslung mit dem Kopf gegen eine Wand. Vielleicht wollten mir die Götter etwas sagen. Beim zweiten Versuch kam ich nicht mal in die Nähe einer aufrechten Haltung. Hackfresse und sein Kumpel meinten es ernst. Es gelang mir, mein Gesicht zu schützen. Dafür musste der Rest von mir einen Haufen Schläge und Tritte einstecken. Wobei die beiden netterweise nur ihre Fäuste und Stiefel benutzten. Dann packten sie mich unter den Armen und schleiften mich in eine Seitengasse.

Mein Blick war verschwommen. Das Sausen in meinen Ohren hatte sich mittlerweile zu einem Jaulen gesteigert. Dennoch bekam ich mit, dass sich ein Haufen Leute versammelt hatte, um das Spektakel mit anzusehen. Die meisten von ihnen waren wahrscheinlich arme Schlucker, die sich über jede noch so kleine Vergnügung freuten. Auch wenn sie darin bestand, dass jemand vor ihren Augen zu Mus geschlagen wurde. In den Gesichtern zeigte sich jedenfalls die Mischung aus Entsetzen und Wollust, die brave Bürger eben bei derartigen Gelegenheiten empfinden. Hackfresse und Nummer zwei waren da aus anderem Holz geschnitzt. Das Entsetzen hoben sie sich für bedeutendere Anlässe auf. Auch ihr Herr machte sich nicht mit dem Pöbel gemein, was seine Reaktion auf die Prügelei anbetraf. Wobei man ihn wohl eher aus Schaum geschnitzt hatte. Er war so weit zurückgewichen, wie er nur konnte. Stand nun mit dem Rücken zu der Mauer, an der ich mein kleines Nickerchen gehalten hatte. Er glotzte, als wäre mir soeben vor seinen Augen ein zweiter Kopf gewachsen. Vielleicht auch ein dritter. Und er hatte die rechte Hand gegen sein Herz gepresst. Immerhin hatte ich ihm den Tag verdorben. Vermutlich würde er sich später im Schoß seiner Lieblingskonkubine zusammenrollen und über die böse Welt klagen.

Hackfresse und Nummer zwei warfen mich schwungvoll in einen Abfallhaufen. Ich landete mit dem Gesicht zuerst in allerlei Weichem, Klebrigem und Stinkendem. Beim Versuch, Luft zu bekommen, geriet ein scharf-säuerlicher Brei in meinen Mund. Ich wollte das Zeug ausspucken. Stattdessen schluckte ich es. Es sah so aus, als hätte ich endlich meine wahre Bestimmung gefunden. Hustend, würgend und ächzend wälzte ich mich auf den Rücken.

Die Gasse war eng und finster. Auch wenn man nicht mit der Nase im Dreck steckte, stank es zum Göttererbarmen. Offenbar hatte der

Inhalt ungezählter Nachttöpfe seinen Weg hierher gefunden. Pfützen bedeckten den Boden, der hier aus schleimigem Matsch bestand. Ein paar hagere Straßenköter, die ihren Unterschlupf in der Gasse hatten, waren vor den menschlichen Störenfrieden weit ins Dunkle zurückgewichen. Sie hechelten und starrten mich an, als fragten sie sich, ob ich noch für die eine oder andere Mahlzeit gut wäre.

Im Versuch, in eine weniger schmerzhafte Haltung zu kommen, legte ich den Kopf in den Nacken. Es half nichts. Doch weit oben sah ich einen Sonnenstrahl. Schräg zog er sich über die Wand des Hauses, das mir gegenüber stand.

Wie schade, dass ich hier unten war.

Mittlerweile hatten die Leibwächter Position bezogen. Links und rechts von mir standen sie und knackten mit den Knöcheln. Immerhin hatte Nummer zwei seine Keule wieder an den Gürtel gehängt. Offenbar hielt er es für Ehrensache, die Angelegenheit mit den Fäusten zu regeln. Das war doch mal eine gute Idee. Ich stützte mich an der Wand ab, hievte mich auf die Beine. Und tatsächlich ließen mich die beiden diesmal hochkommen. Wahrscheinlich waren sie im Grunde anständige Kerle. Es gelang mir, Hackfresse einen Hieb in den Magen zu versetzen. Die Überraschung war auf meiner Seite. Er hatte nicht geglaubt, dass ich noch mal anfangen würde.

Dabei war das meine Spezialität: noch mal anfangen.

Und noch mal.

Doch ich machte mir keine Illusionen darüber, dass dies der letzte Treffer gewesen war, den ich in diesem Kampf landen würde.

Nummer zwei schickte mich mit einem Haken zu Boden.

Diesmal versuchte ich gar nicht erst, mich hochzurappeln. Ich sah die beiden an. Kein Zweifel: Ich hatte sie ziemlich wütend gemacht. Hackfresse und Nummer zwei. Dann lachte ich ihnen ins Gesicht. Das war ich mir schuldig. Ich wusste, dass mir das Lachen bald vergehen würde.

Ich hatte recht.

9
REGELN

Mykar

»Warte kurz!« Die Blonde fasste mich am Arm, und ich blieb stehen.

Während sie in die Dunkelheit lauschte, betrachtete ich ihre langen, spitzen Fingernägel. Darunter hingen Hautfetzen. Hautfetzen und eine zerquetschte Made. Aber ihre Hand war schmal, weiß und feingliedrig. Ich stellte mir vor, dass sie sich weich wie Gänsefedern anfühlte.

»Ist etwas?«, fragte ich.

Sie schüttelte den Kopf. »Nein … Ich dachte, ich hätte etwas gehört. Aber ich habe mich wohl geirrt … Ach, übrigens … du hast mir noch gar nicht deinen Namen verraten.«

»Ich heiße Mykar.«

Sie lächelte: »Mykar was?«

»Nur Mykar. Ich bin niemand Besonderes … und was ist Euer Name?«

»Ich bin Vanice.«

»Vanice was?« Ich wusste selbst nicht, warum ich das fragte.

Das Lächeln verschwand aus ihrem Gesicht. »Nur Vanice«, sagte sie. »Komm jetzt!«

Sie eilte weiter, und ich folgte ihr.

Es war merkwürdig, so nah bei Vanice zu sein. Als Bauernjunge hätte ich eine solche Frau höchstens aus der Ferne anstarren dürfen. Ich stellte mir vor, wie es wäre, jemand anderes zu sein: ein Ritter in glänzender Rüstung, der hohe Damen aus der Gefahr rettete. Ob Vanice einen solchen Ritter küssen würde? Aber natürlich konnte mir das egal ein. Denn ich war niemand anderes. Ich war hässlich. Ich hatte eine riesige Narbe auf der Stirn. Meine Zähne waren gebrochen. Meine Nase war schief. Mir fehlte ein Stück der Zungenspitze. Und ich hatte auch noch niemals jemanden geküsst. Also verscheuchte ich den Gedanken an Vanice und ihre Ritter. Für mich gab es Wichtigeres. Danje zum Beispiel. Ich machte mir Sorgen um Danje. Sie tat mir leid. Ihre Angst war noch größer geworden. Sie war ganz zurückgezogen in sich. Und ich wusste nicht einmal, wovor sie sich fürchtete – war es die Nähe Thaalas, etwas, das auf dem Friedhof umging, oder vielleicht sogar Vanice?

Plötzlich kam mir ein anderer Gedanke: Vielleicht wollte Danje mich ja küssen? In der Erinnerung erschienen mir ihre Lippen noch röter als ihre Haare … Ich versuchte, auch diesen Gedanken zu verscheuchen. Ich wollte nicht, dass Danje mich für einen Wüstling hielt.

Eine Weile lang gingen wir schweigend nebeneinander her. Über den Wipfeln der Zypressen und Pinien – und manchmal halb verborgen von ihnen, wenn die Bäume besonders hoch wuchsen – ragte weiß und mächtig die Kuppel des Tempeldaches auf. Doch Vanice lenkte ihre Schritte nicht in diese Richtung. Stattdessen führte sie mich immer weiter in den verfallenen Teil des Friedhofes hinein. Ich sah zerbrochene Elaah-Kreise, gesplitterte Stelen, Ruhestätten, die nur noch Trümmerhaufen waren. Die Grabmäler mussten alt sein. Sehr alt. Jahrhunderte waren über sie hinweggegangen, hatten den Stein geschwärzt und die Inschriften unkenntlich gemacht. Alles war mit Moos bewachsen und von Flechten überwuchert. Es waren keine Wege mehr zu erkennen. Wenn sich der Mond durch die Wolken schob und blasse Lichtfäden zwischen den uralten Behausungen der Toten spann, konnte man den Eindruck bekommen, man hätte sich in eine Zeit verirrt, die unnennbar fern war.

Ich betrachtete den Verfall um mich herum und wunderte mich. Hatte Justinius nicht gesagt, die Stadt des Dorn sei erst vor hundert Jahren gegründet worden?

Ehe ich mich versah, hatte ich die Frage ausgesprochen.

Vanice nickte. »Ja«, sagte sie. »Die Perle ist nicht sehr alt. Aber vorher war hier eine andere Stadt.«

»Eine andere Stadt? Genau hier?«

Sie nickte wieder.

»Und was für eine Stadt war das?«

»So genau weiß das niemand. Deshalb nennt man sie die Vergessene Stadt. Es heißt, dass die Vorfahren der Fischer und Bauern eine weite Ebene voller Ruinen vorfanden, als sie die Gegend besiedelten. Lauter Ruinen, aber keine Menschenseele – und auch keine Leichen oder Knochen.«

»Das muss unheimlich gewesen sein ...«, murmelte ich.

»Ja, das glaube ich auch. Aber nach einer Weile gewöhnten sich die Leute daran. Man gewöhnt sich ja an fast alles. Und da dachten sie sich, dass man ebenso gut etwas Sinnvolles mit den Trümmern anfangen konnte, wenn sie schon einmal da waren. Deshalb leben hier im Tal selbst arme Menschen in Steinhäusern. Ihre Vorfahren haben die Überreste der Vergessenen Stadt genommen und sich daraus ihre Dörfer gebaut. Wenn man genau hinschaut, kann man auch in vielen Häusern der Perle das alte Mauerwerk erkennen. Die Stadt ist sehr schnell hochgezogen worden. Da hat man genommen, was immer man verwenden konnte. Es gab zum Beispiel einen reichen Händler namens Xaver, der einen etwas merkwürdigen Sinn für Humor hatte. Er hat seinen Palast auf den Resten eines Gefängnisses errichten lassen. Die Kerkerzellen hat er als Weinkeller genutzt und die Folterkammer zu einem Liebesnest gemacht. Deshalb hat man seinen Palast das Rote Haus genannt, obwohl es gar nicht rot ist. Natürlich leben längst andere in dem Gebäude, aber es steht noch immer. Wenn du vom Marktplatz zum Fluss runtergehst, kannst du es sehen.«

»Aber niemand hat sich getraut, Steine von den Grabkammern zu nehmen?«

»Genau. Die Vergessene Stadt muss sehr groß gewesen sein, und entsprechend groß war ihr Friedhof. Aber die Leute hatten Angst, den Zorn der Toten zu erregen. Also haben sie die Finger davongelassen. Die Thaala-Geweihten waren allerdings weniger zimperlich. Als sie in die Perle kamen, haben sie ihren Tempel auf den Ruinen eines sehr viel älteren Heiligtums errichtet. Übrigens ist das dein Glück,

Mykar, denn deshalb kann man durch unterirdische Gänge in den Tempel gelangen.«

»Und von den Bewohnern der Vergessenen Stadt hat man niemals etwas erfahren?«

»Nun, es gibt natürlich Gerüchte. Wenn so viele Menschen einfach verschwinden, kann es ja nicht mit rechten Dingen zugegangen sein. Also redet man von Flüchen, furchtbaren Verbrechen und dergleichen.«

»Warum sind die Leute dann hiergeblieben? Ich würde nicht so nahe bei verfluchten Ruinen leben wollen.«

»Bist du dir da sicher? Ich denke, die Leute sind hier geblieben, weil es ihnen hier gutgeht. Der Fluss – er heißt übrigens Daarado – nährt sie und sorgt für fruchtbaren Boden. Sie haben einen vollen Bauch und ein festes Dach über dem Kopf. Und wenn der morgige Tag keine Schrecken birgt, erscheinen bald auch die Nächte nur noch halb so beängstigend. Meinst du nicht?«

»Hm …«, machte ich. »Stimmen sie denn?«

»Stimmt was?«

»Was man sich erzählt hat – die Gerüchte?«

»Woher soll ich das wissen? Wenn es einen Fluch gab, scheint er mit den Bewohnern der Vergessenen Stadt gestorben zu sein. Als die Schwarze Keuche ausbrach, haben einige gesagt, jetzt kehrt das Unheil zurück. Aber letztlich ist es Arno von Durenwald ja gelungen, die Seuche zu besiegen. Ich weiß nicht, ob du die Geschichte kennst?«

»Ja«, sagte ich.

Sie schien überrascht. »Gut, wenn das so ist …«

In diesem Moment sprang eine kleine, gekrümmte Kreatur auf einen der letzten noch stehenden Grabsteine. Die Kreatur war in die Überreste von Kleidungsstücken gehüllt, die mit ihrem Körper verwachsen schienen. Sie hatte ledrige, gräulichgrüne Haut und spitze Zähne. Ihr Gesicht ließ an einen tollwütigen Hund denken. Dann wieder an einen bösartigen Greis.

Ich wusste sofort, dass es dieses Wesen war, oder eines seiner Art, das Vanice die Gabe von verfaultem Fleisch gemacht hatte.

Die Kreatur beachtete mich nicht. Sie wandte sich Vanice zu. Sie sabberte, zischte und gurgelte. Dabei legte sich ihr Gesicht in Falten und Klüfte, die einen Ausdruck hingerissener Bewunderung erkennen ließen. Mit Mühe konnte ich Worte aus den Lauten heraushören.

Ich presste Danje an meine Brust und starrte die Kreatur an.

Vanice lächelte. »Das ist Mykar«, sagte sie mit perlender Stimme. »Ich möchte mit ihm zum Tempel gehen. Bitte sag Xra Bescheid, dass ich eure Hilfe brauche, ja? Wenn er nicht will, erinnere ihn an das Versprechen, das er mir gegeben hat. Jetzt ist keine Zeit für Erklärungen, aber später werde ich zu euch kommen, und dann reden wir über alles. Wir treffen uns in den Kellern. Beim Eingang zur Gruft. Kannst du dir das alles merken?«

Das Wesen nickte zu Vanice' Worten. Dann drehte es sich zu mir um. Es betrachtete mich. Ich spürte sein Misstrauen und seinen Widerwillen.

Ich schwieg.

Die Kreatur kümmerte sich schon nicht mehr um mich. Sie blickte Vanice an. Wieder gab sie sabbernde Zisch- und Gurgellaute von sich. Nachdem sie verstummt war, sprang sie in ein offenes Grab. Es ging sehr schnell. Stille kehrte ein.

Vanice und ich blieben allein zurück.

»Was bei allen Göttern war das?«, fragte ich.

Langsam wandte sie sich mir zu. »Das war einer der Unterirdischen. Wir werden sie brauchen, wenn wir zum Tempel wollen. Ich habe dir gesagt, dass es gefährlich ist.«

»Die Unterirdischen? Wer sind die Unterirdischen?«

»Es sind Leichenfresser, Mykar. Sie leben hier in der Totenstadt. Und unter ihr, in Tunneln, die tief in die Erde führen. Lass uns weitergehen, ja?«

»Sind es Menschen?«

Vanice verzog das Gesicht. Einen Augenblick lang dachte ich, sie würde in Tränen ausbrechen. Oder mir ihre Krallen in die Kehle stoßen.

»Es *waren* Menschen. Vor langer Zeit. Sie sehen nicht mehr sehr menschlich aus, oder?«

»Und wer ist Xra?«

»Ihr Anführer. Was ist, willst du etwa ein Plauderstündchen einlegen? Ich dachte, dein Freund Cay ist in Not.«

Ich nickte, und wir setzten unseren Weg fort.

Vanice lenkte ihre Schritte zu einem Zypressenhain. Auf der Seite, von der wir uns annäherten, war der Hain von einem Stück Wiese umgeben. Hier gab es aus irgendeinem Grund keine Gräber und Grüfte. Das Gras raschelte leise unter unseren Stiefeln.

Mir wurde klar, dass ich noch immer zu wenig von der Welt der Schatten verstand. Ich war auf dem Friedhof der Perle fremder, als ich es je in meinem Dorf gewesen war. Dabei konnte ich mich nicht darauf verlassen, dass Vanice morgen noch da sein würde. Ich konnte mich nicht darauf verlassen, dass überhaupt jemand da sein würde. Vielleicht würden Danje und ich unseren Weg ganz allein finden müssen. Wenn ich Cay helfen wollte, musste ich die Gesetze kennen, denen die Totenstadt gehorchte – ich musste wissen, ob ich hier Verbündete finden konnte und mit welchen Gegnern ich zu rechnen hatte.

»Kennt Ihr diesen Ort gut?«, fragte ich.

»Den Friedhof? Ja, das kann man sagen.«

»Ihr lebt also auch hier?«

»Nein, ich wohne in einer Herberge. Wenn ich zwischen Gräbern und modernden Knochen hausen würde, sähe ich anders aus.«

»Aber Ihr kennt die Totenstadt gut?«

»Das sagte ich doch gerade.«

»Vorhin meintet Ihr, dass es Leute im Tempel gibt, die uns helfen würden. Wie ist das möglich? Wenn die Geweihten Euch helfen, warum gibt es dann diesen Bann?«

»Was willst du, Mykar, soll ich dir einen Vortrag halten?«

»Ich weiß nicht, was das bedeuten soll. Alles, was ich will, ist, dass Ihr mir erklärt, was die Regeln sind.«

»Die Regeln? Na, von mir aus! Vielleicht beginnen wir mit einer ganz simplen Regel: Was die Götter befehlen, ist die eine Sache, was die Menschen daraus machen, eine ganz andere. Das gilt in der Perle so wie überall sonst. Und das wiederum heißt schlicht und einfach, dass Thaalas Geweihte die Unterirdischen dulden, weil sie nützlich für sie sind. Es ist eine Art Handel … Und – bist du zufrieden?«

»Sagt mir mehr … bitte.«

»Also doch ein Vortrag, ja?« Vanice schüttelte kichernd den Kopf. Ich wusste nicht, was so lustig daran war, dass ich Cay helfen wollte. Aber vielleicht war ja gar nichts lustig. Nach einer kurzen Pause fuhr sie fort: »Nun, wie dir wahrscheinlich aufgefallen ist, ist die Totenstadt, wenn man so will, in mehrere Viertel unterteilt. In einem Viertel, dem neusten und schönsten, werden wohlhabende und geachtete Bürger begraben. Kaufleute, reiche Handwerker, hochgeehrte Krieger und dergleichen. In einem zweiten Viertel, das schon deutlich weniger gepflegt, aber immer noch ansehnlich ist, liegen die einfachen Leute. Ein drittes Viertel beherbergt die Gräber der Armen. Die Leute, die dort begraben sind, werden mehr oder weniger verscharrt. Und dann gibt es noch das Viertel, in dem wir uns jetzt befinden. Es ist mit Abstand das größte von allen – so groß wie die anderen drei zusammengenommen – und schon längst nicht mehr in Gebrauch. Hier sind die Überreste des Friedhofs der Vergessenen Stadt. Kurz und gut: Das ganze Gelände ist riesig, und das Problem besteht nun darin, dass es nicht viele Männer und Frauen gibt, die die Kraft haben, um das Leben eines Thaala-Geweihten zu führen. Selbst eine Stadt wie die Perle muss mit einer Handvoll Geweihter auskommen. Ihre Pflichten aber sind mannigfaltig, die Toten brauchen Beistand und Zuwendung, ebenso wie die Überlebenden.«

Vanice unterbrach sich und sah mich an: »Verstehst du, was ich sage?«, fragte sie.

»Ja. Aber was hat das mit den Unterirdischen zu tun?«

»Eine ganze Menge«, entgegnete sie. »Wahrscheinlich hast du nicht gewusst, dass kein Sterblicher auf Thaala geweihter Erde auch nur einen Tropfen Blut vergießen darf, wenn er sich nicht den Zorn der Göttin zuziehen will?«

»Nein«, sagte ich.

»Woher auch. Aber wahrscheinlich weißt du, dass viele Leute glauben, man könnte die Unsterblichen gnädig stimmen, wenn man Dinge mit ins Grab nimmt, die als Zeichen für das einstehen können, was man während seines Daseins erreicht hat. So wie ein Knecht seinem Herrn die Früchte zeigt, die er eingebracht hat. Und mehr noch: Die Leute glauben auch, dass sie auf diese Weise nicht nur ihre eigenen Chancen im Jenseits verbessern, sondern auch ihren Ahnen und ihren Nachkommen Ehre machen. Deshalb versuchen in einer Stadt wie der Perle selbst mittellose Leute, ein paar Schätze mit ins Grab zu nehmen: etwas Schmuck oder Silbergeschirr, kostbare Kleider oder Tücher. Und das ist nun der Grund, weshalb die Thaala-Geweihten bereit sind, einen Handel mit Schattenwesen und Nachtgestalten einzugehen. Es gibt immer Männer, denen Gold wichtiger ist als das Heil ihrer Seele und die nicht davor zurückschrecken, die Toten auszurauben. Den Geweihten fehlt die Kraft, um selbst auf die Gräber aufzupassen, und die Gardisten dürfen nur entlang der äußeren Mauer patrouillieren, was bei einem derart großen Gelände wenig nutzt.«

»Das heißt, die … Unterirdischen … sind wie Wachhunde?«

»Ja. Sozusagen.«

»Und was haben sie davon?«

Vanice zuckte die Schultern. »Nun, zunächst einmal ist die Totenstadt eine Art Heimat. Solange sie sich unauffällig verhalten und – da hätten wir es wieder – gewisse Regeln einhalten, werden sie nicht verfolgt.«

»Und das reicht ihnen?«

»Wenn sie Grabräuber fangen, dürfen sie mit ihnen machen, was sie wollen. Und niemand achtet so genau darauf, was mit den Leichen der Armen geschieht.«

»Aber die Reichen dürfen sie nicht essen?«

»Nein, natürlich nicht. Das wäre gegen die Regeln. Und die Unterirdischen …«, sie seufzte, »… nun ja, im Großen und Ganzen halten sie sich an die Regeln. Ich nehme an, dir ist klar, dass die ganze Übereinkunft natürlich nur so lange aufrechterhalten werden kann, wie niemand davon weiß. Das heißt: Niemand außer den Geweihten und ein paar Stadtoberen. Wenn die Leute wüssten, wer über ihre Toten wacht, dann gäbe es ein Unglück.«

»Ich hätte nicht gedacht, dass es so etwas gibt …«, murmelte ich.

»Natürlich nicht, Mykar«, sagte Vanice. »Und? Hilft dir das jetzt weiter?«

»Ich weiß nicht …«

»Tja, um die Wahrheit zu sagen, weiß ich das auch nicht. Jedenfalls sind die Lektionen für heute beendet.«

Mittlerweile hatten wir den Zypressenhain erreicht. Er war größer, als ich erwartet hatte. Die Bäume standen so nah beieinander, dass sich ihre Äste, die wie zahllose ausgestreckte Arme aus den Stämmen ragten, ineinander verschränkten. Und der dichte Nadelwuchs hielt das Mondlicht ab. Man sah kaum die Hand vor Augen. Wir mussten langsamer gehen.

»Was mir bestimmt helfen würde«, begann ich erneut, »ist zu wissen, was das alles mit den Unterirdischen zu tun hat. Woher kennt Ihr diese … diese Wesen? Und warum hören sie auf Euch? Der Leichenfresser konnte mich nicht ausstehen, aber er hat Euch trotzdem gehorcht. Seid Ihr etwa – seine Herrin?«

Nun lachte Vanice. »Bei allen Göttern, was du für einen Unsinn redest, Mykar! Und wie viele Fragen du stellst!« Sie klang verärgert, mehr noch: entsetzt, aber irgendwie auch geschmeichelt. Das verwirrte mich. Ich wünschte, sie hätte mir einfach Antwort gegeben.

»Wie soll ich Cay helfen, wenn ich so wenig weiß?«, gab ich zurück.

»Wie wäre es, wenn du mir zur Abwechslung ein paar Fragen beantwortest?«

Ich schob einen Zweig zur Seite, der mein Gesicht streifte. »Gut«, sagte ich.

»Gut«, echote sie. »Beginnen wir also damit: Woher kommst du?«

»Aus einem Bauerndorf. Ungefähr vier Tagesreisen nordöstlich von hier.«

»Und wer war Alva?«

Ich zögerte. Aber nur einen Augenblick. »Cay wollte sie heiraten. Aber dann wurde sie ermordet.«

»Von wem?«

»Das weiß ich nicht. Aber es waren drei Männer mit Pferden. Einem von ihnen fehlte ein Finger. Ich habe sie gesehen, ehe sie davonritten.«

»Und was war das mit diesem … bösen Stern?«

Ich versuchte, mich daran zu erinnern, wie das Zeichen auf Alvas Brust ausgesehen hatte. Doch es war, als würde da ein Loch in meinem Gedächtnis klaffen. Ich fürchtete, in dieses Loch hineinzustürzen. Mir schwindelte. »I-ich weiß nicht …«, brachte ich mühsam hervor. »Es war furchtbar …«

Einige Momente lang schwieg Vanice. »Ich verstehe. Und was ist deine Geschichte? Warum waren in deinem Dorf alle gegen dich?«

»Nicht alle!«, widersprach ich. »Cay nicht. Und sein Vater nicht. Und Alva auch nicht.«

»Gut, dann eben nicht alle. Aber die meisten waren gegen dich, oder? Und die müssen doch irgendeinen Grund gehabt haben, weshalb sie so feindselig waren. Also noch einmal: was hast du ihnen getan?«

»Nichts. Ich habe ihnen überhaupt nichts getan. Ich bin … im Jahr der Bösen Ernte geboren worden. Da haben sie gesagt, ich bin ein Skargat-Kind.«

Wieder schwieg Vanice. Und wieder sagte sie: »Ich verstehe.« Doch plötzlich klang ihre Stimme ganz anders: weich und sanft, fast zärtlich.

Ich erschrak.

»Danke, dass du mir meine Fragen beantwortet hast, Mykar. Es gibt nur noch eines, was ich gerne wissen würde: Warum trägst du einen Schädel mit dir herum?«

Erst jetzt fiel mir auf, dass ich Danje an meinem Herzen hielt. Ich errötete. »D-das ist kein Schädel … das ist Danje …«

»Ja, natürlich. Und was ist mit ihr?«

»W-w-was soll mit ihr sein?«, stammelte ich.

»Du hast gesagt, Thaalas Bann liegt auf ihr?«

»Ja … ich wollte … ich wollte in den Tempel, aber es ging nicht.«

»Also ist sie ein Geist?«

»I-ich weiß nicht … Ihre Familie ist ermordet worden. Das war auch im Jahr der Bösen Ernte. Man hat gesagt, sie sind Hexen, und Skargat hat sie geholt. Aber das kann nicht stimmen. Danje ist nämlich nicht böse. Wirklich nicht! Sie ist meine Freundin!«

Wir hatten den Zypressenhain verlassen und gingen wieder über ein Stück Wiese. Hinter der Wiese lagen weitere Grüfte und Grabmäler, viele in Trümmern. Bleiches Mondlicht fiel auf die Totenstadt. Die Gräser und Wildblumen reichten mir fast bis ans Knie; Vanice raffte ihr Kleid zusammen.

»Bei Elaahs Gnade, du bist so *jung*, Mykar …«, sagte sie. Aus den Augenwinkeln sah ich, dass sie lächelte. »Übrigens bin ich keine hohe Dame«, setzte sie hinzu, ohne mich anzusehen. »Und auch niemandes Herrin. Sag doch einfach Vanice zu mir.«

Sie wandte mir das Gesicht zu und lächelte mich an. Ihr Lächeln war spöttisch. Und auch in ihrer Stimme hatte Spott gelegen. Schwarzer Zorn stieg in mir auf. Ich war mir sicher, dass sie sich die ganze Zeit über mich lustig gemacht hatte und Cay und Danje mit jedem Wort verhöhnte. Ich stellte mir vor, dass ihre Zunge sehr rot war. Meine Finger zitterten. Ich wollte den Dolch des Meuchlers aus dem Gürtel reißen und Vanice die Zunge herausschneiden.

Ich presste die Lider zusammen. Grauen griff an meine Seele. Ich atmete tief ein und aus.

Nun schien mir, dass Vanice' Lächeln traurig war.

Ganz unvermittelt begann sie: »Du wolltest wissen, was es mit den Unterirdischen auf sich hat. Nun, du kennst die Geschichte, wie Arno von Durenwald die Perle vor der Schwarzen Keuche gerettet hat, ja?«

»Ja«, bestätigte ich.

»Dann weißt du auch, wie viele Leute hier in kürzester Zeit gestorben sind? Und dass die Leichen anfangs einfach so herumlagen und verfaulten, in den Straßen und Häusern, bis Arno angeordnet hat, sie zu sammeln und zu verbrennen?«

Ich nickte.

»Gut. Es ist so, Mykar, dass die Unterirdischen den Tod riechen können. Oder sie erspüren ihn, so wie Zugvögel immer wissen, wo Süden ist. Jedenfalls wurden sie unwiderstehlich angezogen von all der Verwesung. Aus den ganzen Windmarken und Teilen der Nord- und Südmark kamen sie zusammen. Es gibt nicht viele von ihnen, aber die Länder ringsum sind so dünn besiedelt, dass sie trotzdem oft Hunger leiden. Diejenigen, die die Seuche noch nicht in ihrem Griff hatte, verrammelten sich in ihren Häusern, sodass die Unterirdischen ungestört an die Toten herankamen. Dann suchten sie einen Ort, wo sie die Überreste vergraben konnten. Verstehst du, sie wollten sich Vorräte anlegen, so wie Eichhörnchen im Herbst Nüsse vergraben. Die naheliegende Wahl war der uralte Friedhof der Vergessenen Stadt. Hier waren sie ungestört, und die Grüfte und Gräber boten ihnen reichlich Schlupfwinkel. Als die Schwarze Keuche besiegt war, sind sie einfach geblieben. Die Perle war ja schon in ihren frühen Jahren die größte Stadt weit und breit. Später sind dann noch mehr hinzugekommen. Im Lauf der Zeit ist so etwas wie eine Siedlung entstanden.«

»Eine Siedlung … der Leichenfresser?«

»Ja, eine Siedlung der Leichenfresser. Natürlich ist sie gut versteckt. Die Unterirdischen würden es nie riskieren, dass ein zufälliger Besucher der Totenstadt sie zu Gesicht bekommt. Ich habe dir die Regeln ja erklärt.«

Ich konnte nicht begreifen, wieso ich Vanice hatte wehtun wollen. Sie half mir doch. Und sie wusste, wer Cay war. Sie hatte *verstanden*; ich hatte es an ihren Augen gesehen. »Ihr habt gesagt … die Unterirdischen … die Unterirdischen *waren* einmal Menschen«, sagte ich vorsichtig. »Aber wie wird man denn einer von ihnen?«

»Ach, Mykar, das weiß niemand«, entgegnete sie mit einem Kopfschütteln. Sie lächelte längst nicht mehr. »Manche Geweihte behaupten, wenn ein Mann etwas Böses, etwas *wirklich* Böses getan hat, strafen ihn die Götter, indem sie seinen Samen vergiften. Wenn seine Kinder erwachsen sind, beginnen sie irgendwann, sich zu verwandeln. Dann tut ihnen das Licht weh, und sie sehnen sich nach Moder und Verfall. Nachts suchen sie Friedhöfe und Totenäcker auf und legen sich zu den Gerippen. Dann kommt der Hunger. Und irgendwann werden ihre Finger zu Krallen, ihre Haare fallen aus und ihre Haut wird fahl und ledrig. Sie verschrumpeln wie ein Apfel, der in der Sonne liegt, werden krumm und schief. Bald müssen sie die Menschen fliehen. Einsam irren sie durch die Dunkelheit, von allen verachtet, gehasst und gefürchtet. Auf diese Weise zeigen die Götter aller Welt, wie faul und verkommen die Väter dieser Kreaturen waren.«

Ich dachte an Janne, meinen Vater. Und an meine Brüder. »Das glaube ich nicht«, flüsterte ich.

»Nein, ich glaube es auch nicht. Man muss sich doch nur umschauen, um zu sehen, dass die Bösen prächtig erblühen. Und ihre Kinder verkriechen sich keineswegs in Grüften – sie liegen in Sänften, sitzen auf Thronen und an Festtafeln. Man könnte meinen, die Götter hätten die Schurken dieser Welt unter ihren besonderen Schutz gestellt. So ist es doch, oder?«

»Und warum helfen sie Euch? Die Unterirdischen, meine ich.«

»Nun, das ist eine merkwürdige Geschichte. Fast ein bisschen lustig, vielleicht wirst du lachen. Aber sie muss auf ein andermal warten. Wir sind nämlich da.«

10
UNTER DER TOTENSTADT

Mykar

Mit einem Kopfnicken zeigte Vanice auf eine Gruft, die sich einige Schritte von uns entfernt aus dem Gestrüpp erhob. Links und rechts der Grabstätte standen die Reste eines Walls. Ein Marder huschte über die Mauerkrone. Der hohle Ruf einer Eule klang durch die Nacht. Die Gruft selbst war mit Farnen und Kletterpflanzen bewachsen. Ich hatte den Eindruck, mich einem mächtigen Felsbrocken zu nähern, der im Walddickicht verborgen lag, als Vanice und ich an die Gruft herantraten. Und was von dem Eingangsportal der Ruhestätte übrig geblieben war, ließ an den klaffenden Schlund einer Höhle denken. Durch diesen Schlund gelangten wir ins Innere.

Zunächst mussten wir eine kleine Treppe hinabsteigen, die in den Grabraum führte. Die abgetretenen, verwitterten Stufen waren von Mondlicht beschienen. Dunkelheit erfüllte den Rest der Gruft. Es war eine schwere, schwarze Dunkelheit; man sah die Hand nicht vor Augen. Dann entzündete Vanice eine metallene Öllampe, die am Fuß der Treppe bereitstand. Zittrige Helligkeitsflecken fielen auf eine Handvoll uralter Steinsärge, zwischen denen Schutt verstreut lag.

»Hier entlang«, sagte Vanice.

Sie trug die Lampe an der ausgestreckten Hand. So durchquerten wir den Grabraum. Jenseits des Lichtscheins war Rascheln, Huschen und Trappeln zu hören. Vanice' Rocksaum schliff durch Dreck und Pfützen. Das Hellblau hatte sich zu einem schmutzigen Grau gewandelt.

An dem Ende der Gruft, das dem Eingang gegenüberlag, war ein Teil der Mauer eingestürzt. Eingestürzt oder eingerissen worden.

Dahinter führte ein leicht abschüssiger Tunnel ins Erdreich hinein. Der Gang war gerade so hoch, dass Vanice aufrecht stehen konnte; ich musste den Kopf einziehen. Es schien, als wollte er jeden Augenblick zusammenbrechen. Als Stützen dienten verschiedene Teile von Friedhofsstatuen: Ein riesenhafter Steinstiefel drückte gegen die Decke. Ein Bein bohrte sich auf Schenkelhöhe in den feuchten Boden. Ein schwermütiges Frauenhaupt war in eine Einbuchtung geschoben worden.

Ohne zu zögern betrat Vanice den Gang. Am Anfang konnte ich neben ihr hergehen. Bald jedoch wurde der Tunnel enger. Ich schob mich hinter ihr durch das feuchte, kühle Halbdunkel.

»Ist es noch weit?«, hörte ich mich fragen. Der Klang meiner Stimme überraschte mich. Sie war dumpf. Fast, als hätte ich meinen Kopf in eine Decke gewickelt.

»Nein«, sagte Vanice. »Wir sind fast da.«

»Was ist mit der Gefahr, von der Ihr gesprochen habt?«

»Vielleicht haben wir Glück, und es passiert nichts.«

Ich starrte ihren Hinterkopf an, die blonden Locken. Ich starrte den Lampendocht an, die hagere Flamme.

Sie sagte nichts mehr. Auch ich sagte nichts mehr.

Nicht lange darauf endete der Tunnel. Wir kamen an eine Wand, in der ein großes Loch war. Vanice hielt nicht einmal inne. Sie kletterte über den Geröllhaufen, der von den Trümmern des Mauerwerks gebildet wurde. Ich folgte ihr. Nun fanden wir uns in einem anderen Gang wieder. Er war sehr viel höher und breiter als der Tunnel, den wir soeben verlassen hatten. Hier war alles aus Stein: der Boden, die Decke und die Wände. An den Wänden hatte jemand Metallklammern angebracht. Sie waren völlig verrostet. Ich nahm an, dass sie der Befestigung von Fackeln dienten. Allerdings war keine Fackel zu entdecken. Von Vanice' Lampenschein abgesehen, lag der Gang in Dunkelheit gehüllt. Eine klamme Kälte kroch über den Boden. Die Luft schmeckte schal und abgestanden. Und sie wurde von dem Geruch nach etwas Totem erfüllt.

»Diese Keller hier gehören zu dem Tempel der Vergessenen Stadt, von dem ich dir erzählt habe«, sagte Vanice. »Ich vermute, dass dieses Heiligtum einem der Götter geweiht war, zu denen auch wir beten. Aber ganz sicher bin ich mir nicht.«

Ich betrachtete meine Gefährtin. In ihrem hellblauen Kleid, das nach der Enge des Tunnels nicht mehr allein am Saum schmutzig war, machte sie einen verlorenen Eindruck. Als hätte sie sich in eine Kutsche gesetzt, um zu einem rauschenden Fest zu fahren, und wäre stattdessen in eine Welt geraten, die weit jenseits von Lichterglanz und Tanzvergnügen lag.

Aber natürlich stimmte das nicht. Vanice wusste sehr gut, wo sie sich befand.

Stolz wie eine Königin schritt sie durch die Dunkelheit.

Und schon bald – ich hatte kaum Zeit gehabt, mich umzusehen – tauchte ihr Hofstaat auf. Aus Löchern in den Wänden, Klüften im Boden und schwarzen Türöffnungen, die Skargat weiß wohin führten, kamen die Unterirdischen. Es waren bestimmt ein Dutzend von ihnen. Mit seltsam kraftvollen und zugleich krüppelhaften Bewegungen hüpften sie um Vanice herum. Sie zischten aufgeregt und verspritzten weiße Speichelfäden. Es war, als würden die Leichenfresser darauf warten, einen Segen aus ihrer Hand zu empfangen. Oder darauf, von ihr gefüttert oder liebkost zu werden.

Sie erinnerten mich an Kinder: hässliche, missgestaltete und unglückliche Kinder.

Vanice streichelte den Kreaturen den Kopf, huldvoll, als wäre sie wirklich ihre Königin. Dann jedoch geschah etwas Unerwartetes. Die Unterirdischen bemerkten mich, und ihr Zischen und Gurgeln klang plötzlich ganz anders. Schon bei meiner ersten Begegnung mit einem der Leichenfresser hatte ich den Widerwillen gegen mich gespürt. Jetzt war es Feindseligkeit. Einer von ihnen fauchte mich an. Ein anderer zerschlitzte mit seinen Krallen die Luft vor meinem Gesicht. Die restlichen redeten auf Vanice ein. Auch dieses Mal verstand ich kaum, was sie sagten. Doch was ich verstand, war mehr als genug: »Nicht für ihn …«, »Xra hat gesssagt …«, »Nur hier, um dich zu beschütsssen …«

»Lasst sie doch, wenn sie nicht wollen!«, warf ich ein.

Vanice blickte kurz in meine Richtung. Ärgerlich winkte sie ab. Dann wandte sie sich wieder den Leichenfressern zu: »Jetzt seid alle mal ruhig!«, befahl sie.

Tatsächlich gehorchten die Kreaturen. Nach einigen Momenten war kein Gezische mehr zu hören.

»Ich bin enttäuscht! Ich bin wirklich *sehr* enttäuscht von euch!«, sagte Vanice nun, indem sie eine Hand auf ihr Herz legte. Sie klang eher gereizt. Doch die Worte verfehlten ihre Wirkung nicht. Ein paar der Unterirdischen senkten betreten die Augen. »Habt ihr vergessen, wie es damals war, als einige von euch gegen die Vereinbarung mit den Geweihten verstoßen haben?«, fuhr Vanice fort. »Das Einzige, wonach *ich* damals gefragt habe, war, wie ich euch helfen kann …« In der Art ging es weiter. Sie sprach von der jahrelangen Freundschaft, die sie mit den Unterirdischen verband. Und davon, wie viel ihr diese Freundschaft bedeutete. Sie erinnerte an das Versprechen, das Xra ihr damals gegeben hatte, als sie die Leichenfresser offenbar aus einer großen Not errettete: Dass sie nur ein Wort sagen müsse … dass man alles für sie tun würde … was immer es sei …

Vanice machte etwas mit ihrer Stimme, ihrem Gesicht, ihren Gesten. Es war, als läge ein Zauber darin. Ich konnte spüren, wie der Widerstand der Kreaturen dahinschmolz. Was die Leichenfresser von mir hielten, kümmerte mich nicht. Alles, was zählte, war Cay. Wenn sie dabei halfen, ihn zu retten, war es gut.

Schließlich sagte Vanice: »Dann lasst uns jetzt weitergehen. Wenn wir das hier überstanden haben, komme ich zu euch und rede mit Xra, einverstanden?« Die Unterirdischen hüpften und zischten und gurgelten wieder. Es schien, als freuten sie sich, dass sie etwas für Vanice tun konnten. Vielleicht freuten sie sich sogar, dass sie es gegen den Willen ihres Anführers taten.

Jedenfalls setzten wir unseren Weg fort. Auf den ersten Gang folgte ein zweiter und auf den zweiten Gang ein dritter, von denen jeweils weitere Gänge abzweigten. Ich musste mich mühen, in dem Gewirr von Kellern und Verliesen die Orientierung zu behalten.

Dann wurde mir mit einem Schlag klar, woher der alles durchdringende Verwesungsgestank kam.

Es waren nicht die Leichenfresser. Da war noch jemand anderes in der fauligen, feuchten Dunkelheit.

Zuerst hörte ich schlurrende, schlurfende und schleppende Schritte. Dann ein kehlig-heiseres Stöhnen.

Anspannung ergriff die Unterirdischen. Ihr Gurgeln wurde leiser, ihre Bewegungen verhaltener. Ich wollte Vanice schon fragen, was es mit all dem auf sich hatte, als ich sie erblickte. Von den Seitengängen her kamen sie in unsere Richtung. Im trüben Lampenschein konnte ich sie erkennen. Es waren wandelnde Tote. Splitternackt waren sie. Teils bis auf die Knochen verwest oder mit Wunden übersät. Sie hatten die verzerrten Münder aufgerissen und die Arme ausgestreckt. So schnell es ihre verwüsteten Leiber und gebrochenen Glieder zuließen, schwankten sie auf uns zu.

Ich sah nur eine Handvoll von ihnen. Doch irgendetwas sagte mir, dass dort, wo diese wenigen hergekommen waren, noch viel mehr auf ihre Chance harrten.

Ihre Chance zu essen.

Die Unterirdischen bildeten einen Schutzkreis um Vanice. Nun, da sie den Feind erblickt hatten, war bei ihnen keine Vorsicht mehr zu spüren. Teils krochen sie auf allen vieren, teils gingen sie aufrecht, und manche von ihnen sprangen wild durch die Gänge. Dabei zischten und knurrten die Kreaturen. Vanice selbst trug weiterhin die Lampe vor sich her. Ihr Gesicht verriet nichts über ihre Gefühle. Weder suchte sie meinen Blick, noch sagte sie etwas zu mir.

Die ersten der Leichen hatten den Gang erreicht, dem Vanice, die Unterirdischen und ich gefolgt waren. Das Stöhnen klang jetzt gieriger, bedrohlicher.

Ich empfand weder Angst noch Ekel beim Anblick der lebenden Leichname. Das Einzige, was ich fühlte, war Wut.

Diese verfaulenden Kadaver hielten uns auf. Sie wagten es, sich zwischen mich und Cay zu stellen.

Ich schloss den Griff um Danje. Trotz allem fühlte sie sich sicher bei mir. Ein Lächeln breitete sich auf meinem Gesicht aus. Ich trat der ersten Leiche entgegen.

Es war eine zierliche, junge Frau. Hungrig riss sie den Mund auf; hungrig streckte sie die gekrümmten Hände nach mir aus. Mit der Linken packte ich ihren Arm und schleuderte sie gegen die Wand. Ihr ausgemergelter Körper war federleicht. Ich krallte meine Finger in die dürren Haare der Toten und rammte ihren Kopf gegen das Mauerwerk. Blut und Hirnmasse spritzten gegen den Stein. Erst, als die Bewegungen der Frau erschlafften, bemerkte ich, dass ihre langen Fingernägel meinen Arm aufgerissen hatten. Der schwarze Stoff des Hemdes war zerschlitzt; darunter floss Blut. Die Wunden taten weh. Mein Lächeln wurde breiter.

Hinter mir war Kampfeslärm zu hören: das Fauchen der Unterirdischen, das Stöhnen der Leichname, dumpfe Schläge und scharfes Knacken. Ich drehte mich um. Im Halbdunkel stand ein großer bärtiger Mann. Mit gebrochenen Augen starrte er mich an. Er hielt eine rostige Eisenstange. Langsam hob er den Arm. Er gab keinen Laut von sich. Ich riss ihn zu Boden, rammte den Dolch in seinen Hals, wieder und wieder, bis der Kopf fast vollständig vom Körper abgetrennt war und altes, bräunliches Blut eine Pfütze auf den Steinen bildete.

Eilig erhob ich mich, um nach Vanice zu sehen.

Es erwies sich, dass sie meine Hilfe nicht benötigte: Ihr Hofstaat hatte ganze Arbeit geleistet.

Sechs oder sieben der lebenden Leichen lagen über den Knotenpunkt der Gänge verteilt. Die Unterirdischen – es waren noch mehr hinzugekommen, während ich kämpfte – schwärmten über sie wie Wespen, die einen Topf voller Apfelmus entdeckt haben. Ich brauchte einen Augenblick, um zu begreifen, was vor sich ging. Die Kreaturen hielten ein Festmahl. Sie schlugen ihre Zähne in das verrottete Fleisch. Sie rissen die madigen Eingeweide aus den Leibern. Sie naschten die Augäpfel, die sie mit ihren Klauen herauspulten.

Und die Toten – starben nicht. Sie zappelten, schlugen um sich, stießen Schmerzenslaute aus. Dabei schienen sie kaum zu begreifen, wie ihnen geschah.

Doch auch die Unterirdischen hatten einen Preis bezahlt. Einer der Ihren kroch mit letzter Kraft über den Boden. Er war von Bisswunden verheert und reckte hilfesuchend das blutverschmierte Gesicht. Ein weiterer war bereits verendet und starrte blöd in die Dunkelheit.

Inmitten dieses Schlachtfestes stand Vanice mit ihrem schmutzigblauen Kleid, ihrer kalten Schönheit und ihrer alten, flackernden Öllampe. Leuchtend und unberührt stand sie da, als hätte nichts von all dem, was um sie herum geschah, etwas mit ihr zu tun.

Sie machte mir ein Zeichen, dass ich zu ihr kommen solle. Ich nickte und begann, über das zuckende, kreischende Gewimmel hinüberzusteigen. Ein paarmal rutschte ich fast aus auf dem Matsch von Blut und Innereien.

»Wir haben nicht mehr viel Zeit, wir müssen uns beeilen«, sagte Vanice, als ich bei ihr angekommen war.

Im Weggehen sah ich, dass sich in einem Seitengang, ein Stück entfernt von dem Geschehen, eine Handvoll Tote versammelt hatte. Sie lungerten da herum und glotzten.

Ich wandte mich Vanice zu: »Ist alles in Ordnung?«

»Ja. Danke.« Ihre Stimme war völlig ruhig. Sie blickte meinen Arm an und runzelte die Stirn. »Du bist verwundet?«, fragte sie.

»War das die Gefahr?«, erwiderte ich.

»Ja.«

»Gut«, sagte ich. Ein wenig erstaunte es mich, als ich bemerkte, dass ich wieder lächelte.

»Verstehst du jetzt, warum wir die Unterirdischen brauchten?«

Während wir uns entfernten, hörte ich den dumpfen, stetig leiseren Widerhall von Kau- und Schmatzgeräuschen.

Ich nickte. »Für mich allein wäre es schwer geworden.«

»Übrigens bin ich diesen Weg ziemlich oft gegangen. Früher war das überhaupt kein Problem. Da gab es nämlich nicht so viele Tote. Manchmal habe ich einen oder zwei von ihnen durch die Gänge schleichen sehen, aber ich konnte ihnen immer mühelos ausweichen. Es war ein bisschen, wie wenn man abends durch die Stadt spaziert und ein paar Betrunkene sieht. Dann wechselt man auf die andere

Straßenseite, und sie torkeln vorüber. Aber in letzter Zeit gibt es viel mehr von ihnen, von den lebenden Leichen, meine ich. Ich frage mich, wann das angefangen hat. Ungefähr vor einem halben Jahr, schätze ich …«

Vanice sah mich an. Es war, als wartete sie auf etwas. Schließlich sagte sie: »Du musst wissen, dass schon seit langer Zeit eine Handvoll Magier in der Perle lebt. Nekromanten, um genau zu sein. Ihr Ziel ist es, dem Tod ein Schnippchen zu schlagen. Sie machen grausige Experimente mit Leichen, und das Ergebnis dieser Experimente durftest du soeben bewundern. Wer die Nekromanten sind und was sie treiben – ja dass es sie überhaupt gibt –, ist ein mindestens so gut gehütetes Geheimnis wie die Existenz der Unterirdischen. Ich bin mir nicht sicher, warum der Dorn zulässt, dass solche Dinge in seiner Stadt geschehen. Aber natürlich ist auch er nicht allmächtig, und ich weiß, dass einige sehr reiche und einflussreiche Männer ihre Hand über die Nekromanten halten. Vermutlich können sie es nicht ertragen, dass sie sterben und vergessen werden wie alle anderen auch, und hoffen da auf Abhilfe … Jedenfalls waren die Nekromanten bislang ziemlich zurückhaltend. Aber anscheinend hat sich das jetzt geändert … Sag mal, Mykar, hörst du mir überhaupt zu?«

Ich zuckte die Schultern.

»Ich dachte, das würde dich interessieren«, wunderte sich Vanice.

»Warum sollte es?«, entgegnete ich.

»Eben wolltest du doch noch alles über die Totenstadt wissen!«

»Ja, aber was haben diese Nekromanten mit Cay zu schaffen?«

Sie zog die Brauen zusammen und sagte nichts mehr.

11
DIE STRAFE

Mykar

Langsam näherten wir uns Thaalas Heiligtum.

Der Gang, durch den wir uns bewegten, veränderte sich. Es war, als hätte man ihn mit einem riesigen Messer abgeschnitten und durch einen ganz anderen Gang ersetzt. Der Eindruck von Verfall und Verlassenheit verschwand. Der Boden war jetzt mit rötlichen Steinplatten gedeckt. In die Wände waren Nischen eingelassen, in denen polierte Öllampen brannten. Zwischen den Nischen gab es Säulen, die sich über unseren Köpfen zu Bögen zusammenschlossen.

Ich konnte die Anwesenheit der Dunklen Göttin spüren. Jeder Schritt bedeutete einen Verstoß gegen ihr Gebot. Von Danje kam ein Flehen und Wehklagen. Ich streichelte sie. Ich hoffte, das würde sie beruhigen. Mehr konnte ich nicht tun.

Vielleicht war nicht einmal das nötig. Vielleicht waren wir zu unbedeutend, um Thaalas Blick auf uns zu ziehen. Oder vielleicht bewachte die Dunkle Göttin nur den Haupteingang ihres Heiligtums. Und was in den Kellern geschah, scherte sie nicht. Jedenfalls schien es keine Folgen zu haben, dass Danje und ich hierher gekommen waren.

Vanice riss mich aus meinen Gedanken. »Siehst du, Mykar, ich bin immer allein. Seit vielen Jahren reise ich von Stadt zu Stadt. Ich kann niemals lange an einem Ort bleiben, das … wäre zu gefährlich. Und es ist schon sehr lange her, dass ich wirklich mit jemandem geredet habe. Verstehst du? Ich möchte dir und deinem Cay gerne helfen. Wirklich. Ich fühle, dass es … gut ist, das zu tun. Aber es ist sehr schwer für mich, offen zu sein.«

Ich hielt die Augen geradeaus gerichtet. Vanice' Bekenntnis überraschte mich. Es störte mich auch. Ich wollte ihr nicht antworten. Aber ich spürte, dass sie mich ansah. Ich spürte die Erwartung in ihrem Blick.

»Ich bin auch immer allein«, sagte ich widerwillig. Ich sagte es, obwohl es gar nicht stimmte.

»Ja, da haben wir etwas gemeinsam. Aber für dich ist es leichter. Du bist frei, und wenn du jemanden kennenlernen möchtest, kannst du jederzeit zu ihm gehen.«

Sie hatte wieder ein paar Minzblätter aus dem Täschlein an ihrem Gürtel genommen, die sie nun zerkaute.

»Es … ist nicht … so einfach … meine Dame«, brummelte ich. »Außerdem – warum solltet Ihr das nicht können?« Natürlich kannte ich die Antwort auf meine Frage. Ich musste nur daran denken, wie Vanice das verfaulte Fleisch in sich hineingeschlungen hatte, um zu wissen, was sie fürchtete. Aber ich wollte es von ihr selbst hören.

»Gib mir noch etwas Zeit, Mykar, dann werde ich dir alles erklären … Und bitte sag doch Vanice zu mir.«

»Vanice …«, sagte ich zögernd. Es kostete mich etwas, das zu sagen.

»Ja.«

Ich zwang mich dazu, sie anzusehen. »Das ist … ein schöner Name.«

Vanice lächelte. »Danke«, sagte sie. »Mykar ist auch ein schöner Name.«

Ich stolperte über meine Füße und fiel zu Boden. Ich hörte, wie ich rauhe, gequälte Laute von mir gab.

»Ist alles in Ordnung?« Vanice war in die Hocke gegangen. Sie hatte eine Hand auf meine Schulter gelegt. »Du – du bist auf einmal umgefallen. Hast du Schmerzen?«

»Nein, nein … Es geht mir gut …« Ich machte abwehrende Gesten. »Es ist nur … es ist nur …«, begann ich und versuchte, wieder aufzustehen.

Doch ich verlor erneut das Gleichgewicht. Ich lag auf dem Rücken. Ich konnte mich nicht mehr bewegen. Ich bekam keine Luft mehr. Ich dachte, mir würde das widerfahren, was ich im Speisesaal von Justinius' Landsitz erlebt hatte, und in der Nacht, als ich mit Scara über Cays Rettung sprach. Ich dachte, ich würde mich gleich auf der Lichtung wiederfinden und erneut Bilder des Schreckens und des Schmerzes bezeugen.

So dachte ich.

Doch dann wurde mir klar, dass ich einen furchtbaren Fehler begangen hatte. Wie hatte ich nur glauben können, dass uns Thaala unbehelligt passieren lassen würde? Und wieso hatte ich Vanice angelogen – warum hatte ich ihr nicht gesagt, dass mich der Bann der Dunklen Göttin ebenso traf wie Danje?

Die Welt verwandelte sich in einen bodenlosen Abgrund. Unermessliche, eisige Schwärze umgab Danje und mich. Und da war eine Macht, eine erbarmungslose, unüberwindliche Macht, die uns in diese Schwärze hineinzog. Das also war Thaalas Strafe für all jene, die es wagten, sich gegen ihr Gesetz aufzulehnen: die Auslöschung.

Danje schrie. Es klang schrill und verzweifelt. Ich umklammerte ihre Hände. Ich sah ihr in die Augen. Ich schwor, dass ich sie niemals loslassen würde. Doch der Sog der Schwärze war zu stark für uns. Er riss Danjes schöne rote Haare aus. Er fetzte mir die Haut von den Knochen. Er zerrte unsere Seelen ins Nichts. Immer schriller, immer verzweifelter wurden Danjes Schreie. Auch ich schrie. Ich war nur noch ein dürres Gerippe. Meine Knochen, mein Herz, mein Blut und meine Eingeweide zerfielen zu Staub – Staub, der in schwarzer Unendlichkeit zerstob.

Was hatte ich getan? Was hatte ich nur getan?

Plötzlich begann die Finsternis, sich zurückzuziehen. Die Frostfinger der Kälte lösten sich. Vor mir tauchte Vanice auf. Ihre Wangen waren gerötet. Sie atmete schwer. Hinter ihr wölbte sich karges, schroffes Gestein. Ich saß da; mein Rücken lehnte an der Wand. Ich begriff, dass wir uns wieder in dem verlassenen Teil des Tempels befanden. Vanice hatte mich ein Stück weit den Weg zurückgetragen. Panisch blickte ich an mir herab. Meine Hände hielten das weiße Bündel umklammert. Ich hatte es nicht verloren. Danje war noch da. Sie schluchzte und fror und weinte. Aber sie war noch da.

Vanice hatte uns gerettet.

»Danke …«, flüsterte ich.

»Es tut mir leid, Mykar!«, rief sie aufgeregt. »Ich hatte keine Ahnung, dass es so schnell gehen würde!«

»Nein … es ist gut … es ist …« Nur unter großer Anstrengung brachte ich die Worte hervor. Meine Arme und Beine waren nutzlos. Ich schaffte es kaum, einen Finger zu heben.

»Aber warum hast du mir nicht gesagt, dass Thaalas Bann auch dich … dass auch du …« Vanice schüttelte heftig den Kopf, als wollte sie sich ihre Gedanken verbieten. »Bei allen Göttern, *was bist du*? Ein Bauernjunge, der eine Weile im Wald gelebt hat? Oh, wie konnte ich so *dumm* sein! «

»I-ich weiß nicht … ich wollte nicht … der Baum … die Linde auf der Lichtung …«

»Gut, Mykar. Darüber reden wir später. Du kriegst ja kaum einen Satz heraus! Wir machen es jetzt so: Ich schaue nach Rudrick, und du wartest hier. Im Tempel selbst hättest du mir ja sowieso nicht helfen können.«

»Ja … ja …«

Vanice betrachtete mich einen Moment lang. Dann war sie verschwunden, und ich blieb allein zurück.

In dem Gang war es sehr still. Ich hörte kein Stöhnen und kein Schmatzen. Jetzt, da Vanice gegangen war, umgab mich undurchdringliche Schwärze. Aber es war eine gute Schwärze. Nicht die, in welche Danje und ich hätten verbannt werden sollen. Ich musste an eine Empfindung denken, die ich manchmal als Kind gehabt hatte, kurz vor dem Einschlafen. Unter der Decke war es warm. Man war noch nicht wirklich weg. Aber man war auch nicht mehr wirklich da. Das war ein schönes Gefühl gewesen.

Ich wollte mich auf die Beine ziehen. Es gelang mir nicht. Bald gab ich auf.

Ich versuchte, mit Danje zu reden. Aber mir fehlte die Kraft, um sie zu erreichen.

Nach einer Weile kam Vanice zurück.

»Mykar, es gibt ein Problem«, sagte sie. Im Lampenschein konnte ich ihr Gesicht erkennen. Sie sah bedrückt aus.

»Was – was für ein Problem?«

»Ich habe Rudricks Leiche gefunden. Sie haben ihn in einer Kammer aufgebahrt, wie die anderen Toten. Aber etwas stimmt nicht: Die Leiche ist über und über mit Schriftzeichen bedeckt – mit Schriftzeichen und irgendwelchen Symbolen. Ich habe so etwas noch nie gesehen, und ich bin mir nicht sicher, was das bedeuten soll … Nichts Gutes, fürchte ich … Aber das ist jetzt nicht wichtig. Wichtig ist, dass er nicht da ist.«

Mir war schwummrig zumute. Ich konnte nur mit Mühe erfassen, was Vanice sagte. »Wer ist nicht da?«

»Der Geist, Mykar. Rudricks Geist ist nicht da.«

»Aber wie kann das sein? Der Elende Ede meinte doch …«

»Es kann alles sein.«

»Nein … nein … Wir müssen doch … Cay …«

»Und da ist noch etwas …«

»Ja …«

»Hörst du, was ich sage, Mykar?«

»Ja … ja, ich höre!« Ich gab mir einen Ruck und stützte mich auf die Ellbogen. In mir breitete sich Angst aus.

»Ich habe mit einem Geweihten gesprochen …« Vanice presste die Lippen zusammen, bis sie nur noch ein dünner weißer Strich waren. Als sie weitersprach, war ihr Gesicht sehr ernst: »… Rudricks Leiche wird drei Nächte lang im Tempel aufgebahrt. Heute ist die zweite Nacht. Übermorgen wird er begraben.«

»Das heißt …«

»Und am Abend von Rudricks Begräbnis soll Cay hingerichtet werden.«

Die Angst brach auf in mir; sie durchzuckte meinen ganzen Körper. Ich spürte sie hinter meinen Augen, in meinen Eingeweiden, in meinen Finger- und Zehenspitzen. Es war, als hätte ich mitten im Winter ein Eisbad genommen. Einen Augenblick später war ich auf den Beinen. So schnell, dass Vanice erschrocken zusammenzuckte.

»Dann bleibt uns fast keine Zeit mehr!«, schrie ich.

»Ja«, sagte Vanice, indem sie ihrerseits aufstand. »Morgen Nacht ist unsere letzte Chance.«

»Aber warum so schnell?!«

»Das ist so üblich, wenn es um Adelige geht, ich wusste nichts davon. Wenn Skargats Geißeln den Mörder in die Niederhöllen zerren, soll das der Seele, die zu Elaah aufsteigt, gleichsam Flügel verleihen. Auf diese Weise will man sicherstellen, dass der ermordete Edelmann möglichst schnell zu den Göttern kommt, irgendetwas in der Art.«

»Bei allen Göttern! Was sollen wir nur tun!«

»Wir müssen wiederkommen und uns etwas einfallen lassen, Mykar. Ich weiß nicht was. Jetzt ist es jedenfalls zu spät. Der Tag ist da. Rudricks Geist – wenn es ihn gibt – wird erst nach Einbruch der Dunkelheit wiederkommen.«

Die Vorstellung, über so viele Stunden untätig zu bleiben, raubte mir die letzte Kraft. Meine Beine gaben wieder nach. Vanice fing mich auf. Mein Gesicht ruhte an ihrem Hals. Sie duftete wie ein Garten voller schöner Blumen. Und ihre Haut fühlte sich warm an. Seltsam, ich hatte gedacht, sie wäre wie weicher, ebenmäßiger Stein.

»Geht es?«, fragte sie, und ich roch ihren Minzatem.

»Ich … ich weiß nicht … Ich glaube, ich schaffe es nicht …«, murmelte ich. »Bitte, Vanice … Bringt mich in die Herberge … Was hat Scara gesagt … scheckiges Huhn, gefleckter Hahn … Und dann müsst Ihr am Abend wiederkommen … und wir … wir müssen sehen, was Justinius erreicht hat … und wir müssen einen Plan machen …«

»Gut, lass uns gehen.« Vanice nahm einen meiner Arme und legte ihn um ihre Schulter. In der freien Hand hielt sie die Lampe. »Mach dir keine Sorgen, ich schaffe das schon. Meine Freunde werden uns beschützen. Und wenn wir den Friedhof verlassen haben, nehmen wir eine Kutsche. Etwas mit Huhn oder Hahn – so viele Herbergen wird es nicht geben, die so heißen.«

Ich begriff, dass Vanice die Wahrheit gesagt hatte. Wer immer sie war, was immer ihre Gründe waren – sie wollte mir wirklich helfen.

»Danke«, sagte ich.

Der Weg zur Herberge war wie ein Fiebertraum. Ich spürte meinen Körper kaum noch. Ich verlor das Bewusstsein, kam wieder zu mir, verlor erneut das Bewusstsein. Ich sah Farben. Ich hörte Geräusche. Doch ich wusste nicht, was die Dinge bedeuteten, die ich sah und hörte. Ich wusste nur, dass ich unter keinen Umständen das weiße Bündel in meiner Hand verlieren durfte.

Tatsächlich gelang es Vanice, mich in das Zimmer von Scara und Justinius zu bringen. Als sie mich losließ und ich zu Boden sank, fühlte ich Bedauern. Es war gut, von ihr gehalten zu werden.

Dann beugte sich Scara über mich. Sie runzelte die Stirn und zog mich aus irgendeinem Grund an der Nase. Sie roch nach Schweiß und Rauch, wie in der Nacht, als wir uns kennengelernt hatten. Ich lächelte. Dann fiel ich in einen tiefen, dunklen Schlaf.

12
MASSNAHMEN

Justinius

Langsam wurde es um mich heller. Ich erlaubte mir noch ein paar süße Sekunden des Weggetretenseins. Dann öffnete ich die Augen. Wünschte sofort, ich hätte es gelassen. Ich war nicht auf seidenweiche Laken gebettet. Sondern auf einen fauligen Strohsack. An meiner Seite räkelte sich keine üppige Schönheit, deren sehnlichster Wunsch darin bestand, mir die Eier zu kraulen. Stattdessen hockte da Scara. Sie hatte sich einen Schemel unter den Hintern geschoben, stützte das Kinn in die Hände und betrachtete mich mit einem Blick, als wäre ich ein Tattergreis, dem man in seinen letzten Stunden Händchen halten muss.

Kein Zweifel: Meine nutzlose Magd hatte herausgefunden, dass es einen Weg gab, wie sie mich *noch* zielgerichteter in den Wahnsinn treiben konnte als durch Faulheit und Anmaßung.

Kummervolles Mitgefühl.

Das war das Letzte, was ich gebrauchen konnte. Wirklich das Allerletzte.

»Hör sofort auf, mich so anzustarren, sonst drehe ich dir den Hals um«, krächzte ich.

»Ich habe ja gewusst, dass das ein Unglück gibt.«

»Scara, ich warne dich …«

»Ich sage ja nur, dass es uns besser gehen würde, wenn du mehr auf mich hörtest.«

Bei dem Versuch, gehässig zu lachen, fand ich heraus, was für ein Trümmerfeld mein Körper war. Und stöhnte lieber.

»Das ist ja das Problem, dass ich auf dich höre!«, fauchte ich, als ich genug gestöhnt hatte. »Schließlich war dieser ganze Schwachsinn dein Einfall!«

Scara schüttelte weise das Haupt. »Der Einfall ist ja auch gut. Leider stellst du dich sehr dumm an.«

Ich wollte einen Wutanfall bekommen, Scara packen und ihr eine knallen. Doch da wurde ebenso wenig draus wie aus dem gehässigen Lachen. Als ich mich aufsetzte und den Arm ausstreckte, durchschoss mich Schmerz. Ich biss die Zähne zusammen, um ein Winseln zu unterdrücken, und ließ mich auf den Strohsack zurücksinken.

Wie von selbst wanderten, oder vielmehr krochen, meine Gedanken zurück zu den beiden lustigen Gesellen, denen ich es verdankte, dass ich mich so fühlte wie ein Regenwurm unterm Pflug. Hackfresse und Nummer zwei. Die beiden hatten eine Weile ihr Mütchen an mir gekühlt und mich dann in der Gasse liegenlassen. Von den Leuten, die sich an der Darbietung ergötzt hatten, kümmerte sich niemand mehr um mich. So lag ich also da. Wenigstens einer der Straßenköter war liebenswürdig genug, mir übers Gesicht zu schlecken. Ich wurde ohnmächtig. Kam wieder zu mir. Kotzte. Wunderte mich, dass in meinem Magen noch etwas zum Kotzen drin war. Und wurde wieder ohnmächtig.

Als ich mich endlich aufrappelte, war es längst Nachmittag. Ich stützte mich an der Mauer ab, während ich mich Schritt für Schritt zum Ausgang der Gasse schleppte. Mir war schwindelig, und mir war übel. Ich schwitzte und zitterte. Eisige Schauer liefen über meinen Rücken. Und es gab kein Fingerbreit meines Körpers, das nicht wehtat. Aber immerhin hatte mir Hackfresse höchstens dreimal in die Eier getreten. Außerdem hatte ich es geschafft, mein Gesicht zu schützen.

Und somit das Lächeln unzähliger holder Jungfrauen gerettet.

Im Verlauf der nächsten Stunde fand ich heraus, dass man auch in der Perle an Abschaum gewöhnt war. Niemand machte viel Aufhebens um ein Menschenwrack mehr oder weniger. Vielleicht wurde mir der ein oder andere schiefe Blick zuteil, während ich mich durch die Stadt schleppte. Aber was immer mir an hochnäsiger Verachtung entgegenschlug – ich bekam nichts davon mit. Ich war zu beschäftigt damit, mich auf den Beinen zu halten. Und als ich einen Gardisten fragte, wie man am schnellsten zum *Gescheckten Hahn* gelangte, erhielt ich sogar eine Antwort. Endlich ging mir auch auf, welche Weisheit ich bei der Wahl meiner Unterkunft bewiesen hatte. Denn als ich dieses Rattenloch von einer Herberge erreichte, fühlte ich, wie eine Last von meinen Schultern genommen wurde. Ich blickte in die Gesichter der anderen Gäste und erkannte: Hier war ich Gleicher unter Gleichen, Dreck unter Dreck. Mit diesem tröstlichen Gedanken brach ich zusammen.

Und so endete mein Versuch, sturzbetrunken, stinkend und zerlumpt beim Dorn vorzusprechen, um das Leben des edlen Cay zu retten. Von allen blödsinnigen Einfällen, die ich im Verlauf meines Lebens angehäuft hatte, musste das der allerblödsinnigste sein. Aber es war schön zu wissen, dass mir in dieser Hinsicht kaum Grenzen gesetzt waren.

Nun also Scara und ihre Anteilnahme. Die sie vortrefflich mit ihrem albernen Wahnwitz verbinden konnte.

Ich griff mir den Krug, der neben meinem Strohsack stand, und trank ein paar Schlucke scheußliches Bier – in der Hoffnung, das Gefühl loszuwerden, eine sterbende Maus hätte sich in meinem Mund verkrochen. Dann wandte ich mich Scara zu. Ich sah sie an, und sie sah mich an. Unsere Blicke senkten sich gleichsam ineinander. Und ich begriff, dass wir einen seltenen Moment teilten. Einen Moment von Klarheit und Verständnis.

Ich sagte: »Scara, versuch doch endlich, das zu verstehen. Du bist meine Dienerin. Wenn ich dich vögeln will, hast du die Beine breitzumachen. Wenn ich dich verprügeln will, hast du stillzuhalten. Im Übrigen redest du nur, wenn du gefragt wirst und tust, was man dir befiehlt. Das ist doch wirklich nicht so schwer, oder?«

Meine Stimme klang ruhig und sachlich. Ich war zufrieden mit mir.

Scara ihrerseits beugte sich vor und fühlte meine Stirn. »Ich fürchte, du hast Fieber, Justinius. Das ist gefährlich, weißt du.«

Ihre Stimme klang nicht weniger ruhig und sachlich als die meine. Vermutlich war sie ebenfalls zufrieden mit sich.

Allerdings war eine gewisse Schwermut nicht zu überhören, als sie dann fortfuhr: »Wenn es zum Schlimmsten kommt, werde ich Schlappi verkaufen müssen, um einen Heiler zu bezahlen.«

Ich hatte einen halbherzigen Versuch unternommen, in Scaras Hemdausschnitt zu glotzen. Doch diese rätselhafte Aussage brachte mich dazu, meine Augen von der wogenden Pracht loszureißen.

»*Was* hast du gesagt?«

Meine unglückselige Magd setzte sich zurück und streckte erst einmal den Rücken durch. Wie sie es gerne tat, wenn sie mich auf eine Antwort warten lassen wollte. »Mein Esel Schlappi«, erklärte sie dann. »Ich wünschte, du würdest begreifen, was es bedeutet, Schlappi zu verkaufen.«

Scara hatte ihren Esel – der natürlich mein Esel war – auf den Namen Schlappi getauft. Und sie war bereit, ihn auf dem Altar ihrer Zuneigung darzubringen. Ihrer Zuneigung zu mir.

»Ich begreife überhaupt nichts mehr«, sagte ich. Und das war nicht weniger als die Wahrheit.

»Je finsterer die Nacht, desto schöner der Sonnenaufgang«, verkündete Scara.

Dann machte sie sich daran, selbst für etwas Licht zu sorgen, indem sie eine Talglampe entzündete. Das war auch nötig. Mittlerweile war es nämlich fast dunkel. Aus dem Schankraum hörte ich den Lärm der Säufer. Zu lautes Lachen, zu forsche Stimmen. Vom Hinterhof, auf den das Fensterloch über meinem Kopf wies, zog ein widerwärtiger Geruch ins Innere. Als hätte jemand aus Scheiße und Erbrochenem eine Suppe gekocht. Kaum weniger schlimm waren die Dünste, die von mir selbst ausgingen. Scara nahm wieder auf dem Schemel Platz, legte die Hände im Schoß zusammen und begann, ein Lied zu summen.

Irgendwo war eine Welt.

Irgendwo war Leben.

Draußen ertönte ein krachender Furz.

Ich versuchte mich aufzusetzen, schaffte es aber nicht. Die Wände rückten immer näher an mich heran.

»Scara …«, begann ich.

Sie blickte auf, unterbrach ihr Summen.

»Ja, Justinius?«

Ich spürte, wie mir Tränen in die Augen schossen.

»Scara, ich – ich …«

»Ja, Justinius?«

»Ich … also – ich …«

Ein Stöhnen erklang aus der Zimmerecke. Mühsam drehte ich den Kopf zur Seite. Und entdeckte Mykar, der zusammengerollt auf dem Boden lag. Offenbar hatte ihn irgendetwas umgehauen. Nun, da war er nicht der Einzige. Immerhin hatte der kleine Ausflug, den er gestern Nacht unternommen hatte, dafür gesorgt, dass seine Kleider jetzt vor Schmutz strotzten. Leider war niemand auf den Gedanken gekommen, ihm diesen götterverdammten Schädel wegzunehmen. Trotz allem war ich Mykar für die Unterbrechung dankbar. Möglicherweise hatte er mir die Schmach erspart, meiner verrückten Magd einen Heiratsantrag zu machen.

»Mykar hat übrigens auch so einiges erlebt«, sagte Scara. Sie hatte sich zu dem elenden Haufen in der Zimmerecke umgewandt, schenkte mir jetzt aber wieder ihre volle Aufmerksamkeit. »Er war nämlich auf dem Friedhof beim Thaala-Tempel«, begann sie. »Und dann war er auch unter der Erde. Ja, und da waren Leute, die Menschen essen, und andere Leute, die Leichen essen. Und die haben sich gehauen. Und die Leute, die Leichen essen, haben offenbar gewonnen. So ist das. Und dann hat Mykar noch jemanden kennengelernt …« Scaras Stimme wurde deutlich kühler. »Dieser *Jemand* ist mit den Leuten befreundet, die Leichen essen, und Mykar *meint*, er sei eine große Hilfe für uns. Jedenfalls ist er mit dem Jemand zum Tempel gegangen, und dort haben sie auch die Leiche von Rudrick gesehen. Du weißt schon, der Adelige, den unser guter Cay umgebracht haben soll. Leider wollte die Leiche nicht reden. Deshalb werden Mykar und der Jemand heute Nacht noch mal zu der Leiche gehen, um herauszufinden, ob sie sich jetzt unterhalten möchte. Und sie hoffen, dass die Leiche gesprächiger wird, bevor man sie begräbt. Außerdem haben Mykar und der Jemand ausgemacht, dass uns der Jemand einen Besuch abstattet, ehe die beiden zum Friedhof gehen. Erwähnte ich bereits, dass der Jemand heute Morgen schon einmal hier war? Mykar konnte sich kaum auf den Beinen halten, der Ärmste. Zwischendurch war er aber noch einmal wach und hat mir berichtet. Übrigens kommt das davon, wenn man ohne Abendbrot auf Geistersuche geht. Man sollte immer einen Braten essen, bevor man sich mit Gespenstern unterhält. Oder wenigstens ein Stück Brot mit Wurst. Das ist sehr wich-«

»Scara, kannst du fünf Sätze reden, ohne irgendeinen Quatsch –«

»Bitte unterbrich mich nicht, Justinius«, sagte sie in strengem Tonfall. »Es ist wirklich unhöflich, anderen Leuten ins Wort zu fallen. Vor allem, wenn sie so bedeutsame Sachen zu sagen haben wie ich.«

»Ich enttäusche dich nur ungern, aber an dem Tag, wo du etwas Bedeutsames zu sagen hast, werden die Götter abdanken.«

Scara legte die Stirn in finstere Falten. »Ich glaube, ich habe dich zu sehr verwöhnt, Justinius. Ich werde mir überlegen müssen, andere Saiten aufzuziehen, wenn wir wieder daheim sind.«

Ich wollte lachen. Aber ich lachte nicht. Denn in diesem Moment ging die Tür auf. Und im nächsten Moment hatte ich das ganze Gespräch bereits völlig vergessen. Herein kam eine Frau. Nicht irgendeine Frau. Sondern verflucht noch mal die schönste Frau, die ich in meinem Leben gesehen hatte. Vielleicht war sie auch nur die Zweitschönste. Aber in diesem Gasthof, wo Schäbigkeit, Verlotterung und Verlaustheit einander überboten, strahlte sie so hell, als wäre einem ein Stern vor die Füße gefallen. Was natürlich die Frage aufwarf: Was, bei Elaahs Gnade und Sorins Weisheit, tat eine solche Frau in einer solchen Absteige?

Sie trug ein grünes Kleid, das zugleich sehr schlicht und sehr vornehm wirkte, und das sie auf Hüfthöhe mit einer auffällig breiten Schärpe aus braunglänzendem Tuch gegürtet hatte. Um ihre Schultern lag eine schwarze, kunstvoll bestickte Pelerine, und über den dunklen Stoff ergoss sich eine betörende Fülle blonder Locken. Die Fremde hatte dunkle Augen und eine Haut, bei der die Dichter anfangen würden, von Marmor oder Alabaster zu schwadronieren. Im Vergleich zu ihr sahen ich und Scara so aus, als hätte man uns gerade aus einer Jauchegrube gefischt. Ich hatte aber nicht den Eindruck, dass die Frau an der schlechten Gesellschaft Anstoß nahm. Ebenso wenig schien sie die Ranzigkeit des Zimmers zu stören.

In einem entlegenen Winkel meines Schädels wisperte eine Stimme, dass das kein gutes Zeichen war. Wenn jemand so ein Gesicht hatte und ganz offensichtlich mit Geld um sich werfen konnte, dann waren ihm heruntergekommene Kaschemmen ein Graus. Samt ihrer Kundschaft. So war das nun mal.

Das mahnende Raunen verstummte, als mich der süße Hauch eines lieblich-feinen Parfüms umfing. Mir fiel eine Zeit ein, in der mir die schönen Damen reihenweise schöne Augen gemacht hatten. Und mir fiel die müde, alte Hure ein, auf der ich mich gestern Nacht abgemüht hatte.

Nun stand eine Frau in meinem Zimmer, die eine Erscheinung aus einem Leben war, das die Götter wissen wem gehörte. Und ich lag zerschlagen und stinkend auf einem Strohsack. Bravo, Justinius! Du hast es wirklich drauf.

Im Schankraum hob wieder, etwas gedämpft vielleicht, das übliche Krakeelen an. Erst, als ich das hörte, wurde mich klar, dass es ein paar Minuten lang beinahe still gewesen war im *Gescheckten Hahn*.

Die Fremde suchte meinen Blick. »Guten Abend«, sagte sie mit heller, wohlklingender Stimme. »Ich heiße Vanice.«

Während sie sprach, legte sie die Hände auf ihrer Schärpe zusammen. Mir fiel auf, dass sie *sehr* lange Fingernägel hatte. Außerdem fiel mir auf, dass ich tollpatschig genug gewesen war, ihr die Vorstellung zu überlassen. Wie ich Mykar um seine Ohnmacht beneidete!

Ich stützte mich auf einen Ellbogen. Verwarf den Gedanken, Vanice einen Handkuss zu geben.

»Ich bin Justinius von Hagenow«, murmelte ich. »Das ist meine Magd Scara.«

»Scara und ich, wir kennen uns bereits«, sagte Vanice mit der Andeutung eines Lächelns.

Selbstredend war es unter Scaras Würde, das Lächeln zu erwidern.

Sie machte ein Gesicht, als hätte sie Vanice dabei beobachtet, einer Wildsau Küsschen zu geben. Dann zog sie den Schemel heran, auf dem sie zuvor gehockt hatte, wies mit der Hand darauf und sagte: »Bitte sehr.«

Vanice schüttelte den Kopf. »Ich kann stehen. Danke.«

»Bei *uns* sitzen die Gäste«, erklärte Scara in vollendet dünkelhaftem Tonfall.

Vanice zögerte kurz, ehe sie Platz nahm.

Aus der Ecke kam erneut ein Stöhnen. Mykar öffnete die Augen. Blinzelte. Kratzte sich den schwarzen Wuschelkopf. Und schaffte es mit Müh und Not, sich in eine sitzende Position zu befördern.

Vanice lächelte wieder. »Hallo Mykar. Geht es dir besser? Nachdem du heute Morgen eingeschlafen warst, habe ich Scara erklärt, wer ich bin und dass ich über alles Bescheid weiß.«

Die Worte erreichten meine Ohren. Ich hörte, was Vanice gesagt hatte. Und während sie sich ein bisschen mit Mykar unterhielt, begriff ich es auch. Mein Mund klappte auf. Und ich brauchte einige Willenskraft, um ihn wieder zu schließen.

Das folgende Gespräch zählte zu dem Absurdesten, was mir in meinem ganzen Leben untergekommen war. Es passte einfach nichts zusammen. Die schmutzige, übelriechende Absteige und die schöne Frau im grünen Kleid. Die Verlottertheit meiner unglückseligen Magd und ihr kühl-überlegenes Gebaren. Mein eigener Zustand und mein verzweifelter Wunsch, eine vornehme Galanterie an den Tag zu legen.

Aber was ich wollte, tat herzlich wenig zur Sache. Bald richtete Vanice die gefürchtete Frage an mich – »Was ist eigentlich mit Euch geschehen, Justinius?« –, und mir blieb nichts anderes übrig, als zu antworten. Natürlich erzählte ich nicht alles. Meinen heroischen Versuch, ein Freudenmädchen zu besteigen, das weder etwas mit Freude noch mit Mädchenhaftigkeit zu tun hatte, verschwieg ich. Ebenso die Tatsache, dass ich die letzte Nacht zu besoffen gewesen war, um gerade aus den Augen schauen zu können. Und auch die Umstände, wie ich in die Schlägerei geraten war, wandelte ich etwas ab.

»Die Kerle weigerten sich, mich zum Dorn vorzulassen. Das wollte ich mir nicht gefallen lassen, und da sind sie auf mich losgegangen.« Scara und Vanice musterten mich mit einhelliger Skepsis. »Viel hätte nicht gefehlt, und ich wäre mit ihnen fertig geworden«, schob ich hinterher und gab mir dabei die größte Mühe, meiner Stimme etwas Markiges und Reckenhaftes zu verleihen.

»Und Ihr habt wirklich geglaubt, dass sie … entschuldigt bitte, dass sie Euch *so* zum *Dorn* vorlassen würden?« Vanice klang ehrlich überrascht.

»Justinius hat so manche seltsame Vorstellung«, warf Scara ein.

Ich sah an mir herab. Betrachtete meine dreckige, zerlumpte und nun auch noch mit Flecken getrockneten Blutes übersäte Kleidung.

Eine Mischung aus Scham und Wut überkam mich: »Was hätte ich denn sonst tun sollen, verdammt noch mal?! Dieser Mist hier war doch nicht meine Idee, in Dreidämonsnamen! Ich meine, was für ein schwachsinniger Plan soll das denn sein, zum Dorn zu laufen, um die Unschuld von irgendeinem Bauerntrottel zu beweisen!«

»Ich verstehe«, sagte Vanice.

Verwirrt starrte ich sie an: »*Was* versteht Ihr?«

Sie warf einen Seitenblick auf Mykar. Dann sagte sie zu mir: »Ich kann Euch dabei helfen, zum Dorn zu kommen.«

»Aha … Und wie wollt Ihr das anstellen?«, fragte ich und fühlte mich einigermaßen dumm.

Vanice stand auf und machte sich an ihrer Schärpe zu schaffen. Einen verrückten Augenblick lang glaubte ich, sie wollte sich ausziehen. Stattdessen holte sie einen dünnen, ledernen Schlauch hervor, den sie in den Falten der Schärpe verborgen gehalten hatte. Diesen Schlauch, der an einem Ende zugebunden war, gab sie mir nun. Ich nahm das Behältnis, löste den Knoten – und sah zu, wie Goldgulden auf den Strohsack purzelten. Eins, zwei, drei, purzelten sie und verteilten sich über das dreckige Laken, sodass ich mich an der Prägung erfreuen konnte, die sie zierte: auf der einen Seite das Porträt unseres Kaisers Winand, auf der anderen der Kriegshammer aus dem Wappen des Dorn. Vermutlich war es diese Prägung, der die Bürger der

Perle die Eingebung verdankten, ihre Goldstücke zärtlich »Hämmer« zu nennen.

»Hm«, machte Scara.

»Das ist … ziemlich viel Geld«, brachte ich hervor.

»Es wird reichen«, sagte Vanice.

»Wofür?«, fragte ich verwundert.

Sie zuckte mit den Schultern. »Für was auch immer Ihr benötigt. Kleidung, Schmuck, ein Pferd.«

»Ich … ich würde Euch das niemals zurückzahlen können.« Während ich sprach, lief ich rot an. Wie ein Junge, der ein Liebesgedicht vortragen soll.

»Ich weiß. Mykar hat mir von Euch erzählt. Ich habe mir bereits gedacht, dass es … um Eure Verhältnisse nicht zum Besten steht.«

Die Worte trafen mich mindestens so hart wie die Tritte von Hackfresse und Nummer zwei. Ich ließ den letzten Goldgulden auf den groben, schmutzigen Stoff fallen und schwieg.

»Es ist in Ordnung. Ich brauche es nicht«, sagte Vanice nach einer Weile.

Sie hatte in einem seltsamen Tonfall gesprochen. Als ich die Augen hob, sah ich, dass sie das Geld mit einem kalten Blick musterte. Mehr noch: Ihr Gesicht zeigte einen Widerwillen, der an Abscheu grenzte. Das schiere Dasein der Goldstücke war offenbar eine unerhörte Beleidigung für sie.

Ich bedauerte jeden Mann, der einen solchen Blick abbekam.

Dann erinnerte ich mich an Made und seinen erschrockenen Ausdruck, als ich auf ihn losgegangen war.

Und traf eine Entscheidung.

»Gut«, sagte ich und griff mir eine Handvoll Münzen.

»Hm«, machte Scara noch einmal.

Diesmal gelang es mir, mich aufzurappeln. Langsam erhob ich mich. Jede Bewegung schmerzte. Jeder Atemzug schmerzte. Ich musste mich Fingerbreit um Fingerbreit vorkämpfen. Keiner der anderen versuchte, mir zu helfen. Gut so. Dann stand ich. Der Schweiß lief mir über die Stirn. Ich zwang das Zittern nieder, das meine Glieder durchzuckte. Ich richtete mich zu meiner vollen Größe auf. Vanice und ich waren einander nun so nah, dass wir uns fast berührten. Ihr konnte kaum entgehen, dass ich zum Göttererbarmen stank. Aber sie ließ sich nichts anmerken. Und in diesem Moment wäre es mir ohnehin gleichgültig gewesen. Auch Scara war nun beinahe auf Tuchfühlung. Sie betrachtete mich aufmerksam, fast erwartungsvoll. Ich presste die Zähne zusammen und ballte die rechte Faust.

»Was habt Ihr jetzt vor?«, fragte Vanice leise.

Ich sah ihr in die Augen.

Ich atmete tief durch.

»Jetzt gehen wir und retten diesen Cay«, sagte ich.

13
IN EINER MONDROTEN NACHT

Mykar

Jetzt gehen wir und retten diesen Cay.«

Ich starrte Justinius an. Seine Kleidung war verdreckt und zerrissen. Sein Körper schien ein einziger blauer Fleck. Sein Gesicht war geschwollen und unrasiert. Und über seinen Augen hing etwas Dunkles, das vorher nicht da gewesen war.

Doch er sprach jene Worte, die so klar und einfach und unglaublich waren: »Jetzt gehen wir und retten diesen Cay.«

Vanice nickte zunächst. »Aber wie wollen wir das anstellen?«, fragte sie dann mit ruhiger Stimme.

Justinius hatte sich vor ihr aufgebaut, als wollte er sie einschüchtern. »Genau so, wie Ihr gesagt habt. Ich kaufe das Nötige. Und morgen früh, wenn ich so aussehe, wie sich das für ein Adelssöhnchen gehört, gehe ich zum Dorn. Vielleicht kann ich einen Aufschub der Hinrichtung erwirken. Das Mindeste sollte sein, dass wir mit ihm reden können, bevor sie ihn töten.«

»Seid Ihr sicher, dass Ihr das schafft? Ihr habt Schmerzen, nicht wahr?«

»Lasst das meine Sorge sein«, knurrte Justinius. »Sagt mir lieber, was *Ihr* vorhabt. Wenn ich richtig verstehe, will der Geist von diesem Rudrick nicht recht? Hat wohl keine Lust, seinen Beitrag zu leisten, damit Mykars grandioser Plan funktioniert?«

»Ich bezweifle sehr, dass Ihr einen Grund habt, Euch über Mykar lustig zu machen. Abgesehen davon glaube ich jetzt zu wissen, warum Rudricks Geist gestern Nacht nicht erschienen ist.«

Mein Herz machte einen Sprung: »Und warum nicht?«, fragten Justinius und ich wie aus einem Mund.

»Das würdet Ihr nicht verstehen«, sagte Vanice zu Justinius. Dann wandte sie sich zu mir: »Später, Mykar.«

»Gut, dann eben nicht. Komm, Scara, wir haben zu tun.«

»Du musst nicht so schreien, Justinius. Ich stehe neben dir.«

»Halt deinen Mund und komm mit.« Justinius humpelte zur Zimmertür. Ehe er den Raum verließ, blieb er stehen und drehte sich um.

»Wir sehen uns«, sagte er zu Vanice.

»Viel Glück«, entgegnete sie.

Justinius verschwand im Korridor.

Auch Scara blieb in der Tür stehen. Sie hob einen Zeigefinger in meine Richtung und setzte eine besonders strenge Miene auf: »Gib acht, wenn du in Gräbern spielst, Mykar. Da kann man sich den Tod holen. Und wasch dir immer schön die Hände, ehe du isst.«

Dann folgte sie Justinius.

Vanice und ich blieben allein zurück.

»Und was tun wir?«, fragte ich.

»Wir gehen zum Friedhof«, sagte sie.

Mit eiligen Schritten durchquerten wir den Schankraum. Über den Lärm der Säufer hinweg hörte ich Justinius, der irgendjemanden oder irgendetwas verfluchte. Ich hoffte, dass er wusste, was er tat. Und ich hoffte, dass Vanice wusste, was sie tat.

In den wenigen Sekunden, seitdem wir das schäbige, düstere Zimmer verlassen hatten, war sie eine andere geworden. Trübe Augen blickten sie an. Ein freudloses Lachen verklang. Sie hielt sich sehr gerade und sah immer nach vorne. Sie tauchte auf und verschwand, wie ein halb erinnerter Traum, der endgültig ins Vergessen sinkt.

Vor dem Gasthaus wartete eine Kutsche auf uns. Der Kutscher schien eingeschüchtert, fast verängstigt. Vanice kümmerte das nicht. Also kümmerte es auch mich nicht. Nachdem der Kutscher die Wagentür geöffnet hatte, ließ Vanice mich einsteigen und nannte dem Mann ihr Ziel. Dann folgte sie mir in den Wagen. Kurz darauf hörten wir, wie der Kutscher einen aufmunternden Zuruf an die Pferde richtete. Die Zügel schnalzten, und wir trabten durch die Straßen der Perle.

Mir war recht, dass Vanice schwieg. Ich hatte noch nie in einer Kutsche gesessen. Ich zog meine Handschuhe aus und fuhr mit dem Finger über die lederbezogenen Sitzbänke, öffnete die halbdurchsichtigen Vorhänge und blickte nach draußen. Man hörte das Schnauben der Pferde und das Klackern ihrer Hufe auf dem Steinpflaster. Der Wagen schwankte und ruckte.

Bald hielten wir auf dem leeren Vorplatz des Thaala-Tempels. Vanice entlohnte den Kutscher. Er fuhr davon, und sie ging zu einem Tor in der Friedhofsmauer. Als ich aus dem Wagen stieg, erblickte ich eine zerlumpte Gestalt, die an einer Hauswand hockte. Ich meinte, die Bettlerin zu erkennen, die ich am Vorabend in dem lichterfüllten Viertel hinter dem Marktplatz gesehen hatte. Eine Moment lang wunderte ich mich, was sie hier verloren haben mochte. Dann folgte ich Vanice.

Wir betraten die Totenstadt, und Vanice beschleunigte ihre Schritte. Bald kamen wir in den verfallenen Teil des Friedhofs. Wieder durchquerten wir den Zypressenhain. Und schon erhob sich vor uns die wild überwucherte, höhlenähnliche Gruft, durch die wir in der vergangenen Nacht in das Ganggewirr unterhalb des Thaala-Tempels gelangt waren. Vanice blieb jäh stehen.

»Mykar, es wird jetzt ernst«, begann sie. »Darum ist es sehr wichtig, dass du mir gut zuhörst und tust, was ich dir sage. Erinnere dich daran, was du mir versprochen hast.«

Ich nickte.

»Wir haben keine Zeit für Erklärungen«, fuhr sie fort. »Und außerdem kann es sein, dass ich mich irre. In dem Fall ist es besser, du weißt überhaupt nichts. Es gibt viele Dinge, die du nicht verstehst, und ich will dich nicht unnötig in Gefahr bringen. Ich werde dir alles sagen, sowie ich mir selbst sicher bin. Jetzt bitte ich dich, dort vorne bei der Gruft auf mich zu warten, während ich zu den Unterirdischen gehe. Dir wird ja kaum entgangen sein, dass sie dich nicht mögen. Ich fürchte, Xra – du entsinnst dich, ihr Herrscher – ist eifersüchtig, weil ich dir helfen möchte. Das tut mir leid, aber ich kann es nicht ändern.

Ich muss mit den Unterirdischen reden, ich will ihnen zumindest erklären, wer Cay ist und was wir in dem Tempel vorhaben. Deine Anwesenheit würde sie nur aufregen, und das will ich nicht riskieren. Wir brauchen sie nämlich.«

»Warum? Warum brauchen wir sie?«

Vanice seufzte leise. Sie schüttelte den Kopf. »Wir brauchen sie hier draußen als Wache. Und damit sie uns beistehen. Falls es zum Schlimmsten kommt.«

»Falls es zum Schlimmsten kommt? Was heißt das?«

Sie überging meine Frage. »Dich hingegen bitte ich, noch einmal mit mir nach unten zu gehen«, sagte sie. »Ich weiß, dass du nicht in den inneren Tempel gehen kannst. Aber du musst mir beistehen, falls die Untoten kommen. Nach so einem Kampf wie gestern sind sie meistens eine Weile lang ziemlich zurückhaltend – vielleicht empfinden sie Angst, ich weiß es nicht. Sicher sein kann man sich allerdings nicht, und im Moment fehlt mir die Kraft, um auch nur mit einem oder zwei von ihnen fertig zu werden. Frag mich nicht, warum, Mykar. Du musst mir vertrauen, verstehst du?«

»Ja«, entgegnete ich.

»Gut. Ich komme so schnell wie möglich zurück.« Ihre Stimme klang gereizt und unwirsch, als sie nach einer kurzen Pause hinzufügte: »Und dann reden wir auch darüber, wer du *wirklich* bist! Ich weiß nicht, ob ich Lust habe, dir zu helfen, wenn du mich ständig anlügst!«

»Es tut mir leid, ich –«

Vanice ließ mich nicht ausreden. Sie machte eine abwinkende Geste, warf ihren schwarzen Überwurf auf die Erde neben einen der halb umgestürzten Elaah-Kreise und eilte davon. Sie verschwand in einem anderen Zypressenhain, der jenseits des Wiesenstücks vor dem Eingang des Grabmals gelegen war. Bald konnte ich nicht einmal mehr ein Zipfelchen ihres Kleides in der Dunkelheit erkennen.

Ich wandte mich der Gruft zu. Unweit der düsteren Grabstätte setzte ich mich auf einen moosbewachsenen Steinblock. Früher hatte er vielleicht von den Taten eines Kriegers gekündet, der hier seine letzte Ruhe gefunden hatte. Jetzt war er nur noch ein stummes, wehmütiges Überbleibsel. Ich legte Danje in meinen Schoß und betrachtete das Gewölbe der Nacht.

Die Mondsichel war zu einem Halbkreis geschwollen. Sie hatte ihr Gelb gegen ein dunkles Rot eingetauscht, das die schweren Wolken glimmen ließ, die hier und da den Himmel bedeckten – als würden Sturmriesen und Winddämonen dort oben beisammenhocken und einander im Widerschein eines unirdischen Feuers die Geschichten erzählen, welche in Skargats Finsternis geboren werden. Es waren nur wenige Sterne zu sehen. Sie ließen mich an wachsame, bösartige Augen denken.

Ich fühlte mich sehr klein inmitten der schweigsamen Grüfte und Gräber. Nebenbei streichelte ich Danje. Ich hätte nicht sagen können, ob ich sie beruhigen wollte oder mich selbst. Wenn irgendwo ein Ast knackte oder es im Gebüsch raschelte, zuckte ich zusammen. Mir schien, dass Vanice schon viel zu lange fort war. Dabei hatte sie sich gerade erst verabschiedet.

Ich erhob mich und begann, vor der Gruft auf und ab zu gehen. Danje schwieg. Sie hatte nicht gewollt, dass wir zum Friedhof zurückkehren. Erst, als ich ihr versprach, dieses Mal besser auf sie aufzupassen, willigte sie ein. Sie hatte mir verziehen. Aber ich wusste nicht, wie oft sie mir noch verzeihen würde. Außerdem hatte sie wieder Angst bekommen, seit wir den Friedhof betreten hatten. Sie versuchte es vor mir zu verbergen, und ich tat, als hätte ich es nicht bemerkt. Doch mir war klar, dass wir uns etwas vormachten.

Während ich umherging, betrachtete ich die Standbilder bei der Gruft. Die meisten waren bis zur Unkenntlichkeit verwittert. Es gab eine Ausnahme. Das Standbild zeigte eine Dame, die unter einem steinernen Baldachin auf einer Liege ruhte. Sie hatte den Kopf in die Hand gestützt. Ihr Gesicht zeigte Trauer. Obwohl ungezählte Jahre von Sonne, Regen, Wind und Schnee der Statue zugesetzt hatten, konnte man in den gemeißelten Zügen eine große Anmut erkennen. Ebenso wie in den zarten Gliedern der Frauengestalt. Ich stellte mir vor, dass man hier ein junges, schönes Mädchen begraben hatte.

Als ich einen Schritt zurücktrat, um das Standbild besser betrachten zu können, entdeckte ich, dass auf ihm ein Rabe hockte. Nein, nicht ein Rabe – *der* Rabe. Er sah mich an mit einem runden Auge. Ich wusste nicht, wann er sich auf dem Baldachin niedergelassen hatte. Aber hatte ich nicht schon die ganze Zeit gespürt, dass er Danje und mich beobachtete? Bislang hatte der Rabe geschwiegen. Jetzt ließ er ein heiseres Krächzen hören. Es schien widerzuhallen von den Grüften und Gräbern.

In diesem Moment wurde mir klar, dass da noch jemand war.

Ich erschrak.

Die Bettlerin. Sie stand keine zehn Schritte entfernt von mir, zwischen einer Pinie und einer gebrochenen Stele. Plötzlich begriff ich, dass sie gar keine Bettlerin war. Zwar trug sie Lumpen, doch das war nur eine Verkleidung – so, wie wenn ich mich in Samt und Seide gehüllt hätte. Dies verstand ich in der Spanne von zwei Herzschlägen. Und dann, ganz jäh und unerwartet, wurde ich von Hass und Zorn und Angst durchdrungen. Bis ins Innerste, als hätte mich an einem Wintertag eine eisige Bö ergriffen. Ich wusste, dass die Gefühle, die mich überwältigten, nicht die meinen waren. Sie gehörten zu Danje. Doch bevor ich noch einen Gedanken fassen konnte, waren sie mir zu eigen geworden: die schwarzen, bitteren Empfindungen. Ihr Ziel war die Frau, die Frau, die ich für eine Bettlerin gehalten hatte. Sie sollte zerstört und ausgelöscht werden.

Ich fletschte die Zähne und zog den Dolch des Meuchlers. Getrieben von Schmerz und Zorn ging ich auf die Frau zu. Ich dachte an Cay. Selbst noch in diesen Sekunden. Doch zugleich war es, als hätte ich ihn vergessen. Ich wusste, dass ich nicht tat, was ich hätte tun sollen. Aber ich hatte keine Wahl.

Auch die Alte in den dunklen Lumpen hatte sich in Bewegung gesetzt. Ruhig und langsam schritt sie in meine Richtung. Sie hatte einen grauen, fast bodenlangen Mantel aus einem groben, löchrigen Stoff übergeworfen und die Hände auf ihren breiten Ledergürtel gelegt. Unter dem Mantel trug sie ein dunkles, langes Kleid. Waffen sah ich keine. Ihre Bewegungen hatten etwas Beiläufiges und Gelassenes.

Das verstärkte nur noch meinen Wunsch, das Blut dieser Frau zu vergießen.

Nun sprach die Fremde. »Steck den Dolch weg«, sagte sie fast flüsternd.

Ich dachte an die toten Meuchler im Wald. Und daran, wie leicht es gewesen war. »Du bist tot!«, zischte ich. »Tot!«

Wieder hörte ich das heisere Krächzen des Raben. Dann waren seine Krallen in meinen Haaren. Sie bohrten sich in meine Kopfhaut, und das Blut lief mir über die Schläfen. Ich schrie. Der Dolch und Danjes Schädel fielen mir aus den Händen. Ich versuchte, nach dem Raben zu schlagen, ihn zu packen und wegzuschleudern. Doch es gelang mir nicht. Mit wildem Flügelschwung flatterte er auf, fiel über mich her, flatterte erneut auf. Ich geriet in Panik, stolperte, taumelte. Rücklings stürzte ich über einen Elaah-Kreis, der noch aufrecht stand.

Zwischen zerwühlten Erdklumpen, Steinen und vereinzelten Gebeinsplittern landete ich auf dem Boden, versuchte, mich hochzurappeln. Doch nun spürte ich ein drückendes Gewicht auf meiner Brust.

Die Frau stand über mir. Sie hatte ihren Stiefel gegen meine Brust gestemmt; es war ein hoher, geschnürter, schlammverkrusteter Lederstiefel. Der Rabe hatte sich auf dem Rund des Elaah-Kreises niedergelassen. Er krächzte zufrieden. Ich sah, dass ich verloren hatte. Ich fühlte mich wie ausgehöhlt. Schwer atmend lag ich da. Ich schloss die Augen.

»Ich will nur mit dir reden«, sagte die Alte und trat einen Schritt zurück.

Zögernd erhob ich mich. Ich konnte weder den Dolch noch den Schädel entdecken. Was erwartete Danje von mir? Wollte sie, dass ich starb für ihren Hass?

Die Frau betrachtete mich nachdenklich. Sie hatte volles, langes Haar, braun oder schwarz. In ihr Haar hatte sie mit Bändern geschmückte Zöpfe geflochten, und eine weiße Strähne fiel schwer über ihre linke Gesichtshälfte. Die dichten Brauen waren zusammengewachsen, der Mund voll und herb, die Wangen leicht eingesunken.

Sie suchte meine Augen. Es kostete Kraft, dem standzuhalten. Ich spürte, dass ich schutzlos war unter ihrem Blick. Wie jemand, der den Weg verloren hat in einem verwunschenen, uralten Wald.

»Ich bin Aiona«, sagte sie. »Ich will dir nichts Böses.« Ihre Stimme war tief, irgendwie zugleich weich und rauh. Sie sprach leise.

»Meine Name ist Mykar«, hörte ich mich sagen.

»Was ist es mit dir und dem Mädchen, Mykar?«

Ich brauchte einige Sekunden, um zu begreifen, dass sie Danje meinte.

»Sie – sie ist meine Freundin …«

»Was will sie?«

»Sie will Rache. Ihr ist … ihr ist Furchtbares angetan worden.«

Aiona machte einen Schritt auf mich zu; sie hielt mich fest mit ihrem Blick. »Ich weiß«, sagte sie ruhig. »Ich bin es, die ihr das Furchtbare angetan hat.«

Mein Mund klappte auf. Ich konnte nicht glauben, was ich da hörte. Zugleich war mir, als hätte ich es immer gewusst.

»A-a-aber wieso …?«, fragte ich hilflos.

»Ihre Eltern haben das Gesetz gebrochen. Dafür mussten sie zahlen.«

»Das Gesetz … was für ein Gesetz?«

»Das Hexengesetz.«

»Dann – dann ist es wahr?«

»Was ist wahr?«

»Dass Danjes Familie … Hexen waren?«

»Natürlich ist es wahr.«

»Und Ihr seid auch eine Hexe?«

Aiona lächelte. »Ja, das bin ich.« Stolz schwang in ihrer Stimme.

»Aber Danje … sie war nur ein Kind!«, rief ich aus. Etwas von der Wut kehrte zurück in mich.

»Nein«, sie schüttelte den Kopf. »Danje war eine Hexe. Alle Hexen sind Kriegerinnen, vom Tag ihrer Geburt an.«

»Sie – sie hat Euch nichts getan!«

Noch immer lächelte Aiona. Aber ihr Lächeln hatte sich verändert.

»Mein Sohn war jünger als Danje, als ihre Eltern mich angriffen. Sie haben das Gesetz gebrochen, nicht ich. Was geschehen ist, haben sie selbst über sich gebracht. Nichts von dem lässt sich ändern oder wiedergutmachen.« Sie wurde ernst. »Aber du kannst etwas für Danje tun. Bring sie ab von ihrer Rache. Wenn ich es wollte, könnte ich sie zerstören, restlos und endgültig. Ich habe in jener Nacht etwas von der Lichtung mitgenommen …« Sie hob die Augen zum Himmel. »Es war eine Nacht wie diese, eine Nacht mit einem roten Mond, und ich habe dem Vater und der Mutter eine Hand genommen, Danje einen Finger. Deshalb wusste ich, dass sie zurückgekommen ist. Und deshalb ist sie mir ausgeliefert. Aber, wie gesagt, dieser Kampf ist vorbei, und ich hege keinen Groll gegen deine Freundin.«

Ich starrte die Hexe an. Ich spürte, dass sie nicht log. »Aber was könnte es sonst für Danje geben?«, fragte ich. »Sie ist doch … ist doch nur dafür – «

»Oh, es gibt etwas anderes«, unterbrach Aiona. »Bring sie zu ihrer Schwester.«

»Ihre Schwester? Ihre Schwester lebt noch?!«

»Natürlich lebt sie noch. Sie ist mir einmal entkommen, und ich halte mich an das Gesetz.«

»Aber wo – wo ist sie?«

»Das werde ich dir nicht sagen. Aber sie lebt nicht weit von hier. Du kannst sie finden. Und du kannst Danje retten. Sie hat dir ihren Namen genannt. Sie vertraut dir.« Ich wollte Aiona weitere Fragen stellen, doch sie hob mahnend die Hand. »Genug davon«, sagte sie. »Ich bin nicht nur wegen Danje hierher gekommen. Ich habe dich und deine Freunde beobachtet. Und ich will wissen, was mit dir ist. Mein Rabe hat damals gesehen, was sie dir angetan haben. Er war in der Nähe eures Dorfes wegen dem anderen Verbrechen, das an jenem Tag dort geschehen ist. Ich meine den Mord an dem Mädchen … wie war ihr Name?«

»Alva …«

»Ja, Alva. Nun, du hättest sterben sollen und bist doch hier. Der Baum hat das getan, die Linde auf der Lichtung. Aber sie ist älter als ich, älter auch als die Schwarzen Hexen und die Weißen Hexen, und ich verstehe sie nicht. Ich weiß nicht, was sie will, und warum sie tut, was sie tut. Dich hingegen kann ich verstehen, wenn du zu mir sprichst. Sag mir, was willst du, Mykar?«

»Ich will Cay retten«, antwortete ich ohne zu zögern.

Aiona nickte. »Es ist gut, Cay zu retten«, bestätigte sie. »Ich glaube nicht, dass du Erfolg haben wirst. Aber ich wünsche dir und mir, dass ich mich irre. Doch du musst verstehen, dass es um mehr geht.«

»Um mehr?«

»Ja«, sie nickte wieder. »Danjes Leute und meine Leute, wir kämpfen um die Ernte. Es ist unsere Aufgabe, das zu tun. Das ist schon seit Jahrhunderten so. Die einen kämpfen für das Leben, die anderen für den Tod, aber letztlich kämpfen wir alle um dasselbe. Du und deine Freunde, ihr seid dabei, in einen ganz anderen Kampf einzutreten. Das solltest du wissen.«

Ich erinnerte mich an das, was mir Ede und Vanice gesagt hatten. Mir war, als ob jedes Geheimnis in sich weitere Geheimnisse bergen würde. »Ich verstehe nicht, wovon Ihr redet …«, flüsterte ich.

»Auch ich verstehe noch nicht alles. Ich habe Ahnungen, und die Ahnungen machen mir Angst. Bald werde ich dir mehr sagen. Nicht jetzt. Aber vielleicht kann ich dir bei dem helfen, was du heute Nacht vorhast. Wobei brauchst du Hilfe, Mykar?«

Aionas Frage verwirrte mich – wie alles andere, was sie gesagt hatte. Mühsam versuchte ich, meine Gedanken zu klären. »D-danje und ich, wir können nicht in den Tempel …«, murmelte ich schließlich. »… Thaalas Bann …«

»Gut«, sagte sie. »Bring deine Freundin her zu mir.«

Ohne es zu wollen, führte ich die Anweisung der Hexe aus. Ich suchte und fand den Schädel und das Tuch, in dem ich ihn aufbewahrte. Es beunruhigte mich, dass ich nichts von Danje spürte, als ich sie wieder in Händen hielt. Nichts von ihrem Zorn oder ihrer Traurigkeit. Keine Enttäuschung darüber, dass ich nicht einmal versucht hatte, ihre Feindin zu töten. Keine Freude über die Neuigkeit, dass ihre Schwester noch lebte.

Als ich mich erhob, sah ich, dass der Rabe die ganze Zeit über auf dem Grabstein hocken geblieben war. Er folgte mir mit dem Blick, während ich zurück zu seiner Herrin ging.

Dann stand ich wieder vor Aiona. Sie hatte mittlerweile zwei Lederbänder hervorgeholt, an denen je ein metallener Anhänger baumelte. Nun, da wir einander nah waren, wurde mir klar, dass sie nicht annähernd so alt war, wie ich gedacht hatte. Sie war auch kein junges Mädchen. Das Mondlicht reichte, um die Falten in ihrem Gesicht zu erkennen; und dass ihre Augen blutunterlaufen waren. Aber da war etwas an ihr, das mich an eine Frau denken ließ, die gerade erst zur Blüte gekommen war.

»Was ist das?«, fragte ich.

Sie hielt das Band vor mein Gesicht. »Das sind zwei Elaah-Kreise«, sagte sie, »geweiht im Hohen Tempel zu Mandris.«

»Und was soll ich damit?«, fragte ich verwirrt.

»Das eine Götterzeichen bindest du an dem Schädel fest, bevor du ihn in das Tuch wickelst. Das andere hängst du dir um den Hals. Dann wird Danje und dir nichts geschehen.«

»Wie? Zwei Elaah-Kreise?! Macht Ihr Euch über mich lustig?«

»Nein. Elaahs Segen steht höher als Thaalas Fluch.«

»So einfach ist das also?« Ich musste lachen. Der Rat der Hexe klang wie etwas, das sich Scara ausgedacht hatte.

Aiona schüttelte den Kopf. »Nein«, sagte sie. »Das ist überhaupt nicht einfach.« Einen Atemzug lang schwiegen wir. Dann nickte sie mir zu. »Ich gehe jetzt, Mykar. Ich hoffe, unser Wiedersehen wird ein gutes sein.«

»Halt, wartet! Ich – ich verstehe überhaupt nichts mehr! Das war doch Euer Rabe, der mich zu der Gespensterschenke geführt hat! Warum hat er das getan? Und warum seid Ihr erst jetzt zu mir gekommen? Und woher kennt Ihr Cay überhaupt?«

»Gut, auf diese Fragen sollst du eine Antwort haben. Ich kann nicht sagen, ob du Danje bei der Rückkehr geholfen hast, oder sie dir. Jedenfalls wart ihr zur gleichen Zeit wieder da. Ich habe den Raben geschickt, um das Mädchen zu beobachten. Gefunden hat er dich. In der Nacht von Alvas Tod bist du zu Danje gegangen. Trotzdem hast du sie nach deiner Rückkehr nicht mitgenommen. Das hat mir gezeigt, wie wenig du verstehst. Ich wollte dir helfen. Also hat dich mein Rabe zu Grolek geführt. Ich wusste, dass du dort Antworten und Erklärungen finden könntest. Was ich nicht wusste, war, was du vorhattest. Also habe ich dich beobachtet, durch die Augen des Raben. Bald habe ich verstanden, dass du deinen Freund Cay retten willst. Das war nicht schwer, denn ich wusste, dass Rudrick von Nordwiesen gestorben war. Woher ich das wusste, werde ich dir erst sagen, wenn sich meine Ahnungen bestätigt haben. Als ich verstand, was du tun willst, war mir klar, dass wir auf derselben Seite stehen – wenn ihr es wollt, du und deine Freunde. Also bin ich euch in die Perle gefolgt. Ich habe mich verkleidet, weil es hier Leute gibt, von denen ich nicht erkannt werden möchte. Und ich habe auf eine Gelegenheit gewartet, mit dir alleine zu sprechen. Mir war klar, dass du versuchen würdest, einen Weg in Thaalas Tempel zu finden – Ede hat es mir gesagt –, aber ich wollte nicht unter dem Blick der Dunklen Göttin mit dir reden. Also habe ich mich in der Nähe aufgehalten und gewartet. Als du dann der blonden Frau in die Totenstadt gefolgt bist, wusste ich, dass es soweit ist. Wenn es nötig gewesen wäre, hätte ich auch in ihrer Gegenwart mit dir gesprochen. Aber so ist es besser.«

»Warum sollte das besser sein? Vanice hilft mir!«

»Das mag sein. Aber ich kenne sie nicht, und ich weiß nicht, auf welcher Seite sie steht.«

»Was für Seiten? Wovon redet Ihr?«, rief ich.

»Wenn ich recht habe, werden sich diejenigen, die in den Schatten leben, bald für eine Seite entscheiden müssen. Wenn ich recht habe, kann es sein, dass sich manche bereits entschieden haben.«

»Ich verstehe immer noch nicht – wofür oder wogegen entscheiden?«

»Alva ist nicht zufällig gestorben. Der, der sie getötet hat, hat viele Leben genommen. Damit hat er sein Opfer vorbereitet. Ich glaube, seine Zeit ist jetzt gekommen. Das ist auch der Grund, weshalb ich von Cay weiß. Er ahnt nicht, was wirklich geschehen ist, als Rudrick starb.«

Ich starrte die Hexe an. »I-ihr wisst, wer Alva ermordet hat?«

»Ja.«

»Sagt es mir!«, schrie ich. »Sagt es mir!«

»Nein«, Aiona blieb ganz ruhig. »Wenn ich mich irre, ist es besser, dass du nichts weißt. Und wenn ich mich nicht irre, wirst du es ohnehin bald wissen.«

Ich lachte verärgert. »Ihr redet genauso wie Vanice! Sie hat mir dasselbe gesagt!«

»Dann versteht sie vielleicht mehr, als ich dachte. Aber man kann Wissen zu verschiedenen Zwecken nutzen. Noch ein Grund, dass sie nichts von dem erfährt, was ich dir gesagt habe.«

Aiona nahm ein kleines Messer von ihrem Gürtel und zog die Klinge über die Kuppen des Zeige- und Mittelfingers ihrer linken Hand. Sie tat es mit einer schnellen Bewegung, ohne zu zögern und ohne eine Miene zu verziehen. Blut floss aus den Schnitten.

»Was bei allen Göttern *tut* Ihr da?«, fragte ich, wenn möglich noch verwirrter als zuvor.

Anstatt zu antworten, legte mir Aiona die blutigen Fingerkuppen auf die Lippen. Ich wollte zurückweichen. Doch ich rührte mich nicht von der Stelle. Steif und starr stand ich da, als die Hexe sagte: »Schweig und höre, höre gut, denn dies sind Worte der Macht: Ich verbiete dir, jemandem von unserem Gespräch zu erzählen, bis wir uns wiedersehen.« Erst als sie ihre Hand sinken ließ, löste sich der Bann.

»I-i-ihr h-habt mich ver-verhext!«, stammelte ich fassungslos.

Aiona sagte nichts mehr. Kurz betrachtete sie mich. Dann drehte sie sich um und ging davon. Ich blickte ihr hinterher, bis sie in der Dunkelheit verschwand. Die Gedanken jagten und zuckten durch meinen Kopf. Ich konnte keinen einzigen festhalten. Wie betäubt wandte ich mich der Gruft zu, bei der ich auf Vanice warten sollte – gerade noch rechtzeitig, um zu sehen, wie sich der Rabe aufschwang und mit wenigen Flügelschlägen in der mondroten Nacht verschwand.

Ich hoffte, dass Danje etwas zu mir sagen würde. Vielleicht würde ich in ihren Worten Halt finden. Doch sie schwieg. Widerwillig wickelte ich das Lederband mit dem geweihten Elaah-Kreis um ihren Schädel. Den Schädel legte ich zurück in das Tuch. Dann hängte ich mir das andere Amulett um den Hals.

14
TRENNUNG

Mykar

Vanice trat an meine Seite. »Mykar, ist alles in Ordnung?«, fragte sie. Ihre Stimme klang angespannt.

»Ja … Wieso denn nicht?«, murmelte ich, ohne sie anzusehen. Mein Kopf schmerzte, wo der Rabe mir mit seinen Krallen die Haut aufgerissen hatte. Aber es schien, dass Vanice nichts von den Wunden bemerkte.

»Ich weiß nicht, sag du es mir. Vorhin dachte ich, ich hätte einen Schrei gehört.«

Ich wollte ihr von meiner Begegnung mit der Hexe erzählen. Doch ich bekam den Mund nicht auf. Es war, als hätte mir Aiona die Lippen zugenäht.

Vanice schüttelte den Kopf, müde oder gereizt; ich hätte es nicht sagen können. »Schon gut. Lass uns gehen.«

Sie rauschte an mir vorbei. Schweigend folgte ich ihr. Erst als ich den Gedanken aufgab, über das zu sprechen, was in Vanice' Abwesenheit geschehen war, fühlte ich mich wieder als Herr meiner selbst.

Wenige Sekunden später stiegen wir die verwitterte Steintreppe ins Innere der Gruft hinab. Vanice entzündete die Öllampe, die sie am Fuß der Treppe plaziert hatte. Ihr Kleid schleifte durch Dreck und Pfützen, als sie zu dem Eingang des Ganges eilte, der die Grabkammer mit den labyrinthischen Kellern unterhalb von Thaalas Tempel verband. Ich folgte ihr, und bald darauf erreichten wir den Durchbruch in der Wand, hinter dem uns Vanice' Hofstaat empfangen hatte. Dieses Mal waren da nur endlose, finstere Gänge.

In der Ferne vernahm ich ein kehliges Stöhnen.

Verstohlen sah ich zu Vanice hinüber. Sie war völlig erschöpft. Ihr Gesicht eingefallen. Ihr Blick trüb. Unter ihren Augen dunkle Ringe. Ich begriff, in welchem Zustand sie sich befand. Aber hatte sie nicht noch vor wenigen Minuten, bevor wir uns auf dem Friedhof trennten, einen ganz anderen Eindruck gemacht?

Ich presste die Lippen zusammen und schwieg.

Auch Vanice hatte die heiseren Laute gehört. Ein Schatten fiel über ihre Augen. Dann verhärteten sich ihre Züge.

»Lass uns schnell weitergehen und hoffen, dass wir niemandem begegnen«, sagte sie mit gedämpfter Stimme.

Ich nickte, und wir eilten weiter. Dabei gaben wir uns alle Mühe, leise zu sein. Aber die Absätze unserer Stiefel knirschten auf dem groben Steinboden. Und unsere Schritte erzeugten einen dumpfen Hall in den verwinkelten Gängen. Es war kühl hier unten. Unser Atem bildete Wolken. Doch über Vanice' Stirn rannen Schweißperlen. Manchmal stieß sie im Halbdunkeln gegen einen Stein. Oder sie stolperte über eine Unebenheit im Boden. Dann spürte ich ihre Angst.

Immer öfter drang das Stöhnen der Toten an meine Ohren. Ich hörte schleppende Schritte. Sie schienen von überall und nirgends zu kommen. Das war das Schlimmste: In dem weitläufigen Kellergewirr erzeugte jedes Geräusch einen hohlen Nachklang. Es war unmöglich zu sagen, ob die Bedrohung nah oder fern war. Oder aus welcher Richtung sie kam.

Ich wusste nur, dass hungrige Leichname durch die Dunkelheit irrten. Es kam vor, dass das heisere Röcheln plötzlich entsetzlich laut klang. Dann meinte ich, im nächsten Augenblick würde sich ein Toter auf Vanice stürzen und seine Zähne in ihren Hals schlagen.

Schließlich sah ich das Glimmen der Öllampen, die den Teil des unterirdischen Gewölbes erhellten, der von Thaalas Priestern genutzt wurde. Ich wusste, dass wir nun in Sicherheit waren. Doch die Anspannung hatte Vanice' Kräfte noch weiter erschöpft. Sie hielt an und stützte sich gegen die Mauer, kaum dass wir den erleuchteten Teil des

Ganges erreicht hatten. Mit zittrigen Fingern löschte sie ihre Öllampe. Dabei fiel sie ihr fast aus der Hand. Ich nahm die Lampe und stellte sie in eine Nische.

Plötzlich hielt ich es nicht mehr aus: »Verdammt, Vanice!«, rief ich. »Ihr könnt ja kaum noch stehen!«

Sie schüttelte den Kopf, schloss die Augen, rieb sich die Lider. »Ich … ich bin hungrig«, murmelte sie, »… so hungrig.«

Ich fasste sie am Arm: »Wenn Ihr hungrig seid, dann esst etwas! Was soll das, bei allen Höllen?!«

Vanice riss sich los und machte einen Schritt zur Seite. »Mykar, du hast mir versprochen, dass wir nicht darüber reden werden!«

»Ich habe überhaupt nichts versprochen!«

»Es reicht jetzt!« Sie straffte sich und funkelte mich an. »Ich will nicht darüber reden, habe ich gesagt!«

»Wie soll ich Euch helfen, wenn Ihr mir nicht sagt, was mit Euch los ist?«, fragte ich.

Ein höhnisches Lächeln verzerrte ihren Mund. »Du mir helfen? Wer hat gesagt, dass ich deine Hilfe will, Mykar? Ich brauche deine Hilfe nicht. *Du* brauchst *meine* Hilfe – und wenn du jetzt nicht tust, was ich dir sage, kannst du deinen Cay allein retten!«

Ich zuckte zusammen.

»Komm jetzt!«, zischte Vanice.

Ich drehte mich um und ging weiter. Wir passierten zwei Abzweigungen. An der dritten hielt Vanice inne. Der Gang sah in beiden Richtungen genau gleich aus. Das war aber nicht der Grund, weshalb sie stehen geblieben war.

»So, Mykar, du und der Schädel, ihr bleibt hier. Ich gehe in den Tempel und versuche herauszufinden, ob ich mit meinen Befürchtungen recht habe. Du wartest auf mich. Ich will nicht, dass so etwas wie letzte Nacht noch einmal passiert. Ich bin viel zu schwach, um dich in Sicherheit zu bringen.«

»Es wird nicht wieder passieren.«

»Was redest du da? Glaubst du etwa, Thaala macht heute eine Ausnahme für dich?«

»Ja …«, murmelte ich. Ich wollte noch mehr sagen. Aber keine Worte kamen.

»Aber das ist doch der reinste *Schwachsinn*! Wenn du auch nur *eine Sekunde* nachdenkst, musst du das doch einsehen – warum sollte sie?«

»Können wir nicht … einfach weitergehen?«, fragte ich.

»Nein, das können wir nicht! Du legst jetzt diesen götterverdammten Schädel weg, oder ich gehe nirgendwo hin!«

Vanice' Augen blitzten; ihr Gesicht war fahl und rotfleckig. Ihre Arme hingen steif am Körper herab, und die Krallenfinger waren gekrümmt, genau wie bei unserer ersten Begegnung.

Mir kam ein Gedanke. Ich wollte nach dem Elaah-Amulett greifen, das um meinen Hals hing, und es Vanice zeigen. Doch meine Hand erstarrte in der Bewegung. Was hatte die Hexe getan, bei allen Göttern?!

»Ich habe nicht gelogen!«, log ich.

»Wie bitte? Wann hast du nicht gelogen?«

»Als ich gesagt habe, dass Danje der Grund ist, warum ich nicht in den Tempel kann.«

»Und das soll ich dir glauben? Gestern Nacht sah es anders aus.«

Ich wurde wütend. »Ich kann es Euch jetzt nicht erklären! Wir haben keine Zeit!«, rief ich, und meine Scham steigerte noch meine Wut. »Ihr sagt mir auch ständig, dass Ihr mir irgendetwas später erklären werdet! Wenn Ihr wollt, dass ich Euch vertraue, dann vertraut auch mir! Ohne Danje wird mir nichts geschehen!«

Vanice zögerte. Aber ich spürte, dass ich sie erreicht hatte. Sie wollte so gerne, dass ich ihr vertraute; und auch sie wollte vertrauen. »Gut«, sagte sie schließlich. »Dann lass uns weitergehen.«

Ich nickte. Langsam beugte ich mich nieder und legte das Bündel auf die Steinplatten. Ganz sanft, als wäre ein neugeborenes Kind in das Tuch gewickelt. Einen Herzschlag lang gab ich mich der Hoffnung hin, dass Danje es vielleicht gar nicht bemerken würde, wenn wir kurz voneinander getrennt wären. Hatte sie nicht die ganze Zeit geschwiegen, seit wir Aiona begegnet waren? Vielleicht war ihr alles zu viel geworden. Vielleicht hatte sie sich in für mich unzugängliche

Gefilde zurückgezogen – an eine dunkle Quelle inmitten der Ödnis des Todes, wo sie eine Weile ausruhen konnte und wo sie nichts von dem erreichte, was jenseits ihrer Zuflucht vor sich ging?

Doch natürlich war es nicht so.

Danje stieß einen Schrei aus, als ich sie losließ. Verzweifelt bat sie, ich möge sie nicht allein zurücklassen. Dann wimmerte sie nur noch. Langsam richtete ich mich auf. Ich richtete mich auf, biss die Zähne zusammen und wandte mich ab.

Vanice warf mir immer wieder kurze Blicke zu, während wir weitergingen. Wahrscheinlich war sie sich unsicher, ob sie mir glauben sollte. Doch keiner von uns sprach mehr. Ihre Bewegungen waren abgehackt und ruckartig. Einmal begann sie zu schwanken und griff nach meinem Arm. Doch sie zog ihre Hand wieder zurück, ehe sie mich berührte.

Schließlich kamen wir zum Ausgang der Kelleranlage. Wir betraten eine Treppe, die über fünf Stufen zu einem Eisengitter führte. Sie bestand aus demselben rötlichen Stein wie die Platten, mit denen der Boden ausgelegt war. Die Gittertür war verschlossen. Aber in der Nische, die sich zu ihrer Linken befand, lag ein großes Schlüsselbund. Vanice nahm die Schlüssel. Es gelang ihr, das Gitter aufzuschließen, fast ohne Lärm zu verursachen. Nachdem dies getan war, wandte sie sich mir zu.

»Hör zu, Mykar, ich wollte dich nicht kränken. Aber es ist … gerade nicht leicht für mich. Es ist der Hunger … Bitte versuch, mich zu verstehen.«

Ihre Stimme hatte einen flehentlichen Klang angenommen.

Das machte mir Angst. Aber ich nickte nur. Ohne Vanice anzusehen, ging ich durch die Tür. Ein kleiner Schritt und ich befand mich im inneren Bezirk des Tempels: Thaalas Hoheitsgebiet; ihr Heiligtum.

Vanice folgte mir. Sie verschloss das Gitter, nachdem sie auf die andere Seite getreten war.

Ich war verwirrt. »Was tut Ihr da?«, fragte ich.

»Ich schließe ab«, sagte sie leise.

»Das sehe ich. Warum?«

Vanice hielt inne. Dann wandte sie sich zu mir um: »Damit hier niemand so leicht rauskommt, Mykar.«

»Und wer sollte hier raus wollen? Glaubt Ihr, die Geweihten wollen von halbverwesten Leichen gefressen werden?«

»Nein, nicht die Geweihten. Es geht um Rudricks Geist.«

Ich verzog das Gesicht. »Rudricks Geist? I-ich dachte –«

»Ja, Rudricks Geist.«

»Was soll das wieder heißen?«, rief ich wütend. »Wollt Ihr mir nicht endlich erklären, was hier vor sich geht?!«

»Doch. Du hast recht.« Vanice strich sich eine Haarsträhne aus dem Gesicht. Sie zögerte. Als sie zu reden begann, sprach sie deutlich schneller als gewöhnlich: »Ich habe dir doch erzählt, dass eine Art Handel oder Pakt zwischen den Unterirdischen und Thaalas Schweigern besteht, nicht wahr? Nun, bei so einer Abmachung kann es natürlich zu Unstimmigkeiten kommen, wenn sich eine Seite nicht an die Regeln hält oder etwas schiefgeht. Dann muss man miteinander reden, um das Problem zu lösen, nicht wahr? Nun weißt du ja, dass die Unterirdischen nicht in den Tempel können. Umgekehrt würden die Geweihten niemals die Siedlung der Leichenfresser aufsuchen. Da bleiben also nur solche wie ich: Menschen, die zugleich in die Welt der Lebenden und in die Schatten gehören. Oder nirgendwohin, wie du willst. Deshalb liegen diese Schlüssel da.« Sie hob die Hand, in der sie das Bund hielt. »Wenn es etwas zu besprechen gibt, komme ich durch diese Tür in den Tempel. Ich gehe niemals in den oberen Bereich – die Geweihten würden es als Frevel empfinden, wenn ich die Räume beträte, die der Anbetung vorbehalten sind. Abgesehen davon ist ein Thaala-Tempel zu jeder Stunde des Tages und der Nacht für Gläubige geöffnet, die Trost und Stille suchen, und es wäre ja möglich, dass mich mal jemand zu Gesicht bekommt, der tiefer blickt und Fragen stellt. Der obere Tempel ist mir also verboten, aber hier unten duldet man mich. Zumindest zu bestimmten Stunden, in bestimmten Nächten. Es gibt einen Raum, in denen ich dann Abgesandte der Geweihten treffen kann, um das Nötige zu besprechen. Ich wusste also, dass ich in den Tempel kommen würde, auch wenn es natürlich gegen die Regeln verstößt, dass ich einfach so –«

»Halt, wartet!«, unterbrach ich. »Wie muss ich mir das vorstellen? Ihr hockt Euch nachts auf einen Grabstein und dann kommen die Unterirdischen und sagen: Hör mal, Vanice, so geht das nicht, die Armen, die sie in letzter Zeit begraben, die sind derartig zäh –«

»Haha, Mykar. Eine seltsame Zeit, um mit Witzen anzufangen. Nein, so musst du dir das natürlich nicht vorstellen. Wenn die Geweihten die Notwendigkeit eines Gespräches sehen, hinterlegt einer von ihnen eine kurze Nachricht an bestimmten Orten auf dem Friedhof. Zum Beispiel bei dem Kriegerstandbild, wo wir uns zum ersten Mal begegnet sind. Und was die Unterirdischen betrifft: Du hast ja wahrscheinlich mitbekommen, dass ich häufiger das Vergnügen mit ihnen habe und – aber das dauert alles viel zu lange! Ich rede und rede und uns läuft die Zeit davon! Ich will dir alles erklären, wirklich! Aber es geht jetzt nicht! Wir müssen uns beeilen, denk doch, heute Nacht ist unsere letzte Chance, etwas für Cay zu tun!«

Ich erschrak. Vanice hatte recht. Wir durften keine Sekunde verlieren. Cay war in Not … seine letzte Nacht …

»Ja! Natürlich!«, sagte ich hastig. »Schnell! Schnell!«

Vanice nickte, und wir eilten weiter. Ich rannte jetzt beinah den Gang entlang. Aber ich sah, dass Vanice nicht mithalten konnte. Widerwillig verlangsamte ich meinen Schritt.

Sie schloss zu mir auf. Sie keuchte. Dennoch stieß sie die Worte aus: »Was du verstehen musst, was du *unbedingt* verstehen musst, Mykar, ist … womit wir es zu tun haben … Nein, womit wir es zu tun haben *könnten* … Hör also gut zu: Es gibt einen Geweihten, mit dem mich eine Art … eine Art Freundschaft verbindet. Gestern Nacht habe ich mich zu seiner Kammer geschlichen und ihn geweckt. Sein Name ist Aluin … er – er ist ziemlich einflussreich und … hilft mir … wo er kann. Er hat mir die Leiche von Rudrick gezeigt. Sie lag aufgebahrt da, nackt bis auf einen Lendenschurz … Ich habe dir ja davon erzählt – sie war von Kopf bis Fuß mit Schriftzeichen bedeckt … nicht nur Buchstaben, sondern auch seltsame Symbole … ich konnte sie nicht lesen … ich wusste nicht, wozu sie da sind. Mir war unwohl, wenn ich sie ansah, aber ich dachte … dachte mir, dass es mit diesen Schriftzeichen nichts Besonderes auf sich hätte, obwohl sie diese Wirkung auf mich hatten … Dann hat Aluin mir erzählt, dass die Nachricht … die Nachricht von Rudricks Tod große Aufregung unter den Geweihten hervorgerufen hatte. Und als die Leiche dann eintraf, wurde sie sofort in die Obhut einiger Geweihter gegeben, die sich … mit dem Toten einschlossen. Von dem, was sie taten, drang nichts nach außen, aber Aluin … Aluin war einer von ihnen. Erst gestern Nacht wurde … wurde die Leiche in einen Raum gebracht, der auch für Novizen und Gläubige zugänglich war. Dort habe ich sie dann auch gesehen. Aber nun kommt das Entscheidende, Mykar. Hör – hör gut zu … Denn Aluin hat mir noch mehr gesagt … Die Zeichen, die Schriftzeichen auf Rudricks Leichnam … an ihnen ist nichts gewöhnlich, hörst du, *überhaupt* nichts … Es sind *Bannzeichen*, Mykar. Dieser Rudrick muss … muss ein wahres Ungeheuer gewesen sein … Es geht darum … etwas *Böses* in die Schranken zu weisen. Verstehst du, was das bedeutet?«

Ich schüttelte den Kopf. Doch ich dachte an die Worte der Hexe – dass hier etwas vor sich ging, das weitreichender war als die Frage nach Cays Unschuld.

Jäh blieb Vanice stehen. Auch ich blieb stehen. Der Schweiß lief ihr über die Wangen. Keuchend legte sie mir eine Hand auf den Arm: »Gestern Nacht hatte ich es auch noch nicht verstanden … Aber heute – heute, nachdem ich dich in die Herberge gebracht hatte, habe ich noch einmal nachgedacht … Und da ist mir etwas eingefallen, was ich einmal gelesen habe, vor langer Zeit, als ich in Alkessa lebte … etwas darüber, was böse Menschen tun, … um jenseits des Todes … Macht zu erlangen, und nun fürchte ich …, dass Rudrick vielleicht …«

»Ja …?«

Vanice schluckte schwer. »Dass er in die Horde will.«

»Die … was?«

Der Anflug eines traurigen Lächelns huschte über Vanice' Gesicht, als sie sagte: »Die Wilde Hor-«

Weiter kam sie nicht.

Ein röchelndes Gurgeln erklang.

Es kam aus nächster Nähe.

Vanice erstarrte. »Hoffentlich ist es nicht bereits zu spät …«, flüsterte sie.

Im selben Augenblick brüllte jemand: »Was tust du da?! Was tust du da, verdammt!?«

Mein Mund klappte auf. Vanice sah mich fassungslos an.

Wir kannten diese Stimme.

Sie gehörte Justinius.

15
BLUT IST DICKER ALS WASSER

Justinius

Im Vorbeigehen knallte ich dem Wirt einen Hammer auf seinen schmierigen Tresen. Voller Verachtung, versteht sich. Das ging ganz leicht. Zumindest, wenn es sich nicht um das eigene Geld handelte. Und welche Freude war es, zu sehen, wie er mühsam die Münzen zusammensuchte, die er mir herausgeben musste! Ehe ich *Die Singende Kackwurst* verließ, warf ich noch einen letzten Blick auf den Abschaum, der hier versammelt war. Ich verzog den Mund zu einem angewiderten Grinsen. Was hatte ich mir vorhin eingeredet? Dass ich zu diesem Pack gehörte? *Gleicher unter Gleichen*? Da musste ich mich doch noch ein bisschen anstrengen, um auf diese Stufe hinabzusinken. Nicht, dass das jenseits meiner Möglichkeiten gewesen wäre.

Ich trat ins Freie. Nahm mir vor, niemals wieder diese Bruchbude zu betreten. Besiegelte den Pakt, indem ich kräftig ausspuckte. Scara war mir gefolgt und stand jetzt mit artig gefalteten Händen neben mir. Sie bedachte zunächst den Rotzklumpen vor meinen Füßen und dann mich mit demselben erwartungsvollen Blick.

»Geh den Wagen und den Esel holen, aber dalli!«, schnauzte ich.

»Soll ich zuerst den Wagen und dann den Esel holen, oder zuerst den Esel und dann den Wagen?«

»Beide zugleich, den Esel vor den Wagen gespannt. Und wenn du dich nicht sputest, vermache ich dich dem Laden hier. Ich bin sicher, die werden sogar für dich Verwendung finden!«

»Ich hatte mir auch schon überlegt, in der großen Stadt zu bleiben. Aber ich bringe es nicht über mich. Du wärest ja verloren.«

Mit diesen Worten drehte sich Scara um und ging zum Stall. Oder vielmehr zu dem morschen Bretterverschlag, den man in der *Singenden Kackwurst* als Stall bezeichnete. Ich fragte mich, ob es nicht wirklich an der Zeit wäre, meine schwachsinnige Dienerin im Pferdetrog zu ersäufen. Beschloss dann aber, mir meine Kräfte für Lohnenderes aufzusparen. Zum Beispiel dafür, den Kutscher zusammenzustauchen, der Scara mit einem mokanten Lächeln hinterhersah. Der Kerl stand an die Karosserie gelehnt und spielte mit seiner Reitpeitsche. Offenbar wartete er auf jemanden – Rätsel über Rätsel: auf wen wohl? – und hatte dabei unser Gespräch belauscht.

Ich trat einen Schritt auf den Mann zu: »He, du Schwachkopf, was glotzt du so?!«

Der Kutscher betrachtete mich ungläubig. Zog eine Augenbraue hoch und rümpfte die Nase. Sagte dann: »Mit wem bildet er sich ein, dass er da redet?« Dabei gab er sich die größte Mühe, herablassend zu klingen. Herablassend und auf eine einschüchternde Weise vornehm.

Knapp daneben.

Zugegeben, ich verachtete alles und jeden. Aber was ich *wirklich* verachtete, waren solche Schmierlappen. Widerliche, schleimige Lakaien, die sich einbildeten, sie wären selbst schon hohe Herren, weil sie jeden Tag zwanzig oder dreißig hohen Herren in den Arsch krochen, die noch widerlicher und schleimiger waren als sie selbst. Wenn ich mir nicht ziemlich sicher gewesen wäre, dass unsere blondgelockte Schönheit den Kerl noch brauchte, hätte ich ihn in den Boden gestampft.

So begnügte ich mich damit, ihn höflich auf seinen Irrtum hinzuweisen: »ICH BIN JUSTINIUS VON HAGENOW, UND SO WAS WIE DU DÜRFTE BEI MIR HÖCHSTENS DEN PISSPOTT SAUBERLECKEN! WENN DU NOCH EINMAL DAS MAUL AUFREISST, SCHIEBE ICH DIR DEINE HÜBSCHE PEITSCHE IN DEN ARSCH, BIS SIE DIR ZWISCHEN DEN ZÄHNEN WIEDER RAUSKOMMT!! IST DAS KLAR!?!«

Ich freute mich daran, wie der Kutscher vor meinen Augen auf seine wahre Statur zusammenschrumpfte. Man brauchte beinahe ein Vergrößerungsglas, um ihn noch zu erkennen.

Mit einem zufriedenen Lächeln drehte ich mich weg. Entschied, lieber beim Stall nach dem Rechten zu sehen. Nicht dass Scara dem Esel ihre Lebensgeschichte erzählte, ehe sie anspannte. Unterwegs spürte ich, dass mein Gang leichter wurde. Und die Schmerzen schienen mir plötzlich halb so wild zu sein.

Ja, Hackfresse und Nummer zwei hatten mich umgehauen.

Aber sie hatten mich nicht erledigt.

Es war gut, das zu wissen.

Selbstredend machten Scara und Schlappi jeden Anflug von Heiterkeit schon bald wieder zunichte. Scara durch ihre bewährte Mischung aus Blödheit und Größenwahn, der Esel durch seine unfassliche Langsamkeit. Möglicherweise war das Vieh noch träger geworden, seit wir in die Perle gekommen waren. Als wir es nach fünf Minuten gerade mal geschafft hatten, uns ebenso viele Schritte von der *Singenden Kackwurst* zu entfernen, riss mir der Geduldsfaden.

»In Dreidämonsnamen, Scara!«, rief ich. »Ist dieser Esel ein Schlafwandler? Lebt der überhaupt noch?!«

»Im Gegensatz zu dir hat Schlappi im letzten Jahr hart gearbeitet, Justinius. Wir müssen ihn schonen.«

»Im Gegensatz zu mir ist der Esel ja auch der Esel, nicht der Hausherr!«

»Hm. Vielleicht sollte ich dich daran erinnern, dass du der Hausherr bist, wenn du das nächste Mal anfängst, die Einrichtung zu zertrümmern.«

»Ich glaube, beim nächsten Mal sollte ich einfach *dich* zertrümmern! Da geht wenigstens nichts Wertvolles kaputt!«

»Also, Justinius, ich muss schon sagen –«

»Vergiss es!«, schrie ich und sprang vom Bock. »Du findest mich beim Marktplatz! Wenn das Drecksvieh nicht vor lauter Schonung zusammenbricht, bevor es sich da hingeschleppt hat!«

Mit diesen Worten überließ ich Scara ihrem Schicksal und sah zu, dass ich die *Singende Kackwurst* schleunigst hinter mir ließ. Am Ende der Straße warf ich einen Blick über die Schulter. Meine unselige Dienerin und der Esel krochen in trauter Zweisamkeit des Weges. Ich war nur froh, dass der Schmierlappen, der Vanice durch die Gegend kutschierte, diesen Auftritt nicht mehr mitbekommen hatte.

Verglichen mit jenem Hohn auf die Idee »Schnelligkeit«, die Schlappi verkörperte, flog ich auf meinen eigenen Beinen nur so dahin. Trotz der Behandlung von Hackfresse und Nummer zwei. Und unseres viertägigen Spaziergangs über Feld und Wiese. Es dauerte nicht lange, bis ich den Marktplatz erreichte. Schon aus einiger Entfernung schlug mir ein Gewirr von Stimmen und Musik entgegen. Und als mich dann noch eine Duftwolke einhüllte, die in mir zugleich Hunger, Durst und Übelkeit erweckte, wusste ich, dass ich Glück hatte. Auch heute wurde Nachtmarkt gehalten. Bald darauf schob ich mich zwischen allerlei Buden und Ständen durch das Menschengewühl. Widerstand der Versuchung, einem Gaukler, der jonglierend durch die Gegend stelzte, die Stangen unter den Füßen wegzutreten. Und verzichtete auch darauf, ein paar Spielleute, die ein abscheuliches Getröte und Getrommel fabrizierten, mitsamt ihren Instrumenten in der nächstbesten Kloake zu versenken.

Stattdessen dachte ich nach. Was brauchte ich? Und wichtiger noch: Was konnte ich auf die Schnelle zusammenbekommen? Vanice' Gold reichte aus, um sämtliche Buden leerzukaufen, die sich über den Platz verteilten. Doch das allein half mir wenig. Kein Schneider der Welt konnte mir bis morgen früh Maßkleidung anfertigen. Und etwas Standesgemäßes würde ich hier sowieso nicht in die Hände kriegen. Vor allem musste ich Eindruck schinden. Die Wächter bei der Festung des Dorn mussten glauben, dass da ein Baronssöhnchen im Anmarsch war, das sich den Arsch mit Seide abwischte. Worauf würden sie vor allem achten? Das Wichtigste waren natürlich Pferd, Sattel und Zaumzeug. Darum würde ich mich am Vormittag kümmern. Was noch? Meine Chance, mit einem schmucken Schwert zu prahlen, hatte ich verspielt. Es wäre sehr viel klüger gewesen, meinen Stolz runterzuschlucken und am Stadttor zu sagen, wer ich wirklich war. Wenn sie mir überhaupt geglaubt hätten. Aber das ließ sich nicht mehr ändern. Ich brauchte etwas, das diesen Makel ausgleichen könnte. Etwas, das teuer *aussah*. So einfach war das.

Also arbeitete ich mich beim Licht von Laternen und Kohlebecken durch die Auslagen der Buden und Stände. Prüfte Stoffe und schätzte Größen ab. Ließ das Geschwätz der Verkäufer über mich ergehen, die billig vergoldete Ketten als Schätze anpriesen, die der Kaiserin von Iskrien würdig waren. Meinen Durst bekämpfte ich unterdessen mit einem Bier, meinen Hunger mit gebratenem Schaffleisch auf Brot. Und meine blauen Flecke sowie das Hämmern meines Schädels mit Verachtung. Schließlich entdeckte ich einen purpurnen Umhang mit einer Spange, deren Blende tatsächlich aus Gold war.

Der Händler beäugte mich misstrauisch, als ich ihm sagte, was ich haben wollte.

Oh, bei Elaahs Gnade, es bereitete mir einige Genugtuung, vor seiner Nase ein paar Gulden aus Vanice' Lederschlauch in meine Handfläche fallen zu lassen! Ich hatte vergessen, wie gut es sich anfühlt, mit Geld um sich zu werfen.

Und wenn es einem auch nicht gehörte – das war für einen Adeligen doch Nebensache.

Als Nächstes kaufte ich eine mit Knöpfen besetzte, schwarze Hose. Die sah ganz ordentlich aus und schien annähernd die richtige Größe zu haben. Dann begann ich, mich nach Hemd und Weste umzusehen.

Genauer gesagt: Ich hatte vor, dies zu tun.

Doch als ich einen Schritt von dem Stand zurücktrat, an dem ich die Hose gefunden hatte, sah ich ihn. Um ein Haar hätte ich den ganzen Krempel, den ich mühsam zusammengesucht hatte, in den Dreck fallen lassen.

Hackfresse spazierte durch die Perle. Einfach so. Man hätte meinen können, es wäre nicht das Geringste dabei. Wobei ›spazieren‹ nicht das richtige Wort ist. ›Schwanken‹ trifft es eher. Der Kerl war wohl gerade aus einer Schenke gekommen. Hatte sich die Hucke vollgesoffen. Dazu vielleicht einen schönen, fettigen Eintopf gelöffelt.

Ich hoffte für ihn, dass es gemundet hatte.

Seine Henkersmahlzeit.

Hemd, Weste, Wams und der ganze restliche Mist waren vergessen.

Die Rettung irgendwelcher Bauerntölpel konnte ich später noch angehen. Einstweilen sollte sich Mykar mit seiner Friedhofsbekanntschaft in die Niederhöllen scheren. Und bitteschön daran denken, Scara und Schlappi mitzunehmen.

Ich hatte Wichtigeres zu tun.

O ja, das hatte ich.

Wenn Hackfresse dachte, er könnte mir in die Eier treten und ungeschoren damit davonkommen, hatte er sich geschnitten. Zugegeben, in meinem Zustand wäre selbst ein holzbeiniger Wicht, der an Keuchhusten einging, ein ernstzunehmender Gegner gewesen. Ich war müde, hatte Kopfschmerzen, war zerschlagen und verkatert und jaulte auf, wenn ich versuchte, den kleinen Finger zu heben. Aber niemand sollte Justinius von Hagenow nachsagen, er ließe solch eine Schmach auf sich sitzen! Die Vernunft konnte mich mal. Meine Schmerzen konnten mich mal. Und Hackfresse konnte mich gleich kreuzweise.

Notfalls würde ich ihn in Lachen meines Blutes ertränken.

Ich legte den Umhang an. Klemmte mir die zusammengerollte Hose unter den Arm. Und nahm schleunigst die Verfolgung auf, ehe ich Hackfresse im Gewühl aus den Augen verlor. Er war zwar nicht ganz sicher auf den Beinen, wusste aber anscheinend, wo er hinwollte. Bald hatten wir den Marktplatz verlassen. Wir folgten Straßenzügen voller halb- und beinahfertiger Gebäude, auf deren Dächern man Gärten oder Terrassen angelegt hatte. In einigen Wohnungen wurden kleine Empfänge gegeben. Immer wieder hörte man Gelächter. Ein paarmal auch Rufe, die Wen-immer zu Was-auch-immer anfeuerten. Mir sollte es recht sein. Je mehr Hackfresse von mir und meinen Racheplänen abgelenkt wurde, desto besser. Um ganz sicher zu sein, hielt ich einen gehörigen Abstand, obwohl das wahrscheinlich unnötig war. Hackfresses Sauflust spielte mir in die Hände. Außerdem stellte ich mit Befriedigung fest, dass er offenbar vorhatte, den Rest der Nacht allein zu verbringen. Kein Zechkumpan trat an seine Seite. Auch von Nummer zwei war weit und breit nichts zu sehen. Und zum Glück blieb Hackfresse den Huren fern. Nein, nichts und niemand würde unsere Zweisamkeit stören. Das waren doch schöne Aussichten.

Schließlich erreichte Hackfresse sein Ziel. Ein schmales, viergeschossiges Steinhaus, dessen Wände von dunklen Wasserflecken verziert wurden und manch hübschen Riss aufwiesen. Ich schätzte, dass in dem Gebäude je Stockwerk mindestens eine Wohnung untergebracht war. Aber das ganze Haus war dunkel. Es sah so aus, als würde mir das Glück treu bleiben. Auf der Frontseite befand sich eine ziemlich massive Holztür, die in einen gemauerten Bogen eingelassen war. Mit der einen Hand lehnte sich Hackfresse gegen den Stein, mit der anderen nestelte er an seinem Gürtel. Schließlich förderte er einen Schlüssel zu Tage. Ich durfte hier also tatsächlich Hackfresses Heim bewundern. Nun, auch Leibwächter mussten irgendwo wohnen. Während Hackfresse damit beschäftigt war, seinen Schlüssel zu suchen, hatte ich mich auf der gegenüberliegenden Straßenseite an ihn herangepirscht und dabei nach unerwünschten Zuschauern Ausschau gehalten. Ich war Hackfresse jetzt so nahe, dass ich ihn mit einem großen Sprung erreichen konnte. Sowie er die Tür öffnete, würde ich mich auf ihn stürzen. Und ihn im Hausflur fertigmachen.

Ein letztes Mal blickte ich mich um. Die Straße lag verlassen da im Zwielicht des Laternenscheins. Bis auf eine zweispännige Kutsche, die gerade um die übernächste Ecke bog. Die kam nun in unsere Richtung, knarrend und rumpelnd. Ich zischte ein paar Flüche. Es konnte einfach nicht wahr sein, dass mir so ein verdammter neureicher Nachtschwärmer im letzten Moment einen Strich durch die Rechnung machte! Doch da ließ Hackfresse seinen Schlüssel fallen. Schwerfällig bückte er sich, um ihn aufzuheben. Bis er das geschafft hatte, würde die Kutsche längst an mir vorbei sein, dem Branntwein sei Dank! Die Hufe der Pferde knallten auf dem Pflaster. Schon waren sie ganz nah. Es roch nach Stall, Holz und Leder. Hackfresse richtete sich wieder auf. Nun war die Kutsche zwischen uns. Ich spannte jeden Muskel an. Stellte mir vor, dass sie Hackfresse bald nur noch Breifresse nennen würden. Ich war bereit, loszuspringen. Gleich, gleich …!

Edmund.

Durch das Fenster in der Wagenflanke hatte ich einen Blick auf ihn erhascht.

Was hatte mein Bruder in der Perle verloren, beim Schwanz des Gehörnten?

Und warum sah er so verdammt ängstlich aus?

Völlig verwirrt blickte ich der Kutsche hinterher, die sich langsam entfernte. Ich hörte ein Pferd schnauben. Sah die Karosse leicht schwanken. Versuchte, einen klaren Gedanken zu fassen. Sollte ich … nein, was für ein Schwachsinn! … oder doch …

Ich hörte einen Knall, wirbelte herum. Soeben hatte Hackfresse die Tür hinter sich geschlossen. Mit den unfreiwillig schwungvollen Bewegungen des Trunkenen, der sich selbst aus dem Gleichgewicht zu bringen droht. Nun war sie zu, die Tür.

Ich hatte Hackfresse verpasst. Er war mir entkommen.

Dreimal verfickte Scheiße.

Aber ich wusste, wo er wohnte. Ich könnte immer noch … Und jetzt … und jetzt? Hier die Kutsche, dort der Hauseingang. Hackfresse, mein Bruder. Mein Bruder, Hackfresse. Hastig sah ich mal hierhin, mal dorthin. Was sollte ich tun? Nun, Blut ist dicker als Wasser. So hieß es doch. Oder anders ausgedrückt: Meine Rechnung mit Edmund war sehr viel länger als die, die ich mit Hackfresse offen hatte.

Ein letztes Mal betrachtete ich das Haus, in dem der Leibwächter verschwunden war. Prägte es mir gut ein.

Im zweiten Stock wurde eine Lampe entzündet. Aha.

So schnell ich konnte, lief ich der Kutsche hinterher.

16
DER AUFTRAG

Justinius

Als mir klar wurde, dass ich mich in der Nähe des Thaala-Tempels befand, war ich zunächst verwundert. Dann jedoch dämmerte mir, dass Edmund nicht zufällig in diese Gegend gekommen war. Die Kutsche hielt geradewegs auf den Platz zu, an dem der Tempel gelegen war.

Bilder des gewaltigen weißen Gebäudes, der mächtigen Zypressen und endlosen Friedhofsmauern schossen mir durch den Kopf. Und ich spürte, dass sich meine Bewegungen gegen meinen Willen verlangsamten. Sollte ich nicht doch lieber zurück zum Marktplatz laufen und die restlichen Vorbereitungen für morgen treffen? Nein, ich war alles mögliche, aber kein Duckmäuser und kein Feigling! Und ich musste herausfinden, was mein vertrottelter Bruder zu dieser Stunde in Thaalas Hallen zu suchen hatte! Wenn der Herr Baron von uns gegangen wäre, hätte mir doch wohl jemand Bescheid gesagt. Wie sonst hätte ich meiner Sohnespflicht nachkommen und voll Trauer auf den Tischen tanzen können? Wenn aber niemand aus unserer Familie gestorben war, wieso trieb sich Edmund dann mitten in der Nacht –

Plötzlich wurde mir alles klar. Ich hielt an und schlug mir mit der Hand vor die Stirn: »O Justinius, du elender Trottel!«, murmelte ich.

Mein Bruder war wegen Rudrick hier.

Ich war davon ausgegangen, dass Edmund bereits vor zwei Jahren jeglichen Umgang mit diesem Dreckskerl eingestellt hatte. Seitdem der Vorfall mit Glenna ans Licht gekommen war. So nannte man das in unseren Kreisen. Einen Vorfall.

Was das alles zu bedeuten hatte, war mir ein Rätsel. An einem jedoch konnte kein Zweifel bestehen. Es verhieß nichts Gutes.

Mittlerweile war der Abstand zwischen mir und meinem geliebten Bruder deutlich größer geworden. Einen Moment lang rang ich mit mir. Dann rannte ich los. Und erreichte den Platz gerade rechtzeitig, um zu sehen, wie der Kutscher die Pferde antrieb. Offenbar war er nicht erpicht darauf, an diesem Ort zu verweilen. Seinerseits stieg Edmund bereits die sieben Stufen zu dem schwarzen Tor empor, das den Eingang des Tempels darstellte.

Ansonsten war der Platz so unbelebt, wie er nur sein konnte. Nicht mal eine verdammte Streunkatze huschte an den Häuserwänden entlang. Und der Laternenschein schien den Eindruck von Verlassenheit noch zu verstärken. Ich fragte mich, wie die Geweihten es anstellten, dass hier alles derart unheimlich und einschüchternd wirkte. Vermutlich spannten sie ein riesiges, geteertes Zelt über den Platz, wenn die Sonne schien. Eine bessere Nacht als diese hätten sie sich sowieso kaum wünschen können, falls sie es darauf abgesehen hatten, die Leute das Fürchten zu lehren. Ein aufgequollener, blutroter Halbmond hing am Himmel, und selbst die Sterne machten einen irgendwie boshaften Eindruck.

Ich warf einen missmutigen Blick in Richtung der Gestirne. Und hastete weiter. Meine Schritte hallten in der Stille und der Leere. Doch lauter noch war das Gelärme der sich entfernenden Kutsche. So bemerkte mich Edmund erst, als ich die unterste Treppenstufe fast erreicht hatte. Ich war natürlich zu langsam gewesen, als dass ich ihn rechtzeitig zu fassen bekommen hätte, ehe er das Tor erreichte. Doch das war auch nicht nötig. Er war zögernd, mit gesenktem Kopf und kummervoller Miene bei der schwarzen Pforte stehen geblieben. Ihm war offensichtlich nicht ganz geheuer zumute.

»Oh, hallo, Bruderherz! Was für eine Überraschung!«, keuchte ich, indem ich am Fuß der Treppe anhielt.

Edmund wirbelte herum und vollführte ein paar seltsame Verrenkungen, als er mich erkannte. »Ju-justinius?! Was – was machst du denn hier?«, brachte er schließlich hervor.

»Och, nichts Besonderes … Ich vertrete mir ein bisschen die Beine … Kleiner Nachtspaziergang, gut für die Verdauung. Du weißt schon … Und, wie geht es dir? Alles bestens, hoffe ich doch?« Ich begann, die Treppe emporzusteigen.

»Ich … äh … ich …«

»Ah, das ist gut zu hören! Der Herr Baron und unsere lieben Schwestern sind sicherlich auch wohlauf, nicht wahr?«

»Ju-ju-justinius!?«

»Das sagtest du bereits. Oder war es: Ju-justinius? Aber egal. Sag mir doch lieber, was du hier zu dieser ungewöhnlichen Stunde treibst, Edi!«

»I-i-ich … ich w-wollte …«

»Ach so, ich verstehe … Wolltest beten gehen … Der lieben Verstorbenen gedenken … und so. Wer ist denn heute dran? Vielleicht Glenna? Oder etwa doch unser guter Freund Rudrick?«

Edmund wich zurück, als hätte ich die Hand gegen ihn erhoben.

Ich lächelte grimmig. Ich hatte mich nicht geirrt.

Mein Bruder schwieg. Starrte mich einfach an. Als wäre ich ein Geist. Nun, viel fehlte nicht.

Mittlerweile war ich oben angekommen.

»Na komm, Edi – freust du dich gar nicht, mich zu sehen? Beim letzten Mal mussten wir uns ja in aller Eile verabschieden. Das war nicht so richtig gemütlich, findest du nicht auch? Ach, da fällt mir ein …«, ich tippte mir mit zwei Fingern gegen die Schläfe und sah mich um, wobei ich eine Unschuldsmiene aufsetzte, »… wo sind denn deine Freunde hin? Heute ganz allein unterwegs? Ohne Meuchler und Folterknechte?«

Edmund traten Tränen in die Augen. »Es tut mir leid, Justinius … ich wollte dir nicht wehtun … wirklich nicht!«

Ich wurde ernst. »Nein. Natürlich nicht. Von wehtun kann ja keine Rede sein. Aber irgendwer muss halt die Zeche zahlen, nicht wahr?«

Ich betrachtete die Jammergestalt, die da vor mir stand. Mein kleiner Bruder Edmund. Er war drei Jahre jünger als ich. Fast ebenso groß. Schlanker. Ein hübsches Gesicht. Er hätte ein wandelndes Heldengemälde sein können. Gekleidet in feinen Zwirn. Ein kecker Hut auf dem Kopf. Gegürtet mit Schwert und Dolch. Nur sein Blick war leicht fahrig. Das war schon immer so gewesen. Und er hatte sich immer vor mir gefürchtet. Selbst jetzt, im Halbdunkel, konnte ich die Narbe an seiner Stirn erkennen. Da hatte ich ihn an den Haaren gepackt und gegen die Wand geschlagen. Vor mehr als zwanzig Jahren.

Ich dachte an die verrückte Scara und die schöne Vanice. An Mykar, die einfältige Vogelscheuche, und an Cay, den Bauerntrottel, der vielleicht einfach nur Pech gehabt hatte. Falsche Orte, falsche Zeiten. Die Geschichte so vieler Leben.

Mit einem Mal fühlte ich mich sehr müde. Da waren sie wieder, die Schmerzen meines Körpers. Und die Erschöpfung meiner Seele.

»Was sollte das alles, Edi?«, fragte ich leise. »Willst du unseren Herrn Vater wirklich töten? Ja? Aber warum dann mir die Sache anhängen? Ich würde dir doch liebend gern dabei helfen, das Dreckschwein zu erledigen! Aber wozu dieses idiotische Pergament, verdammt noch mal? Willst du mich etwa aus dem Weg räumen? Ist es das? Aber warum denn? Du kannst die Burg haben, wenn du willst. Was schert mich das alles? Ich brauche nur genug Gold, um ordentlich zu saufen und zu fressen und gelegentlich mal eine Hure zu besteigen. Das weißt du doch alles …«

Edmund liefen jetzt wirklich die Tränen über die Wangen. Und ich konnte sehen, dass er vor Angst schlotterte. Allein wegen mir? Wohl kaum.

»Nein, nein … Darum ging es nicht … Es war ganz anders … V-vvater ist übrigens krank … Ich kann alles erklären, Justinius. Aber erst muss ich … Du hast recht. Es geht wirklich um Rudrick … Ich … ich muss etwas für ihn tun. Ich *muss*! Und die Zeit drängt. Bitte! Bitte lass mich … W-wenn nicht … dann ergeht es mir schlecht … Es ist mein Ernst, Justinius, *bitte*!« Er hob flehentlich die Hände.

»Gut, von mir aus. Wie der Zufall so will, wollte ich Rudrick auch einen Besuch abstatten. Du weißt schon, alte Zeiten. Wir machen es so, Edi: Du sagst mir jetzt, worum es geht, und tischst mir keine Lügen auf. Dann gehen wir gemeinsam in den Tempel und wünschen Rudrick viel Spaß auf dem Weg in die Niederhöllen. Danach suchen wir uns eine stille Ecke irgendwo in dieser hübschen Stadt, wo wir uns in Ruhe unterhalten können. Dann will ich eine Erklärung. Eine *vollständige* Erklärung. Und wenn du Glück hast, hast du morgen früh noch alle Zähne im Maul.«

Ich fürchtete, Edmund würde mir vor Erleichterung um den Hals fallen. Das tat er dann doch nicht. Aber er schniefte. Und schnäuzte sich geräuschvoll in sein Seidentaschentuch.

Ehe er sagte: »Danke, Justinius, danke! Das werde ich dir nie vergessen.«

Ich versuchte, das Bild des Elends, das mein Bruder jetzt abgab, mit dem Auftritt in Einklang zu bringen, den er im Kreis seiner Meuchler hingelegt hatte. Als bräuchte er eine Seilwinde, um seine Eier in die Hose zu kriegen. Die Erinnerung brachte mich wieder zu mir.

»Dank mir nicht zu früh«, knurrte ich. »Die Wunden auf meiner Brust jucken so. Das könnte mir noch die Laune verderben. Erzähl mir lieber, was in Dreidämonsnamen hier vor sich geht!«

Edmund schluckte. Dann sagte er im Flüsterton: »Vor einigen Wochen kam Rudrick zu uns auf die Burg. Es war … es war, als wüsste er, dass er bald sterben würde. Aber das – das schien ihm gar nichts auszumachen. Er war in Hochstimmung. Ich habe ihn noch nie so erlebt. Es war unheimlich, Justinius, glaub mir!«

»Schön. Und weiter.«

»Er sagte: ›Wenn mir etwas zustößt, dann musst du in der Nacht vor meiner Beerdigung zu meiner Leiche gehen.‹ Zuerst lachte ich … fragte ihn, was ihm denn zustoßen sollte? Dann aber wurde mir klar, dass er keine Scherze machte. Ich bekam Angst … wollte nicht … suchte nach Ausreden …« Edmund unterbrach sich. Ich konnte sehen, dass etwas sehr Dunkles von ihm Besitz ergriff. Er wandte das Gesicht ab. Als er nach einigen Momenten fortfuhr, war seine Stimme kaum hörbar. »Aber Rudrick wollte nichts davon wissen. Er begann … er drohte mir, Justinius … E-er sagte …«

»Ja? Ich höre.«

Edmund hob den Blick. Wieder war ein feuchtes Schimmern in seinen Augen. »Ich kann nicht, Justinius.« Er schüttelte den Kopf. »Ich wage es nicht … Lass mich nur so viel sagen: Er kennt Mittel und Wege … auch als Toter …«

Ich dachte an Mykar und seine Besuche in Geisterschenken. »Oh, ich könnte dir ein bisschen was von Toten und ihren Mitteln und Wegen erzählen. Aber gut. Ich sehe, dass Rudrick dich immer noch hübsch im Griff hat. Was sollst du also für ihn tun? Die Wahrheit, Edi.«

Mein Bruder sah gehetzt um sich. Unwillkürlich schloss sich seine Hand um einen Beutel, der ihm am Gürtel hing.

»Er hat mich beauftragt … etwas über seinen Leichnam zu schütten.«

»Er schickt dich los, um in der Nacht vor seiner Beerdigung etwas über seinen Leichnam zu schütten? Willst du mich verarschen?«

»Nein! Nein! Es ist, wie ich sage, Justinius!«

»Hm. Gut. Von mir aus. Und *was* solltest du über seinen Leichnam schütten?«

»Irgendeine Flüssigkeit …«

»Irgendeine Flüssigkeit? Soso. Geht das noch ein bisschen genauer?«

Edmund zögerte.

»Wird's bald?«

»Schon gut, schon gut …!« Mit sehr vorsichtigen Bewegungen öffnete er den Beutel. Dann holte er eine kleine, unscheinbare Phiole hervor. In selbiger schwappte eine bräunliche Brühe, die mich an Lebertran erinnerte.

»Sieht nicht sehr lecker aus, das Zeug. Was hat es damit auf sich, Edi?«

»Ich weiß es nicht – ich …«

»Hm. Vielleicht finden wir heraus, was es ist, wenn du einen Schluck kostest?«

Edmund riss entsetzt die Augen auf: »Justinius, d-du … du würdest doch nicht …!«

»Täusch dich da bloß nicht drüber, was ich tun würde und was nicht! Also, Bruderherz: Was ist in der verdammten Flasche?«

»Ich weiß es *wirklich* nicht … ich schwöre bei allen Göttern und dem Grab unserer Mutter! Rudrick hat irgendetwas ... irgendetwas von seiner Befreiung gesagt.«

Ein Schauer lief über meinen Rücken. Aber ich war entschlossen, mir nichts anmerken zu lassen.

»Ist das so. Hat er auch gesagt, *wovon* er befreit werden will? Vielleicht von den Furunkeln auf seinem Arsch? Möchte eine gute Figur machen, wenn ihm Skargats Geißeln die Haut abziehen, was?«

Edmund öffnete den Mund, als wollte er noch etwas sagen. Klappte ihn dann aber wieder zu. Seufzte tief.

Ich nutzte diesen Moment reumütiger Einkehr, um ihm die Phiole aus der Hand zu nehmen. »Wie auch immer. Jedenfalls ist schon mal eines klar: Dass der Mist hier nicht in die Nähe seiner Leiche kommt.«

Edmund machte Anstalten, seinerseits nach der Phiole zu greifen. Besann sich aber eines Besseren. »Justinius! Bei allen Göttern! Was tust du da?!«, rief er.

»Ich wickle dieses hübsche Fläschchen in eine Hose, wie du siehst. Wir wollen doch nicht, dass es am Ende hinfällt und kaputt geht. Bevor wir rausgefunden haben, was drin ist, meine ich.«

»Das ... das ist mein Todesurteil!«, wisperte Edmund und drückte den Rücken gegen die Wand, als hätte ihn bereits eine Horde Feinde umringt. Vermutlich stellte er sich große, böse Rachegeister mit Glutaugen vor, die Knochenäxte schwangen. Das Schlimmste war, dass ich langsam selbst begann, solche Hirngespinste auszubrüten.

»Na, da würde ich nicht drauf wetten«, sagte ich betont gelassen. »Wir gehen jetzt erst mal und sagen unserem alten Freund Rudrick Lebwohl. Dann schauen wir weiter.«

Ich fasste meinen Bruder an der Schulter und drehte ihn in Richtung des schwarzen Tores. Er war nur noch ein zitterndes Bündel. Wie ein verängstigter Junge hing er an meinem Arm. Während wir die Pforten des Tempels und den Vorraum zur Gebetshalle durchschritten, musste ich Edmund mehrmals stützen. Mein Bruder litt Todesangst, ganz klarer Fall. Doch das hatte etwas Gutes: In diesem Zustand würde er es kaum fertiggebracht haben, mich zu belügen.

Das war keine Frage der Aufrichtigkeit. Seine Kraft reichte einfach nicht. Die reichte gerade mal, um ihn halbwegs auf den Beinen zu halten.

Nein, Edmund hatte die Wahrheit gesagt.

Ausnahmsweise.

17
DAS OPFER

Justinius

So hell die Fassade und Außenmauern des Tempels waren, so dunkel zeigte er sich im Inneren. Wände, Boden und Decke der gewaltigen, fensterlosen Gebetshalle bestanden aus dicht verfugtem, schwarzem Stein. Es schien, als würden uns Lagen matt glänzenden Stoffes umhüllen. Oder als hätte man einen riesigen Sarkophag betreten. Zwischen zwei Säulenreihen hindurch führte ein Mittelgang geradewegs auf den schwarzen, unbehauenen Monolithen zu, vor dem Thaalas Hauptaltar errichtet war. Um den Altar herum waren blattförmige Schalen aus dunklem Metall verteilt, in denen Weihrauch abgebrannt wurde. Im Übrigen war die Halle völlig schmucklos. Von den Kerzenleuchtern, die man in regelmäßigem Abstand aufgestellt hatte, gingen Lichtkleckse aus. Sie wirkten verloren in der strengen Finsternis. Und hier drinnen war es nicht einfach still. Nein, man hätte meinen können, irgendwelche unsichtbaren Wesenheiten schwebten durch die Gebetshalle, die dafür zuständig waren, jedes Geräusch zu verschlingen.

Langsam, wortlos und ziemlich eingeschüchtert schritten Edmund und ich auf den Altar zu. Je näher wir dem dunklen Herzen des Tempels kamen, desto dichter legten sich die Weihrauchschwaden um uns. Es war ein schwerer, fremdartiger und zugleich seltsam vertrauter Duft – eine harzige, leicht scharfe Süße, die etwas Lockendes hatte, das an unbekannte Reiche denken ließ. Mir war flau im Magen. Am liebsten hätte ich gegen die nächstbeste Säule gekotzt.

Vor dem Altar kniete ein einzelner Geweihter auf dem Stein. Er schien völlig in seine Gebete vertieft. Jedenfalls gab er durch nichts zu erkennen, dass ihm unsere Anwesenheit bewusst war. Edmund und ich blieben hinter dem Geweihten stehen. Selbstredend in gebührendem Abstand. Ich vertiefte mich in die Betrachtung des schwarzen Kapuzengewandes, das der Mann trug. Und seines rasierten Schädels. Auf der Glatze war ein großer roter Pickel.

Mein Bruder starrte derweil zu Boden. Nach seinem verkrampften Gesichtsausdruck zu schließen, konzentrierte er sich voll darauf, nicht in die Hosen zu machen. Ich vermutete, dass er das auf die Dauer nicht durchhalten würde. Und ich hatte so eine Ahnung, dass es Thaala nicht lustig fand, wenn man ihr eine Pfütze Dünnschiss zum Opfer brachte. Also wickelte ich mich fester in meinen Umhang. Hoffte, dass der Weihrauch meinen Geruch übertünchen würde und ich im Halbdunkel nicht allzu gut zu sehen war. Dann trat ich noch einen Schritt auf den Kahlköpfigen zu.

»Den Göttern zum Gruße, Ehrwürden … Verzeiht, dass wir Euch stören …« Ich konnte so ein Gesülze nicht ausstehen. Aber die Diener der Unsterblichen waren ebenso eigen wie ihre Herren, wenn es um ihre Großartigkeit ging.

Meine Stimme hallte unverschämt laut in der Düsternis wider. Ich zuckte zusammen. Offenbar hatten sich die geräuschvertilgenden Gespenster gerade zur Ruhe begeben. Wenigstens erreichten meine Worte den Geweihten in der Tiefe seiner heiligen Einkehr. Oder in den Wonnen eines wohlverdienten Nickerchens. Ganz sicher war ich mir da nicht. Jedenfalls erhob sich der Mann nach einigen Augenblicken. Drehte sich zu uns um. Zeigte ein merkwürdig altersloses Greisengesicht. Betrachtete uns mit regungsloser Miene und ohne ein Wort zu sagen.

»Ich bin Justinius von Hagenow. Sohn des Barons von Hagenow. Das ist mein Bruder Edmund. Wir sind gekommen, um dem Grafensohn Rudrick von Nordwiesen die letzte Ehre zu erweisen. Wir würden uns vor den Feierlichkeiten morgen gerne in aller Stille von ihm verabschieden.«

Der Geweihte gab sich nach wie vor große Mühe, möglichst leblos zu wirken. Würdigte uns aber immerhin mit der Andeutung eines

Nickens. Wandte sich dann ab und schritt langsam zu einem schmalen Durchgang, der in die Wand hinter dem Obelisken eingelassen war.

Ich nahm an, dass wir ihm folgen sollten, und tat desgleichen. Warf meinem Bruder vorher einen Blick zu, von dem ich hoffte, dass er hinreichend mahnend war. Edmund seinerseits schaute mich an, als wäre er ein geprügelter Hund, der auch noch vor die Tür gejagt werden soll.

Das war jedoch nicht die Richtung, die er jetzt einschlagen musste. Der Geweihte führte uns über einige Treppen und durch manchen Gang hinab in die Katakomben, die unterhalb des Tempels gelegen waren. Ich vermutete, dass wir an den Zellen vorbeikamen, in denen Thaalas Diener ihre spärlichen Ruhestunden verbrachten. Einmal sah ich eine Gestalt, die ebenfalls eine schwarze Kapuzenkutte trug, aus einer Tür treten, die wir in einigen Schritt Entfernung passierten. Ansonsten war von den Brüdern und Schwestern unseres Führers weit und breit keine Spur zu entdecken. Man hätte meinen können, wir wären allein mit der Erinnerung an all die Toten, die hier auf ihren Übertritt ins Jenseits vorbereitet worden waren. Und den Klagen, die der Stein aufgesogen hatte.

In den Katakomben ließ es sich besser aushalten als in der Gebetshalle. Die Wände und der Boden waren heller, und die Öllampen, die in Nischen brannten, spendeten ein freundlicheres Licht. Was nicht hieß, dass ich mich wohlfühlte. Ganz im Gegenteil. Ich bildete mir ein zu spüren, dass wir Rudrick sehr nah gekommen waren. Und das war kein angenehmes Gefühl. Verstohlen musterte ich meinen Bruder. Der sah mittlerweile noch unglücklicher und elender aus.

Die Katakomben waren zwar weitläufig, aber zu meiner Erleichterung folgten wir keinen verwinkelten Wegen. Nachdem wir einmal auf der Ebene angelangt waren, wo die Verstorbenen ihres Begräbnisses harrten, hielten wir uns immer an denselben Gang. Von diesem gingen nach links und rechts zahlreiche Räume ab. Manche waren offen, andere verschlossen. Manche dunkel, andere von Kerzenschein erhellt. Soweit ich erkennen konnte, befand sich in jedem einzelnen der Räume ein rechteckiger Gesteinsblock – ohne jegliche Verzierung, wie sich das in Thaalas Hoheitsgebiet gehörte. Und einige Male sah ich im Vorbeigehen, dass auf diesen Blöcken ein Toter aufgebahrt war. Die Verstorbenen trugen weiße, schlichte Gewänder und lagen mit vor der Brust gefalteten Händen da. Einer wie die andere. Man wollte die Hinterbliebenen an den Umstand erinnern, dass wir im Angesicht Thaalas alle gleich waren.

Arm und reich. Alt und jung. Geliebt oder verachtet. Es machte keinen Unterschied.

Oder etwa doch?

Für Rudrick von Nordwiesen hatten die Geweihten jedenfalls eine Ausnahme gemacht, wie ich bald darauf sehen konnte. Wie die anderen Toten lag auch Rudrick mit gefalteten Händen auf einem Steinblock. Der Raum, in dem sie ihn aufgebahrt hatten, war ebenso schlicht und schmucklos wie die übrigen, auf die ich unterwegs einen Blick erhascht hatte. Und auch hier brannte man Duftkerzen und Weihrauch ab, um den Leichengeruch zu übertönen.

Allein …

Rudrick trug kein weißes Gewand. Er war nackt bis auf einen Lendenschurz. Und sein Körper war über und über mit Glyphen und Symbolen bedeckt. Von den Zehen bis zur Nasenspitze. Ich hatte nicht die geringste Ahnung, was die Schriftzeichen und ineinander verschlungenen Bögen, Ranken, Dreiecke und Kreise zu bedeuten hatten. Aber sie wirkten sehr alt und geheimnisschwer. Und irgendwie schien es, als wären die schwarzen Linien von der Haut *abgehoben*. Als lägen sie *auf* dem Leichnam. Würden ihn umschließen und binden.

Was hatte Edmund gesagt?

Rudrick will *befreit* werden?

Ich wollte den Geweihten fragen, was hier eigentlich vor sich ging. Doch ich brachte die Worte nicht über die Lippen. Fühlte stattdessen einen seltsamen Drang, Rudricks Gesicht zu betrachten. Er war glattrasiert und sah besser aus, als ich erwartet hatte. Keine Zeichen von Verwesung. Höchstens waren die Wangen ein bisschen eingefallen.

Dies alles, obwohl er schon eine ganze Weile tot war. Mindestens eine Woche, wenn ich richtig rechnete. Vielleicht hatten die Geweihten mit irgendwelchen Thaala-gefälligen Tricks nachgeholfen. Schließlich soll ein Grafensohn auch als Kadaver eine gute Figur machen. Allerdings zeigten Rudricks Züge die Spuren zahlreicher Ausschweifungen. Die ließen sich wohl nicht so leicht wegzaubern. Ich konnte das bestens beurteilen. Dennoch: Da war etwas Edles, eine gewisse Härte auch … die Adlernase, die hohen Wangenknochen … in seiner Familie gab es wahrscheinlich kutasisches Blut …

Ich schüttelte mich. Was sollte das denn werden, bei Sorins Weisheit? Wen scherte Rudricks Fresse? Und was für ein götterverdammter Schwachsinn spukte mir da im Hirn rum? Ich musste mit dem Geweihten reden, verdammt!

Der hatte sich bereits an die Kopfseite des Steinblocks gestellt. Mit gefalteten Händen und gesenktem Haupt stand er da und flüsterte Gebete. Leicht vornüber geneigt, als wollte er durch die geschlossenen Lider des Toten in dessen Seele blicken. Jetzt konnte ich Ehrwürden ja schlecht stören, oder? Sogar mein Bruder hatte seine frommen Neigungen entdeckt. Er war neben den Geweihten getreten und hatte ebenfalls begonnen zu beten. Oder er tat so. Plötzlich war ich mir unsicher. Sein Gesicht machte jedenfalls keinen andächtigen Eindruck. Es war mindestens so weiß wie das von Rudrick, und der Schweiß rann Edmund über Stirn und Wangen.

Irgendetwas stimmte nicht. Mir war klar, dass gerade Dinge passierten, die ich hätte verhindern müssen. Im selben Moment jedoch fühlte ich mich seltsam unschlüssig. Beinahe willenlos. Als wäre jeder Augenblick, der verstrich, ein unerträgliches Gewicht, das auf meinen Gedanken lastete. Und ich bräuchte sämtliche Kraft, um diesem Gewicht standzuhalten. Mein Mund fühlte sich plötzlich so trocken an. Verdammt, wie ich mich nach einem Krug Bier sehnte … Fast konnte ich es auf der Zunge schmecken. Doch das kühle Bier verwandelte sich in salziges, klebriges Blut. Ich sah Glenna vor mir. Ihren geschundenen Körper. Die Qual und Verzweiflung in ihrem Blick.

Nun bekam ich es ernsthaft mit der Angst zu tun. Eine böse, eisige Angst, wie ich sie noch nie gefühlt hatte. In ohnmächtigem Entsetzen fragte ich mich, was bei allen Höllen hier vor sich ging. Ich *musste* etwas tun … Allein, *was* tun …? Ich spürte, dass ich keine Zeit mehr hatte. Doch ich rührte mich nicht. Blieb einfach in ein paar Schritten Entfernung von Rudricks Leichnam stehen. Ich wollte an die Seite des Geweihten eilen. Auf die Knie fallen. Die Götter um Beistand anflehen. Aber es war, als gehorchten mir mein Körper und mein Geist nicht länger. Eine Stimme in mir höhnte, dass ich einen Gehörnten tun würde, auch noch für die Seele eines Schweins wie Rudrick zu beten …

Als Edmund seinen Dolch zog und dem Geweihten die Kehle durchschnitt, war der Bann gebrochen. Ich riss die Hand hoch, sprang – zu spät. Der alte Mann stieß ein ersticktes Gurgeln aus. Er stürzte auf den Leichnam und vergoss sein Blut über Rudrick.

Edmund ließ die Waffe fallen. Er stöhnte, taumelte zurück, das Gesicht von Grauen gezeichnet.

Es war, als hätte er Skargat selbst gesehen.

18
DER PFAD DES SCHWARZEN LICHTS

Mykar

Ich stürzte in den Raum. Vanice folgte mir. Fast wäre sie in mich hineingerannt, als ich jäh stehenblieb. Ich sah den Mann, der Justinius hatte foltern lassen; den Mann, den er Edmund genannt hatte. Ich sah Justinius, der ihn am Kragen gepackt hatte und schüttelte. Und ich sah die Leiche des Thaala-Geweihten. Sie lag neben dem Gesteinsblock, auf dem Rudrick von Nordwiesen aufgebahrt war. Wie Vanice gesagt hatte, war der Tote von Kopf bis Fuß mit Schriftzeichen und rätselhaften Symbolen bedeckt. Doch das war nicht alles. Das Blut des Geweihten hatte Rudricks Gesicht, Hals und Brust bespritzt. Nun breitete es sich in Pfützen auf dem Boden der Kammer aus.

»Justinius!«, rief Vanice.

Und dann geschah es.

Die Luft um Rudrick schien *Blasen zu schlagen*. Wie Wasser, das zu kochen beginnt. Das lautlose Geblubber nahm schnell an Heftigkeit zu. *Hinter* den Blasen waberte und wirbelte ein Strudel greller und zugleich düsterer Farben, für die ich keinen Namen hatte. Und dann platzte die Luft auf. Ein Riss entstand, ungefähr in Höhe von Rudricks Herz – und durch den Riss hindurch sprang ein böser Geist ins Zimmer.

Auf den ersten Blick sah das Wesen fast so aus wie die dürren Schatten, denen ich in der Herberge *Zum Fröhlichen Toten* begegnet war. Aber nur fast. Denn seine Gestalt war wuchtiger. Und sie war *schartig*. Als wäre sie an allen Ecken und Enden gesplittert und gerissen, und nun ständen dort scharfe Kanten und Zacken hervor. Und seine Züge glichen denen Rudricks.

Für einige Sekunden verharrte der böse Geist, nachdem er in den

Raum gekommen war. Er kauerte auf dem Boden. Mit schwarz-glosenden Augen schaute er ins Leere. Dann erhob er sich langsam, richtete sich schließlich zu voller Größe auf. Wohlig streckte er die Glieder, bog die Finger, genoss die Wonnen der neu gewonnenen Freiheit. Und dann stürmte er los.

Geradewegs auf uns zu.

Vanice trat ihm entgegen. Sie versuchte, ihn festzuhalten. Ich sah, wie sie quer durch den Raum flog und gegen die Wand prallte. Dann war ich an der Reihe. Mit einem einzigen Schlag schleuderte mich Rudricks Geist zur Seite. Die Berührung war eisig kalt und glühend heiß. Hilflos wie ein Kind lag ich auf dem Boden.

Vanice hatte sich schon wieder aufgerappelt. Ich hörte sie rufen: »Justinius, kümmert Euch um den Mörder!« Während sie an mir vorbeihastete, fasste sie mich an der Schulter. »Komm, Mykar!«, hörte ich sie sagen.

Ihre Schritte entfernten sich. Ich wusste, dass sie keine Chance gegen den bösen Geist hatte. Sie brauchte meine Hilfe. Doch ich wagte nicht, ihr zu folgen. Justinius und Edmund rührten sich ebenfalls nicht. Sie hatten sich wechselseitig an Kragen und Ärmel gefasst und starrten zwischen Rudricks Leichnam, dem ermordeten Geweihten und der Stelle, wo Vanice gegen die Wand geprallt war, hin und her.

Ich wollte mich in einer Ecke verkriechen und das Gesicht in den Händen vergraben.

Als ich mich abwandte, warf ich einen letzten furchtsamen Blick auf den ermordeten Grafensohn. Ich sah den verfallenden Körper, der jetzt unbewohnt war. Ich versuchte, sie mir vorzustellen: die Leere, die den Leichnam erfüllte. Aber ich sah nur einen Toten mit ausdruckslosen Zügen und vor der Brust gefalteten Händen. Etwas an diesen Händen stimmte nicht.

Ich schaute genauer hin.

An der Rechten fehlte der Ringfinger.

Ein Augenblick verstrich, bevor ich verstand.

Dann wurde ich von einem Gefühl ergriffen, das stark genug war, um alles andere auszulöschen.

Es war Hass.

Reiner, lodernder Hass.

Ich sprang auf und stürmte los. Schon erreichte ich das Gittertor. Es war aus der Wand gerissen. Ich lachte darüber. Ich hätte den halben Tempel zum Einsturz gebracht, wenn das nötig gewesen wäre, um meinen Feind in die Hände zu bekommen. Ich jagte weiter, rannte über die rötlichen Steinplatten. Am Übergang zwischen den beiden Teilen der Tunnelanlage holte ich Vanice ein. Offenbar hatte sie ein zweites Mal versucht, Rudrick aufzuhalten. Sie humpelte; Blut verklebte einige Strähnen ihres blonden Haares und floss über ihre linke Gesichtshälfte. Ich konnte sehen, dass sie am Ende ihrer Kraft war. Sie zitterte so stark, dass sie kaum die Öllampe zu halten vermochte, die sie wieder aufgenommen hatte. Ich hörte ihre Stimme und verstand meinen Namen. Doch ich verlangsamte nicht einmal meinen Schritt.

In einiger Entfernung entdeckte ich Rudrick. Obwohl alles in Dunkelheit lag, konnte ich ihn erkennen. Auf seiner Suche nach dem Ausgang irrte er durch die feuchten, leeren Gänge, verlor sich zwischen den Kellern und Verliesen. Er saß in der Falle. Ich rannte geradewegs auf ihn zu. Er sah mich kommen, stutzte – und ergriff die Flucht. Doch ich war schneller. Der Abstand zwischen uns wurde immer geringer. Schon streckte ich die Hände nach Rudrick aus. Ich würde ihn kriegen. Und er würde bezahlen.

»Mykar! Hilfe!«

Es war Vanice, die da schrie. Dieses schrille Kreischen, das passte eigentlich gar nicht zu ihr. Widerwillig sah ich über die Schulter. Es war so, wie ich bereits geahnt hatte. Sie war den Toten in die Arme gelaufen. Eine Handvoll lebender Leichen hatte sie eingekreist. Ein riesenhafter Mann zerrte bereits an ihrem Kleid, dass es in Fetzen von ihrer Schulter hing. Vanice schlug panisch um sich. Noch gelang es ihr, die hungrigen Mäuler auf Abstand zu halten. Aber bald würden die Toten sie in Stücke reißen.

Die Öllampe war auf den Boden gefallen und ließ die Schatten hüpfen. Unsere Blicke trafen sich in dem flackernden Licht. Vanice schaute jetzt nicht mehr gar so stolz und unnahbar drein. Vermutlich wäre es ihrer Schönheit abträglich, von fauligen Leichen angenagt zu werden.

Ich nahm erneut die Verfolgung auf.

»MYKAR!«

Wenn mein Feind geglaubt haben sollte, ich würde mich durch einen flehentlichen Augenaufschlag von meinem Ziel abbringen lassen, musste ich ihn enttäuschen. Rudrick wusste immer noch nicht, wohin er seine Schritte lenken sollte. Und ich war sowieso zu schnell für ihn. Jetzt würde es nicht mehr lange dauern … Ich hatte ihn fast …

»MYKAR! BITTE!«

Ich verzog das Gesicht. Vanice' Gequieke tat mir in den Ohren weh. Konnte sie nicht einfach den Mund halten und sterben? Was scherte mich das, wenn sie –

Es traf mich wie ein Peitschenschlag. Ich krümmte mich vor Scham und Entsetzen. Ich wirbelte so heftig herum, dass ich beinah das Gleichgewicht verlor. Ich rannte zurück zu Vanice.

Sie lag auf dem Boden. Ihr Kleid war zerfetzt. Ihr Körper war von blutigen Kratzspuren gezeichnet. Doch sie war nicht gebissen worden. Und sie kämpfte noch. Einem der Untoten hatte sie ihre langen Fingernägel in den Kehlkopf gebohrt; er konnte nicht näher an sie herankommen und stieß ein gieriges, frustriertes Stöhnen aus. Mit der anderen Hand drückte sie den Kopf des zweiten Leichnams nach hinten. Dem dritten Toten hatte sie den Fuß ins Gesicht gerammt. Er war auf den Hintern gefallen und machte einen verdutzten Eindruck. Der vierte kaute an ihrem Stiefel herum, ohne zu begreifen, dass er auf Leder biss.

Gegen den fünften Angreifer jedoch hatte Vanice keine Chance. Es war der hünenhafte Tote. Er beugte sich über sie, griff ihr in die Haare, zerrte ihren Kopf zur Seite, riss den Mund auf, näherte seine krummen, braungelben Zähne ihrem Hals.

Vanice presste die Lider zusammen. Sie wusste, dass das Ende da war.

Denn es war zu spät. Ich würde sie niemals rechtzeitig erreichen.

Der Tote würde sie beißen. Er würde ihren Hals aufreißen und ihr Fleisch verschlingen. Sie würde vor meinen Augen verbluten.

Nicht noch einmal, dachte ich. *Bitte nicht noch einmal.*

Ich rannte. Ich rannte schneller, als ich jemals gerannt war. Doch es war nicht genug. Das Maul des Leichnams war kaum mehr ein paar Fingerbreit von Vanice' Hals entfernt. Und ihr Widerstand erlahmte. Sie hatte aufgegeben.

Ich schrie. Ich warf mich nach vorne. Ich sprang. Und schleuderte mich gegen die gierigen Leichen. In einem Durcheinander von Leibern und Gliedmaßen schlug ich zu Boden. Da war eine Wolke der Verwesung, durchmengt mit dem Geruch von Vanice' Schweiß und ihren Wunden. Einer der Toten biss mir in den Arm. Ich hörte mich selbst brüllen. Ich bekam den Leichnam zu fassen und riss ihm den Kopf ab. Plötzlich hatte ich ein Bein in der Hand; mein Fuß zermatschte einen Brustkorb. Überall war altes, nutzloses Blut, frisches, helleres Blut.

Vanice saß gegen die Wand gelehnt da. Sie hatte die Beine an den Körper gezogen und die Hände um die Knie gelegt. Sie zitterte und keuchte.

Ich stolperte zu ihr hinüber, ging zögernd in die Hocke. »Vanice … es tut mir so leid … ich weiß nicht … weiß nicht, was in mich gefahren ist …« Ich streckte die Hand nach ihrem Gesicht aus. Ich hielt inne und zog meine Hand wieder zurück.

Vanice stierte. Es war, als hätte ich nie gesprochen. Als wäre ich überhaupt nicht da. Ängstlich betrachtete ich sie. Ich konnte keine schweren Verletzungen entdecken.

»Kann ich … kann ich etwas für dich tun?«, versuchte ich es noch einmal.

Mit einer ruckartigen Bewegung riss Vanice den Blick in meine Richtung. Ihre dunklen Augen funkelten. Sie gab ein tierhaftes Knurren von sich. Ich dachte, sie würde sich jetzt auf mich stürzen.

Doch es ging überhaupt nicht um mich.

Vanice stieß mich zur Seite und kroch auf allen vieren zu den Haufen verfaulten Fleisches hinüber, die von dem Kampf übrig geblieben waren. Sie machte sich über die blutigen Brocken her. Sie schlang die Überreste der Toten in sich hinein.

Ich stellte die umgefallene Öllampe wieder auf, ein paar Schritte von Vanice entfernt. Ich konnte sie nicht ansehen. Es war zu viel für mich. Ich wandte mich ab.

Und überließ sie ihrem Hunger.

19
WIEDERGUTMACHUNG

Justinius

Nachdem alles vorbei war und ich Edmund tüchtig ausgequetscht hatte – er lag noch jammernd in der Gosse, aber er würde sich schon berappeln –, ging ich zum Marktplatz. Dort traf ich Scara. Sie war eben eine vorbildliche Dienerin. Es wäre ihr niemals eingefallen, eine Anweisung ihres Herrn und Meisters in Frage zu stellen. Das brauchte sie auch gar nicht, weil sie mir sowieso nicht zuhörte. Auf diese Weise bekamen wir beide, was wir wollten. Ich konnte nach Herzenslust herumschreien. Und sie konnte sich in ihrer lauschigen Wahnwelt einkuscheln. Manchmal fügte es sich allerdings, dass unsere Vorstellungen davon, was sie zu tun hatte, auf rätselhaften Wegen übereinkamen. So wie heute Nacht. Ich hatte gehofft, Scara würde mich auf dem Marktplatz erwarten. Und da war sie.

Der Eselkarren stand am Rand des Platzes. Scara hockte nach wie vor auf dem Bock. Im Licht einer verröchelnden Laterne konnte ich sehen, dass sie einen ziemlich gelassenen Eindruck machte. Sie hatte die Hände in den Schoß gelegt. Und sah kein bisschen müde aus. Vermutlich war sie da die Einzige weit und breit. Die Händler und Verkäufer, die mit dem Abbau der letzten Stände beschäftigt waren, machten jedenfalls den Eindruck, als wollten sie nur noch in die Federn. Und ich hätte mich sowieso am liebsten für drei Wochen von der Welt abgemeldet. Nun, da mein Blut nicht mehr so wild durch die Adern pumpte, hatten meine Prellungen und Schürfwunden wieder angefangen, sich bemerkbar zu machen. Von meinen Kopfschmerzen ganz zu schweigen.

Ich fühlte mich wie ein altes Schlachtross, das einmal zu oft ins

Feld geritten ist. Dabei war zu befürchten, dass ich kaum die ersten Scharmützel hinter mich gebracht hatte.

Neben dem Eselkarren blieb ich stehen. Ein erschöpftes Lachen erklang. Zwei Marktverkäufer, die in einigen Schritt Entfernung vorbeigingen, sprachen über die Einnahmen des Tages. Die Nacht war erstaunlich warm, und sie trugen nur ihre schmutzigen Hemden. Wie so oft schien meine nutzlose Magd nicht das Geringste davon mitzubekommen, was um sie herum geschah. Ein bisschen unheimlich war das schon. Ich stützte eine Hand in die Hüfte.

»He, Scara! Ist Schlappi jetzt endgültig von uns gegangen oder bist du das, die nach Aas riecht?«

Langsam wandte sie sich zu mir. Blinzelte einmal. »Oh, guten Abend, Justinius«, sagte sie in durchaus erfreutem Ton. Dann besann sie sich offenbar ihrer Pflichten und setzte die gewohnt strenge Miene auf. »Ich glaube, ich sollte erwähnen, dass ich schon seit Stunden auf dich warte. Hast du dich etwa verlaufen?«

Ich nickte. »Das kann man wohl sagen.«

»Du hättest bei mir und Schlappi bleiben sollen. Aber wie ich sehe, hast du wenigstens anständige Kleidung gefunden.«

Ich strich mit zwei Fingern über meine neue Weste. Sie war aus dunkelgrünem, goldbesticktem Seidenbrokat. Wieder nickte ich.

»Schön. Dann kann ich mich ja endlich wieder mit dir sehen lassen. Jetzt müssen wir dir nur noch Manieren beibringen und –«

»Scara, sei so gut und halt den Mund. Es ist verdammt spät und morgen wird ein harter Tag. Wir suchen uns jetzt einen Gasthof und sehen zu, dass wir was zu essen und ein paar Stunden Schlaf bekommen.«

»Ich muss zugeben, dass mir ein wenig flau zumute ist«, verkündete Scara und strich sich über den Bauch. Immerhin wusste sie, wo das Essen hinging.

»Dann sei ein braves Mädchen und tu ausnahmsweise, was ich dir sage.«

Scara zögerte kurz, als überlegte sie, ob das mit ihrer Würde zu vereinbaren wäre. Offenbar ja. Jedenfalls stieg sie vom Bock herunter, und ich half ihr sogar dabei. Dann steuerte ich entschlossen auf die nächstbeste Herberge zu. Dabei gab ich mir Mühe, nicht zu schlurfen, sondern zu schreiten. Ein Laternenanzünder, der seine Runde um den Platz machte, um die letzten Lampen zu löschen, verneigte sich vor mir und murmelte ehrerbietig den Göttergruß. Das war mal ein Fortschritt. Ich ignorierte den Kerl, wie es sich gehört.

Wenige Augenblicke später standen Scara und ich vor der Tür des Gasthofes. Das war ein zweistöckiges Steingebäude mit blauem Verputz und Giebeldach. Im Erdgeschoss hatte es bleigefasste Butzenfenster aus buntem Glas, im oberen Stockwerk mit Schnitzereien verzierte Holzläden, die jetzt geschlossen waren. An einem Metallarm über der Eingangstür, der zum Marktplatz wies, hing ein Schild, das einen von geschmiedeten Ranken umfassten, goldenen Pokal darstellte.

Wer hier einkehrte, hielt etwas auf sich. Das war gut.

Und das gesamte Gebäude war dunkel. Auch das war gut.

Ich gab Scara den Umhang, den ich am Abend gekauft hatte. »Hier, leg das um«, sagte ich.

»Wieso das?«

»Damit niemand auf den Gedanken kommt, dich für eine verlauste Hungerleiderin zu halten. Wäre doch schade.«

»Heute Nacht wird mich sowieso niemand mehr für irgendetwas halten. Wie du siehst, schlafen die Leute. Wir müssen also –«

»Das ist ja der Sinn der Übung«, unterbrach ich. »Still jetzt!«

Ich baute mich vor dem Eingang der Herberge auf. Musterte die Tür so grimmig, als wäre jeder Messingbeschlag ein Nebenbuhler. Ein Windstoß trieb den Geruch von saurem Wein in meine Nase. Ich rollte die Schultern. Sammelte mich. Wischte mir ein paar Schweißtropfen von der Stirn.

Dann begann ich, gegen die Tür zu hämmern.

»He! Aufmachen! Wird's bald?!«, rief ich.

»Ach, so ist das«, sagte Scara.

Zunächst geschah gar nichts. Aber ich war wild entschlossen, notfalls bis zum Morgengrauen hier zu stehen, zu klopfen und zu schreien. Irgendjemand brüllte: »Ruhe verdammt!«, und Fensterläden wurden zugeschlagen. Ich machte unverdrossen weiter. Schließlich entdeckte ich hinter den Butzenscheiben einen Lichtschimmer, der eilig näher kam. Ich stellte mein Klopfen und Rufen ein. Ein Schlüssel krackte im Schloss. Der Riegel wurde lärmend zurückgeschoben. Die Tür öffnete sich. Ein Mann mittleren Alters stand hinter der Schwelle. Er trug einen Schlafrock, hielt einen Kerzenständer in der Hand und sah mich aus müden Augen an. Er hatte wenig Haare, fast kein Kinn, dafür eine große Nase. Und ein unentschlossener, abwartender Ausdruck lag auf seinem Gesicht. Ganz klar: der Kerl war sich unsicher, ob er einen Wutanfall bekommen oder kuschen sollte.

Jetzt kam es darauf an.

Ich griff nach dem Blick des Wirtes. Sagte mit fester Stimme: »Sorin mit Euch. Ich bin Justinius von Hagenow. Ich wünsche einen Krug Wein, eine Mahlzeit, ein Bad, eine Rasur und ein Zimmer für mich und meine Dienerin. In dieser Reihenfolge.«

Einen Moment lang zauderte der Wirt. Dann verbeugte er sich. Nicht sehr tief, doch tief genug. »Es ist uns eine Ehre, Euch zu Diensten zu sein, Herr von Hagenow«, sagte er mit verschlafener Stimme.

Bald darauf lag ich in einer großen Holzwanne und ließ mich einweichen. Wenn ich die Beine anzog, reichte mir das heiße, duftende Wasser bis zum Hals. Ich hielt einen Becher in der Hand, den ein kräftiger, samtig-herber Rotwein füllte. Die beste Rebe, die ich seit langem gekostet hatte. Der Wirt hatte mir versichert, dass es sich dabei um einen Lihannyschen Roten handelte – aus Navolo, wie er betonte –, den man eigens in nördlichere Gefilde hatte schippern lassen, um so anspruchsvolle Gäste wie mich zu erfreuen. Dann hatte er sich in die Küche verfügt und war bald darauf mit einem Teller Lauchsuppe, einem gedeckten Fleischkuchen sowie einer Schale voll von gebratenen Kartoffeln und grünen Bohnen in Specksoße wiedergekommen. Zum Nachtisch durfte ich mich an Birnenmus laben, das reichlich gezuckert und mit geriebenen Nüssen bestreut war.

Der Wein war mir zu Kopf gestiegen, und mein Bauch fühlte sich an, als würde er jeden Moment platzen. Doch das machte nichts. Das Wasser würde vor Dreck starren, wenn ich fertig war. Doch auch das machte nichts. Ich fühlte mich gut. Ich hätte gar nicht sagen können, wann ich mich zuletzt so gut gefühlt hatte. Behaglich pulte ich etwas Schorf von den Messerschnitten auf meiner Brust. Eigentlich fehlte mir zum Glück nur noch eine fürsorgliche Hure.

Ich wollte es allerdings nicht übertreiben. Der Wirt hatte zweifelnd dreingeschaut, als er mitbekam, welcher Art das Reittier war, das sein Stallbursche da mitten in der Nacht versorgen musste. Aber ich hatte genügend Hämmer auf den Tisch gelegt, um meine edle Abstammung und hehre Gesinnung unter Beweis zu stellen. Nicht einmal Scara hatte da viel verderben können. Wobei man sagen musste, dass sie sich beinah wie eine anständige Magd benahm, seit wir in den Gasthof *Der Schäumende Kelch* gekommen waren. Sie hatte sich unaufgefordert von mir weggesetzt und nach dem Essen sogar gefragt, ob sie sich zurückziehen dürfe. Wahrscheinlich freute auch sie sich darüber, zur Abwechslung mal in einem Bett zu nächtigen, das sie sich nicht mit Wanzen teilen musste.

Alles in allem war die Sache gar nicht schlecht gelaufen.

Abgesehen davon natürlich, dass mein Bruder einen Geweihten ermordet hatte. Und davon, dass jetzt irgendwo ein übellauniger Geist rumlief, der auf den Namen Rudrick hörte, falls es Vanice und Mykar nicht gelungen war, ihn zur Strecke zu bringen. Mindestens ebenso wahrscheinlich war natürlich, dass die beiden den Kürzeren gezogen hatten. Schließlich war Rudrick schon immer ein Teufel gewesen. Ich hatte so meine Zweifel, ob Blondlöckchen und Scaras Vogelscheuche – Meuchler hin, Meuchler her – da mithalten konnten. Eigentlich musste man froh sein, wenn Vanice ihr hübsches Gesicht behalten hatte und Mykar überhaupt noch in der Lage war, sich irgendwelche schwachsinnigen Pläne auszudenken.

Mit einem Seufzer rieb ich mir die Augen. Das Haar in der Suppe entpuppte sich bei genauerer Betrachtung als schwarzes, strubbeliges Büschel.

Wenigstens war es mir gelungen, meinen Bruder unbemerkt aus dem Tempel hinauszuschaffen. Nachdem Vanice und Mykar die Verfolgung von Rudrick aufgenommen hatten, sah ich zu, dass wir schleunigst Land gewannen. Edmund weinte wie ein geprügeltes Kind, und ich fragte mich, ob er vielleicht den Verstand verloren hatte. Jedenfalls ließ er sich willenlos mitschleifen, als ich durch die Katakomben in Richtung der Gebetshalle eilte. Anfangs wimmerte er immer wieder: »Ich wollte das nicht … ich wollte das nicht …« Doch dann verpasste ich ihm ein paar Ohrfeigen und sorgte so dafür, dass er nur noch still vor sich hinschluchzte. Im Grunde konnte ich ihm sein Gejammer nicht verübeln. Am liebsten hätte ich selber losgeheult. Während wir an den Totenkammern vorbeihasteten, blitzte die Erinnerung an den sterbenden Geweihten, aus dessen Hals das Blut strömte, in meinem Geist auf. Schlimmer noch: Auch jene grauenhaften Momente, in denen irgendetwas von irgendwoher in das Zimmer hereinzubrechen schien – ich konnte es nicht sehen, wusste aber, dass es da war –, suchten mich heim. Schon vorher hatte ich den Tempel unheimlich gefunden. Jetzt kam er mir vor wie ein höllisches Gefängnis. Ein Gefängnis, in dem ausgeweidete Kinder mit augenlosen Frauen und halbverwesten Greisen Ringelpiez tanzten.

Doch irgendein Gott hielt wohl seine Hand über uns. Die Flucht gelang. Und wir begegneten keiner Seele, solange wir durch Thaalas Hallen eilten: keinem Geweihten, keinem Trauernden und keinem nachtschwärmerischen Beter. Auch der Vorplatz des Tempels war still und menschenleer. Der Mond starrte immer noch auf uns herab. Er ließ mich an ein ausgelaufenes Ei mit blutigem Dotter denken.

Ich zerrte meinen Bruder in die nächste Seitengasse. Jetzt, da ich mich wieder in der Wirklichkeit angekommen fühlte, kehrte auch meine Wut zurück. Und die Tatsache, dass Edmund so willenlos war wie ein nasser Lappen, machte mich nur noch wütender. Ich stieß ihn gegen die Wand.

»Bist du völlig verrückt geworden?! Was in Dreidämonsnamen sollte das?!?«

»Ich musste! Ich musste!«, winselte er. »Ich hatte keine andere Wahl!«

»Was heißt das?!« Ich packte Edmund, schrie ihm ins Gesicht. »Was verdammt noch mal soll das heißen!?!«

Und dann erzählte er es mir. Anfangs noch schluchzend. Dann immer besonnener. Irgendwie schien es ihn zu beruhigen, dass Rudrick der Schurke in dem Stück war. Schließlich hatte er das alles *wirklich* gewollt, nicht nur *halb* oder *eigentlich gar nicht*.

Denn Edmund wäre ja niemals von selbst auf den Gedanken gekommen, mich zu foltern oder gar zu töten. Rudrick hatte es von ihm verlangt. Oder um genau zu sein: Was er verlangt hatte, war, dass Edmund unseren Herrn Vater aus der Welt schaffte. So weit, so gut. Das wäre ja noch gegangen. Aber nach vollbrachtem Werk sollte mein geliebter Bruder überall herumposaunen, was er getan hatte, laut und vernehmlich. Das war sogar das Entscheidende bei der ganzen Angelegenheit. Edmund hatte es gewagt, mit schlotternden Knien anzumerken, dass man ihn dann doch bestrafen würde, und zwar vermutlich, indem man sein edles Haupt von seinem stets frisch gewaschenen Hals trennte. Aber Rudrick hatte nur gelacht: Ja, das sei der Preis, den er bezahlen müsse. Der Preis wofür?, wollte mein Bruder wissen. Nun, der Preis dafür, dass er eines Tages so werden könne wie Rudrick. Allerdings war sich Edmund überhaupt nicht sicher, ob er je so werden wollte wie unser gemeinsamer Freund.

Also hatte er sich die Sache mit Scara und meinem Bekenntnis ausgedacht: Ich sollte ein Pergament unterschreiben, in dem ich erklärte, meinen Vater auf dem Gewissen zu haben. Dann konnte man mich gemütlich aufhängen, irgendwo in diesem Schutthaufen von Landsitz. Und wenn die Leute meine Leiche fänden, würden sie den Elaah-Kreis schlagen und verkünden: Das ist der Fluch der bösen Tat; er hat es nicht mehr ertragen und ein Ende mit sich gemacht. Wahrlich ein Meisterstück, was sich mein Bruder da ausgedacht hatte. Das musste ich schon sagen. Ein kleiner Schönheitsfehler bestand natürlich darin, dass besagtes Pergament nicht in meiner Handschrift verfasst war und die Schnittwunden auf meiner Brust einen Anlass zu unwillkommener Grübelei hätten geben können – in der Art, ob ich vielleicht zuerst überlegt hatte, mir das Herz herauszuschneiden, ehe ich mich dann für die bewährte Lösung entschied, den Tanz mit des Seilers Tochter zu wagen. Aber auch für diesen Fall hatte Edmund vorgesorgt. Er war eben ein schlaues Bürschlein. Denn hier kam Scara ins Spiel. Wenn irgendjemand sich wunderte, ob ich mich wirklich mit eigener Hand in die Niederhöllen befördert hatte, konnte man die Sache immer noch meiner unseligen Magd in die Schuhe schieben. Denn man hatte ja schon lange vermutet, dass Scara nicht einfach verrückt war, sondern obendrein eine finstere Hexe. Wie schon ihre Mutter. Was lag also näher als der Gedanke, dass ihr Skargat eingegeben hatte, mich in einer mondlosen Nacht abzumurksen und anschließend die Flucht zu ergreifen, wohin auch immer. Damit dieser Teil von Edmunds Plan aufging, war es natürlich unabdingbar, dass man Scara zunächst unter die Erde brachte. Deshalb also der schöne Einfall mit den Meuchlern und dem Wald. Der leider durch unseren Mykar vereitelt wurde. Was für einen Grund Scara allerdings gehabt haben könnte, auch noch den Herrn Baron zu ermorden, und wie sie, die nie auch nur einen Federkiel in der Hand gehabt hatte, das Pergament verfasst haben sollte, in dem ich mich zu meinem Verbrechen bekannt hatte – das vermochte Edmund auch nicht zu erklären.

Um es kurz zu machen: Letztlich war sein Plan ein Haufen Entengrütze in Rotweinsoße, mit Schafskötteln dekoriert. Doch etwas Besseres war ihm leider nicht eingefallen, wie er zugleich Rudricks Auftrag erfüllen und seinen Kopf aus der Schlinge ziehen konnte. Es war eben nicht einfach, den Pelz zu waschen, ohne ihn nass zu machen.

Aber natürlich war Edmund heilfroh, dass am Ende alles so und nicht anders gekommen war. Tagtäglich dankte er den Göttern, und zwar auf den Knien, dass sein Vorhaben vereitelt worden war. Schließlich war er mir von Herzen zugetan. Wenn er nicht solche Angst vor Rudrick gehabt hätte, wäre er überhaupt nie … Und so weiter, und so fort. Seine Stimme war ganz belegt vor Rührung, als er mir seine brüderliche Liebe versicherte. Und auch ich musste mir zwei oder drei Tränchen aus den Augenwinkeln wischen.

Oder fast.

Nachdem Edmund fertig war, schwiegen wir. Seine Worte hatten mir doch zu denken gegeben. Ihm selbst möglicherweise auch. Jedenfalls schwiegen wir. Setzten uns auf ein paar leere Holzkisten, die in der Gasse herumlagen. Lehnten den Rücken gegen die Wand und blickten in die stinkenden Schatten. Irgendwann wandte ich mich meinem Bruder zu. Obwohl noch ein paar Öllampen in der nahegelegenen Straße brannten, war es dunkel, und ich konnte sein Gesicht kaum erkennen. Aber ich wusste, dass das keinen Unterschied machte. Edmund war ein Fremder. Ganz gleich, ob wir im schönsten Sonnenschein mit einem Krug Bier anstießen oder in einer finsteren Seitengasse hockten und Trübsal bliesen.

»Was soll ich jetzt tun, Justinius?«, fragte mein Bruder.

Such dir einen schönen festen Strick, dachte ich.

»Morgen früh reitest du nach Hause. Und am besten steigst du erst vom Pferd, wenn du auf der Burg des Herrn Baron angekommen bist. Dann schließt du dich irgendwo ein und wartest darauf, dass ich zu dir komme. Ich muss mit ein paar Leuten reden und schauen, ob ich das irgendwie in meinen Schädel kriege, was Rudrick da veranstaltet.«

»Meinst du die blonde Frau, die –«

»Vergiss es, Edi.«

»Dann wirst du mir also auch nicht sagen, was du überhaupt in der Perle machst? Ich würde wirklich gerne wi-«

»Nein.«

Mein Bruder nickte. »Gut«, sagte er leise.

Nach einer Weile fing er wieder an. »Wann haben wir das letzte Mal miteinander gesprochen, Justinius? Ich meine, so wie … Brüder es tun sollten.«

Ich spürte, dass meine Augen jetzt doch feucht wurden. Hätte mir dafür eins in die Fresse geben können. Dennoch war er da. Der Wunsch, zurückzugehen. Zurückzugehen und es irgendwie wiedergutzumachen. Wir hätten uns daran erinnern können, wie ich Edmund über die Frauen aufklärte, sowie ihm die ersten Sackhaare wuchsen. Daran, wie wir über Cousine Sybil mit dem Pferdearsch lachten, die in mich verliebt gewesen war. Oder daran, wie wir bei Kerzenschein in dicken Wälzern blätterten und über die Taten von Drachentötern und Basiliskenbezwingern lasen, denen wir nacheifern wollten.

Aber es war alles ein Haufen erbärmlicher Lügen. Der Hintern war niemals so groß gewesen. Und unser Mut auch nicht.

»Warum hast du mir nicht die Wahrheit gesagt?«, murmelte ich halb gegen meinen Willen. »Vielleicht hätten wir es verhindern können …«

Edmund schluckte hörbar. »Ich … ich hatte doch solche Angst vor Rudrick … Und selbst wenn es nicht gestimmt hätte, wenn … wenn er einfach tot geblieben wäre … Zwei der anderen sind ihm ja nachgefolgt … Bero … und Gerrik.«

»Schon gut.«

»Aber i-ich habe dir ja auch fast die Wahrheit gesagt. Es ist nur …«

Ich stieß ein freudloses Lachen aus. »Ja, stimmt! Eigentlich hast du mir die Wahrheit gesagt. Bis auf eine Kleinigkeit: Um welche Flüssigkeit es wirklich ging, hast du lieber für dich behalten.«

»Ich konnte nichts dafür, Justinius! Rudrick hat es von mir verlangt! Er wusste, dass Thaalas Schweiger ihn in Ketten schlagen würden. So hat er sich ausgedrückt – in Ketten schlagen. Und er hat gesagt, das Einzige, was die Ketten sprengen könnte, wäre Blut. Frisches, noch warmes Menschenblut.«

»Das Blut eines Geweihten, wohlgemerkt.«

»Nein, nein … Das war – war nicht nötig. Von einem Geweihten hat Rudrick nichts gesagt.«

»Ach wirklich? Dann hast du also einfach den Erstbesten genommen?«

»Ich wusste doch, dass sie die Trauernden zu den Toten bringen …«

»Und wenn der arme Alte keine Lust gehabt hätte, zum Gebet zu bleiben? Dann wäre ich wohl dran gewesen, oder wie?«

Mein Bruder begann wieder, herumzudrucksen. Aber ich unterbrach ihn. Plötzlich war mir etwas eingefallen. Die Phiole mit dem braunen Zeugs. Ich hatte das Hosenbündel fallen gelassen, als Edmund dem Geweihten den Hals durchschnitt. Doch ehe wir die Totenkammer verließen, war mir im letzten Moment der Gedanke gekommen, dass das Fläschchen irgendwie wichtig sein könnte. Also war ich noch einmal umgedreht und hatte das Bündel eilig aufgehoben. Jetzt lag es in meinem Schoß. Und die Phiole war nicht zerbrochen.

»Was hat es eigentlich mit Skargats Lebertran auf sich?«, fragte ich Edmund.

»Skargats – wie bitte?«

»Beim Schwanz des Gehörnten! Du bist noch dämlicher als du aussiehst! Die braune Brühe, die du angeblich über dem guten Rudrick ausleeren solltest. Ist das Wildschweinpisse, die zehn Jahre in Eichenfässern gelagert wurde, oder was?«

Mein Bruder kicherte angestrengt. »Nein … das … das ist etwas anderes.« Er wurde ernst. »Rudrick hat mir die Phiole gegeben. Er sagte, er würde zu mir kommen, wenn alles vorbei wäre. Dann könnten wir besprechen, wie es mit mir weitergeht. Er wollte mir irgendein Zeichen geben, wenn er bei mir im Zimmer angekommen wäre, und dann sollte ich einen kleinen Schluck daraus trinken. Als er mir das erzählte, hat er so komisch gelächelt, da lief es mir eiskalt den Rücken hinunter. Und dann meinte er noch, es würde mir die Augen öffnen … Aber ich – ich habe wirklich keine Ahnung, was das zu bedeuten hat.«

Ich zog die Brauen zusammen, kratzte mich am Kinn und überlegte. Da war etwas, aber ich kam nicht drauf. Dann dachte ich daran, was Scara über Mykars Saufgelage mit irgendwelchen Gespenstern erzählt hatte. Und daran, was in der vergangenen Nacht geschehen war: Edmund und ich hatten gesehen, wie Blondlöckchen durch die Luft geschleudert wurde, als wäre sie eine Puppe. Aber Rudricks Geist selbst hatten wir nicht gesehen. Ich schnipste mit dem Finger. Grinste in die Dunkelheit hinein. Auch wenn strenggenommen nichts von alldem lustig war. »Ich schon«, sagte ich.

»Wie? Aber was denn …?«

Langsam erhob ich mich. Unterdrückte mühsam ein Ächzen. In meinem Zustand sollte man nicht zu lange stillsitzen. Sonst kam man niemals wieder auf die Beine. »Nichts Besonderes«, sagte ich zu Edmund. »Jedenfalls behalte ich Skargats Lebertran. Als Lohn für meine Mühen. Werde dir dann bei Gelegenheit mitteilen, ob das Zeug bei Schnupfen hilft. Jetzt ist es jedenfalls Zeit, dass wir in die Heia gehen. Meinst du nicht auch, Bruderherz?«

Edmund war ganz verwirrt ob meiner jähen Aufgeräumtheit. »Wie? Was? Ei-einfach so?«

»Nein, nein.« Auf den Teil hatte ich mich schon gefreut, seit ich Edmund auf den Stufen von Thaalas Tempel erstmals richtig in Augenschein genommen hatte. Zu meiner Überraschung stellte ich fest, dass sich meine Laune tatsächlich hob. »Da du ja dein kleines Plappermäulchen nicht halten kannst, weiß vermutlich die halbe Welt, dass du an den Feierlichkeiten zu Rudricks Beerdigung teilnehmen wolltest. Da brauchen wir jetzt natürlich einen Grund, warum du Hals über Kopf abreist. Nicht wahr?«

»Ja … schon … Aber … ich verstehe nicht?«

»Nun, ganz einfach. Du bist niemals im Thaala-Tempel angekommen. Auch in der Stadt des Dorn gibt es übles Gesindel. Ich fürchte, du bist von solchen Schurken überfallen worden.«

»Und der Kutscher? Was ist mit dem Kutscher? Der Kutscher hat doch …?«

»Ach was! Mach dir keine Sorgen! Die werden alle viel zu betrübt darüber sein, dass dir das Pack auch noch eins aufs Maul gegeben hat, ehe es dir deine Kleider, deine Waffen und dein Gold wegnahm, um sich über solche kleinen Ungereimtheiten den Kopf zu zerbrechen.«

»Eins aufs Maul? Mir hat doch niemand …« Ich konnte Edmunds Gesicht zwar nicht sehen, vermutete aber, dass sich seine Augen in diesem Moment vor Schreck weiteten. »Justinius … du willst doch wohl … i-ich meine, du kannst doch nicht im Ernst –«

»Immer mit der Ruhe. Ich werde ganz sanft sein. Außerdem ist alles nur zu deinem Besten.« Ich legte die Hände ineinander. Ließ fröhlich die Knöchel knacken.

Vielleicht fragte sich Edmund, ob er nicht doch lieber das Hasenpanier ergreifen sollte. Aber ich hatte uns mit schlafwandlerischer Sicherheit in eine Sackgasse geführt. Und ich war breit genug, um meinem Bruder problemlos den einzigen Fluchtweg zu versperren. Es gab kein Entrinnen für ihn. Offenbar wurde Edmund das so langsam auch klar. »Ich weiß ja nicht … ob das … ob das so eine gute Idee ist«, murmelte er mit kläglicher Stimme.

Ich tätschelte ihm aufmunternd die Schulter. »Oh, ich bin mir *völlig* sicher. Vertrau einfach deinem großen Bruder!«

Edmunds Begeisterung hielt sich in Grenzen. Aber an der Art und Weise, wie er den Kopf hängen ließ, erkannte ich, dass er sich in sein Schicksal gefügt hatte.

»Ach, und noch etwas, Edi …«, fügte ich in einfühlsamem Tonfall hinzu.

»Ja … Justinius?«

»Zieh dich doch vorher schnell aus, in Ordnung? Wir wollen doch nicht, dass Blutflecken auf die guten Sachen kommen.«

20
DIE GEISTERREITER

Mykar

Das Knurren und Schmatzen, das Vanice ausstieß, während sie die Leichenteile hinunterschlang, hallte durch die Gänge. Es war, als würden mich die Laute jagen. Ich mühte mich, an die Aufgabe zu denken, die jetzt vor mir lag. Ich konnte nicht zulassen, dass Rudrick entkam, während Cay den Henkern ausgeliefert wurde.

Zunächst lief ich zwischen den Kellern und Verliesen umher. Ich wollte sichergehen, dass sich Rudrick nicht irgendwo hier unten versteckt hielt. Als mir klar wurde, dass er den Ausgang längst gefunden haben musste, hetzte ich zu dem Erdtunnel, der die Totenstadt mit Thaalas Tempel verband. Doch meine Kräfte verließen mich. Mit jedem Augenblick, der verstrich, wurden meine Glieder schwerer. Bald schon fühlten sie sich wie nutzlose Gewichte an, die ich mit mir herumschleppen musste. Ich biss die Zähne zusammen. Vergeblich versuchte ich, meine Schritte wieder zu beschleunigen.

Schließlich war ich oben angekommen. Ich stolperte zum Eingang der Gruft. Einen Moment lang musste ich mich am Mauerwerk abstützen. Ich war mir sicher, dass ich nur noch einen leeren Friedhof vorfinden würde.

Doch das stimmte nicht.

Auf einem Wiesenstück bei dem Zypressenhain, in dem Vanice vorhin verschwunden war, standen fünf mächtige Pferde. Alles an ihnen war schneeweiß, bis auf die Augen und Hufe, die schwarzrot glühten, und den dunklen Rauch, der aus ihren Nüstern stob. Die Leiber der Pferde schienen sich an den Rändern aufzulösen. Fahle Zacken bohrten sich durch ihre Haut, wie riesige Knochensplitter. Drei der Rösser trugen Reiter. Es waren Gespenster, die eine ebenso schartige Gestalt besaßen wie Rudrick. Sie waren in Felle gehüllt, die irgendwie mit ihren Körpern verschmolzen, und schwarz von Kopf bis Fuß. In den Händen hielten sie riesige Waffen: Speer, Säbel, Beil.

Ich spürte, dass diese Waffen nicht in irdischem Feuer geschmiedet worden waren. Und in jener Nacht hatten sie bereits Blut gekostet. Zwischen den uralten Grüften, Gräbern und Standbildern hatte ein Kampf stattgefunden.

Es waren nicht Vanice' Freunde, die den Sieg davongetragen hatten.

Das rötliche Licht des untergehenden Mondes beschien ein halbes Dutzend Unterirdische. Über die Wiese verteilt lagen sie da. Ihre Bäuche waren von dem Speer durchbohrt, ihre Hälse von dem Säbel zerschlitzt, ihre Schädel von dem Beil gespalten worden. Die überlebenden Leichenfresser – wohl eine Handvoll – hatten sich in den Zypressenhain zurückzogen. Aus ihren Verstecken heraus beobachteten sie die Geisterreiter. Sie fauchten und zischten und fletschten die Zähne. Aber sie wagten keinen neuen Angriff.

Einen von Rudricks Kumpanen schienen sie erwischt zu haben. Auf der Erde vor dem Standbild, bei dem ich Aiona und ihrem Raben begegnet war, hatte sich eine schwarze, schleimige Lache ausgebreitet.

Ich trat aus der Gruft hervor. Ich machte einige Schritte auf die Geisterreiter zu. Am weiten, finsteren Nachthimmel konnte ich weiße Pferde erkennen, die sich schnell entfernten. Die weißen Pferde trugen schwarze Reiter. Also war der Grafensohn entkommen. Es war alles umsonst gewesen.

Die Geisterreiter blickten mir entgegen. Ihre Gesichter waren regungslos. Sie sagten kein einziges Wort.

Ich ging weiter auf Rudricks Kumpane zu. Ich wusste nicht, was ich sonst tun sollte. Plötzlich wurde mir klar, dass ich Danje vergessen hatte. Sie lag noch immer an der Weggabelung im Tempel.

Da war niemand, der sie beschützte. Niemand, der ihr die Angst nahm.

Scham schnürte mir den Hals zu.

Die Unterirdischen wurden von Aufregung ergriffen, kaum dass ich die Gruft verlassen hatte. Sie sprangen auf und ab. Sie fuchtelten mit den Armen. Sie grunzten und sabberten.

Ich blieb stehen.

Ich war einige Meter vom Rand der Wiese entfernt. An drei Seiten umgaben mich Elaah-Kreise, Denkmäler und Grabstätten. Sie boten genügend Schutz, um zu verhindern, dass mich die Dämonenpferde niedertrampelten – sie scharrten mit den Hufen; aber sie konnten mich nicht erreichen. Die Geisterreiter saßen nach wie vor unbewegt im Sattel, dunkel und steinern.

Mittlerweile hatte ich den Dolch des Meuchlers entdeckt. Nach meiner Begegnung mit Aiona hatte ich ihn im Gras liegen lassen. Ich fragte mich, was nur in mich gefahren war. Ich dachte an Danjes inständiges Bitten; ich dachte an das Flehen in Vanice' Stimme. Was geschah mit mir, bei Elaahs Gnade?

Als ich mich zu der Klinge hinunterbeugen wollte, begriff ich, dass etwas falsch war. Es gab fünf Pferde und drei Reiter. Eines der Gespenster war nur noch schwarzer Schleim.

Entweder die Unterirdischen hatten einen weiteren Gegner erschlagen …

Oder …

Ich duckte mich zur Seite weg. Der Hieb traf mich nicht in den Hals, sondern in die Schulter. Ich schrie auf, stolperte zur Seite, klammerte mich im Fallen an eine verwitterte Stele. Die Klinge schmetterte einen Fingerbreit über meinem Kopf in den Stein. Funken stoben. Ich wirbelte herum und schlug blindlings nach meinem Gegner. Es war einer der Schartigen. Er trug ein gewaltiges, schwarzes Messer. Die Schneide war mit furchtbaren Zähnen und Haken versehen. Ohne den Blick von mir abzuwenden, wich er meinem Hieb aus.

»Jetzt«, sagte eine hohe, knirschende Stimme. Aus den Augenwinkeln sah ich, dass die anderen Geisterreiter aus dem Sattel stiegen.

Ich spürte, wie der Hass von neuem in mir erwachte. Ich dachte an die tote Alva, an ihr verzerrtes Gesicht und an die Blutblume zwischen ihren Brüsten. Ich dachte an Cay, wie er von den Wehrknechten zusammengeschlagen und weggeschleift worden war.

Meine Finger krümmten sich.

Der Schartige hielt den Messergriff jetzt mit beiden Händen umfasst. Er riss die Klinge hoch. Ich bekam seine Unterarme zu fassen. Er bleckte die schwarzen Zähne. Erbittert rangen wir miteinander. Ich wusste, dass ich verloren war, wenn die anderen Geisterreiter kamen. Hastig blickte ich nach links und rechts. Zu spät begriff ich, dass ich einen Fehler gemacht hatte. Der Schartige packte meinen Kopf und schlug seine Stirn gegen mein Nasenbein. Wieder schrie ich auf. Ich taumelte ein paar Schritte zurück.

Nicht weit, aber schon zu viel.

Ein brennender Schmerz durchzuckte mich. Der Speer hatte sich in meine Seite gebohrt. Ich stolperte, spürte den Luftzug, hörte das Sirren, als das Beil an mir vorbeisauste. Einen Augenblick später riss mir die Säbelklinge den Rücken auf. Ich brüllte. Beinahe hätte ich das Gleichgewicht verloren. Es gelang mir gerade noch, mich auf den Beinen zu halten.

Aber was half es mir?

Ich war umzingelt. Ich konnte nicht fliehen.

Und ich konnte die Geisterreiter nicht besiegen.

Eine ohnmächtige Wut ergriff mich. Ich warf mich nach vorne, rannte mit dem Kopf voran auf den Messerträger zu. Er grunzte, als ich ihm meinen Schädel in den Magen rammte. Die Gewalt des Zusammenstoßes riss ihn von den Beinen. Wir stolperten ein paar Meter in Richtung der Gruft, weg von den anderen Geisterreitern. Ehe ich zum Stehen kam, hieb mir der Schartige die Ellbogen in den Nacken. Mein Griff löste sich. Ich fiel auf die Knie. Einen Moment lang musste ich mich auf dem Boden abstützen. Dann richtete ich mich so weit auf, dass ich dem Geisterreiter in die Augen sehen konnte.

Er wusste, dass er gewonnen hatte. Sein Mund verzerrte sich zu einem höhnischen Grinsen. Ich sah die schwarzen, spitzen Zähne; er leckte sich mit der schwarzen Zunge über die Lippen. Und hob langsam sein Messer.

Rudrick würde nie wissen, wofür ich ihn hasste. Cay würde nie wissen, dass es jemanden gab, der ihn und Alva nicht vergessen hatte.

Ich hätte sämtliche Götter verfluchen können und die Welt, die sie geschaffen hatten: das Licht und die Schatten, die Menschen und die Geister.

Plötzlich stand Vanice hinter dem Schartigen. Ich hatte sie nicht kommen sehen. Und auch mein Gegner hatte sie nicht kommen sehen. Mit der rechten Hand packte sie ihn am Hals und bog seinen Oberkörper zurück. Er röchelte. Das Messer fiel ihm aus den Händen. Seine Beine begannen zu zittern. Vanice spreizte Mittel- und Zeigefinger der Linken. Das Gesicht des Schartigen verwandelte sich in eine Maske des Entsetzens. Verzweifelt versuchte er, sich ihrem Griff zu entwinden. Doch es gelang ihm nicht. Er war einen Kopf größer als Vanice und doppelt so breit; er zappelte hilflos wie ein Kind. Dann bohrten sich zwei lange, spitze Fingernägel in die Augen des Geisterreiters. Er heulte vor Schmerz auf. Das Heulen verwandelte sich in ein ohrenbetäubendes Kreischen, als Vanice ihre Finger immer tiefer in seinen Schädel stieß. Und dann zerfloss der Schartige. Gesicht, Arme und Brust begannen zu tropfen. Die ganze Gestalt verlor ihr Gefüge, und ein schwarzer, schleimiger Schwall ergoss sich mit lautem Gespratze auf den Boden. Wo eben noch der Geisterreiter gestanden hatte, war nunmehr leere Luft.

Vanice trat einen Schritt nach vorne. Obwohl ich wusste, dass ich Rudricks Kumpane im Rücken hatte, konnte ich den Blick nicht von ihr abwenden. Ihr Kleid hing in Fetzen. Sie war über und über mit Blut besudelt. Als hätte sie in einem Pfuhl voller zerstückelter Leichen gebadet. Von ihren Fingern rann es schwarz und rot. Sie hielt sich kerzengerade und schaute mit stolzem, kaltem Blick über mich hinweg. Sie sah aus, als wäre sie aus einem Albtraum hervorgetreten.

Wahrscheinlich war es ihr eigener.

Mühsam zog ich mich auf die Beine, griff zugleich nach dem Messer des Geisterreiters. Dann drehte ich mich um und taumelte einen Schritt zurück, bis ich an Vanice' Seite war.

Uns gegenüber standen die Feinde. Die Träger von Speer, Säbel und Beil.

Sie schwiegen. Auch wir sprachen nicht.

Selbst die Unterirdischen waren verstummt.

Dann sagte Vanice: »Verschwindet von unserem Friedhof.« Ihre Stimme war leise, hart, gebieterisch.

Unsere Gegner waren zu dritt, wir zu zweit. Ich nahm das schwarze Messer in die Rechte, ballte die Linke zur Faust.

Die Geisterreiter griffen nicht an.

Und wir versuchten nicht, sie aufzuhalten, als sie zu den Dämonenpferden zurückkehrten und wild in den dunklen Himmel hinein galoppierten, nachdem sie ein letztes Mal auf uns zurückgeblickt hatten.

Ich ließ mich ins Gras sinken, stützte den Kopf in die Hände. Widerwillig betrachtete ich das schwarze Messer, das neben mir auf dem Boden lag. Ich musste den Dolch des Meuchlers holen. Und ich musste in die Tunnel und Keller zurückkehren – zurück zu den lebenden Leichen. Und zu Danje. Ich konnte sie nicht dort liegen lassen, allein im Dunkeln. Doch im Moment war ich zu müde, um auch nur einen Arm zu heben.

Ich fühlte keinen Hass mehr in mir. Und keinen Zorn. Nur noch Schmerz. Mein Herz schmerzte mehr als mein Körper.

21
NACH DEM KAMPF

Mykar

Vanice setzte sich auf den halb umgestürzten Elaah-Kreis, bei dem sie vorhin ihren schwarzen Überwurf liegengelassen hatte. Den hob sie jetzt auf. Sie legte ihn um ihre Schultern. Sie schloss kurz die Augen und rieb sich die Lider. Dann wandte sie mir den Blick zu. Sie sah müde aus. Das Blut in ihren Haaren, auf ihrem Gesicht, ihrem Kleid und ihrem Körper trocknete bereits. Aber das war nicht die einzige Veränderung. Ihre dunklen Augen waren jetzt klar und hell.

»Wie geht es dir, Mykar, ist alles in Ordnung?«

»Ja.«

»Bist du dir sicher? Du bist verwundet und –«

Ich unterbrach sie. »Vanice, was ist die Horde?«

Vanice runzelte die Stirn, nickte dann. »Die Horde ist ein Zug friedloser Toter. Sie galoppieren durch die Nacht, in einem endlosen Ritt, auf der Jagd nach den Seelen unglücklicher Menschen. In bestimmten Nächten ist es ihnen erlaubt, alle mitzunehmen, die sie zu Gesicht bekommen. In anderen Nächten kommen sie zu denen, die sich am Bösen gemästet haben, bis ihr Herz davon überquillt. Der Anführer der Horde ist ein uraltes, mächtiges Schattenwesen. Er nennt sich der Schwarze Jäger. Vielleicht hast du Geschichten über ihn gehört. Er gibt ihnen das Gesetz. Diejenigen unter den Geistern und Gespenstern, die sich zu Skargats Dienst berufen fühlen, versuchen manchmal, in die Horde aufgenommen zu werden. Aber das ist gar nicht einfach, nach allem, was ich höre.«

»Bei uns im Dorf hieß es, dass man sich während der Nächte der Toten in den Häusern einschließen muss, oder bis zum Morgengrauen bei dem Festfeuer tanzen, weil einen sonst Skargats Jäger holen würden …«

»Ja, das ist ein anderer Name für sie.«

»Und … auch Menschen können sich ihnen anschließen?«

»Nein. Aber sie können dem Schwarzen Jäger ihre Seele versprechen. Unter bestimmten Bedingungen nimmt er das Geschenk an. Dann sind sie schon im Leben die Seinen. Ihr Tod besiegelt den Pakt. Aber was das alles bedeutet, weiß ich auch nicht wirklich. Du darfst nicht vergessen, dass ich kein Geist bin und kein Gespenst, Mykar. «

Ich dachte an die Worte der Hexe: *Alva ist nicht zufällig gestorben. Ihr Mörder hat auch viele andere getötet. Das war sein Opfer. Und seine Zeit ist jetzt gekommen.* Jetzt begriff ich. Aiona hatte von Rudrick gesprochen. *Wenn ich recht habe, wirst du ohnehin bald wissen, wer Alva getötet hat.*

»Cay ist der Mörder«, sagte ich. Ich hatte nicht geglaubt, dass ich die Kraft haben würde, es zu sagen.

Vanice starrte mich an. »W-wie bitte?«

»Cay ist der Mörder«, wiederholte ich. Beim zweiten Mal ging es leichter. Nichts änderte sich dadurch, dass ich schwieg. Nichts änderte sich dadurch, dass ich sprach.

»Aber – aber wieso?«

»Es war Rudrick, der Alva vergewaltigt und ermordet hat. Vorhin, als wir im Tempel waren, habe ich es endlich verstanden. An der rechten Hand fehlt ihm der Ringfinger. Damals, als die drei Männer zu ihren Pferden gingen und davonritten, habe ich es gesehen. Ich glaube nicht, dass ich Rudricks Gesicht erkannt hätte. Aber daran, dass ihm ein Finger fehlt, daran habe ich mich erinnert.«

»Es – es gibt viele Männer, denen Finger fehlen …«, sagte Vanice. Verzweiflung klang in ihrer Stimme.

»Vielleicht«, sagte ich. »Aber Rudrick hat Alva auf dem Gewissen. Darum hat Cay ihn getötet.« *Und darum wird man ihn hinrichten.*

Ich spürte, dass mich Vanice nach wie vor ansah. Aber ich wich ihrem Blick aus. Stattdessen betrachtete ich den Himmel. Der blassrote Mond ging unter. Die Sterne erbleichten allmählich. Im Osten war das erste Morgengrauen zu erahnen.

»Und was jetzt?«, fragte Vanice schließlich. »Wenn Cay wirklich der Mörder von Rudrick ist, ist er … verloren. Was immer Rudrick getan hat, es ändert nichts. Cay wird auf dem Scheiterhaufen sterben.«

»Würdet Ihr trotzdem mit Justinius zu ihm gehen?«

»Du ahnst nicht, wie gerne ich zu ihm gehen würde. Aber was bringt das jetzt noch? Wir können ihm nicht mehr helfen … weder Justinius noch ich …«

»Ich will, dass er weiß, dass ich noch lebe. Ich will, dass er weiß, wie dankbar ich ihm bin, dass er für mich da war. Und ich will, dass er weiß, dass ich dafür sorgen werde, dass Rudrick endgültig zur Hölle fährt.«

»Wie … du – du willst Rudrick jagen? Er ist jetzt bei der Horde, Mykar!«

»Werdet Ihr tun, worum ich Euch gebeten habe?«

»Ja, das werde ich. Aber du musst Rudrick vergessen. Du hast keine Chance gegen die Horde. Schau nur, wie es dir eben ergangen ist. Ohne mich hättest du den Kampf nicht überlebt!«

»Ich kann stärker werden.«

»Das ist doch *lächerlich*, Mykar! Wie willst du es mit der ganzen Horde aufnehmen, wenn dich schon vier ihrer Reiter in die Knie zwingen? Und das ist nicht alles – hast du nicht gehört, was ich dir eben über den Schwarzen Jäger gesagt habe? Er ist sehr gefährlich. Sein Name ist selbst in den Schatten weithin gefürchtet.«

»Ich kann stärker werden!«, sagte ich noch einmal. Ich wusste nicht, weshalb ich mir da so sicher war. Ich wusste nur, dass es stimmte. »Seht Ihr meine Wunden?«, fragte ich.

»Ja, natürlich sehe ich die. Ich glaube, sie sind nicht tief. Aber sie bluten, und sie sind verdreckt. Wir sollten in jedem Fall zu einem Heiler gehen, und zwar am besten sofort. Wir haben bereits zu viel Zeit verloren. Ich weiß nur nicht, wo wir um diese Stunde einen finden, ohne zu viel Aufsehen zu erregen.«

»Ich brauche keinen Heiler, Vanice. Davon rede ich. Was die Geisterreiter getan haben, ist gleichgültig.«

Sie lachte empört. »Gleichgültig, ja? Vorhin sah es mir nicht gleichgültig aus!«

»Ich werde Rudrick zur Strecke bringen. Mit oder ohne Eure Hilfe.«

Vanice schüttelte den Kopf. Ich hatte den Eindruck, dass sie noch etwas sagen wollte. Doch sie sagte nichts mehr. Vielleicht hatte sie aufgegeben. Oder sie war einfach zu müde.

Auf dem Friedhof war es sehr still. Ein paar Krähen schrien in der Dämmerung. Ansonsten war kein Geräusch zu hören.

Nach einer Weile erhob sich Vanice. »Gut, Mykar, wie du willst!«, seufzte sie. »Aber sag nicht, ich hätte dich nicht gewarnt, wenn du am Wundbrand zugrunde gehst. Ich muss jetzt zu den Unterirdischen. Der Kampf hat sie einiges gekostet, wie du sicherlich bemerkt hast.«

Auch ich stand auf. Ich blickte mich um und sah, dass die Leichenfresser ihre Toten mittlerweile weggetragen hatten. Von ihnen waren nur ein halbes Dutzend dunkle Flecke im Gras geblieben.

»Ich hoffe, es hat nicht zu viel gekostet«, sagte ich.

»Zu viel? Nun, Rudrick ist entkommen, Cay wird sterben, und du bist ja offensichtlich fest entschlossen, dich von der Horde umbringen zu lassen, wenn du nicht vorher still und heimlich verblutest. War es das wert? Was meinst du, Mykar?«

»Warum helfen sie Euch überhaupt? Das wolltet Ihr mir noch erklären.«

»Das erkläre ich dir ein andermal, wenn wir uns besser verstehen.«

»Gut, wie Ihr wollt. Aber Ihr seid eine von ihnen, oder?«

Vanice zuckte zusammen. Ihr Blick war fassungslos. Als hätte ich ihr ins Gesicht gespuckt.

»Nein … noch nicht … Ich werde einmal eine von ihnen sein. Jedes Mal, wenn ich sie sehe, denke ich, so werde ich auch aussehen, so werde ich enden …« Sie hatte wie zu sich selbst gesprochen.

Nun sah sie mir in die Augen. Hoffnung und Angst rangen in ihren Zügen. »Du ekelst dich vor mir, nicht wahr?«

»Ihr ekelt Euch vor Euch selbst«, sagte ich. »Deshalb hungert Ihr lieber, als verfaultes Fleisch zu essen. Speck und Brot helfen wohl nichts, oder?«

Plötzlich lachte Vanice. Es klang, als wäre sie lieber in Tränen ausgebrochen. »Wenn ich dir zuwider bin, kann ich auch gehen!«, rief sie. »Du musst dich nicht mit mir abgeben!«

»Gibt es keine Hilfe? Keine Heilung?«, fragte ich.

»Nein!« Ihr Lachen wurde noch schriller. »Ich bin verflucht! Verstehst du? Verflucht!«

»Ich dachte, Ihr glaubt nicht an die Strafe der Götter.«

»Aber ich *bin* verflucht!«, schrie sie. »Ich habe nichts getan! Nichts!« Sie zerrte am Ausschnitt ihres Kleides. »Ich wollte nur … wollte nur …«

Vanice verstummte. Schweigend stand sie da und blickte mich an, einen fiebrigen Glanz in den Augen.

»Ich habe Danje alleingelassen«, sagte ich. »Und als Euch die Toten angegriffen haben, bin ich einfach weitergerannt. Es war mir egal, was mit Euch passieren würde. Nein, das stimmt nicht. Ich *wollte,* dass sie Euch in Stücke reißen. Und Ihr fragt, ob *Ihr* mir zuwider seid!?«

Jetzt war ich es, der schrie: »Und ich habe Cay verraten! Er hat meine Hilfe gebraucht, und ich war nicht da! Er war immer für mich da! Und ich habe ihn verraten!«

Meine Stimme brach. Schluchzend fiel ich auf die Knie. Die Tränen strömten über mein Gesicht. Dann hockte Vanice neben mir. Auf einmal war sie ganz ruhig. Sie legte einen Arm um mich.

»Das stimmt nicht, Mykar«, sagte sie. »Du hast getan, was du konntest. Niemand hätte mehr tun können. Ich werde dafür sorgen, dass Cay erfährt, was du getan hast …«

Dieses Mal roch ihr Atem nicht nach Minze. Er roch nach Verwesung. *Sie* roch nach Verwesung. Ich konnte nicht aufhören, zu weinen. Ich umklammerte Vanice. Ich drückte mein Gesicht gegen ihren blutverkrusteten Hals, in den süß duftenden Überwurf.

»Es kann nicht sein …«, wimmerte ich. »Es kann nicht sein …«

Vanice hielt mich umarmt. Sie flüsterte beruhigende Worte. Wie zu einem Kind, das einen bösen Traum gehabt hat.

22
MORGENGRAUEN

Justinius

Ich erwachte im ersten Morgengrauen. Wusste sofort, dass ich in dieser Nacht keine Ruhe mehr finden würde. Obwohl ich höchstens eine Handvoll Stunden geschlafen haben konnte. Hoffentlich würde ich nicht gähnen müssen, wenn ich vor dem Dorn stand.

Zu meinem Erstaunen stellte ich fest, dass ich ziemlich munter war. Ausnahmsweise heulten keine Gossenkatzen in meinem Schädel. Ich war frisch gewaschen. Lag weich gebettet unter Daunendecken. Und Scara mit ihrem Schnarchen war einige Zimmer weit weg. Wären nicht die Schmerzen in meinen Gliedern gewesen, die mich bei jeder Bewegung an Hackfresse und Nummer zwei erinnerten, ich hätte den Tag geradezu umarmt. Wäre aus den Federn gehüpft, munter wie ein Spatz im Frühling.

Nach kurzem Zögern schlug ich die Decke zurück. Stand auf und streckte mich. Ich war nackt. Mein Schwanz war auf Halbmast. Dafür hing mein Bauch. Immerhin den altersschwachen Eber bekam ich hin. Ich seufzte und trat ans Fenster, blickte hinaus. Der Marktplatz lag in graublauem Licht da. Er war vollkommen leer, und ein feiner Dunst waberte über den Pflastersteinen, die in der ersten Dämmerung feucht schimmerten. Ich öffnete das Fenster, atmete die kühle, frische Luft ein. Schloss das Fenster wieder und stellte mich vor den Nachttopf in der Zimmerecke. Ich pisste ausgiebig. Freute mich an dem metallenen Pladdern. Schlug die letzten Tropfen ab. Dann ging ich zu einer Kommode hinüber, auf der ich zwei Krüge mit Wein und abgekochtem Wasser hatte stehen lassen, als ich mich hinlegte. Ich goss mir einen Becher Wasser ein und trank. Musste zugeben, dass es gar nicht so schlecht war. Dann füllte ich Wein in den Becher und schüttete etwas Wasser hinzu. Wieder trank ich. Ja, das war noch besser. Ich brummte behaglich und beschloss, mich nochmals ins Bett zu legen.

So könnte ich in aller Ruhe nachdenken. Einen Plan ausarbeiten. Mir einen runterholen. Das klang doch vernünftig.

Ich wollte mich schon abwenden, hielt aber noch einmal inne. Über der Kommode hing ein Spiegel. Ein großes, ovales Ding mit einem Holzrahmen, den Schnitzereien zierten, die allerlei Blumen, Ranken und Reben zeigten. Es war lange her, seit ich das letzte Mal in einen Spiegel geblickt hatte. Die auf meinem Landsitz hatte ich längst zerschlagen. Mit gutem Grund. Unsicherheit ergriff mich. Fast so etwas wie Angst. Ich stützte mich auf der Kommode ab. Einige Momente stand ich unbeweglich da und wagte kaum zu atmen.

Dann hob ich langsam die Augen.

TEIL III

Der Tugendhafte geht niemals fehl. Der Frevler war immer schon verloren.
Und wem das Herz bricht, der soll die Scherben in einen Abgrund schleudern.
Und er soll sagen: »Gehe, Herz, ich brauche dich nicht mehr!«
Denn die Trauer ist ein Labyrinth.
Wer sich in sie hineinbegibt, wünscht bald keinen Ausgang mehr.

Kibeidon, Buch der Weisheit

PROLOG

Komm näher und nenn mir deinen Namen«, sagte der Schwarze Jäger. Langsam trat der Mann näher.

Und er nannte seinen Namen.

Wieder antwortete ihm die Horde mit Schweigen. Da waren keine Jubelschreie. Kein Gemurmel. Nicht einmal das Knurren des Wolfes oder das Kichern der rotlippigen Greisin. Auch die Hunde und Pferde waren still. Nur der Nachtwind blies, der kalte, unablässige Wind.

»Rudrick von Nordwiesen …«, wiederholte der Schwarze Jäger.

»Ja«, sagte der Mann.

Noch immer blickte er dem Anführer der Geisterreiter in die Augen; und noch immer erwiderte der andere seinen Blick: der Schwarze Jäger und sein Gast, den niemand geladen hatte.

Dann war ein Krachen zu hören, irgendwo im nahen Wald – ein Ast, der brach; ein Tier auf seinem Weg durchs Unterholz –, und zugleich löste sich auch die Starre, die das uralte Gemäuer umfangen hatte.

»Das ist ein guter, ehrbarer Name!«, lachte die Luziera. Sie war wieder ein verhutzeltes Weib, ausgetrocknet und abgezehrt.

»Nein, ist es nicht«, knurrte Garoy.

»Stets bist du dagegen!«

»Stets bist du dafür!«

»Das ist nicht wahr! Ich werde verleumdet!«, kreischte die Alte, belustigte Empörung in der Stimme.

Der Schwarze Jäger ballte die Faust. »Luziera! Garoy! Schweigt! Alle beide!«, donnerte er.

Die Greisin umfasste ihren Krückstab und wandte den Blick ab; der Wolf zog den Kopf ein und senkte die Rute.

Für die Dauer von zwei Atemzügen betrachtete sie der Anführer der Horde.

Dann drehte er sich um und trat mit langsamen, kraftvollen Schritten aus dem Widerschein des gespenstischen Feuers. Der Mann sah, wie der Schwarze Jäger den Hof überquerte; sah, wie er auf den mächtigen Tempel zuging, der einstmals das Herz des Klosters gebildet hatte; sah, wie er die Treppen erreichte, die zum Eingangstor führten, und die Stufen emporstieg. In dieser mondlosen Nacht war von dem Gebäude kaum mehr als ein finster-dräuender Umriss zu erkennen. Doch der Mann brauchte kein Licht, um zu wissen, dass über dem Tor das Relief eines gewaltigen Elaah-Kreises prangte: das obere Halbrund wurde von zwei gekrümmten Klingen durchbrochen, während die Sichelstiele sich am unteren Rand kreuzten – das Zeichen der Bruderschaft des Zweiten Todes.

Allein der Tempel war damals, vor über hundert Jahren, von den Flammen verschont worden, die den Rest des Klosters geschwärzt hatten. Denn die Geweihten und Ordenskrieger waren der Überzeugung gewesen, dass nicht einmal der ruchloseste Frevel vermochte, ein Haus, das Thaala selbst zu ihrer Wohnung erkoren hatte, in eine Stätte des Unheils zu verwandeln. Also hatten sie die Wände und den Boden der Gebetshalle mit geweihtem Wasser besprenkelt, den Altar gereinigt und schließlich das Eingangstor des Tempels vermauert. Nun harrte er aus, ein einsamer Soldat auf längst verlorenem Posten. Der letzte Ort weit und breit, den die Götter nicht der Dunkelheit überlassen hatten.

Wieder stellte sich der Mann, als er an die Geschichte des Klosters dachte, all die ehrwürdigen Ritter und Priester vor, die damals in den Kampf gegen das Böse gezogen waren. Und wieder fragte er sich, was wäre, wenn sie in dieser Nacht an seiner Seite ständen, hier, im Hof der verfluchten Ruine – wenn sie sähen, was er sah, hörten, was er hörte. Ob es genug wäre, um ihnen den Glauben zu nehmen?

Der Schwarze Jäger war jetzt auf dem Podest vor dem Tempeltor angekommen. Er wandte sich erneut den Geisterreitern zu, die um das unirdische Feuer versammelt waren.

»Kommt!«, rief er.

Im selben Augenblick, so schien es dem Mann, war die Luziera an seiner Seite. »Komm«, flüsterte sie lächelnd und fasste seine Hand. Der Griff ihrer Finger war eisig, als sie sich um die seinen schlossen. Und ihre Zähne waren wie Tonscherben in dem fahlen Gesicht.

Der Mann spürte Übelkeit in sich aufsteigen. Zugleich nahm er mit Entsetzen wahr, dass er die Greisin zu küssen wünschte; ein widerwärtiger, ein abscheulicher Wunsch, der sich nur zu bald erfüllen würde.

»Komm«, hörte er ein Grollen von seiner anderen Seite. Er drehte sich um und sah den riesigen Wolf, der nach Blut und Tod und Verwesung stank. Gemächlich trottete Garoy an ihm vorbei. Er funkelte ihn an, die Zähne gebleckt, die Ohren aufgestellt.

Und so, die alte Frau zu seiner Linken, den Wolf zu seiner Rechten, folgte der Mann dem Ruf des Schwarzen Jägers.

Erst jetzt fiel ihm auf, dass da noch mehr Nachtgeister waren. Sie standen zwischen den Säulen und Pfeilern des Wandelgangs, der den Hof umgab und zu den verfallenen, ausgebrannten Gebäuden der Klosteranlage führte; unter den Arkaden standen sie, den geschwungenen, mit Ornamenten verzierten Bögen, und stierten. Auch sie trugen dunkle Felle und furchtbares Jagdwerkzeug. Auch ihre Augen glommen in der Finsternis. Und auch sie schwiegen, während der Mann vor das Podest trat, wo der Anführer der Horde ihn erwartete.

Die Luziera blieb stehen. Noch immer hielt sie seine Hand.

Auch Garoy blieb stehen. Er hockte sich auf die Steinplatten des Hofes und würdigte ihn keines Blickes mehr.

Der Schwarze Jäger aber umfasste seinen riesigen Spieß mit der Rechten, streckte den Arm aus, sodass die Klinge der Waffe auf den Mann wies, und fragte: »Bist du bereit für das Opfer?« Wie er es schon unzählige Male zuvor getan hatte.

»Ja«, sagte der Mann. Und indem er das sagte, spürte er, wie ihn ein unerwartetes, gänzlich unerwünschtes Gefühl ergriff. Es war Traurigkeit. Er musste an all die bitteren Meilen denken, die er zurückgelegt hatte, um in dieser Nacht anzukommen: Eine Straße der Schmerzen, die sich über viele Jahre hinzog; sie war mit Pfeilspitzen gepflastert, und kein freundliches Wort erklang an ihrem Lauf – nur Weinen und Klagen.

Der Mann hatte den Weg allein zurückgelegt. Selbst im Kreis seiner Gefährten war er ein Fremder gewesen. Er wusste, dass es nicht anders sein konnte. Genauso hatte er es gewollt. Und dennoch … dennoch … Manchmal erfüllte es ihn mit einer kindischen, beschämenden Wehmut, dass der Einzige, den er im Herzen je »Freund« genannt hatte, nichts als Hass für ihn empfand.

Er hatte Justinius von Hagenow auf der Kriegerakademie zu Mandris kennengelernt. Vielleicht hatte er ihn schon vorher einmal gesehen, bei irgendeinem Ball oder einer Hochzeit, wo die Adeligen der Windmarken zusammengekommen waren – wenn ja, so erinnerte er sich nicht an diese Begegnung.

Sehr wohl allerdings erinnerte er sich an die Wochen und Monate, die sie zusammen verbracht hatten: mit Schwerttraining, mit der Unterweisung in die Kriegskunst und vor allem mit trunken-lärmenden Bummeleien, die sie von einer Schenke zur nächsten führten. Bis heute war er sich nicht sicher, was ihn so sehr für Justinius eingenommen hatte. Er hatte gut ausgesehen, damals, war groß und schlank und blond gewesen. Aber das konnte es nicht sein.

Schließlich war es leicht, allzu leicht, schön zu sein, wenn man mit einem prall gefüllten Beutel von der Provinz in die größte Stadt des Reiches kam und die Welt sich aufrollte wie ein Pergament; wenn jede stinkende Gasse nach Abenteuer duftete und jedes Mädchen, das nicht gerade einen Buckel oder Triefaugen hatte, so verheißungsvoll schien wie eine Prinzessin. Ja, wer an das Glück und das Leben glaubte, brauchte nicht viel, um Glück und Leben auszustrahlen. Und in der ersten Zeit an der Kriegerschule zu Mandris hatte sich jeder Schwachkopf eingebildet, dass ihn – ihn und niemanden sonst – der Abglanz zukünftiger Heldentaten anrührte.

Ein paar Jahre später würden all die jungen Recken dann begriffen haben, dass das einzige Abenteuer für sie darin bestand, irgendwelchen Mägden nachzustellen. Dann würde sich ihr Blick langsam trüben, bis sie genauso stumpf und leer in den Weinbecher starrten wie ihre Väter.

Für ihn galt das freilich nicht. Er hatte damals schon das erste Leben genommen, ungefähr ein halbes Jahr, bevor er nach Mandris aufbrach, wo die Kriegerschule ihre Tore von alters her zum Frühlingsbeginn, am Hekir-Tag, für die Söhne der Barone, Grafen und Herzöge öffnete. Und auch wenn ihn das Bauernmädchen mit dem dicken, honigblonden Haar nicht mehr in seine Träume verfolgte, so hatte er doch keineswegs vergessen, was das für ein Schrecknis war: eine Berufung, ein großes Schicksal.

Nein, für ihn galt es nicht. Und seltsamerweise galt es auch nicht für Justinius. Dabei war der genauso dummdreist und gockelhaft geplustert durch die Straßen stolziert wie alle anderen. Er war auch kein herausragender Reiter oder Schwertkämpfer gewesen, nicht besonders belesen oder gewitzt. Und im Ver-

gleich zu dem ahekrischen Hochadel nahm er sich fast wie ein Bauerntölpel aus, was die Kleidung, das Auftreten und die Manieren betraf.

Aber vielleicht war es gerade das. Bis heute musste der Mann schmunzeln, wenn er daran zurückdachte, was Justinius während einer der ersten Lektionen gesagt hatte, als den Adelssprösslingen die Grundlagen der Kriegskunst beigebracht werden sollten. Ihr Ausbilder – ein Veteran vom Rang eines Hauptmanns, der entfernt mit dem Kaiser verwandt war – hatte gefragt, ob ihm jemand den Unterschied zwischen Taktik und Strategie erklären könne.

Augenblicklich war Justinius aufgesprungen. Er hatte eine schneidige Haltung angenommen und in den Saal hineingerufen: »Euer Hochgeboren, Herr Hauptmann, Taktik ist, wenn man zu einer Hure geht und fragt: Ist sie teuer? Strategie ist, wenn man fragt: Hat sie Tripper?«

Dabei hatte er sich eines derart eifrigen und beflissenen Tonfalls bedient, dass tatsächlich einige Sekunden vergingen, bis man begriff, dass er sich einen Scherz erlaubt hatte. Hier und da war verhaltenes Kichern zu hören gewesen. Er aber, Rudrick, hatte laut aufgelacht, während der Graubart, der sie zu würdigen Streitern für Ahekrien heranziehen sollte, vor Zorn dunkel anlief.

Natürlich war Justinius' Witz nicht übermäßig lustig gewesen; das waren seine Witze selten. Doch an einem Ort, wo alles strenger Ernst und Ehrerbietung war und manch ein Sohn aus hochadeligem Haus bei Ausritten von Dienern begleitet wurde, deren einzige Aufgabe darin bestand, die Pferdeäpfel einzusammeln, die sein Ross fallen ließ – an einem solchen Ort war Justinius' unbekümmerte Respektlosigkeit eine Befreiung.

Ja, wahrscheinlich war es das, was Justinius zu etwas Besonderem gemacht hatte. Er war freier als die anderen, freier und wahrer. Und mehr noch: Sie kamen ihm ganz selbstverständlich zu, diese Freiheit und Wahrheit. Er trug sie wie ein Hemd, das nicht so kostbar ist, dass man sich wegen ein paar Weinspritzern sorgen müsste. Es war diese Leichtigkeit, die ihn so angezogen hatte. Ihn, der er jetzt vor dem Schwarzen Jäger stand und für den immer alles schwer gewesen war: Anspannung des Geistes, Mühsal des Willens.

Oh, wie hatte er es genossen, mit Justinius zu lachen und zu trinken! Und wie hatte er sich gewünscht, dass er ihn für seine Sache gewinnen könnte, als einen Mitstreiter – nein, einen Waffenbruder – in dem dunklen, blutigen Kampf, den er bestehen musste! Aber wie dumm, wie unfähig und einfältig *hatte er sich angestellt bei seinen Versuchen, den anderen seiner Wahrheit zuzuführen! Anstatt Justinius die strahlende Schwärze zu zeigen, die sein Leben überstrahlte und ihm den Weg wies durch den falschen Glanz und Glitter, anstatt also selbst frei und wahr zu sein, hatte er versucht, ihn mit peinlichen Kinderstreichen zu beeindrucken.*

Noch Jahre später konnte er nicht an den Abend zurückdenken, an dem er die Hure geohrfeigt und bepinkelt hatte, ohne dass ihm die Schamesröte ins Gesicht stieg. Dass Justinius und er dann noch in eine Schlägerei verwickelt worden waren, die sie leicht mehr hätte kosten können als eine blutige Nase und ein blaues Auge, machte das Ganze umso unwürdiger. Es war sein gerechter Lohn, dass er Justinius durch diese Tat von sich gestoßen hatte; eine Tat, mit der er ihm hatte zeigen wollen, dass er ein ganzer Kerl war, einer, der keinen Anstand in den Weg eines verwegenen Spaßes kommen lässt. Wie war es nur möglich, dass er ihn so verkannt hatte! Er hätte doch sehen müssen, dass es Justinius nicht um Protzerei und kerniges Kraftmeiern ging, sondern um etwas ganz anderes. Um dasselbe nämlich, wonach auch er sein ganzes Leben lang gestrebt hat: um die Ehre. Und dass noch Justinius' rauhbeinige Albernheiten ein unbeholfenes Streben nach Ehre waren – der wahren Ehre, die eben jenseits der Verstellungen und Vorspiegelungen liegt.

Seitdem hatte er vieles gelernt, in den harschen Tagen, Wochen und Monaten, die der kurzen, frohen Zeit in Mandris gefolgt waren. Über zehn Jahre waren seitdem vergangen. Aber niemals wieder war es ihm gelungen, Justinius nahe zu kommen. Oh, er hatte es versucht. Bis zur Selbsterniedrigung hatte er sich bemüht. Doch stets hatte ihn Justinius abgewiesen. Mit derselben zornigen Bitterkeit hatte er ihn in die Niederhöllen gewünscht, mit der er sich selbst in Weinfässern versenkte, nachdem er hatte begreifen müssen, dass auch seine Träume in der Welt keinen Widerhall fanden.

Dabei war er bis zu dieser Stunde überzeugt davon, dass Justinius es hätte verstehen können, ja, verstehen müssen. *Dass sein Freund hätte verstehen müssen, dass er niemals Vergnügen daran gefunden hatte, Bauernmädchen und Köhlertöchter zu quälen und zu morden. Dass er weit davon entfernt war, sich an ihren ungewaschenen Körpern und ihrem Gequieke zu erregen. Dass in Wahrheit nicht sie, ihre belanglosen, lächerlichen Leben, das Opfer gewesen waren, sondern er selbst … er selbst …*

»Ja«, wiederholte der Mann. »Ich bin bereit.«

Der Schwarze Jäger nickte. Dann breitete er die Arme aus, den Spieß in der Rechten haltend.

»Hört her!«, rief er. Wie er es schon unzählige Male zuvor getan hatte.

»Ja«, antworteten die Stimmen der Nachtgeister.

Der Mann zuckte zusammen. Nah, allzu nah klangen sie, die Rufe aus unirdischen Kehlen. Verstohlen blickte er um sich. Und sah, dass eine Handvoll Gespenster an ihn herangetreten waren, ohne dass er es bemerkt hatte. Sie bildeten einen Halbkreis um ihn, die Greisin und den Wolf. In den Händen hielten sie ihre Jagdwaffen: den Speer und das Beil, den Säbel und das Messer; grausame, dunkle Klingen, die im Widerschein des schwarzen Lichts glänzten. Denn das war nicht alles. Noch mehr Geisterreiter waren zum Tempel gekommen. Jenseits des Kreises standen sie, links und rechts von ihm hatten sie sich aufgereiht. Sie trugen brennende Scheite, die sie aus dem mächtigen Feuer geholt hatten, das noch immer im Hof loderte. Der Wind bog die Flammen und zerrte an ihnen, und es war, als würden sie die Finsternis selbst zum Glühen bringen.

Wie war es nur möglich, dass ihm all die Gespenster so nah gekommen waren? Der Mann erschrak. Er hatte sich doch nur einen Augenblick von seinen Gedanken ablenken lassen.

Da erklang sie wieder, die Stimme des Anführers der Horde: »Wisst ihr, dass die, die mit der Nachtjagd reiten, den Tag niemals mehr sehen?«

»Ja!«, riefen die Geister.

Der Schwarze Jäger beugte sich nach vorne. »Dann sagt mir: Wer reitet mit der Nachtjagd?«

»Die im Leben den Tod ehren«, sagte der erste Reiter.

»Die im Tod die Verdammnis preisen«, sagte der zweite Reiter.

»Die in der Verdammnis den Segen finden«, sagte der dritte Reiter.

Dem Mann wurde schwindelig. Ihm war, als würde er durch die Zeit zurückfallen. Er sah einen kleinen Jungen, der auf einen Baum kletterte, vielleicht ein Apfel- oder ein Kirschbaum. Er sah einen kleinen Jungen, der von Angst und Stolz und Liebe ergriffen wurde, als ihn sein Vater durch die Galerie führte, in der die Gemälde seiner Ahnen hingen. Er sah einen kleinen Jungen, der aus einem grausamen Traum erwachte und sich wimmernd an seine Amme drückte.

Er meinte sie noch zu spürten: die weiche Wärme ihrer Brust; die rauhe Zärtlichkeit ihrer Hände. Er meinte, die Lieder zu hören, die sie ihm zum Einschlafen gesungen hatte, noch früher: die einfachen Lieder voller Trost und Hoffnung. Endlich war ihm, als läge er wieder in dem Bett seiner ersten Jahre und könnte durch das bleigefasste Fenster hinausschauen auf einen abendlichen Sommerhimmel. Einen Himmel, an dem sich türkisblau und lindgrün vermischten; dazwischen ein zart getupftes Rosa und Streifen von Gelb … die ersten, blassen Sterne … ein halbdurchsichtiger, gerundeter Mond … Und er hätte alles gegeben, die Schätze dieser und jeder anderen Welt, wenn es ihm möglich gewesen wäre, zurückzukehren zu jener Stunde und jenem Sommerhimmel: noch einmal dort zu liegen, unter den dünnen Laken, im kühlen Steingeruch, und zu spüren, wie ihm süßer Schlummer die Lider niederdrückte …

»Nun sagt mir: Was sind eure Namen?«, hörte er den Anführer der Horde. Er hatte sich wieder zur vollen Größe aufgerichtet. Die Klinge seines Jagdspießes zog einen Bogen über den Häuptern der Versammelten, während seine Stimme von den gebrochenen, rußbefleckten Mauern der Klosterruine widerhallte.

»Der schwarze Lothar!«

»Der schwarze Eorl!«

»Der schwarze Arnwald!«

So riefen sie in die Dunkelheit hinein, die Geisterreiter, einer nach dem anderen, riefen und bestätigten ihrem Anführer, dass sie wahrlich die Seinen waren. Die Seinen bis zur Morgendämmerung, die niemals kommen würde; die Seinen: endgültig und unumkehrbar.

Schließlich, als der Letzte der Horde gesprochen hatte, wandte sich der Schwarze Jäger ihm zu.

»Und was ist dein Name?«, fragte er, indem er die Stimme zu einem erwartungsvollen Raunen senkte.

Der Mann schluckte: »… Rudrick, der Schwarze … der schwarze Rudrick«, flüsterte er.

»Dann sag mir, schwarzer Rudrick: Wirst du folgen, wenn mein Jagdhorn schallt?«

»Ja …«

»Wirst du die Beute erlegen, die ich dir weise?«

»Ja …«

»Wirst du die anderen ›Bruder‹ nennen und mich ›Herr‹?«

»Ja …«

Zum zweiten Mal in dieser Nacht riss der Schwarze Jäger seinen Spieß über den Kopf. Breitbeinig stand er da, auf dem Podest zwischen den zwei Treppenläufen. Er hielt die Stange mit beiden Händen umfasst und brüllte: »Ihr habt den schwarzen Rudrick gehört!«

Die Horde brach in Jubel aus. In die Schreie mischte sich das Kichern der Luziera. Es hielt an, nachdem der Jubel verklungen war.

Der Mann wandte sich ihr zu. Wieder musste er gegen Schwindel ankämpfen, als er sie betrachtete. Denn nun war sie beides zugleich: die Greisin und die junge Frau; gekrümmt und hager, gerade erst erblüht. Und der Wolf hockte neben ihr. Irgendwie war er an ihm vorbeigekommen, ohne dass der Mann es bemerkt hatte. Als wäre jemand hingegangen und hätte ein paar Sekunden aus der Nacht geschnitten. Von Garoys Feindseligkeit war in diesem Moment nichts mehr zu spüren. Er strahlte etwas Ernstes und Feierliches aus. Der Blick seiner Blutaugen ruhte auf dem Mann, und es war ein bezeugender Blick.

»Komm zu mir«, sagte die Luziera.

Er trat einen Schritt näher.

»Umarme mich.«

Er tat es.

»Schenk mir deinen Namen.«

Der Mann hatte schon seit langem gewusst, dass die Stunde kommen würde, in der er tun musste, was er jetzt tat. Doch er hatte nicht geahnt, dass es so furchtbar sein würde. Während er seinen Mund auf den der Luziera senkte, meinte er sie schon zu spüren: die Leere, die bleiben würde, wenn er auch dieses Opfer dargebracht hätte. Es war die Leere einer fahlen Einöde, die sich unter trostlosen Himmeln erstreckte, von einem Horizont zum anderen. Und er wusste, dass er in dieser Einöde herumirren würde, solange er atmete.

Dennoch verspürte er Wollust, als er die vollen, roten, blutleer-vertrockneten Lippen der Luziera küsste und die süße Fäulnis schmeckte.

Die Wollust erfüllte ihn mit einem Vorgefühl der Opfer, die ihm blieben.

Zwei waren es.

Er brauchte eine Frau, die liebte und sich aus freien Stücken hingab. Er brauchte diese Liebe, damit er sie restlos zerstören konnte. Damit er sie restlos zerstören und aus der Zerstörung ein Leben zwingen konnte. Ein Leben, das niemals Liebe kennen würde.

Er wusste bereits, wer die Frau sein würde. Und er wusste auch schon, mit welchem Köder er sie locken würde; tatsächlich hatte er bereits begonnen, sie zu locken. Es tat ihm leid für Justinius. Er hatte seine Blicke gesehen, damals, auf dem Ball im Sommer. Aber vielleicht würden der Schmerz und der Hass ihn zu sich selbst bringen.

Ihn, der sein Freund hätte sein können.

Ihn, der vielleicht einmal sein Freund gewesen war.

Der Mann löste sich von der Luziera und trat einen halben Schritt zurück. Er sah ihr in die eisgrauen, winterkalten Augen. Er fragte sich, ob es Hohn war, was dort zu lesen stand, oder einfach das Vergnügen am Verworfenen.

Tief und harsch klang die Stimme des Wolfes: »Du bist nun einer von uns.«

»Fast ist er es! Fast!«, frohlockte die Greisin.

Gegen seinen Willen musste der Mann lächeln. Es war ein Lächeln der Erleichterung. Er wusste, wovon die Luziera sprach. Und wenn er an alles dachte, was er bereits getan hatte, was er jetzt gerade getan hatte und noch würde tun müssen, dann kam es ihm wie etwas Leichtes und Spielerisches vor, sein allerletztes Opfer.

Denn um wie wenig ging es dabei.

Nur um sein Leben.

I

EIN ANDERES LAND, EINE ANDERE ZEIT

Vanice

Als ich ein Mädchen war, lebte ich in einem großen Haus. Wie die anderen Villen stand es auf einem Hügel über der Stadt. Es war von einem weitläufigen Garten umgeben, in dem Pinien und Zedern, Lorbeer- und Olivenbäume wuchsen. Mein Zimmer lag im oberen Stockwerk des linken Flügels. Durch eine Einlassung in der Wand konnte ich einen kleinen Altan betreten. Manchmal ist mir, als hätte ich meine halbe Kindheit auf diesem Altan verbracht. Ich liebte das Gefühl, wenn mich nach der schattigen Kühle des Hauses das Licht umfing. Ich liebte die plötzliche Wärme, die wie eine Berührung war. Es gefiel mir sogar, dass man in den ersten Momenten fast blind war und nur grelle und verschwommene Flecken sah. Ich konnte stundenlang dort sitzen und hinaus aufs Meer blicken.

Meine Kammerzofe Siya wich keinen Augenblick von meiner Seite. Sie hielt stets einen Sonnenschirm über mich und starb tausend Tode, wenn ich einmal an dem Geländer hochsprang, um den Flug von Rothühnern zu beobachten. Sie versuchte auch, mir eine damenhafte Haltung anzugewöhnen; natürlich schickte sich es nicht, das Kinn auf die warme Steinbrüstung zu stützen, wie ich es gerne tat. Dann sagte Siya Sachen wie: »Herrin, ich bitte dich!« oder: »Ist dein Vater etwa ein Lumpensammler?« Dabei klang sie ernstlich empört. Einmal sagte sie auch: »Du bist reich von den Göttern gesegnet, Herrin, aber es gibt Dinge, für die muss man selbst Sorge tragen.« Damals dachte ich, Siya wäre alt. Ich glaube aber, sie war jünger als meine Mutter.

In meiner Erinnerung scheint immer die Sonne, wenn ich an diese Morgen zurückdenke. Das Wasser ist von leuchtendem Blau, und Lichtstrahlen tanzen glitzernd über die Wellen. Ein leichter Wind streicht durch meine Haare. Er bringt mir den Salzgeruch des Meeres, der sich an heißen Tagen mit dem üppig-süßen Duft von Lavendel, Thymian und Myrte vermischt, und manchmal auch mit einem Gestank, wie nach starken Regenfällen auf dem Abort. Ich blicke über die Dächer von Raban hinweg, eine Unzahl von weißen, grauen, roten, gelben, orangenen und ockerfarbenen Flecken, und betrachte den Hafen. Siya erklärt mir, dass das dreimastige Schiff dort eine Karavelle ist, die vermutlich aus Alanver, Rhadulos oder einem der anderen Stadtstaaten kommt, die jenseits der mygherischen Meerenge liegen. Die meisten Schiffe stammen aber aus dem Norden, so sagt mir Siya, denn die Menschen dort wünschen sich viele Dinge, die ihnen das karge Land verweigert, in dem sie leben müssen. Sie versucht mir zu erklären, was Handel bedeutet: Handel mit feinen Tüchern, erlesenen Gewürzen, edlen Weinen und vielem mehr. »Fein«, »erlesen«, »edel« – Siya spricht diese Wörter aus, als hätten sie den Geschmack von Schokolade. Ich verstehe nicht, was sie meint. »Du solltest das aber verstehen, Herrin«, sagt Siya, »denn du hast die Ehre, eine Tochter des bedeutendsten Kaufmannsgeschlechts von ganz Enjahla zu sein.« Ich finde, dass Siya manchmal eine komische Art zu reden hat, und verstehe noch immer nicht, was Handel sein soll. So viele Schiffe kann man doch gar nicht mit Gewürzen füllen? Und auch nicht mit Teppichen und Goldstaub, oder?

Es gab viele Dinge, die ich nicht verstand.

Irgendwann wurde mir klar, dass meine Familie anders war als die meisten Gäste, die wir empfingen, und sämtliche Diener, die uns aufwarteten. Natürlich gab es auch zwischen uns Unterschiede: Ich war am hellsten, meine Mutter und meine Brüder waren dunkler, Vater lag dazwischen. Doch keiner von uns hatte Siyas blauschwarzes Haar und ihre Bernsteinhaut. Einmal fragte ich meinen Vater, warum das so war. »Wir sind von weit her gekommen«, entgegnete er. »Das ist viele, viele Jahre her, aber das alte Blut zeigt sich noch.« Er blickte auf mich herab und lächelte. »In dir ist es am stärksten, mein Mädchen«, sagte er und strich mir mit zwei Fingern über die Wange.

Dann nahm er mich auf den Schoß und erzählte mir eine Geschichte von unseren Vorfahren: Das waren Familien aus dem Norden, die ihre Heimat verlassen mussten und eine lange, gefährliche Reise antraten. Die Reise verlief ganz anders, als sie es sich vorgestellt hatten, und schlussendlich kamen sie auf eine Insel. Die Insel war so groß, dass die Siedler zunächst dachten, sie hätten die Gestade von Qheezan erreicht. Als sie begriffen, dass dem nicht so war, erschraken sie. Bald aber wurde ihnen klar, dass diese Insel, die sie nicht auf ihren Karten verzeichnet fanden, ein Geschenk der Götter war. Sie nannten die Insel »Enjahla«, weiße Erde, weil sie an einem Strand angelegt hatten, dessen Sand so hell und rein war, wie sie es noch nie gesehen hatten.

Die Siedler machten sich daran, die Insel zu erforschen. Es gab große Wälder, rauhes Hügelland, weite Hochplateaus, die in der Sonne glühten und jenseits derer sich Berge erhoben. Zwischen Meer und Gebirge lebten viele Tiere: Schweine, Hirsche, Ziegen, Wildpferde und zahllose Vogelarten, darunter einige sehr sonderbare. Von den Tieren abgesehen, war die Insel nahezu unbewohnt. In Küstennähe entdeckten die Siedler ein paar Dörfer, wo arme, braune Fischer ihr Dasein fristeten; ansonsten schien alles menschenleer. Die Siedler dankten den Göttern und begannen, für sich und ihre Frauen Häuser zu bauen.

Mein Vater erzählte mir auch, wie der Reichtum zu unserer Familie kam: In den Tiefen der Berge entsprangen viele Quellen, die sich zu kleinen und größeren Flüssen vereinigten, die dem Meer zuströmten. Einmal war ein Vorvater meines Vaters in den Hügeln unterwegs, um einen noch weitgehend unbekannten Teil der Insel zu erkunden. Als er in einem dieser Flüsse seine Trinkflasche füllen wollte, entdeckte er ein seltsames Glitzern im Ufersand. Es war nämlich so, dass seit Urzeiten Gold im Gestein des Flussbettes verborgen war. Auf seinem Weg zum Meer hatte das Wasser dieses Gold in ungezählten Jahren freigewaschen. Dort, wo das Gebirge in sanfteres Hügelland überging, verlangsamte sich der Lauf des Flusses, und wo immer Wurzeln, Steinhaufen oder Felsen ihn zusätzlich bremsten und sich viel Schlick ansammelte, waren Schätze verborgen: eintausend mal tausend leuchtende Körner.

Die Fischer von Enjahla hatten einen seltsamen Namen für Gold. Sie nannten es »die Tränen der Götter«. Ich wäre nie auf den Gedanken gekommen, dass Götter weinen können; aber später wurde mir klar, dass sie andere Götter meinten, nicht die unseren. Vielleicht waren ihre Götter so klein und braun und arm wie sie selbst?

Der Vorvater meines Vaters wusste, was er zu tun hatte. Später fand man auch Silber. Und Blei und Zink und Kohle. Der Aufstieg der Siedler – allen voran meiner Familie – war schnell und steil. Sie lernten Handel zu treiben. Sie waren klug und nutzten die Schätze Enjahlas zu ihrem Vorteil, ohne verfrüht Aufmerksamkeit zu erregen. Auch die Lage der Insel half ihnen dabei, Macht und Reichtum zu gewinnen: Wie ein Wächter erhob sich Enjahla am Eingang der mygherischen Meerenge aus den Wassern, auf halbem Wege zwischen dem Nord- und dem Südkontinent. Bald schon fuhren die Schiffe der Siedler bis nach Ask im Norden und Haramdur im Süden (»Länder, die es damals noch nicht gab«, sagte mein Vater). Unsere Vorfahren beschlossen, für immer auf Enjahla zu bleiben; zugleich schworen sie, das Andenken ihrer verlorenen ersten Heimat zu ehren und sich nicht mit den armen, braunen Fischern gemein zu machen.

Ich liebte es, diese Geschichte zu hören. Immer wieder bat ich meinen Vater, sie mir zu erzählen. Dabei wollte ich unbedingt auf seinem Schoß sitzen. Natürlich verstand ich kaum etwas von dem, was er mir sagte. Ich wusste nur, dass ich etwas ganz Besonderes war, und mein Herz wollte zerspringen vor Stolz.

Nach diesen Gesprächen geschah es oft, dass ich bis spät abends wach lag. Ich hielt eine meiner buntbemalten Alabasterpuppen im Arm und sah zwischen den Seidenvorhängen hindurch in die Dunkelheit. Die Feuer, die auf dem Leuchtturm von Raban brannten, zeichneten einen rötlichen Schimmer in den Nachthimmel, und ich dachte an die Schiffe, die dort draußen über die schwarzen Wellen segelten und sich von demselben Licht leiten ließen, dessen Widerschein auch ich erblickte.

Dann bildete ich mir ein, vom Hafen her die Rufe der Seeleute, den Klang der Schiffsglocken und das Knarren von Seilwinden zu hören – viel deutlicher als das Quaken der Frösche im Gartenteich –, und ich träumte von einem fernen Land, in dem Bäche flossen, deren goldene Wasser irgendwie auch unser altes Blut waren. Eines Tages würde ein Königssohn von diesen Wassern trinken und wissen, dass seine Liebe mir gehörte, auch wenn ich viele hundert Meilen weit weg war.

2
ERWACHEN

Vanice

Der Schmerz ist so jäh und heftig, dass ich aus dem Bett falle. Ich liege auf dem Boden und krümme mich. Glühende Krallen wühlen in meinen Eingeweiden. Ich muss mir auf die Knöchel beißen, um nicht aufzuschreien. Das Blut steigt mir in den Kopf; ich spüre, wie die Adern an meinen Schläfen schwellen, bis ich denke, sie müssten jede Sekunde platzen. Tränen schießen aus meinen Augen, mein Nachthemd klebt vor Schweiß. Manchmal verliere ich in solchen Momenten jegliche Beherrschung über meinen Körper. Ich falle in Ohnmacht, und wenn ich wieder aufwache, muss ich feststellen, dass ich mich beschmutzt habe. Heute aber habe ich Glück. Langsam lassen die Krämpfe nach. Vor Erleichterung stöhne ich auf. Dann ist es vorbei. Zitternd liege ich da und versuche, Kraft zu sammeln. Zweimal knicken meine Beine unter mir weg, als ich aufstehen will. Ich ziehe mich am Bettpfosten hoch und wälze mich auf die Matratze. Das Holzgestell knarrt; ich atme schwer. Morgenlicht fällt durchs Fenster. Die Herbstsonne wärmt noch, aber mir ist kalt.

Es ist wie immer. Ich fühle mich unendlich erschöpft und berste zugleich vor Kraft. Obwohl ich kaum ein Auge zugemacht habe, bin ich nicht müde. Doch ich könnte hundert Jahre lang schlafen.

Schließlich stehe ich auf und wanke zu der Waschschüssel hinüber. Ich tue mein Bestes, doch ich bilde mir ein, dass mein Körper stinkt und dass mein Atem faul ist. Ich kann gar nicht sauber werden. Als ich fertig bin, ziehe ich frische Wäsche und ein weißes Kleid an. Dann setze ich mich vor den Spiegel. Ich bürste meine Haare und schminke mich. Ich stehe auf, nehme meine grüne, fransenbesetzte Stola (die schwarze Pelerine habe ich Mykar gelassen) und den Sonnenschirm. Ich gehe zur Tür. Ehe ich das Zimmer verlasse, betrachte ich einen Moment lang das Bündel, das ich auf der Kommode abgelegt habe. Darin liegt das riesige, schwarze Jagdmesser des Geisterreiters, den ich in der Nacht getötet habe. Ich habe es gut verpackt und hoffe, dass ich es niemals werde benutzen müssen. Wenn mich Mykar nach dem Verbleib der Waffe fragt, werde ich sagen, ich hätte sie vergraben.

Ich öffne die Tür und trete auf den Flur hinaus. Es sind zwei Schritte bis zum Geländer der Empore. Ich blicke in den Schankraum hinab. Obwohl der Vormittag sich zum Ende neigt, sitzen noch einige Gäste beim Frühstück; sie trinken Bier, essen Rührei mit Lauch, gebackene Goldäpfel und gebratenen Speck, tunken Brot in den fettigen Sud. Es sind alles Männer.

Ich will mein Gesicht mit Glasscherben zerschneiden. Ich will mir den Bauch aufschlitzen und das verfaulte Fleisch aus meinen Eingeweiden reißen.

Ich gehe die Treppe hinab und lächle.

3

NEHMEN UND GEBEN

Vanice

Justinius und ich hatten versäumt, einen Treffpunkt auszumachen, aber wenn er seinen Worten Taten folgen lassen wollte, musste er wohl früher oder später am Marktplatz vorbeikommen. Es war nicht weit bis zum Marktplatz, und ich hätte zu Fuß gehen können. Aber ich wollte nicht angestarrt werden. Meistens wartete eine Kutsche vor meinem Gasthof. Das war auch an diesem Morgen so. Ich nannte dem Kutscher mein Ziel und nutzte die Fahrt, um meine Gedanken zu ordnen. In der letzten Nacht war so viel geschehen, dass sich alles etwas unwirklich anfühlte. Als würden die Ereignisse bereits lange zurückliegen, oder jemand hätte mir von ihnen erzählt.

Ich erreichte den Marktplatz, ließ mir vom Kutscher aus dem Wagen helfen und bezahlte den Mann für seine Dienste. Bevor ich mich umsah, öffnete ich meinen Sonnenschirm; das war zwar nicht nötig, aber ich fühlte mich beschützt, wenn ich den Schirm über mich hielt.

Ich stellte mir vor, dass die Lichtstrahlen das Unheil sichtbar machen würden, das mich umgab. Das Unheil war eine rötliche oder blauschwarze Wolke, wie ein gewaltiger Fliegenschwarm.

Es dauerte nicht lange, bis ich Scara entdeckte. Sie trug ein sauberes, graues Kleid und eine weiße Haube mit Kinnband und gekräuseltem Rand. Offenbar hatte Justinius sein Vorhaben schneller ausgeführt, als ich erwartet hätte. Er hatte sogar daran gedacht, Scara gewissermaßen auf den Posten zu stellen. Sie machte ein paar Schritte mal in die eine, mal in die andere Richtung. Sie tat so, als würde sie Ausschau halten, aber das wirkte wie ein Schwank, den sie für ein unsichtbares Publikum oder auch nur für sich selbst aufführte. Ich erinnerte mich daran, dass mir Mykar bei unserer ersten Begegnung gesagt hatte, mit Scara stimme etwas nicht. Doch ich hatte den Verdacht, dass er im Grunde nur sehr wenig über sie und ihr Leben wusste. Außerdem hatte ich bemerkt, dass er viel lieber von Justinius sprach. Vielleicht war es ihm peinlich, dass er so an einer Irren hing; oder es war ihm peinlich, dass er überhaupt an jemandem hing – jemandem, der noch Haut auf den Knochen hatte.

Was mich betraf, so waren die wenigen Minuten, während derer ich Scara erlebt hatte, ausreichend gewesen, um Zweifel an dieser angeblichen Verrücktheit zu wecken. Das würde ich allerdings weder Mykar noch Justinius sagen.

Scara hatte mich nicht gesehen, oder sie tat jedenfalls so. Mir stand der Sinn nicht nach Spielen, und ich ging zügig in ihre Richtung. Schließlich entschied sie sich, mir ihre Aufmerksamkeit zu widmen. Sie sah mir entgegen, rührte sich jedoch nicht vom Fleck. Keine von uns gab ein Zeichen des Grußes oder auch nur des Erkennens, während ich die letzten Schritte zurücklegte. Ohne es zu wollen, hatte ich jetzt doch angefangen, mitzuspielen.

»Guten Morgen, Scara«, sagte ich.

»Die Dame«, erwiderte sie mit der Andeutung eines Knickses und klang dabei erwartungsgemäß herablassend. Ich wusste nicht recht, ob ich das amüsant oder verletzend finden sollte.

Ich blieb stehen. »Ich sehe, dass du neue Kleider hast. Justinius hat also Erfolg gehabt?«

Scara wiegte den Kopf. »Für seine Verhältnisse ist es wohl ein Erfolg, erfolgreich Einkäufe zu tätigen. Also ja.«

»Aber er war natürlich noch nicht beim Dorn?«

»Nein, in der Tat nicht.« Sie seufzte. »Wenn er da denn je hinkommt.«

»Ich muss dringend mit ihm reden. Kannst du mich zu ihm bringen?«

»Da er seinerseits meint, dringend mit Euch reden zu müssen, lässt sich das kaum vermeiden.« Ohne mich eines weiteren Wortes zu würdigen, ging Scara los.

Ich folgte ihr. Nach kurzem Nachdenken sprach ich wieder: »Kann ich dir eine Frage stellen, Scara?«

»Nur, wenn die Frage nicht zu viele Worte hat. Wir sind nämlich gleich da.«

»Du magst mich nicht, oder?«

»Ist das die Frage?«

»Ja.«

»Es gehört nicht zu meinen Gewohnheiten, fremde Leute zu mögen.«

»Ah.«

Wir umrundeten einen alten Mann, der einen mit Rüben gefüllten Karren vor sich herschob und mit quälend heiserer Stimme seine Ware anbot, ich auf der linken, sie auf der rechten Seite.

Als wir wieder nebeneinander hergingen, bedachte mich Scara mit einem prüfenden Blick. »Ich finde Euch übrigens auch nicht sonderlich hübsch«, erklärte sie in nüchternem Tonfall.

»Nein?«

»Ich fürchte, Ihr seid ein bisschen albern.«

»Oh.«

»Ja, es tut mir sehr leid. Vielleicht könnt Ihr Euch ja noch ändern.«

»Es freut mich, dass es Hoffnung für mich gibt.«

»So weit würde ich nun wieder nicht gehen.«

Ich musste mir ein Lächeln verkneifen; zumindest bildete ich mir ein, dass es ein Lächeln war. Scara sagte nichts mehr. Auch ich schwieg, bis wir vor der Herberge *Der Schäumende Kelch* standen, in der Justinius offenbar Quartier bezogen hatte. Das Haus machte einen sehr gepflegten und anständigen Eindruck. Irgendwie erleichterte mich das. Scara war bereits im Begriff, den Gasthof zu betreten – sie ging gewiss nicht voran, um mir die Tür aufzuhalten –, aber ich legte ihr eine Hand auf die Schulter. Erstaunt drehte sie sich um; mir entging nicht, dass sie einen Herzschlag lang meine Fingernägel betrachtete. Scara war kleiner als ich und wohl auch um einige Jahre jünger. Ich ließ die Hand auf ihrer Schulter liegen und bog den Zeigefinger leicht nach links, sodass die Kralle ihren Hals berührte.

Wir betrachteten uns; ich sah ihr in die Augen, und sie erwiderte den Blick. Auch wenn ich hässlich und albern war – mir gefiel Scara eigentlich ganz gut. Ich mochte ihre Augen, und sie machte einen sehr gesunden Eindruck, besonders für jemanden, der so arm war. Dass sie gut altern würde, glaubte ich zwar nicht, aber wenigstens *würde* sie altern. Und was spielte das jetzt schon für eine Rolle?

»Ich will dir nichts wegnehmen, Scara«, sagte ich.

Zu meiner Überraschung schien sie aufrichtig überrascht: »Was solltet Ihr mir denn auch wegnehmen?«, fragte sie, und ihre Stimme klang dabei ganz anders als sonst.

Ich wusste nicht, was ich entgegnen sollte.

Scara hatte sich schneller wieder gefasst: »Wenn Ihr aber unbedingt etwas wegnehmen müsst, könntet Ihr mit Eurer Hand anfangen. Das ist nun wirklich nicht am Platze.«

Ich ließ den Arm sinken, und Scara wies auf meine Fingernägel. »Übrigens wollte ich Euch noch einen Rat geben – es verhält sich nämlich so, dass man so etwas schneiden kann. Das ist gar nicht schwer. Ich zeige es Euch bei Gelegenheit, wenn ich Zeit habe.«

Damit wandte sie sich von mir ab und betrat den Gasthof.

4
ALTE GESCHICHTEN

Vanice

Tatsächlich hatte mich Justinius bereits erwartet. Er saß an einem Ecktisch, über einen Weinkrug gebeugt, als ich die Herberge betrat. Scara ging schnurstracks in seine Richtung. Ich folgte ihr, ließ mir aber Zeit. Auch im *Schäumenden Kelch* waren an diesem Morgen nur Männer zu Gast. Man hörte Besteck klappern, und ich spürte, wie ich alle Blicke auf mich zog. Solange das so war, musste ich mir wahrscheinlich keine Sorgen machen.

»Hallo Justinius«, sagte ich, als ich bei ihm angekommen war.

Justinius nickte mir zu. »Setzt Euch, Vanice …«, sagte er. »Gut, dass Ihr daran gedacht habt, zum Marktplatz zu kommen!« Er wies mit der Hand auf einen freien Stuhl; dabei machte er einen angespannten und ungeduldigen Eindruck. Ich schickte mich an, Platz zu nehmen, als Justinius seine Galanterie wieder einfiel. Gerade noch rechtzeitig, um aufzuspringen und den Stuhl für mich zurechtzurücken.

»Verzeiht«, murmelte er.

Scara, die sich mit vor dem Schoß gefalteten Händen neben ihren Herrn gestellt hatte, verdrehte ausgiebig die Augen. Ich war mir sicher, sie wusste, dass ich ihr Grimassieren bemerkte.

»Danke«, sagte ich lächelnd.

Ich setzte mich und strich mein Kleid glatt. Seltsam, eigentlich hatte ich wirklich keine Lust gehabt, Spiele zu spielen.

»Wollt Ihr etwas trinken?«, fragte Justinius. Bevor ich antworten konnte, hatte er sich bereits seiner Magd zugewandt: »Scara, hol uns mehr Wein und dazu etwas Wasser und Honig … der Weiße hier ist ziemlich sauer«, fügte er an mich gewandt hinzu.

»Selbstverständlich, Justinius«, sagte Scara und ging zur Theke hinüber.

Während dieses kurzen Austauschs hatte ich Gelegenheit, den Baronssohn Justinius von Hagenow näher zu betrachten. Er hatte sich seit unserer letzten Begegnung sogar noch mehr verändert als Scara. Seine Haare waren geschnitten und gewaschen, seine Fingernägel sauber, und er hatte sich rasieren lassen. Wäre ich ihm auf der Straße begegnet, hätte ich ihn vielleicht nicht wiedererkannt. Das lag auch an seiner Kleidung. Er trug glänzende Reitstiefel aus schwarzem Leder, eine schwarze Hose, die mit silbernen Knöpfen besetzt war, eine dunkelgrüne, goldbestickte Seidenweste und darunter ein weißes Hemd mit Rüschenärmeln. Über einem Stuhl hingen eine Samtjacke und ein purpurner Umhang. Auf dem Tisch lag ein Hut mit breiter, gebogener Krempe und einem blaugefärbten Federbusch.

Man bekam eine Ahnung von dem Mann, der er hätte sein können.

»Wie ich sehe, ist Euch die Verwandlung gelungen«, sagte ich und achtete darauf, dass ein kleiner Hauch Spott in meiner Stimme zu hören war.

Justinius stieß ein Schnauben aus, während er sich setzte. »Ja, aber ich möchte nicht darauf wetten, dass es eine Verwandlung zum Guten ist.«

»Immerhin habt Ihr jetzt Chancen, zum Dorn vorgelassen zu werden.«

Sein Gesicht verhärtete sich. »Ehe ich zum Dorn gehe, will ich verdammt noch mal wissen, was hier gespielt wird!« Er beugte sich vor, senkte zugleich seine Stimme. »Was war das gestern Nacht für eine verfickte Scheiße? Könnt Ihr mir das sagen?«

»Mir scheint, dass jeder von uns einen Teil der Antwort hat«, sagte ich. »Wer war der Mann, mit dem Ihr heute Nacht im Tempel wart?«

»Das war der liebe, gute Edmund. Er ist mein Bruder.«

Ich zog eine Augenbraue hoch. »Euer … Bruder?«

»Ja.«

Wieder dachte ich daran zurück, was mir Mykar bei unserer ersten Begegnung gesagt hatte. »Mykar meint, dass eine Bande von Meuchlern in Euer Haus eingedrungen ist und Euch überfallen hat – in der

Nacht, als er Euch und Scara kennengelernt hat … Und er meinte, dass der Anführer der Meuchler Edmund hieß. War das etwa auch Euer Bruder?«

»Ja.«

»Dann gehe ich wohl recht in der Annahme, dass es zwischen Euch und Eurem Bruder nicht zum Besten steht?«

Justinius prustete, halb verächtlich, halb amüsiert. »Nicht zum Besten steht … ja, das kann man wohl sagen! Edmund ist ein verdammter Vollidiot und kann von mir aus einen Sack voll Wildschweinborsten fressen!«

»Wollt Ihr mir sagen, worum es bei diesem Überfall ging?«

»Hm … später vielleicht. Das ist nicht so wichtig.«

»Gut, wie Ihr meint. Aber es trifft wohl zu, dass Euer Bruder mit Rudrick von Nordwiesen bekannt war. Wie auch Ihr selbst.«

»Ja.«

»Vielleicht wäre es hilfreich gewesen, Mykar über diesen Umstand zu unterrichten, bevor ihr in die Perle kamt.«

Justinius schüttelte unwillig den Kopf. »So ein Blödsinn! Ich *habe* es ihm gesagt. Er sieht zwar aus wie eine Vogelscheuche, aber ich hätte nicht bemerkt, dass er auch noch taub ist.«

Unterdessen kam Scara an den Tisch zurück. Wortlos stellte sie die Krüge, Becher und einen kleinen Honigtopf mit zwei Löffeln ab. Dann bezog sie hinter Justinius' Stuhl Position.

»Mykar scheint sich nur daran zu erinnern, dass Scara eine Andeutung in diese Richtung gemacht hat.«

»Na, das ist ja immerhin etwas! Ich weiß nicht, ob Euch das schon aufgefallen ist, Vanice, aber dieser Mykar ist ein ziemlicher Schwachkopf. Ich meine, bei Elaahs Gnade, er hat sich ausgerechnet *Scara* als Retterin in der Not ausgesucht!«

Selbige betrachtete mit Duldermiene die Zimmerdecke und ließ ihre Fingerspitzen gegeneinandertrippeln.

Ich spürte Zorn im mir aufsteigen. »Wenn ich Euch daran erinnern darf, Justinius, es waren weder Mykar noch Scara, die gestern Nacht durch ihre Tolpatschigkeit Rudricks Geist freigesetzt haben.«

Justinius senkte den Blick. Er errötete, und Scara schaute auf einmal überrascht und aufmerksam drein.

»Was kann ich denn dafür …? Ich konnte doch nicht ahnen …«, brachte ihr Herr heraus.

Mühsam schluckte ich sämtliche Erwiderungen herunter, die mir auf der Zunge lagen. Ich sah mich im Schankraum um. Die Gäste hatten ihr Frühstück beendet und waren vermutlich entweder weitergereist oder gingen in den Straßen der Perle ihren verschiedenen Geschäften nach. Selbst der Wirt war verschwunden, vielleicht in der Küche oder im Hof. Wir waren allein.

Mein Magen zog sich zusammen, als ich mich daran erinnerte, was Mykar über Cay gesagt hatte. Mir war ein Rest Hoffnung geblieben, dass er sich irrte. »Das bringt ja alles nichts«, sagte ich eindringlich. »Unsere Zeit läuft ab. Cay wird heute Abend hingerichtet, und Rudrick ist sowieso längst über alle Berge. Wenn wir hier noch etwas ausrichten wollen, müssen wir verstehen, was sich eigentlich zugetragen hat. Und zwar schnell.«

Justinius nickte.

»Also, woher kennt Ihr Rudrick?«

»Das ist alles so lange her, ich weiß nicht –«

»Justinius, Ihr werdet mir jetzt *alles* sagen, was Ihr über Rudrick wisst.« Ich hatte in einem Ton gesprochen, der keine Widerrede duldete. Das konnte ich.

»Gut … wie Ihr wollt …« Justinius seufzte. Er goss Wein ein und trank. Er hatte weder Wasser noch Honig hinzugetan. »Wie Ihr wisst, sind die Windmarken nicht gerade der Nabel der Welt. Eher ihr Arsch. Es gibt bei uns nicht viele Adelsfamilien, und man kennt sich. Zumal der Sitz derer von Nordwiesen nah bei unserer Burg ist. Mein Bruder und ich, wir sind Rudrick bereits begegnet, als wir noch Kinder waren, aber damals war er … wie alle anderen auch. Es war erst in der Kriegerschule, als ich gemerkt habe, dass er …«

Justinius ließ den Satz unvollendet.

»Weiter!«, drängte ich.

Widerwillig fuhr er fort: »Was soll ich sagen? Es ist bei uns üblich, dass die Söhne von Adeligen an die Kriegerschule in Mandris gehen. Solange Iskrien und die Warek unsere Grenzen bedrohen, braucht der Kaiser starke und mutige Männer, die bereit sind, das Reich zu verteidigen, und der ganze Scheiß. Zu meiner Zeit gab es nicht viel zu verteidigen. Da war alles friedlich. Wir hatten also viel Zeit, um uns in Mandris herumzutreiben. Und das haben wir auch getan. Rudrick und ich, wir sind gleich alt. Und kommen aus der gleichen Gegend, wie gesagt. Da ist es nur natürlich, dass wir öfters zusammen einen trinken gingen. Wir waren uns auch … auf den ersten Blick nicht unähnlich. Haben nicht alles so ernst genommen. Fanden dieses ganze Getue um Disziplin und Ehre ziemlich lachhaft.«

Justinius nahm noch einen Schluck Wein.

»Einmal sitzen wir spät abends in einer Kneipe. Wollen noch ein paar Schnäpse kippen und uns dann zurück in die Schule schleichen. Zwei Huren kommen zu uns. Ich mache ein bisschen mit dem einen Mädchen rum. Die andere setzt sich auf Rudricks Schoß. Sie ist jung, hübsch, sauber. Fragt, ob er ihr was zu trinken kauft. Er lacht, bestellt Wein. Als der Wein gebracht wird, gießt er ihr ein. Aber anstatt ihr den Becher zu geben, schüttet er ihn ihr ins Gesicht. Sie quiekt ein bisschen. Beginnt zu schimpfen. Rudrick und ich lachen. Er entschuldigt sich bei dem Mädchen, ist sehr galant, reicht ihr ein Goldstück. Sie, schon wieder besänftigt, will es nehmen. Da lässt Rudrick es fallen. Als sie sich nach vorne beugt, um die Münze aufzuheben, schlägt er ihr in den Magen. Sie bricht zusammen, würgt. Gut, es ist nichts Besonderes, dass Huren mal was abkriegen. Aber das war so sinnlos, dass ich erst mal einfach nur dasitzen und glotzen konnte. In der Kneipe brach ein bisschen Tumult aus, aber Rudrick war das völlig egal. Was als Nächstes passierte, machte mir zum ersten Mal klar, dass mit ihm etwas nicht stimmte. Ich meine, so richtig nicht stimmte. Er stand auf, stellte dem Mädchen seinen Stiefel in den Nacken, holte seinen Schwanz raus und pisste auf sie drauf. Ein paar Minuten zuvor hatten wir uns noch über irgendeinen Blödsinn unterhalten und Witze gemacht. Ich konnte einfach nicht begreifen, was in diesen Minuten passiert war. Aber vielleicht war auch überhaupt nichts passiert. Rudrick war nämlich die ganze Zeit über bester Laune.«

Er unterbrach sich. Er sah mich an.

»Ich habe schon Schlimmeres gehört«, sagte ich mit nüchterner Stimme.

Justinius stieß ein bitteres Lachen aus; es lief mir eiskalt den Rücken hinunter. »Ja, aber das war auch nur der Anfang.«

Scara hatte plötzlich ein trauriges Gesicht. Ich war verwirrt. Ich wollte kein Wort mehr über Rudrick hören.

»Ich habe Euch bereits gesagt, dass wir nicht den ganzen Tag Zeit haben. Also bitte, Justinius, macht es nicht so dramatisch und fasst Euch kurz.«

Er sah mich noch immer an. Wahrscheinlich fragte er sich, ob ich ihm etwas vorspielte. Natürlich konnte er nicht ahnen, wie sehr ich ihn in diesem Augenblick verabscheute.

»Ihr wollt es kurz und undramatisch?«, sagte Justinius dann. »Schön, das könnt Ihr haben. Wir hatten an diesem Abend dann doch kleinere Schwierigkeiten, in einem Stück nach Hause zu kommen. Und wie Ihr Euch vorstellen könnt, sahen Rudrick und ich uns danach nicht mehr so oft. Wir beendeten die Kriegerschule. Empfingen die üblichen Ehren und sagten Mandris Lebwohl. Zurück daheim entwickelte Rudrick dann eine Vorliebe für Bauernmädchen. Dafür, sie zu vergewaltigen, meine ich. Klar, das machen Adelige ab und zu. Für irgendetwas müssen sie ja gut sein, die Bauernmädchen. Aber bei Rudrick war es anders. Er ging … *planmäßig* vor. Ich weiß das, weil er mehrmals versucht hat, mich für seine Vergnügungen zu begeistern. Versteht Ihr? Er hat sich tatsächlich ein paar Kerle in unserem Alter gesucht, mit denen er dann zusammen auf die Jagd ging, wie er es nannte.«

»Aber Ihr habt natürlich abgelehnt? Wie edelmütig von Euch.«

Nun war es an Justinius, wütend zu werden. Seine Augen blitzten, aber er hob nicht die Stimme. »Jetzt hört mir mal zu, Vanice«, sagte er. »Wenn Ihr ein Mann wärt, würde ich Euch eins auf die Fresse geben. Ich habe viele Dinge getan, auf die ich nicht stolz bin. Aber ich laufe nicht rum und quäle Frauen. Verstanden?«

Scara schien geneigt, einen Einwurf zu machen, besann sich dann aber eines Besseren.

»Entschuldigung«, sagte ich.

»Gut, weiter. Rudrick und seine Freunde zogen also los und vergewaltigten Bauernmädchen. Nun wusste auch Rudrick, dass wir Adelige wenig davon haben, das halbe Land in Aufruhr zu versetzen. Die Bauern lassen sich viel entspannter auspressen, wenn alles ruhig und friedlich ist. Und anfangs haben er und seine Jungs auch darauf geachtet, nicht zu viel Aufsehen zu erregen. Aber bald, ziemlich bald schon, hat ihm das nicht mehr gereicht, die Mädchen einfach nur ranzunehmen. Da hat er angefangen, sie auch zu töten. Und zugleich hat er damit begonnen, den Leichen irgendein Zeichen ins Fleisch zu schneiden. Ich habe nie begriffen, was das für ein Zeichen sein soll, aber es hatte etwas … verflucht Böses … ich könnte kotzen, wenn ich nur dran denke!«

Ich erlaubte mir, einen Moment lang die Augen zu schließen. Jetzt wusste ich, dass Mykar recht hatte. Es gab keine Rettung für Cay. Und wenn es noch eines Beweises bedurft hätte, dass meine schlimmsten Befürchtungen zutrafen – jetzt hatte ich ihn. Ich erinnerte mich an das Jahr, das ich in Alkessa verbracht hatte, das furchtbarste Jahr meines Lebens. Wenn ich daran zurückdachte, fühlte ich mich taub und hohl. Aber ich wusste sehr wohl noch, was in den Büchern stand, die mir Kelmon zu lesen gegeben hatte, wenn er nicht gerade damit beschäftigt war, mich zu quälen. Seine Bibliothek war vollgestopft mit Schriften über Geheimlehren, verbotene Riten und Kulte, Blutmagie, Dämonenbeschwörung und die Geisterwelt. Ich hatte Mykar nicht angelogen, als ich ihm erklärte, ich wüsste nicht wirklich, was es bedeutete, dass Rudrick dem Schwarzen Jäger seine Seele versprochen hatte. Aber was Justinius sagte, war mehr als ausreichend, um zu begreifen, dass all die Frauen, die der Grafensohn geschändet und ermordet hatte, tatsächlich sein Opfer an Skargat gewesen waren. Ein Opfer, das er mit seinem eigenen Tod vollendet hatte.

»Irgendwann wurde dieses lustige Treiben dem alten Grafen zu viel«, fuhr Justinius fort. »Der war zwar auch kein Kind von Traurigkeit. Aber doch auf das bedacht, was man so Familienehre nennt. Also hat er sich den Sohnemann ordentlich zur Brust genommen und ihn auf eine lange Reise geschickt. Zuerst war Rudrick in Kutasi. Später dann ist er nach Qheezan gegangen und hat sich in Num'er rumgetrieben. Zumindest hab ich das so gehört. Keine Ahnung, was er da unten verloren hatte. Nachdem Rudrick weg war, schien seinen Freunden die Lust an der Sache zu vergehen, und die Bauernmädchen konnten ihr herrliches Bauernmädchendasein wieder in vollen Zügen genießen. So weit, so gut – hier könnte die Geschichte enden. Tut sie aber nicht. Ein paar Jahre später ist Rudrick nämlich wieder da. Und an seiner Vorliebe für ausgefallene Vergnügungen hat sich wenig geändert. Ganz im Gegenteil: Er hat seine Zeit in der Fremde genutzt, um sich von einem Schweinehund zu einem richtigen Teufel zu mausern. Er trommelt die Jungs also wieder zusammen, und alles geht von vorne los. Nur viel schlimmer. Denn Rudrick hat jetzt Appetit auf mehr. Und außerdem geht er gerissener vor. Er greift keine Frauen mehr in der Nähe ihrer Dörfer ab, sondern sucht sich jetzt Köhlerfamilien, Jägersleute, die irgendwo allein im Wald hausen. Oder Bauern auf abgelegenen Höfen. Und sie müssen alle dran glauben, richtige Schlachtfeste sind das. Nachher brennt es dann, und keiner weiß, was passiert ist. Oder um genau zu sein: In unseren Kreisen weiß oder ahnt man natürlich schon etwas. Aber solange man es nicht wissen muss, schert man sich nicht weiter drum. Ich hatte leider das Pech, dass Rudrick meinte, mir ausführlicher von den Späßen, die er so trieb, erzählen zu müssen. Sorin weiß warum, aber er war immer noch der Meinung, dass ich bei ihm und seinen Jungs mitmischen sollte. Heute denke ich, ich hätte ihm einfach den Schädel einschlagen sollen, als ich die Gelegenheit dazu hatte. Doch damals war ich …« Justinius schüttelte sich. »Aber egal … Das ist jedenfalls schon fast die ganze Geschichte. Kurz und undramatisch.«

»Fast …?«, fragte ich zögernd.

5

DIE SACHE MIT GLENNA

Vanice

Seinerseits zögerte Justinius mit der Antwort auf meine Frage. »Es gibt noch die Sache mit Glenna«, sagte er schließlich. »Aber die ist … nur ein Beispiel für das, was ich gerade erzählt habe. Und eigentlich will ich nicht darüber reden.«

»Und ich will es eigentlich auch gar nicht wissen«, entgegnete ich mit einem leichten Lächeln. »Aber das hilft uns nichts. Ihr müsst darüber reden, und ich muss zuhören. Es könnte wichtig sein.«

Justinius leerte seinen Becher und schenkte sofort Wein nach. Ich lächelte noch immer, während sich Furcht in mir ausbreitete. An Scaras Gesichtsausdruck erkannte ich, dass sie wusste – oder zumindest ahnte –, was jetzt kommen würde. Ob sie wohl ähnlich fühlte wie ich?

»Wie Ihr wollt«, sagte Justinius und zuckte mit den Schultern. Er sah so aus wie ein Mann, der eine Kränkung erlitten hat. Als er weitersprach, klang seine Stimme matt und stumpf. »Glenna war die Tochter eines alten Soldaten, der im letzten Krieg gegen Iskrien – dem letzten richtigen, meine ich, dem vor zweiundzwanzig Jahren – irgendwelche Heldentaten vollbracht hat. Dafür haben sie ihm einen kleinen Gutshof und ein paar Felder geschenkt. Das änderte natürlich nichts daran, dass er keinen Namen und hundsgewöhnliches Blut hatte. Aber es reichte, um ein bisschen bei den großen Jungs mitspielen zu dürfen. So ein Kriegsheld macht sich schließlich gut bei Bällen und Empfängen. Nun, dieser Veteran, Gelfrat hieß er, hatte eine Frau, die sehr viel jünger war als er und im Kindbett starb. Ich glaube, bei der Geburt der zweiten Tochter. Das ist aber auch gleichgültig. Wichtig ist nur, dass Tochter Nummer eins, Glenna, gerade in das Alter kam, in dem man Mädchen auf Bällen rumzeigt. Das ist jetzt ungefähr vier Jahre her … Der Veteran nahm seine Tochter also hierhin und dorthin mit. Vielleicht in der Hoffnung, irgendein Ritter könnte sich für sie erwärmen. Oder wenigstens ein reicher Kaufmann. Und ihm wurde erlaubt, das Mädchen mitzuschleppen, weil sie … Aber egal. Jedenfalls hegte Glenna selbst wohl ähnliche Hoffnungen. Und bald schon verliebte sie sich in einen schnieken jungen Blaublütigen. Wie könnte es anders sein. Der Mann schien seinerseits nicht abgeneigt. Von Heiraten war natürlich keine Rede. Aber immerhin ließ er sich dazu herab, sie zu vögeln. Und Glenna schaffte es, sich ein paarmal zu Schäferstündchen mit ihm zu treffen, ohne dass ihr Vater es mitbekam. Nur, dass sie von einem dieser Treffen nicht zurückkehrte …«

Justinius ließ die Worte in der Luft hängen. Er betrachtete den Weinbecher in seinen Händen.

Scara sah zu Boden. Mir war schlecht.

»Rudrick und seine Freunde brachten sie in die Ruine von irgendeinem Landsitz und sperrten sie dort in den Keller.« Justinius hob die Augen und suchte meinen Blick. Vielleicht wollte er mich dafür bestrafen, dass ich ihn dazu gezwungen hatte, all das zu erzählen. »Sie folterten und vergewaltigten Glenna ein bisschen. Aber sie töteten sie nicht. Nein, sie machten weiter, bis das Mädchen schwanger wurde. Während der Schwangerschaft blieb sie dort gefangen. Allein in dem dunklen Keller. Rudrick und die anderen hatten weiterhin Spaß mit ihr. Aber sie gaben ihr genug zu essen und achteten darauf, dass sie es nicht zu toll trieben. Sie wollten nämlich das Kind haben … Und da das ja so wichtig ist, dürft Ihr auch gerne noch das Ende der Geschichte erfahren. Glenna sagte, dass Rudrick den Säugling nach der Geburt an sich genommen hat. Sie sagte auch, er habe ihr genüsslich erzählt, was er mit ihrem Sohn im Sinne hatte. Es scheint, dass Rudrick ihn fortgebracht hat, an einen geheimen Ort, von dem nicht einmal seine Freunde wussten, wo er sich befand. Und dann … mir wird schlecht, wenn ich nur daran denke … aber es scheint, dass dieser Dreckskerl irgendwelche Rituale an dem Säugling vollzogen hat, um ihn dem Bösen zu weihen. Was dann mit Glennas Sohn geschehen ist, weiß kein Mensch. Aber man darf wohl annehmen, dass er nicht vergnügt auf Schaukelpferdchen reitet. Zufrieden?«

Ich wandte den Blick ab. Eines der Butzenfenster war geöffnet. Ich sah auf den Marktplatz hinaus. Das Licht der Herbstsonne fiel auf Mägde und Dienstboten, Bauern und Händler. Schräg gegenüber hockte ein Schuster auf einer Bank vor seinem Geschäft. Er aß ein Stück Brot und plauderte mit einem anderen Handwerker; ein paar Kinder liefen zwischen den Buden und Ständen herum. Ich hörte die Stimmen, die Rufe. Vielleicht ein Lachen.

Es war seltsam, wie etwas, das so nahe war, so weit entfernt sein konnte.

Ich blickte erneut Justinius an. »Was wurde aus dem Mädchen?«, fragte ich.

Er schüttelte den Kopf. »Aus irgendeinem Grund ließ Rudrick sie laufen. Glenna kehrte zu ihrem Vater zurück. Doch sie hat sich niemals wieder von diesen Monaten im Keller erholt. Gelfrat versuchte, seine Tochter zu beschützen. Aber er hatte keine Chance. Sie hat sich erhängt.«

»Und Rudrick?«

»Rudrick und seine Freunde gaben sich nicht viel Mühe mit Heimlichtuerei. Sie hatten Glenna sogar ihre Namen genannt. Als wäre das alles nur ein Spiel für sie. Aber wenn sie geglaubt haben sollten, mit dieser Sache einfach so durchzukommen, dann haben sie sich gründlich verrechnet. Es gab nämlich einen schönen Skandal. Weil es natürlich etwas anderes ist, sich an ein paar Bauerngören zu vergreifen oder an der Tochter eines Kriegshelden. Und was Rudrick mit dem Säugling getan hat … Wobei das die meisten nicht glaubten. Es gab ja keine Beweise. Deshalb einigte man sich bald darauf, das Mädchen hätte einfach den Verstand verloren und würde sich etwas zusammenphantasieren. Oder sie hätte sich die Sache ausgedacht, damit Rudrick und seine Jungs so richtig beschissen dastanden. Da war es natürlich nicht weit zu der Annahme, im Grunde wäre alles gar nicht so schlimm gewesen. Und vielleicht hätte sich Glenna einfach ein bisschen übernommen, so mit fünf Männern auf einmal … Trotzdem mussten der Graf von Nordwiesen und die Väter der anderen ihren ganzen Einfluss aufbieten, um zu verhindern, dass ihre Sprösslinge vor Elaahs Sonnenrichtern landeten. Geholfen hat es ihnen am Ende wenig. Einer von Rudricks Freunden wurde während eines Ausritts überfallen und einen Kopf kürzer gemacht. Es gab Gerüchte, der alte Veteran hätte da selbst Hand angelegt. Ein anderer hatte einen Jagdunfall. Ein verirrter Pfeil traf ihn in den Hals. Natürlich glaubt kein Mensch, dass der Pfeil verirrt war. Aber es kam niemals heraus, wer geschossen hatte. Tja, und jetzt hat es Rudrick erwischt. Jetzt sind nur noch zwei übrig … Ich würde ja wetten, dass Gelfrat auch Rudrick in die Niederhöllen geschickt hat. Aber irgendwie passt das nicht. Wenn der Dreckskerl ein paar Steinwürfe von seiner Burg entfernt ermordet wurde, meine ich. Der Alte wäre ja niemals an ihn rangekommen …« Justinius dachte kurz nach. »Hm … Wisst Ihr was, Vanice, es ist doch wirklich seltsam, dass Rudrick und seine Freunde jahrelang so vorsichtig waren und, wenn es darauf ankommt, einen derart idiotischen Fehler begehen«, sagte er dann. »Man könnte fast meinen, sie wollten entdeckt werden, oder?«

Anstatt zu antworten, goss ich mir Wein und Wasser ein. Erst zu spät merkte ich, dass ich mir viel zu viel Honig in den Becher gegeben hatte. Ich rührte um und trank trotzdem.

»Eine Frage noch: Welche Rolle spielt Euer Bruder bei dem Ganzen?«

»Nachdem es Rudrick bei mir aufgegeben hatte, versuchte er, Edmund für seine Vorstellung von Spaß zu begeistern. Mit einem gewissen Erfolg … Ich – ich glaube nicht, dass Edmund jemals … wirklich etwas getan hat. Aber wahrscheinlich fühlte er sich irgendwie stark und gefährlich, wenn er bei Rudrick war – was weiß ich.«

»Hat er etwas mit dem zu tun, was Glenna angetan worden ist?«

»Ja. Er war es, in den sie sich verliebt hatte.«

»Oh.«

»Er hat mir geschworen, dass er ihr niemals auch nur ein Haar gekrümmt hat. Und das stimmt wohl auch. Aber er hat sie in die Falle gelockt. Er hat das Mädchen verraten.«

»Und gestern?«

»Als ich versuchte, das nötige Zeug für meinen Auftritt beim Dorn zusammenzubekommen, habe ich Edmund in einer Kutsche vorbeifahren sehen. Ich bin ihm bis zum Thaala-Tempel gefolgt und habe ihn zur Rede gestellt. Er hat mich angelogen. Hat mir gesagt, Rudrick hätte ihm aufgetragen, so ein braunes Zeug über seine Leiche zu schütten. Und er wüsste selbst nicht warum. Edmund hatte Todesangst, und leider habe ich ihm geglaubt. Wahrscheinlich wollte ich ausnahmsweise mal ein guter großer Bruder sein, oder irgend so ein Scheiß. Ich hatte keine Ahnung, dass es das Blut des Geweihten war, was da vergossen werden sollte … Und natürlich erst recht nicht, was dann passieren würde …« Plötzlich straffte sich Justinius. »Aber was ist eigentlich *danach* passiert, in Dreidämonsnamen?! Wie ging es weiter, nachdem dieser … dieser Geist ausgebrochen ist? Eben habt Ihr gesagt, Rudrick sei entwischt, aber –«

»Gleich, Justinius. Zuerst muss ich noch wissen, was genau die Beziehung Eures Bruders zu Rudrick ist oder war.«

»Na schön. Nachdem wir es gestern Nacht geschafft hatten, unbemerkt aus dem Tempel rauszukommen, und in Sicherheit waren, habe ich mir Edmund vorgenommen. Und diesmal bekam ich die Wahrheit aus ihm heraus.«

»Und die wäre?«

»Rudrick ist bereits vor Wochen zu Edmund gekommen. Und hat ihm gesagt, dass er wahrscheinlich bald sterben würde. Er hat ihm auch gesagt, dass er durch seinen Tod nur mächtiger werden würde. Allerdings bräuchte er dazu Edmunds Hilfe. Er sagte, dass die Thaala-Geweihten versuchen würden, ihn im Tod zu halten. Und dass ihre Ketten so stark wären, dass nur Blut sie sprengen könnte. Wenn ich es richtig verstanden habe, war es gar nicht entscheidend, dass das Blut von einem Geweihten stammte. Es musste nur frisches, warmes Menschenblut sein, das über seiner Leiche vergossen würde. Edmund hätte sich wohl auch selbst die Kehle durchschneiden können. Oder mir.«

»Dass es das Blut eines Geweihten war, hat Rudrick mit Sicherheit sehr geholfen.«

»Es scheint, als würdet Ihr Euch da auskennen.«

»Ja. Das stimmt.«

Als Justinius merkte, dass ich nicht weitersprechen würde, sagte er: »Nun, mein Bruder war nicht sehr begeistert von der Vorstellung, sich in das Heiligtum der Dunklen Göttin zu schleichen, um dort jemandem den Garaus zu machen. Schließlich zählt das zu den Freveln, die Thaala nie und nimmer verzeiht. Das war dann doch ein bisschen heftig für den armen, kleinen Edmund. Aber Rudrick wollte davon nichts hören. Hat ihm gedroht. Sagte, dass sowohl seine lebenden als auch seine toten Freunde die Macht hätten, es Edmund bitter büßen zu lassen, wenn er ihm nicht half. Natürlich drohte Rudrick nicht nur. Er machte auch Versprechungen. Edmund musste nur brav sein und alles tun, was man von ihm verlangte. Dann durfte er darauf hoffen, irgendwie teilzuhaben an der neuen Herrlichkeit, in die Rudrick nach seinem Tod eingehen würde … Das hat etwas mit dieser braunen Flüssigkeit zu tun, die Edmund angeblich über die Leiche schütten sollte. Ich glaube, das ist ein Trank, der es ganz normalen Leuten ermöglicht, Geister zu sehen oder mit ihnen zu reden. Kann das sein?«

»Das kann sein.«

»Hm. Dann könnte es sich ja wirklich als nützlich erweisen, das Zeug. Ich hab es Edmund jedenfalls abgenommen. Das Fläschchen ist auf meinem Zimmer. Was genau Edmunds Belohnung sein sollte, hab ich übrigens nicht verstanden. Er auch nicht, glaube ich. Es geht wohl darum, dass Edmund eine Chance erhält, irgendwann so zu werden wie Rudrick. Ja, so einen götterverdammten Mist hat der Drecksack verzapft, als er meinem Bruder diesen Besuch abstattete.«

»Und warum Edmund – Ihr sagtet doch, es lebten noch mehr von Rudricks Freunden?«

»Ja, aber die durften kaum damit rechnen, dass man sie nach der Sache mit Glenna in einen Thaala-Tempel reinlassen würde. Das

Mädchen kannte ja die Namen ihrer Peiniger. Und hat sie ihrem Vater erzählt, sodass bald die halbe Welt wusste, wer da am Werk war. Und vergesst nicht, dass sie es auch niemals abgestritten haben. Meinen Bruder aber hat Glenna nie auch nur erwähnt. Vielleicht wusste er nicht einmal, wo sie gefangen gehalten wurde. In der letzten Nacht, in der sich Glenna mit Edmund treffen wollte, haben Rudrick und die anderen sie nämlich geschnappt, bevor sie den vereinbarten Ort erreichte. So konnte mein Bruder seine Hände in Unschuld waschen.« Justinius verstummte, und ein paar Augenblicke lang schien es, als hätte er völlig vergessen, dass Scara und ich bei ihm waren; sein Gesicht nahm einen Ausdruck an, den ich noch nicht bei ihm gesehen hatte. »Vielleicht hat Glenna wirklich bis zuletzt geglaubt, dass Edmund sie liebte … Ich frage mich, ob man ihr das wünschen sollte …«

Er hatte fast geflüstert, und ich beeilte mich zu sagen: »Ich verstehe nicht, woher Ihr das alles wisst, wenn Edmunds Name niemals genannt wurde.«

Justinius sah mich überrascht an. »Wie? Ach so, das ist ganz einfach. Er hat es mir unter Tränen und Schluchzen gestanden. Ein paar Tage, nachdem sich das Mädchen erhängt hatte. Er hoffte wohl, dass ich ihm dabei helfen würde, eine Entschuldigung zu finden. Oder wenigstens Gründe. Gut, das ist mein Teil der Geschichte. Jetzt seid Ihr dran.«

6
SKARGATS JÄGER

Vanice

Ich nickte. Als ich gerade zu sprechen beginnen wollte, wurde mir klar, dass wir nicht länger allein im Schankraum waren. Vier Männer, die allesamt lange Backenbärte trugen, waren in den *Schäumenden Kelch* gekommen, um zusammen ein paar Bier zu trinken, und rechts von uns war das Scharren eines Besens zu hören – eine Magd fegte den Boden bei der Theke.

Seltsamerweise fühlte ich mich mit einem Mal sicherer. Als würden die routinierte Geschäftigkeit einer fegenden Schankmagd und die Gemütlichkeit trinkender Männer einen Schutzwall um uns und unsere Geheimnisse errichten, und als wäre es vollkommen unmöglich, dass jemand, der sich jenseits dieses Walls aufhielt, etwas von dem verstand, was auf unserer Seite geredet wurde.

Dennoch dämpfte ich meine Stimme, als ich sagte: »Es gibt die Welt der Lebenden, und es gibt die Welt der Toten. Und es gibt noch eine andere Welt, die zwischen beiden liegt. Diese Welt nennen wir die Schatten. Das ist die Heimat der Nachtgestalten und Spukwesen. Menschen wie du, Scara, leben an der Grenze zu dieser Welt, weil sie … anders sind. Ich gehöre ebenfalls zu diesen Menschen, wenn auch nicht aus denselben Gründen. Mykar scheint aber noch einen Schritt weiter gegangen zu sein als wir beide. Ich … ich bin mir nicht sicher, wie das möglich ist. Es muss etwas mit diesem Schädel zu tun haben, den er immer bei sich hat … Ihr könnt mir folgen, Justinius?«

»So viel hatte ich mir schon selbst zusammengereimt«, knurrte er.

»Gut. Nun muss man wissen, dass sich die Welt der Geister in gewisser Weise gar nicht so sehr von der Welt der Menschen unterscheidet. Es gibt Gesetze und Regeln, die befolgt werden müssen. Es gibt Orte, an denen man sich trifft. Und es gibt Versammlungen, bei denen Entscheidungen gefällt werden. Vor allem aber ist es wichtig zu verstehen, dass die meisten Geister nicht böse sind. Sie sind auch nicht gut. Sie sind weder gut noch böse, oder sie sind beides zugleich, ganz genau wie die meisten Menschen.«

»Ich dachte immer, dass Gespenster den Menschen schaden wollen.«

»Bei vielen ist das auch so, Justinius. Aber das tun sie nicht, weil sie böse sind, sondern weil ihnen selbst Unrecht angetan worden ist. Oder weil es schlicht und einfach ihre Aufgabe ist, sich so zu verhalten. Der Platz, den sie einnehmen.«

»Ich bin mir nicht sicher, ob ich diese Unterscheidungen nicht ein bisschen zu fein finde.«

»Dafür bin ich mir sicher, dass Ihr nicht so dumm seid, wie Ihr tut.«

»Oh, danke für die Blumen.«

Ich funkelte ihn an. »Wir haben *wirklich* keine Zeit für so etwas, Justinius. Hört mir zu. Es ist *wichtig*.«

Er funkelte zurück. »Aber dafür haben wir offenbar Zeit, den halben Morgen darauf zu warten, dass Ihr Euch das Gesicht bemalt und die Nase pudert!«

Ich senkte den Blick und betrachtete die Tischplatte.

Justinius musste bemerkt haben, dass ich verletzt war. Ich hörte, wie er tief ein- und ausatmete. »Schon gut, weiter«, sagte er.

Ich hob die Augen. »Was ich soeben gesagt habe, gilt für die meisten Bewohner der Schatten«, begann ich erneut. »Es gibt aber Ausnahmen. Es *gibt* Geister, die böse sind, die aus freien Stücken böse sind und weil sie eine tiefe Sehnsucht nach dem Bösen verspüren.« Ich wartete ein paar Sekunden, um Justinius und Scara die Möglichkeit zu geben, meine Worte zu erfassen. Dann sagte ich: »Und mehr noch, es gibt Menschen, die früh schon einen Weg zum Bösen suchen und finden, und denen das Böse hilft, diesen Weg bis zum Ende zu gehen.« Wieder wartete ich.

»Rudrick?«, fragte Justinius.

»Ja«, entgegnete ich. »Und seine Freunde. Aber Euer Bruder wahrscheinlich nicht. Jedenfalls noch nicht.«

»Verstehe ich das richtig …«, sagte er langsam. »Was Ihr meint, ist, dass Rudrick diese Teufeleien irgendwann nicht mehr begangen hat, weil er Spaß an Mord und Vergewaltigung hatte … sondern nur noch deshalb, um sich Skargat und seiner Brut als *würdig* zu erweisen?«

»Ja, so kann man es wohl sagen. Die toten Frauen waren ein Opfer, das Rudrick dargebracht hat. Und es gab noch etwas anderes, das er geopfert hat – sich selbst.«

Ich sah, dass Justinius begann, zu verstehen. Eine Art angewidertes Entsetzen ergriff von seinen Zügen Besitz. Der Ausdruck war so aufrichtig, dass es fast schon komisch wirkte. Es tat wohl, das zu sehen.

»D-das heißt …« Justinius schien Mühe zu haben, die Worte auszusprechen. »Das heißt, sie *wollten* ermordet werden?«

»Ja. Das ist die letzte Prüfung. Man muss den eigenen Tod herbeiführen. Und es muss ein gewaltsamer, ehrloser Tod sein.«

»Ach du Scheiße«, murmelte Justinius.

»Hm«, machte Scara.

Wir schwiegen.

»Tja«, sagte Justinius schließlich. »Da gibt es wohl einige Wege, wie man dieses Ziel erreichen kann. «

»Ja«, bestätigte ich.

»Man könnte sich beispielsweise beim Falschspiel erwischen lassen, in einer Gegend, wo das nicht so gerne gesehen wird. Aber natürlich kann es sein, dass man sich auf diese Weise nur eine blutige Nase und einen Tritt in die Eier holt … Außerdem wäre das für einen wie Rudrick viel zu … viel zu undramatisch.«

»Ja. Das glaube ich auch.«

»Was viel besser zu ihm passen würde, wäre –« Justinius presste die Lippen zusammen, seine Zähne mahlten, »– jemandem die Gelegenheit zur Rache zu geben, der Grund hat, ihn zu hassen.«

»Nach allem, was ich von Rudrick weiß, scheint mir das auch so«, sagte ich leise.

»Das heißt …«, begann Justinius.

Ich beendete den Satz für ihn. »… Cay ist der Mörder von Rudrick. Er hat ihn getötet, weil er vor vielen Jahren ein Mädchen vergewaltigt und ermordet hat. Das Mädchen hieß Alva, und Cay liebte sie. Mykar hat es mir erzählt.«

Scara setzte sich neben Justinius an den Tisch. Sie nahm seinen Becher, füllte ihn mit Wein auf und trank daraus. Er warf ihr einen kurzen Blick zu, sonst nichts. Ich hörte den vier Männern zu, die sich über die Preise von Ziegen und Schafen unterhielten. Sie hatten tiefe Stimmen, und ich fand es beruhigend, ihrem Brummen zu lauschen.

»Ihr habt Euer Gold also umsonst verschenkt«, sagte Justinius nach einer Weile.

»Wieso?«, fragte ich, obwohl ich die Antwort kannte.

»Weil es unmöglich ist, Cays Unschuld zu beweisen, wenn er gar nicht unschuldig ist. Sicher hat er gute Gründe für die Tat gehabt. Und es gibt wohl kaum jemanden, der Rudrick viele Tränen hinterherweinen wird. Aber das wird nicht reichen.«

»Nein«, bestätigte ich. »Cay wird sterben. Doch es muss nicht umsonst gewesen sein. Heute Nacht, als … alles vorbei war, habe ich noch einmal mit Mykar gesprochen. Wir werden ihn kaum selbst in die Zelle bringen können. Aber er hat mich gebeten, Cay etwas zu sagen. Es gibt ein paar Dinge, die er wissen sollte. Ich glaube, dass das wichtig ist. Deshalb sollten wir jetzt zum Dorn.«

Glaubte ich wirklich, was ich da redete? War es wichtig? Würde es Cay das Sterben erleichtern, und Mykar etwas Frieden geben? Es schien so wenig. Als würde man ein paar Tränen über einem Schlachtfeld vergießen, während die Eroberer bereits die nächste Stadt plünderten und brandschatzten. Und ich? Was war mit mir? Hatte ich mich denn *dafür* bereit erklärt, Mykar zu helfen – um einem Todgeweihten gute Worte zu sagen?

»Moment mal, Vanice, wir sind noch nicht fertig. Was ist Rudricks Ziel? Warum hat er sich ermorden lassen? Was wird aus ihm und seinen Freunden?«

»Seid Ihr sicher, dass Ihr das wissen wollt?«

»Was für eine Frage! Glaubt Ihr im Ernst, ich bin so weit gekommen, um mir jetzt einfach den Daumen in den Arsch zu stecken?«

Ich musste lächeln. »Ehrlich gesagt fürchte ich, dass Euer Daumen uns in dieser Angelegenheit nicht viel weiterhelfen wird, was immer Ihr mit ihm tut …« Mein Lächeln verschwand. »Aber von mir aus. Eigentlich gibt es da auch nicht viel zu sagen. Rudrick und seine Freunde werden zu bösen Geistern; sie schließen sich mit anderen ihrer Art zusammen; sie tun Böses. Wir nennen sie die Wilde Horde. Ein dummer Name, aber so ist es nun mal. Ihr kennt die Horde unter einem anderen dummen Namen, Justinius.«

»Aha. Und der wäre?«

»Skargats Jäger.«

»Wie bitte?« Justinius stutzte. »Skargats Jäger? Diese Bande wild gewordener Gespenster, die angeblich in den Nächten der Toten übers Land zieht? Firlenns Erwachen, Mingas Verhüllung und dieser ganze Scheiß? Und wie nennen sie ihn gleich, den Anführer dieser Horde – den Schwarzen Jäger? Und soll da nicht noch irgendein scheußliches altes Weib dabei sein? Ich dachte, das wären alles Ammenmärchen.«

»Nein, das ist kein Ammenmärchen. Die Horde gibt es wirklich. Und leider ist sie sehr stark. Ehrlich gesagt sind nicht viele so stark wie diejenigen, die mit ihr ziehen. Deshalb muss man sich gut überlegen … wirklich gut überlegen, ob man sich auf so einen Kampf einlässt.«

Ich beobachtete eine Fliege, die über den Tisch kroch und sich vorsichtig einer winzigen Weinpfütze annäherte. Die Bärtigen brummten weiter; die Magd hatte aufgehört zu fegen.

»Das ist alles«, sagte ich.

Justinius starrte mich ungläubig an. »Wie?! *Das ist alles!?* Ihr wollt Rudrick einfach so laufenlassen? Das soll es gewesen sein?«

»Nein. Das habe ich nicht gemeint. In der vergangenen Nacht hat Mykar …« Ich unterbrach mich. Plötzlich sah ich Mykar vor mir, wie er Rudrick hinterherjagte, und hatte den Geschmack von totem Fleisch im Mund. Angst und Scham und Ekel überkamen mich. »Mykar und ich haben Rudrick verfolgt«, sagte ich mühsam. »Er hatte

Hilfe, und wir konnten ihn nicht an der Flucht hindern. Aber Mykar hat mit den bösen Geistern gekämpft, und er glaubt, dass er stark genug ist, um Rudrick zur Rechenschaft zu ziehen.« *Aber warum? Warum ist das so?*, dachte ich. Ob Mykar selbst es wusste? Ob es ihn überhaupt interessierte?

Jetzt schien Justinius erst recht fassungslos. »*Mykar!?* Dieser … dieser Einfaltspinsel will es mit *Rudrick* aufnehmen?! Und dazu noch mit einem Haufen anderer böser Geister? Warum nicht gleich mit dieser ganzen verfickten Horde?! Das ist doch lächerlich!«

Ich fischte die Fliege aus der Weinpfütze, in der sie zu ertrinken drohte. Justinius hatte – wenn man von dem »Einfaltspinsel« und dem »verfickt« absah – fast wortgleich wiederholt, was ich Mykar auf dem Friedhof gesagt hatte.

Dennoch widersprach ich ihm: »Ich glaube, Ihr habt mich vorhin nicht richtig verstanden, Justinius. Ihr müsst wissen, dass die Leute aus Mykars Dorf ihn damals für das Verbrechen verantwortlich gemacht haben, das an Alva begangen wurde. Sie müssen ihm furchtbar mitgespielt haben. Er hat überlebt, offensichtlich. Aber als was hat er überlebt, Justinius? Es kann Euch nicht entgangen sein, dass er … sehr gefährlich ist. Woher versteht er, so zu kämpfen? Er ist doch nur ein Bauernjunge. Nein, Ihr solltet ihn nicht unterschätzen. Die Horde ist ein schrecklicher Gegner, da habt Ihr recht. Außerdem wird der Schwarze Jäger versuchen, Rudrick zu schützen, wenn er ihn als einen der Seinen anerkennt. Aber ich glaube dennoch, dass Mykar eine Chance hat, an ihn heranzukommen und ihn zu töten. Allerdings weiß ich nicht, ob wir uns darüber freuen sollten.«

Justinius betrachtete mich mit zusammengezogenen Brauen. Ich erwiderte seinen Blick so ruhig und gefasst, wie ich konnte.

Scara trank noch einen Schluck. Sie nickte zufrieden, warum auch immer.

Damit war die Unterredung beendet.

7
WENN DER NEBEL KOMMT

Vanice

Es gab auch andere Morgen. Je älter ich werde, desto häufiger erinnere ich mich an diese Morgen. Und je häufiger ich mich an sie erinnere, desto unwirklicher kommen sie mir vor.

Die Villa lag still da. Es regnete. Vom Meer her war Nebel aufgezogen; feucht und schwer hing er über den Dächern der Stadt und den Hügeln. Manchmal war der Nebel so dicht, dass der Blick kaum die Bäume im Garten erreichte. Dann hätte man meinen können, die Welt wäre über Nacht weggebrochen, und unser Haus stände allein auf einem einsamen Gipfel, umgeben von weißer Unendlichkeit.

Wenn ich erwachte und begriff, dass einer dieser schrecklichen Morgen begonnen hatte, versuchte ich zunächst so zu tun, als ob alles wie immer wäre. Ich war davon überzeugt, dass mich jemand beobachtete. Und wenn dieser Jemand merkte, dass ich gar nicht verstand, was vor sich ging, würde es vielleicht aufhören. Also gähnte ich, streckte mich, machte Anstalten aufzustehen, und blieb dann doch im Bett liegen, um eine Weile meinen Gedanken nachzuhängen, wie ich es gerne tat. Aber es hörte nicht auf. Ich versuchte, tapfer zu sein und meine Rolle weiterzuspielen. Also machte ich ein gelangweiltes Gesicht und brummte unzufrieden. Irgendwann gab ich einen Seufzer von mir, stand auf und wusch mich. Nachdem ich mich angezogen hatte, spielte ich demjenigen, der mich beobachtete, vor, dass ich mit meinen Puppen spielte. Auch das tat ich eine ganze Weile lang. Aber noch immer war alles tot und leer. Und noch immer umschloss der Nebel das leere Haus. Schließlich legte ich die Puppen beiseite und blätterte in dem *Buch der häuslichen Tugend*, aus dem mir

Siya regelmäßig vorlas, um mich auf meine Rolle als Ehefrau und Mutter vorzubereiten, die ich – wie sie sagte – schon sehr bald einnehmen würde. Aber der Nebel verschwand trotzdem nicht.

Ich bekam Angst und verkroch mich in meinem Bett. Unter den Decken fühlte ich mich sicherer, und manchmal gelang es mir, wieder einzuschlafen. Doch wenn ich erneut wach wurde, hatte sich nichts geändert, und ich fürchtete, dass sich niemals wieder etwas ändern würde. Ich wusste, dass nun der schlimmste Teil begann. Ich musste mich unterwerfen und eingestehen, dass ich sehr wohl begriff, um was für einen Morgen es sich handelte. Und das hieß, dass ich mein Zimmer verlassen und nach meinen Eltern suchen musste.

Das Spiel verläuft immer gleich. Auf Zehenspitzen schleiche ich aus dem Raum. Ich versuche jetzt nicht mehr, meine Angst zu verbergen. Vielleicht, so hoffe ich, wird es denjenigen, der mich beobachtet, zufriedenstellen, mich so hilflos und verloren zu sehen. Dann wird er von mir ablassen, und alles wird sein wie immer. Aber der Nebel ist mittlerweile ins Haus eingedrungen, feucht und kühl kriecht er über meine Füße und windet sich um meine Waden. Ich bin allein. Zitternd durchquere ich die Korridore, Zimmer und Säle, die mir mein ganzes Leben lang vertraut gewesen sind. Nun sind sie zu etwas Dunklem und Feindseligem geworden. Ich weiß, dass das so sein muss. Und ich weiß auch, dass ich nicht aufhören darf, nach meinen Eltern zu suchen. Das ist die Rolle, die mir zugewiesen worden ist. (Nein, das stimmt nicht. Ich habe immer gewusst, wo meine Mutter ist. Sie liegt auf ihrem Zimmer, ruhend auf vielen Kissen. Sie ist krank oder schläft, und ich darf sie nicht stören.) Meine Fußsohlen klatschen auf den Steinfliesen und Treppenstufen. Der Boden und die Wände sind von einer klebrigen Nässe überzogen. Es ekelt mich. Ich rufe »Hallo?«, rufe »Ist da jemand?«, doch meine Stimme ist so leise, dass ich mich selbst kaum hören kann.

Schließlich komme ich in einen Teil des Hauses, den ich noch nie betreten habe. Ich weiß, dass das ein böser Scherz von demjenigen ist, der mich beobachtet. Denn in Wahrheit gibt es diesen Teil des Hauses überhaupt nicht. Er existiert nur, wenn der Nebel kommt. Grauen packt mich: Vielleicht existiere ich ja selbst nur, wenn der Nebel kommt? Ich beginne zu rennen. Aber die Beschaffenheit des Hauses ist nun solcherart, dass man niemals auch nur einen einzigen Schritt vorankommt. Ich will mich in einer Ecke zusammenkauern, mein Gesicht in den Händen verbergen und weinen. Aber ich weiß, dass derjenige, der mich beobachtet, dann kommen wird, um mich zu holen. Also renne ich weiter, immer weiter.

Die Zimmerfluchten erstrecken sich bis zum Ende der Welt; es sind Jahre, die ich laufe. Werde ich eine Greisin sein, wenn der Morgen vorbei ist? *Kann* der Morgen überhaupt enden, solange ich noch jung bin? Oder bin ich schon längst alt geworden, in meiner Erinnerung? Vielleicht ist auch derjenige, der mich beobachtet, in dieses Spiel eingesperrt.

Plötzlich höre ich Stimmen. Ich bin im Arbeitszimmer meines Vaters: Da ist ein großer Schreibtisch, Regale voller Schriftrollen, mit narbigem, braunem Leder bezogene Sessel, ein bunter Teppich, auf dem ich gerne gespielt habe, als ich noch sehr klein war. Mein Vater steht neben dem Schreibtisch; bei ihm sind mehrere Männer. Er hält eine Karaffe mit einer dunkel-goldenen Flüssigkeit in der Hand; er gießt seinen Gästen und sich selber ein.

»Papa!«, schreie ich.

Die Stimmen verstummen. Die Gäste sehen mich überrascht an. Mein Vater dreht sich zu mir um. Ich habe entsetzliche Angst, dass er mich nicht erkennen wird. Doch dann stellt er die Karaffe und sein Glas ab und geht in die Hocke.

»Komm, Kleines«, sagt er und breitet die Arme aus.

Ich laufe zu meinem Vater. Ich muss mich sehr beeilen, sonst wird mich derjenige, der mich beobachtet, vielleicht doch noch zu greifen kriegen, im allerletzten Moment. Als mich mein Vater in die Arme schließt, beginne ich zu weinen.

»Was ist denn? Hast du schlecht geträumt?«, fragt er mit sanfter Stimme und fährt mir durchs Haar.

Ich nicke und schmiege mein Gesicht in seine Halsgrube, sodass mich sein Bart an der Wange kitzelt. Mit tiefen Atemzügen sauge ich den Geruch meines Vaters ein: Leder, Tinte, ein herbes Duftöl, die scharfe Süße des Branntweins.

»Na, jetzt ist ja alles wieder gut«, sagt mein Vater.

Er steht auf. Und indem er mich hochhebt, nimmt er sie weg: die Angst, die Trauer, die Einsamkeit.

Es ist, als hätte es sie nie gegeben.

8
EIN FLUSS NAMENS RHALN

Vanice

Das Einzige, was Justinius noch benötigte, ehe wir uns zur Festung des Dorn aufmachten, war ein Pferd. Also ließen wir Scara im *Schäumenden Kelch* zurück und gingen zu den Stallungen, die nahe dem Marktplatz gelegen waren. Mit Scara hatten wir vereinbart, dass wir sie am Abend abholen würden – »zur Hinrichtung«, wie sie sagte. Bei ihr klang das so, als wären wir für eine Theateraufführung oder ein Gauklerspektakel verabredet. Vielleicht war sie doch wahnsinnig.

Bevor wir den Gasthof verließen, hatte Justinius noch ein Schwert und einen Dolch von seinem Zimmer geholt. Beide hingen nun an seinem Gürtel. Die Scheiden waren mit Edelsteinen besetzt; kurz fragte ich mich, wo Justinius die Waffen herbekommen hatte. Ich hatte aber keine Lust, ihn darauf anzusprechen; eigentlich war es mir auch gleichgültig.

In den Stallungen angekommen, machte sich Justinius mit einigem Eifer auf die Suche nach einem geeigneten Pferd. Während ich mich auf eine Bank setzte und wartete, schritt er gemeinsam mit einem Reitknecht die Boxen ab, stellte Fragen zu den einzelnen Tieren, betrachtete ihre Nüstern, prüfte die Hufe und Fesseln, strich achtsam über Hälse und Rücken. Wenn ihm ein Pferd gefiel, sprach er einige Worte mit ihm und ließ es an seiner Hand schnuppern. Ihm war anzumerken, dass er gerne den ganzen Tag in den Stallungen zugebracht hätte. Ich runzelte die Stirn und fing Justinius' Blick auf. Er verzog das Gesicht, wandte sich schnell ab und wechselte ein paar Worte mit dem Reitknecht. An der Miene des Mannes konnte ich erkennen, dass ihn die plötzliche Eile seines Kunden verwunderte. Ich war zufrieden und sah in die andere Richtung.

Bald darauf kam Justinius zu mir. »Es hat alles geklappt«, murmelte er verschwörerisch, und ich musste an einen Jungen denken, der einen Streich ausgeheckt hat. Schon unterwegs hatte Justinius mir gesagt, dass er sich – wenn das nicht zu teuer war, wie er betonte – einen Kutasier kaufen wollte. Ich wusste, dass die Adeligen der Windmarken eine Vorliebe für diese Rasse hatten: kastanienbraune Tiere, mit schwarzer, langer Mähne und schwarzem Schweif. Vielleicht, weil die Kutasier weit aus dem Süden kamen und deshalb etwas Besonderes waren. Vielleicht auch, weil ihre Zucht, wie man sagte, unter den allerstrengsten Auflagen erfolgte. Jedenfalls waren es schöne Pferde, auf mich wirkten sie zugleich edel und wild, und sie schienen auch recht kräftig zu sein, ohne gleich einen derart furchteinflößenden Eindruck zu machen wie die gewaltigen schwarzen Donoster, von denen ebenfalls einige in den Stallungen der Perle feilgeboten wurden. Was Justinius betraf, so konnte er seine Freude darüber kaum verbergen, dass er bald ein solches Pferd würde sein Eigen nennen dürfen.

Nachdem er sich für ein Tier entschieden hatte, mussten wir ein paar Minuten auf dem Reitplatz vor den Stallungen warten. Justinius druckste herum; er wollte sich offenbar bei mir bedanken, fand aber nicht die richtigen Worte.

Schließlich sagte er: »Ich habe zwar immer noch keine Ahnung, warum Ihr das alles tut, Vanice. Aber ich danke Euch.«

Ich sah ihn freundlich an. »Gern geschehen.«

»Das Pferd kann ich Euch natürlich nachher zurückgeben. Oder wir können es wieder verkaufen.«

Da musste ich lachen. Justinius drehte sich halb von mir weg, und ich hoffte, dass ich ihn nicht zu sehr beschämt hatte. Dabei wollte ich ihn gar nicht auslachen; ich hatte mich einfach gefreut. Als ein Stallbursche den Kutasier brachte, war das alles sowieso vergessen. Es handelte sich um eine Stute; man hatte sie »Rhalana« genannt, nach einem kleinen Fluss namens Rhaln – wie uns der Stallbursche erklärte –, der durch ihr Heimatland floss und an dessen Ufern sie angeblich geboren war.

Ich war etwas erstaunt über Justinius' Wahl: Zwar hatte ich nicht viel Ahnung von Pferden, ich wusste allerdings, dass gute Reiter zumeist Hengste bevorzugten. Die waren stärker und ausdauernder, aber auch ungestümer und schwerer zu beherrschen. Doch ein Blinder hätte sehen können, dass sich Justinius vom ersten Moment an in Rhalana verliebt hatte. Ich fand es schön, ihn so begeistert zu erleben. Seine Augen leuchteten; mit einem Mal strahlte er Kraft und Zuversicht aus. Rhalana war gut abgerichtet, und als Justinius mit ihr ein paar Runden auf dem Reitplatz machte, wurde schnell klar, dass sich die beiden bestens verstanden.

Justinius war ein sicherer Reiter, daran konnte es also nicht liegen, dass er sich gegen einen Hengst entschieden hatte. Am Ende sprang er fast aus dem Sattel, und wie ich das sah, war mir einen Atemzug lang, als würde ich ihn seit vielen Jahren kennen.

Bald war der Kauf getätigt. Justinius strahlte; einzig der Umstand, dass ich ihm zusah, während er für das Pferd sowie Sattel und Zaumzeug zahlte, trübte sein Glück offenbar etwas. Ich hätte Justinius gerne erklärt, wie wenig mir Gold bedeutete, doch mittlerweile stand die Sonne hoch am Himmel, im *Schäumenden Kelch* wurde bestimmt schon das Mittagsmahl eingenommen, und es galt, keine Zeit mehr zu verlieren. Ein Stallbursche hielt für mich die nächstbeste Kutsche an. Justinius, nun schon zu Pferd, nannte dem Fahrer unser Ziel; ich ließ mir die Wagentür aufhalten, stieg ins Innere, lehnte mich gegen die Polster und atmete tief durch. Ich wusste zwar nicht, was wir noch für Cay tun konnten, doch zumindest hatten wir unsere Chance darauf, *irgendetwas* zu tun, nicht verwirkt.

9
IN DER FESTE

Vanice

Es dauerte nicht lange, bis wir bei dem Platz ankamen, der zur Festung des Dorn hinführte. Ich betrachtete die Zierbrunnen, die hier errichtet worden waren und die so gar nicht zu den düsteren Mauern und Türmen der Feste passen wollten, in deren Schatten sie lagen. Ich sah die Statuen der Meerjungfrauen, Poeten und Philosophen und die Wasserspiele, die sie umgaben. Mir fiel das Standbild von Arn Merlingen ins Auge, dem großen ahekrischen Dichter. Und ich erinnerte mich an die Verse, mit denen er Elgarts Krieg gegen die Warek besang, die damals, vor nun bald vierhundert Jahren, beinah Mandurien überrannt hätten: der Marsch der Tausend, der zur Gründung der zukünftigen Hauptstadt führte, die am Anfang nur eine kleine, verlorene Garnison gewesen war. Merlingen hatte seine Ballade *Die Lilienkrone* genannt, nach den leuchtend gelben Blumen, die zu Tausenden in den weiten Sümpfen des Nordens blühen. »Selbst in diesem Dreck erstrahlt Elaahs Licht!«, soll Elgart ausgerufen haben, als er die Blumen zum ersten Mal erblickte – worauf er beschloss, den Barbaren den wahren Glauben zu bringen.

Ich wunderte mich, was Arn Merlingen selbst wohl von den Legenden gehalten hatte, die er in so wunderschöne Worte kleidete. Hielt er sie für wahr oder ließ er sich von der Schönheit der Lüge verzaubern? Und hätte er das, was Justinius und ich heute taten, für wert befunden, seinen Federkiel zu spitzen? Oder das, was Cay getan hatte?

Ich wandte den Blick von den Brunnen und Statuen ab, richtete ihn stattdessen auf die Festung. Jede Sekunde, die verstrich, brachte uns näher an den Dorn heran. Ich holte den Taschenspiegel hervor, den ich immer bei mir trug, und prüfte ein letztes Mal mein Gesicht. Ich hatte darauf geachtet, dass meine Schminke angemessen zurückhaltend war; meine Haare hatte ich am Hinterkopf zu einem Knoten zusammengesteckt. So sollte ich wohl vorzeigbar sein.

Dann hielt die Kutsche. Justinius war vorangeritten, und ich hörte, wie er mit den Torwächtern sprach. Meine Hände begannen zu zittern, und ich faltete sie im Schoß. Einer der Wächter kam zu mir, öffnete den Wagenverschlag und blickte ins Innere. Ich lächelte ihn an.

»Die Götter mit Euch, meine Dame«, sagte er.

Ich nickte.

»Ihr begleitet den Herrn Justinius von Hagenow?«

Ich nickte wieder.

»Wen darf ich melden?«

Mein Lächeln gefror. Das war er, der Fehler … der eine Fehler, der mich umbringen würde … Ich konnte ja unmöglich meinen richtigen Namen nennen … Panik überkam mich. Ich sah mich in den Folterkammern von Elaahs Sonnenrichtern, gequält und gedemütigt, und ich wusste, dass ich all das verdient hatte.

»Vanice von Raban«, sagte ich.

Ich hatte viel zu laut gesprochen, doch der Wächter brummte nur und schloss die Tür.

Noch viele Minuten später, als wir schon längst durch die Gänge der Festung schritten, konnte ich kaum glauben, dass es gutgegangen war – dass man uns tatsächlich eingelassen hatte. Und noch immer musste ich meine ganze Kraft zusammennehmen, um das Zittern zu unterdrücken, das von mir Besitz ergreifen wollte. Ich hätte gerne gewusst, wie es Justinius ergangen war, als er zum zweiten Mal vor den Torwächtern des Dorn stand. Hatte auch er Angst gehabt? Davor, dass die Männer ihn wiedererkennen könnten, oder davor, dass es nicht genug sein würde – dass sich die Jahre seiner Schande wie Schmutz auf ihm abgesetzt hatten, und dass er sich von diesem Schmutz niemals mehr würde reinwaschen können?

Ich dachte daran zurück, wie er mit den Wachen gesprochen hatte, und ich betrachtete ihn, wie er jetzt vor mir herging. Und ich fragte mich, ob er in diesem Moment schauspielern musste, oder ob der versoffene Rüpel eine Rolle gewesen war, die er sich zurechtgelegt hatte.

Mag sein, dass ich eines Tages die Antwort auf diese Frage kennen würde. Für den Augenblick versuchte ich, meine Gedanken auf das Nächstliegende zu richten und mich an alles zu erinnern, was ich über den Dorn wusste: Eigentlich hieß er Rutger von Durenwald, aber niemand nannte ihn so. Wenn vom Herrscher der Perle gesprochen wurde, dann führte man immer nur seine Kriegsnamen im Mund: »der Dorn«, »der Stachel«, »der Eisenhammer«. Und was man sich von ihm erzählte, war stets dieselbe Geschichte: Während des Großen Krieges zwischen Ahekrien und den Iskrischen Reichen hatte er ein Dutzend Schlachten und mehr entschieden. Er brach durch die feindlichen Linien, alleine oder gefolgt von denjenigen, die sich von seinem Mut entflammen ließen. Die Feinde, die sich ihm in den Weg stellten, erschlug er, ganz gleich, ob es zehn oder hundert waren, bis ihn nur noch Leichen von den iskrischen Kommandanten trennten. Er schritt über die nutzlosen Schilde der Leibwächter, in deren Herzen nun kein Platz mehr für Reue war, fasste seinen blutigen Hammer in beide Hände und sah dem gegnerischen Anführer in die Augen. Wäre einer von ihnen auf die Knie gesunken und hätte um Gnade gefleht – vielleicht wäre sie ihm gewährt worden. Doch die Iskrier waren ein stolzes Volk, und ihre Krieger konnten den Gedanken an Thaalas Nacht weit eher ertragen als die Schmach der Niederlage. So endeten sie unter dem Hammer des Dorn, die iskrischen Kommandanten, einer nach dem anderen, mit gebrochenen Gliedern oder zerschmettertem Schädel.

Das war es, was Reisende, die zum ersten Mal in die Perle kamen, von Wirten, Handwerkern und Händlern zu hören bekamen, wenn sie sich nach dem Herrn der Stadt erkundigten. Die Geschichte wurde in ehrfürchtigem Tonfall erzählt; nicht als wolle man angeben, sondern als wären die Wörter eine Opfergabe. Man konnte sich den Dorn kaum als einen Mann aus Fleisch und Blut vorstellen. Er schien mehr mit den Bergen und den Flüssen gemein zu haben. Über zwanzig Jahre waren seit dem Großen Krieg vergangen, doch die Zeit hatte nicht vermocht, den Klang seines Namens zu mindern. *Er* regierte die Windmarken, *sein* Wort war Gesetz, und nicht einmal der Kaiser wagte es, ihm reinzureden.

Wenn es stimmte, dass der Dorn zu der Zeit geboren worden war, als die Schwarze Keuche das Land verheerte, war der Frühling seines Lebens bereits lange vorbei – schließlich lag der Ausbruch der Seuche bereits ein halbes Jahrhundert zurück. Vielleicht war der Herrscher der Perle längst ein zitternder, graubärtiger Greis, der den Einflüsterungen seiner Berater erlag und in bitteren Nächten von versunkenem Ruhm und erloschener Heldenkraft träumte. Doch mir gefiel die Vorstellung, dass er die Stärke des stachelbewehrten Eisenhammers bewahrt hatte – jener Waffe, die auf dem Wappen derer von Durenwald prangte und mit dem er seine Feinde zu Dutzenden zerschmetterte. Mir gefiel die Vorstellung, dass er wirklich so unbestechlich und gerecht war, wie man sich erzählte, und dass es ihn nicht kümmerte, ob jemand Seide oder Lumpen trug, da er das Herz eines Mannes sah. Mir gefiel die Vorstellung, dass diese eine Geschichte nicht log.

Die Feste des Dorn schien jedenfalls aus den Worten der Legende erbaut. Stolz erhoben sich ihre Türme, dunkel und unbeugsam waren ihre Mauern, und jeder Steinblock war getränkt von Macht. Nachdem ich im Hof aus der Kutsche gestiegen war und ein Stallbursche Rhalana weggeführt hatte, wurden wir von zwei Wachen in Empfang genommen, die uns über eine Freitreppe in einen hohen, leeren Saal geleiteten. Hier wartete ein Diener, der erneut nach unserem Begehr fragte; Justinius wiederholte seinen Wunsch nach einer Audienz beim Dorn, und der Diener – ein alter Mann mit schlohweißem, sorgfältig gekämmtem Bart und scharf geschnittenen Zügen – forderte uns auf, ihm zu folgen.

Wir taten, wie uns geheißen, und wurden von dem Diener und den zwei Wachen durch eine Reihe von Gängen geführt, die sich sämtlich darin glichen, dass sie nahezu schmucklos, spärlich möbliert und sehr sauber waren. Nichts deutete darauf hin, dass man sich innerhalb der Festung einem verschwenderischen, genussreichen Leben hingab. Der ganze Ort strahlte eine soldatische Strenge aus; selbst die gelegentlichen Gobelins zeigten kriegerische Szenen, und als sich der Blick einmal auf einen Innenhof hin öffnete, konnte ich dort junge Männer beim Waffentraining sehen. Niemand sprach, während wir durch die Festung gingen, und von dem Klang unserer Schritte abgesehen waren die Kampfschreie und das Stahlgeklirr, die ab und zu vom Hof her an mein Ohr drangen, nahezu die einzigen Geräusche, die ich vernahm.

Dann waren wir am Ziel. Wir betraten einen großen, kreisrunden Raum, an dessen Wänden sich Steinbänke entlangzogen. Durch ein paar schießschartenartige Fenster fiel Licht ins Innere, und zusätzlich brannten einige Kerzen in schlichten, metallenen Haltern. Auf der gegenüberliegenden Seite war ein gewaltiges Portal aus dunklem Holz in die Wand eingelassen, dessen zwei Flügel mit je einem eisernen Ring versehen waren. Zu beiden Seiten der Tür stand eine Wache. Der Bedienstete führte uns zu den Steinbänken und sagte Justinius, dass er gerufen werden würde, wenn es so weit wäre. Dann zog er sich mit einer Verbeugung zurück und verschwand – ebenso wie die anderen Männer, die uns begleitet hatten – durch eine Seitentür, die so unscheinbar wirkte, dass ich sie zunächst übersehen hatte.

Auf den Steinbänken war Platz für Dutzende von Bittstellern, aber zu dieser Stunde des Tages hockte nur noch eine Handvoll Gestalten da, die einen ziemlich verschüchterten Eindruck machten. Ich konnte es ihnen nicht verdenken; die karge Wucht des Raumes lastete auch auf meinen Schultern. Dazu kam, dass es nunmehr völlig still war. Durch das dunkle Portal drang kein Laut nach draußen, und die Wachen standen stumm und unnahbar da. Wenn es geschah, dass einer der Bittsteller husten musste oder beim Versuch, sich in eine bequemere Haltung zu bringen, etwas fester auftrat, zog der Laut einen kleinen Hall nach sich, und derjenige, der ihn verursacht hatte, zuckte unweigerlich zusammen oder duckte sich, als fürchtete er einen Schlag.

Justinius' Gesicht hatte einen verbissenen Ausdruck angenommen. Er schwieg und blickte zu Boden. Ich wusste, was ihm widerfuhr: Die Schatten der Vergangenheit hatten die Gestalt höhnischer Gespenster angenommen; ihre zischenden Stimmen sprachen von Scheitern und Versagen. Ich beneidete Justinius nicht um seine Aufgabe; er tat mir sogar leid. Ich wollte ihm helfen und legte sacht eine Hand auf seinen Unterarm.

»Es wird schon gutgehen«, sagte ich.

Er musterte zunächst meine Hand, dann mich, dann wieder meine Hand – alles mit demselben missmutigen Blick. »Brechen die nicht ab?«, fragte er.

Wieder die Fingernägel. »Nein, die brechen nicht ab«, sagte ich und erschrak darüber, wie traurig meine Stimme klang.

Justinius schien das nicht bemerkt zu haben.

Er beugte sich zu mir herüber und zischte: »Was Ihr der Wache erzählt habt … sonderlich schlau war das nicht, Euch als ›Vanice von Raban‹ auszugeben. Wisst Ihr nicht, dass das Zeug, was die da unten sprechen, herzlich wenig mit unserem Ahekrisch zu tun hat? Was ist, wenn wir das Pech haben, jemandem über den Weg zu laufen, der *wirklich* da herkommt?«

Das war das Letzte, worüber ich reden wollte. Aber offenbar tat es Justinius wohl, sich zu ereifern. Auch wenn er fast flüsterte.

»Ich habe nicht gelogen. Ich *bin* in Raban geboren«, sagte ich leise, nachdem ich meine Hand weggezogen hatte.

»Wie bitte?«

Ich nickte bestätigend.

Sein Gesicht verlor den gereizten Ausdruck. »Hm … Ihr seht mir nicht sehr südländisch aus.«

»Nein.«

Justinius dachte nach. Ich wusste, was jetzt kommen würde. »Ich habe gehört«, begann er, »dass die Insel … wie heißt sie gleich?«

»Enjahla.«

»Dieses Enjahla wird vom Stadtrat von Raban regiert, oder? Da haben doch alte Händlerfamilien das Sagen, die vor Ewigkeiten aus dem Norden gekommen sind. Benorien, wenn man den Geschichten glauben darf.«

»Das habe ich auch gehört.«

»Und?«

»Und was?«

»Und was hat das mit Euch zu tun?«

»Was sollte das mit mir zu tun haben?« Ich verzog keine Miene und blickte Justinius in die Augen, während ich sprach. Am liebsten hätte ich sie ihm ausgestochen.

»Vanice, wer von uns beiden stellt sich jetzt dumm? Wenn Ihr wirklich aus Raban kommt, dann seid Ihr wohl kaum eine Fischertochter! Ihr sprecht Ahekrisch ohne Akzent. Das heißt, Ihr müsst es schon in Eurer Kindheit gelernt haben. Welche Fischertochter wächst schon mit mehreren Sprachen auf? Und außerdem – bei Eurem Aussehen, Eurem Gold und Euren Klei-«

»Ich habe sehr dunkle Augen, falls Ihr das nicht bemerkt haben solltet. Ganz wie die Fischertöchter von Raban«, sagte ich mit kokettem Lächeln.

Justinius furchte die Stirn. Er setzte zu einer wütenden Antwort an, aber bevor er dazu kam, wurde das Portal geöffnet.

10
WARTEN

Vanice

Mit schwerem, dumpfem Knarren schwangen die Flügel auf. Ich erwartete, einen Zeremonienmeister mit Stab und Pluderärmeln aus dem Saal hervortreten zu sehen, der mit weittönender Stimme und äußerst präziser Aussprache den Namen dessen verkünden würde, der als Nächstes zum Dorn vorgelassen werden sollte. Doch stattdessen erblickte ich einen Soldaten in Kettenzeug, der sich in nichts von den Wachen unterschied, die zuseiten des Portals standen.

»Der Händler Gero Dreisilber«, sagte der Mann. Er sprach weder laut noch leise, und mit derselben Stimme hätte er auch einen Sack Mehl kaufen können. Also hielt der Dorn nichts von höfischer Etikette; ganz unsinnigerweise machte mein Herz einen Freudenhüpfer.

Offenbar war der Mann, der soeben aufgerufen worden war, weit entfernt von derartigen Gefühlen. Der Händler erhob sich von der Steinbank. Er war groß und kräftig, trug eine seltsame, mit Edelsteinen besetzte Zipfelmütze, ein Gewand in Rot und Gold und eine schwere goldene Kette, die ihn vermutlich als Träger irgendwelcher Würden auswies. Mir waren in der Perle schon öfters solcherart herausgeputzte Männer begegnet, aber ich hatte mich nie danach erkundigt, was der Grund für ihre Aufmachung war. Jedenfalls war in den Bewegungen des Händlers das beinah verzweifelte Bemühen um ein gewichtiges und selbstgewisses Auftreten zu spüren. Zumindest bei dem Bittsteller, der neben ihm auf der Bank saß – der Kleidung nach zu urteilen ein einfacher Handwerker –, schien er damit Eindruck zu schinden. Mir wurde klar, dass es für ihn, der seinen Reichtum vor sich hertrug wie eine kostspielige Geliebte ihre Schönheit, eine quälende Demütigung darstellen musste, neben einem Gerber oder Maurer oder Fassbinder gewartet zu haben. Der Händler schritt nun zum Thronsaal, oder er versuchte zu schreiten, und da ihm niemand entgegenkam, vermutete ich, dass der Dorn gerade wieder damit anfing, Bittsteller zu empfangen.

Justinius schien den Händler erst jetzt richtig wahrzunehmen. »Noch so einer«, murmelte er.

Ich beschloss, nicht weiter auf diese Bemerkung einzugehen. Zumal Justinius, nachdem der Händler in dem Saal verschwunden war und sich die Flügel des Portals geschlossen hatten, erneut in sein grimmiges Schweigen verfiel. So warteten wir. Nach einer Weile trat der Händler wieder durch das Tor. Mit hoch erhobenem Haupt, zusammengepressten Lippen und starrem Blick ging er auf den Ausgang zu, wo ihn zwei Wachen erwarteten, die ihn bis zum Innenhof der Feste geleiten würden; er sah weder nach links noch nach rechts und bewegte sich schneller, als es nötig gewesen wäre.

Als Nächstes war der Handwerker an der Reihe. Selbst über die Breite des Raumes hinweg konnte ich sehen, dass der arme Mann beim Aufstehen zitterte. Flehentlich lächelte er den Soldaten an, der seinen Namen genannt hatte, doch ebenso gut hätte er versuchen können, ein Standbild zu einem brüderlichen Schulterklopfen zu bewegen. Ich musste den Drang niederkämpfen, dem Handwerker beizustehen – ihm aufmunternde Worte zuzuflüstern oder ihn zu stützen, damit er wenigstens die Flucht des Thronsaals erreichte. Doch irgendwie schaffte er es, sich zusammenzureißen; erneut schloss sich das Portal, erneut umfing uns die angespannte Stille des Wartens. Als der Mann schließlich in den kreisrunden Raum zurückkehrte, war sein Gesicht so weiß wie sein Hemd und zeigte einen ungläubigen Ausdruck. Mit den Bewegungen eines Schlafwandlers trappte er zu der Bank und nahm behutsam Platz; man hätte meinen können, er fürchtete, den Steinen wehzutun. Ich mühte mich, die Miene des Handwerkers zu enträtseln, aber als er sich schließlich erhob, um seiner Wege zu gehen, fragte ich mich noch immer, ob ihm sein Untergang oder seine Erlösung verkündet worden war.

Dann war es so weit: »Justinius von Hagenow, Sohn des Barons Gernot von Hagenow«, sagte der Soldat.

Zwischenzeitlich hatte sich das Portal für zwei weitere Bittsteller geöffnet, doch ich war mir sicher, dass Justinius schon länger nichts mehr von dem mitbekam, was um ihn herum geschah. Nun ging ein Ruck durch seinen Körper. Er hob den Blick, den er die ganze Zeit über, seit der Händler gerufen worden war, auf die Steinplatten vor seinen Füßen gerichtet hatte. Dann stand er auf. Nicht hastig und nicht zögernd, sondern wie ein Mann, der seinen Weg kennt, und zu meiner Überraschung verspürte ich eine eigenartige Rührung, vielleicht sogar Stolz.

Seit mir klar geworden war, dass Justinius wirklich zum Dorn gehen würde, hatte ich mich gefragt, ob ich ihn vor den Thron des Herrschers der Perle begleiten sollte: Würde meine Anwesenheit von Nutzen sein oder würde man es Justinius als Schwäche auslegen, wenn er nicht allein erschien?

Als sich Justinius dem Portal und dem Soldaten zuwandte, ohne mich noch einmal anzusehen, und mit ruhigen, festen Schritten in Richtung des Thronsaals ging, wusste ich, dass sich diese Frage erledigt hatte. Mehr noch: Ich glaubte jetzt zu verstehen, warum er nicht aufgegeben und die Flucht ergriffen hatte, warum er noch immer da war, obwohl ihm längst klar geworden sein musste, dass er weder eine Strafe zu fürchten, noch einen Gewinn zu erhoffen hatte.

Auch wenn Justinius es vielleicht selbst nicht wusste – er war geblieben, um diesen Gang anzutreten. Dafür, um vor dem Dorn zu stehen und nicht zu brechen, wenn der Herrscher der Perle ihm in die Augen sah.

Aber das war nicht leicht, nein, das war sehr schwer. Im letzten Moment, ehe er das Portal durchschritt, zögerte Justinius. Vielleicht zweifelte er einen Herzschlag lang, ob er wirklich die Kraft besaß, dem Dorn entgegenzutreten. Und schon drohte alles auseinanderzufallen. Er hielt an. Ich sah, dass seine Schultern sackten, dass sein Rücken sich krümmte und dass sein Kopf hing, als müsste er mit dem Schlaf kämpfen. Und ich fragte mich: Würde er verzagen? Würde er sich umdrehen und jetzt endlich davonlaufen?

Mein Atem stockte; zugleich spürte ich in mir eine kalte und unbeteiligte Neugierde aufsteigen.

Dann reckte Justinius das Kinn – und ging weiter.

Er verschwand im Thronsaal, und die Pforten des Portals schlossen sich hinter ihm.

Mir war der Schweiß ausgebrochen. Ich lehnte meinen Kopf gegen die Wand und betrachtete die Decke. Es würde eine Weile dauern, ehe ich mich wieder beruhigte; das ahnte ich. Dabei hätte ich noch nicht einmal sagen können, wovor ich eigentlich Angst hatte. Doch mir blieb keine Zeit, um meine Gedanken zu klären, denn bald schon – mir war, als hätte sich Justinius nur einen Augenblick im Thronsaal aufgehalten – öffnete und schloss sich das Portal zum letzten Mal an diesem Tag.

Justinius war aus dem Thronsaal hervorgetreten. Nun ging er auf mich zu, und es war ihm anzusehen, dass er diesen Kampf nicht verloren hatte.

»Gehen wir«, sagte er.

»Ja«, sagte ich und stand auf.

11
LETZTE WORTE

Vanice

Tief unter die Festung führte uns der Weg. Wieder schritt ein Diener voran, während zwei Wachen auf dem Fuße folgten. Bei dem Bediensteten handelte es sich diesmal um einen jungen Mann mit einem sehr blassen Gesicht. Mit schrillem Krietschen schlossen sich die Gittertüren hinter uns, und immer gab es noch eine Treppe, die wir hinabsteigen mussten. Der Stein wurde rauher, die Luft kühler und feuchter, und die spärlichen Fackeln hüllten die Gänge in trostloses Halbdunkel. Ein paarmal bedachte mich der Diener mit einem verstohlenen Blick; vielleicht fragte er sich, was eine Frau wie ich in solch einer bedrückenden Umgebung verloren hatte, inmitten des säuerlichen Geruchs vergeudeter Leben.

Ob er mir geglaubt hätte, dass ich nichts mehr begehrte, als mich in Fäulnis zu suhlen?

Schließlich kamen wir zu einer kleinen Wachstube, in der ein paar Männer beisammen saßen, die versuchten, den Trübsinn mit billigem Schnaps und Würfelspielen zu bekämpfen. Dort nahm uns der Kerkermeister in Empfang, der – nach kurzer Unterredung mit dem Bediensteten – eine weitere Gittertür für Justinius und mich aufschloss. Wir durchschritten noch einen schmutzigen, braungrauen Gang, und dann standen wir vor der Zelle, in welcher der Mörder des Grafensohns Rudrick von Nordwiesen die letzten Tage seines Lebens zubrachte. Wie die anderen Zellen auch, war sie mit einer massiven Tür versehen: Holzbohlen, die sich in der klammen Luft verzogen hatten; von Grünspan verfärbte Messingbeschläge.

»Hier ist es. Und falls die Herrschaften es noch nicht wussten: die

Hinrichtung ist auf morgen verschoben«, sagte der Kerkermeister. Seine Stimme drückte, ebenso wie sein Gesicht, vollendeten Gleichmut aus.

»Wie bitte?«, fragte Justinius. »Sie haben die Hinrichtung verschoben?«

»Ja, der Herr. Das ist, weil heute Nacht ein Thaala-Geweihter ermordet worden ist.« Der Mann schlug einen Elaah-Kreis; ohne nachzudenken, tat ich es ihm gleich. »Da schien es falsch, heute jemanden zu verbrennen. Auch das Begräbnis Seiner Hochgeboren Rudrick von Nordwiesen ist auf morgen verschoben. So habe ich es gehört, wenn der Herr erlauben.«

Justinius lachte, kurz und hart, wie über einen boshaften Witz. »Aber sicher, ich erlaube. Schließ auf und lass uns alleine.«

Der Kerkermeister blickte den Diener an; der nickte, und daraufhin tat der Mann, was ihm gesagt worden war.

Ohne ein weiteres Wort zu verlieren, nahm Justinius eine Fackel aus einer Halterung an der Wand, und wir betraten die Zelle. Ein beißend-scharfer Gestank schlug uns entgegen. Ich rümpfte die Nase und grimassierte ein bisschen, falls mich einer der Männer beobachtete, sah mich unterdessen aber schon in der Zelle um.

Viel zu sehen gab es freilich nicht: Es war ein kleiner, rechteckiger Raum mit einem Boden aus gestampfter Erde und von Moos überzogenen Steinwänden. Es gab einen Strohsack und zwei leere Holznäpfe. Auf dem Strohsack saß der Gefangene; er blickte uns entgegen und kniff die Augen zusammen, von der jähen Helligkeit geblendet.

Justinius schloss die Zellentür, während ich wie erstarrt dastand.

Was hatte ich erwartet?

Mykars Worte hatten in mir das Bild eines Helden erstehen lassen, dem Wahrheit und Ehre die höchsten Güter waren und der immer versuchte, das Richtige zu tun – koste es, was es wolle. Doch ich begriff sehr wohl, dass diese Vorstellungen wenig über Cay und sehr viel über mich sagten: über die Sehnsucht meines Herzens, das hartnäckig und unbelehrbar an der Hoffnung festhielt, wo mein Verstand längst schon aufgegeben hatte. Wenn ich die Sache nüchtern betrachtete, kam ich denn auch zu einer ganz anderen Einschätzung. Dann sagte ich mir, dass Mykar ein unglücklicher, einsamer Junge gewesen war (und vielleicht noch immer war), der niemals einen Freund gekannt hatte und darum bereit war, jeden, der ihm gegenüber auch nur ein wenig Anstand gezeigt hatte, mit dem goldenen Garn dankbarer Bewunderung zu umweben.

Was also hatte ich erwartet? Vermutlich einen vom Leben besiegten Mann, dürr und welk wie Herbstlaub, den die Angst vor dem grauenvollen Ende, das ihn erwartete, zu einem wimmernden Idioten gemacht hatte; einen Mann, von dem nichts als erbitterte Verzweiflung zurückblieb und der nur auf eine Gnade hoffen durfte: dass sein elendes Dasein bald ins Vergessen sinken würde.

Cay war nichts von alledem.

Sein Gesicht zeigte die Spuren der Schläge, die er hatte erdulden müssen; sein Haar war von Schweiß verklebt, seine Kleidung schmutzig, zerrissen. Doch sowie er dem Licht der Fackel standhalten konnte, sah ich, dass der Blick seiner blauen Augen klar und fest war. Und aus seinen Zügen sprach ein Edelmut, den nicht einmal die Ohnmacht einer Gefangenschaft, aus der ihn nur der Tod befreien würde, getrübt hatte.

Cay war alles, was Mykar aus ihm gemacht hatte.

Cay war schön.

Seine Schönheit traf mich so unvorbereitet wie die Verachtung eines Freundes, den man hatte umarmen wollen, oder wie der Kuss eines Henkers.

Justinius musterte mich mit zusammengezogenen Brauen. »Vanice … stimmt etwas nicht?«

Ich rang nach Worten. »Ich … die Luft hier unten … es ist alles in Ordnung.«

»Ah … ich verstehe«, sagte Justinius mit einem ratlosen Stirnrunzeln.

Cay hatte sich mittlerweile auf die Beine gezogen. Er war nicht in Ketten geschlagen worden, doch die Steifheit seiner Bewegungen verriet, dass er Schmerzen hatte.

»Werdet Ihr mir sagen, was Ihr von mir wollt?«, fragte er an mich gewandt.

Da ich keine Antwort gab und in diesem Moment auch nicht die geringste Ahnung hatte, was ich von Cay wollte, sprach Justinius. »Ich bin Justinius von Hagenow«, knurrte er. »Dein Dorf ist meiner Familie lehenspflichtig.«

»Ja. Ich weiß.« Cay machte keine Anstalten, sich zu verneigen oder auf ein Knie zu gehen.

»Und weißt du auch, was dich erwartet?«

»Ja. Heute Abend werde ich sterben.«

»Ist das so?«

»Ja.«

»Schön. Dann habe ich eine Überraschung für dich. Du darfst dich noch einen Tag länger des Lebens freuen. Die Hinrichtung ist auf morgen verschoben, weil in der Nacht ein Geweihter abgemurkst wurde. Da wollen sie offenbar ein bisschen Respekt vor dem Toten zeigen. Sehr anständig, was? Wie wir gerade von Anstand sprechen: Haben sie dir auch verraten, was deine Strafe sein wird? Da du gegen die Götterordnung verstoßen hast, werden sie dir zuerst deine frevlerischen Augen ausstechen und dann die Lästerzunge rausschneiden. Zur Krönung des Ganzen stellen sie dich schließlich auf den Scheiterhaufen und machen dir ein hübsches kleines Feuer unterm Hintern. Ach ja, und um ganz sicherzugehen, wirst du erst bei Sonnenuntergang sterben, damit sich deine Seele in der Finsternis verirrt. Klingt doch spaßig, oder?«

Justinius hatte in herausforderndem Tonfall gesprochen, als würde die Ruhe, die Cay umgab, eine unerhörte Beleidigung für ihn darstellen. Ich begriff jedoch, dass es um mich ging, und als Justinius mir einen zornigen Blick zuwarf, nickte ich hastig.

»Seid Ihr hierhergekommen, nur um mir das zu sagen?«, fragte Cay.

»Nein, nicht ganz. Oder, Vanice?«, schnaubte Justinius.

Ich räusperte mich und machte einen Schritt in Cays Richtung, ganz überflüssigerweise; Justinius trat im selben Zug zur Seite.

»Cay, hört mir bitte zu«, begann ich. »Ich habe einige Fragen an Euch.«

Er betrachtete mich, vielleicht ein wenig abschätzig.

»Meine Name ist Vanice De-« Ich schüttelte mich. »V-vanice von Raban. Ihr müsst mir jetzt die Wahrheit sagen. Einverstanden?«

»Welche Wahrheit?«, fragte Cay.

»Habt Ihr Rudrick von Nordwiesen getötet?«

»Ja.«

»Warum?«

»Das ist meine Sache.«

Ich machte einen tiefen Atemzug. »Vielleicht, weil er vor sieben Jahren ein Mädchen ermordet hat? Ein Mädchen namens Alva, das Ihr geliebt habt?«

Zum ersten Mal veränderte sich Cays Gesicht. Verwirrung und Schmerz traten in seine Züge. »Wo-woher wisst Ihr das? Ich – ich habe … Niemand weiß davon.«

»Ist es, wie ich sage, oder nicht?«

»Es ist so.« Seine Stimme war voller Trauer – voller Trauer, nach so langer Zeit. Ich empfand Neid auf Alva.

»Wie habt Ihr es herausgefunden?«, fragte ich.

Cays Gesicht veränderte sich erneut. Es wurde hart, und sein Blick schien sich zu versperren. »Er hat es mir selbst gesagt«, flüsterte er. »Vor etwa einem Jahr hat er mich gefragt, warum ich keine Frau hätte. Es war das erste Mal, dass er zu mir sprach, und ich war so überrascht, dass ich es ihm sagte. Ich sagte ihm, dass meine Braut ermordet worden war, und dass ich keine andere wollte. Da fragte er, aus welchem Dorf ich kam. Ich sagte ihm auch das. Mir fiel auf, dass ihn meine Antwort sehr zu beschäftigen schien, aber ich dachte mir nichts dabei. Nach dem Gespräch war alles wieder so wie immer. Er kümmerte sich nicht mehr um mich. Bis er dann vor … ist es eine Woche her oder mehr? Jedenfalls kam er zu mir, als ich gerade ein Stück Zaun reparierte. Wir waren allein. Und da sagte er es mir. Er sagte, dass er es getan hatte. Er meinte, es wäre an der Zeit, dass ich die Wahrheit erfuhr, jetzt, da Alvas Seelenruf anstand. Ich wollte ihm nicht glauben, dachte, das wäre einfach ein Skargatsspaß auf meine Kosten. Er war ja schließlich bekannt dafür, dass er seine Diener schlechter als das Vieh behandelte. Ich ließ also meine Arbeit liegen und wollte weggehen. Und da begann er … da begann er, von Alvas Tod zu sprechen. Er hat mir alles erzählt … alles, was er ihr angetan hat. Meiner Alva. Da wusste ich, dass ich ihn töten musste. An Ort und Stelle habe ich ihn erwürgt. Er hat sich kaum gewehrt, vielleicht hing er sich selbst zum Hals raus. Nachdem ich ihn getötet hatte, bin ich ins Dorf gegangen. Ich wollte am Grab meiner Eltern beten. Dann bin ich zu dem Ort gegangen, wo *sie* gestorben ist …« Cay zögerte; mir war, als wollte er noch etwas anderes sagen. »Am Abend kamen sie mich holen«, fuhr er fort. »Es dämmerte gerade. Ich hatte sie bereits erwartet und wusste auch, was der Preis für meine Tat sein würde.«

»Aber Ihr hättet fliehen können … Euch im Wald verstecken … Warum habt Ihr es nicht getan?«, fragte ich. Meine Stimme war ein zittriges Flehen, zumindest schien es mir so, und im selben Moment wurde mir klar, wie sehr ich wünschte, dass sich Cay nicht aufgegeben hätte.

Er sah mir in die Augen und sagte kein Wort.

Wir schwiegen.

Dann sprach Cay wieder. »Ich bitte Euch, mir zu sagen, woher Ihr von Alva wisst.«

Ich tauschte einen Blick mit Justinius. Er zuckte die Schultern. »Das ist Euer Tanz, Vanice.«

»Ja, das stimmt wohl«, sagte ich und musste aus irgendeinem Grund lächeln.

Ich sah zur Seite, dachte nach, begann schließlich: »Ein Junge aus Eurem Dorf … sein Name ist Mykar. Erinnert Ihr Euch an ihn?«

Cay starrte mich ungläubig an. Offenbar kostete es ihn einige Anstrengung, meine Frage mit einem Nicken zu beantworten.

»Wie Ihr wisst, war es Mykar, der für Rudricks Verbrechen bezahlt hat«, fuhr ich fort. »Ihr habt wahrscheinlich gedacht, dass er tot wäre. Aber das stimmt nicht. Er hat im Wald gelebt, bis er von Eurer Verhaftung erfahren hat.« Wie dumm ich daherredete! Wusste ich etwa, wo und wie Mykar gelebt hatte? Und stimmte es überhaupt, dass er *nicht* gestorben war? Ich unterdrückte ein ärgerliches Kopfschütteln und sprach weiter. »Es ist eine lange Geschichte, aber wir haben nicht viel Zeit … Der Herr von Hagenow und ich, wir wollten Mykar dabei helfen, Eure Unschuld zu beweisen.«

Cay öffnete den Mund, schloss ihn wieder. Ich ahnte, dass er einen schweren Kampf auszufechten hatte, in seinem Herzen oder seinem Gewissen; es tat mir weh, das zu sehen. »Meine – Unschuld?«, brachte er hervor.

»Mykar war überzeugt davon, dass Ihr nicht derjenige sein könntet, der den Grafensohn Rudrick von Nordwiesen umgebracht hat. Er wollte den wahren Mörder finden, um Euch zu retten.«

»Aber ich bin der Mörder.«

»Ja.«

Cay sah zu Boden.

Ich wusste, dass der entscheidende Moment gekommen war. Vor Anspannung wurde mir schwindelig.

»Mykar wollte, dass ich Euch etwas sage …«, hörte ich mich flüstern.

Cay hob den Blick.

Mein Mund war trocken. Wieder war da der Geschmack von Verwestem.

»Er dankt Euch«, sagte ich.

»Er … dankt mir?«

Ich nickte.

Cay schloss die Augen. Als er sie wieder öffnete, standen Tränen darin.

»Ich habe niemals geglaubt, dass er es getan hat«, sagte er leise.

Einen Lidschlag lang, für ein oder zwei Sekunden, war ich geheilt, und ich spürte Frieden in mir.

»Es war so schrecklich … und so verwirrend. Ich wusste nicht mehr, was richtig war und was falsch. Aber ich habe niemals geglaubt, dass er es getan hat.«

Ich nickte wieder.

Ein paar Tränen liefen Cay über die Wangen. Er wischte sie nicht ab.

»Würdet Ihr Mykar etwas von mir sagen?«

»Ja. Gerne.«

»Sagt ihm, dass es mir leid tut. Es tut mir alles so leid.«

Ich lächelte. Ich wollte Cay trösten; ich wusste, dass ich – ich ganz allein – das tun konnte. Ich begann, zu sprechen. Doch plötzlich war alles weg: das Vertrauen, die Zuversicht, die Worte, die sich in meinem Kopf geformt hatten. Ich wandte mich hastig ab und schlug eine Hand vor den Mund. Mit einem Mal wurde mir klar, dass alles gesagt und alles getan war. Das hieß, dass ich gehen musste. Ich musste Cay Lebwohl sagen und die Zelle verlassen. Und in einem Tag, einem Tag und ein paar Stunden, wäre er tot. Das war unmöglich, das konnte nicht sein. Verzweiflung überkam mich. Ich wollte hierbleiben, hier bei ihm. Ich empfand etwas, das mir in den Jahren völlig fremd geworden war – den Wunsch, berührt zu werden. Ich kämpfte die Tränen nieder und biss mir auf die Knöchel.

Offenbar war dies das Letzte, was Justinius von mir erwartet hatte.

»Vanice …?«, murmelte er.

Ich wandte mich der Zellentür zu. Es waren nur ein paar Schritte, aber ich hatte das Gefühl, ich müsste auf einem schwankenden Steg einen Abgrund überwinden. Die Vorstellung, Cay allein zurückzulassen, war unerträglich; doch ich konnte es keinen Augenblick länger in seiner Gegenwart aushalten. Ich riss die Tür auf, blieb dann aber in dem gemauerten Rahmen stehen.

Justinius sprach wieder: »Tja, was soll ich sagen? Wenn's nach mir ginge, hättest du einen Orden bekommen … Ich hoffe, irgendein Gott ist morgen bei dir.«

»Ich habe es nicht bereut, und ich werde es nicht bereuen«, sagte Cay. »Danke.«

Ich spürte, dass das letzte Wort mir gegolten hatte. Da sah ich doch noch einmal über die Schulter. Unsere Blicke trafen sich; Cay neigte den Kopf. Seine Augen waren voller Mitleid.

Das war mehr, als ich ertragen konnte. Ich floh aus der Zelle, stolperte an dem Kerkermeister und dem Diener und den zwei Wachen vorbei.

Und lief geradewegs in einen fünften Mann hinein. Ich prallte einen Schritt zurück und glotzte wie blöd. Ich hatte diesen Mann noch nie gesehen, und auch noch niemanden, der war wie er. Alles an ihm war schwarz: die Stiefel und die Hose, der Gürtel, die Handschuhe, das Kettenhemd, der Umhang und die Gugel, die sein Gesicht umschloss. Sogar der Bart des Mannes war schwarz. Hingegen war seine Haut sehr bleich, und sein Blick brannte. Er strahlte eine priesterliche Würde aus und im selben Moment jene erbarmungslose Kraft, die sich von den Erschlagenen der Schlachtfelder nährt. Ich wusste aber, dass er weder ein Geweihter noch ein Krieger sein konnte. Er war geschickt worden, um Cay den Torturen zuzuführen, die seiner Hinrichtung vorausgehen würden.

Vielleicht waren beim Dorn selbst die Folterknechte Helden.

Ich sackte gegen die Wand und sah ohnmächtig mit an, wie der Schwarzgewandete zu Cays Zelle ging. Die anderen Männer hielten ihn nicht auf; sie wagten nicht einmal, ihn anzusprechen. In der Tür stieß er mit Justinius zusammen. Der war wenigstens nicht so leicht einzuschüchtern. »Passt doch auf, wo Ihr hinlauft!«, fuhr er den Schwarzgewandeten an und schob ihn zur Seite.

Dann stand er bei mir. Er streckte zögernd eine Hand aus. Er wusste wohl selbst nicht, ob er verärgert oder beunruhigt sein sollte. »Vanice … was habt Ihr denn, in Dreidämonsnamen?«

Ich schreckte vor seiner Berührung zurück, als wollte er mir Gewalt antun.

12
ENTSCHEIDUNGEN

Vanice

Nein!«, schrie er. »Nein!«

Ich hob beschwichtigend die Hände: »Beruhige dich, Mykar …«

»Das kann nicht sein! Es geht nicht!« Sein Gesicht war verzerrt; Speichel spritzte aus seinem Mund.

»Aber du hast mir doch selbst gesagt, dass wir Cay nicht retten können! Dass er Rudrick getötet hat und –«

»Es geht nicht!«, wiederholte er. »Es geht nicht!«

Vorsichtig machte ich einen Schritt auf ihn zu. »Hör mich an! Ich habe mit ihm gesprochen, willst du denn nicht wissen, was –«

»NEIN!«

Mykar funkelte mich an. Er hatte die spitzen, gebrochenen Zähne gefletscht, und einen Herzschlag lang dachte ich, er würde über mich herfallen.

Wenn ich nur gewusst hätte, woher diese plötzliche Raserei kam. Nachdem wir uns am Morgen ausgesprochen hatten, war Mykar so entkräftet gewesen, dass er sich auf mich stützen musste. Ich bot ihm an, ihn in meinen Gasthof zu bringen und ihm unter irgendeinem Vorwand ein Zimmer zu verschaffen. Doch er wollte auf dem Friedhof bleiben. Durch den grauen Dunst des dämmernden Tages führte ich ihn zu einer Gruft, die seit Jahrhunderten kein Begräbnis mehr gesehen hatte. Dort half ich ihm, sich auf einen der uralten Steinsärge zu legen; dann machte ich ihm ein Kissen aus meiner Pelerine und deckte ihn mit seinem zerrissenen Kapuzenumhang zu, so gut es eben ging. Die Luft in der Grabkammer war kühl und klamm, und ich sorgte mich, ob Mykar nicht schrecklich frieren würde. Aber er war bereits eingeschlafen, bevor ich den Umhang über ihm ausgebreitet hatte.

Als ich mich am späten Nachmittag von Justinius verabschiedete, um zur Totenstadt zurückzukehren, hatte ich erwartet, Mykar in einem Zustand völliger Erschöpfung anzutreffen. Ich stellte mich auf die Ohnmacht tiefer Traurigkeit ein und darauf, dass er sich vielleicht quälende Vorwürfe machen würde wegen des Mordes an Cay, der nun endgültig unabwendbar schien. Und ich nahm mir vor, ihn zu überreden, wenigstens diese Nacht in einer Herberge zu verbringen, damit er etwas Vernünftiges essen und trinken und in einem warmen Bett schlafen könnte – er musste ja halb eingehen vor Hunger, Durst und Müdigkeit!

Als ich dann jedoch zur Gruft gekommen war, sah ich etwas, das ich nicht im Geringsten erwartet hatte: Mykar ging vor dem Eingang des Grabmals auf und ab; er schien in einem Zustand fiebriger Gehetztheit, hatte die Schultern angezogen, den Blick gesenkt und murmelte unentwegt vor sich hin.

Mir war sofort klar gewesen, dass das nichts Gutes bedeuten konnte. Und jetzt dieser Anfall …

Ich wusste nicht, was ich tun sollte. Ich wünschte, Justinius und Scara wären da gewesen. Ich wünschte, *irgendjemand* wäre da gewesen.

Aber wir waren allein.

Eine blaue Dämmerung senkte sich über die Totenstadt; der Himmel war mit dunklen, dicht geballten Wolken bedeckt. Ich hätte gerne gebetet, aber ich hatte vergessen, wie man das macht. Und ich hatte auch vergessen, wie man verzweifelte Menschen tröstet: was die richtigen Worte sind, was die richtigen Gesten. Doch wahrscheinlich hatte ich das nie gewusst.

»Glaub mir doch, du *kannst* ihn nicht retten!«, sagte ich eindringlich. »Es ist zu spät – es tut mir leid, ich kann dir gar nicht sagen, wie leid es mir tut. Aber es ist zu spät!«

»Ich werde nicht zulassen, dass sie ihn hinrichten!« Er sprach durch zusammengebissene Zähne.

»Aber was hast du denn vor? Willst du zur Festung des Dorn marschieren und ihn befreien?«

»Ja. Ich werde sie töten. Ich werde sie alle töten!«

Ich stieß ein Lachen aus. Es klang ebenso furchtbar, wie ich mich fühlte. »Das ist *Selbstmord*, Mykar! Kannst du mir sagen, was Cay davon hat, wenn du dich umbringst?«

»Er wird wissen, dass es jemanden gab, der ihn bis zum Schluss nicht verlassen hat.«

Ich lachte wieder. Wenn das noch ein bisschen so weiterging, würde ich anfangen zu weinen und nie mehr damit aufhören. »Du solltest dich reden hören! Er wird überhaupt nichts wissen, weil du nämlich nicht einmal in die Nähe seiner Zelle kommst! Der Dorn hat Dutzende Wachen! Wenn es irgendeine Chance gäbe, ihn zu befreien, ich würde es selbst tun!«

Mykar verzog das Gesicht zu einem höhnischen Grinsen. »*Ihr*? Habt Ihr nicht gestern Nacht noch gesagt, ich soll meinen Cay alleine retten?«

Ich zuckte zusammen. *Ich wünschte, es wäre mein Cay,* dachte ich. Aber ich sagte kein Wort. Alles, was ich tun konnte, war, auf die Erde vor meinen Füßen zu starren. Dann dachte ich an *ihn*: an seine Haare, seine Augen, seinen Mund. Ich stellte mir vor, wie es wäre, seine Hände in den meinen zu halten, sie auf meine Brust zu legen, zu wissen, dass er meinen Herzschlag spürte …

Mühsam hob ich die Augen; gerade rechtzeitig, um zu sehen, wie Mykar an mir vorbeieilte. Er würde es tun, er würde es wirklich tun. Ich stellte mir vor, wie er in der Dunkelheit zum Tor der Feste kam. Er würde nicht einmal versuchen, sich anzuschleichen – geradeheraus würde er auf die Wachen zugehen, den Dolch in der Hand; er würde auf die Wachen zugehen, die Wachen mit ihren Helmen, Rüstungen und Speeren, und sie würden ihn zu Boden schleudern und durchbohren. Dann würde er daliegen, ein namenloser Haufen blutigen Fleischs, und niemand hätte auch nur die geringste Idee, was dieser armselige, heruntergekommene Irre wollte. Oder noch schlimmer: Mykar würde die ersten Wachen töten, und vielleicht noch drei oder fünf weitere, bis sie ihn schließlich umzingelten und in Stücke hackten. Der Festungshof wäre mit Leichen übersät, Frauen würden um ihre Männer, Kinder um ihre Väter weinen – und Cay würde trotzdem sterben, und sein Tod wäre keinen Deut weniger grausam oder sinnlos.

Ich musste diesen Wahnsinn verhindern.

»Was ist mit Danje?«, rief ich und hoffte, dass ich richtig eingeschätzt hatte, was dieser Schädel für Mykar bedeutete.

Mykar blieb stehen. Langsam drehte er sich zu mir um. »Was soll mit ihr sein?«, fragte er.

»Sie ist nicht bei dir. Wolltest du sie nicht aus dem Tunnel holen?«

»Ich kann sie holen, wenn ich Cay befreit habe.«

»Du wirst Cay aber nicht befreien. Du wirst sterben. Und dann wird sie da unten liegen bleiben, alleine in der Dunkelheit. Willst du das?«

Mittlerweile hatte Nieselregen eingesetzt, und eine diesige Düsternis begann, sich über den Friedhof zu senken. Die Grüfte und Gräber, Zypressen und Pinien warfen schon längst keine Schatten mehr; nun wurden sie langsam selbst zu Schatten. Doch das Licht war noch ausreichend, um mich sehen zu lassen, wie Zweifel über Mykars Gesicht huschten. Ganz kurz nur; dann setzte er wieder dieses höhnische Grinsen auf, das so wenig zu ihm passte.

»Ihr haltet mich wohl für sehr dumm, Vanice. Meint Ihr, ich merke nicht, dass Ihr mich von meinem Plan abbringen wollt?«

»Was für ein *Plan*?«, fragte ich wütend. »Du hast keinen Plan! Dein ganzer Plan besteht darin, dich umbringen zu lassen! Und ich halte dich nicht für dumm; ich will einfach nicht, dass du stirbst.«

»Wenn ich sterbe, sagt Danje, dass es mir leid tut.« Er machte Anstalten, sich wegzudrehen.

»Dasselbe hat Cay gesagt!«, rief ich.

Wieder hielt Mykar inne. »Was … was hat Cay gesagt?«, fragte er leise.

»Ich soll dir sagen, dass es ihm leid tut, Mykar. Es tut ihm leid, was mit dir geschehen ist und dass er dir nicht helfen konnte. Ich bin mir sicher, er würde nicht wollen, dass du blindlings in deinen Tod rennst! Deshalb habe ich ihm auch nichts von der Horde und deinen Rachephantasien erzählt – das ist ebenso Wahnsinn wie das, was du jetzt vorhast!«

Einige Momente vergingen. Der Regen wurde stärker, und ein kalter Wind kam auf, der die Blätter der Bäume rascheln ließ. Ich begann zu frieren und zog die Stola enger um mich. Langsam nahm die Dunkelheit zu. Sie schien dichter und schwerer dort, wo Mykar stand.

Schließlich flüsterte er: »Mein Tod ist sieben Jahre her.«

Die Regentropfen rannen mir über Stirn und Wangen; feuchte Haarsträhnen hingen mir ins Gesicht. Ich blickte Mykar in die Augen.

Ich sagte nichts.

Auch er sagte nichts.

Nachdem er gegangen war, blieb ich noch eine kleine Weile vor der Gruft stehen. Ich war müde und traurig. Gerne hätte ich mich zu meinem Gasthof aufgemacht, solange ein Rest Licht blieb, mir den Weg zu weisen. Doch am Morgen hatte ich es nicht mehr geschafft, die Unterirdischen aufzusuchen. Wahrscheinlich hatte Xra darauf gewartet, dass ich käme, und das Ausbleiben meines Besuchs hatte ihn enttäuscht oder gekränkt oder erzürnt. Das war nicht gut; ich hatte zu wenige Freunde, als dass ich es mir hätte leisten können, einen zu verlieren. Also lenkte ich meine Schritte nicht zum Ausgang der Totenstadt, sondern zu dem Zypressenhain, in dem die Leichenfresser ihren Unterschlupf hatten.

Dabei versuchte ich, nicht an Mykar oder Cay zu denken.

13
DER STERN UND DAS SCHWERT

Mykar

Die Nacht war hereingebrochen. Alle Straßen waren leer. Auch der Marktplatz war leer. Es goss mittlerweile in Strömen. Wasser floss die Rinnsteine entlang. Es verschwand gurgelnd zwischen den Stäben der Gitter, die ins Pflaster eingelassen waren. Aus den Gittern kam ein fauliger Gestank. Die ganze Stadt des Dorn stank jetzt.

Nachdem ich den Friedhof verlassen hatte, war ich umhergeirrt. Ich wusste nicht, wo sich die Festung befand. Früher oder später würde ich sie finden. Aber ich hatte keine Zeit zu verlieren. Ich suchte jemanden, der mir Auskunft geben konnte.

Doch die Menschen hatten sich in ihren Häusern verkrochen. Aus den Schenken kamen Licht und Stimmen. Allerdings konnte ich dort nicht hinein. Meine Kleider waren triefende Fetzen; die Krallen der Toten, die Klingen der Geisterreiter hatten sie zerrissen. Und in der Hand hielt ich den Langdolch. Ich hätte ihn wegstecken können. Ich tat es nicht.

Endlich kam jemand aus einem Wirtshaus. Ein großer Mann mit einem dunklen Vollbart. In der Tür drehte er sich noch einmal um und rief eine scherzende Verabschiedung ins Innere. Dann zog er sich den Mantel über den Kopf und lief in den Regen hinein.

Etwa zehn Schritte von mir entfernt hastete er über den Platz.

»He!«, schrie ich.

Er hörte nicht. Er wollte nicht hören. Cay war ihm völlig gleichgültig.

Wut überkam mich. Ich rannte hinter dem Mann her. Bald hatte ich ihn eingeholt. Ich packte seine Schulter und riss ihn herum. Ich konnte sein Gesicht nicht erkennen. Aber ich spürte Ärger – dann etwas anderes.

»Wie komme ich zur Festung?«, zischte ich.

Er sagte mir, was ich wissen wollte. Ich ließ ihn stehen und folgte dem Weg, den er mir gewiesen hatte.

Cay wartete auf mich.

Die Stadt war schwarz. So viele Häuser und so viel Dunkelheit. Die Lampen und Leuchten waren fast alle verloschen. Nur manchmal drang ein Lichtschein durch einen Fensterladen oder aus einer Tür, die einen Spalt offenstand. Oder ich kam an Nachtwachen vorbei, die mit der Sturmlaterne in der Hand ihre Runde machten. Ansonsten sah man kaum die Hand vor Augen. Immer wieder geriet ich ins Stolpern. Ich stürzte, schlug mir die Knie auf, rappelte mich hoch und eilte weiter. Meine Füße platschten durch Pfützen. In meinen Stiefeln stand Wasser. Hemd und Hose klebten mir am Körper. Ein kalter, schneidender Wind jaulte um die Giebel und Dachfirste und fuhr in meine Knochen.

Doch ich fror nicht. Da war ein schwarzes Feuer. Die Flammen zuckten, zischelten, hoch und höher. Sie würden brennen bis zum Ende.

Ich kam zu einem weiteren Platz. In der Mitte des Platzes war ein Garten angelegt, den ein Eisenzaun umgab. Irgendwo in dem Garten leuchteten rote Lampen; ich hatte keine Ahnung, warum das so war. Nun hielt ich mich rechts, folgte bald einer großen Straße. Die Straße stieg an. Zunächst leicht, dann stärker. Schließlich betrat ich zum dritten Mal einen Platz. Hier standen ein paar Brunnen oder Wasserbecken. Ich hörte sie mehr, als dass ich sie sah. Denn sie liefen über. Mit lautem Pladdern schwappte das Wasser über ihre steinernen Ränder. Ich erkannte auch ein paar Standbilder. Aber das alles war unwichtig. Wichtig war nur, dass ich mein Ziel erreicht hatte.

Auf der gegenüberliegenden Seite des Platzes erhob sich ein mächtiger Wall. Dahinter lag die Festung des Dorn mit ihren Türmen und Sälen und Kerkern. Fast verschmolz sie mit dem wolkenverhangenen Himmel. Ich wusste indessen, dass sie da war. Vielleicht erkannte ich sie auch nur an der Leere, die sie von der Stadt trennte. Kein Baum und kein Haus nahm diese Leere ein. Die Nacht konnte sie bis zum äußersten Rand erfüllen.

Ich keuchte, so sehr hatte ich mich beeilt. Ich stützte mich auf den Knien ab und starrte in die Dunkelheit. Als sich mein Atem beruhigt hatte, überquerte ich den Platz. Dann machte ich mich daran, die Festung zu umrunden. Bald sah ich einen schwachen Schimmer, weit über meinem Kopf. Das mussten Soldaten sein, die auf den Wehrgängen patrouillierten. Aber der Wind und der Regen waren so laut, dass ich weder ihre Stimmen noch das Klacken ihrer Stiefel hören konnte. Ich ging weiter.

Es dauerte nicht lange, bis ich weitere Lichter entdeckte. Diesmal waren sie auf einer Höhe mit mir. Ohne zu zögern ging ich auf sie zu. Mir wurde klar, dass sie vom Tor der Festung kamen. Dort hatte man Laternen an der Wand befestigt. Ich beschleunigte meine Schritte, hielt geradewegs auf den Kreis von Helligkeit zu, den die Laternen in die Schwärze zogen. Der Nachtsturm war so laut, dass mich die Wachen erst bemerken würden, wenn es zu spät wäre. Vielleicht würde er auch die Schreie übertönen.

Vanice hatte recht. Ich hatte keinen Plan. Aber ich brauchte auch keinen.

Meine Finger schlossen sich fester um den Griff des Dolches. Jetzt würde sich alles entscheiden.

In diesem Moment übertönten andere Geräusche das Windgeheul und Regenprasseln. Es waren das Gerassel von Ketten und das Kreischen von Metall; dann ein dumpfes, schweres Knarren, das Knallen von Hufen gegen Stein, Rossschnauben. Jemand hob die Stimme, um gegen den Wind anzukommen. »… Befehl des Dorn …«, war alles, was ich verstand.

Ich blieb stehen. Ich war noch etwa zehn Meter von dem Lichtschein entfernt. Schon sah ich die Pferde und Reiter – zwei Reiter, denen eine kleine, dunkle Kutsche folgte, der wiederum zwei Reiter folgten. Die Männer waren dunkel gewandet; in der einen Hand hielten sie die Zügel, in der anderen eine Laterne. Sie ritten langsam.

Woher wusste ich, dass dieser nächtliche Zug etwas mit Cay zu tun hatte?

Ich hätte es nicht sagen können.

Aber daran, dass es so war, zweifelte ich keinen Augenblick.

Mein erster Gedanke war, mich sofort auf die Reiter zu stürzen, ihnen das Herz zu durchbohren, die Kehle aufzuschlitzen, und Cay zu befreien. Doch ich zwang mich zur Vorsicht. Was war, wenn ich mich irrte? Wenn es nicht Cay war, der in der Kutsche durch die Dunkelheit gefahren wurde? In dem Moment, da ich die Männer angriff, hätte ich jeden Vorteil verspielt, der aus der Überraschung kommen konnte. Die Wachen würden wissen, dass ich da war. Und bald darauf würde es die ganze Feste wissen. Selbst wenn es mir gelang, die Reiter und die Soldaten am Tor zu bezwingen, würden dann alle Krieger des Dorn zwischen mir und Cay stehen, der noch immer in irgendeinem Kerkerloch eingesperrt wäre, ohne Hoffnung oder Trost.

Ob ich lebte oder starb, war gleichgültig. Aber mein Tod sollte ihm dienen, der immer für mich da gewesen war.

Ich zog mich in die Dunkelheit zurück. Als ich genügend Abstand zwischen mich und den Zug gebracht hatte, nahm ich die Verfolgung auf, geleitet vom Licht der Reiterlaternen. Ich sah, wie die Pferde und die Kutsche den Platz überquerten und in eine abschüssige Straße einbogen. Ihr Weg führte sie in einen Teil der Stadt, den ich bislang nicht kannte.

Ich lief hinter dem Zug her. Ihm zu folgen war leicht. Das stürmische Wetter zwang die Reiter zur Langsamkeit. Und auch, als der Wind und der Regen etwas nachließen, konnten die Männer ihre Pferde kaum zu einem schnelleren Gang anhalten. Denn der Zug bewegte sich mittlerweile – es waren vielleicht zehn Minuten vergangen, seit wir den Vorplatz der Festung verlassen hatten – durch ein ärmliches Viertel. Das Pflaster war schadhaft, gegen groben, gebrochenen Stein schlugen die Hufe, und die Straßen waren so eng, dass die Kutsche beinah an den schiefen Häuserwänden entlangschrammte.

Ich spürte eine wachsende Anspannung. Was mochte das Ziel der Reiter sein? Ich konnte nur hoffen, dass es nicht zu weit entfernt war oder gar außerhalb der Perle lag.

Noch ärmlicher wurde die Stadt um uns herum. Die Häuserwände waren längst nicht mehr verputzt. Im schwankenden Laternenlicht sah ich Haufen stinkenden Unrats, vom Regen aufgequollen, die sich vor den Türen sammelten. Ratten huschten zwischen den Pferdehufen und Kutschrädern umher. Einmal meinte ich, in einer Seitengasse Augen blitzen zu sehen, vielleicht auch Metall. Doch wer immer da stehen mochte, er verschwand sofort wieder in den finsteren Winkel.

Schließlich verließ der Zug die Straße. Durch einen gemauerten Bogen kamen wir auf einen Hof. Dort hielten die Reiter und die Kutsche an. Ich blieb bei der Toröffnung stehen. Etwas stimmte nicht. Ich zögerte, schnupperte. Die Nachtluft trug mir den Geruch von feuchtem Ruß zu, von verkohltem Holz und rauchgetränktem Stein. Ich kniff die Augen zusammen, versuchte, im schwachen Schein der Laternen etwas zu erkennen. Dann wusste ich es: Vor einigen Wochen oder Monaten musste hier ein Feuer gewütet haben. Die Häuser rings um den Hof waren verlassen, ihre Fassaden geschwärzt, ihre Fenster und Türen klaffende Löcher, ihr Inneres ausgebrannt. Kein Mensch lebte mehr hier. Da waren keine neugierigen Augen, keine gespitzten Ohren. Es würde keine Gerüchte geben, keine Geschichten von unheimlichem, nächtlichem Tun.

Warum schickte der Dorn seine Häscher an diesen Ort? Warum sollte Cay in einen nassen, leeren, aschedurchwehten Keller gebracht werden? Es konnte nur eine Antwort auf diese Fragen geben: Sie hatten etwas mit ihm vor, das so furchtbar war, dass sogar ihre grausamen Richter die Augen davon abwandten – etwas derart Schändliches und Verbotenes, dass sie Zuflucht in der Schwärze dieser flammenversehrten Überbleibsel suchen mussten, um es ins Werk zu setzen.

Ich musste verhindern, dass es so weit kam. Durch die Dunkelheit huschte ich auf das Laternenlicht zu.

Schon hatten die Reiter ihre Pferde zu einem Unterstand gebracht.

Schon waren sie abgestiegen und hatten die Tiere festgebunden. Die Kutsche war unterdessen zum Stehen gekommen, wenige Schritte von einem der Häuser entfernt. Die Männer kamen zurück. Sie versammelten sich mit ihren Leuchten um den Wagen. Jetzt erkannte ich, dass sie unter ihren Mänteln und Umhängen Schwerter trugen.

Die Tür im Verschlag wurde geöffnet – ich hielt den Atem an.

Der Wind pfiff durch die verlassenen Häuser und um den schäbigen Hof; der Regen rauschte und pladderte und wühlte die Pfützen auf, die er zuvor gebildet hatte.

Ein Augenblick verging … dann noch einer … wild schlug mein Herz …

Cay stieg aus der Kutsche.

Seine Kleider waren ebenso zerlumpt wie die meinen, seine Hände gefesselt, seine Augen verbunden. Doch er hielt sich aufrecht. Klar und fest klang seine Stimme: »Wollt ihr mir nicht endlich sagen, was das alles soll?«, fragte er.

Der Kutscher legte ihm eine Hand auf den Arm – eine Geste wie ein Hohn auf Freundschaft und Mitgefühl.

Mein Gesicht verzerrte sich. Ich fletschte die Zähne, stieß einen Schrei aus und stürmte los.

Der Häscher, der am linken Rand der Gruppe stand, wirbelte herum. Ich warf mich gegen hin. Er stolperte nach hinten, fiel dann um. Rücklings stürzte er auf die Steine hinter der Kutsche; seine Leuchte landete in einer Pfütze und verlosch mit einem Zischen. Ich hockte auf der Brust des Mannes. Er schlug um sich. Mit beiden Händen umfasste ich den Dolch, riss ihn hoch, stach zu. Wieder. Wieder. Die Klinge fand Weiches und Hartes. Noch einmal stach ich zu. Und noch einmal. Der Mann brüllte, wurde dann still. All das hatte nur wenige Sekunden gedauert. Aber zwei der anderen Häscher waren bereits hinter der Kutsche. Im letzten Moment warf ich mich zu Boden; ein Schwert sauste über meinen Kopf hinweg. Ich lag auf dem nassen, verschlammten Pflaster. Nach links rollte ich mich, dann nach rechts. Funken stoben, als der Stahl den Stein traf.

Das Pferd wieherte; der Kutscher sprach zu dem verschreckten Tier; sanfte, beruhigende Worte …

»Was geht hier vor?«, rief Cay.

»Schnell! Hierher!«, hörte ich eine zornige Stimme.

Dann war da ein Bein vor mir. Der Dolch zuckte. Über dem Stiefelschaft bohrte er sich in die Hose, traf das Knie. Ich spürte etwas brechen. Der Mann schrie; es war ein schrilles, qualvolles Kreischen. Er stürzte. Ich hatte es gerade noch geschafft, mich umzudrehen. Aber mein Gegner lag nun schräg auf mir. Der Dolch rutschte über die Steine, schlug gegen eine eilig abgestellte Laterne. Ich streckte mich, wollte nach der Waffe greifen. Es war zu spät. Vor mir stand der dritte Häscher. Im flackernden Licht sah ich, wie er das Schwert hob, um mir die Klinge ins Herz zu stoßen. Ich versuchte, mich zur Seite zu rollen. Doch der Verwundete war schwer … zu schwer … Hastig fasste ich ihn am Arm, zog ihn hoch, über mich. Er schrie ein zweites Mal auf, als sich das Schwert unter seine Schulter bohrte, verstummte dann. So kraftvoll war der Stoß, dass die Klinge den Körper durchdrang und in meine Seite rammte. Auch ich schrie.

»Jurge, nein!« Der Mann mit dem Schwert begriff, dass er seinen Kumpan getötet hatte.

Er riss die Klinge aus dem Leib des Toten. Ein Schwall von Blut ergoss sich über mich. Es gelang mir, den Körper von mir zu wälzen. Allein die Zeit reichte nicht, um auf die Beine zu kommen. Erneut hob mein Gegner sein Schwert. Ich griff nach der Laterne, die in die Pfütze gefallen war. Blindlings schleuderte ich sie. Der Häscher stieß einen Schrei aus, als ihn das Metallgehäuse im Gesicht traf. Er taumelte zurück; die Leuchte fiel, Glas splitterte. Ich machte einen Satz, griff nach dem Dolch, sprang auf die Beine.

»Was ist hier los?«, rief Cay zum zweiten Mal.

Dann eine andere Stimme. Eine tiefe, harte, ruhige Stimme: »Bring ihn ins Haus. Ich kümmere mich darum.«

Entsetzen packte mich. Nur noch wenige Augenblicke, dann hätte ich meine letzte Chance verspielt, Cay zu retten.

Das durfte nicht sein … nein … nein …

Wieder wieherte das Kutschpferd; andere antworteten ihm.

Der dritte Häscher hatte sich gefangen. An seiner Seite war jetzt ein weiterer Scherge. Die beiden hatten sich so positioniert, dass sie mir den Weg zu Cay versperrten. Rechts neben dem Heck des Wagens standen sie. Und irgendwo dort musste auch der Mann sein, der soeben gesprochen hatte.

»NEIN!«, brüllte ich.

Ich warf den Dolch. Ich hatte nicht gewusst, dass ich das konnte. Die Klinge wirbelte, traf den vierten Häscher mit Wucht in den Hals. Er röchelte, umfasste den Griff der Waffe, stürzte dann seitlich um. Der dritte Mann starrte auf seinen Kameraden nieder; das Laternenlicht reichte, um zu sehen, dass Grauen seine Züge verzerrte.

»NEIN!«, brüllte ich wieder.

Ich rannte geradewegs auf den Häscher zu. Er riss den Blick hoch. Er brauchte nur sein Schwert zu heben, um mich zu durchbohren.

Stattdessen ließ er die Waffe fallen. Und wich zurück. Er wollte fliehen. Ich dachte an alles, was er und seine Kumpane Cay angetan hatten. Ich stürzte mich auf ihn. Ich brüllte, schloss meine Hände um seinen Hals, zerquetschte brüllend seinen Kehlkopf.

Der Häscher hing schlaff in meinem Griff. Ich ließ los, drehte mich zur Seite. Vor mir stand ein Mann, ganz in Schwarz: Schwarz waren seine Stiefel, schwarz seine Hose und sein Gürtel, schwarz sein Umhang und seine Gugel. Selbst die Klinge seines Langschwertes war geschwärzt. Nur sein Gesicht schien geisterhaft bleich in dem zittrigen Laternenlicht. Und da war noch etwas: ein schwarzer Wappenrock, darauf ein leuchtend roter, sechszackiger Stern; die Spitzen des Sterns waren von verschiedener Länge und ungleichem Winkel, und lotrecht zog sich ein rotes Schwert über ihn.

Ich starrte den Mann an. Seine Züge waren ausdruckslos. Sein Blick brannte. Ich biss die Zähne zusammen. Ohne die Augen von meinem Feind abzuwenden, ging ich in die Hocke. Ich nahm das Schwert des Mannes, den ich zuletzt getötet hatte, umfasste den Griff, stand langsam wieder auf. Der Sternträger machte keine Anstalten, mich anzugreifen. Ruhig und ernst betrachtete er mich.

Erst als ich mich aufgerappelt hatte, hob er sein Schwert. Wieder erklang die tiefe, harte Stimme: »Bis hierhin und nicht weiter, Skargat-Brut!«

Der Kutscher hatte Cay mittlerweile zum Haus gebracht. Als er die Worte des Sternträgers hörte, wandte er sich noch einmal um, im Eingang stehend, ganz gegen den Willen seines Führers, der ihn ängstlich drängend wegzog.

Noch immer waren seine Augen verbunden. Unsere Blicke trafen sich, hätten sich getroffen, aber er wusste es nicht.

Dann verschwand er in dem rußgeschwärzten, leeren Haus. Eine Sekunde lang betrachtete ich die dunkle Türöffnung. Dann wandte ich mich dem Sternträger zu. Ich wusste, dass ich ihn nicht überwinden konnte. Ich wusste, dass ich endgültig verloren hatte.

Doch noch einmal loderte es hoch in mir, das schwarze Feuer.

Mit einem Schrei stürzte ich mich auf meinen Feind.

Mühelos parierte er meinen Hieb. Dann schlug er zu. Seine Klinge fand meinen Arm. Ich taumelte zur Seite. Ehe ich mich gefasst hatte, schnitt sein Schwert in meinen Oberschenkel. Alles wurde Schmerz – roter, greller, tobender Schmerz. Ich fiel auf die Knie. Mühsam hob ich die Augen. Der Mann in Schwarz blickte auf mich herab. Keine Spur von Häme oder Triumph stand in seinen Zügen. Mein Atem ging schwer und rasselnd. Meine Glieder zitterten. Ich musste mich mit dem Schwert stützen, um nicht das Gleichgewicht zu verlieren.

»Bete, dass Elaah deiner Seele gnädig sei!«, sagte der Sternträger und machte einen Schritt auf mich zu.

Hastig sah ich mich um. Nur noch eine Laterne brannte; die anderen waren im Regen verloschen. Mit letzter Kraft sprang ich auf, warf mich seitwärts, dorthin, wo die Leuchte stand, schlug zu.

Augenblicklich umfing uns Dunkelheit.

Und ich stolperte, taumelte, rannte zum Torbogen.

Der Sternträger verfolgte mich nicht.

14
VERLOREN

Mykar

Straßen, fremde Straßen. Ich wusste, ich war in der Perle. Aber ich wusste nicht wo. Alles war dunkel. Die endlose Dunkelheit, und der Wind und der Regen … der endlose Wind, der endlose Regen … Mir war, als wäre die Stadt mit der Nacht um ein Hundertfaches gewachsen. Das war eine Zahl, die zu groß für mich war. Auch die Stadt war zu groß für mich. Noch mehr Straßen. Noch mehr Häuser. Noch mehr Dunkelheit.

Dann ein Licht, aus einem Keller. Eine Tür ging auf und zu. Der Geruch von Schnaps und Bier. Es war irgendeine Kaschemme. Ein Ort für verlorene Seelen. Ein Mann schwankte die Treppe empor. Er hatte Schluckauf. Mich sah er gar nicht. Ich ging die Treppe hinab. Ich wollte Licht und Wärme. Ich sehnte mich danach. Alle Augen glotzten mich an. Alle Augen, das hieß sieben. Da war ein Weib mit dürren, grauen Haaren; sie war verrunzelt und zahnlos und trug das Kleid eines jungen Mädchens. Da waren zwei stinkende Säufer, einer jung, einer alt; beide mit fettigen Haaren, struppigen Bärten – beim linken blond, beim rechten graubraun – und glasigen, geröteten Augen. Aber der Blonde hatte nur eins davon. Das andere war zugenäht. Kreuze schwarzer Fäden. Wie ein Spinnennetz. Ich sah die Fliegen zappeln. Aber wo war die Spinne? Schließlich der Wirt. Auch er ein Säufer. Er wollte etwas sagen, er wagte es nicht. Plötzlich wurde mir klar, was ich hier suchte. Nicht Licht und Wärme.

Es ging ganz leicht. Die Klinge sirrte durch die Luft. Sie schrien, versuchten zu fliehen, vergeblich. Dem Blonden hackte ich das Schwert in den Nacken, gerade als er die Tür erreichte. Die Alte wimmerte noch. Ihr Kleid war aufgerissen und ich sah ihre schlaffen, schlotterigen Brüste. Ich stieß zu, stieß zu, stieß zu. Dann war es still. Ich sah das Blut, das Blut, die zertrümmerten Branntweinkrüge, das Blut.

Überall.

Eine höhnische Stimme zischte mir ins Ohr: *Skargat-Kind … Skargat-Kind …* Mein Mund öffnete sich zu einem Schrei. Ich brachte nur ein Fiepen hervor. Das Schwert fiel mir aus der Hand. Ich rannte davon.

Wieder die Dunkelheit … wieder die endlosen Straßen. Irgendwann hörten sie auf: der Wind und der Regen. Irgendwann fand ich den Thaala-Tempel und die Totenstadt. Eine Weile lang irrte ich zwischen den Grüften und Gräbern herum. Immer wieder stürzte ich. Es war zu dunkel. Schließlich kam ich zu der Gruft, die hinabführte, in die verschlungenen Keller und Gänge, wo die Toten hausten. Am Fuß der Treppe fand ich die Lampe, die Vanice benutzt hatte. Dort lag auch ein Feuerstein. Ich machte Licht, schleppte mich durch den Tunnel. Meine Beine knickten mehrmals unter mir weg. Aber ich spürte keine Schmerzen mehr. Ich fragte mich, was ich tun würde, wenn mich die Leichname angriffen. Dann der Gang mit den roten Steinplatten. Noch immer – oder wieder – brannten Öllampen in den Wandnischen.

Ich fand Danje, wo ich sie zurückgelassen hatte. Ich versuchte, mich zu freuen. Es gelang mir nicht. Ich versuchte, erleichtert zu sein. Es gelang mir nicht. Ich nahm das Bündel. Darin war jetzt einfach nur ein Schädel. Ein Ding, wie mein zerrissener Umhang oder meine schmutzigen Stiefel. Wenn es Danje noch gab, dann schwieg sie. War sie zornig, enttäuscht, verängstigt – oder einfach nur müde? Ich wusste es nicht.

Ich hatte sie verloren.

15
DER SCHÖNSTE TAG

Vanice

Der schönste Tag meines Lebens war eine einzige Katastrophe. Eigentlich war es ganz einfach: Am Abend sollte im Stadtpalast von Raban der Ball gefeiert werden, mit dem die Großen Familien alljährlich an die Besiedlung Enjahlas durch ihre Vorfahren erinnerten. Aus irgendeinem Grund war vor vielen Jahren der Mittsommertag als Datum für diese Feierlichkeit festgelegt worden. Mir war das sehr recht. Ich war nämlich im Frühsommer geboren, musste also nach dem Blütenfest – das zum fünfzehnten Geburtstag der Mädchen begangen wurde – keine halbe Ewigkeit mehr warten, bis mein großer Tag kam. In diesem Jahr war es endlich so weit; ich war jetzt alt genug, »um in die Gesellschaft eingeführt zu werden.«

Und dafür konnte es keinen besseren Anlass geben als den Fearn-Tag, wie wir ihn in Erinnerung an den Schiffsausguck nannten, der Enjahla der Überlieferung nach als Erster gesichtet hatte.

Natürlich hatte ich dem Ball bereits das ganze Jahr über mit wachsender Aufregung entgegengefiebert, und ich glaube, dass ich spätestens seit meinem Geburtstag buchstäblich an nichts anderes mehr dachte. Meine Eltern wussten, wie wichtig dieser Abend für mich war. Sie hatten Sorge getragen, dass die besten Schneider der Insel rechtzeitig bei uns vorstellig wurden und ich über eine angemessene Garderobe verfügte.

Als ich jedoch erfuhr, dass ich zunächst nur fünf Ballkleider bekommen würde – und nicht etwa fünfzehn oder zwanzig –, geriet ich völlig außer mich. Wenn mir meine Eltern mitgeteilt hätten, dass sie gedachten, mich für den Rest meines Lebens in ein Kellerverlies zu sperren oder an einen Sklavenhändler aus Szapan zu verkaufen, ich hätte mich nicht verratener und ungeliebter fühlen können. Ich ließ die Prozedur des Maßnehmens und der Wahl von Stoffen und Schnitten also mit heroischer Gleichmut über mich ergehen und war ansonsten wochenlang kaum ansprechbar.

Als die Kleider dann allerdings geliefert wurden und ich mich nach einigem Hin und Her zu einer Anprobe bereiterklärte, vollzog ich eine jener schwindelerregenden Kehrtwendungen, wie sie in dieser Vollkommenheit vermutlich nur verwöhnten jungen Mädchen gelingen. Ich war so überwältigt von meiner eigenen Schönheit, dass ich fortan auf Wolken des Glücks durch die Tage schwebte und halb damit rechnete, die gesamte Ballgesellschaft würde verzückt auf die Knie sinken, wenn sie meiner ansichtig würde.

Das wiederum war das Problem, als es ernst wurde. Denn bei der zweiten Anprobe, der Tag der Tage war endlich da, schienen die Kleider meine Erscheinung nicht mehr annähernd so zu verzaubern, wie sie es meiner Erinnerung nach zuvor getan hatten: Das goldgelbe Kleid war völlig unmöglich, weil es die Schönheit meiner Haare gleichsam aufsog. Das azurblaue Kleid passte zwar zu meinen Haaren, war aber viel zu tief ausgeschnitten (beim ersten Mal hatte gerade das mir gefallen; ich wollte ja so gerne verführerisch sein!). Das weiße Kleid kam auch nicht in Frage, weil … aber zu diesem Zeitpunkt war sowieso schon alles verloren.

Ich hatte mich den Vormittag über nämlich nicht nur mit der Kleiderwahl zum Wahnsinn getrieben, sondern die Dinge noch dadurch verschlimmert, dass ich zugleich meine Haare für den Abend richten lassen wollte. Diese Herausforderung war aber womöglich noch schwerer zu bewältigen, als das richtige Kleid zu finden: Sollte ich die Haare offen tragen oder hochgesteckt? Sollte ich Spangen oder Klammern nehmen, oder sollte ich mir Zöpfe flechten lassen? Und vielleicht waren meine Haare ja zu lang, und es wäre angebracht, sie noch schnell zu kürzen? Aber wie viel sollte man kürzen? Ich durfte unter keinen Umständen geschoren aussehen!

Es kam mir vor wie die grausamste Folter, all diese Fragen entscheiden zu müssen. Und dabei hatte ich noch nicht einmal *angefangen*, über Schmuck und Schminke nachzudenken.

Je mehr ich ausprobierte, desto verzweifelter wurde ich. Und je verzweifelter ich wurde, desto mehr wollte ich ausprobieren. Das Ende vom Lied war natürlich, dass ich mich aufs Bett warf und unter Tränen verkündete, ich würde nicht auf diesen Ball fahren und überhaupt niemals wieder mein Zimmer verlassen.

Ich weiß bis heute nicht, wie es Siya schaffte, mich zu beruhigen. Aber es gelang ihr tatsächlich. Von Anfang an hatte sie versucht, Ruhe und Ordnung in meine Ballvorbereitungen zu bringen: Erst sollte ich das Kleid aussuchen, dann würden wir über meine Frisur reden und uns zuletzt um den Rest kümmern. Ich war allerdings wild entschlossen gewesen, alles selbst in die Hand zu nehmen und keine Einmischung zu dulden. Schon gar nicht von Siya. Schließlich war Siya meine Dienerin und nicht annähernd so hübsch wie ich! Außerdem war es mein großer Tag, und nicht ihrer!

Nachdem ich jetzt aber ein heilloses Durcheinander angerichtet und mich in einen Zustand völliger Auflösung hineinmanövriert hatte, war ich bereit, mich in aller Demut Siyas Führung anzuvertrauen.

Von da an ging alles ganz einfach. Als einige Stunden später die Zeit zum Aufbruch gekommen war, trug ich mein grünes Kleid, eine Perlenkette und Perlenarmbänder; meine Haare waren offen, und wir hatten ein paar Zöpfe eingeflochten. Und ich war bereit, dem Leben noch eine Chance zu geben. Vielleicht war ich doch nicht das hässlichste Mädchen, das je zu einem Ball geladen worden war.

Ich trat auf die Freitreppe vor unserem Haus und schwor mir, dass ich Siya ewig dankbar sein würde.

In einer langen Reihe fahren die Kutschen der Großen Familien über die Prachtstraße von Raban. Ich bin so aufgeregt, dass ich kaum stillsitzen kann, zwinge mich aber zu einer aufrechten, ruhigen Haltung. Um mich zu beschäftigen, schaue ich durch das Fenster der Kutsche nach draußen. Der Straßenrand wird von Palmen gesäumt, dahinter erheben sich Häuser, die in verschiedenen Tönungen von Rot und Gelb getüncht sind: flache, langgezogene Gebäude mit säulengestützten Vordächern, Außentreppen und großzügigen Loggien.

Alles ist hübsch und gepflegt.

Ich denke, ganz Raban sieht so aus. Dass es Menschen gibt, die hungern müssen, ist jenseits meiner Vorstellung. Für mich sind die Leute arm, die in den ockerfarbenen und orangenen Häusern wohnen, an denen unsere Kutschen vorüberfahren – die Gelehrten und Richter, Schreiber und Verwaltungsbeamte. Das einfache Volk, das sich zu beiden Seiten der Straße versammelt hat, um die Herrlichkeit der Großen Familien zu bewundern, kommt sowieso nur als Staffage in Betracht. Ich würde es natürlich nie so ausdrücken (ich habe ein paar Dichter und Philosophen gelesen), aber im Grunde bin ich davon überzeugt, dass all die Nachkommen der armen braunen Fischer allein dazu geboren worden sind, um mir an diesem Abend, in dieser Stunde zuzujubeln. Was sie mit ihren Leben anfangen werden, wenn mein Glanz nicht mehr auf sie abstrahlt, ist für mich ebenso unvorstellbar wie Hunger und Armut. Vielleicht werden sie sich in die Dunkelheit begeben und zufrieden verlöschen. Jetzt aber teilen wir eine Stunde reinsten Glücks; wir sind vereint im rötlich-goldenen Licht der Dämmerung, das jede Staubwolke heiligt, die von den gelegentlichen Windstößen aufgeweht wird.

Schließlich halten unsere Kutschen vor dem Stadtpalast. Die Fenster des Palastes sind sämtlich hell erleuchtet. Im obersten Stockwerk finden die Sitzungen des Hohen Rates statt, zu denen nur die Häupter der Großen Familien sowie deren erstgeborene Söhne, wenn sie das Mannesalter erreicht haben, geladen sind. Der Große Rat, der etwas tiefer tagt, bespricht die Beschlüsse dieses erlesenen Kreises mit Abgesandten der Bürgerschaft Rabans, von denen vermutlich nicht wenige in den Häusern leben, an denen ich soeben vorbeigefahren bin.

Wir steigen aus. Ich stehe im Kreis meiner Großmutter (mein Großvater ist längst tot), meines Vaters (meine Mutter liegt mal wieder krank danieder), meiner Brüder und einiger Onkel (nicht zu vergessen die Frauen meiner männlichen Verwandten, soweit vorhanden). Vielleicht bilde ich mir das nur ein, aber mir ist, als würden mich meine Brüder in ihrer Mitte halten, wie um mich vor verfrühten Blicken zu beschützen.

Denn noch ist es nicht so weit.

Auch wenn ich das erste Mal am Ball zum Fearn-Tag teilnehme, kenne ich das Procedere. Die geladenen Bürger Rabans haben sich bereits in der Festhalle im Erdgeschoss des Palastes versammelt. Ihre Rolle besteht darin, den Einzug der Großen Familien zu bezeugen, deren jedes Mitglied namentlich aufgerufen wird, von den schlohbärtigen Patriarchen bis hin zu jungen Mädchen wie mir. Die Reihenfolge, in der die Großen Familien in den Ballsaal einziehen, wird jedes Jahr in einer feierlichen Zeremonie durch das Los bestimmt; auch dies ist ein uralter Brauch, der wohl bedeuten soll, dass die Gründer Rabans einander ebenbürtig sind.

Selbst ich habe bereits begriffen, dass das nicht wirklich stimmt – schließlich wird der Vorsitzende des Hohen Rates stets von unserer Familie, den Serramys oder den Noirrcrombant gestellt –, aber aus irgendeinem Grund scheint es wichtig, Gleichheit vorzugaukeln.

In diesem Jahr jedenfalls will es der Zufall, dass wir, obwohl wir natürlich die Wichtigsten von allen sind, als Letzte in den Ballsaal einziehen. Was nichts anderes heißt, als dass alle Augen auf mir liegen werden, wenn ich meine ersten Schritte in die Welt hineinwage. Nach mir wird niemand mehr kommen. Mir scheint, dass das ein ganz besonderes Omen ist.

Mittlerweile sind sämtliche Kutschen eingetroffen; an den Wagenverschlägen prangen die Familienwappen – in unserem Fall der Berg und der Fluss, denen wir unseren Reichtum verdanken. Die Männer der Großen Familien begrüßen einander, Diener schwirren mit Erfrischungen von einer Gruppe zur nächsten. Mein Vater, meine Onkel und mein ältester Bruder, Carleo, beginnen unverzüglich, mit den Oberhäuptern anderer Familien zu diskutieren. Sie reden über die Schwankungen im Preis dieser oder jener Ware, politische Konflikte im Süden Eberas, die Piraten der Baligna-Inseln und ihre Unverschämtheiten, die neusten Entwicklungen im blutigen Konflikt zwischen dem Sar'Anaam-Kult und den Anhängern des Einen und Allumfassenden und anderes mehr. Meine Großmutter, meine jüngeren Brüder, die verschiedenen Ehefrauen und ich, wir stehen nach wie vor im Kreis beieinander. Die Stimmen flattern um mich herum. Es versteht sich von selbst, dass ich kein Wort herausbringe.

Ich erwarte, jede Sekunde tot umzufallen. Und tatsächlich wird mir schwarz vor Augen, als die Fanfaren erklingen, die den Beginn des Einzugs der Großen Familien kundtun.

Langsam, mit gemessenem Schritt gehen sie die mächtige Treppe zum goldglänzenden Portal empor, Männer und Frauen in kostbaren Gewändern, behangen mit Schmuck, für den man, wie ich heute weiß, eine halbe Welt kaufen könnte. Dutzende von Malen tritt ein Herold vor, der den Namen desjenigen verkündet, der als Nächstes das Tor zum Ballsaal durchschreiten wird. Was mich betrifft, so würde es nicht den geringsten Unterschied machen, wenn sich der gute Mann der Zunge des Alten Gu'or bediente – ich bin völlig außerstande, irgendetwas von dem zu verstehen, was er sagt. Trotzdem fällt mir auf, dass mein Vater, die Onkel und Carleo einen gelangweilten oder doch ungeduldigen Eindruck machen. Das erscheint mir so unglaublich, dass ich beschließe, es tatsächlich nicht zu glauben.

Schließlich ist er da, der gefürchtete und innig ersehnte Augenblick. Ein letztes Mal ertönt die Stimme des Herolds – ihrerseits angekündigt durch Trompetenstöße und kurzes Trommelwirbeln –, der Name meiner Familie klingt in die Nacht hinaus, und schon schreiten wir die Treppenstufen empor. Mein Herz beginnt, wie wild zu klopfen. Ich habe jetzt nicht nur Angst, dass ich in Ohnmacht falle, sondern auch, dass ich in Schweiß ausbrechen könnte. Der Gedanke ist fast unerträglich: Was mache ich nur, wenn meine Schminke verläuft oder ich anfange, wie eine Marktfrau zu riechen?

Aber da, ich habe gerade die oberste Treppenstufe betreten, kommt Wind auf. Einige Momente lang streicht er über meinen Körper wie kühler, süßer Atem. Die Nacht ist sehr warm, doch Gänsehaut läuft über meine nackten Arme und den Ansatz meiner Brüste.

Es ist das köstlichste Gefühl, das ich je gekannt habe.

Ich seufze leise; zum Glück hört es niemand.

Und dann, ehe ich noch weiß, wie mir geschieht, haben meine Großmutter, mein Vater, meine Onkel, meine Brüder und die Ehefrauen den Ballsaal betreten.

Die letzten Sekunden meines Mädchendaseins verstreichen.

Ich höre die Worte: »Vanice Devecraux, Tochter von …«

Ich trete ins Licht.

16
DER PALAST DER TOTEN

Vanice

Wahrscheinlich ist das Grabmal einmal ein kleiner Palast gewesen. Wenn die Vergessene Stadt eine Herrscherfamilie gekannt hatte, dann haben ihre Mitglieder hier wohl die letzte Ruhe gefunden. Es muss viele Zimmer gegeben haben in diesem Palast für die Toten. Das oberste Stockwerk war den Patriarchen und ihren Frauen vorbehalten: prunkvolle Gemächer, wo alles golden und silbern blitzte; mit Edelsteinen besetzte Sarkophage, in deren Deckel die Abbilder der Verstorbenen gemeißelt waren. Weiter unten fanden sich Räume für die Geschwister der Herrscher, die nicht bis zur Spitze der Macht aufgestiegen waren; diese Kammern waren gewiss schlichter gehalten, aber immer noch um vieles prächtiger, als es die Heimstätten der Lebenden zu sein pflegten. In den Nebengebäuden gab es Zimmer für besonders treue Diener, verdiente Berater, tapfere Ritter und Leibwachen – auch im Tod sollten sie ihren Herren nicht fern sein. Vielleicht hatte man auch besondere Räume für Söhne und Töchter der Herrschaftsfamilie eingerichtet, die niemals dem Kindesalter entwachsen waren; vielleicht waren die Wände hier mit schillerndem Atlastuch verhängt und geschmückt mit fröhlichen Fresken, die blühende Gärten und Sommertiere zeigten …

Weder ich noch irgendjemand sonst würde das jemals wissen, denn die Ruinen, die von dem gewaltigen Mausoleum übrig geblieben waren, gaben ihre Vergangenheit nur widerwillig preis. Sie waren um einen Innenhof herum angeordnet, der längst schon verwildert und überwuchert war – so, wie die Zypressen durch die eingefallenen Hausdächer wuchsen, zwischen den Resten der Mauern und den verbliebenen Säulen des Portikus emporragten. Und in den zahlreichen Hallen und Gemächern ließen nur verblichene Wandmalereien und gelegentlich ein leerer Sockel oder eine ausgeräumte Nische die einstige Pracht erahnen. Schon lange, ehe die Perle erbaut und das Daar-Tal von seinen heutigen Bewohnern besiedelt worden war, mussten Grabräuber gekommen sein, um sich die Reichtümer des Mausoleums anzueignen.

Doch selbst in seinem jetzigen Zustand bot der Palast der Toten eine Zuflucht vor Regen, Sturm und Kälte. Und er war weitläufig genug, um die Einwohner eines mittelgroßen Dorfes zu beherbergen. Das war wohl der Grund, weshalb sich die Unterirdischen für ihn entschieden hatten, als sie beschlossen, sich eine dauerhafte Bleibe auf dem Friedhof der Perle einzurichten. In den vielen Jahren, die seitdem vergangen waren, hatten sie – als wären sie Maulwürfe oder Dachse – Gänge und Höhlen gegraben, die sich unter dem ältesten Viertel der Totenstadt zu einem vielknotigen Netz verbanden. Aber noch immer war das Mausoleum der Ort, an dem sie ihre Wohnungen hatten.

Denn tatsächlich *wohnten* die Leichenfresser. Zwar brachte es die Verwandlung mit sich, dass sie viel von dem Verstand und der Bildung verloren, die sie als Menschen besessen hatten – aber eben nicht alles. Gerne schmückten sie ihre Räume mit Teilen von Standbildern, bunt bestickten Wandbehängen oder gar Maktabar-Teppichen, wenn sie irgendwo welche erbeuten konnten. Sie feierten Feste und tanzten, zu einer grässlichen Musik, die sie auf Knochenflöten und -trommeln spielten. Sie gründeten sogar Familien. Es schien so etwas wie Liebe unter den Leichenfressern zu geben. Jedenfalls paarten sie sich – und sie zeugten Kinder. Die allerdings kamen nicht immer gut heraus. Manchmal brachten die Frauen der Unterirdischen fahlhäutige, haarlose, blinde Kreaturen zur Welt, die endgültig nichts Menschliches mehr an sich hatten und selbst das Licht des Mondes scheuten. Tiefer und tiefer gruben sie ihre Tunnel, angeblich Dutzende von Metern hinein in die Erde.

Ich wusste weder, wie sie das anstellten, noch was sie da unten trieben oder wovon sie sich ernährten. Ich war mir indessen ziemlich sicher, dass ich das alles auch überhaupt nicht wissen wollte. Xra hatte mir gesagt, dass die Leichenfresser ihre missratenen Kinder in die Dunkelheit verabschiedeten, wenn sie einmal für sich selbst sorgen konnten, und dass sich die Eltern mitunter vor ihrer Brut fürchteten.

Daran musste ich denken, als ich vor dem Regen, der schnell an Heftigkeit zugenommen hatte, unter den Säulengang flüchtete. Ich schüttelte meinen Sonnenschirm aus, der das Ärgste von mir abgehalten hatte, betrachtete die fadendicken Regentropfen, die durch das purpurne Dämmerlicht fielen, und die Pfützen im Innenhof, die mittlerweile die Größe von Tümpeln angenommen hatten. Und ich hoffte, dass die unterirdischen Gänge bei diesem Wetter nicht geflutet wurden. Das Letzte, wonach mir heute Nacht der Sinn stand, war, Bekanntschaft mit dem monströsen Nachwuchs der Leichenfresser zu machen.

Fröstelnd wich ich an die Wand zurück, mich selbst umarmend. Einige Momente lang träumte ich von heißem Gewürzwein und einem gemütlichen Bett, das ich mit einer Wärmflasche teilen durfte. Dann tauchten zwei der Leichenfresser auf. Ich konnte mir nie ihre Namen merken. Dabei handelte es sich um Abkürzungen oder Schrumpfformen der Namen, die sie früher besessen hatten und die sie jetzt nicht mehr aussprechen konnten; ihre Gaumen waren nämlich verkümmert, und alle Wörter kamen bei ihnen als Gurgel- und Zischlaute heraus. Die Kürze und Schlichtheit der Namen half mir allerdings wenig, da sich die Unterirdischen, wenigstens für meine Augen, so sehr ähnelten, dass ich mich sogar schwer damit tat, Männer und Frauen auseinanderzuhalten.

Nun war es auch nicht nötig, dass ich sie beim Namen nannte. Mag sein, dass die Leichenfresser in mir etwas zu erkennen meinten, das sie in einem früheren Leben geliebt und längst schon verloren hatten; mag sein, dass sie es so empfanden, als würde ein Widerschein von all dem Verlorenen durch mich in ihr jetziges Dasein hineinleuchten – jedenfalls behandelten sie mich so, als wäre ich eine Halbgöttin oder sonst ein höheres Wesen. Das war peinlich genug, brachte aber gewisse Vorteile mit sich. Zum Beispiel, dass sie bereits damit zufrieden waren, wenn ich sie huldvoll anlächelte.

Ebendies tat ich jetzt: »Hallo ihr beiden, bringt mich bitte zu Xra, ja?«

Als Dank für meine Bemühungen hatte ich hingerissene Grimassen erwartet, oder ein wenig Katzbuckelei.

Stattdessen betrachteten mich die Leichenfresser mit durchaus grimmiger Miene. Das erstaunte mich. Es erschreckte mich auch ein wenig. Ich war mir sicher, dass ich ein taugliches Lächeln zustande gebracht hatte. Die Kühle des Empfangs konnte da nur bedeuten, dass die Unterirdischen von ihrem Kampf gegen die Horde noch mehr in Mitleidenschaft gezogen worden waren, als ich angenommen hatte.

Ich hoffte nur, dass Xra nicht mir die Schuld gab für das, was den Seinen widerfahren war.

Ohne ein Wort zu sagen, streckte mir einer der Leichenfresser die Hand entgegen. Ich ergriff sie und wir setzten uns in Bewegung. Zwar hätte ich den Weg auch alleine gefunden; schließlich war ich nicht zum ersten Mal hier. Aber auch im Palast der Toten musste eine gewisse Etikette gewahrt werden. Meine verhutzelten Führer geleiteten mich durch den Portikus in das Hauptgebäude. Wir durchquerten eine düstere Halle und stiegen eine Treppe hinab – und schon befanden wir uns an dem Ort, der für die Unterirdischen zugleich Marktplatz, Thronsaal und Schenke war: Ein großer Keller, der von zahlreichen Lampen und Laternen erhellt wurde, die meine Gastgeber im Lauf der Zeit erbeutet hatten.

Hier unten war es sehr viel wärmer als draußen. Das fand ich recht angenehm. Leider war die Luft darüber hinaus derart verraucht, dass meine Augen sofort zu tränen begannen und ich husten musste. Zu den rußenden Lampen kamen Kochstellen, die in den Ecken des Raumes untergebracht waren. Ich sah Kessel, die über offenen Feuern hingen. An den Kesseln standen Leichenfresser, die offenbar als Köche abgestellt worden waren; mit Holzlatten rührten sie in blubbernden Eintöpfen, die sie gelegentlich mit irgendwelchen Überresten anreicherten. Die Überreste stammten von Haufen, die man neben den Kochstellen aufgeschichtet hatte; es waren Arme und Beine und Köpfe und Torsi, mal mehr, mal weniger verwest. Andere Unterirdische hockten in Grüppchen auf dem Steinboden. Sie vernähten Felle und Lumpen zu dicken, mehrlagigen Gewändern, in Vorbereitung auf den nahenden Winter. Wieder andere hatten Waren vor sich ausgebreitet – Werkzeuge, Tongefäße, große Glasscherben, billigen Schmuck –, die sie wohl bei nächtlichen Ausflügen in die Perle erbeutet hatten. Gewiss warteten sie auf Kunden, die bereit waren, Tauschgeschäfte zu tätigen. Doch es schien, als könnten sie da lange warten.

Die Stimmung war gedrückter, als ich es jemals erlebt hatte. Für gewöhnlich waren die Unterirdischen erstaunlich gesprächig; an diesem Abend vernahm ich hingegen kein zischendes Geschnatter. Stille herrschte. Oder doch fast. Abgesehen von dem Blubbern und Spratzen der Kochkessel und dem Klacken meiner Stiefel auf dem Steinboden war nur ein einziges Geräusch vernehmbar – langgezogene, schrille, schiefe, herzbrechend klagende Töne. Ein Leichenfresser entlockte sie einer Art Stabzither, die er aus einem ausgehöhlten Knochen gefertigt hatte und mit einem Beinbogen strich. Es war zweifelsohne Trauermusik, und jetzt sah ich auch, dass die Unterirdischen ihre Toten ganz am Ende des Saals aufgebahrt hatten. In einer Reihe lagen sie, mit grau-gelblichen Tüchern zugedeckt. Der Musikant indessen stand bei Xras Thron; einem lederbezogenen Stuhl mit hoher, geschnitzter Lehne. Die Unterirdischen hatten ihn die Götter wissen wo aufgetrieben und, um die Bedeutung ihres Anführers herauszustreichen, auf zwei Steinsarkophage gestellt.

Das Ganze hatte etwas Albernes, oder vielleicht auch Trostloses. Ich wusste allerdings sehr wohl, dass ich gut daran tat, Xra heute mit der Ehrerbietung zu begegnen, die einem ernstzunehmenden Herrscher gebührte. Auch wenn sein ganzes Reich aus einer Ruine und unzähligen vermoderten Knochen bestand.

Äußerlich unterschied er sich nicht von den anderen Leichenfressern. Er war ebenso klein, krumm und verschrumpelt wie sie, hatte die gleiche greisenhafte und zugleich wild-räuberische Ausstrahlung. Aber aus irgendeinem Grund hatte sein Geist die Verwandlung besser überstanden. Seine Erinnerung an das frühere Dasein war weniger lückenhaft; er verstand sich aufs Denken, konnte planen und organisieren, und auch das Sprechen fiel ihm leichter. Das prädestinierte ihn sicherlich zum Anführer – der Einäugige war eben der Blinden König –, doch vor allem war es so, dass sich die Unterirdischen *vollständiger* fühlten, wenn sie einen Herrscher hatten. Die schlichte Wahrheit war, dass sie sich nach einer Ordnung sehnten.

Seinerseits sehnte sich Xra nach einer Königin. Das konnte natürlich nicht irgendwer sein. Er brauchte jemanden, den er für wert befand, an seiner Seite zu sitzen.

Ich wusste nur zu gut, wen er da im Sinn hatte.

Allerdings hatte ich ihm bislang noch nicht den Gefallen getan, mich zu verwandeln. Und ich hoffte inständig, dass ich ihn da auch weiterhin enttäuschen würde.

Die klagenden Laute verstummten, als ich an den Thron herantrat.

»Guten Abend, Xra«, sagte ich in das dumpfe, stickige Schweigen hinein. Dabei neigte ich den Kopf, leicht nur.

»Du hassst dir viel Zeit gelasssen, Vanisss«. Er betrachtete mich mit strengem Blick. Ich hatte das beunruhigende Gefühl, in seiner Gunst ein ganzes Stück gesunken zu sein. Vielleicht hätte ich mich doch zu einer Verbeugung herablassen sollen.

»Leider ging es nicht früher. Ich war sehr erschöpft nach dem Kampf.«

»*Du* warst erschöpft?« Xras Augen funkelten. »Weissst du, wie viele von unsss gestoorben sssind?«

Mir wurde klar, dass ich die Sache sehr ungeschickt angegangen war. Ich hätte mich ohrfeigen können. Wieder neigte ich den Kopf – dieses Mal deutlich tiefer.

»Es tut mir sehr leid, was gestern Nacht geschehen ist«, sagte ich. »Ich hätte nie gedacht, dass es so weit kommen würde.« Das war gelogen. Nachdem ich mich daran erinnert hatte, was in Kelmons Büchern über das Seelenopfer zu lesen stand, mit dem ruchlose Männer ihren Platz in der Horde zu erkaufen suchten, wusste ich, dass mit dem Schlimmsten zu rechnen war.

»Du hassst gesagt, wir soollen deinen Freund beschützen. Dasss haben wir getan.«

»Ja, aber ich dachte … ich dachte nicht, dass die Deinen gegen Reiter der Horde kämpfen müssten.«

»Wasss? Wasss hassst du gedacht, Vanisss?«

»I-ich … ich dachte, vielleicht würden ihn die Toten angreifen.«

Xra schüttelte den Kopf. »Dasss hassst du nicht gedacht. Du weissst genau: Sie bleiben in den Kchellern.«

Ich schluckte. »Gut … es ist wahr …«, sagte ich zögernd. »Als ich die Schutzzeichen sah, mit denen Thaalas Geweihte die Leiche von Rudrick bedeckt hatten, begann ich zu fürchten, dass die Horde im Spiel sein könnte. Aber ich … ich …«

»Esss war dir egal, wie viele von unsss sssterben würden. Dein neuer Freund issst dir wichtiger alsss deine alten Freunde.«

»Nein! NEIN!« Ich widersprach vielleicht gar zu heftig. »Darum geht es nicht!«

»Woorum geht esss dann?«

Mein Haar hing mir schwer und feucht in die Stirn; mein Kleid klebte mir am Rücken. Es war nicht nur die rauchige Hitze, die dafür sorgte, dass mir der Schweiß über den Körper lief. Ich hatte bemerkt, dass die anderen Leichenfresser ihre verschiedenen Tätigkeiten eingestellt hatten. Sie waren zum Thron gekommen und hatten einen Kreis um ihren Herrscher und mich geschlossen. Selbst die Kessel blubberten nun unbeaufsichtigt.

»Ich bin immer euer Freund gewesen, Xra!«, sagte ich und versuchte, die Empörung verleumdeter Unschuld in meine Stimme zu legen.

»Ja. Und wir sssind immer *deine* Freunde gewesssen. Alsss du zum ersssten Mal hierher kamssst, warssst du hungrig – hungrig und gansss allein. Wir haben dich gefüttert.«

»Ich weiß! Ich habe dir schon oft gesagt, wie dankbar ich euch bin. Und ich habe es nicht bei Worten belassen. Denk nur, wie ich euch damals geholfen habe, als die Geweihten drauf und dran waren, die Bruderschaft des Zweiten Todes auf euch zu hetzen!«

Xra nickte würdevoll. »Dasss issst richtig«, bestätigte er.

Es war die Geschichte, die ich Mykar hatte erzählen wollen. Als ich vor genau vier Jahren erstmals in die Perle gekommen war – ich hatte lange Zeit einen Bogen um die Windmarken gemacht, weil ich dachte, hier gäbe es nichts außer armseligen Bauerndörfern, weiten, leeren Ebenen und Kohleminen –, bildete ich mir ein, dass mein Leben eine Wendung zum Guten genommen hätte. Seit Monaten hatte ich kein verwestes Fleisch essen müssen, und ich gab mich der Illusion hin, dass ich den Hunger besiegt hätte. Doch er kam zurück, wie er früher oder später immer zurückkam. Und als er zurückkam, traf er mich völlig unvorbereitet. Aus bitterer Erfahrung wusste ich, dass ich binnen weniger Stunden zu einer sabbernden und geifernden Idiotin werden würde, wenn ich den Hunger nicht stillte. In meiner Not lief ich zur Totenstadt, obwohl mir klar war, dass es mein Ende sein könnte, wenn mich jemand dabei beobachtete, wie ich Gräber schändete. Doch selbst die Bereitschaft, eine Verzweiflungstat zu begehen, half mir nichts; ich war schon zu geschwächt, um eine Leiche auszugraben. Die Unterirdischen fanden mich, wie ich zwischen den Grüften umherkroch und mit den Fingern in der Erde scharrte. Sie erkannten ihre eigene Gier in der meinen wieder, und sie gaben mir zu essen. Seitdem hatten sie das immer wieder getan, und ich war ihnen tatsächlich zutiefst dankbar, wenn ich daran dachte, wie viele quälende, demütigende und überaus gefährliche Erfahrungen sie mir erspart hatten.

Allerdings bekam ich bald darauf Gelegenheit, mich bei den Leichenfressern zu revanchieren. Ich besuchte die Perle nämlich bereits im kommenden Frühjahr wieder (vom ersten Moment an hatte ich die Stadt des Dorn ins Herz geschlossen und wäre am liebsten gar nicht mehr weggegangen); damals war gerade der Enkel des Händlers Xaver gestorben, jenes Mannes, der das Rote Haus hatte erbauen lassen. Der Enkel war ein Taugenichts, der das Vermögen seiner Vorfahren mit Prasserei und Zechgelagen durchgebracht hatte. Seine einzige Leistung bestand darin, dass er sich den Ruf erworben hatte, der dickste Mann der Windmarken, wenn nicht von ganz Ahekrien zu sein. Als der Tote nun in den Kellern des Thaala-Tempels aufgebahrt wurde, nahm das Unglück seinen Lauf; einige Unterirdische erhaschten einen Blick auf den monumentalen Wanst des Verstorbenen und konnten nicht an sich halten. Die Geweihten fanden den Leichnam in einem Zustand vor, der jeglicher Beschreibung spottete. Zwar konnten sie den Vorfall vertuschen, da der Tote bereits nach einem Tag zum Himmel gestunken hatte und ohnedies verhüllt zur Begräbnisstätte gebracht worden wäre. Doch die Unterirdischen hatten gleich mehrere Regeln gebrochen – sie durften sich nicht an den Überresten wohlhabender Bürger vergreifen, und selbstverständlich war es ihnen verboten, den Tempel zu betreten –, sodass Thaalas Schweiger entschlossen waren, Vergeltung zu üben. Hätten sie wirklich die *Bruderschaft des Zweiten Todes* gerufen, die Leichenfresser wären mit Stumpf und Stiel ausgerottet worden.

Zum Glück verzichteten die Geweihten auf diese Maßnahme. Stattdessen nahmen sie den Vorfall mit dem dicken Neffen zum Anlass, den Tempel zu versiegeln. Was Mykar für einen Bann hielt, den die Dunkle Göttin persönlich verhängt hatte, war in Wirklichkeit von ihren Dienern gewirkt worden. Vielleicht hätte ich ihm das sagen sollen, aber ich hatte Aluin versprochen, niemandem zu verraten, was es mit dieser Maßnahme auf sich hatte – die Geweihten gingen zu Recht davon aus, dass die Leichenfresser fortan einen weiten Bogen um den Tempel machen würden, wenn sie glaubten, Thaala selbst würde ihnen zürnen. Wie Aluin und die anderen es angestellt hatten, einen so machtvollen und unüberwindlichen Bann einzurichten, wusste ich freilich nicht. Ich hatte ihn gefragt, aber er wollte es mir nicht verraten; allerdings hatte ich gemerkt, dass ihm nicht ganz wohl war bei dem Gedanken daran, zu welchen Mitteln sie gegriffen hatten, um ihr Heiligstes zu schützen …

»Dasss issst richtig«, wiederholte Xra. »Und jetssst kannssst du unsss wieder helfen!« Er wies mit einer kreisförmigen Handbewegung auf die umstehenden Leichenfresser. »Wir freuen unsss sssehr, wenn du unsss hilfssst, Vanisss.«

»Ich helfe euch gerne – wenn ich kann«, sagte ich vorsichtig. »Was ist das Problem?«

»Die Herren der Tooten. Du kennssst die Herren der Toooten?«

»Die Nekromanten? Meinst du die Nekromanten?«

Er nickte.

»Natürlich weiß ich von ihnen. Sie experimentieren mit Leichen, in der Hoffnung, das Joch der Sterblichkeit zu erleichtern. Aber was hat das mit dir und den Deinen zu tun? Bislang haben sie doch nur diese elenden Kreaturen hervorgebracht, die die Tunnel beim Thaala-Tempel durchstreifen. Zugegeben, es gibt mittlerweile ziemlich viele von ihnen, aber –«

»Diessse Kreaturen haben gessstern einen der meinen getööötet, und einen verwundet. Auch sssie sssind gessstoorben, weil sssie deinem Freund helfen woollten!«

»Nein, Xra, so geht das nicht! Ich weiß genau, dass ihr Jagd auf die Toten macht. Sie sind für euch eine Delikatesse, so wie die Edelleute in Lihanny und Kutasi weiße Trüffel in Gold aufwiegen. Früher oder später wärt ihr sowieso wieder mit den Toten aneinandergeraten, ganz unabhängig von Mykar und mir!«

Der Herrscher der Leichenfresser stampfte empört mit dem Fuß auf. Sofort ging ein Zischen und Fauchen durch die Reihen der Seinen, und ich fragte mich, ob ich nicht besser meinen Mund gehalten hätte. Hastig blickte ich um mich. Ich musste feststellen, dass mir kein Fluchtweg offen blieb. Zwar fühlte ich mich stark, nachdem ich mich meinerseits an den wandelnden Toten gemästet hatte. Doch ich konnte gar nicht stark genug sein, um gegen zwei Dutzend Unterirdische zu bestehen.

Den Göttern sei Dank wollte es Xra nicht zum Äußersten kommen lassen. Mahnend hob er die Hand, und die Leichenfresser verstummten.

Ich beeilte mich zu sagen: »Es tut mir von Herzen leid, was passiert ist, Xra! Willst du mir das nicht glauben? Aber ich habe euch um nichts gebeten, was ihr nicht zu geben bereit wart! Damals, als ich die Geweihten davon überzeugt hatte, euch in Frieden zu lassen, hast du selbst es mir angeboten. Du hast gesagt, wenn ich einmal in Schwierigkeiten wäre, würdet ihr alles tun, was in eurer Macht steht! War es nicht so? Und dies war das erste Mal, dass ich eure Hilfe gebraucht habe! Und ich verspreche dir, es wird auch das letzte Mal sein!«

»Hilfe für dich, Vanissss – nicht für deinen Freund!«

»Es *war* Hilfe für mich!«, rief ich. »*Ich* wollte Cay retten! Ich wollte –«

»Und? Hassst du ihn gerettet?«

»Nein ... nein ... Unser Plan ist gescheitert. Sie werden ihn morgen Abend hinrichten. Es hat nicht gereicht. Ich habe getan, was ich konnte, aber –«

Weiter kam ich nicht. Meine Stimme brach, und plötzlich standen Tränen in meinen Augen.

Xra rutschte unbehaglich auf seinem Thron herum. Dann sagte er: »Gut, Vanisss. Vergesssen wir dasss. Wir haben dir gehoolfen, du hassst unsss gehoolfen. Jetssst hilfssst du wieder unsss, dann helfen wir wieder dir.«

Das klang so einfach und sinnig, dass ich lachen musste. Ich lachte, wischte mir die Augen und sagte: »Einverstanden, so machen wir das. Wobei soll ich euch denn nun helfen?«

»Die Herren der Tooten, sie haben begoonnen, die Meinen zu rauben.«

»Sie rauben die Deinen?« Ich zog verwirrt die Brauen zusammen. »Was heißt das?«

»In den Kchellern sind jetzt Männer. Wenn wir nicht aufpasssen, nehmen sie unsss mit. Keiner issst zurückgekoommen.«

»Seit wann ist das so?«

»Ein Mooond, vielleicht mehr.«

»Hast du irgendeine Ahnung, warum das ausgerechnet jetzt angefangen hat?«

»Nein. Kcheine.«

»Hm, das ist merkwürdig. Zuerst laden die Nekromanten ganze Wagenladungen ihrer Kreaturen in den Kellern ab, dann beginnen sie, euch nachzustellen … Das heißt, wenn sie denn überhaupt hinter der Sache stecken. Was macht dich da eigentlich so sicher?«

»Wer sssoollte esss sssooonst sssein?«

»Ja, das ist auch wieder wahr. Aber irgendetwas stimmt hier nicht, oder? Es muss doch einen Grund geben, warum die Nekromanten auf einmal … nun ja, warum sie auf einmal so viel Staub aufwirbeln. Was meinst du?«

»Ich weisss esss nicht, Vanisss. Esss issst mir auch gleich. Ich will nur, dasss esss aufhöört.«

»Nun gut«, seufzte ich. »Aber vielleicht kannst du mir noch etwas mehr darüber sagen, womit wir es zu tun haben. Ich meine, die Nekromanten gehen ja wohl kaum selbst auf die Jagd, nicht wahr?«

»Nein. Esss sssind grooße Männer, sssehr ssstark … und juuung.«

»Groß, stark und jung. Tja, was auch sonst? Und wie stellen es diese Männer an, euch zu fangen? Auch wenn sie groß und stark sind – ihr kennt die Keller schließlich besser als irgendwer sonst, ihr habt eure Fluchtwege und geheimen Tunnel …«

»Sie loocken unsss.«

»Sie *locken* euch?«

»Ja. Mit Trooommeln.«

»Sie locken euch … mit Trommeln?«

»Esss sssind kcheine gewöööhnlichen Troommeln. Wir kchönnen nicht widerstehen. Wir müsssen zu den Trooommeln gehen. Und dann fangen sssie unsss mit Netsssen.«

»Das ist wirklich *sehr* merkwürdig. Anscheinend haben die Nekromanten die Trommeln mit einem Zauber belegt, oder etwas in der Art. Doch warum betreiben sie so einen Aufwand? Was ist so wichtig daran, euch in die Finger zu kriegen? Ich glaube schon, dass du gut daran tun würdest, dich dafür zu interessieren, was das alles zu bedeuten hat. Aber das musst du selbst wissen. Was genau soll ich denn jetzt für dich tun?«

»Geh zu den Geweihen, finde herausss, wer die Männer sind! Sooorg dafür, dasss esss aufhööört!«

»Das ist eine ganze Menge, weißt du …«

»Acht der Meinen sssind tooot. Dasss issst auch eine ganze Menge.«

Xra hatte ein finsteres Gesicht gemacht, als er die letzten Worte sprach, und schon zischten und knurrten die Leichenfresser. Ich sah ein, dass ich das Spiel mitspielen musste.

»Ja, Xra, ich weiß. Was ich sagen wollte, ist, dass ich Zeit brauche. Ich weiß nicht, ob ihr es mitbekommen habt, aber gestern Nacht hat Rudrick einen Geweihten getötet, bevor er geflohen ist. Genaugenommen hat er ihn töten lassen, aber das ist jetzt nicht so wichtig. Jedenfalls fürchte ich, dass es eine ganze Weile dauern wird, bis sich Thaalas Schweiger wieder beruhigt haben. Es könnte gefährlich sein, auch und gerade für euch, die Dinge zu überstürzen.«

»Wie viel Zeit willssst du, Vanisss?«

Ich zuckte die Schultern. »Gib mir bis zu Elaahs Lichtfest.«

»Elaahsss Lichtfessst? Dasss sind nooch drei Mooonde.«

»Ich weiß. Aber was soll ich tun? Die wenigsten wissen, wer die Nekromanten sind. Geschweige denn, wie man an sie herankommt. Bei allen Göttern, es weiß ja kaum jemand, dass sie *existieren*! Ich werde sobald wie möglich mit den Geweihten reden. Vielleicht können die mir tatsächlich weiterhelfen. Allerdings muss ich selbst im günstigsten Fall noch einen Weg finden, wie ich auf die Magier Einfluss nehmen kann. Oder meinst du, ich schnipse mit den Fingern und sie tun, was ich sage?«

Xra grummelte, gab mir aber mit einem Nicken zu verstehen, dass er die Schwierigkeit anerkannte.

Ich fühlte mich jetzt wieder sicherer. »Um ehrlich zu sein, ist es auch möglich, dass ich am Ende überhaupt nichts für euch tun kann«, fuhr ich fort. »Es gibt ja nicht nur die Nekromanten, sondern auch diejenigen, die sie beschützen und ihnen Gold für ihre Experimente geben. Aber gut, wir werden sehen. Einstweilen würde ich dir raten, dafür zu sorgen, dass sich die Deinen von den Kellern fernhalten, oder zumindest in Gruppen hineingehen, wenn es schon sein muss.«

Ganz offensichtlich war Xra nicht begeistert davon, sich meine Ratschläge anzuhören. Doch er nickte wieder.

Ich hatte den Eindruck, dass es nichts mehr zu sagen gab. Und da mich der Geruch, den die Leichenfresser verströmten, im Verbund mit der Hitze und dem Rauch langsam aber sicher an den Rand einer Ohnmacht brachte, spürte ich wenig Neigung, meinen Besuch auszudehnen.

»Dann lass es uns so machen, Xra. Spätestens beim Lichtfest hörst du von mir. Und, wie gesagt, es tut mir sehr leid, dass der Preis dafür, dass ihr mir geholfen habt, so hoch war. Ich verspreche, es wird nicht wieder vorkommen.«

Ich hatte bereits einige Schritte zur Treppe hin gemacht – der Kreis der Unterirdischen öffnete sich, um mich durchzulassen –, als Xra noch einmal sprach. »Vanisss!«, rief er.

Ich drehte mich um und sah ihn fragend an.

»War diessser Cay esss wert?«

In Xras Gesicht stand Traurigkeit geschrieben. Es sah merkwürdig aus bei der gräulich-grünen, verschrumpelten Haut. Aber ich nahm an, dass sein Gefühl nicht weniger wahr war als das meine.

Ich gab ihm keine Antwort. Erst als ich die Treppe erreicht hatte, setzten die schrägen, klagenden Töne der Knochenzither wieder ein.

17
FRAGEN UND ANTWORTEN

Vanice

Ich verließ den Palast der Toten und eilte durch den Regen, der womöglich noch heftiger geworden war, zum Ausgang des Friedhofs. Mit Glück fand ich eine Kutsche, die mich zu meiner Herberge brachte. Dort aß ich etwas und sank bald darauf in einen dumpfen, albgeplagten Schlaf. Beim Erwachen fühlte ich mich noch müder als vor dem Zubettgehen, und der halbe Morgen verging darüber, dass ich versuchte, auf die Beine zu kommen. Wie benommen saß ich am Fenster und blickte in die grauverhangene Frühe hinaus, wo sich die letzten Regentropfen in Dunst auflösten. Irgendwann hatte ich es geschafft, mich in etwas zu verwandeln, das nach einer Dame aussah, und nahm mir eine Kutsche, die mich, durch Pfützen und Puddel platschend, zurück zur Totenstadt brachte.

Dieses Mal war ich nicht die einzige Besucherin: Ganze Familien spazierten auf den Wegen, die entlang der Grüfte und Denkmäler führten, durch die feuchte, kühle Luft, oder standen mit gesenktem Haupt vor den Gräbern, um für ihre Verstorbenen zu beten. Mir fiel ein, dass der heutige Tag dem Andenken derer geweiht war, die im vergangenen Jahr an die Pforte von Thaalas Königreich geklopft hatten. Es war der Tag von Mingas Bittgang: Der Tag, an dem sie ihre Mutter, die Dunkle Göttin, auf Knien anflehte, die Macht Xynadras zu brechen – nicht ahnend, welchen Preis sie zu entrichten hätte für ihren Sieg über die Herrin der Pest.

So unauffällig, wie es mir in meiner Benommenheit möglich war, lenkte ich meine Schritte zum verfallenen Teil des Friedhofes. Halb hoffte, halb fürchtete ich, Mykar in der Gruft anzutreffen, wo er nach dem Kampf mit den Geisterreitern geruht hatte. Tatsächlich fand ich ihn dort. Wieder schlief er, auf dem Steinsarg liegend. Und er war in einem furchtbaren Zustand: bleich wie der Tod, bis auf die Knochen durchnässt, von mehreren Wunden gezeichnet … Ich versuchte, ihn zu wecken – er musste dringend etwas essen, sich aufwärmen, trockene Kleidung anziehen –, aber es gelang mir nicht.

Mykars Ohnmacht war so tief, dass ich um sein Leben bangte, und ich fand kein Mittel, zu ihm durchzudringen. Wenigstens war es ihm gelungen, Danjes Schädel wieder an sich zu bringen. Auf seiner Brust lag er, nun nicht mehr in Tuch gehüllt; aus irgendeinem Grund war ein Amulett um ihn gewickelt: ein silberner Elaah-Kreis. Was mochte wohl in der vergangenen Nacht vorgefallen sein? Hatte Mykar wirklich versucht, Cay auf eigene Faust zu befreien? Oder war er in einen Kampf gegen die lebenden Leichen verwickelt worden, als er den Schädel zurückholte? Eine Weile lang betrachtete ich die beiden, Mykar und Danje, dann verließ ich die Gruft und machte mich auf den Weg zum *Schäumenden Kelch*.

Wie ich erwartet hatte, traf ich Justinius im Schankraum des Gasthofes an. Er war gerade beim Mittagessen, und der Anblick des Bratens, den er sich schmecken ließ, sorgte dafür, dass ich mich beinah übergeben hätte. Widerstrebend erzählte ich ihm von meinem Gespräch mit Mykar: Davon, dass er entschlossen gewesen war, selbst noch einen Versuch zu Cays Rettung zu unternehmen und sich durch nichts, was ich sagte, von seinem Vorhaben hatte abbringen lassen; und davon, in welchem Zustand ich ihn heute vorgefunden hatte. Justinius hatte zu meinen Ausführungen nicht viel mehr als »elende Scheiße!« zu sagen. Er schlug vor, dass wir zurück zum Friedhof gehen sollten, um zu schauen, wie die Begräbnisfeierlichkeiten zu Ehren Rudricks abliefen. Bei der Gelegenheit könnten wir noch einmal in der Gruft vorbeisehen; vielleicht wäre Mykar ja mittlerweile erwacht.

Er sprach so beiläufig, als ob wir ein paar müßige Stunden zu füllen hätten, und ich ärgerte mich über seinen Tonfall. Zugleich ahnte ich jedoch, dass er damit einen unbeholfenen Versuch unternahm, mich zu schonen – einen unbeholfenen und gänzlich zwecklosen

Versuch. Denn ich wusste nur zu gut, dass wir, bevor dieser Tag geendet hätte, Cays Tod bezeugen würden. Wir würden ihn brennen sehen; wir würden ihn schreien hören. Und der Gedanke daran, wie er seine letzte Nacht verbracht hatte – ganz allein in dem stinkenden, finsteren Kerker, ohne Trost und ohne jemanden, der ihm die Hand hielt –, trieb mir einmal mehr Tränen in die Augen.

Während ich um meine Fassung rang, beschäftigte sich Justinius taktvoll mit anderem: Er leerte seinen Becher, stocherte zwischen seinen Zähnen herum und befahl Scara, die wieder hinter seinem Stuhl Position bezogen hatte, mir einen Teller Gerstensuppe, Brot und einen Becher Rotwein zu holen.

»Ihr seht ziemlich blass aus – etwas zu essen wird Euch gut tun!«, erklärte er, als ich wieder einigermaßen bei mir war.

Ich nickte nur. Dabei fragte ich mich im Stillen, was er tun würde, falls er jemals herausfand, wonach ich wirklich hungerte.

Bevor wir zur Totenstadt zurückkehrten, tätigten Justinius, Scara und ich Einkäufe. Die Regenschauer des vorangegangenen Abends hatten die Straßen und Plätze der Perle, die nicht mit Pflastersteinen ausgelegt waren, in ein Schlammfeld verwandelt, und die Luft stank nach übergelaufenen Kanälen. Doch Mykar brauchte unbedingt frische Kleidung und Nahrung. Also stapften wir durch den Matsch und den Unrat und suchten das Nötige zusammen: zwei Lederschläuche, einer mit Brunnenwasser, der andere mit kräftigem Dunkelbier gefüllt; einen Kanten Roggenbrot, einen kleinen, gelben Käselaib, ein paar Räucherwürste; Hose, Hemd, Wams, Mantel, Handschuhe, alles in Schwarz – ich hätte Mykar lieber anderes gekauft, aber irgendwie wusste ich, dass er nur diese Farbe akzeptieren würde; dazu warme Wollstrümpfe und -unterwäsche und ein Stück einfache, unparfümierte Kernseife. Schließlich noch einen großen Rucksack, in dem wir die Einkäufe verstauten.

So ausgerüstet nahmen wir eine Kutsche zum Friedhof und kamen gerade rechtzeitig, um uns von am Eingangstor aufgestellten Lakaien die schmutzigen Stiefel putzen zu lassen (das betraf natürlich nur Justinius und mich) und uns unter die versammelten Adeligen zu mischen (wiederum nur Justinius und ich; Scara blieb mit der übrigen Dienerschaft und unserem Rucksack beim Tor), die bald darauf in einem stummen Zug zu der Gruft schritten, wo Rudricks Leichnam begraben werden sollte. Flüsternd erklärte mir Justinius, dass die Adeligen hierzulande den Brauch pflegten, ihre Angehörigen nicht nur in den Krypten ihrer Burgen beizusetzen, sondern eben auch in Familiengrüften auf dem Friedhof der Perle – namentlich dann, wenn man erwartete, dass der Verschiedene besonders auf göttlichen Beistand angewiesen sein würde; etwa im Falle eines gewaltsamen oder ehrlosen Todes. Es fiel mir schwer, ihm zuzuhören. Denn das Gefühl von Benommenheit, das mich seit dem gestrigen Abend plagte, war wieder stärker geworden, nachdem wir die Totenstadt betreten hatten.

So stand ich wie eine zu groß geratene Puppe da, während wir im Kreis der hohen Herren und Damen die Ansprache eines Thaala-Geweihten (glücklicherweise war es nicht Aluin, sondern ein Mann, der mir ganz unbekannt war) verfolgten, der sehr wenig über den ermordeten Grafensohn und sehr viel über das tugendhafte und göttergefällige Leben im Allgemeinen zu sagen hatte. Tränen wurden keine vergossen, soweit ich sah, und überhaupt schienen die meisten Trauergäste erleichtert, wenn sie den Hinterbliebenen ihr Beileid ausgesprochen hatten und sich wohin auch immer zurückziehen konnten.

Selbst Rudricks engste Verwandte machten nicht den Eindruck, als würden sie vor Kummer zerfließen. Die von Nordwiesen – ich erkannte den Grafen Erwig und seine Gemahlin Brida, weil ich die beiden anlässlich eines Turniers in Mandris gesehen hatte, zu dem ich von einem meiner Liebhaber geschleift worden war – hatten allesamt eine strenge und verschlossene Haltung angenommen. Selbst Rudricks Brüder und Schwestern, ein halbes Dutzend an der Zahl, zeigten steinerne Mienen; dabei waren ein paar von ihnen kaum dem Kindesalter entwachsen. Einmal meinte ich, einen trauervollen Schimmer in den Augen eines nicht mehr ganz jungen Mannes zu erkennen. Das musste Wendell sein, der Erbe des Grafen. Jetzt fiel es mir wieder ein: Er hatte bei dem Turnier in Mandris mehrere Tjosten geritten und sich, wenn ich mich recht erinnerte, gar nicht übel geschlagen. Ich fragte mich, ob er wohl von Rudricks Verbrechen wusste. Billigte er sie? Oder ahnte er nicht einmal, dass sich sein kleiner Bruder mit Leib und Seele Skargat verschrieben hatte?

Unterdessen hatte sich Justinius zu den übrigen Adeligen gesellt. Zwar machten einige der Anwesenden einen überraschten Eindruck, als sie ihn erblickten, doch er hatte so manche Hand zu schütteln und so manches Gespräch zu führen. Am Rande meines Bewusstseins nahm ich wahr, dass er sehr ernst dreinschaute und kein einziges Mal »verdammt«, »verfickt«, »beschissen« oder etwas in der Art sagte. Außerdem wurde mit betrübtem Kopfschütteln über das Unglück gesprochen, das Justinius' Bruder Edmund befallen hatte – »und das mitten in der Perle!«, »aufhängen sollte man das ganze Pack!« –; ein Unglück, das sich offenbar der hartnäckigen Krankheit beigesellte, die den Baron von Hagenow auf seiner Burg festhielt. Wenn Justinius erstaunt war über die Neuigkeiten, ließ er es sich nicht anmerken. Meinerseits musste ich mir eingestehen, dass es mich nicht scherte, ob er Edmund heimgeschickt oder in der Gosse ertränkt hatte.

Weit mehr beschäftigte mich die Frage, wie die Geweihten damit umgehen würden, dass in der vergangenen Nacht einer der Ihren erdolcht worden war. Die Antwort auf diese Frage war denkbar einfach: Sie schwiegen die Angelegenheit tot. Ich konnte mir da ziemlich sicher sein, weil der Priester die ganze Zeit über in meiner Nähe stand. Und die wenigen Male, als er noch den Mund aufmachte, nachdem er seine Ansprache beendet hatte, geschah das, um irgendwelche Weisheiten zu verkünden.

Trotzdem war ich mir sicher, dass die Ereignisse der letzten Nacht nicht ohne Folgen bleiben würden. Was das für Folgen sein sollten, konnte ich mir allerdings nicht ausdenken. Ich versuchte es nicht einmal. Ich hüllte mich in meine Erschöpftheit wie in eine schützende Rüstung.

Irgendwann verließen die letzten Trauergäste den Friedhof – ein paar verabschiedeten sich sogar von mir; Justinius hatte mich als »die Dame Vanice von Raban« vorgestellt, und müßig fragte ich mich, für wen oder was sie mich wohl hielten –, und ein Blick auf die sinkende Sonne bestätigte mir, dass wir keine Zeit zu verlieren hatten. Bald würde Cay sterben. Wenn wir mit Mykar reden wollten, musste es jetzt geschehen.

Glücklicherweise war sich Justinius bewusst darüber, was die Stunde geschlagen hatte. Er rief Scara zu sich und erklärte dem Thaala-Geweihten, dass er die Gelegenheit nutzen wolle, um seinen »Gast aus fernen Ländern« (ich brauchte einige Momente, um zu begreifen, dass er mich meinte) noch ein wenig in der Totenstadt der Perle herumzuführen. Ich bezweifelte, dass der heilige Mann das für eine gute Idee hielt. Aber er ließ uns ziehen, und sobald wir außer Sichtweite waren, übernahm ich die Führung, um uns auf schnellstem Wege zu der uralten Gruft zu bringen, in der Mykar einen Ruheort gefunden hatte.

Dort angekommen, hielten wir kurz inne. Der Himmel hatte sich noch einmal aufgeklärt, und ein merkwürdig schweres, goldenes Nachmittagslicht fiel auf die Behausungen der Verstorbenen, die gebrochenen Stelen und eingesunkenen Elaah-Kreise nieder. Durch Löcher und Risse im Dach der Gruft erreichte es auch den Steinsarg, wo Mykar gelegen hatte. Er war noch immer in der klammen Grabkammer. Allerdings schlief er nicht mehr. Er hockte jetzt an der Wand des Sarkophags, das Gesicht in den Händen verborgen, den Schädel – jetzt wieder in das Tuch gewickelt – im Schoß. Ich tauschte einen Blick mit Justinius und Scara, öffnete dann die rostige, in den Angeln kreischende Gittertür.

»Mykar?«, rief ich leise.

Er reagierte nicht. Zögernd betrat ich die Gruft und ging auf den Steinsarg zu. Justinius und Scara folgten mir. Unsere Schritte klangen unangenehm laut, fast harsch, in diesem Raum, der so lange nur das Schweigen längst vergessener Toter gekannt hatte.

»Mykar?«, sagte ich wieder, flüsternd nun.

Langsam hob er die Augen. Fast wäre ich zurückgezuckt. Es schreckte mich, wie kalt und fremd sein Blick war.

»Ist es so weit?«, fragte er.

Ich schluckte. »Ja …«, brachte ich hervor.

»Dann lasst uns gehen.« Er stand auf, den Schädel in der Hand, ohne Justinius und Scara angesehen zu haben. Ich war mir nicht einmal sicher, ob er bemerkt hatte, dass die beiden da waren.

»Du kannst so nicht gehen, Mykar. Schau dich bitte einmal an.«

Er blickte an sich herab, sagte nichts.

»Wir haben dir etwas mitgebracht«, warf Scara ein, mit ruhiger, ernster Stimme, und stellte den Rucksack neben Mykar auf den Boden. Der murmelte einen Dank.

»Du solltest dich waschen und umziehen und etwas essen«, ergänzte ich. »Es ist alles da drin.«

Mykar nahm den Rucksack, legte ihn auf den Steinsarg und öffnete ihn.

Ich spürte, wie mir der Geduldsfaden riss. »Und vor allem solltest du uns erklären, was gestern Nacht passiert ist!«, rief ich aus.

»Nichts ist passiert«, entgegnete er.

»Mykar, ich habe dich heute Morgen gesehen, während du geschlafen hast. Da waren frische Wunden an dir, ernste Wunden. Woher hast du diese Wunden? Sind sie etwa von nichts gekommen?«

»Ich sage Euch, es ist nichts passiert.«

»Nein? Deine Wunden hätten dich ans Bett fesseln müssen, bei Elaahs Gnade, tagelang, vielleicht wochenlang, aber du –« Ich unterbrach mich.

»Wie Ihr seht, lebe ich noch.«

Justinius ersparte es mir, genauer darauf eingehen zu müssen, was ich sah und was nicht. »Was hast du jetzt vor?«, fragte er, indem er einen Schritt auf Mykar zu machte. »Vanice meint, du willst Rudrick verfolgen, stimmt das?«

Mykar sah Justinius in die Augen. »Ja. Ich werde ihn finden und töten.«

»Schön«, sagte Justinius. »Das sind die ersten vernünftigen Worte, die ich heute höre. Ich bin dabei.«

Wir alle – Mykar, ich, sogar Scara – blickten ihn überrascht an. »Ich hab gerade nichts Besseres zu tun«, fuhr er achselzuckend fort. »Und außerdem hat es das Schwein verdient, zu sterben. Hundertmal hat er's verdient.«

»Aber Ihr? … Warum?«, fragte Mykar.

»Warum? Nun, ich habe meine Gründe. Vielleicht erzähle ich dir einmal davon. Jetzt sollten wir uns aber beeilen. Sonst verpassen wir den ganzen Spaß.«

Mykar stockte, als wollte er noch etwas sagen. Doch dann nickte er, griff in den Rucksack und holte den schwarzen Umhang heraus.

»Gut, wir warten draußen … Vergiss nicht, etwas zu essen, Mykar! Und bitte überleg dir noch einmal, ob du uns nicht doch sagen willst, was gestern Nacht vorgefallen ist. Es könnte wichtig sein.«

Ich hatte keine Antwort erwartet, und es kam auch keine. Ich drehte mich um und ging. Scara und Justinius folgten mir. Wieder klangen unsere Schritte hart und knirschend auf dem groben, feuchten Steinboden. Von Mykar war kein Laut zu hören.

Als wir vor dem Eingang der Gruft standen, wandte ich mich Justinius zu: »Wollt Ihr Mykar wirklich dabei helfen, Rudrick zur Strecke zu bringen? Ich hoffe, Ihr wisst, was Ihr da tut!«

Ehe er antworten konnte, ließ Scara einen Seufzer vernehmen. »Das wäre mir neu«, versetzte sie.

Justinius verzog das Gesicht zu einem spöttischen Grinsen.

18
DER ASCHEBERG

Mykar

Der Richtplatz war ein Hügel vor den Toren der Perle. Sie nannten ihn den Ascheberg. Es war der Ort, wo die Scheiterhaufen brannten. Als wir ihn erreichten, wurde er vom letzten Licht der untergehenden Sonne beschienen. Flach fielen ihre Strahlen. Sie machten alle Schatten dürr und lang. Der Osten war bereits in ein dunkles Blau getaucht. Im Westen hingegen zerfloss der Himmel über der Hügelkante in Rot, Orange und Grün. Bauschige, fliederfarbene Wolken hingen reglos in der Luft. Sie wirkten wie aufgemalt.

Die Aussicht darauf, einen Mörder und Götterlästerer sterben zu sehen, hatte viele Hundert Menschen zum Ascheberg gezogen. Sie drängten sich in einem weiten Halbkreis um den Scheiterhaufen, hinter dem eine Tribüne errichtet worden war. Auf der Tribüne saßen die Adeligen der Windmarken. Von dort würde Rudricks Familie die Hinrichtung bezeugen. Gewiss hatte der Graf von Nordwiesen den besten Blick auf den hohen, schlanken Pfahl, der in der Mitte des Scheiterhaufens aufragte.

Schon kam der Gefängniswagen. Schon hatte er sein Ziel erreicht. Die Wachen des Dorn, die ihn zum Richtplatz geleitet hatten, ritten auf hellen Pferden mit dunklem Zaumzeug und dunklen Sätteln. Jetzt hielten die Pferde. Jetzt hielt der Wagen. Die Tür mit dem Gitterfenster wurde geöffnet. Zwei Henker zerrten Cay ins Freie. Die Menge brach in Johlen und Jubel aus. Ich sah, dass ein kleiner Junge mit nussbraunen Locken, den sein Vater auf die Schultern genommen hatte, begeistert in die Hände klatschte.

Cay wurde an den Pfahl gebunden. In seinem Gesicht klafften

dunkle Augenhöhlen; sein blutverschmierter Mund würde niemals wieder Worte sprechen; man hatte ihm die weizenblonden Haare geschoren. Selbst aus der Entfernung erkannte ich, dass sein Schädel von zahlreichen Schnitten gezeichnet war. Ich konnte nicht fassen, was ich sah. Ich konnte es einfach nicht fassen.

Was hatten sie Cay angetan? Meinem Freund und Retter. Was hatten sie ihm angetan? Meinem Bruder. Was hatten sie ihm nur angetan? Und wie war es möglich, dass ich hier stand – und nicht auf dem Scheiterhaufen, um gemeinsam mit ihm zu sterben.

Hilfesuchend wandte ich mich nach meinen Gefährten um. Doch von dort kam keine Hilfe. Justinius hatte den Hut in die Stirn gezogen und sich tief in seinen Umhang gehüllt. Scara stand leicht gekrümmt da. Etwas Wundes war in ihren Augen. Vanice hingegen hielt sich sehr gerade. Ihr Gesicht war hart und bleich. Sie hatte ein paar Minzblätter aus dem Täschlein an ihrem Gürtel genommen. Die zerrieb sie jetzt zwischen den Fingern.

Wir waren nicht unter den Ersten, die auf den Richtplatz gekommen waren. Wir hatten einen Platz mitten in der Menschenmenge. Doch es war nicht nötig, dem Scheiterhaufen nahe zu sein. Man hörte sie auch so, die höhnischen Pöbeleien und die verächtlichen Spottgesänge. Nun wurden sie noch lauter. Denn nun stieg der Henker auf den Scheiterhaufen. Er bestrich Cays kahlrasierten Schädel mit Pech. Ebenso wie das Gewand aus grauem Sackleinen, das man ihm übergezogen hatte. Dann trat der Elaah-Geweihte vor. Es war einer der Sonnenrichter. Mit zornigen Worten klagte er die Untat an, die Cay begangen hatte. Immer wieder wurde er von dem wütenden Gebrüll und den götterfürchtigen, empörten Rufen der Bürger der Perle unterbrochen.

Schließlich kehrte ein letztes Mal Stille ein. Der Geweihte hatte zum Gebet aufgerufen. Und sie alle beteten – die Schaulustigen, die Adeligen, die Wächter, sogar die Henkersknechte. Mit gesenktem Kopf und gefalteten Händen beteten sie.

Dann war die Zeit des Gebets vorbei. Es begann die Zeit der Vergeltung.

Der Geweihte machte ein Zeichen. Die Henker hielten Fackeln an das Holz des Scheiterhaufens. Die Flammen züngelten.

Ich dachte an einen fernen Frühlingstag. Ich dachte an Berin, Garth und Ansel. Daran, wie sie mich in den Schlamm drückten, nackt und hilflos. Daran, wie Cay plötzlich auftauchte. Wie er dastand und eine Handvoll Worte sprach.

… Es reicht. Lasst ihn in Ruhe …

Die Flammen züngelten und zuckten. Sie schlugen hoch.

Ich dachte an einen fernen Sommertag. Ich dachte an Alva. Daran, wie sie auf dem Waldboden lag, ihre Kleider zerrissen, ihre Schönheit geschändet. Daran, wie ich sie anstarrte. Die grausame Blume in ihrem Fleisch und das Schweigen in ihren Augen.

… Na, Mykar, was machst du da? …

Die Flammen loderten. Sie leckten an dem Pfahl, mit tausend gierigen Zungen. Cay begann zu schreien.

Ich dachte an den Abend jenes Tages. Ich dachte an Brogar und seine Freunde. Daran, wie sie mich zerbrachen, mit ihren Fäusten und Stiefeln und Knüppeln. Daran, wie ich Blut und Schleim und Zahnsplitter spuckte. Wie ich die Hand nach Cay ausstreckte.

… Nein! Brogar, nein! …

Hoch und höher loderten die Flammen. Sie hatten Cay jetzt bis zur Brust eingehüllt. Seine Schreie wurden zu einem schrillen Kreischen.

Ich dachte an meine fünftausend Tage. An die Leere und die Einsamkeit. Stunden und Tage und Jahre von Nichts. Niemand war für mich da gewesen. Nicht mein Vater. Nicht meine Mutter. Nicht meine Brüder. Kein Gott und kein Dämon. Nur Cay.

Ich wandte mich ab. Ich wollte die Augen schließen. Ich wollte warten, bis alles vorbei war. Doch etwas zwang mich dazu, Cays Todeskampf mit anzusehen. Sein Körper war eine rot-schwarze Schwäre, die jede Sekunde aufbrechen würde. Nur seinen Hals, sein Gesicht und seine Arme, die über dem Schädel an den Pfahl gebunden waren, hatte das Feuer noch nicht gänzlich ergriffen. Doch auch hier warf die Haut schon Blasen. Cays wortlose Schreie wurden vom begeisterten Toben der Masse übertönt. Er wand sich in seinen Fesseln, mit ruckartigen, schwächer werdenden Bewegungen. Er schlug seinen Hinterkopf gegen den Pfahl, wieder und wieder.

Ich hatte die Hand nach ihm ausgestreckt. Damals wie heute. Aber ich hatte ihn nicht erreicht. Nun war es zu spät. Nun war er verloren.

Verloren.

Verloren.

Verloren.

Und dann, ganz plötzlich, wurde es ruhig in mir. Ich betrachtete die Männer, Frauen und Kinder, die die Zuckungen des schmelzenden Fleisches wie die Darbietung eines Barden bejubelten. All die rechtschaffenen Bürger der Perle. Ich wollte mir ihre Gesichter merken. Ich wollte keines von ihnen je vergessen.

Es dunkelte nun. Der Himmel war leer. Doch ich stellte mir vor, dass er nicht immer leer sein würde. Eines Tages würde die Horde aus ihm herabkommen, mit Rudrick an der Spitze. Sie würde herabkommen und alle hinschlachten, die hier versammelt waren. Ich stellte es mir vor: die zerschmetterten Schädel, die abgehackten Glieder, die zerfetzten Leiber, die Schreie und das Gewinsel und das Wehklagen. Ich stellte es mir vor: die Woge von Blut, die über die Stadt des Dorn hereinbrechen würde.

Plötzlich kam Wind auf. Er wehte den Gestank von verkohltem Fleisch zu mir herüber, stärker als alles andere. Ich umklammerte es fester, das Bündel in meinen Armen. Ich hatte mich geirrt: Da war noch jemand anderes gewesen, außer Cay.

Ich dachte an einen anderen Sommertag. Ich dachte an Danje. Daran, wie sie mich begrüßt hatte, auf der Lichtung im Wald. Daran, wie ihre Augen leuchteten, wenn sie lachte und die roten Haare schüttelte. An ihre Liebe und ihre Freude und ihren Hass.

… Alle Hexen sind Kriegerinnen, vom Tag ihrer Geburt an …

Auch wenn Danje jetzt schwieg – sie würde wieder sprechen. Auch wenn sie jetzt enttäuscht war – sie würde mir wieder vertrauen.

Denn wir hatten noch etwas zu tun, sie und ich.

19
DUNKLE DINGE

Vanice

Im *Schäumenden Kelch* wurde ein Fest gefeiert. Es gab Musik und Tanz, die Leute klatschten fröhlich in die Hände; Stiefel knallten auf dem Holzboden; ein schrilles Frauenlachen ertönte. Es fiel mir schwer, diese Ausgelassenheit nicht als empörende Gemeinheit zu empfinden. Jedenfalls hatten Justinius, Scara, Mykar und ich nicht den geringsten Grund, uns ihr beizugesellen. Unschlüssig standen wir vor dem Eingang des Gasthofes, und ich nahm an, dass jeder von uns auf seine Weise versuchte, die eine Wahrheit dieses Abends zu begreifen: Cay war tot.

Wir hatten getan, was wir konnten, um ihm zu helfen. Aber es hatte nicht gereicht. Er hatte gebrannt, und wir hatten dabeigestanden und zugesehen, bis seine Schreie verstummten. Alles, was übrig blieb, war ein weiteres Häuflein Asche, das über dem Richtplatz der Perle verwehte.

Was sollte jetzt werden? Rudrick war in die Horde aufgenommen worden, daran konnte kein Zweifel bestehen. Er würde von nun an mit dem Schwarzen Jäger und seinen Geisterreitern durch die Nacht ziehen und jede Gelegenheit haben, neue Teufeleien auszuhecken. Es war eine unheimliche, eine erschreckende Vorstellung: dass jemand über viele Jahre hinweg die abscheulichsten Verbrechen beging, nur um sich sozusagen die Sporen zu verdienen. Was führte er im Schilde – dieser Mann, der Cays Geliebte und wahrscheinlich Dutzende weitere Frauen gequält und ermordet hatte, der Mykars trauriges Schicksal und letztlich auch das grauenvolle Ende seines Freundes verantwortete? Und was war mit den anderen, von denen

Justinius gesprochen hatte, Rudricks Spießgesellen? Waren sie schon Teil der Horde? Würden sie es werden? Wo versteckten sich diejenigen, die noch nicht den Tod gefunden hatten?

Es gab so viele Fragen, und ich war so müde. Auch die anderen wirkten müde. Auf dem Rückweg in die Perle hatten wir geschwiegen, inmitten der angeregt schwatzenden Schaulustigen, die sich dann schnell in den Straßen und Gassen verloren, nachdem wir die Stadttore passiert hatten. Nun umgaben uns Zecher und Nachtschwärmer, die rund um den Marktplatz von einer Taverne zur nächsten zogen. Und wir schwiegen noch immer. Justinius hatte seinen Hut vom Kopf genommen und strich nachdenklich mit den Fingern über die Krempe. Scara hatte die Hände vor dem Bauch gefaltet und blickte ins Leere. Mykar hielt sein Bündel im Arm, als wollte er den unter dem Tuch verborgenen Schädel in den Schlaf wiegen. Ich gab mir die größte Mühe, einen gefassten Eindruck zu erwecken.

So standen wir da, während im Inneren des Gasthofs die Fiedeln lustig quietschten.

Schließlich erlöste uns Justinius: »Nun, das wäre es wohl erst mal«, sagte er.

Sofort kam Leben in Mykar: »Was soll das heißen?«, fragte er in scharfem Tonfall, die Augen zu Schlitzen verengt.

»Das heißt, dass wir in der Perle nichts mehr verloren haben. Das Beste wird sein, wir kehren zu meinem Landsitz zurück. Dort können wir überlegen, was unsere nächsten Schritte sind. Wie wir an Rudrick rankommen. Das wird wohl nicht so einfach werden, nach allem, was ich über diese … diese Horde gehört habe.«

»Das ist richtig«, bestätigte ich an Mykar gerichtet. »Wenn er Teil der Horde ist, steht er unter dem Schutz ihres Anführers, des Schwarzen Jägers. Wir haben schon gestern Morgen darüber gesprochen, erinnerst du dich?«

Ich bezweifelte, dass er mir überhaupt zugehört hatte.

Justinius fuhr fort: »Gut. Irgendetwas wird uns schon einfallen. Was du wissen solltest, Mykar: Es gibt nicht nur Rudrick. Da sind noch andere.«

»Andere?«

Die Musik im Gasthof verstummte und Applaus ertönte, mit begeisterten Rufen durchmischt. Als sich der Lärm gelegt hatte, sagte Justinius: »Ja, seine Freunde. Sie haben sich jahrelang mit denselben Späßen vergnügt wie er. Und wenn Vanice recht hat, dann wollen sie ihm wohl auch in die Geisterwelt folgen. Zwei haben es schon geschafft, sich umbringen zu lassen. Sie heißen Bero von Luchterbruch und Gerrik von Felsenkamm. Die Einzelheiten erzähle ich dir später.«

Im Licht, das vom *Schäumenden Kelch* her auf die Straße fiel, sah ich, dass Mykars Augen feucht schimmerten. »Ja …«, sagte er leise. »Er war nicht allein … damals … bei Alva …« Plötzlich wurde sein Blick hart. »Auch Rudricks Freunde müssen sterben!«, zischte er.

»Ganz deiner Meinung«, entgegnete Justinius. »Auch wenn ich keine Ahnung habe, wie man Gespenster umbringt. Die anderen beiden sind übrigens Radulf von Rodingen und Laghras vom Hohen Teich. Ich vermute, sie haben kalte Füße bekommen und sind irgendwo untergekrochen. Die Frage ist, wie wir sie aufspüren. Und was wir mit ihnen anfangen, wenn wir sie gefunden haben. Im Fall von Bero und Gerrik müssen wir natürlich erst mal wissen, was bei allen Göttern nach ihrem Tod mit ihnen geschehen ist. Aber das werden wir heute Nacht nicht mehr klären …« Er gähnte, fuhr sich durch die Haare. »Gut … ich habe morgen früh noch etwas zu erledigen. Sagen wir, um die Mittagszeit?«

Mir fiel auf, dass Justinius mich nicht ansah, als er die Frage stellte. Ich spürte einen Stich im Herzen.

Mykar nickte. »Gut.«

Justinius zögerte kurz. »Noch etwas, Mykar …«, begann er dann.

»Ja?«

»Es tut mir leid um Cay.«

Mykar sagte nichts. Sein Blick war wie ausgehöhlt.

Justinius seufzte. »Also, bis morgen! Komm, Scara!« Er drehte sich um, öffnete die Tür des Gasthofs und verschwand im Inneren. Scara streckte eine Hand nach Mykar aus. Sie berührte ihn an der Schulter. Mykar wandte ihr langsam die Augen zu. Scaras Gesicht zeigte jetzt eine seltsame, irgendwie sanfte Entschlossenheit. Einige Momente lang verharrten die beiden in dieser Art, bis Scara ihre Hände wieder vor dem Schoß faltete und Justinius folgte. Dann, bereits auf der Schwelle stehend, wandte sie den Kopf und lächelte mir zu. Es war ein kleines, huschendes Lächeln, das ich nicht zu deuten wusste. Mit einem seltsamen Gefühl von Betroffenheit blieb ich zurück – als würden Scara und ich ein Geheimnis teilen, und ich hätte vergessen, was dieses Geheimnis war.

Ich hätte gerne eine Kutsche genommen, aber es war gerade keine zu sehen. Also gingen wir zu Fuß, Mykar und ich. Wir kehrten dem *Schäumenden Kelch* mitsamt den Feiernden, Justinius und Scara den Rücken und machten uns einmal mehr auf den Weg zur Totenstadt der Perle. Die Nacht war kühl; das schien die Zecher, die die Schenken am Marktplatz bevölkerten, aber nicht weiter zu stören, und ich war froh, als wir das vergnügte Treiben hinter uns gelassen hatten.

Zu den Dingen, die mir an der Stadt des Dorn gefielen, zählte, dass es in ihr viel Licht gab. Laternen erhellten die größeren Straßen und Plätze, und für gewöhnlich – das heißt, wenn es nicht gerade stürmte, wie gestern – sorgten die Wächter dafür, dass sie bis zur sechsten Nachtstunde brannten. Selbst in ein paar der ärmeren Viertel hingen mancherorts Lampen an den Hauswänden oder standen in Nischen. Ich hatte es immer gemocht, dieses Gefühl, dass da eine strenge, umsichtige Hand war, die darauf achtete, dass alles seine Ordnung hatte. Das war etwas ganz anderes als beispielsweise in Mandris, wo die Reichen ein Vermögen ausgaben, um die Prachtstraßen nachts in einem Lichterglanz erstrahlen zu lassen, als sollte die Dunkelheit abgeschafft werden, während man schon hundert Schritte weiter meinen konnte, man würde unter Pechtüchern wandeln.

Ja, ich liebte die Helligkeit. Und ich verabscheute alles Trübe und Finstere. In dieser Nacht aber verspürte ich den Wunsch, das Licht zu meiden. Ich fühlte mich hässlich und wund; ich wollte nicht gesehen werden, und ich wollte auch niemanden ansehen müssen. Deshalb führte ich Mykar bei der ersten Gelegenheit in eine der vielen Gassen, wo einfache Handwerker ihre Läden hatten, und wo es selbst jetzt, da alle Geschäfte geschlossen waren, nach dem Brot aus den Backstuben und den Gewürzen der Krämer roch. Hier war es dunkel, vorsichtig tastete ich mich an den Häuserwänden entlang; aber ganz abgesehen von meinen Launen passte die Dunkelheit irgendwie besser zu dem, worüber ich mit Mykar reden wollte. Ich musste endlich wissen, wer oder was er wirklich war.

»Sag, Mykar«, begann ich nach einer Weile, »willst du nicht lieber mit in meinen Gasthof kommen?«

»Warum?«, entgegnete er. »Es ist doch alles in Ordnung.«

»Die Gruft ist kalt und feucht. Du könntest krank werden.«

»Nein. Das glaube ich nicht. Wie heißt Euer Gasthof?«

»Wie bitte?«

»Der Gasthof – wie heißt er?«

»*Zum Silbernen Otter*. Wieso fragst du?«

»Was ist ein Otter?«

»Ein Tier, das am Wasser lebt. Warum ist das wichtig?«

»Warum heißt Euer Gasthof so?«

»Was weiß ich. Vielleicht, weil der Gasthof in der Nähe des Flusses liegt. Meinst du nicht, dass es wichtigere Dinge gibt?«

»Und wie heißt der Fluss?«

»Der Fluss heißt Daarado. Und bevor du fragst, ich habe keine Ahnung, warum er so heißt. Er fließt von den Fokris-Bergen nach Lihanny, das liegt ein paar hundert Meilen weiter südwestlich. Sie nennen die Gegend hier das Daar-Tal, hatte ich das nicht alles schon erwähnt?«

»Ist es schön in Lihanny?«

»Es gibt viel Sonne und viele Weinberge. Ich mag Sonne, und ich mag Weinberge. Ja, es ist schön da.«

»Warum seid Ihr dann hier?«

Ich blieb stehen, schüttelte verärgert den Kopf und drehte mich zu Mykar um. Aber natürlich konnte ich kaum etwas erkennen. »Was sollen diese Fragen, Mykar? Du klingst recht feindselig. Habe ich dir etwas getan?«

»Ist es, weil Ihr Leichen esst? Deshalb könnt Ihr nicht so lange an einem Ort bleiben? Ihr habt Angst, dass sie Euch entdecken, oder? Und deshalb wisst Ihr auch so viel über die Totenstadt und die Horde. Ihr wart nicht immer so, oder? Und als Ihr begonnen habt, Euch zu verändern, habt Ihr versucht zu verstehen, was mit Euch geschieht. Und in welche Welt Ihr eintretet. So ist es doch, oder?«

»Ja … das habe ich dir doch alles längst erklärt …«

»Ihr habt mir immer nur gesagt, was Ihr mir sagen wolltet. Aber das ist egal. Alles, was ich wissen will, ist, wie ich Rudrick töten kann.«

Ich fühlte mich von Sekunde zu Sekunde unwohler. Dieses Gespräch lief nicht so, wie ich es mir vorgestellt hatte. »Es ist, wie Justinius sagt …«, begann ich stockend, »… das werden wir heute Nacht nicht mehr herausfinden …«

»Nein!«, fauchte er. »Das stimmt nicht! Ihr wisst es ganz genau! Sagt es mir!«

»Muss das heute Na-«

»Ja! Heute Nacht! Sofort!«

Ich stemmte die Hände in die Hüften, auch wenn er es nicht sehen konnte. »Ich *verbitte* mir so einen Tonfall von dir!«, fauchte ich nun meinerseits. Ich vermute, dass es ein unbeteiligter Beobachter recht amüsant gefunden hätte, wie Mykar und ich uns gegenseitig im Dunkeln anfuhren. Aber es gab keine Beobachter; wir waren unser ganzes Publikum.

Jetzt fasste er mich am Arm. »Vanice, ich muss Rudrick töten! Wenn ich Cay nicht rächen kann, hat nichts einen Sinn!«

»Bei Elaahs Gnade, wenn dir das Andenken von Cay so viel wert ist, warum fragst du mich dann nicht, was er mir gestern in der Zelle gesagt hat? Das scheint dir ja völlig gleichgültig zu sein!«

»Es *ist* gleichgültig! Er ist *tot*!«

Ich stieß die Luft aus: »Mykar! Wie kannst du so kaltherzig von Cay sprechen! E-er ist dein Freund! Er … er …«

»Ich muss Rudrick töten!«

Mykar hatte fast geschrien. Mir war klar, dass wir Gefahr liefen, die halbe Gasse zu wecken, wenn wir so weitermachten, und ich begann zu bezweifeln, dass es eine gute Idee gewesen war, diese Unterhaltung im Finstern zu führen.

»Gut, einverstanden!«, sagte ich, indem ich meine Stimme zu einem eindringlichen Flüstern senkte. »Ich werde dir alles sagen! Aber bitte nicht hier! Es kann sehr gefährlich werden, wenn jemand hört, worüber wir reden!«

Er ließ seine Hand sinken. Ich rieb mir den Arm, wo Mykar zugepackt hatte, drehte mich um und ging los, wiederum entlang der Hauswände tastend. An Mykars Schritten hörte ich, dass er mir folgte. Allerdings schien er nicht gewillt zu sein, lange auf seine Antworten zu warten.

»Wie, Vanice? Wie kann ich Rudrick töten?«, fragte er, sowie wir um die nächste Straßenecke gebogen waren.

»Das kommt darauf an, was du bist«, sagte ich und fühlte mich plötzlich noch zehnmal müder als zuvor.

»Was ich bin? Was heißt das?«

»Darüber wollte ich ja eben mit dir reden, als dir der Sinn danach stand, eine Plauderei über Gasthöfe und Flüsse anzufangen. Du musst mir sagen, was damals mit dir passiert ist, nach Alvas Tod.«

»Wie oft wollt Ihr das noch hören? Sie haben mich halbtot geschlagen. Dann haben sie mich im Wald liegenlassen.«

»Ja, das hast du mir erzählt. Was ich wissen will, ist, wie es danach weitergegangen ist.«

»Danach? Wie es danach …« Nun klang Zweifel in Mykars Stimme. »… also, danach bin ich zu der Lichtung gegangen, wo ich Danje kennengelernt habe.«

»Danje? Sie hat damals noch gelebt?«

»N-nein … sie war … so wie jetzt.«

»Und du hast sie *kennengelernt*? Du hast ein *Skelett* kennengelernt, Mykar?«

»Ja, zwei Jahre davor.«

Ich schüttelte den Kopf. »Gut … von mir aus. Und dann?«

Mykar sprach jetzt heller und weicher; ganz unversehens schien ein kleiner Junge neben mir zu laufen. »Ich … ich hatte Danje ja begraben. Das hatte sie so gewollt, unter dem Baum. Und dann … dann habe ich mich zu ihr gelegt … und dann … also, dann bin ich in die Erde gegangen …«

»Du bist was?« Ich wünschte, ich hätte mich verhört.

»Ich war in der Erde … glaube ich … bis sie Cay verhaftet haben. Das habe ich gesehen, und dann bin ich zurückgekommen.«

»Wie lange?«

»Was, wie lange?«

»Wie lange warst du in der Erde?«

»Also … sieben Jahre.«

»Sieben Jahre«, sagte ich. »Sieben Jahre«, wiederholte ich. »Die ganze Zeit, seit Alvas Tod?«

»Ja.«

»Ich verstehe …«, behauptete ich. »Eben hast du von einem Baum gesprochen, das klang so, als ob das ein besonderer Baum wäre.«

»Ja, er wächst am Rand der Lichtung, wo Danje früher mit ihrer Familie gelebt hat. Da ist aber schon lange niemand mehr. Nur Danje und ich … Der Baum ist eine Linde. Er ist sehr groß und immer grün. Sein Stamm aber ist rot, dunkelrot. Und er kann blühen, wann er will, selbst im Winter.«

Ich hatte gehört, was ich hören musste. Ein paar Minuten lang dachte ich nach, während wir durch die leeren, finsteren Gassen gingen, durch die dunstige, feuchte Luft, die das Geräusch unserer Schritte aufsog und als ein tonloses, kleines Pochen zurückgab – wie wenn hinter allen Türen und Fensterläden jemand stände, der unentwegt gegen das Holz klopfte.

»Du hast gesagt, du wärest vor sieben Jahren gestorben … Weißt du eigentlich, ob du lebst oder tot bist?«, fragte ich dann. Es war eine absurde, eine lächerliche und empörende Frage.

»Nein … eigentlich nicht«, sagte Mykar. Zunächst zauderte er, offenbar verdutzt über seine eigenen Worte. Dann wurde seine Stimme wieder hart und scharf: »Und es ist auch völlig gleichgültig. Ich muss Rudrick töten. Ihr habt versprochen, mir zu sagen, wie ich ihn töten kann!«

»Ja, Mykar, deshalb wollte ich ja wissen, was mit dir geschehen ist. Hast du schon von den Versammlungen gehört?«

»Versammlungen? Welche Versammlungen?«

»Also nein. Nun, einmal im Monat, in den Neumondnächten, treffen sich die Spukwesen an bestimmten Orten. Sie treffen sich, um Neuigkeiten auszutauschen, aber auch, um Streit zu schlichten und bedeutende Entscheidungen zu fällen.«

»Und ich soll zu einer dieser Versammlungen?«

»Ganz genau. Denn zumindest das weiß ich jetzt: Dass du wirklich zu den Schatten gehörst. Ich hatte gehofft, es wäre anders … Aber gut – jedenfalls heißt das, dass du dich den Gesetzen des Geisterreichs beugen musst.«

»Wie? Ich verstehe nicht …«

»Du musst um Erlaubnis bitten, Rudrick zu töten.«

»Was? Wieso das denn?«

»So ist das Gesetz. Die Nachtgestalten und Spukwesen dürfen sich nicht einfach so bekämpfen und schon gar nicht vernichten, selbst wenn zwischen ihnen Feindschaft entsteht. Dafür braucht es eine Erlaubnis.«

»Aber die Geisterreiter haben sich doch keinen Deut um irgendwelche Regeln gekümmert, als sie die Leichenfresser abgeschlachtet haben!«, rief er.

»Das stimmt«, sagte ich. »Aber die Horde ist eben die Horde. Wer sich ihr einmal angeschlossen hat, ist nur noch ihren Gesetzen verpflichtet.«

»Und was sollen das für Gesetze sein?«

»Ich habe keine Ahnung. Die Horde bleibt unter sich. Ich weiß nur, dass sie sich nicht um das schert, was die anderen von ihr halten.«

»Und warum sollte ich mich dann um die Gesetze scheren?«

»Weil du dir sonst sämtliche Bewohner der Schatten zum Feind machst. Das sind ein paar Feinde zu viel, meinst du nicht auch?«

Er schnaubte verächtlich. »Wenn Rudrick tot ist, ist mir das egal.«

»Schön, Mykar!«, sagte ich wütend. »Ich verstehe schon, du lebst nur noch für deine Rache. Aber dann solltest du immerhin daran denken, dass Rudrick nicht alleine ist. Wie hießen sie noch gleich, seine Freunde, von denen Justinius gesprochen hat? Wenn du wirklich Vergeltung willst, wäre es doch ein bisschen albern, sich gleich am Anfang umbringen zu lassen, oder? Genau das wird aber geschehen, wenn jeder Geist und jeder Wiedergänger zwischen hier und Mandris einen Feind in dir erblickt!«

Ich bildete mir ein zu hören, wie Mykar mit den Zähnen knirschte. »Was muss ich tun, um diese Erlaubnis zu kriegen?«, fragte er schließlich.

»Der Gespenstergasthof, in dem du mit diesem … Wie war gleich sein Name?«

»Ede.«

»… in dem du mit diesem Ede gesprochen hast – meinst du, du würdest ihn wiederfinden?«

»Ja.«

»Gut. Beim nächsten Neumond findet dort eine Versammlung statt, zu der musst du gehen. Den Vorsitz über die Versammlung hat der Prinzipal. Ihn wirst du davon überzeugen müssen, dass es dein Recht ist, Rudrick zu töten.«

»Und wie soll ich das machen?«

»Das kann ich dir nicht sagen. Es gibt nicht einen Prinzipal, sondern viele. Sie sind wie Adelige, die über bestimmte Gebiete herrschen, und jeder von ihnen legt die Regeln und Gesetze nach seinem Gutdünken aus. Deinen Prinzipal kenne ich nicht. Wenn ich in den Windmarken war, bin ich immer zu den Versammlungen in der Perle gegangen.«

»Warum soll ich da nicht auch hin?«

»Weil du offenbar zu dem Baum gehörst, Mykar, dem immergrünen Baum auf der Lichtung. Das, was du bist, kommt von dort, und der Baum steht nun mal nicht in der Perle, sondern in der Nähe von diesem Gasthof.«

Mykar lachte, warum auch immer. »Dann gehe ich eben zurück zu Grolek und Ede! Aber was ist das überhaupt, ein Prinzipal?«

»Nun … auch das kann ich dir nicht sagen«, entgegnete ich zögernd. »Es sind sehr alte und mächtige Nachtgestalten … und sie sind nicht von dieser Welt. Vielleicht sind es Dämonen, aber was heißt das schon? Meinem Wissen sind Grenzen gesetzt. Ich habe es dir schon einmal gesagt: Ich bin nur ein Mensch und stehe diesseits des Todes – trotz allem.«

In diesem Moment, passend zu meinen Worten, kamen wir auf den Vorplatz des Thaala-Tempels; den weiten, leeren, fremden Platz, von zahlreichen Laternen beschienen. Wie oft ich diesen Platz auch betrat, jedes Mal spürte ich, dass sich etwas Schweres und Drückendes auf meine Seele legte, sowie ich die ersten Schritte gemacht hatte: eine Mahnung zu Stille und Gehorsam; das Gebot der Dunklen Göttin, sich ihr und ihrem Willen zu unterwerfen.

Zu meinem Erstaunen gab sich Mykar mit meiner Antwort zufrieden. Vielleicht fühlte er ähnlich wie ich, was diesen Ort betraf. Fest stand jedenfalls, dass es ihn nicht sonderlich interessierte, was das »trotz allem« für mich bedeutete, wie viel Qual und Verzweiflung darin beschlossen lag. Nun hätte ich Lust gehabt, zu lachen; zu lachen und zu lachen …

Keiner von uns sprach, während wir über den Platz gingen, hin zu der weißen Mauer der Totenstadt. Meine Lachlaune schwand so jäh, wie sie gekommen war. An ihre Stelle trat erneut die Müdigkeit. Ich fragte mich, was ich jetzt tun sollte. Schon seit manchem Jahr gehörte es zu meinen Gewohnheiten, auf den Friedhöfen von Orten, an denen ich länger bleiben wollte, ein Kleid zum Wechseln und Waschzeug – einen Wasserschlauch, Seife und etwas Schminke – zu verstecken. Hier in der Perle hatte es mir die Freundschaft der Unterirdischen zwar zumeist erspart, selbst die halbe Nacht in Gräbern zu wühlen; aber manchmal hatte ich es einfach nicht über mich gebracht, sie um Hilfe zu bitten. Jedenfalls verringerten derartige Vorsichtsmaßnahmen die Gefahr, entdeckt zu werden, wenn ich vor Hunger außer mich geriet. Kehrte ich dann am nächsten Morgen in meinen Gasthof zurück, frisch gewaschen und geputzt, so wunderten sich die Bediensteten vielleicht, wo ich die ganze Zeit über gewesen war; doch ich hatte schon früh gelernt, wie man die Lust, lästige Fragen zu stellen, bereits im Keim ersticken konnte. Man musste selbstsicher und unverschämt sein und notfalls ein paar Münzen springen lassen. Dann wurde man zwar vielleicht für eine Kurtisane oder ein mannstolles Luder gehalten, aber das war zu verschmerzen. Für mich ging es schließlich um Leben und Tod, und nicht um die Makellosigkeit meines Rufes.

Eigentlich hatte ich vorgehabt, mein blaues Kleid, das nach den Ereignissen der vorvergangenen Nacht natürlich nicht mehr zu gebrauchen war, bei der ersten Gelegenheit aus seinem Versteck zu holen und irgendwo zu verbrennen oder wenigstens zu vergraben. Die Spuren verwischen – das war das oberste Gebot des Überlebens. Doch plötzlich war mir die Vorstellung unerträglich, in dieser Nacht noch die Totenstadt der Perle zu betreten und in der Dunkelheit zwischen den Grüften und Gräbern herumzustolpern; der Gedanke an all den Verfall und Moder, an die schrundige, elende Verkommenheit erweckte in mir den Wunsch, davonzulaufen; davonzulaufen und nicht eher stehenzubleiben, bis … ja was eigentlich?

Unterdessen waren wir bei einem der Friedhofstore angekommen. Mykar hielt den Blick gesenkt und machte einen abwesenden Eindruck; wahrscheinlich phantasierte er über die tausend Möglichkeiten, Rudrick einem furchtbaren Ende zuzuführen. Ich betrachtete ihn und seine schwarze Kleidung. Sie war neu und sauber, bis auf die Stiefel, und sie passte ihm besser als die Sachen, die er zuvor getragen hatte. Ich hatte ein gutes Auge bewiesen. So, wie Mykar jetzt aussah, ließ er nicht an einen verirrten Bauernjungen denken – ganz und gar nicht.

Plötzlich wurde mir klar, dass ich seine Gegenwart keine Sekunde länger ertragen konnte.

»Also, Mykar, wenn du unbedingt zwischen Leichen schlafen willst, bitte sehr. Dann ist es wohl an der Zeit, dass wir uns verabschieden.«

Er hob die Augen, sah mich an, nickte. »Ja, dann bis morgen, Vanice.«

Jetzt lachte ich. »Bis morgen? Wie kommst du denn darauf?«

Ich sah die Verwirrung in seinen Zügen und lachte wieder. »Ich bin vielleicht eitel und selbstverliebt, Mykar, aber ich bin nicht blöd.«

»Was? Wovon redet Ihr? Ich verstehe kein Wort!«

»Ach nein, tust du nicht?«

»Nein, tue ich nicht. Wir sind doch für morgen verab-«

»*Ihr* seid für morgen verabredet, Mykar!«, rief ich und spürte, wie mein Gesicht in der Grimasse eines höhnisch-amüsierten Lächelns erstarrte. »Ihr wolltet mich doch sowieso nicht dabeihaben!«

»W-w-was? Euch nicht … Wovon redet Ihr?«

»Glaubst du etwa, ich hätte nicht bemerkt, dass du mich nicht einmal gefragt hast, was mit mir ist, als Justinius heute Nachmittag gesagt hat, er würde dir gegen Rudrick helfen? Und meinst du wirklich, dass ich nicht bemerkt hätte, dass es vorhin nur um euch drei ging, bei der Verabredung für morgen?« Ich wusste gar nicht, woher sie kamen, diese Worte, aber in dem Moment, da ich sie aussprach, begriff ich, dass sie wahr waren – jedes einzelne von ihnen. »Ich finde, ihr könntet wenigstens ehrlich sein mit mir, wenn ihr mich schon loswerden wollt!« Ich lachte und lachte.

In Mykars Gesicht rang jetzt Ärger mit der Verwirrung; aber wahrscheinlich versuchte er nur, seine Scham darüber zu verbergen, dass ich ihn durchschaut hatte. »Wo-wovon redet Ihr, Vanice?«, fragte er zum dritten Mal, als ob die Frage anfangen würde, Sinn zu machen, wenn man sie nur oft genug wiederholte. »Habt Ihr den Verstand verloren?!«

»Ob ich den Verstand verloren habe, willst du wissen?« Einen Augenblick lang dachte ich ernsthaft darüber nach, wie es um meinen Verstand bestellt sei. Dann brach es aus mir hervor: »O nein, Mykar, ich habe niemals klarer gesehen!«, rief ich. »Ich weiß genau, was ihr von mir haltet! Scara verachtet mich, und Justinius denkt, dass ich eine dreckige Hure bin, die nur dazu taugt, durchgefickt zu werden!« Meine Stimme klang schrill und triumphal. Ich streckte die Hand aus und zeigte auf Mykar; mit einer meiner abstoßenden, widerwärtigen Krallen wies ich auf ihn: »Und du – du – du hast nur jemanden gebraucht, der dumm genug war, dir zu helfen! Und nun ist es vorbei … nun ist Cay tot und … Lass mich in Ruhe! Lass mich einfach in Ruhe!«

Hastig, panisch wandte ich mich ab. Ich wusste, dass ich jetzt unbedingt in Tränen ausbrechen würde. Das durfte Mykar nicht sehen, unter keinen Umständen! Diese Demütigung … und ich hatte gedacht … Aber er hasste mich! Sie alle hassten und verabscheuten mich! Und sie hatten recht damit, tausendmal recht! Ich war meiner ja selbst sterbensmüde! Mein ganzes Dasein bestand darin, einen eitrigen, stinkenden Schleimhaufen so lange zu pudern und zu parfümieren, bis man ihn für eine Frau hielt.

Plötzlich verließ mich alle Kraft. Ich fiel auf die Knie; ich weinte, schluchzte, rang um Atem.

»Vanice! Was hat du!«, rief Mykar entsetzt. Er ging bei mir in die Hocke, fasste mich an den Schultern.

Ich stieß ihn zurück, schlug dann die Hände vors Gesicht. Er sollte nicht … durfte nicht … Da musste ich wieder lachen. Aber er *hatte* ja bereits alles gesehen: meinen Hunger, wie ich schwarzes, wurmzerfressenes Fleisch in mich hineinschlang, gierig, wollüstig, mehr, immer mehr … warum nicht auch meine Tränen …? Warum nicht die Erniedrigung vollenden …? Ich weinte, lachte, sank zu Boden, lag auf dem feuchten, schmutzigen Pflaster, zitternd und wimmernd. Mykar war wieder bei mir, und wieder fasste er mich an den Schultern. Ich hörte, wie er zu mir sprach, vermutlich beruhigende, tröstende Worte, aber ich verstand kaum, was er sagte. Alles war jetzt taub und fühllos, mein Herz und mein Körper, und ich war weg … weit weg …

Ich hätte nicht sagen können, wie lange es dauerte, bis ich mich wieder beruhigt hatte. Irgendwann hörte ich auf, zu weinen und zu schluchzen. Irgendwann gelang es mir, auf die Beine zu kommen. Ich lehnte an der Friedhofsmauer, wischte mir die Augen und putzte mir die Nase mit einem Taschentuch, das ich glücklicherweise dabeihatte.

Mykar stand neben mir und machte einen ziemlich verlorenen Eindruck.

»Geht es wieder?«, fragte er zaghaft.

Ich nickte. Er tat mir leid.

»Kann ich etwas für di- … für Euch tun?«

»Nein …« Ich schüttelte den Kopf. »Die letzten Tage waren einfach … einfach zu viel. Ich hätte wirklich gerne etwas für Cay getan.«

»Ich weiß … Danke«, murmelte er.

Ich versuchte, eine aufrechte Haltung anzunehmen und meiner Stimme Festigkeit zu verleihen, als ich sagte: »Das Beste ist wohl, wir vergessen, was gerade geschehen ist. Es wird nicht wieder vorkommen. Tu mir den Gefallen und sag Justinius und Scara nichts davon, ja, Mykar?«

»Wie Ihr wollt.«

»Ja, das hätte ich schon gerne. Also, dann bis morgen.«

»Schafft Ihr es alleine?«

»Ja. Es geht mir wieder gut. Danke. Also … gute Nacht, Mykar.«

»Gute Nacht, Vanice.«

Ich hob die Hand zum Gruß und ging davon. Dabei gab ich mir große Mühe, dass meine Schritte weder zu schnell noch zu langsam waren. Und ich drehte mich nicht nach Mykar um, während ich mich entfernte. Als er außer Sichtweite war, erlaubte ich mir, die Schultern sacken zu lassen. Ich wünschte, ich hätte eine Kutsche nehmen können. Aber in dieser Nacht hatte ich kein Glück mit Kutschen. Immerhin begegneten mir keine Stadtwachen, denen ich erklären musste, was eine verheulte und zerzauste Dame zu so später Stunde allein auf der Straße machte.

Als ich beim *Silbernen Otter* ankam, sah ich mit Erleichterung, dass in der Schankstube noch Licht brannte; offenbar hatten ein paar Gäste lange beim Bier zusammengesessen. Ich klopfte, wurde eingelassen – den Göttern sei Dank verbarg der schummerige Lampenschein, in welchem Zustand ich mich befand – und begab mich auf mein Zimmer, nachdem ich einen Krug Rotwein und eine Karaffe mit abgekochtem Wasser bestellt hatte. Bald darauf wurde mir das Gewünschte gebracht; der Wirt hatte mir sogar etwas Linseneintopf mit Kartoffeln und Essig warm gemacht.

Nachdem ich gegessen und getrunken hatte, wusch ich mich, zog mein Nachthemd an und legte mich ins Bett. Ich hatte mir viel Zeit mit dem Wein gelassen, und im Gasthof war schon längst kein Geräusch mehr zu vernehmen. Trotz meiner Müdigkeit wollte der Schlaf nicht kommen. Ich blickte in die Dunkelheit, lauschte dem Schweigen und dachte nach. Wie gerne hätte ich jetzt geweint: um Mykar und um Alva. Um Cay. Und um mich. Doch die Tränen ließen mich im Stich.

So lag ich also da, umgeben von der Schwärze und Stille der Nacht. Das Bett war eigentlich zu groß für mich; mein Körper nahm nicht einmal die Hälfte davon ein. Aber leider gab es im *Silbernen Otter* keine kleineren Betten. Ich dachte an all die Männer, die im Lauf der Jahre neben mir gelegen hatten, und ich fragte mich, ob es jemals einen Unterschied gemacht hatte. Es sollte einen Unterschied machen, so viel war sicher. Wenn da ein anderer Körper war, ein Körper mit seiner Wärme, seinem Leben, sollte man sich weniger allein fühlen.

Dann dachte ich an die Stunden, die ich gemeinsam mit Aluin verbracht hatte. Als ich ihm zum ersten Mal begegnet war, damals, auf dem Friedhof der Perle, fürchtete ich, es wäre mein Ende. Ich hatte gerade mit einem der Unterirdischen gesprochen – ein Bote von Xra, der mich zu einem Festmahl in den Palast der Toten einladen sollte –, und in dem Moment, als ich den Geweihten erblickte, wusste ich, dass er mich beobachtet hatte. Er war ein alter Mann, fast schon ein Greis, und ich hätte ihn mühelos niederschlagen und töten können. Doch seine schwarze, schmucklose Kutte wies ihn eben unzweifelhaft als Diener Thaalas aus, und selbst ich schreckte vor einem Verbrechen zurück, das mir die Feindschaft der Dunklen Göttin einbringen würde: eine Feindschaft, die weder Vergessen noch Erbarmen kannte und sich durch nichts, was ich tat, besänftigen ließe.

Was konnte ich tun, als auf die Knie zu fallen und den Geweihten um mein Leben anzuflehen? Dann sah ich den Blick des alten Mannes, die wehmutsvolle Sehnsucht in seinen Augen, und von einer Sekunde zur nächsten änderte sich alles: Ich wusste nun, dass ich nichts zu befürchten hatte – ich war die Stärkere; ich hatte etwas, das der Geweihte brauchte, was er begehrte, wonach er sich verzehrte. Und als er mich dann fragte, ob ich nicht mit ihm in den Tempel kommen wollte, sodass wir ungestört über alles sprechen könnten, war ich meiner Sache vollständig sicher. Dieses Spiel kannte und beherrschte ich.

Während wir durch die Totenstadt der Perle gingen, betrachtete ich den Geweihten. Er hatte weißes, schütteres Haar und ging leicht gebeugt, war aber alles in allem ein stattlicher Mann. Ich sagte mir, dass ich es schlimmer hätte erwischen können; tatsächlich hatte ich es oft genug schlimmer erwischt. Mit weicher, heller, gar nicht brüchiger Stimme sagte er mir, dass sein Name Aluin sei und dass er gerne durch den alten, verfallenen Teil des Friedhofs spaziere; das helfe ihm, seine Gedanken zu klären. Meinerseits erklärte ich, dass ich zu jeder Buße bereit sei, die er für angemessen halte. Ich wollte beschämt die Augen niederschlagen, während ich das sagte, aber irgendwie gelang mir das nicht. Stattdessen lächelte ich ihn an, mit einem Lächeln, das vermutlich eher das Gegenteil von Beschämung ausdrückte. Aluin erwiderte mein Lächeln, scheu, unsicher. Und es war gerade dieses Verdruckste seines Lächelns, das in mir eine alte, wohlbekannte Empfindung erweckte: spöttische, überlegene, sozusagen kennerhafte Verachtung. So war das mit den Männern. Sie gaben sich weise oder spitzbübisch, weltgewandt oder weltmüde, kavaliershaft oder draufgängerisch. Aber wenn ich die Beine breit machte, wurden sie zu sabbernden, geifernden Idioten. Dann kamen sie gekrochen.

Tatsächlich kam Aluin nicht gekrochen. Mit einer Offenheit, die mich überraschte, führte er mich in eine Kammer im Untergeschoss des Tempels. Unterwegs grüßte er ein halbes Dutzend seiner Brüder und Schwestern, und als wir dann allein waren, verlor er kein Wort über den Leichenfresser. Er fragte auch nicht danach, was eine Dame mit einem solchen Ungeheuer zu schaffen hatte, drohte und schmeichelte mir nicht. Stattdessen bat er mich, auf einer Ottomane Platz zu nehmen, und drückte mir ein uraltes Buch in die Hand, dessen Ledereinband im Lauf der Jahre fast schwarz geworden war und dessen Seiten sich steif und brüchig anfühlten. Es handelte sich dabei um Gedichte – das Werk eines Poeten namens Boven vom Wolfstritt, der, wie ich mich zu erinnern meinte, vor vier- oder fünfhundert Jahren in Benorien gelebt hatte.

Aluin fragte, ob ich ihm aus dem Band vorlesen würde und ob er dazu seinen Kopf in meinen Schoß legen dürfte. Ich war viel zu überrascht, um ihm seine Bitte abzuschlagen. Also legte er seinen Kopf in meinen Schoß, schloss die Augen und faltete die Hände auf der Brust, mit einem leisen Seufzer. Und ich las vor. Zunächst stockend, dann mit wachsender Sicherheit. Ich sagte mir, dass ich noch billiger davongekommen war, als ich geglaubt hatte. Als ich fertig war, lächelte Aluin, nun gar nicht mehr zaghaft, und bedankte sich bei mir. Mit sanfter Stimme erkundigte er sich, ob ich etwas dagegen hätte, nächste Woche wiederzukommen. Bei meinem zweiten Besuch hatte der Geweihte etwas Gebäck und Honigwein für mich bereitgestellt. Bei meinem dritten Besuch gab er mir einen Goldgulden; er sagte, in seinem Alter bräuchte man nicht mehr viel, und als Diener Thaalas schon gar nicht.

Bald stellte sich allerdings heraus, dass Aluins Brüder und Schwestern wenig angetan davon waren, dass ich den Tempel besuchte, als wäre ich eine ehrbare Gläubige. Offenbar hatten sie erkannt, wie es in Wahrheit um mich bestellt war. Zu meinem Erstaunen ließ sich Aluin durch den Unwillen der anderen Geweihten nicht davon abbringen, mich zu sehen. Allerdings mussten wir unsere Zusammenkünfte nun in die Totenstadt selbst verlagern. Wenn es warm war, trafen wir uns in einem halb verfallenen, aber durchaus pittoresken Pavillon; war das Wetter zu schlecht, gingen wir in eine kleine Kapelle, die kaum je benutzt wurde.

Im Lauf der Zeit erwies mir Aluin viele Gefallen. Nicht zuletzt machte er seinen Einfluss geltend, um seine Brüder und Schwestern davon zu überzeugen, an dem Pakt mit den Unterirdischen festzuhalten, als diese dem gewaltigen Wanst des Enkels von Xaver vom Roten Haus nicht widerstehen konnten. Ich wusste, dass er dies vor allem darum tat, weil er nicht riskieren wollte, dass die Perle zu einem Unort für mich wurde. Deshalb verfiel er auch auf die Idee, mich als

Mittlerin zwischen den Geweihten und den Leichenfressern einzusetzen, nachdem der magische Bann errichtet worden war. So hatte ich einen Grund mehr, die Perle häufig zu besuchen; und er hatte einen Grund mehr, mir Geschenke zu machen, die ich nicht benötigte.

An dem Ablauf unserer Treffen änderte all das wenig. Bis heute bettete er seinen Kopf in meinen Schoß, wenn ich zu ihm kam, und lauschte den silbrigen Klagen eines Mannes, der längst schon tot und begraben war; zuletzt an dem Tag, als ich Mykar kennenlernte. Doch was immer der Geweihte für mich getan hatte, was immer ich ihm bedeuten mochte – niemals hatte er mir auch nur ein einziges Wort der Erklärung gegeben.

Nun lag ich in meinem dunklen, leeren, stillen Zimmer und dachte an Aluins Lieblingsgedicht. Er wollte es jedes Mal aufs Neue vorgelesen haben. Und jedes Mal aufs Neue rezitierte ich die Verse. Bis ich sie im Schlaf hätte hersagen können. Bis sie mir abscheulich und verhasst waren.

Ist es Echo, Mondgespinst oder Traum?
Rot triefen die Sterne, verwischen im Raum.
Der Tag mit seiner Blütenpracht
Versank im schwarzen Samt der Nacht,
Im schwarzen Samt der Nacht.

Verschwunden bist du, Herrin,
Und die dunkelsten Sterne ermatten;
In leere Worte fließt mein Blut,
Versinkt in Geisterschatten.
Träne für Träne für Träne
Fällt Mingas Schleier auf mich,
Bleicher, bleicher Sänger,
Gramvoll Mondgesicht,
Dumpfer Widerhall,
An dem dein Strahlen bricht.

So sing ich, o Herrin, äonenlang dein Lied,
Bis vor Herzeleid mir einst die Sprache flieht,
Im schwarzen, schwarzen Samt der Nacht,
Im schwarzen Samt der Nacht.

20
EIN SPAZIERGANG IN DER SONNE

Vanice

Mein Auftritt auf dem Fearn-Ball war ein voller Erfolg gewesen. Wenn mein Vater in den nächsten Tagen von Geschäftsgängen in Raban zurückkam, behauptete er stets, die ganze Stadt würde nur über mich reden. Ich glaubte ihm zwar nicht, wurde aber trotzdem rot vor Freude. Auch meine Brüder schmeichelten meiner Eitelkeit nach Kräften: Vychan, der Zweitälteste, äußerte wiederholt die Vermutung, dass bald ein Feldlager in unserem Garten errichtet werden müsste für all die Prinzen, die um meine Hand anhalten wollten; und Carleo erklärte bei jeder Gelegenheit, wir sollten sicherheitshalber Wachen vor meiner Zimmertür und auf dem Altan postieren, um zu verhüten, dass ich von einem liebestollen Verehrer geraubt würde.

Ich reagierte auf derartige Bemerkungen abwechselnd verärgert und beschämt, aber im Grunde waren sie natürlich genau das, was ich hören wollte. Wenn ich mir sicher war, dass niemand in der Nähe war, ging ich sogar so weit, vor dem Spiegel kühl-abweisende, ironisch-neckische und schüchtern-geschmeichelte Mienen einzustudieren.

Trotz allem war ich weit entfernt davon, mit dem Gedanken ans Heiraten ernst zu machen. Ich wollte bewundert und umworben werden, konnte mir aber nicht eine Sekunde lang vorstellen, mein Leben in die Obhut eines Fremden zu geben. Dabei war es auf Enjahla – und auch im Kreise der Großen Familien – keineswegs ungewöhnlich, dass die Frauen im Jahr ihres Blütenfestes heirateten und mit zwanzig schon mehrere Kinder zur Welt gebracht hatten. Es kann sein, dass mich dieser Eigensinn in einen ernsten Konflikt mit meiner Familie gebracht hätte; schließlich war es nicht vorgesehen, dass eine der Unseren vom Weg abwich. Vielleicht war mein Widerwille gegen das Heiraten aber auch nur eine Laune unter vielen und wäre geschmolzen wie Schnee in der Frühlingssonne, wenn sich ein Verehrer eingefunden hätte, der es verstand, mein Herz zu berühren.

Tatsächlich gab es jemanden, in den ich mich hätte verlieben können: Elir Noirrcrombant. Er war der älteste Sohn seiner Familie und hatte schon einige Geschäfte von seinem Vater übernommen. Auf dem Fearn-Ball war er schnurstracks auf mich zugesteuert, als hätte er seit langem auf die Gelegenheit gewartet, mich kennenzulernen. Er forderte mich zum Tanz auf und spielte höflich mit, als ich vorgab, nicht zu wissen, wer er war. Später dann unterhielt er sich lange mit mir, während wir einen herrlich prickelnden Weißwein tranken. Ich war damals zwar unfassbar eingebildet, aber ich war nicht annähernd so dumm, wie es mir im Rückblick manchmal scheinen will. Anders ausgedrückt: Ich konnte durchaus den Unterschied dazwischen wahrnehmen, ob jemand wirklich etwas zu sagen hatte oder nur Wörter verbrauchte. Elir gehörte eindeutig zu der ersten Sorte. Außerdem sah er ziemlich gut aus: Er war groß und schlank, hatte schwarze, schulterlange Haare und blaue Augen. Sein Blick war fest und seine Stimme schien ebenso geeignet dafür, feurige Reden zu halten, wie zarte Liebesschwüre zu hauchen.

Seltsamerweise bin ich noch heute davon überzeugt, dass Elirs Wertschätzung nicht gespielt war, sondern dass er etwas in mir gesehen hat, was ich vielleicht selbst nicht sehen konnte. Dem lärmenden Pomp des Balles und meinem lächerlichen Gehabe zum Trotz.

Manchmal gibt mir dieser Gedanke Kraft.

Obwohl ich niemals wieder mit Elir Noirrcrombant gesprochen habe.

Etwa zwei Wochen nach dem Fearn-Tag machten Siya und ich wieder einmal einen Spaziergang in die Hügel. Begleitet wurden wir von zwei hünenhaften Dienern mit Breitsäbeln und zwei weiteren Zofen, die einen Korb mit Speisen und Getränken sowie einen großen Sonnenschirm trugen. Auch im Hochsommer unternahmen wir diese Spaziergänge, sooft es die Hitze zuließ. Zum einen war mein Vater der Meinung, dass es meiner Gesundheit gut tat, mich im Freien zu bewegen. Zum anderen konnte Siya unsere Ausflüge nutzen, um mich in der Tier- und Pflanzenwelt Enjahlas zu unterweisen, die sich dann ja sozusagen vor unseren Augen ausbreitete. Und sollte sich dieses Thema erschöpfen – die Geschichte der Großen Familien und Fragen des rechten Götterglaubens boten stets genug Anlass für ausgedehnte Belehrungen.

An diesem Tag aber war Siya nicht recht bei der Sache. Sie fühlte sich unwohl, wie sie sagte; worum es dabei ging, wusste ich nicht. Auch ich war nicht bester Laune. Es irritierte mich, dass noch immer keine Horden von Verehrern unsere Villa belagerten und sich atemberaubende Duelle lieferten, um zu entscheiden, wem das Privileg zufiel, als Erster bei mir vorzusprechen. So kam es also, dass ich wenig Neues über die Großtaten unserer Vorfahren erfuhr und wir unsere Rast deutlich früher einlegten, als es unsere Gewohnheit war.

Im Schatten eines Granitfelsens wurden Decken ausgebreitet, und sicherheitshalber stellte Siya noch den Sonnenschirm auf. Dann setzten wir uns, um zu essen und zu trinken. Es gab frisches Fladenbrot, getrockneten Schafskäse, gebratene Auberginenscheiben, Wildschweinschinken, Aprikosen und Pfirsiche. Ein kleiner Festschmaus – aber ich hatte keinen Hunger und nahm nur einige Schlucke von dem mit Honig gesüßten Malventee, den ich damals von morgens bis abends hätte trinken können.

Bald wurde mir langweilig. Einem jähen Einfall folgend sagte ich Siya, dass ich mir die Beine vertreten wollte. Die runzelte daraufhin die Stirn: Wir hätten doch gerade erst Platz genommen, und die Sonne schiene so heiß … Ich zuckte die Schultern und erklärte, ich könne ja auch allein ein paar Schritte gehen; schließlich kannte ich diese Hügel seit meiner Kindheit und würde mich kaum verlaufen. Es war Siya anzusehen, dass ihr mein Vorschlag nicht behagte. Sie ließ mich nur ungern alleine, das war schon immer so gewesen. Daran änderte auch die Tatsache wenig, dass ich jetzt eine Frau im heiratsfähigen Alter war. Aber Siya wusste auch, dass ich, wie sie sagte, bald das Nest verlassen würde. Vielleicht dachte sie, dass es da nicht schaden konnte, wenn ich schon mal ein bisschen übte. Pflichtbewusst, wie sie eben war, legte mir Siya trotzdem nahe, eine der anderen Zofen oder, besser noch, einen der Säbelträger mitzunehmen. Doch ich war auf den Geschmack gekommen – wahrscheinlich gerade weil ich Siyas Widerwillen spürte – und erklärte, dass ich es vorziehen würde, allein zu sein.

Nach kurzem Hin und Her ließ mir Siya meinen Willen. Dabei machte sie ein Gesicht, als ob ich die mygherische Meerenge durchschwimmen wollte. Tatsächlich fühlte ich mich einigermaßen verwegen, als ich von dem Lager wegging. Außerhalb unseres Gartens hatte ich nie auch nur einen Schritt getan, ohne dass mich mindestens zwei Diener an der Hand nahmen.

Siya rief mir nach, dass ich mich nicht zu weit entfernen sollte. Die Anspannung in ihrer Stimme amüsierte mich; ich war mit einem Mal in Hochstimmung und rief zurück, dass ich ihr Lieder singen würde, während ich umherstreifte.

So brach ich also zu meinem kleinen Abenteuer auf, und es gibt nichts, was ich jemals so bereut habe.

Obwohl es natürlich letzten Endes keinen Unterschied gemacht hätte, wenn ich brav auf der Decke sitzengeblieben wäre und weiter Tee getrunken hätte.

Jenseits der Küsten und Tiefebenen, hin zum Inneren der Insel, besteht Enjahla aus zerklüftetem, unzugänglichem Hügelland, das langsam in ein Gebirge übergeht. Zahlreiche kleine Flüsse winden sich durch die Schluchten zwischen den Hügeln, von denen die meisten austrocknen, wenn der Sommer kommt. Doch trotz der Hitze und der Dürre sind die Hügel meiner Insel von immergrünen Wäldern aus Eichen und Kiefern bedeckt. Siya hatte mir gesagt, dass Enjahla früher einmal vollständig von Wald überzogen war. Aber man benötigt Holz, um Schiffe zu bauen, und Weideland, um Vieh zu halten. Und so kam es, dass der Wald in dem Maße schwand, wie die

Großen Familien an Macht und Reichtum gewannen. An seiner Statt hat die *Maccicha* weite Teile des Hügellands erobert. Kilometerweit zieht sie sich zwischen den Felsen entlang, hinauf die Anhöhen und hinab die Steilhänge: eine Wildnis von Sträuchern, Büschen, niedrigen Bäumen, stacheligen Ranken und wuchernden Kräutern. Im Frühling ist die *Maccicha* ein einziges leuchtendes Blütenmeer; im Sommer wird sie zu einer grünbraunen Ödnis, die manchmal bis ins Gräuliche hinein austrocknet.

Dann aber liebte ich sie am meisten. Denn dann vermischte sich der Geruch der Zistrosen mit jenem von Rosmarin, Salbei, Thymian und Lavendel zu jenem berauschenden Duft, der für mich mehr als alles andere die Seele meiner Heimat ausmacht.

Es war dieser Duft, der mich umgab, während ich durch den Buschwald schlenderte und einfache Fischerweisen sang, die mir Siya vor Jahren beigebracht hatte. Ich gab acht, mich von den Stellen fernzuhalten, wo das Gestrüpp undurchdringlich wurde, mied die Dornenranken, deren Stacheln nur darauf zu warten schienen, sich in meinem Kleid zu verhaken und meine Haut zu zerkratzen, und schützte mich so gut es ging mit meinem Sonnenschirm gegen die Lichtglut des Sommers. Ein seltsames Gefühl von Freiheit erfüllte mich, und als ich einen neuen, unbekannten Duft wahrnahm, ging ich ihm nach, ohne lange zu überlegen.

Ich hatte keine Ahnung, was der Ursprung dieses Duftes sein könnte. Er war so süß und verlockend, dass dagegen sogar der Thymian schal wirkte. Er erweckte eine leise Wollust in mir, die mich fast ein wenig erschreckte, zugleich jedoch sehnsuchtsvolle Schauer durch meinen Körper schickte.

Ich erklomm einen umgestürzten Felsen, machte die paar Schritte zur anderen Seite der weißen, rissigen Steinplatte, sprang hinab, mühsam das Gleichgewicht haltend, schob mit dem Sonnenschirm einen zudringlichen Strauch beiseite und ging tiefer in die *Maccicha* hinein.

Mir war klar, dass ich mich weit von Siya und den anderen Bediensteten entfernt hatte. Weiter, als ich es hätte tun sollen. Ich hatte auch längst zu singen aufgehört. Mit Sicherheit machte sich Siya bereits Sorgen. Aber das war mir egal.

Erst als ich vor dem Kadaver stand, begriff ich, dass es Verwesung war, was ich gerochen hatte.

Oder nein, das stimmt nicht. Zunächst begriff ich nämlich überhaupt nichts. Ich wunderte mich, warum dieser große, zottelige Hirtenhund hier mitten im Buschland lag, wo ich doch den ganzen Tag noch kein einziges Schaf, keine einzige Ziege gesehen hatte. Ich blickte ihm in sein braunes Auge und fand, dass er traurig aussah. Ich wollte ihn streicheln, damit er auf die Beine hüpfen, mit dem Schwanz wedeln und lustig bellend umherspringen würde.

Vorsichtig, um mein Kleid nicht zu beschmutzen, knie ich mich hin. Nun sehe ich, dass der Hund über und über mit Fliegen bedeckt ist. Ihr Summen scheint ohrenbetäubend laut; es sticht mit unzähligen, kleinen Nadeln. Ekel überkommt mich, ich will aufspringen, mich umdrehen und davonlaufen. Ich bewege mich nicht. Dann werde ich von Schwindel ergriffen. Ich fürchte, dass ich das Gleichgewicht verlieren und mit dem Gesicht voran auf den Tierkadaver fallen könnte. Ich glaube, dass unter dem schwarzen Wimmeln ein weißes Wimmeln verborgen ist. Ich halte mir eine Hand vor den Mund; gleich werde ich mich übergeben müssen.

Plötzlich finde ich mich auf allen vieren wieder. Ich bin tief über den toten Hund gebeugt; mein Gesicht ist nur zwei Handbreit von ihm entfernt. Das Fliegensirren vermengt sich mit dem Rauschen des Blutes in meinem Kopf – es ist ein Lärm, der die Welt ertränkt. Ich schließe die Augen. Der süße, der oh so süße Duft des Kadavers erfüllt jeden Winkel meines Körpers. Ihn in mich einzusaugen ist eine Lust, wie ich sie nie gekannt habe. Ich will mehr. Ich brauche mehr. Mit einer wütenden Handbewegung scheuche ich die Fliegen weg. Natürlich sind sie schon zwei Sekunden später wieder da, aber das kümmert mich nicht.

Ich senke meine Lippen auf den Tierkadaver hinab. Zärtlich reibe ich meine Wange an dem Fell des Hundes, küsse sein totes Fleisch, knabbere spielerisch an seinen Wunden. Immer stärker wird das Verlangen, immer unbändiger die Lust. Ich lecke mir über die Lippen. Als ich den Mund öffne, trieft Speichel auf den Kadaver. Ich keuche vor Erregung. Ich schlage meine Zähne in die Fäulnis.

»Herrin! Was ist mit dir?!«

Ich schrie und schrie. Ich klammerte mich an Siya fest, wimmernd und schluchzend, und schüttelte immer wieder den Kopf, so heftig, als wollte ich etwas darin zerstören. Ich erbrach, versuchte, einen Schluck zu trinken, und erbrach erneut. Mit Gewalt musste ich daran gehindert werden, mir die Kleider vom Leib zu reißen. Ich wurde nach Hause gebracht. Ein Diener lief voraus, sodass ein Heiler gerufen werden konnte. Ich bekam hohes Fieber. Man fürchtete um mein Leben. Fast einen Monat lang konnte ich das Bett nicht verlassen. Während all dieser Zeit träumte ich von dem Hundekadaver, im Wachen wie im Schlafen. Es waren verzweifelt ersehnte Albträume voll wonniger Qual.

Irgendwann kam ich wieder zu Kräften. Vor Erleichterung über meine Genesung bereitete meine Familie ein Freudenfest vor. Es konnte ja niemand ahnen, dass ich längst meine Flucht plante.

Doch wenn ich heute auf meinen letzten Sommer zurückschaue, dann denke ich, dass ich es schon an jenem Nachmittag im Heideland gewusst habe. Schon als ich der Lockung des fremden Duftes folgte, muss ein Teil von mir gewusst haben, dass ich verloren war. Dass ich meine Heimat würde verlassen müssen und niemals wieder zurückkehren könnte.

21
FIEBER

Mykar

Hm …«, machte Scara. »Ich weiß nicht recht, ich weiß nicht recht …«

»Was weißt du nicht?«, fragte ich.

Wir saßen im Schankraum des *Schäumenden Kelches*. Als ich eintraf, hatte Justinius das Gasthaus bereits verlassen, um zu tun, was immer er zu tun hatte. Scara trank einen Becher Kräutertee und wartete darauf, dass er zurückkommen würde. Ich nahm an ihrem Tisch Platz, um gemeinsam mit ihr zu warten. Nachdem wir uns begrüßt hatten, schwiegen wir. Mir war das recht. Mit Vanice hatte es viel zu viele Worte gegeben. Dafür sprach Danje noch immer nicht mit mir. Bei Scara war das Schweigen etwas anderes. Auch das Reden war bei ihr etwas anderes. An diesem Morgen fühlte ich mich beinah wohl, wie ich in der Stille des leeren Schankraums mit ihr am Tisch saß.

Anstatt mir zu antworten, machte Scara noch einmal »Hm …«

Ich hatte das Gefühl, sie erwartete von mir, dass auch ich meine Frage wiederholte. Das tat ich.

Sie legte die Hände ins Kreuz, streckte den Rücken durch und seufzte. Dann sagte sie: »Es ist wegen dem Mädchen …«

»Was für ein Mädchen?«

»Das *blonde* Mädchen.«

»Du meinst Vanice?«

»Nun, so heißt sie ja wohl.«

»Was ist mit ihr?«

»Ich weiß nicht recht, was wir mit ihr anfangen sollen, wenn wir daheim sind. Ich bezweifle, dass sie kochen kann. Und ob sie sich darauf versteht, das Haus sauber zu halten? Hm, hm …«

Nach dem, was ich von Justinius' Landsitz gesehen hatte, bezweifelte ich, dass sich *irgendjemand* darauf verstand, das Haus sauber zu halten. Aber ich schwieg.

»Versteh mich nicht falsch, sie ist durchaus ein liebes Mädchen …«, fuhr Scara fort, indem sie sich nachdenklich ans Kinn fasste. »Ein liebes, wenngleich albernes Mädchen. Ich vermute, dass das von den Haaren kommt. Die Haare machen den Kopf schwer, und dann wird man albern. So ist das. Natürlich bedauere ich sie, aber etwas tun muss sie doch. Ein ehrlich' Brot, verdient durch ehrlich' Hände Fleiß, ist der Götter Lobespreis. Ich nehme an, das ist dir bekannt?«

Ich schüttelte den Kopf. »Nein, Scara, das ist mir nicht bekannt.«

»Nun, Mykar, du hast noch viel zu lernen. Ich glaube, das erwähnte ich bereits.«

Kurz dachte ich an die vergangene Nacht zurück – an Vanice, ihr Weinen und ihr Klagen. Ich überlegte, ob ich Scara davon erzählen sollte. Ich entschied mich dagegen. »Aber sie kommt auch nicht mit, um zu kochen oder zu putzen, sondern um dabei zu helfen, Rudrick zu töten«, sagte ich.

»Also, das darf man nicht durcheinanderbringen. Das eine ist das eine, das andere ist das andere«, erklärte Scara in strengem Tonfall. Sie hob sogar einen Finger.

»Es gibt nichts anderes!«, entgegnete ich und spürte, wie die Wut nach mir griff.

In diesem Moment betrat Justinius die Herberge. Er ging durch den Schankraum, der noch immer ganz leer war, zu unserem Tisch herüber. »Hallo, Mykar«, sagte er. Und im selben Atemzug: »Hast du gepackt, Scara?«

»Viel zu packen gab es nicht. Wir wollen immer bei der Wahrheit bleiben. Aber ja, es ist alles fertig.«

»Gut! Hat sich Vanice schon sehen lassen?«

»Nein«, sagte ich.

»Wenn ja, ist sie gleich wieder gegangen«, sagte Scara.

»Na, sie wird schon kommen! Macht euch fertig, ich bin gleich wieder da!«

Justinius klopfte mit den Knöcheln gegen die Tischplatte, drehte sich um und rief nach dem Wirt. Sofort erschien ein Mann im Durchgang zur Küche. Er hatte eine große, höckerige Nase; spärliche braune Haare standen wirr von seinem Schädel ab. Als er Justinius sah, machte er eine Verneigung, ging eilig um die Theke herum und blickte mit leicht schief gelegtem Kopf zu ihm hoch. Nachdem er ein paar Worte mit dem Wirt gewechselt hatte, nahm Justinius einen Beutel aus dem Wams. Er begann, Münzen auf die Theke abzuzählen. Das ging ihm sehr leicht von der Hand. Ich spürte wieder die Wut in mir.

»Weißt du eigentlich, was er heute Morgen vorgehabt hat?«, fragte ich Scara, indem ich mit dem Kopf auf ihren Herrn wies.

»Nein, darüber bin ich nicht unterrichtet. Justinius beliebt, Geheimnisse vor mir zu haben.«

Ich runzelte die Stirn. Manchmal wurde mir bewusst, dass ich weder Scara, noch Justinius, noch Vanice wirklich kannte. Dann fragte ich mich, welchen Grund ich hatte, ihnen zu vertrauen.

»Mach dir keine Sorgen, Mykar. Wahrscheinlich hat er sich nur ein bisschen die Beine vertreten – jetzt, wo er sich wieder unter den Leuten sehen lassen kann.« Scara streckte ihre Hand aus, als wollte sie meine tätscheln. Stattdessen griff sie nach dem Teebecher. Sie leerte ihn und erhob sich.

Bald darauf standen wir vor dem Gasthof *Zum Schäumenden Kelch*. Scara hatte bereits den Esel angespannt und war mit dem Karren vorgefahren. Ihre wenigen Habseligkeiten – den Weidenkorb, den Sack, die Schaufel – hatte sie ebenso wie Justinius' Truhe auf der Ladefläche verstaut. Sie selbst stand beim Bock des Wagens. Versonnen blickte sie in den mit grau-weißen Wolken überzogenen Himmel. Ab und zu streichelte sie die Kruppe des Esels, der die Ohren nach vorne gerichtet hatte und gleichmütig das Kommende erwartete. Auch ich wartete. Allerdings mit zunehmender Ungeduld und Gereiztheit. Der Wirt hatte Justinius vorgeschlagen, noch einen Schluck von irgendeinem besonders edlen Tropfen zu probieren. Er ließ sich natürlich nicht zweimal bitten. Gerade hörte ich ihn lachen. Es war ein lautes, helles Auflachen – das Lachen eines Herrn, der weiß, dass ihm niemand seine Heiterkeit verbieten kann.

»Meinst du, das dauert noch lange?«, fragte ich Scara.

»Erfahrungsgemäß braucht Justinius ungefähr sechs Stunden, bis er unter dem Tisch liegt. Manchmal sind es auch sieben, oder sechseinhalb. Aber wir haben heute ja nichts Dringliches vor.«

»*Ihr* habt vielleicht nichts Dringliches vor!«, zischte ich.

Mich überkam eine Erschöpfung, so schwer und dunkel, dass sie mich beinah in die Knie zwang. Doch dann dachte ich an Rudrick: Rudrick, wie er von der toten Alva wegging; Rudrick, wie er wohlig die Glieder streckte, nachdem er aus seinem Leichnam hervorgebrochen war. Ich dachte an Rudrick, und alles, was ich fühlte, war der Wunsch, ihn zu töten: ihn in Stücke zu reißen, ihn zu zerfetzen, bis nichts mehr von ihm übrig blieb. Einen Augenblick lang war es fast schon Wirklichkeit; da meinte ich, sein schwarzes Herz in Händen zu halten – langsam, langsam zerquetschte ich es, und der Hass jubilierte in mir … Ich konnte es vor mir sehen, wie das Fleisch zu Blutbrei wurde, und plötzlich trug Rudrick die Züge von Cay.

Ich stieß einen erstickten Schrei aus, taumelte einen Schritt zurück, blickte hastig um mich. Scara schien nichts bemerkt zu haben. Alles war wie immer.

»Also dann, Elaah mit Euch!« Justinius kam ins Freie, winkte dem Wirt, wandte sich uns zu, ein breites Grinsen im Gesicht …

Ein Stallbursche trat heran. Er führte ein kastanienbraunes Pferd am Zügel, verneigte sich vor Justinius, der ihm gönnerhaft zunickte, dann in den Sattel stieg. Das Pferd schnaubte, der Esel iahte. Ich schloss die Augen. Um mich drehte sich alles; meine Beine zitterten.

»Ich glaube, Mykar geht es nicht gut«, stellte Scara fest.

Die nächsten Tage vergingen im Fieber. Als ich die Augen aufschlug, hing ein weißes Tuch über mir. Im ersten Moment begriff ich nicht, wo ich mich befand. Bis mir klar wurde, dass ich eine Wagenplane betrachtete. Ich wollte mich aufsetzen, sank jedoch sofort wieder zurück. Neben mir hockte Vanice. Der Blick ihrer dunklen Augen war sorgenvoll. »Ich habe dir doch gesagt, Mykar, dass das nicht gutgeht«, schalt sie in sanftem Tonfall. Ich wollte etwas entgegnen. Doch meine Kräfte reichten nicht. Zitternd vor Kälte drehte ich mich zur Seite und rollte mich unter den Decken zusammen, die irgendjemand über mich gelegt hatte …

Dann war da ein Bett. Draußen die letzte, tiefblaue Dämmerung. Stimmen drangen an mein Ohr, wie aus weiter Ferne. Viele Stimmen. Ich war in einer Herberge, natürlich, und nebenan war ein Schankraum. Kochdünste, der Geruch von Bier und Wein. »Etwas Warmes im Bauch stärkt Körper und Seele«, sagte Scara. Sie hielt mir einen Löffel hin, dampfende Kohlsuppe. Mir war schlecht. Aber Scara schob den Löffel zwischen meine Lippen, mühsam schluckte ich. Später – oder vorher? – kam ein Mann zu mir. Ein Mann, den ich nicht kannte. Er hatte einen langen, braunen Schnurrbart und eine Glatze. Er sprach einige Worte mit Justinius und Vanice. Dann wickelte er in Essig getunkte Tücher um meine Füße und flößte mir eine herbe, leicht bittere Flüssigkeit ein.

Ich schluckte, schloss die Augen, öffnete sie wieder … vor mir lag die Lichtung im Wald, von Sonne überstrahlt, der Baum, die uralte Linde, groß, größer, als er es je gewesen war, turmhoch, in einem leuchtenden, blendenden Grün … Danje – wo war Danje? Ich tastete in meinem Bett umher, bekam das Bündel zu fassen. *Ich bin da, Mykar*, sagte sie. Aber nein, ich hatte gesprochen. »Wo bist du?«, hatte ich gesagt. Ich wiederholte die Worte. Ich wiederholte sie, bis alles dunkel wurde.

Dann starke Arme, die mich fassten. »Für eine Vogelscheuche ist der Kerl ganz schön schwer«, sagte Justinius ächzend. Dann trug er mich, wie ein Vater. Nur, dass mich mein Vater niemals getragen hatte. Wieder die weiße Plane. Wieder Vanice und ihr sorgenvolles Gesicht. Ich schwitzte und bibberte. Einmal, als sie meinte, ich schliefe, strich sie mir durch die Haare. Einmal, als sie meinte, ich schliefe, vergoss sie ein paar Tränen. Ich beobachtete sie durch Lidschlitze, sah, wie sie sich die Augen wischte. Auf einmal kamen mir ihre Lippen sehr voll und weich vor. Ich stellte mir vor, wie sie Cay küsste, sein verbranntes, rotes und schwarzes Gesicht, seine verkohlten Lippen, seinen Mund ohne Zunge …

Dann wieder ein Bett. Wieder die bittere Flüssigkeit und etwas Suppe. Noch einmal der Wagen und die weiße Plane. Noch einmal ein Bett, Tee und Essigwickel und Scara, die mich fütterte. Ich schlief, und erwachte. Vanice half mir, mich aufzusetzen. Durch die hintere Öffnung im Wagenverdeck konnte ich einen blassblauen, nahezu wolkenfreien Himmel sehen. Ein weiches Licht sank auf die buntgekleideten, teilweise schon entlaubten Bäume, die grünlichen Wiesen und die braunen, abgeernteten Felder herab. Ich dachte, dass der Winterweizen in unserer Gegend wohl erst beim nächsten Vollmond ausgesät werden würde. Ich dachte, dass es nun nicht mehr lange dauern würde.

Tatsächlich erreichten wir bald darauf Justinius' Landsitz. Der Wagen fuhr durch die vermoderten Torflügel, vorbei an den bröckelnden Mauern, und hielt auf dem Hof vor dem mächtigen, zweistöckigen Hauptgebäude. Vanice stützte mich, als ich ausstieg und mich ins Haus schleppte. Zu meiner Überraschung sah ich, dass der Wagen von zwei Maultieren gezogen worden war. Den Esel führte Justinius an einem Seil hinter sich her, während er auf dem braunen Pferd ritt. Aber ich war zu müde, um Fragen zu stellen. Vanice brachte mich in die Küche. Dort hatte Scara ein Lager auf der Ofenbank für mich bereitet. Dankbar kroch ich unter die Decken. Sofort war ich wieder eingeschlafen.

Als ich erneut wach wurde, war bereits die Nacht hereingebrochen. Auf dem Küchentisch brannten zwei Talglampen. Ein Krug Bier stand für mich bereit. Ich stellte fest, dass ich sehr durstig war, und leerte den Krug in wenigen Zügen. Dann legte ich mich wieder hin. Der Geruch der Lampen erweckte Übelkeit in mir. Ich hätte sie gerne gelöscht. Doch das war zu anstrengend. Später musste ich an Braten denken und wurde hungrig. Mein Magen begann zu knurren. Ich wollte gerade aufstehen, als Vanice zu mir kam. Sie brachte mir Brot und Käse und füllte meinen Bierkrug nach.

Während ich aß, erzählte sie mir, dass sie das Anwesen bereits in Augenschein genommen hatte. Mit einem Kerzenständer in der Hand und Justinius am Rockzipfel, so ihre Worte, hatte sie das ganze Haus durchstreift, Zimmer für Zimmer, vom Dachboden bis zum Keller. Und sie hatte es sich auch nicht nehmen lassen, die Nebengebäude zu begutachten, soweit es der Zustand des Mauerwerks und der Dächer erlaubte. Ihrer Meinung nach, so sagte sie weiter, könnte man einiges mit dem Landsitz anfangen. Offenbar hatte sie auch schon ein paar Ideen, was zu tun sei. Als ich nicht nachfragte, begann sie mir zu berichten, was sich an unserem letzten Tag in der Perle zugetragen hatte, nachdem ich in Ohnmacht gefallen war.

Um die Mittagszeit hatte Vanice einige Bedienstete zum Gasthaus *Der Schäumende Kelch* geschickt, die zwei Schrankkoffer mit ihrer Kleidung und sonstigen Besitztümern schleppten. Wenig später fuhr sie selbst in einer Kutsche vor. Sie fand mich auf dem Karren liegend. Scara und Justinius saßen bei mir. Sie waren sich unsicher, was zu tun sei. Sollten wir unsere Abreise verschieben oder die Perle trotz meines Zustandes verlassen? Nach den Ereignissen der vergangenen Tage schien es Vanice wenig ratsam, mich an Ort und Stelle von einem Heiler untersuchen zu lassen. Sie drängte zum Aufbruch. Dummerweise brach die Achse des Karrens, als die Schrankkoffer verladen wurden. So musste eiligst ein Ersatz herbeigeschafft werden. Das gelang tatsächlich. Bald schon wurden die Koffer auf die Ladefläche eines neuen Planwagens gehievt. Dort fand sich sogar noch genügend Platz für mich und das Gepäck von Scara und Justinius.

Doch unsere Abreise verzögerte sich ein weiteres Mal. Denn Vanice äußerte Zweifel an der Eignung des Esels, einen solchen Wagen über Dutzende von Meilen durch die Landschaft zu ziehen. Justinius war geneigt, ihr da zuzustimmen. Scara aber verschränkte die Arme vor der Brust und verkündete mit lauter, klarer Stimme, dass, wenn Schlappi gehen müsste, auch sie gehen würde. So erfuhr Vanice zu ihrer (und meiner) Verwunderung von der innigen Zuneigung, die Scara zu Justinius' altersschwachem Esel gefasst hatte. Justinius beantwortete die Drohung seiner Dienerin mit einem Seufzer und strich sich wiederholt mit der Hand übers Gesicht. Ihrerseits begriff Vanice, dass Scara nicht zum Scherzen aufgelegt war, wenn es um Schlappi ging. Dennoch getraute sie sich, den Vorschlag zu machen, dem Esel ein zweites, kräftigeres Tier zur Seite zu stellen.

Diesen Vorschlag wischte Scara mit der rätselhaften Bemerkung beiseite, Schlappi wisse schon, »wo die Weinberge liegen«. Da allerdings war er der Einzige. Denn niemand hatte je davon gehört, dass in den Windmarken Weinberge zu finden wären. Vanice konnte sich nun des Einwurfs nicht enthalten, sie wäre ja schon zufrieden, wenn Schlappi wüsste, wie man den nächsten Hügel hochkommt. Scara stellte daraufhin klar, dass Schlappi nicht nur jeden beliebigen Hügel hochkäme, sondern sie alle miteinander den weiten Weg bis nach Hause bringen würde. Auch wenn sein ganzer Lohn darin bestände, dass er sich den Stall künftig mit einer Kuh teilen müsste. Justinius, der zu diesem Zeitpunkt schon wieder zu Pferd saß, fragte verwundert, von was für einer Kuh die Rede wäre. Daraufhin entspann sich ein merkwürdiges Gespräch zwischen Scara und Justinius, von dem mir Vanice berichtete, indem sie nicht nur den Tonfall, sondern auch die Gesichtsausdrücke und sogar einige Gesten der beiden nachahmte.

Scara (spitz): »Du sitzt darauf, falls es dir entgangen sein sollte.«

Justinius (finster): »Das ist ein Kutasier, Scara. Eines der edelsten Pferde, die es gibt.«

Scara (überlegen): »Sage ich doch. Kuh-tasia. Die Frage ist natürlich: Heißt die Kuh Tasia oder gehören die Kühe den Tasiern?«

Justinius (wutentbrannt): »Das *Pferd* heißt Rhalana. Und Kutasi ist ein Land. Es liegt weit im Süden und damit natürlich jenseits des Horizonts einer verblödeten Schnepfe wie dir!«

Scara (nüchtern): »Das muss aber ein komisches Land sein, wenn sie dort nicht einmal zwischen Pferden und Kühen unterscheiden können.«

Justinius (gefährlich): »Scara …!«

Scara (nachdenklich): »Wobei ich zugeben muss, dass ich deine neue Kuh auf den ersten Blick auch für ein Pferd gehalten hätte.«

Justinius (tobend): »SCARA!!!«

Ich hatte nicht gewusst, dass Vanice so lustig sein konnte. Sie brachte mich tatsächlich zum Lachen. Für ein paar Minuten kam sie mir vor wie eine Gauklerin. Dann fiel mir ihr Anfall ein: die Vorwürfe, die Klagen und Anklagen. Als hätte sie meine Gedanken gelesen, wurde Vanice wieder ernst. Sie erzählte mir, dass sich Scara schließlich doch bereit erklärte, Unterstützung für Schlappi zu holen, nachdem sie gesehen hatte, wie sich der Esel mit dem Planwagen abmühen musste. Allerdings bestand sie darauf, die Tiere selbst auszusuchen. Zum Glück gab es Stallungen in der Nähe des Marktplatzes, wo man nicht nur Pferde erstehen konnte – Vanice sagte mir, dass Justinius dort Rhalana gefunden hatte –, sondern auch Esel und Maultiere.

»Scara ist dann erstaunlich schnell fündig geworden«, schloss Vanice ihren Bericht. »Wir haben am Ende sogar *zwei* Maultiere gekauft, die sie, die Götter wissen warum, Kornelius und Lorenz genannt hat. Eigentlich war der Plan, sie abwechselnd mit Schlappi den Wagen ziehen zu lassen. Aber der arme alte Esel schien so erleichtert, als er die Last los war, dass wir uns stillschweigend darauf geeinigt haben, die Sache Kornelius und Lorenz zu überlassen. In dem Dorf, wo wir am ersten Abend anhielten, haben wir einen Heiler gefunden. Meiner Meinung nach war das weit genug von der Perle weg, also haben wir ihn zu uns in den Gasthof geholt und dich untersuchen lassen. Der gute Mann war ein wenig darüber erstaunt, wo du die ganzen Wunden her hast. Wahrscheinlich kamst du ihm insgesamt einigermaßen seltsam vor, wie wohl auch unsere ganze Reisegruppe. Aber er hat seine Pflicht getan und gegen das Fieber einen Tee von Kamille und Lindenblüten zubereitet, dann noch Gerstenwasser mit Honig empfohlen und dergleichen. Nun, offenbar hat es ja geholfen …«

Vanice lächelte; auch ich lächelte. »Danke«, sagte ich.

Dann verließ sie mich. Vorher blies sie noch die Talglampen aus. Allein mit meinen Gedanken lag ich im Dunkeln.

Ich fragte mich, wo Rudrick wohl jetzt sein mochte.

22

REPARATUREN

Mykar

Am nächsten Tag war das Fieber wieder stärker. Ich musste auf der Ofenbank bleiben. Ich schlief viel. Oder ich lag da und wartete. Wenn ich schlief, träumte ich von Cay. Mal lebte er, mal war er tot. Aber immer war er traurig.

Alle paar Stunden brachte mir Scara Kräutertee, manchmal auch Suppe. Sie erzählte mir, dass Vanice den zaghaft protestierenden Hausherrn bereits in der Frühe zurück in die Perle geschickt hatte. Er ritt »auf der Kuh Rhalana« und war mit einer langen Einkaufsliste, zahlreichen Anweisungen und einem Beutel voll Gold- und Silbergulden ausgestattet worden. Ich hatte den Eindruck, es gefiel Scara nicht schlecht, wie »das Mädchen« die Dinge in die Hand nahm.

Jedenfalls trat sie am folgenden Morgen selbst eine kleine Reise an. Gemeinsam mit Kornelius und Lorenz machte sie eine Fahrt über die umliegenden Dörfer und Höfe, um Vorräte für den Winter zu erstehen. Außerdem hatte Vanice sie damit beauftragt, Bauern anzuheuern, die sich – nun, da der Herbst voll hereingebrochen war und es nicht mehr viel zu tun gab – eine Weile als Tagelöhner auf Justinius' Landsitz verdingen würden. Offenbar machte Scara ihre Sache gut. Denn bald darauf klangen heisere Rufe, schwere Schritte und Arbeitslärm über das verfallene Anwesen.

Ich war mittlerweile wieder kräftig genug, um im Haus herumzugehen. So stand ich inmitten der Betriebsamkeit, an der Seite von Justinius, der unlängst aus der Perle zurückkehrt war, und wunderte mich, was vor sich ging. Auch Justinius schien sich zu wundern. Er hielt einen Bierkrug in der Hand, fuhr sich mit dem Daumen übers

Kinn und erteilte gelegentlich einen Befehl. Im Großen und Ganzen überließ er es aber Vanice, die Arbeiten anzuleiten. Die Bauern nannten sie »gnädige Frau«. Und sie gehorchten ihr, als wäre sie ein graubärtiger Feldwebel mit Augenklappe und Donnerstimme.

So wurden vermoderte Vorhänge heruntergerissen, morsche Möbel kleingehackt und rissige Fensterscheiben aus dem Rahmen geschlagen. Alles, was brennbar war, wurde in einem Unterstand beim Stall aufgeschichtet, um als Feuerholz zu dienen. Zugleich wurde das ganze Haus geputzt. Treppen und Türen und Geländer wurden ausgebessert und Fenster mit gewachsten Tüchern abgedichtet. Schließlich ordnete Vanice an, dass das, was sich an brauchbarer Einrichtung finden ließ – Schränke, Kommoden, Truhen, Betten, aber auch Teppiche, Vorhänge und Gobelins –, auf die Zimmer verteilt werden sollte, die wir auch tatsächlich bewohnen wollten.

Eines Abends dann, seit unserer Rückkehr aus der Perle war etwas mehr als eine Woche vergangen, zeigte mir Vanice die Räume, die sie sich ausgesucht hatte. Sie waren im ersten Stock gelegen, im selben Korridor wie die Zimmer von Justinius, allerdings an dessen anderem Ende. Es handelte sich um ein großes Schlafgemach mit zwei angrenzenden Kammern, die man über Verbindungstüren erreichen konnte. Die eine wollte Vanice als Ankleidezimmer nutzen, die andere irgendwann später mal »für Studienzwecke«, wie sie sagte. Außerdem konnte man vom Schlafgemach aus einen Söller betreten. Alles war spärlich möbliert. Hier und da hatten Motten an den Vorhängen genagt. Dennoch machten Vanice' Räume einen gemütlichen Eindruck. Das Schlafgemach besaß einen kleinen Kamin, in dem ein Feuer knisterte. Die Fensterscheiben waren heil und sauber. Räucherkerzen verbreiteten einen wohlig-warmen Duft.

»Mir gefällt, dass man nach draußen gehen kann«, sagte Vanice und wies mit einer Handbewegung auf den Söller. Leiser und mit ganz weicher Stimme fügte sie hinzu: »Das erinnert mich an meine Kindheit.«

Ich wusste nicht, wovon sie sprach. Dennoch nickte ich.

»Weißt du, Mykar …«, fuhr sie fort, zaudernd nun, »… was du damals mit ansehen musstest, in der Nacht, als wir gegen die Geisterreiter gekämpft haben … Ich meine, als ich … gegessen habe. Du hast Scara und Justinius doch nichts davon erzählt, oder?«

»Nein«, sagte ich.

Vanice lächelte. »Gut. Ich wusste, dass du mich nicht verraten würdest. Jedenfalls … was ich sagen will … es kann sein, dass es lange dauern wird, bis es wieder geschieht. Ich – ich kann es nie vorhersehen. Es gibt Zeiten, da quält mich der Hunger Tag und Nacht. Dann wieder vergehen Wochen und Monate, in denen ich leben kann wie alle anderen auch. Meistens dann, wenn ich einmal so … so viel hatte. Ich glaube, jetzt ist so eine Zeit. Bete für mich, dass sie lange anhalten wird … ja, Mykar?«

Hoffnung schien aus ihren Augen – eine bange, flehentliche Hoffnung.

Ich würde nicht beten. Nicht für Vanice. Nicht für irgendwen. Doch ich nickte wieder.

Ich war nun wieder ganz gesund und konnte mit anpacken, wenn Bedarf bestand. Ich hatte keine Ahnung von Handwerk. Als Kind durfte ich niemals helfen, wenn es in unserer Hütte oder bei Nachbarn etwas zu erledigen gab. Doch die Arbeiten gingen mir leicht von der Hand. Und sie machten mir Freude.

Auch die anderen hatten sich in die neue Lage eingefunden. Scara trug jetzt manchmal eine weiße, gekräuselte Haube. Das ließ sie mehr wie eine Magd aussehen. Was nicht hieß, dass sie sich wie eine benahm. Sie nannte Vanice mittlerweile »mein liebes Mädchen« und begegnete ihr mit derselben Herablassung wie Justinius. Das schien die Verhältnisse in ihren Augen zu klären. (Ich hatte bemerkt, dass Justinius schon länger nicht mehr »ihr Kleiner« war.) Ihrerseits war Vanice offenbar entschlossen, Scara freundlich und zuvorkommend zu behandeln. Vor allem war nicht zu übersehen, dass sie die Fortschritte bei den Ausbesserungen und Reparaturen am Haus – und die Rolle, die sie dabei spielte – mit Genugtuung, vielleicht sogar einer Art Stolz erfüllten. Und was Justinius betraf: Der machte den Eindruck, als wäre er zufrieden damit, dass es genügend zu essen und zu trinken gab. Und dass ihn ständig jemand mit »Euer Hochwohlgeboren« anredete.

Man hätte meinen können, alles wäre zum Besten bestellt. Aber natürlich stimmte das nicht. Keine Sekunde vergaß ich, was mit Cay und Alva geschehen war. Und dass Rudrick auf mich wartete, irgendwo in der Dunkelheit. Früher hätte ich vielleicht bei Danje Trost gefunden. Doch sie schwieg. Tag für Tag schwieg sie. Ich begann mich zu fragen, ob sie vielleicht doch nicht zurückkommen würde. Ob sie es vorzog, ein Stück moderndes Bein zu bleiben. Wenn das so war, würde ich Rudrick alleine entgegentreten. Letztlich änderte das nichts. Ich würde ihn töten – ihn und seine Freunde, und alle, die zwischen mir und meiner Rache standen.

Dann war sie da, die Nacht der Versammlung. Über zwei Wochen hatte ich auf diesen Moment gewartet, seit mir Vanice erzählt hatte, dass ich die Erlaubnis des Prinzipals brauchte. Endlich war es so weit.

Die Bauern hatten die Arbeiten, die vor dem Wintereinbruch getan werden konnten, längst abgeschlossen. Die Stille in dem großen Haus war etwas Hartes und Kaltes. Weder Justinius noch Scara wussten, was ich in dieser Nacht vorhatte. Ich hatte ihnen nichts gesagt. Und sie hatten nicht gefragt, wie es weitergehen würde. Mit Vanice hatte ich zwar nochmals über die Versammlung gesprochen. Aber auch ihr gegenüber hatte ich nicht den Wunsch geäußert, dass sie mich zu dem Gasthof der Toten begleiten möge. Dennoch stach mich die Verlassenheit, als ich von der Ofenbank aufstand und den Kapuzenumhang anlegte. Vielleicht war das der Grund, warum ich das Bündel mit Danjes Schädel mitnahm. Trotz allem. Dann griff ich mir die Sturmlaterne, die ich bereitgestellt hatte. Eine Waffe hatte ich nicht. Aber ich nahm an, dass mir bei den Feinden, denen ich entgegentreten wollte, weder ein Dolch noch ein Schwert viel nützen würden. Nur bereute ich, dass ich das riesige, schwarze Jagdmesser des Geisterreiters auf dem Friedhof der Perle zurückgelassen hatte. Vanice sagte, sie hätte es noch am Morgen nach dem Kampf vergraben. Was für ein idiotischer Einfall! Ich wünschte, ich hätte früher daran gedacht, das Messer an mich zu nehmen …

Ich schüttelte die nutzlosen Gedanken ab und verließ die dunkle Küche. Im ganzen Erdgeschoss brannte kein Licht. Ich hatte gewartet, bis die anderen auf ihre Zimmer gegangen waren. Einen Augenblick lang lauschte ich auf die Stille. Irgendwo knarrte Holz. Aus den Wänden war ein Kratzen oder Schaben zu hören. Ich durchschritt die düstere Eingangshalle. Ich öffnete die Flügeltür, die knarrend aufschwang. Ich trat hinaus auf die Freitreppe – und schreckte zurück, als ich Vanice und Scara auf dem breiten Steingeländer sitzen sah. Beide hatten Holzlaternen dabei, in denen, von Glas geschützt, Kerzen brannten. Beide trugen Umhänge, der eine war grau, der andere schwarz, und dunkle schlichte Kleider. Fast hätte man meinen können, sie wären Schwestern.

Vanice hob entschuldigend die Hände: »Sie saß schon hier, als ich herauskam, Mykar.«

»Ich würde es begrüßen, wenn wir jetzt schnell losgingen«, verkündete Scara. »Eigentlich habe ich nämlich überhaupt keine Zeit. Es gibt viele Brote, die in den Ofen müssen.«

»Sie hat recht«, sagte Vanice. »Je früher wir da sind, desto besser ist es.«

»A-aber … woher weißt du …?«, fragte ich Scara.

Sie schüttelte gewichtig den Kopf. »Bitte verwechsle mich nicht mit Justinius. Wer ein fremdes Land bereist, braucht eine Karte oder einen Führer. Das ist sehr wichtig.«

Darauf wusste ich nichts zu entgegnen. Vanice zuckte die Schultern. Sie und Scara erhoben sich. So machten wir uns auf den Weg zur Herberge der Toten. Ein kleiner Zug nur – schwankende Lichter in einer kalten, wolkenverhangenen Herbstnacht.

23
DIE ANDERE SEITE DER NACHT

Justinius

Durch mein Fenster, ausnahmsweise frisch geputzt, konnte ich sehen, wie sich Mykar, Scara und Vanice vom Haus entfernten. Ich fragte mich, ob die drei wirklich so dumm sein konnten. So dumm, ernsthaft zu glauben, ich hätte nichts von ihrem kleinen Ausflug mitbekommen. Nun, was Mykar und Scara ernsthaft glaubten, wussten wahrscheinlich nicht mal sie selbst. Aber Vanice war jedenfalls nicht auf den Kopf gefallen. Was immer sie sonst sein mochte. Vielleicht war es aber auch anders. Vielleicht rechnete Vanice damit, dass ich sie beobachtete. Und meine eigene Entscheidung traf.

Ich zögerte. Aber nur kurz.

Dann nahm ich die Phiole mit Skargats Lebertran.

Natürlich hatte ich schon längst gemerkt, dass da etwas im Busch war. Einmal sah ich, wie Scara an Vanice' Tür horchte, als ich mir spät abends einen Krug Bier aus der Küche holen wollte. Auf Zehenspitzen schlich ich zu ihr, den Kerzenleuchter in der Hand, und stellte mich neben sie. Ich konnte die Stimmen von Vanice und Mykar hören. Sie sprachen leise und verstummten bald. Aber ich vernahm noch den lieblichen Klang des Namens »Rudrick«. Scara drehte sich zu mir um und flüsterte in verschwörerischem Tonfall: »Wenn Neumond ist, geht es los. Er muss irgendwelche toten Leute um Erlaubnis fragen, weißt du.« Dabei machte sie ein Gesicht, als wäre nicht das Geringste dabei, dass wir Seit' an Seit' in einem dunklen Korridor standen – obendrein in meinem eigenen Haus – und eine Unterredung belauschten, die nicht für unsere Ohren gedacht waren. Von dem Gegenstand der Unterredung ganz zu schweigen.

Mehr konnte oder wollte mir Scara nicht verraten. Dennoch hatte ich an diesem Abend genug gehört, um mir das Wichtigste zusammenzureimen. Schwer war das nicht. Eigentlich war es auch keine Überraschung. Mykar wollte bei Neumond zu einem Gespenstertreffen und sich dort einen Freibrief dafür holen, Rudrick endgültig in die Niederhöllen zu schicken.

Die Überraschung war nur, dass er mir nichts davon gesagt hatte. Schließlich hatte ich deutlich gemacht, dass ich selbst noch ein Hühnchen mit seinem Lieblingsfeind und dessen Spießgesellen zu rupfen hatte. Und ich hatte auch den Eindruck gehabt, dass er nicht ungern bereit war, meine Hilfe anzunehmen. Aber das war ja das Merkwürdige. In den vergangenen zweieinhalb Wochen hatten Mykar, Vanice, Scara und ich uns um alles Mögliche gekümmert – vom Teppichklopfen über die Lagerung von Kartoffeln und Äpfeln bis hin zur Rattenjagd –, nur über das, worum es eigentlich ging, hatten wir kein Wort verloren.

Wahrscheinlich gab dieses Missverhältnis einigen Anlass zu tiefsinnigen Betrachtungen über die Beschaffenheit des menschlichen Herzens. Öffnete den Blick auf Dinge, über die man mit gedankenschwerer Miene nachsinnen konnte, bei einem Becher Wein oder zwei (oder zehn). Doch im Grunde kümmerte mich das nicht im Geringsten. Schließlich hatte ich nicht vor, Mykar zu meinem Seelenfreund zu machen, an dessen Busen ich mich in gemütvollen Stunden ausweinte. Wichtig war nur, dass es jetzt »losging«, wie Scara zu sagen beliebte. Und dass ich keineswegs verpassen wollte, was da auf uns zukam.

Also zog ich den Pfropfen von dem Fläschchen ab. Schnupperte an der bräunlichen Flüssigkeit. Zu meinem Erstaunen roch ich überhaupt nichts. Dabei hatte ich mindestens Schwefelgestank erwartet. Ich zögerte noch einmal. Setzte schließlich die Phiole an die Lippen. Und trank.

Nun, wenn Skargats Lebertran auch nach nichts roch, einen Geschmack hatte das Zeug schon. Es war, als würde man einen Brei löffeln, der aus gestampften Knoblauchzehen, Zwiebeln, Rettichwurzeln und Senfkörnern bestand. Ich bekam nur einen winzigen Schluck herunter. Dann fiel ich auf meinen Stuhl, hielt mir die brennende Kehle und röchelte. Das Komische war, dass die Flüssigkeit nicht nur unerträglich scharf war, sondern auch eiskalt. Was aber nichts daran änderte, dass mir der Schweiß ausbrach. Nachdem das Gefühl, jemand würde ein glühendes Eisen meinen Hals hinabschieben, während man mir zugleich eimerweise Schnee über den Kopf schüttete, etwas nachgelassen hatte, erhob ich mich mühsam. Nahm Hut, Umhang und Schwert. Und verließ mein Zimmer.

Skargat weiß, warum ich in diesem Moment an Hackfresse denken musste.

Am Morgen nach Cays Hinrichtung, als alles vorbei war, hatte ich mich noch einmal auf den Weg zum Haus des Leibwächters gemacht. Ich hatte selbst keine Ahnung, was ich vorhatte. Nahm aber an, dass es etwas mit Mord und Totschlag zu tun hatte. Schließlich hatten die Götter uns Adeligen nicht umsonst so viele hübsche Vorrechte gegeben. Beispielsweise, lästige Hungerleider einen Kopf zu kürzen.

Bald erreichte ich mein Ziel. Es war immer noch ein vierstöckiger, schmaler Kasten mit wasserfleckiger Fassade. Die Fensterläden von Hackfresses Wohnung standen offen. Dahinter dunkle Räume. Ich stellte mich an die Hauswand auf der gegenüberliegenden Straßenseite, wo ich auch gelauert hatte, als Edmund in der Kutsche vorbeigefahren war – und wartete. Natürlich rechnete ich nicht wirklich damit, dass der Kerl im nächsten Augenblick vor die Tür treten würde. Deshalb war ich ziemlich überrascht, als er genau das tat.

Plötzlich stand er da. Hackfresse. Wie er leibte und lebte. Mitsamt seiner schicken Keule. Und seinem zarten Näschen, das nach meinem Fausthieb noch geschwollen und verfärbt war. Ein Anblick, der sämtliche Prellungen, Quetschungen und blaue Flecken, die ich mir in der Schlägerei zugezogen hatte, von neuem erblühen ließ. Er schloss die Haustür ab und drehte sich um. Ich machte einen Schritt auf ihn zu. Meine Hand lag am Schwertknauf. Hackfresse hatte mich mittlerweile bemerkt. Wir sahen uns in die Augen. Da war ein Erschrecken in seinem Blick. Ich war mir sicher, dass er mich erkannt hatte. Es konnte nicht anders sein. Zwei, drei Herzschläge lang waren wir beide wie erstarrt.

Dann verneigte er sich tief.

»Hekir mit Euch. Kann ich etwas für Euch tun, Euer Hochwohlgeboren?«

Ich meinte, ein leichtes Zittern in Hackfresses Stimme wahrzunehmen.

Aber vielleicht irrte ich mich.

Ich machte noch einen Schritt auf ihn zu. Er verharrte in seiner gebeugten Haltung. Ich sah, dass sich auf seinem Hinterkopf eine Glatze breitmachte. Und wäre ich noch näher rangegangen, ich hätte die Schuppen in seinen Haaren zählen können.

Meine Finger schlossen sich fester um den Griff der Waffe. Ich presste die Kiefer zusammen.

In diesem Moment fiel mir das Mädchen ein – das Mädchen mit dem grell bemalten Mund und dem puppenhaft leblosen Gesicht. Ich dachte an das durchsichtige Kleid, das ihren knabenhaften Körper erkennen ließ, ihre spillerigen Glieder, ihren nackten Schoß. Und ich dachte an den schlanken, hochgewachsenen Mann in edlem Tuch, der ihr eine wohlwollende Hand auf die Schulter gelegt hatte.

Ich ließ das Schwert in der Scheide. Wandte mich ab und ging davon.

Leise schloss ich die Flügel der Eingangstür hinter mir. Wer wusste, wie weit das Geräusch in der nächtlichen Stille tragen würde? Dann ging ich zügigen Schrittes zum Tor des Landsitzes. Meine Kehle brannte noch immer. Und fühlte sich im selben Augenblick an, als wäre sie zugefroren. Ich hatte es nicht gewagt, Skargats Lebertran mit einem Krug Bier hinunterzuspülen. Vielleicht würde das die Wirkung zunichtemachen. Und ein weiteres Mal wollte ich in dieser Nacht wirklich nicht von dem Teufelszeug kosten.

Mir kamen sowieso schon Zweifel, ob Edmund nicht einfach Schwachsinn geredet hatte. Ich hatte nämlich halb erwartet, überall

Gespenster, Kobolde und Gnome zu sehen, sowie ich ins Freie trat. Nun, da ich die Tore des Anwesens erreichte, fragte ich mich, ob ich erleichtert oder enttäuscht sein sollte. Weit und breit war nichts Ungeheuerlicheres zu entdecken als schlafende Esel und Maultiere. Sowie natürlich die verwitterten Statuen irgendwelcher ahekrischer Herrscher, deren Leichname längst zu Staub zerfallen waren. Aber ich würde einen Gehörnten tun, jetzt wieder umzudrehen.

Ich betrat die Straße. Die Luft war kühl, und ich rieb mir die Hände, während ich nach meiner nutzlosen Magd, ihrer Vogelscheuche und Blondlöckchen Ausschau hielt. Das Land war hier flach. Und außer dem Waldrand zur Linken und den fernen Hügeln zu Rechten gab es wenig, was den Blick begrenzte. Doch die Nacht war so dunkel, dass alles in tintige Finsternis getaucht schien. Kein einziger Stern funkelte am wolkenschweren Himmel. Das änderte aber nichts daran, dass ich in einiger Entfernung drei schwankende Lichtpunkte erkennen konnte. Die Laternen der Vogelscheuche und der beiden Grazien, die ich unter meinem Dach beherbergte. Sie schienen es eilig zu haben. Wollten wohl nicht, dass der Spaß ohne sie losging. Nun, da hatten wir etwas gemeinsam.

Ich nahm die Verfolgung auf.

Um schneller voranzukommen, beschloss ich, so weit als möglich der Straße zu folgen, die sich zwischen den Feldern und Wiesen hindurchschlängelte. Tatsächlich gelang es mir, den Abstand auf Mykar, Vanice und Scara zu verringern. Bald jedoch musste ich den sicheren Weg verlassen, um die drei nicht aus den Augen zu verlieren. Und nun kam mir eine kleine Schwäche meines Plans zu Bewusstsein. Da ich im Grunde keine Ahnung hatte, was heute Nacht gespielt werden würde, hatte ich entschieden, weder Fackel noch Laterne mitzunehmen. Besser, keine Aufmerksamkeit zu erregen und als ungesehener Beobachter im Verborgenen zu bleiben. Das klang ja ganz gut. Leider hatte ich vergessen, wie leicht man sich den Hals oder zumindest den Fuß brechen konnte, wenn man im Dunkeln querfeldein marschierte. Ganz klarer Fall – ich hatte zu viel Zeit damit verbracht, mich in Schnaps und Selbstmitleid zu suhlen. Wobei ich einen Schnaps jetzt gut hätte gebrauchen können. Vielleicht hätte der mich trittsicherer gemacht. So schaffte ich es mit Müh und Not, mir nicht den Hals zu brechen, während ich gegen Steine stieß und in den Furchen und Rillen eines Feldes hängenblieb, das in diesem Jahr brach lag.

Es versteht sich von selbst, dass mich dieses Gehampel nicht flotter machte.

Deshalb war ich auch nicht verwundert, als ich feststellte, dass ich die Laternen von Mykar, Scara und Vanice aus dem Blick verloren hatte, nachdem ich mal wieder bis zum Schienbein in irgendeinem Erdloch versunken war. Nun, verwundert war ich zwar nicht. Aber verdammt wütend.

Es war eindeutig Zeit für ein paar saftige Flüche. Und mir lagen auch schon welche auf der Zunge. Dann aber war alles vergessen.

Flüche.

Zunge.

Und der ganze Rest.

Denn mit einem Mal wurde mir klar, dass Rudrick sehr wohl gewusst hatte, was er tat, als er meinem Bruder die Phiole mit Skargats Lebertran aushändigte. Und ich verstand auch, dass ich mein Leben lang blind gewesen war. Ich hatte nicht sehen können, dass es etwas gab, das *vor* oder *hinter* oder *neben* meiner Welt lag. Das nicht zu ihr gehörte. Aber auch nicht wirklich von ihr getrennt war. Das vielleicht auf dieselbe Art mit ihr verbunden war, wie der Schatten mit demjenigen verbunden ist, der ihn wirft.

Anlass für diese philosophischen Höhenflüge zu später Stunde war, dass ich einen Geist sah.

Ein beschissenes, verficktes, dreimal verfluchtes Gespenst.

Es ging zehn oder zwölf Schritte von mir entfernt über das Feld. Hatte offenbar keine Probleme mit Erdlöchern und Steinen. Sah mich nicht. Oder konnte mich nicht sehen. Oder hielt mich für zu unwichtig, um mir seine Aufmerksamkeit zu schenken.

Es war nicht groß. Kaum größer als ein Kind. Und strichdünn. Aber seine Finger, die wie Messerklingen waren, reichten fast bis zum Erdboden. Und in seiner Brust gab es ein dunkelgrünes Glühen. Als wäre das Wesen eine Art Ofen und würde von Dämonenreisig befeuert – was immer das sein soll.

Von diesem Glimmen abgesehen, war die Gestalt schwärzer als die Nacht, die sie umgab. Ein Albtraum, der sich verlaufen hatte und im Wachen gelandet war. Daran konnte kein Zweifel bestehen.

Aber das Verrückte war, dass das nur mein Verstand begriff, nicht mein Herz.

Denn das war es, was mich mehr als alles andere verwirrte: Ich hatte keine Angst. Vielleicht lag es daran, dass ich schon vor einer Weile Bekanntschaft mit Mykar geschlossen hatte, bei dem man ja auch nie wusste, ob man weinen oder lachen sollte. Oder es lag an dem höllenscharfen Eiswasser, von dem ich getrunken hatte. Jedenfalls schien mir das Wesen auf eine wahnwitzige Art und Weise an seinem Platz zu sein. Hier auf diesem Feld, nicht weit entfernt von meinem Landsitz. Es war empörend. Es war skandalös. Aber es war so.

Erst einige Augenblicke später merkte ich, dass ich begonnen hatte, dem Geist hinterherzugehen. Und plötzlich bewegte ich mich mit schlafwandlerischer Sicherheit. Konnte alles um mich herum klar erkennen – das Feld mit seinen Furchen und den fast kahlen Bäumen, die am Rain standen. Als wäre ich in dem Moment, als ich das Gespenst erblickt hatte, selbst auf die andere Seite der Nacht übergewechselt. Und als würde hier die Finsternis strahlen.

Es erstaunte mich kein bisschen, dass ich bald darauf schon andere sah. Viele andere. Die meisten von ihnen waren schwarze Teufel, wie das Spukwesen, das mir als Erstes begegnet war. Irgendwie waren sie alle gleich, und doch alle verschieden. Ihre Brust leuchtete in grün, rot, blau und gelb. Man hätte einen hübschen Strauß daraus binden können. Dann gab es noch gelbliche Hunde, oder Wölfe, die sich völlig lautlos bewegten und deren Gesichter mir weder menschlich noch tierisch vorkamen. Frauen, deren Haut so fahl war wie ihre Haare und Kleider und die, während sie in der Haltung von Galionsfiguren durch die Nacht flogen, einen unirdischen Singsang anstimmten. Schließlich hagere Gestalten, alte Weiber und Männer zumeist, die in zerschlissene Kleidung oder schmutzige Leichentücher gehüllt waren. Oder die Dinger sogar im Maul mit sich rumschleppten.

Und mittendrin ich.

Mir kam der grausige und zugleich belustigende Gedanke, dass ich möglicherweise in manch einer trunkenen Nacht über die Landstraßen und Felder gewankt war. Dabei gegrölt hatte, dass die Bäume wackelten. Während solch eine Geistergesellschaft an mir vorbeizog. Oder durch mich hindurch. Durch mich hindurch auf dem Weg zu – ja, wohin eigentlich?

24
DIE VERSAMMLUNG

Justinius

Als ich sah, welches Ziel die ganze Bande ansteuerte, konnte ich es kaum glauben. Denn ich kannte den Ort. Ich kannte die kleine Kreuzung mitten im Nirgendwo, an der ein paar schiefe und krumme Galgen standen, die dort schon in meiner Kindheit gewesen waren. Nun, die Galgen standen immer noch da. Aber nun erhoben sie sich wie höllenschwarze Türme in die Nacht. Und an ihnen hingen unzählige Gerippe. In der windstillen Dunkelheit veranstalteten sie einen Reigen, der den Göttern ein Hohn sein musste.

Ich bekam den Mund kaum zu.

Doch Angst hatte ich noch immer nicht.

Bei der Kreuzung stand außerdem ein Haus. Ein Haus, das da zweifelsfrei nicht hingehörte. Im Vergleich zu dem, was ich bis jetzt schon gesehen hatte, fiel das aber kaum ins Gewicht. Das lag auch an dem Haus selbst. Es war mehr ein Schuppen oder eine Scheune. Machte den Eindruck, als würde es jeden Augenblick in sich zusammenkrachen. Wirkte außerdem so verlassen auf mich, dass ich vermutete, es hätte sich seit Jahren niemand mehr in ihm aufgehalten. Von Mäusen und Spinnen vielleicht abgesehen. Doch selbst, wenn das in der Vergangenheit gestimmt haben sollte – jetzt änderte es sich.

Ganz eindeutig.

Denn eines nach dem anderen betraten die Spukwesen das Häuschen. Brav durch die Tür. Es hatten sich so viele an der Kreuzung eingefunden, ich konnte kaum glauben, dass sie sich alle in diese Bruchbude reinzwängen wollten.

Im Inneren des Schuppens brannte kein Licht. Und ich konnte

auch kein Geräusch vernehmen, das darauf schließen ließ, dass dort irgendetwas von Interesse vor sich ging.

Oder überhaupt irgendetwas.

Trotzdem schloss ich mich dem Zug derer an, die auf den Eingang des windschiefen Bretterverschlags zuhielten. Jetzt fiel mir auch auf, dass sich viele Nachtgestalten bereits zu kennen schienen. Vom gemeinsamen Umgehen, oder Skargat wusste woher. Sie nickten einander zu, begrüßten sich, tauschten offenbar irgendwelche Neuigkeiten aus. Von diesen Gesprächen verstand ich zunächst nicht das Geringste. Was sehr seltsam war. Die Worte kamen mir nämlich *eigentlich* bekannt vor. Aber es war, als würde sie mir jemand vor der Nase wegschnappen, bevor sich mir ihre Bedeutung offenbarte. Dann plötzlich drehte sich die Sache um. Derselbe Jemand schien mir die Wörter nun unter die Nase zu reiben. Oder wie immer man das ausdrücken soll. Jedenfalls bekam ich nun mit, worüber die Spukwesen miteinander sprachen.

Ich hatte aber weder Zeit noch Lust, irgendwelche Gespensterunterredungen zu belauschen. Denn jetzt trennten mich nur noch wenige Schritte von der Tür, die natürlich schief in den Angeln hing. Ich wunderte mich, dass sich all die Nachtgestalten einen feuchten Trollfurz um mich scherten. Wunderte mich außerdem, dass ich mich nach wie vor ganz entspannt fühlte.

Keine Spur von Angst.

Obwohl ich wusste, dass ich genau das hätte fühlen sollen.

Es war aber auch schwer, Angst zu haben, wenn man sich anschickte, hinter einem langhaarigen, ausgemergelten Greis, der mit seinen verbliebenen Zähnen auf seinem Grabtuch rumkaute, eine solche Bruchbude zu betreten. Über deren Eingangstür zudem ein Schild hing, auf das zwei dämlich grinsende Skelette gepinselt waren, die mit Bierkrügen anstießen. Und dazu noch die Worte: *Zum Fröhlichen Toten.*

Ich tröstete mich mit der Vorstellung, dass es hier ja vielleicht tatsächlich was zum Saufen gab, wenn das Ding eine Art Schenke war.

Und betrat das dunkle Häuschen.

Der Thronsaal des Dorn war in Zwielicht getaucht. Es gab mächtige Bogenfenster, die mit Mosaiken aus dunkelbuntem Glas besetzt waren. Sie stellten Schlachtszenen dar und schienen das Licht eher fernzuhalten als einzulassen. Das hochgewölbte Dach wurde von mannsdicken Säulen gestützt, an denen hier und da Lampen brannten. Doch auch deren Glimmen verstärkte nur den Eindruck lastender Düsternis. Der einzige Schmuck im Thronsaal bestand aus einer Vielzahl von Bannern und Flaggen – einige von ihnen uralt –, die sich entlang der Wände reihten. Pfeile hatten sie durchlöchert, Feuer hatte sie versengt, Blut und Dreck hatten sie bespritzt. Auf mich wirkten sie wie ein Spalier von Gefallenen, eine Parade von zerschmettertem Stolz.

Die Beute zahlloser Schlachten. Ein Tribut an die Krieger, die sie alle bezwungen hatten. Der Erbstolz derer von Durenwald.

Der Dorn selbst saß auf einem wuchtigen Steinthron, der mit Fellen behängt war und auf einem Podest stand. Er trug eine Plattenrüstung, der Herrscher der Perle, und saß so unbewegt auf seinem Thron, als wäre er selbst aus Fels gemeißelt. Rotgrau waren seine Haare und sein Bart. Von kaltem, durchdringendem Blau sein Blick.

An der linken Seite des Thrones lehnte das Wappenschild seiner Familie: Es zeigte einen mächtigen, stachelbewehrten Kriegshammer unter einer Esche mit weitausladenden Ästen; rechts prangte die ahekrische Standarte: auf dem Feldzeichen die fünf Schwerter, deren Spitzen sich in der Mitte eines Elaah-Kreises berührten, eines für jedes Land des Reiches, und dazu, außerhalb des Kreises, das Emblem von Ask: die Bergzinne, über der Sonne und Mond stehen.

Der Dorn erwartete mich.

Ich trat an den Rand des Podestes. Sank dann auf ein Knie.

Keine Stimme erklang, um meinen Namen, meinen Titel oder meine Taten zu verkünden.

»Was willst du, Justinius von Hagenow?«, fragte der Dorn. Er sprach nicht laut. Doch das war auch nicht nötig.

»Ich will mit dem Gefangenen Cay reden, Herr, der des Mordes an Rudrick von Nordwiesen angeklagt ist.«

»Glaubst du an seine Unschuld?«

»Nein.«

»Warum willst du dann mit ihm reden? Er hat die Tat begangen. Sein Leben ist verwirkt.«

Ich wusste nicht, was ich auf diese Frage antworten sollte. »Ich will mit ihm reden, bevor er hingerichtet wird«, sagte ich und fühlte mich wie ein trotziges Kind.

»Dann geh und tu es«, sagte der Dorn.

Damit war meine Audienz beendet. Ich stand auf, verneigte mich tief und wandte mich dem Eingangsportal zu.

Nachdem ich drei Schritte getan hatte, sprach der Dorn noch einmal.

»Was willst du, Justinius von Hagenow?«

Ich drehte mich um und blickte dem Dorn in die Augen.

Ich dachte an Glenna, wie schön sie gewesen war, auf dem Ball, wo ich sie kennenlernte. Ich versuchte, mir ihre sehnsuchtsvolle Erregung vorzustellen, als sie sich nachts aus dem Haus ihres Vaters schlich und über die dunklen Feldwege zu ihrem Stelldichein mit Edmund eilte. Und ich fragte mich, was gewesen wäre, wenn ich dort am Waldrand auf sie gewartet hätte. Wenn ich derjenige gewesen wäre, an den sie ihre Liebe verlor.

»Gerechtigkeit«, sagte ich.

Das Wort schien wie Rauch in das Halbdunkel aufzusteigen, verlor sich dann langsam in der weiten Halle.

Halb erwartete ich, dass der Dorn lachen würde. Dass das Hohngelächter dann seine Wächter und schließlich die gesamte Festung ergreifen würde. Dass sie mich alle auslachen würden. Bis hinunter zu den Gefangenen, die in ihren Zellen verrotteten.

Doch niemand lachte.

»Kennst du den Stern der Mitternacht?«, fragte der Herrscher der Perle.

»Nein«, sagte ich.

Für einige Sekunden war es vollkommen still im Thronsaal. Es kam mir unwirklich vor, dass es so still sein konnte in so einem großen Raum.

»Dann lerne, Justinius von Hagenow«, sagte der Dorn schließlich. »Schau nach Norden. Und lerne.«

Von innen machte die Bruchbude weit mehr her als von außen. Es handelte sich bei ihr tatsächlich um eine Schenke. Und eigentlich fand ich es nicht mal verwunderlich, dass das Häuschen auf das Mehrfache seiner Größe anzuwachsen schien, sowie man es betreten hatte. So passte in den Schuppen alles rein, was für eine ordentliche Schenke benötigt wurde: Theke, Fässer, Krüge, Tische, Stühle, Bänke.

Allerdings hatte man die Tische, Stühle und Bänke an eine Wand geschoben. Und dort zu einer abenteuerlichen Konstruktion aufgeschichtet. Nur drei Tische waren in der Mitte des Schankraums verblieben. Sie standen in einer Reihe. Und um sie herum waren die Gäste versammelt. Alles schwatzte durcheinander. Man hörte das Klacken und Klirren der Tonkrüge und -becher. Es hätte ein ganz gewöhnlicher Abend in einem ganz gewöhnlichen Wirtshaus sein können. Abgesehen davon, dass im Kamin ein veilchenfarbenes Feuer brannte und sämtliche Kerzen ein blaues, jenseitiges Licht warfen. Und abgesehen davon natürlich, dass sich die Runde der fröhlichen Zecher hier aus Gespenstern, Wiedergängern, Untoten und sonstigem Kroppzeug zusammensetzte.

Selbst in dieser seltsamen Gesellschaft fiel Vanice sofort auf. Obwohl sie ein schlichtes dunkles Kleid trug und ihre Lockenpracht unter der Kapuze ihres Umhangs verborgen war. Von ein paar neckischen Strähnen abgesehen. Sie stand an der Theke. Redete gerade mit dem Wirt. Das war ein Hüne, dessen mächtige Arme ein Gestrüpp schwarzer Haare zierte. Er ließ Hackfresse wie einen Ausbund an Liebreiz erscheinen. Ich war beeindruckt, das musste ich zugeben. Beeindruckend fand ich auch, dass Vanice mich schon bemerkt hatte, ehe ich auch nur einen Schritt in ihre Richtung machen konnte. Sie unterbrach sich, um mir kurz zuzunicken. Sagte dann ein paar Worte zu dem Wirt. Der mir daraufhin ein bezauberndes Lächeln schenkte. Und dabei Zähne entblößte, mit denen man einen Morgenstern hätte bestücken können.

Ja, der Abend versprach, heiter zu werden.

Ich blieb stehen. Irgendetwas sagte mir, dass der Wirt keine Lust auf eine Plauderei mit mir hatte. Ich sah mich noch einmal um. Und stellte fest, dass die Geisterherberge über zwei Schankmägde verfügte. Die machten einen deutlich lustigeren Eindruck als die meisten ihrer Sorte in diesseitigen Gasthöfen. Die eine war unglaublich dick, die andere spindeldünn. Sie tänzelten nur so durch die Wirtsstube. Und dass die beiden so vergnügt waren, täuschte beinahe darüber hinweg, dass sie im Grunde ziemlich leichenhaft aussahen.

Offenbar eröffnete das Dasein als Geist ungeahnte Möglichkeiten.

Schließlich entdeckte ich auch Mykar. Genauer gesagt: Ich entdeckte Scara und Mykar. Die beiden standen einträchtig in einer Ecke. Ein halbdurchsichtiger Kerl mit Pferdegesicht, der unglaublich schlaff und müde aussah, leistete ihnen Gesellschaft. Mykar hatte gerade etwas gesagt und wartete nun auf Antwort. Es schien, als würde er da lange warten müssen. Scara nutzte die Pause, um gelassen die Hände vor dem Schoß zu falten. Wie immer war sie ganz Herrin der Lage. Nur vermutete ich, dass die Lage, deren Herrin sie war, wenig mit der zu tun hatte, in der sie sich tatsächlich befand.

Das war es aber nicht, was mich zurückschrecken ließ. Schließlich hatte ich manches Jahr Zeit gehabt, um mich an Scara und ihre Narreteien zu gewöhnen.

Auch mit Mykar hatte ich ja schon seit Geraumem das Vergnügen. Aber zugleich war es, als sähe ich ihn jetzt zum ersten Mal. Und ich kann nicht behaupten, dass mir gefiel, was ich sah. Ganz und gar nicht. Denn hier, inmitten all der Wiedergänger, Nachtgestalten und Untoten, sah er selbst aus wie ein Gespenst. Ich erinnerte mich daran, wie ich ihn vor unserem Aufbruch zur Perle in Augenschein genommen hatte, auf der Ladefläche des Karrens, schlafend. Eigentlich hatte sich nichts an ihm verändert. Er war ein und dieselbe Vogelscheuche geblieben, leichenblass und rabenschwarz. Und dennoch … dennoch war alles anders. Wie er dort stand, schien er nicht nur eins der Spukwesen zu sein. Schlimmer noch. Er wirkte unheimlicher als sie. Bedrohlicher, gefährlicher, *dunkler*.

Ich musste daran denken, was Vanice gesagt hatte: Dass ich ihn unterschätzen würde … dass sie nicht wisse, wer oder was er sei …

Ich erschauderte. Konnte es nicht fassen. Ich bekam tatsächlich Angst vor Scaras Vogelscheuche.

Hastig wandte ich die Augen ab. Beim Versuch, etwas anderes anzusehen als Mykar oder den Wirt, fiel mein Blick auf einen Mann, der so verwirrt und unglücklich dreinschaute, wie ich mich fühlte. Er trug ein weites Hemd, eine weite Hose und eine schmucklose Kappe. Alles in verwaschenem Schwarz. Die Kluft eines Totengräbers. Vermutlich fragte er sich, wo er da nur reingeraten war. Und wie er hier wieder rauskommen sollte. Ich wünschte, ich hätte ihm da weiterhelfen können. Der Mann fuhr sich über seinen zottigen Kinnbart. Zuckte die Schultern. Dann nahm er einen tiefen Schluck aus dem Krug, den er in der Hand hielt. Und zuckte nochmals die Schultern. Bei Sorins Weisheit, das war mal eine vorbildliche Haltung!

Ich beschloss, es dem heroischen Totengräber gleichzutun. Da mochte der Wirt die Morgensternzähne blecken, so oft er wollte. Drehte mich also zur Theke um. Und war dann doch erleichtert, dass Vanice bereits auf mich zukam. Sie hatte sogar die Weisheit besessen, uns etwas zu trinken zu besorgen. Trotz allem erfüllte mich eine gewisse Vorfreude. Doch wie ich so die Becher betrachtete, blieb mein Blick wieder einmal an Vanice' Fingernägeln hängen. Ich war mir nicht sicher, warum. Aber irgendwie reizten sie mich maßlos, diese Fingernägel. Unwillkürlich fragte ich mich, ob die nicht ständig im Weg waren, wenn sie an sich rumspielte. Wo man sich da überall schneiden konnte …

Eigentlich war das ja durchaus eine anregende Vorstellung: Die nackte Vanice, wie sie sich in den Verzückungen der Lust wand. Doch beim Stichwort ›schneiden‹ schossen mir ganz andere, sehr viel unerfreulichere Bilder durch den Kopf. Ich musste daran denken, was mir Scara von der Nacht erzählt hatte, in der sie Mykar kennenlernte. Davon, wie er die drei Meuchler getötet hatte, die sie umbringen wollten. Ich stellte mir ihre Gesichter vor – das ungläubige Grauen in ihrem Blick … die klaffenden Wunden an ihren Hälsen … das Blut, vom Waldboden aufgesogen … .

Als ich merkte, wie mulmig mir zumute war, gab ich mir alle Mühe, schnell wütend zu werden.

»Ich freue mich, dass Ihr gekommen seid, Justinius!«, begann Vanice. »Ich nehme an, Ihr habt von der Flüssigkeit getrunken, die Rudrick Eurem Bruder gegeben hat, und so den Weg hierher gefunden? Das ist wirklich mutig, muss ich sa-«

Ich machte eine wegwischende Handbewegung. »Lasst den Blödsinn und sagt mir lieber, was hier gespielt wird!«

Vanice sah überrascht aus. »Ich dachte, da wäret Ihr längst von selbst darauf gekommen ... Es geht darum, dass Mykar eine Erlaubnis braucht, wenn er Rudrick und seine Freunde töten will. Die Erlaubnis kann ihm nur der Prinzipal geben, das ist der Herr dieser Gespensterversammlung und –«

»Ja, in der Tat, Vanice. Darauf *bin* ich selbst gekommen. Abgesehen davon natürlich, dass die Gespenster das Obergespenst ›Prinzipal‹ rufen. Das ist ja herzig!«, knurrte ich.

»Und wovon redet Ihr, wenn Ihr bereits wisst, worum es geht?«

»Sagt mir, Vanice, gibt es auch gute Geister?«

»Wie bitte?«

»Jetzt haben wir lang und breit über Rudrick und diese Wilde Horde geplaudert. Und über all die Schweinereien, die man anstellen muss, um bei der Bande mitzumischen. Da habe ich mich eben gefragt: Gibt es auch so was wie die Mildtätige Horde?«

Vanice' Blick verdüsterte sich. »Das ist nicht wirklich die Frage, die Ihr stellen wollt, Justinius«, sagte sie.

Ich nahm ihr den Becher aus der Hand. »Was ist das hier für ein Mist?«, schnauzte ich.

»Wein.«

»Echter Wein?«

»Ja. Er ist für die Menschen, die hierher kommen.«

»Aha. Und was trinken die anderen?«

»Keinen Wein.«

»Ihr seid wirklich sehr hilfreich. Wenn Ihr immer nur ausweicht und Spielchen spielt und Halbwahrheiten verkündet, werde ich Euch niemals vertrauen können.«

Ich trank einen Schluck. Es war Wein. Er war gut.

»Mir muss entgangen sein, dass Ihr versucht habt, mir zu vertrauen.«

»Ach, ist das so? Schön, dann fangen wir also von vorne an. Ich hätte da in der Tat noch eine andere Frage für Euch. Vielleicht gefällt die Euch besser. Wie wäre es also, wenn Ihr mir sagt, was es eigentlich mit unserem Freund Mykar auf sich hat?«

Vanice runzelte die holde Stirn. »Was meint Ihr damit – was es mit ihm auf sich hat? Ich habe Euch alles gesagt, was ich weiß. Außerdem kennt Ihr ihn doch schon eine Weile, oder? Da habt Ihr doch genug Zeit gehabt, Euch ein Bild zu machen. Ich verstehe nicht, worauf Ihr hinauswollt.«

»Worauf ich hinauswill? Ganz einfach: Ist er einer von den guten Jungs?«

Nun hatte ich es geschafft, sie zu reizen. Ihre Augen blitzten, als sie sagte: »Bei Elaahs Gnade, Justinius! Ihr glaubt doch nicht *allen Ernstes*, dass das so läuft! Da stellen sich zwei Heere auf, und die einen tragen eine Fahne, auf der ›Gut‹ steht, während die anderen das Banner des Bösen schwenken – und dann gehen sie mit Gebrüll aufeinander los, und die Sache ist ein für alle Mal erledigt. So etwas *Lächerliches*!«

»O doch, Vanice. Ich glaube allen Ernstes, dass es ganz genau so läuft. Ich bin eben lächerlich. Und wie wir gerade von Vertrauen sprachen – wenn ich nicht irre, wolltet Ihr doch wissen, worum es bei dem kleinen Überfall ging, den mein Bruder auf mich veranstaltet hat, in der Nacht, als Scara und ich Mykar kennenlernten? Nun, der gute Edmund ist nicht ganz so weit von seinem Plätzchen in der Horde entfernt, wie Ihr denkt. Jedenfalls hat er von Rudrick schon eine Aufgabe bekommen. Er hat dabei zwar völlig versagt, wie das so seine Art ist. Aber immerhin hat er sich redlich bemüht. Die Aufgabe bestand darin, unseren Vater umzubringen, und zwar so, dass alle Welt mitbekäme, wer der Mörder ist. Das war dem armen Edi dann aber doch ein bisschen zu heftig. Er hatte nämlich keine Lust, sich zu der Tat, die er da verüben sollte, zu bekennen. Sich zu bekennen und dann hinrichten zu lassen, um sich ›des Bösen würdig zu erweisen‹, wie Ihr so schön sagt. Deshalb hat er sich überlegt, dass es doch eine feine Sache wäre, wenn ich ein Dokument unterschriebe, in dem ich meinerseits zugebe, den Herrn Baron unter die Erde gebracht zu haben. Da alle Welt wusste, dass es zwischen uns nicht zum Besten stand, um es mal vorsichtig auszudrücken, wäre das sogar einigermaßen glaubwürdig. Dann würde man es so einrichten, dass es aussah, als hätte ich mir, ganz tränenreiche Zerknirschung, den Strick genommen, und alle könnten zufrieden sein. Und falls doch irgendjemandem Zweifel an der Geschichte gekommen wären, hätte man das Ganze einfach Scara anhängt. Dazu müsst Ihr wissen, dass einige bei uns meinen, sie sei nicht nur bekloppt, sondern vielleicht auch irgendwie eine böse Hexe, die eines Tages ganz furchtbare Dinge anstellen wird. Warum die Leute so einen Mist glauben, ist eine andere Geschichte. Wichtig ist nur, dass Edi sich gedacht hat, er lässt sie umbringen und im Wald verscharren. Und nachher sagt man dann, sie hätte ihren Herrn und Meister getötet – also mich, nur damit keine Missverständnisse aufkommen – und anschließend die Flucht ergriffen. Wie Ihr wahrscheinlich bemerkt habt, gibt es ein paar kleine Denkfehler in Edis Plan. Abgesehen davon konnte mein armer Bruder natürlich nicht ahnen, dass Scara eine finsterfiese Vogelscheuche über den Weg laufen würde. Eine finsterfiese Vogelscheuche, die, Elaah weiß warum, sofort völlig hingerissen ist von ihr und sie rettet. Und mich gleich mit. Wenn auch eher zufällig.«

Vanice atmete tief ein und aus. »Dass sich Euer Bruder bereits so weit aufgegeben hat, wusste ich nicht. Und auch, was in jener Nacht passiert ist, wusste ich nicht. Ich danke Euch für das Vertrauen. Und es tut mir wirklich sehr leid, all das zu hören. Allerdings verstehe ich nicht, was das damit zu tun haben soll, worüber –«

»Das kann ich Euch sagen, was das alles miteinander zu tun hat! Dieser Mykar bringt so mir nichts, dir nichts drei ausgewachsene Meuchler um die Ecke. Wie ist das möglich? Ihr habt es ja selbst gesagt – er ist doch nur ein Bauernjunge! Ein Bauernjunge, der, wenn ich das richtig mitbekommen habe, jahrelang wie vom Erdboden verschluckt war, nachdem Cays Geliebte ermordet wurde. Was hat er gemacht in all der Zeit? Wieso ist er jetzt wieder da? Und vor allem: Was zur Hölle *ist* er eigentlich? Ich habe diese Fragen allesamt aus Eurem Mund gehört. Aber ich habe wohl nicht richtig verstanden, wovon Ihr redet. Wollte es vielleicht auch nicht verstehen. Ich dachte, Mykar wäre einfach irgendein Bauerntölpel, der einen anderen Bauerntölpel retten will. Später dachte ich dann, er wäre ein Bauerntölpel, der verrückt ist wie ein schwangerer Sar'Anaam-Priester und sich deshalb gern auf Friedhöfen und in der Gesellschaft von noch verrückteren und seltsameren Gestalten rumtreibt – und ganz besonders einen Narren an Kinderschädeln gefressen hat. Aber jetzt sehe ich, worum es eigentlich geht. Ist er überhaupt ein Mensch oder einer von diesen Wiedergängern und Spukwesen, das ist doch die Frage, oder, Vanice? Und wenn er einer von ihnen ist, weshalb seid Ihr Euch dann so sicher, dass er im Grunde seines Herzens nicht ein ebensolcher Teufel ist wie Rudrick?«

Sie wurde sehr ruhig. Keine Spur von Wut mehr in ihren Augen. Stattdessen sah sie auf einmal traurig und verzagt aus. »Mykar ist nicht böse. Das müsst Ihr mir glauben«, sagte sie leise.

»Das ist keine Antwort, in Dreidämonsnamen!«

Vanice blickte zur Seite. Und schwieg.

Ich trank einen Schluck Wein. Musterte sie grimmig an und wartete.

Da ertönte Gelächter.

Man hätte meinen können, das wäre nichts Besonderes in einer Schenke. Nicht mal in einer Gespensterschenke. Aber Vanice erschrak dermaßen, dass sie beinahe verschüttete, was immer ihr der Wirt eingeschenkt hatte. Mir ging es genauso. Und eine Sekunde später begriff ich, dass es jedem einzelnen Gast in dieser götterverfluchten Herberge so ergangen war wie uns beiden. Sämtliche Gespräche verstummten innerhalb von zwei Herzschlägen. Und alle Augen richteten sich auf den Urheber des Lachens.

Es war der durchscheinende Mann mit dem langen Gesicht. Sein Lachen hatte geklungen, als würden zwei Sargdeckel gegeneinandergeschlagen. Während irgendwo in den Niederhöllen eine der Geißeln Skargats zu weinen beginnt.

Und in der unheimlichen Stille, die nun im Gespenstergasthof herrschte, hörte jeder die Worte, die der Mann als Nächstes sprach:

»Das versteht der Dämon nicht. Sag: Weil er sterben muss. *Das* versteht der Dämon.«

Mykar stand auf und kam in unsere Richtung. Scara folgte ihm.

»Vergesst nicht, was ich Euch gesagt habe. *Er ist nicht böse*«, flüsterte Vanice.

»Schon gut«, brummte ich.

Aber was ich dachte, war: *Woher zur Hölle willst du das wissen?*

25
DER PRINZIPAL

Mykar

Ich nickte Ede zu. Dann erhob ich mich. Ich ging in die Mitte des Schankraums. Dorthin, wo die Tische aufgestellt waren. Langsam wurde das Schweigen, das den Gasthof nach Edes Lachen erfüllt hatte, von Stimmengewirr abgelöst. Die Nachtgestalten und Spukwesen klangen verunsichert. Wahrscheinlich lachte Ede nur alle hundert Jahre einmal. Das reichte auch. Ich fragte mich, wie ich den Blick deuten sollte, den er mir zum Abschied zugeworfen hatte. Da war etwas Vergnügtes gewesen, vielleicht etwas Boshaftes. Wieder hatte mir Ede einen Gefallen getan. Stand ich in seiner Schuld? Wenn ja, was für eine Schuld war das? Und wann würde er sie einfordern?

Ich hatte keine Zeit, über diese Fragen nachzudenken. Gerade hatte ich Justinius entdeckt. Vanice war an seiner Seite. Die beiden hielten ihre Weinbecher in der Hand und stierten mich an. Offenbar war Edes Lachen auch ihnen durch Mark und Bein gegangen. Ich dachte, es müsste mich erstaunen, dass Justinius hier war. Doch im Grunde überraschte mich seine Anwesenheit nicht.

»Hallo«, sagte ich.

»Mykar …«, murmelte Justinius. Es klang fragend. Als zweifelte er daran, dass ich tatsächlich ich war. Aber wer hätte ich denn sonst sein sollen?

Ich war verwirrt und suchte Vanice' Blick. Die lächelte seltsam, obwohl sie eben noch sehr ernst dreingeschaut hatte.

In diesem Moment kündigte der Prinzipal sein Erscheinen an.

Aus allen Richtungen schien ein gefrorener Wind in die Schenke zu strömen. Er sammelte sich in der Mitte des Raumes, wo die Tische bereitgestellt worden waren. Wieder verstummten sämtliche Gespräche. Was als Nächstes geschah, ließ mich daran denken, wie Rudricks Geist aus dem Gefängnis seines Körpers hervorgebrochen war. Die Luft über den Tischen begann, sich abwechselnd zu blähen und wieder zusammenzuziehen. Es waren jähe, abgehackte Bewegungen. Als würde dort ein unsichtbares Wesen qualvolle Krämpfe erleiden. Dann entstanden Zwischenräume. Sie bildeten Lücken, wo die Luft nicht mehr hinreichte. Und sie wurden von einem Tanz unbeschreiblicher Farben erfüllt.

Und plötzlich ruhte ein Kopf auf den Tischen. Er war gewaltig: Das Holz bog sich unter seiner Last, wie halbgespanntes Tuch, während sich das Dach der Herberge über ihm wölbte. Der Kopf war in Wahrheit ein Wirbel aus flirrender, rasender Schwärze. Er hatte die Form eines Baumes oder einer Krone. Unten war er schmal, nach oben hin weitete er sich in auseinanderstrebenden Ästen oder Zacken. Auf halber Höhe wurde der Stamm oder Rumpf in einer durchgehenden Linie von einem Ring aus Augen umspannt. Diese Augen waren Ecken, die Bögen waren, und Rundungen, die Spitzen waren. Man schwindelte, wenn man sie länger als eine Sekunde zu betrachten suchte. Und während die Zuckungen wütender Schwärze über den Kopf hinwegrasten, als würde ein Sturm in ihm toben – oder er wäre dieser Sturm –, drehte er sich zugleich mit würdevoller Ruhe um sich selbst. Dabei blickten seine unzähligen Augen starr vor sich hin.

Das war er, der Prinzipal der Windmarken. Ein Dämon von einem Ort, für den es keinen Namen gab.

Die Spukwesen und Nachtgestalten begrüßten seine Ankunft mit einem markerschütternden Geheul. Und ich stimmte ein. Obwohl ich nicht wusste, ob dieses Heulen Freude oder Ehrerbietung ausdrücken sollte. Oder etwas ganz anderes.

Nun kam Grolek hinter der Theke hervor. Er hielt eine schlichte Holzschale in Händen, die mit einem weißlichen Pulver gefüllt war. Er trat an den Prinzipal heran, verneigte sich tief und streute das Pulver aus. Es löste sich auf, noch bevor es den Boden berührt hatte. Dann machte Grolek einen großen Schritt nach hinten.

»Die Versammlung ist eröffnet«, sagte der Prinzipal.

Seine Stimme war hell und sanft. Sie kam nicht aus der Richtung des sich drehenden Hauptes, sondern schien durch die Schenke zu schwirren wie eine aufgescheuchte Fliege. Mir kam der Gedanke, dass ich gar keine Stimme hörte; vielmehr etwas, das so tat, als wäre es eine Stimme.

Ehe sonst jemand sein Anliegen an den Dämon herantragen konnte, trat ich vor.

»Ich habe eine Bitte, Prinzipal.«

»Ich kenne dich nicht«, sagte der Dämon, ohne seine ruhevollen Drehungen zu unterbrechen und ohne dass sich seine Augen bewegt hätten.

»Ich bin Mykar.«

Die helle, sanfte Stimme klang nun, als käme sie aus meinem Inneren. »Ich kenne dich«, sagte sie.

»Ich will Rudrick von Nordwiesen töten. Er ist einer der Horde.« Meine Lippen formten die Worte von allein. Es ging ganz leicht, sie auszusprechen.

»Warum willst du ihn töten?«, fragte der Prinzipal.

Ich schloss die Augen. Ich ließ mir den Satz auf der Zunge zergehen. Ich wusste, er würde mir Genuss bereiten.

»Weil er sterben muss.«

Der Dämon schwieg. Es schien, als würde er nachdenken. Aber wahrscheinlich denken Dämonen nicht nach. Und er schwieg auch nicht lange.

»Dann soll er sterben«, säuselte die Stimme.

Ich öffnete die Augen. Verwundert betrachtete ich den Prinzipal. Ich hatte nicht erwartet, dass es so einfach gehen würde. Und ich war nicht der Einzige, den die Beiläufigkeit der Entscheidung überraschte. Ein Wispern und Tuscheln ging durch die Herberge. Doch niemand widersprach dem Dämon. Niemand zweifelte sein Wort an.

Ich verneigte mich. »Danke, Prinzipal!«, sagte ich und drehte mich um.

Da standen sie, die Geister und Wiedergänger. Ich sah die gelben, zechlustigen Wölfe und die weißen Frauen. Ich sah die schwarzäugigen Babys und die schmutzigen Greise, die an ihren Grabtüchern nagten. Ich sah die spitzigen Schatten und ließ meinen Blick in das rote und grüne und blaue und gelbe Glimmen fallen, das in ihrer Brust aufschien. Sie alle hatten sich in einem Halbkreis um die Tische herum aufgestellt, über denen der Prinzipal schwebte, während er zugleich ihr Holz zum Ächzen brachte. Sie füllten die Herberge bis zum Rand, die Gespenster und Spukwesen. Und sie alle betrachteten mich. Wie in der Nacht, als ich zum ersten Mal in Groleks Schenke gewesen war. Aber dieses Mal hatte ich keine Angst.

Auch Scara, Vanice und Justinius standen da. Scara machte einen zufriedenen Eindruck. Sie nickte mir zu. Als hätte ich etwas, das sie mir seit Ewigkeiten beizubringen versuchte, endlich einmal hinbekommen. In Vanice' Augen schwammen Tränen. Und Justinius sah ernst und gefasst aus. Als würde er versuchen, sich auf eine schwere Herausforderung vorzubereiten, die er, und nur er allein, bewältigen musste.

Ich lächelte.

Ich hatte es geschafft. Ich hatte gewonnen.

So war es doch?

In diesem Moment wurde die Tür des Gasthofs aufgestoßen. Schwere, wuchtige Schritte erklangen. Der da hereinkam, war groß. Größer als alle, die sich zu der Versammlung eingefunden hatten. Und er war schwarz. Schwarz wie die dürren Schattenwesen, doch von einer glimmenden, glosenden Schwärze. Von seinen Schultern fiel ein Umhang, der nur aus Dornen und Stacheln zu bestehen schien. Seine Haare waren wie die Blätter eines tausendjährigen Baumes, der in der Dunkelheit blühte. Seine Augen brannten in unirdischem Feuer. Drei lange, gebogene Hörner kamen aus seiner Stirn. Und in seinen Händen hielt er einen riesigen Spieß.

Ich wusste sofort, wen ich vor mir hatte.

»NEIN!«, donnerte der Schwarze Jäger.

26
DER JÄGER UND DIE HEXE

Justinius

Es wurde mir zu bunt. Es reichte. Ich hatte genug. Seit dieser sogenannte Prinzipal aufgetaucht war, war mir der Spaß endgültig vergangen. Was hatte ich erwartet? Vielleicht etwas Großes, Haariges mit langen Zähnen und schlechtem Atem. Nun, *groß* war er. Aber sonst … Mein armes Hirn weigerte sich. Wollte gar nicht verstehen, was es da vor sich hatte. Wollte es nicht mal versuchen. Und dass Mykar so entspannt mit dem Ding plauderte, als hätte er einen alten Kumpel zum Bier getroffen, machte die Sache nicht besser. Gerade hatte er die Erlaubnis erhalten, Rudrick zu töten. Drehte sich zu uns um, als erwartete er, dass wir ihm applaudierten. Auch ich brannte darauf, Glennas Mörder und seinen Spießgesellen ein für alle Mal das Handwerk zu legen. Doch in diesem Augenblick kam mir Mykar so abstoßend vor wie der Dämon, der hinter ihm zwischen Tisch und Decke schwebte. Einmal mehr fragte ich mich, an wessen Seite ich da stand.

Außerdem war mir schlagartig klar geworden, dass die Kundschaft der Gespensterschenke genaugenommen eine ziemlich garstige Bande war. Die Tattergreise mit ihren Leichentüchern gaben zwar erbärmliche Figuren ab. Aber sie hatten ein hungriges Glänzen in den Augen, und nun schien mir, dass sie viel lieber rosiges Fleisch zwischen den Zähnen gehabt hätten als alten, modrigen Stoff. Auch den fahlgelben Wölfen war ohne weiteres zuzutrauen, dass sie einen mit Haut und Haaren verschlangen. Da mochten sie noch so klein und kuschelig sein. Und was die schwarzäugigen Babys betraf – allein der Gedanke, dass einem diese höhnischen Fratzen aus der Wiege entgegenstarren könnten, ließ mir sämtliche Haare zu Berge stehen. Um gar nicht erst von den hageren Schattenwesen und ihren langen, spitzen Fingern zu reden …

Vielleicht lag es einfach daran, dass die Wirkung von Skargats Lebertran nachließ. Glücklicherweise hatte ich die Phiole in meinem Wams verstaut. Ich beschloss, mir noch ein Schlückchen zu genehmigen. Machte Anstalten, Scara meinen Weinbecher in die Hand zu drücken.

Da schlug die Tür der Herberge gegen die Wand. Herein kam ein neuer Gast. Und was für einer. Es war ein riesiger, schwarzer Mann, gehörnt und furchtbar. Er trug einen Jagdspieß mit einer grausamen, schwarzen Klinge, aus der Zacken und Widerhaken hervorstießen. »Nein!«, rief er, und seine Stimme klang, als würde ein Rammbock gegen Stein schlagen.

Ich war zusammengezuckt, als ich die Tür knallen hörte. Hatte den Kopf herumgerissen. Konnte einige Sekunden lang nur glotzen. Genauso wie Vanice. Genauso wie sämtliche Geister, Gespenster und Widergänger. Wie zuvor beim Lachen des Pferdegesichtigen benahmen wir uns, als wären wir Marionetten, die an den Fäden eines wahnsinnigen Spielmannes baumelten. Aber das hier war doch noch mal etwas anderes. Verdammt, selbst Scara war eingeschüchtert. Hatte einen Schritt auf mich zu gemacht und meinen Arm gefasst. Dass ich das noch erleben durfte. Unter normalen Umständen hätte ich den Göttern Lob und Preis gesungen und dabei verzückt die Augen gerollt. Jetzt war ich vollauf beschäftigt damit, mir nicht in die Hosen zu machen.

Der Schwarze tat zwei Schritte in den Schankraum hinein. Hier und da war unterdrücktes Murmeln zu hören. Angstvolles Flüstern und Tuscheln. Noch ein Schritt, und wir alle wichen zurück: Lebende, Tote, Untote. Auch Mykar wich zurück. Dabei hielt er sein Schädelbündel krampfhaft umklammert. Und sah dem Fremden entgegen.

Nun sprach der Prinzipal. »Was willst du, Jäger?«, fragte er mit Samtkissenstimme.

Der Schwarze Jäger – denn wer sollte es sonst sein? – stieß das Ende seines Spießes gegen den Boden des Schankraums. »Du hast diesem da die Erlaubnis gegeben, einen der Meinen zu töten!«, dröhnte er und wies mit der freien Hand auf Mykar.

»Ja, das habe ich«, gurrte der Dämon. Die Worte zogen träge Kreise durch den Raum.

»Ich verlange von dir, dass du die Erlaubnis zurücknimmst!«

»Du *verlangst?*« Dem Prinzipal war seine Belustigung anzuhören.

»Ja!«

»Hmmm … Und mit welchem Recht verlangst du?«

»Mit dem Recht, das das Meine ist. Wer mit mir reitet, untersteht meinem Gesetz. Meinem Gesetz allein. Das war immer so, und es wird immer so sein! Bis die Nacht nicht mehr Nacht ist und der Tag nicht mehr Tag! Bis die Jagd endet!«

»Ach, ist das so?«

»Ja.«

»Nun denn, so sag mir, Jäger … was wirst du tun, wenn ich mich weigere?«

Ich konnte spüren, dass die Luft zum Zerreißen gespannt war. Oder wie immer man es umschreiben soll, wenn einem Haufen Wiedergänger und Spukwesen vor Angst die Knie schlottern.

Der Schwarze Jäger umfasste seinen Spieß. Mit beiden Händen umfasste er ihn, hob ihn langsam in die Höhe, sodass das bläuliche, unirdische Licht, von dem die Schankstube erfüllt war, auf der schwarzen Klinge tanzte.

Dann sprach er: »Du weißt, dass dies nicht deine Welt ist. Du weißt, dass ich dich verletzen kann, wenn du hier bist. Du weißt, dass ich dich töten kann, wenn du zu lange bleibst.«

Von irgendwoher erklang ein Schreckenslaut. Vielleicht war es auch so, dass das allgemeine Entsetzen die Wände zum Stöhnen brachte. Ich wusste plötzlich, dass solche Worte im Gasthof *Zum Fröhlichen Toten* noch niemals gesprochen worden waren. Und ich wusste auch, dass solche Worte nicht gesprochen werden durften – dass es *verboten* war, sie zu sprechen.

Doch der Schwarze Jäger hatte sie gesprochen. Was würde als Nächstes geschehen?

Der Wirt, der schwarzbehaarte, hässliche Fleischklops mit den Morgensternzähnen, trat vor. Er hatte eine gebückte Haltung angenommen und die Hände gefaltet. Mit albernen Trippelschritten und einem flehentlichen Lächeln eilte er herbei, seine hohen Gäste zu befrieden. »Aber Herr Jäger, man muss doch ni-«

»SCHWEIG!«, befahl ihm der Anführer der Horde.

Der Wirt schwieg.

Und der Prinzipal … lachte.

Zumindest glaubte ich, dass es ein Lachen war. Tatsächlich überbot der Laut sogar das klappernde Gekrächze an Scheußlichkeit, das der Kerl mit dem Pferdegesicht von sich gegeben hatte. Er ließ mich an das Geschrei und Gewimmer aus Folterkammern denken – wenn man sich vorstellte, dass die Gemarterten vor Schmerz brüllten und einander zugleich verhöhnten.

Aber eigentlich wollte ich mir das gar nicht vorstellen. Und ehe ich mich versah, sprach der Dämon auch schon wieder.

»Also, wenn das so ist, Jäger …«, flötete er, »… dann nehme ich meine Erlaubnis zurück.«

Der Anführer der Horde nickte grimmig.

Der Wirt schaute fassungslos zwischen ihm und dem Dämon hin und her.

Mykar drehte sich um, so schnell und heftig, dass er beinah das Gleichgewicht verlor. »*Was?*«, schrie er. »D-das – das geht nicht! Rudrick muss sterben! *Er muss sterben!*«

»Stattdessen gebe ich dir eine andere Erlaubnis«, giggelte der Dämon. »Du darfst sie *alle* töten. Rudrick, die Horde – und gerne auch den Schwarzen Jäger!«

Mit diesen Worten verschwand der Prinzipal. Er war einfach nicht mehr da, von einer Sekunde zur anderen. Die Decke senkte sich, das Holz der Tische hob sich, und man hätte meinen können, dort wäre niemals etwas anderes gewesen als Staubkörnchen, die gemächlich durch den Raum trudelten. Offenbar hatte der Dämon die Versammlung beendet. Was natürlich nicht hieß, dass die Sache damit ausgestanden gewesen wäre.

Nachdem sich der Prinzipal verabschiedet hatte, herrschte Stille in der Herberge *Zum Fröhlichen Toten*. Ich hätte nicht darauf gewettet, dass sich viele der Anwesenden mit solchem Kleinkram wie atmen abgaben. Dennoch war es, als würden sie alle die Luft anhalten – die gelben Wölfe, die schwarzäugigen Babys und die weißen Frauen, die dürren Schatten, die hungrigen Greise und der wackere Totengräber, die lustigen Schankmägde und der feiste, katzbuckelnde Wirt.

Von Mykar, Vanice, Scara und mir ganz zu schweigen.

Der Schwarze Jäger fasste sich als Erster wieder. »Damit hat er dich zum Tod verurteilt«, sagte er zu Mykar. Er sprach sehr ruhig. Kein Zorn lag in seiner Stimme. Keine Verachtung. Keine Drohung. Nur Entschlossenheit.

Langsam drehte sich Mykar zu ihm um. »Ich will Rudrick. Das ist alles«, sagte er.

Der Anführer der Horde schüttelte den Kopf. Einen Herzschlag lang schien Trauer ihn anzurühren.

Dann: »Gebt ihm eine Waffe!« Er rief es, ohne den Blick von Mykar abzuwenden.

Ich wusste nicht, ob Scara an meinem Arm zitterte. Oder ich an dem ihren. Jedenfalls zitterten wir in größter Eintracht. Vanice hingegen stand stocksteif da. Ihr von der Kapuze verschattetes Gesicht schien leichenfahl im blauen Gespensterlicht.

»Wir müssen ihm helfen!«, zischte sie in meine Richtung.

»Ja … Aber wie?«, gab ich zurück.

Darauf hatte Vanice auch keine Antwort. »Wir müssen ihm helfen!«, zischte sie noch einmal.

Unterdessen hatte der Wirt irgendwo ein Messer hervorgekramt, das er Mykar nun in die Hand drückte. Dabei handelte es sich um eine Art Fleischermesser. Ziemlich groß und unfreundlich. Aber bestenfalls lachhaft im Vergleich zum Spieß des Schwarzen Jägers.

Der sprach gerade wieder: »Lass uns nach draußen gehen«, sagte er.

Mykar nickte. Jetzt machte er ein seltsam unbeteiligtes Gesicht. Als hätte er noch gar nicht mitbekommen, dass ihm gleich die Eingeweide herausgerissen werden würden. Oder als hätte er beschlossen, sich stumm und still in sein Geschick zu fügen, da es sich nun mal nicht ändern ließ.

Und ich? Zugegeben, ein ganzes Gasthaus voller Gespenster und Wiedergänger, dazu noch ein Dämon und jetzt dieser Schwarze Jäger – da bekam ich Lust, mich fromm und sacht im nächstbesten Weinfass zu versenken. Aber wenn mir jemand sagte: Duck dich und sei still, sonst kriegst du mächtig Ärger, dann musste ich einfach aufspringen und »Hurra!« brüllen. Das war schon immer so gewesen. Und dass ich selbst es war, der mir so weise Ratschläge gab, änderte nicht das Geringste an der Sache.

Also löste ich mich aus Scaras Griff. Reckte das Kinn und streckte die Brust vor. Das fühlte sich gut an. Forsch und heldenmütig. Trotzdem hatte ich keine Ahnung, was ich als Nächstes tun sollte. Vielleicht würde ich den Schwarzen Jäger vors Schienbein treten, davonlaufen und hoffen, dass er Lust hatte, eine Runde Hasch-mich zu spielen. So wahr Hekir der Herr der Klingen ist – ich wusste nicht weiter.

In diesem Augenblick klang eine Frauenstimme durch den Schankraum: »Warte, Jäger, du machst einen Fehler!«

Der Anführer der Horde hatte sich bereits der Tür des Wirtshauses zugewandt. Nun hielt er inne. Auch ich hielt inne. Im Gegensatz zu dem Schwarzen Jäger war ich allerdings sehr erleichtert über den unerwarteten Einwurf. Dagegen zeigten seine Züge Überraschung und Ärger. Kurz bleckte er die Zähne. Dann straffte er sich, drehte sich um.

Eine Frau war vorgetreten. Sie trug ein knöchellanges Kleid aus heller, ungefärbter Wolle. Ein Paar schwarze, geschnürte Lederstiefel. Einen weiten Überwurf, der aus bunten Flicken bestand. Die schwarzen Haare fielen ihr über die Schultern. Darein waren Zöpfe geflochten, und Bänder in dunklem Blau und Rot. Eine schlohweiße Strähne hing über ihrem linken Auge.

Sie musste die ganze Zeit an der Wand gestanden haben, am Rand der Versammlung, wo sie keine Aufmerksamkeit erregte. Damit war es jetzt vorbei. Sie ging auf den Schwarzen Jäger zu, und all die Spukwesen und Nachtgestalten machten ihr den Weg frei. Ohne dass die Frau auch nur ein Wort gesagt hätte, wichen sie vor ihr zurück.

»Aiona«, sagte der Anführer der Horde und neigte den Kopf. Er hielt den Schaft des Jagdspießes mit der einen Hand umfasst, die andere stemmte er in die Hüfte.

Seit sie sich zu erkennen gegeben hatte, hatte die Frau den Schwarzen Jäger unentwegt angesehen, mit einem festen, harten Blick. Das tat sie auch jetzt noch, während sie sich vor ihm aufstellte.

»Jäger«, sagte sie und neigte ebenfalls den Kopf.

»Was nennst du einen Fehler? Sprich, Hexe!«

Sie war eine große Frau, diese Aiona. Doch dem Anführer der Horde reichte sie gerade mal bis zur Brust. Das schien sie aber nicht sonderlich zu stören. Ebenso wenig wie das Gegroll das Schwarzen Jägers, das vermutlich manch einen rauhbeinigen Burschen, der schon zum Frühstück Eisenspäne schluckte, dazu veranlasst hätte, sicherheitshalber ein paar Hüpfer seitwärts zu machen.

Der Jäger und die Hexe – die beiden machten den Eindruck, als wären sie feindliche Heerführer, die einander auf den Tod nicht ausstehen konnten, sich aber widerwillig Respekt zollten.

»Es ist ein Fehler, die Waffe gegen ihn zu richten«, sagte Aiona, indem sie mit dem Kopf auf Mykar wies.

»Er will einen meiner Reiter töten. Der Dämon hat es ihm erlaubt.«

»Ich weiß.«

»Also muss ich ihn töten.«

»Nein.«

»Wovon redest du?«, knurrte der Anführer der Horde. »Befiehlst du mir, was ich zu tun habe?« Er ballte die Rechte zur Faust und hielt sie vor Aionas Gesicht.

Doch die Hexe wich noch immer nicht zurück. Sie ließ einige Sekunden verstreichen. Als sie antwortete, war ihre Stimme leise und ruhig. »Du müsstest ihn töten, Jäger. Wenn derjenige, um den es geht, wirklich einer der Deinen wäre.«

»Wovon redest du?«, fragte der Schwarze Jäger noch einmal. Sie hatte es tatsächlich geschafft, ihn zu verwirren.

Aber nicht nur ihn. Ich tauschte einen ratlosen Blick mit Vanice. Die jüngsten Entwicklungen hatten offenbar wenig getan, um sie zu beruhigen. Auch Mykar schaute ziemlich verstört drein. Er klammerte sich an sein Fleischermesser, als wäre es ein verehrtes Andenken, während er hastig vom einen zum anderen sah: vom Anführer der Horde zu Aiona zu Vanice zu mir zu Scara und wieder zurück. Wenn ich nicht irrte, suchte er auch den Blick des halbdurchsichtigen Kerls mit dem Pferdegesicht. Aber der stand ganz gemütlich da und betrachtete seinen Bierkrug, als ob ihn nichts von dem, was in der Gespensterschenke geschah, das Geringste anginge.

Wieder hatte Aiona einige Sekunden verstreichen lassen. Jetzt sprach sie: »Was in den Ländern der Lebenden geschieht, ist dir gleichgültig, Jäger. Meine Heimat aber liegt dort. Deshalb versuche ich, die Ordnung zu bewahren, die sie erhält. Rudrick von Nordwiesen ist mir schon lange ein Dorn im Auge. Durch meinen Raben habe ich ihn beobachten lassen. Er hat viele Frauen geschändet und ermordet. Aber nicht aus Lust am Schänden und Morden. Er hat Opfer dargebracht. Jede Einzelne, die er getötet hat, war ein Opfer.«

»Ja«, entgegnete der Anführer der Horde. »Sie waren Opfer. Opfer an den Herrn der Jagd. Vor drei Jahren ist der schwarze Rudrick zu mir gekommen. Er hat zuerst seinen Namen gegeben, dann sein Leben. Und er hat getötet, damit sie ihn töten würden.«

»Das ist nicht wahr. Du weißt, dass viele meiner Schwestern und Brüder als Bauern in den Dörfern leben oder im Dienst der Adeligen stehen. Mit ihnen habe ich gesprochen. So konnte ich Rudricks Weg zurückverfolgen. Er hat gemordet, lange bevor er zu dir gekommen ist. Schon vor über zehn Jahren hat er sein erstes Leben genommen. Und er tat es nicht im Dienst des Herrn der Jagd.«

»Hüte deine Zunge, Hexe! Nennst du mich einen Lügner?«

»Nein. Ich nenne dich einen Betrogenen.«

»Was wagst du!«, donnerte der Schwarze Jäger. »Niemand betrügt mich!«

Plötzlich hielt ich es nicht mehr aus. »Sie spricht die Wahrheit!«, rief ich. Rief es und trat vor.

Nun, falls ich gleich die Bekanntschaft mit einer von Widerhaken gespickten, schwarzen Klinge machen oder in eine fette Kröte verwandelt werden würde, hatte ich immerhin die Befriedigung eines spektakulären Abgangs. Alle Augen waren auf mich gerichtet. Der Anführer der Horde betrachtete mich mit einem Ausdruck gereizter Verwunderung. Die Züge der Hexe zeigten immerhin mildes Erstaunen. Mykar glotzte in seiner unnachahmlichen Vogelscheuchenart. Und der Wirt sah aus wie ein Spanferkel, das zu lange an der Sonne gelegen hatte. Scara und Vanice konnte ich leider nicht erkennen, weil die beiden jetzt in meinem Rücken standen. Vermutlich schmolzen ihre Herzen gerade dahin ob meiner Kühnheit. Oder so ähnlich.

Ich machte noch einen Schritt. Einen großen, schwungvollen Schritt, das musste man mir lassen.

»Wer bist du, dich einzumischen, Menschlein?«, raspelte der Schwarze Jäger.

Ich fand, dass er ein bisschen angab. Immerhin reichte ich ihm bis zur Nasenspitze. »Mein Name ist Justinius von Hagenow«, verkündete ich. »Und ich mische mich ein, weil ich weiß, dass die Hexe die Wahrheit sagt.«

Aiona legte die Hände auf ihren breiten Ledergürtel und musterte mich nachdenklich. »Und woher weißt du das, Justinius von Hagenow?«, fragte sie. Ihre Stimme war tief, rauh und warm. Ich musste an alten, kostbaren Branntwein von der Farbe dunklen Goldes denken, der die Innenseite eines Glases hinabrinnt.

Ich räusperte mich. »Das weiß ich, weil ich das Vergnügen habe, seit einigen Wochen mit dem guten Mykar hier unterwegs zu sein. Wir sind in die Perle gefahren, um seinen Freund Cay zu retten, der des Mordes an Rudrick angeklagt war. Es hat sich allerdings herausgestellt, dass er ihn tatsächlich umgebracht hat, und am Ende konnten wir nichts für ihn tun. Das Entscheidende ist aber, warum er den Mord begangen hat …« Ich nahm all meinen Mut zusammen und sah dem Schwarzen Jäger in die Augen. »Er tat es, um Vergeltung zu üben. Rudrick hat nämlich seine Braut getötet – und das ist schon verdammt lange her.«

»Wie lange?«, fragte Aiona in einem Ton, der mir das Gefühl gab, dass sie die Antwort bereits kannte.

»Sieben Jahre«, murmelte Mykar.

»Genau, sieben Jahre«, bestätigte ich.

»Sieben Jahre sind mehr als drei Jahre, Jäger«, sagte Aiona und vollbrachte das Kunststück, es so klingen zu lassen, als hätte sie eine tiefe, geheimnisumrankte Wahrheit ausgesprochen.

Leider tat ihr der Anführer der Horde nicht den Gefallen, entsprechend beeindruckt zu sein. »Und? Was beweist das? Der schwarze Rudrick wäre nicht der Erste, der einen langen Weg zurücklegt, ehe er zu mir kommt.«

»Das mag so sein. Aber das ist auch nicht alles.«

»Dann sag endlich, was du zu sagen hast! Sag es und lass mich tun, was das Gesetz von mir verlangt!«

Aiona nickte, wie zu sich selbst, und hob die Stimme. Es war klar, sie wollte, dass all die Nachtgeister und Spukwesen, die sich im Gasthof *Zum Fröhlichen Toten* versammelt hatten, ihre Worte hörten: »Was ich zu sagen habe, ist dies …«, rief sie, während sie langsam den Blick durch den Schankraum wandern ließ, »… Rudrick von Nordwiesen hat diejenigen, die er ermordete, mit einem Mal gezeichnet. Damit hat er sie zum Opfer bestimmt. Aber nicht zu einem Opfer für den Herrn der Jagd!«

Der Schwarze Jäger machte womöglich ein noch finstereres Gesicht als zuvor. »Ein Mal? Was für ein Mal? Sprich, Hexe!«, grollte er, indem er sich zu Aiona herabbeugte.

Kaum zu glauben, aber wahr: Der Anführer der Horde hatte keine Ahnung, wovon sie redete. Ich hingegen wusste nur zu gut, worum es ging. Ich dachte an den Blutstern, den Rudrick und seine Spießgesellen in Glennas Brust geschnitten hatten. An die höhnische, widerwärtige Höllenblume, die in dem bleichen Fleisch prangte. Und ich dachte daran, wie entsetzlich, wie über alle Maßen grauenvoll es war, dass man niemals *wirklich* erkennen konnte, was dieses Mal war, was es zeigte und darstellte – wie es vor den Augen verschwamm, wie es seine Form und Gestalt zu verändern schien, wenn man es mit dem Blick zu fassen suchte, wie es zugleich *wuchs*, von Sekunde zu Sekunde, wuchs und wuchs, bis es ein roter, klaffender Abgrund war, in den man hineingesogen wurde, in den man stürzte, stürzte …

Ja, ich wusste, worum es ging. Und wenn ich Mykar ansah, war mir klar, dass auch er es wusste.

»Du willst wissen, was das für ein Mal ist, Jäger?«, begann Aiona. Ihre Stimme füllte noch immer den ganzen Schankraum. »Ich sage es dir: Es ist ein Mal, das zu keinem von uns gehört. Nicht zu dir. Nicht zu mir. Nicht zu den anderen. Es ist weder vom schwarzen noch vom weißen Licht. Es ist überhaupt nicht von dieser Welt, und es gehört nicht in diese Welt. Von weit her ist es zu uns gekommen. Von sehr weit her. Vor allem aber ist es dies: ein Ruf.«

»Ein Ruf? Wer wird gerufen?«, fragte der Anführer der Horde.

Aiona blickte zur Seite. »Das weiß ich nicht, Jäger …«, sagte sie, leiser nun, und etwas Dunkles senkte sich über ihre Augen. »Aber da waren Zeichen. Ich habe Sterne gesehen, die nicht an ihrem Ort standen. Ich habe gesehen, wie sich die Wolken an einem windstillen Tag zusammenballten, und wie der Wind vor dem Sonnenuntergang floh. Ich habe gesehen, wie eine Echse aus einem Vogelei schlüpfte, und Bluttropfen an einer Kornähre.«

Der Schwarze Jäger schnaubte verächtlich: »Hexengewäsch!«

Da riss Aiona die Augen hoch. »Bei Skargats Finsternis, vergiss nicht, mit wem du redest!«, sagte sie, und ihre Stimme bebte vor Wut. »Ich bin nicht hierhergekommen, um mich von dir beleidigen zu lassen, Jäger! Wenn du einen Fehler gemacht hast, stell dich deinem Fehler! Wenn du ein Narr gewesen bist, stell dich deiner Narrheit! Oder bist du ein Feigling, der die Wahrheit verlacht, weil er sie fürchtet?«

Sie starrte den Anführer der Horde an, mit wild gerunzelten Brauen. Und der riesenhafte Mann starrte zurück. Einige Momente lang standen die beiden da, die Blicke ineinander verkeilt, wie in einem stummen Kampf begriffen. Dann geschah es: Der Schwarze Jäger wankte. Fast unmerklich. Aber er wankte.

Die Frau hatte Schneid – bei allem, was recht war.

Als sich der Schwarze Jäger wieder gefasst hatte, neigte er den Kopf, und Aiona erwiderte die Verneigung.

»Ich habe deine Worte gehört, Hexe!«, sagte er dann. »Wenn du die Wahrheit sprichst, hat der schwarze Rudrick nicht dem Herrn der Jagd geopfert. Aber was bedeutet das?«

»Ich weiß es nicht«, erwiderte Aiona und schüttelte den Kopf. »Was ich weiß, ist, dass er gelogen hat, als er dir die Treue schwor. Ihr dient nicht demselben Herrn, Rudrick von Nordwiesen und du.«

»Aber wer ist sein Herr?«, fragte der Schwarze Jäger. »Wem dient er?«

»Ich weiß es nicht«, sagte Aiona wieder. Und wieder schüttelte sie den Kopf.

»Ich … ich … weiß es.«

Obwohl es sehr still war in der Herberge, vergingen einige Sekunden, bis ich begriff, dass jemand gesprochen hatte. So schwach und leise war die Stimme, die da erklungen war. Fast ein Hauch nur. Mir schoss eine Erinnerung durch den Kopf, eine Erinnerung, die viele Jahre alt war: die Burg meines Vaters nach einem Herbststurm. Der Hof war mit abgerissenen Ästen und Zweigen bedeckt, bei einer Pfütze lag ein winziger Vogel. Er musste aus dem Nest gefallen sein, schlug verzweifelt mit den Flügelchen, wollte schreien und brachte doch keinen Laut heraus …

»Ich weiß es.« Noch einmal dieselbe Stimme. Sie kam aus meinem Rücken. Klang nun etwas kräftiger. Aber zerquält und angstvoll.

Plötzlich war mir, als müsste ich weinen. Langsam drehte ich mich um, damit ich sah, wer da gesprochen hatte. Indem ich es tat, traf mein Blick den der Hexe. Ganz kurz nur.

Seltsam, auch sie hatte Tränen in den Augen.

27
DER GAST

Justinius

Da stand ein Mann. Er war durch eine Tür gekommen, die rechts hinter der Theke lag. Ich hatte sie kaum wahrgenommen, diese Tür. Sie war geschlossen gewesen. Und wenn ich überhaupt etwas gedacht hatte, dann sicher, dass hinter ihr Vorräte gelagert wären. Nun aber stand sie offen und gab den Blick frei auf einen Gang. Dort drinnen leuchtete nicht einmal das gespenstische blaue Licht, das den restlichen Gasthof erhellte. Der Gang war schwarz wie das Grab.

Und exakt daher schien auch der Mann zu kommen, der soeben gesprochen hatte.

Seine Haut hatte die Farbe von altem Pergament, ein fleckiges Braun-Gelb. Er war bis auf die Knochen abgemagert. Die dürren Reste eines dunklen Haarschopfs bedeckten seinen Schädel, der unablässig von links nach rechts wackelte, als fände er keinen Halt auf den Schultern. Auch seine Arme und sein Oberkörper wurden von Zucken und Zittern geschüttelt. Er ging gebeugt. Zog die Beine nach. Musste sich an die Theke lehnen, um das Gleichgewicht zu halten.

Trotz allem konnte man erkennen, dass man keinen Greis vor sich hatte, dessen Lebenslicht ein letztes Mal flackerte. Die Kleidung des Mannes – eine blaue Hose, ein blaues Wams und ein grünes, mit Goldfäden besticktes Hemd – war zwar zerrissen und verdreckt. Aber eindeutig für jemanden gefertigt, der in Saft und Kraft stand. Nein, sein Verfall hatte nichts mit der Anzahl von Jahren zu tun, die auf seinem Rücken lasteten. Doch man ahnte, wo er herrühren mochte. Denn in seine Züge hatte sich ein Ausdruck unsagbaren Grauens eingefressen. Sein Gesicht schien erstorben in der maskenhaften Starrheit von Angst und Entsetzen. Ich musste ihn nur ansehen, und schon rührte eine lichtlose, todesschwere Beklemmnis an meine Seele – etwas, das ganz ohne Trost und Hoffnung war.

»Bei allen Göttern, Mann! Was ist mit dir geschehen?«, rief Aiona.

Vanice machte einen Schritt auf ihn zu, blieb dann jäh stehen. Sie schreckte zurück, aber warum …?

»Ich … ich bin …«

»Prinz Gereon, der Sohn von Kaiser Winand!«, platzte ich heraus. Mir war wieder eingefallen, dass ich den Mann schon einmal gesehen hatte. Und auch, bei welchem Anlass: Es war in Mandris gewesen, anlässlich des zwölften Jahrestages unseres glorreichen Sieges über die Iskrischen Reiche. Ich erinnerte mich an eine Parade, eine endlose Reihe von Pferden und Soldaten, Helmen und Waffen, auf die Regentropfen niederfielen. Und an ein gewaltiges Festmahl: der Schimmer unzähliger Kerzen, Edelsteine, die an den Hälsen der Frauen funkelten, ein fröhlicher junger Mann, vielleicht zu fröhlich für einen Prinzen, der einmal auf dem ahekrischen Thron sitzen sollte … Dann musste ich an die Worte des fahrenden Händlers denken, mit dem ich auf dem Weg zur Perle gesprochen hatte. Was hatte er gesagt? Es gäbe Gerüchte, dass Gereon die Schwarzen Künste übe? Das hatte ich damals nicht glauben können, und ich glaubte es noch immer nicht. Es passte nicht im Entferntesten zu dem Bild, das ich von ihm im Kopf hatte: ein ausgelassener Bursche, der sich endlos freuen konnte an dem Großaufgebot holder Weiblichkeit, das willfährig um ihn herumscharwenzelte.

Der Mann sah mich an, nickte peinvoll. »Ja … ja, ich bin Gereon … Und Ihr …?«

»Justinius von Hagenow«, sagte ich. Eigentlich wäre eine Verneigung am Platz gewesen. Aber ich brachte es nicht über mich. Ich hätte mich gefühlt, als wollte ich ihn verspotten.

Vanice warf mir einen hastigen Blick zu. Dann wandte sie sich Gereon zu. »Was tut Ihr hier … Eure … Eure Hoheit?«, fragte sie mit gepresster Stimme.

»Hoheit …? Hoheit …?« Der Prinz lachte. Es war ein brüchiges, röchelndes, verzweifeltes Lachen. Von einer Sekunde zur nächsten wurde ein Schluchzen daraus. Er drehte sich zur Theke um, stützte sich mit beiden Händen auf die Holzplatte und weinte. Dann knickten seine Beine unter ihm weg.

Zum Glück fiel er in meine Richtung. Ich schaffte es gerade noch, ihn aufzufangen. Fasste den Prinzen unter den Achseln und zog ihn auf die Beine. Er war so ausgemergelt, dass ich Angst hatte, ihn mit meinem Griff zu zerbrechen. Und er stank. Erst jetzt sah ich, dass jemand die Ärmel seines Hemdes aufgeschnitten hatte. Sah die schmutzigen, von altem Blut verfleckten Binden, die um seine Arme gewickelt waren, vom Handgelenk bis zum Ellbogen.

Die Galle kam mir hoch. Sauer-scharf brannte sie in meinem Mund und in meiner Nase. Ich unterdrückte den Ekel. Zog Gereon zur Wand. Wuchtete ihn auf einen freien Stuhl am Rand des Haufens, zu dem man die Möbel aufgeschichtet hatte. Trat zurück. Und wartete.

Vanice und Aiona kamen zu mir. Ich hörte auch die schweren Schritte des Schwarzen Jägers. Der sich allerdings im Hintergrund hielt.

Gereon keuchte, wie nach großer Anstrengung. Langsam beruhigte sich sein Atem. »Ich bin geflohen … aus Ahekris … schon vor Wochen …«, brachte er schließlich hervor.

»Geflohen? Geflohen vor wem, Mann?«, fragte Aiona.

»Vor wem?« Gereon hob den Blick. Einen Herzschlag lang betrachtete er die Hexe, als hätte sie den Verstand verloren. Dann verzog er den Mund, riss die Augen auf. Und lachte wieder sein scheußliches, erbarmungswürdiges Lachen. Aber nicht lange.

Aiona schlug dem Prinzen mit der flachen Hand ins Gesicht. »Beruhige dich!«, fuhr sie ihn an. »Wir müssen wissen, was du weißt! Sofort!«

Gereon hörte auf zu lachen. Keuchte wieder. Sprang plötzlich auf. Er zappelte. Hieb mit seinen knochigen Ärmchen um sich, ohne irgendetwas zu treffen. »Vor wem?«, kreischte er. »Vorwemvorwemvorwemvorwem?« Kreischte schriller und schriller. »Vor dem Bösen!« Wieder das Lachen. Wieder das Weinen. Er sackte auf dem Stuhl zusammen. Verbarg sein Gesicht in den Händen.

Nun trat der Schwarze Jäger an Aionas Seite. »Vor dem Bösen?«, sagte er in abfälligem Tonfall. »Was redet dieser Schwachkopf? Hat er sich einmal umgesehen? Was meint er, wo wir sind?«

Der Prinz schüttelte den Kopf. So heftig, dass man fürchtete, er würde ihm vom Hals fliegen. »Nein!«, schrie er. »Nein! Nein!« Dann, fast flüsternd: »Nicht dasselbe, nicht dasselbe …«

Aiona legte ihre Hände auf Gereons Wangen. »Was ist nicht dasselbe?«, fragte sie, jetzt mit weicher, leiser Stimme.

»Das Böse … nicht dasselbe … das Böse«, wimmerte er.

»Sondern?« Ich konnte sehen, wie die Hexe versuchte, seinen zuckenden, zitternden Blick einzufangen.

»Sondern … das Böse …«, hauchte Gereon.

Der Schwarze Jäger ballte die Faust. »Ich verliere die Geduld mit diesem Jämmerling! Er weiß überhaupt nichts! Er ist einfach irr!«

Aiona ignorierte den Anführer der Horde. »Dann sag mir … woher kommt dieses Böse?«, fragte sie.

»Von nirgendwo!«, kicherte der Prinz.

»Aber jetzt ist es hier?«

»Hier … überall …«

Ich spürte, wie mir der Schweiß ausbrach. Auf einmal schien es unerträglich heiß im Gasthof *Zum Fröhlichen Toten*. Und mir war, als dürfte ich nicht sprechen. Als dürfte ich nicht einmal atmen. Alles, was ich zu tun wagte, war, Aiona und Gereon anzusehen. Von den übrigen Gästen, all den Nachtgestalten und Spukwesen, bekam ich nicht das Geringste mit.

Plötzlich stellte ich mir eine riesige, dunkle Glasscherbe vor. Sie trieb dahin unter einer Zeltplane aus schmutzigem Leinen, die sich von einem Horizont zum anderen spannte. Sie trieb auf einer breiigen Flüssigkeit – um keinen Preis hätte ich wissen wollen, was das für eine Flüssigkeit war. Aber manchmal hörten wir ein Zischen und Blubbern, aus dem sich Worte formten, während wir von einem Ort zum anderen huschten: armselige, kleine Gestalten, die einander furchtsam auswichen.

Heftig schüttelte ich mich, um diesen Unfug aus meinem Kopf zu vertreiben. Vielleicht war der Wahn des Prinzen ansteckend?

»Und wenn es hier ist, was will das Böse?«, fragte Aiona nun. »Will es zerstören?«

»Nein …«

»Will es uns unterjochen und beherrschen?«

»Nein … nein!« Gereon quietschte vor Vergnügen.

»Will es –«

Der Prinz stieß Aiona weg. Dann sprang er auf. Sprang auf und brüllte: »Du verstehst überhaupt nichts, du Drecksschlampe! Ihr alle versteht nichts! Was es will? Was es will?! Eine Welt nach seinem Bild! Das ist es, was es will! Kylion hat es mir gesagt! Und Kylion weiß es! Hört ihr! ER WEISS ES!!!«

Speichelfäden spritzten aus Gereons Mund, während er schrie. Er hieb sich gegen die Brust, ohrfeigte sich, riss an seinen Haaren. So jäh, wie sein Anfall begonnen hatte, endete er auch. Er verstummte und erschlaffte.

»Also nein«, sagte Scara. »Das gefällt mir nicht.« Sie sprach sehr ruhig und ernst.

Der Prinz betrachtete sie. Er blinzelte. Blinzelte, brach in Tränen aus und warf sich ihr um den Hals. Scara tätschelte seinen Rücken und murmelte besänftigende Worte.

»Wer ist dieser Kylion?«, fragte Aiona. »Ein Bruder von ihm?«

Ich nickte. »Ja. Aber ich kann kaum glauben, dass ausgerechnet er irgendetwas wissen soll. Er ist der jüngste Sohn von Kaiser Winand. Als ich ihn zum letzten Mal gesehen habe, war er ein schmächtiger, kränklicher Bursche, der noch nicht einmal Sackhaare hatte.«

Ein Lächeln huschte über ihr Gesicht. »Ah, nicht einmal Sackhaare. Und wann war das, als du ihn zum letzten Mal gesehen hast?«

»Nun, vor zehn Jahren, muss ich zugeben. Aber dennoch: Er ist auch jetzt noch ein sehr junger Mann.«

»Wie alt jemand ist, hat nicht unbedingt etwas damit zu tun, was er ist«, sagte Aiona. Wieder lächelte sie, und unwillkürlich fragte ich mich, wie es um ihr eigenes Alter bestellt war. Das war gar nicht leicht zu sagen. Sie hatte mit Sicherheit einige Jährchen mehr auf dem Buckel als ich. Hier und da hatten sich tiefe Falten in ihr Gesicht gegraben, und ihre Augen waren merkwürdig gerötet. Aber ihr Blick hatte etwas Helles, beinah Leuchtendes, und jetzt sogar etwas Listiges, als sie –

»Damit wir uns recht verstehen: Das ändert nichts, Hexe!«, ertönte die harsche Stimme des Schwarzen Jägers.

Ich zuckte zusammen. Fühlte mich wie ein Idiot. Hoffte, im unirdischen Licht der Gespensterherberge würde niemand bemerken, dass ich rot anlief.

Aiona jedenfalls hatte sich bereits dem Anführer der Horde zugewandt. »Was soll das heißen – es ändert nichts? Du hast gehört, was der Prinz gesagt hat!«

»Das Faseln eines Irren habe ich gehört. Glaubst du wirklich, dass ich darum einen der Meinen aufgebe?«

»Wenn nur die Hälfte von dem stimmt, was er gesagt hat, ist auch deine Welt bedroht, Jäger.«

»Und wenn überhaupt nichts davon stimmt? Aber selbst wenn es stimmen sollte: den schwarzen Rudrick hat dieser Tölpel mit keinem Wort erwähnt. Du hörst, was du hören willst, Aiona. Skargat weiß warum, aber du hast dir in den Kopf ge-«

In diesem Moment riss sich Gereon von Scara los. Anstatt ihren Hals noch länger mit Tränen zu benetzen, warf er sich vor dem Schwarzen Jäger auf die Knie. Er sah zu ihm hoch, rang die Hände und winselte: »Ihr müsst mir glauben, Herr Jäger, Ihr müsst …!«

Der Anführer der Horde trat einen Schritt nach hinten. »Und du willst ein Prinz sein?«, rief er angewidert. »Hast du überhaupt keine Ehre?«

Immer noch auf den Knien, immer noch die Hände ringend, robbte Gereon hinter ihm her. »Ich bin kein Prinz mehr! Ich will keinen Thron! Ich will nur – nur weg! Weg! Aber – aber es ist wahr, Herr Jäger! Es ist wahr! Kylion hat es mir gesagt – da ist jemand, der den Weg bereitet, hat er gesagt! Und er hat mir von ihm gesprochen! Mein Bruder Rudrick, hat er gesagt! Ich schwöre es, Herr Jäger! Mein Bruder Rudrick! Ich schwöre!«

Es hätte lustig sein können. Zum Totlachen. Der erstgeborene

Sohn eines Kaisers, der sich in den Staub warf. Und der gewaltige, machtvolle Nachtgeist, der vor ihm zurückwich. Ekel und etwas wie Scham in den unerbittlichen Zügen. Doch ich spürte, wie mir das Blut in den Adern gefror. Denn ich konnte es sehen, jeder konnte es sehen: Gereon fürchtete sich nicht vor dem Schwarzen Jäger. Kein bisschen. Vor etwas anderem aber fürchtete er sich. So sehr, dass das Grauen seine Züge entstellt und seinen Geist verwirrt hatte. Bald, bald wird es da sein – das waren seine Worte gewesen. Und Rudrick? Hatte er mit dem Blut von Alva, Glenna und all den anderen Frauen eine Pforte markiert, die sich nun öffnen würde?

»Es reicht! Kein Wort mehr!«, donnerte der Anführer der Horde. Er schwang seinen Jagdspieß, sodass der Schaft Gereon an der Schulter traf. Der stieß einen Schrei aus, fiel auf den Rücken und begann erneut zu schluchzen.

»Jäger!«, rief Aiona. Sie stellte sich vor den Prinzen, der sich zusammenrollte, die Hände vors Gesicht gelegt, als erwartete er weitere Schläge. »Was tust du da? Du solltest ihm zuhören! Und du solltest seine Worte ernst nehmen!«

»Ich habe ihm zugehört! Ich habe dir zugehört! Und ich habe nichts gehört, was es wert war, gehört zu werden! Ich glaube erst an diese Macht von nirgendwo, wenn ich ihre Armeen sehe! Bis dahin werde ich dem Gesetz der Jagd folgen, wie ich es immer getan habe! Niemand rührt den schwarzen Rudrick an, ich warne dich, Hexe!« Er wandte sich an Mykar. »Und ich warne dich! Was immer dir Rudrick von Nordwiesen angetan hat – der schwarze Rudrick ist mein! Mein – hörst du? Und das wird so bleiben, so lange der Ritt durch die Nacht währt! Du und deine Freunde, ihr habt zwei meiner Reiter getötet. Das geschah im offenen Kampf. Ich trage es dir nicht nach. Aber diese zwei sollen die letzten gewesen sein. Hast du verstanden?«

Eben noch hatte Mykar mit verwirrter Miene auf Gereon hinabgeschaut. Jetzt starrte er den Schwarzen Jäger an. Sein Blick war wild und brennend.

Er schrie: »Er hat es mir erlaubt! Der Prinzipal hat mir die Erlaubnis gegeben, Rudrick zu töten!«

»Was der Dämon erlaubt, schert mich nicht! Er ist nicht mein Prinzipal!«

»Aber das ist das Gesetz!«

Der Anführer der Horde lachte kurz und hart. »Nicht mein Gesetz! Ein Gesetz für Schwächlinge!«

Mykar hob das Fleischermesser. Durch zusammengebissene Zähne presste er die Worte hervor. »Er hat mir erlaubt, euch alle zu töten! Auch dich! Auch dich!«

Da trat der Schwarze Jäger auf Mykar zu. Und packte ihn. Er packte ihn am Hals, mit einer Hand, und riss ihn in die Luft. »DU FORDERST MICH HERAUS?!«, brüllte er.

Es war so schnell gegangen, dass niemand hatte eingreifen können. Jetzt stieß Vanice einen Schreckenslaut aus. Mit offenem Mund und krampfartig gekrümmten Fingern stand sie bei der Theke. Scara, die im Begriff gewesen war, Gereon weitere Zuwendungen angedeihen zu lassen, sprang auf die Beine. »Nicht in meiner Schenke!«, rief der Wirt, Entsetzen im Gesicht, Panik in der Stimme.

Zugleich brach ein Tumult unter seinen Gästen aus:

»Nein!«

»Kein Blut der unseren!«

»Die Versammlung!«

»Er bricht die erste Regel!«

Die Spukwesen schrien durcheinander. Die Wölfe schlugen die Pfoten vor die Augen, die weißen Frauen brachen in schrilles Heulen aus, einer der Greise machte fahrige Gesten, als wollte er sich selbst mit seinem Leichentuch erdrosseln. Aber niemand wagte es, sich gegen den Anführer der Horde zu stellen. Niemand außer mir, versteht sich. Justinius von Hagenow – immer dafür gut, heldenhaft Prügel zu beziehen. Ich wollte losstürmen. Dachte, dass ich es vielleicht diesmal mit dem Tritt vors Schienbein versuchen würde. Doch Aiona sah mich an, hob eilig die Hand und schüttelte den Kopf. Ich gehorchte ihr. Ohne zu zögern und ohne nachzudenken. Wusste selbst nicht, warum. Jedenfalls hielt ich an. Hielt so ruckartig an, dass ich beinah über meine eigenen Füße gestolpert wäre.

Der Schwarze Jäger stand breitbeinig in der Mitte des Schankraums. Der Jagdspieß in seiner Rechten war schräg zur Decke gerichtet. In seiner Linken hielt er noch immer Mykar. Der zappelte und strampelte. Seine Füße zuckten in der Luft, ohne einen Halt zu finden, während er vergeblich versuchte, den Griff der gewaltigen Nachtgestalt zu lösen. Sein sonst so bleiches Gesicht lief dunkel an. Er röchelte. Das Messer und sein Bündel hatte er fallen gelassen. Das Tuch hatte sich geöffnet. Der Kinderschädel lag da, stumm und anklagend.

Ein weiteres Mal brüllte der Schwarze Jäger. Es war ein wortloses, kehliges Röhren, das den ganzen Gasthof zum Wackeln brachte. Er schleuderte Mykar über seinen Kopf, brüllend und ohne ihn loszulassen, rammte ihn mit dem Rücken voran in die Tische, über denen der Prinzipal geschwebt hatte. Ein Krachen und Knallen ertönte, und inmitten des gesplitterten, gebrochenen Holzes schlug Mykar hart auf den Boden.

Er rührte sich nicht. Gab auch keinen Laut von sich.

28
EIN KLEINER GEFALLEN

Justinius

Der Schwarze Jäger richtete sich zur vollen Größe auf. Stolz blickte er um sich. Grollte: »Denkt an meine Worte!« Dann drehte er sich weg. Er riss die Tür auf. Trat hinaus in die Dunkelheit, die das unirdische, blaue Gespensterlicht aus dem Gasthof nicht erhellte. Dennoch konnte ich sehen, wer da draußen auf ihn wartete: ein riesiger, weißer Wolf mit glimmenden Blutaugen. Und zwei mächtige weiße Pferde. Aus ihren Rücken und Flanken schienen schartige Kanten hervorzuragen. Ihre Hufe glühten, eins von ihnen hatte nur drei Läufe, und sie zogen einen schwarzen, keilförmigen Jagdwagen mit zwei Rädern.

»Komm, Garoy!«, sagte der Anführer der Horde. Bevor ich sehen konnte, wie er davonfuhr und in der Nacht verschwand, schloss der Wirt die Tür des Gasthofes. Er seufzte, wischte sich den Schweiß von der Stirn und ging zur Theke. Wahrscheinlich verspürte er das Bedürfnis, etwas zu trinken. Ich konnte ihn verstehen.

Mir fiel auf, dass ich immer noch meinen Weinbecher in der Hand hielt. Ich leerte ihn in einem Zug. Wollte zu Mykar gehen. Sah aber, dass Scara schon bei ihm hockte. Offenbar hatte sie einen ihrer Anfälle von Fürsorglichkeit. Abgesehen davon regte sich Mykar schon wieder. Mit Scaras Hilfe hatte er sich aufgesetzt. Stöhnte und fasste sich an den Rücken.

Also drehte ich mich zu Aiona um. Und sagte: »Ein freundlicher Geselle!«, indem ich mit dem Kopf auf die Tür wies, durch die der Schwarze Jäger gegangen war.

»Was erwartest du?«, erwiderte sie lächelnd, und erst jetzt bemerkte ich, dass sie »du« zu mir sagte. »Er führt den Zug der ruhelosen und verfluchten Toten.«

»Wie kommt es eigentlich, dass er heute Nacht hier aufgetaucht ist? Ich hatte nicht den Eindruck, dass er diese Versammlungen öfters beehrt.«

»Nein, das stimmt. Aber du hast ihn ja gehört: Er hat gewusst, dass Mykar zwei seiner Reiter getötet hat. Ich denke, er hat herausgefunden, dass es eigentlich um Rudrick ging. Und er wollte verhindern, dass noch mehr von den Seinen sterben. Dass Mykar in eine Versammlung müsste, um die Erlaubnis zu bekommen, war klar. Und da Rudrick nicht weit von hier gelebt hat, war auch klar, dass es diese Versammlung sein müsste. Was ich mich frage, ist, warum er allein gekommen ist …«

Ich wollte gar nicht darüber nachdenken, was aus unserem lauschigen Beisammensein geworden wäre, wenn der Schwarze Jäger noch ein paar von Rudricks Sorte mitgebracht hätte. Stattdessen sah ich mich in der Schankstube um. Gerade trat Vanice an die Theke. Redete kurz mit dem Wirt, der daraufhin Wein in einen Tonkrug füllte. Auch sonst begann sich die Anspannung zu lösen. Einige der Gäste unterhielten sich wieder. Leise und gedämpft, aber immerhin. Andere verließen den Gasthof, um sich den Rest der Nacht die Götter wissen wo herumzutreiben. Vermutlich dachten auch die Spukwesen und Wiedergänger, dass es an der Zeit war, ein bisschen Hirnschmalz auf die Frage zu verwenden, was eigentlich in der vergangenen Stunde geschehen war. Und was das alles zu bedeuten hatte. Zu denen, die sich unauffällig getrollt hatten, zählte auch der heroische Totengräber. Prinz Gereon hingegen lag nach wie vor wimmernd auf dem Boden. Wenn man ihn so ansah, hatte man nicht den Eindruck, er würde so bald wieder aufstehen.

»Ich verstehe diese Gespensterregeln nicht«, sagte ich zu Aiona. »Wenn Mykar zwei von der Horde getötet hat, ohne eine Erlaubnis zu brauchen, warum kann er dann nicht auch Rudrick töten?«

»In jener Nacht hatte die Horde das erste Blut vergossen. Mykar und deine Freundin hatten das Recht, sich zu verteidigen.«

»Meine Freu- … ach, du meinst Vanice! Wie – ich dachte, Mykar hätte allein gegen die Reiter des Schwarzen Jägers gekämpft?«

»Du kennst sie gar nicht wirklich, oder? Nun, sie hat die Leichenfresser der Perle in den Kampf gezogen. Und die Horde hat einige von ihnen getötet.«

Mir fiel das absurde Gespräch ein, das wir in der Nacht geführt hatten, als ich Vanice zum ersten Mal gesehen hatte. Ich verzog das Gesicht. »Leichenfresser? Was für Leichenfresser? Und was hat ausgerechnet Blondlöck- … äh … Vanice mit *Leichenfressern* zu tun?«

Die Hexe betrachtete mich nachdenklich. In diesem Moment trat Vanice an uns heran. Sie schien meine letzten Worte nicht gehört zu haben.

»Etwas Wein, Justinius?«, fragte sie.

Ich hielt ihr meinen Becher hin. »Wann genau hat Mykar zwei Männer der Horde getötet?«

»In der Nacht, bevor wir mit Cay gesprochen haben. Das habe ich Euch doch erzählt«, sagte sie, indem sie mir einschenkte.

»Ich habe gerade von Aiona gehört, dass Ihr selbst durchaus bei dieser kleinen Rauferei mitgemischt habt. Und dass Euch irgendwelche Leichenfresser zur Seite gestanden haben. Pflegt Ihr sonst noch Freundschaften, von denen ich etwas wissen sollte?«

Vanice sah erschrocken aus, gab keine Antwort. Ließ sogar etwas Wein überlaufen, ehe sie den Krug wegnahm.

»Die wichtigere Frage ist doch, wie es jetzt weitergeht, Justinius«, sagte Aiona in scharfem Tonfall. »Ich habe es dem Schwarzen Jäger gesagt, und ich sage es auch dir und deinen Freunden. Wenn auch nur die Hälfte von dem stimmt, was wir von Prinz Gereon gehört haben, dann schwebt eine große Gefahr über uns. Über der Welt der Menschen ebenso wie über der Welt der Geister und Gespenster.«

»Das ist ja alles schön und gut«, entgegnete ich, »aber bevor wir Schlachtpläne schmieden, möchte ich schon ganz gerne wissen, was du mit der ganzen Sache zu tun hast!« Ich stellte fest, dass ich leicht beleidigt klang. Hatte glücklicherweise keine Zeit, mich darüber zu wundern.

»Was genau willst du wissen? Ich bin eine Hexe. Es gibt Gesetze, und es gibt eine Ordnung. Ich wache über diese Ordnung. Und ich habe früh gesehen, dass Rudricks Taten mehr sind als bloße Verbrechen. Zuerst waren es nur Gerüchte. Dann begannen meine Schwestern und Brüder, mir Dinge zu erzählen. Beunruhigende Dinge. Also habe ich begonnen, Rudrick zu beobachten. Der Mord an dem Mädchen Alva war der erste, den mein Rabe bezeugt hat. So habe ich von Mykars Schicksal erfahren. Als Rudrick ermordet wurde, habe ich geahnt, dass nun ein Wendepunkt erreicht ist. Ich bin in die Perle gegangen, in der Hoffnung, mehr herauszufinden. Bald habe ich Mykars Nähe gespürt. Oder vielmehr: Ich habe die Nähe des Mädchens gespürt, das bei ihm ist.«

»Halt! Was für ein Mädchen?«, fragte ich verwirrt.

»Der Schädel, Justinius«, sagte Vanice leise. »Sie meint den Schädel.«

Unwillkürlich blickte ich zur Seite. Überzeugte mich so davon, dass das fragliche Stück Bein noch immer auf dem Boden der Schenke lag. Niemand kümmerte sich darum. Irgendwie gefiel mir das nicht. Es war, als ob der Schädel um Hilfe schrie. Und ich spürte wieder das Unbehagen, das mich bereits ergriffen hatte, als Scara und ich das Kinderskelett ausgruben, auf dieser verdammten Lichtung. Ich dachte an jenen feuchten, diesigen Nachmittag zurück – und plötzlich fiel es mir wie Schuppen von den Augen.

»Der Rabe … auf der Lichtung … d-das war *dein* Rabe?«, stammelte ich.

»Ja«, sagte Aiona.

»Was für eine Li-«, begann Vanice. Dann unterbrach sie sich und nickte ernst. Offenbar war ihr etwas aufgegangen. Das konnte man von mir nicht behaupten.

»Jetzt verstehe ich überhaupt nichts mehr!«, empörte ich mich. »Warum bei allen Höllen stellt dein Rabe uns nach?«

»Nicht euch. Danje. Dem Mädchen.«

»Dem Skelett? Was bei Elaahs Gnade habt ihr nur alle mit dem –«

Aiona schnitt mir das Wort ab. »Das wollte ich gerade erklären. Hör zu: Danje stammt aus einer Familie von Hexen. Sie waren Weiße

Hexen. Ich bin eine Schwarze Hexe. Also sind wir Feinde. Vor vielen Jahren haben sie mich angegriffen, als sie es nicht hätten tun dürfen. Daraufhin habe ich Rache genommen. Ich habe sie getötet. Danach –«

»Du hast was?!«, rief ich entsetzt.

Aiona bedachte mich mit einem dieser harten, brennenden Blicke, die selbst den Schwarzen Jäger hatten zurückweichen lassen. »Ich sagte: Hör zu! Hör zu und lass mich ausreden!«, zischte sie. »Danach kannst du urteilen! Also: Ich habe sie getötet. Sie alle. Dann habe ich dem Vater und der Mutter eine Hand genommen, dem Mädchen, Danje, einen Finger. Ich wusste, dass ich so ihre Geister beherrschen könnte, wenn einer von ihnen nach Vergeltung streben würde. Deshalb konnte ich auch spüren, dass sich Danje wieder zu regen begann. Zwischen ihr und Mykar besteht eine Verbindung, und von dem Moment an, als er sich entschlossen hatte, sie mitzunehmen, hat ihre friedlose Seele begonnen, in die Welt zu drängen. Mein Rabe war auf der Lichtung, weil ich wissen musste, was mit ihr geschah. Ich hätte sie mühelos vernichten können. Aber das wollte ich nicht. Also habe ich eine Gelegenheit gesucht, um mit Mykar zu reden. Die Gelegenheit bot sich auf dem Friedhof der Perle, während du, Vanice, mit den Leichenfressern gesprochen hast. Ich ha-«

»Du hast mit ihm gesprochen? In der Nacht, als sich Rudrick befreite? Aber warum hat er – oh, entschuldige bitte.«

Aiona atmete tief ein und aus. Dann fuhr sie fort: »Ich habe ihm gesagt, dass ich keinen Groll gegen Danje hege und dass er sie von ihrem Rachewunsch abbringen soll. Ich habe eben im Zorn gesprochen. Es ist nicht wahr, dass ich Danjes ganze Familie getötet habe. Ihre Schwester lebt noch. Ich habe Mykar geraten, sie zu ihr zu bringen. Das würde ich ihm auch jetzt noch raten. Vielleicht würde ihr das Frieden geben. Außerdem habe ich ihm meine Hilfe angeboten. Ich hatte gehofft, dass es euch gelingen würde, Cay zu retten. Ich glaube, er wäre eine starke Waffe gewesen. Aber es war ihm nicht vergönnt, zu leben, und so müssen wir ohne ihn auskommen. Jedenfalls ist mein Rabe in jener Nacht auf dem Friedhof gewesen …« Sie betrachtete Vanice mit einem merkwürdigen Gesichtsausdruck, den ich nicht deuten konnte. Dann schloss sie: »Daher weiß ich, wie euer Kampf gegen die Geisterreiter ablief.« Und zu mir gewandt: »Das war meine Erklärung. Hast du etwas zu sagen, Justinius?«

»Ich … äh … also …«, sagte ich.

Mykar und Scara retteten mich. Wie das so ihre Art ist. Er kam herangehumpelt, den Schädel namens Danje im Arm. Sie ging neben ihm her. Dabei hatte sie die Hände vor dem Bauch gefaltet und den Kopf leicht schief gelegt. Als wäre ihr plötzlich aufgefallen, dass sie sich in durchaus wunderlicher Gesellschaft befand.

»Geht es, Mykar?«, fragte Vanice.

Er grummelte nur.

»Mykar hat jetzt ein paar blaue Flecken. Wegen dem Mann mit den Hörnern«, erläuterte Scara.

»Wenn man den Zorn des Schwarzen Jägers zu spüren bekommt und nachher nur ein paar blaue Flecken zu beklagen hat, kann man den Göttern auf Knien danken«, sagte Aiona. »Den Göttern – oder jemand anderem.«

Mykar schien ihre Worte nicht gehört zu haben. Er wandte sich an Vanice: »Es liegt an der Hexe. Sie hat etwas mit mir gemacht. In der Nacht vor dem Kampf. Deshalb konnte ich Euch nicht sagen, was wirklich geschehen war.«

»Ich verstehe …«, entgegnete Vanice.

»Sie hat mir auch zwei Elaah-Amulette gegeben. Die Amulette haben geholfen. Wie sie gesagt hat.«

Aiona war nach wie vor nicht aus der Ruhe zu bringen. »Natürlich haben sie geholfen. Ich stehe zu meinem Wort. Ich habe dir damals auch gesagt, dass mein Fluch aufgehoben sein wird, wenn wir uns wiedersehen.«

»Moment mal! Geholfen? Wobei geholfen?«, fragte ich.

»Nicht wobei, wogegen«, antwortete Aiona. »Mykar und Danje konnten den Thaala-Tempel nicht betreten. Es gibt da einen Bann. Für die Dunkle Göttin und ihre Anhänger sind Leben und Tod so streng voneinander geschieden wie Feuer und Wasser. Sie hasst die Nachtgestalten und Spukwesen.«

»Nachtgestalten und Spukwesen? Soll das etwa heißen …«

Ich sah sie der Reihe nach an: Mykar, Vanice und Aiona. Die Vogelscheuche erwiderte den Blick mit unbewegter Miene. Blondlöckchen schaute unglücklich drein. Die Hexe nickte. »Genau das heißt es«, sagte sie. »Mykar ist einer von ihnen. Eigentlich müsste er tot sein. Doch er ist nicht tot. Das hat die Linde getan – der Baum auf der Lichtung, wo er hätte sterben sollen. Mehr weiß ich nicht. Die Linde ist sehr alt und sehr mächtig. Ihre Geschichte reicht viele hundert Jahre zurück. Ich kann nicht sagen, was ihre Absichten sind, welche Pläne und Ziele sie verfolgt.«

»Nun, zumindest eine meiner Fragen wäre damit geklärt«, sagte ich. »Ich hatte mich schon seit längerem gewundert, was es mit unserem Mykar auf sich hat. Nun, dann ist er also ein Gespenst. Von mir aus. Nachdem ich das Vergnügen mit diesem sogenannten Prinzipal und dem Schwarzen Jäger hatte, haut mich das nicht mehr aus den Strümpfen. Zu blöd nur, dass es auch nicht weiterhilft. Die eine Antwort eröffnet nämlich zehn neue Fragen. Zum Beispiel die, was für ein Gespenst er denn sein soll? Geht es eher in die Richtung von den netten Herren, die ihre Leichentücher mit Schmalzstullen verwechseln, oder wird er eines Tages ein wandelnder Spießbraten sein, wie unser Wirt?«

Aiona bedachte mich mit einem spöttischen Grinsen. »Weißt du, Justinius von Hagenow, wenn ich dich reden höre, denke ich, deine dringendste Frage ist, wo du etwas zu essen herbekommst.«

»Überaus komisch, Hexe!«, knurrte ich. »Aber für die Witze bin immer noch ich zuständig. Das ist meine Spezialität, musst du wissen. Meine Witze sind so gut, dass sich Vanice hier den ganzen Tag vor Lachen kugelt. Wenn sie nicht gerade ein Plauderstündchen mit Leichenfressern hält. Da wird ausschließlich über ernste Dinge gesprochen, Dichtkunst und Philosophie, vermute ich. Aber um auf die Witze zurückzukommen: Der mit dem Baum war nicht schlecht, das gebe ich zu. Seit wann haben Bäume Pläne, Absichten und Ziele? Diskutiert diese Linde etwa auch über Dichtkunst und Philosophie, vielleicht mit Rotkehlchen und Mistkäfern?«

»Ich rede nicht von Bäumen, sondern von einem Baum. Und ja, *diese* Linde hat Pläne, Absichten und Ziele. Wir täten gut daran, herauszufinden, welche es sind.«

»Und wie sollen wir das anstellen? Drohen wir ihr mit der Holzfälleraxt, wenn sie sich weigert, zu reden?«

»Ich weiß es nicht. Wie gesagt: Die Linde ist sehr alt und sehr mächtig. Sie war schon hier, lange bevor es die Windmarken oder ein ahekrisches Reich gab. Sie war hier, lange bevor eure Götter angebetet wurden.«

Vanice schaltete sich ein: »Vielleicht gibt es einen einfacheren Weg, wie wir mehr herausfinden können. Justinius hat gesagt, dass zwei von Rudricks Freunden noch leben. Wie waren gleich ihre Namen?«

»Radulf von Rodingen und Laghras vom Hohen Teich.«

»Genau, danke. Diese beiden beschreiten ja offenbar denselben Weg wie Rudrick. Wenn es uns gelingt, sie in unsere Gewalt zu bekommen, werden sie uns vielleicht sagen, was es mit diesem Bösen auf sich hat. Und wie wir es bekämpfen können.«

»Ja, das wäre eine Möglichkeit«, sagte Aiona. »Wisst ihr denn, wo die beiden sich aufhalten?«

»Nein«, antwortete ich. »Die beiden sind vor ein paar Wochen getürmt und verstecken sich seitdem. Sie waren unhöflich genug, mir nichts Genaueres zu verraten.«

»Hm … dann wären wir wieder am Anfang.« Aiona legte die Stirn in grüblerische Falten.

»Was denkst du, Mykar?«, fragte Vanice nun. »Was sollte unser nächster Schritt sein?«

Der Bauernjunge, der ein Gespenst war, zuckte mit den Schultern. »Der Dämon hat mir die Erlaubnis gegeben, sie alle zu töten. Das werde ich tun.«

Vanice sah ihn entsetzt an. »Mykar, was redest du denn da?«, rief sie. »Geht das schon wieder los? Du hast doch gesehen, dass das unmöglich ist!«

Er schüttelte den Kopf, langsam, schwer, entschlossen. »Ich werde Rudrick töten. Ich werde den Schwarzen Jäger töten. Ich werde sie alle töten, wenn es sein muss.«

»Wie willst du das anstellen?«, fragte Aiona. »Der Schwarze Jäger ist nicht leicht zu töten.«

»Ich kann mit ihm fertig werden! Ich kann den Schwarzen Jäger besiegen!«, fauchte Mykar.

Ich trat einen Schritt näher und klopfte ihm herzhaft auf den Rücken. »Ja, alle Achtung! Vorhin hättest du ihn fast gehabt. Als er dich durch die Gegend geworfen hat, dachte ich einen Moment lang, er würde sich das Kreuz verrenken!«

Vanice funkelte mich an, sagte aber: »Justinius hat recht, Mykar. Du hast schon nach dem Kampf auf dem Friedhof behauptet, dass du stärker werden kannst. Aber auch dir sind Grenzen gesetzt. Schau nur, wie es heute Nacht ausgegangen ist.«

»Trotzdem. Ich weiß, ich kann es schaffen.«

Vanice hob die Augen zur Decke. Wandte sich halb ab. Breitete dabei die Hände aus, in einer frustrierten Geste, die besser auf eine Theaterbühne gepasst hätte. Aiona betrachtete Mykar mit einem forschenden Blick. Bei Scara war es wieder einmal unklar, ob sie sich nicht vielleicht auf blauen Samtkissen befand, die zwischen den Wolken schwebten.

Mir wurde das Ganze langsam zu albern. »Also, Mykar, hör mal zu –«, begann ich.

Bereit, mich zu einer großen Rede aufzuschwingen. In der es vermutlich um Treue zur Krone, die Verantwortung des wahren Kriegers, Geheimnisse der Braumeisterkunst und dergleichen mehr gegangen wäre.

Leider wurde nichts daraus.

Denn plötzlich sagte jemand: »Es ist wahr.«

Die wenigen Worte reichten, um den Born der Weisheit, der aus mir hervorsprudeln wollte, zum Versiegen zu bringen.

Bei demjenigen, der gerade gesprochen hatte, handelte es sich nämlich um den halbdurchsichtigen Mann mit dem Pferdegesicht und dem abscheulichen Lachen. Dass er sich so mir nichts, dir nichts in unser Gespräch einmischte, hatte zwar nicht dieselbe Wirkung wie dieses Lachen. Sorgte aber dennoch dafür, dass sich wiederum Stille über die Herberge *Zum Fröhlichen Toten* senkte. Offenbar hatte er etwas an sich, das die Leute, ganz gleich ob sie »Leute« oder versoffene gelbe Wölfe waren, zum Aufhorchen brachte.

Aiona hatte sich als Erste wieder gefasst: »Was weißt du, Ede?«

Beim Schwanz des Gehörnten, der Kerl hieß ja genauso wie mein Bruder! Wenn sich in diesem Umstand eine rätselhafte Botschaft verbarg, wollte ich sie lieber nicht entschlüsseln.

»Ich weiß, dass Mykar recht hat, Hexe. Er kann den Schwarzen Jäger besiegen.«

Ede hatte langsam gesprochen, mit einer trägen, gleichgültigen Stimme, die genauso schlaff klang, wie er aussah. Bei dem, was er zu sagen hatte, war es aber egal, ob er drei Meter unter der Erde vor sich hinröchelte oder einen Springtanz aufführte und dabei kreischte und fluchte.

Wir alle waren ganz Ohr – nun ja, fast alle.

»Ach, wirklich?«, platzte Scara heraus. Ehrfurcht war eben nicht ihre Stärke.

»Er kann den Schwarzen Jäger besiegen«, wiederholte Ede. Es schien, als hätte er das Geplapper meiner verblödeten Magd gar nicht gehört. Bei Gelegenheit würde ich ihn mal fragen, ob es da einen Trick gab.

»*Wie*? Was muss ich tun?«, keuchte Mykar.

»Wie kann er das schaffen?«, fragte Vanice.

»Und was muss er dafür tun?«, echote Aiona. Sie klang allerdings deutlich skeptischer.

Ede lächelte – und schwieg.

Nach zwei, drei Sekunden reichte es mir. »Wenn man so große Töne spuckt, sollte man auch zeigen, dass was dahinter ist!«, schnauzte ich.

Noch immer lächelte Ede. Ohne mich weiter zu beachten, sagte er: »Einen kleinen Gefallen. Er muss mir einen kleinen Gefallen tun.«

»Was für einen Gefallen?«, fragte die Hexe, und der Klang ihrer

Stimme verriet, dass sie jetzt von der Skepsis zum Misstrauen übergegangen war.

»Das geht nur ihn etwas an«, sagte Ede, indem er sich Mykar zuwandte.

Unsere Vogelscheuche konnte sich nicht länger beherrschen. »Es ist egal, was! Ich werde es tun!« Er schrie fast.

»Du weißt nicht, was du da redest, Mykar!«, sagte Vanice.

Ede hatte bekommen, was er haben wollte. Sein Lächeln wurde breiter, langsam, langsam. »Alles?«, fragte er.

»Alles«, sagte Mykar.

»Gut. Dann komm mit.« Er machte jetzt einen beinah beschwingten Eindruck, der halbdurchsichtige Mann mit dem schlaffen, hängenden Gesicht und dem schlaffen, mausbraunen Haar. Seine Bewegungen aber waren langsam, langsam, als er quer durch den Schankraum ging, mit schlaffen, schlurrenden Schritten.

Mykar folgte ihm.

»Nein! Geh nicht mit ihm mit!«, rief Vanice. Sie fasste ihn an der Schulter.

»Wohin bringst du ihn? Und wie lange wird er fort sein?«, fragte Aiona.

Ohne sich umzudrehen, entgegnete Ede: »Bevor der Schnee schmilzt, ist er wieder bei euch.«

»Hm. Dabei ist noch gar kein Schnee gefallen«, stellte Scara fest. Sie zog eine bekümmerte, zugleich irgendwie pflichtbewusste Miene. Als wollte sie sagen: *Da kann man wohl nichts machen; da müssen wir durch.*

Die verbliebenen Gäste – die Wölfe und die schwarzäugigen Babys, die bleichen Frauen, die Greise mit ihren Leichentüchern und die dürren, leuchtenden Schatten – warfen verstohlene Blicke auf Ede und Mykar. Weder unterbrachen sie ihre gedämpften Unterhaltungen, noch ließen sie die Gläser sinken. Doch ihre Augen folgten den beiden, während sie zur Tür des Wirtshauses gingen und die Tür öffneten und in die Nacht hinaustraten und die Tür hinter sich schlossen: das schlaffe Pferdegesicht und der bleiche, rabenschwarze

Mann mit dem Schädel unterm Arm: Bauernjunge, Vogelscheuche, Gespenst.

Dann waren Ede und Mykar verschwunden. Und Vanice fragte: »Was jetzt?« Und sofort kam der Wirt herbeigeeilt, als wäre sein Erscheinen die Antwort auf ihre Frage. »Wünschen die Herren und Damen noch etwas?«, wollte er wissen und schenkte uns sein schönstes Morgensterngrinsen.

Aiona war allerdings nicht zum Scharwenzeln aufgelegt. Sie zeigte auf das wimmernde Bündel, das vom ahekrischen Thronfolger übrig geblieben war, und sagte: »Dafür wirst du mir Rechenschaft ablegen, Grolek! Es ist gegen das Gesetz, dass du einen Menschen aufgenommen hast!«

Ihre Stimme war harsch und streng. Der Gescholtene – der also auf den possierlichen Namen Grolek hörte – schreckte zurück. Dann machte er eine Unschuldsmiene, soweit ihm das möglich war, und rang die Hände: »Herrin Hexe, seid nicht so streng mit mir!«, rief er. »Prinz Gereon *wollte*, wollte unbedingt! Das hat er mir gleich am Anfang gesagt. Nur hier bin ich sicher, hat er gesagt. Dann hat er mich angefleht, ihm Unterkunft zu gewähren. Und ist es nicht die Pflicht eines Wirtes, die Wünsche seiner Gäste zu erfüllen?« Er zwinkerte listig: »Abgesehen davon, schaut ihn Euch doch an, den Prinzen – ist das denn wirklich noch *ein Mensch*?«

»Und das Blut? Musste es Blut sein? Du hast ihn gemolken wie eine Kuh!«

Nun war wieder das Händeringen an der Reihe. »Aber Herrin Hexe, warum peinigt Ihr mich? Ihr kennt die Antwort doch nur zu gut! Natürlich musste es Blut sein. Es muss *immer* Blut sein. Außerdem war ich nicht der Einzige; nicht der Erste, will ich sagen. Offenbar haben es Seine Hoheit vorgezogen, auf dem Weg von Ahekris in unsere Gefilde … wie soll ich sagen … etwas *ungewöhnliche* Herbergen zu wählen. Und auch andernorts hat er diesen etwas ungewöhnlichen Preis bezahlt.«

»Ich glaube, wir sollten einmal mit dem Prinzen reden, sobald er wieder dazu in der Lage ist«, warf ich ein. »Wenn er die Wahrheit spricht, muss sich dieses – dieses Böse in der Hauptstadt selbst eingenistet haben. Aber offenbar ist Gereon ja entkommen. Da würde ich gerne wissen, ob es noch andere gibt, die geflohen sind. Oder die vielleicht Widerstand leisten.«

»Wir sollten auch versuchen, in Erfahrung zu bringen, wie sich das Böse … auswirkt«, sagte Vanice. »Was es mit den Menschen macht, meine ich.«

Aiona nickte uns zu. Dann widmete sie sich wieder dem Wirt: »Ich hoffe nur, Grolek, dass du uns nicht alle ins Unglück gebracht hast«, sagte sie. »Wie viele Wochen hast du ihn bei dir gehabt? Zwei? Drei? Willst du wirklich behaupten, er hätte in dieser Zeit niemals von dem Bösen gesprochen? Ich wünschte, du wärest zu mir gekommen und hättest mir berichtet. Dann hätten wir mehr Zeit gehabt, um uns vorzubereiten!«

Ich vermute, dass der Wirt auch darauf eine Antwort hatte. Allerdings kam er nicht dazu, sie zum Besten zu geben.

Denn nun regte sich Gereon wieder. Er hob den Kopf, blickte uns mit irren, panischen Augen an und sagte: »Zeit? Was für Zeit? Zu spät! Zu spät … immer schon zu spät …«

Und er wimmerte und lachte, wimmerte und lachte.

29
AM WEGKREUZ

Mykar

Ede und ich gingen durch die Nacht. Wir ließen den Gasthof *Zum Fröhlichen Toten* hinter uns. Ebenso wie die schwarzen, turmhohen Galgen und den Kreuzweg, an dem beide standen. Wir schwiegen.

Mein Führer ging langsam, mit schlurfenden, trägen Schritten. Am liebsten hätte ich ihn gepackt und geschüttelt und angeschrien. Ich musste wissen, welches Geheimnis er vor mir verbarg. Ich musste wissen, wie ich stark genug werden konnte, um Rudrick zu töten. Ihn, den Schwarzen Jäger, die Reiter der Horde – wer immer in meinem Weg stand. Ja, wenn ich gekonnt hätte, hätte ich es aus Ede herausgeprügelt. Ich hätte auf sein langes, mattes Pferdegesicht eingeschlagen, bis es nur noch ein blutiger Brei war. Und dann, wenn er mir alles gesagt hätte, hätte ich ihn irgendwo liegenlassen.

Jetzt, da Cay tot war, spielte das alles sowieso keine Rolle mehr.

Aber mir war klar, dass ich keine Chance gegen ihn hatte. Sein Schweigen verriet es mir. Sein Lächeln verriet es mir. Selbst die Schlaffheit seiner Bewegungen verriet es mir. Ede war stärker als ich. Viel stärker. Alles, was ich tun konnte, war, mich seinem Willen zu beugen.

Also folgte ich ihm. Wir gingen nach Norden. Wäre die Nacht hell und sternenklar gewesen, ich hätte ich der Ferne die Gipfel der Fokris-Berge erkennen können. Oder, weit näher, die Hügelkette, in der sie ausliefen. Doch die Nacht war nicht hell. Es gab keine Sterne und keinen Mond. Ich sah nur Ede, wie er schweigend, schlurfend, vor mir herging. Er drehte sich kein einziges Mal um.

Nach einer Weile kamen wir in einen Wald. Wir waren noch nicht so weit von meinem Dorf entfernt. Ich hätte diese Gegend kennen müssen. Doch ich erinnerte mich nicht daran, dass hier ein Wald gewesen war. Vielleicht verhielt es sich mit dem Wald wie mit den Galgen. Vielleicht standen hier bei Tag nur ein paar kümmerliche Bäume, das Gerippe eines Hains. Jetzt, in der Nacht, waren es Tannen und Föhren, wuchtig und finster. Mag sein, dass auch Bäume zu Gespenstern werden können. Mag sein, dass sie sich nach ihrem Tod mit unsichtbaren Wurzeln in der Erde festkrallen. Dass auch sie einen Schmerz kennen, der es ihnen nicht erlaubt, Abschied zu nehmen. Vielleicht waren wir von Geisterbäumen umgeben. Vielleicht war das der Grund, weshalb ich sie in der Nachtschwärze erkennen konnte.

Schließlich erreichten wir eine zweite Kreuzung. Sie lag mitten in dem toten, spukhaften Wald. Ede blieb stehen und wandte sich nach mir um. Sein Gesicht war nur ein dunkler Fleck. Es war so still, dass ich mir einbildete, zu hören, dass er nicht atmete.

Irgendwann begann Ede zu sprechen. Langsam sprach er, unendlich langsam. Zwischen jedem Wort klaffte eine Schlucht. Ich spürte, dass er seine Kräfte aufs äußerste anspannen musste, um den Gedanken von der einen Seite auf die andere zu bringen. Doch er sprach. Und je länger er sprach, desto leichter kamen die Worte. Und mit der Leichtigkeit kam das Gegenteil von Leichtigkeit. Etwas, das ich schon einmal in seiner Stimme gehört hatte, ganz kurz nur: *Diejenigen, die nirgendwo anders hinkönnen. Die Verderbten, Verlorenen und Vergessenen. Die Toten und die Ungeborenen.* Ich hörte seine Worte. Es war, als würde ich in einen Brunnen voll von schwarzem Wasser blicken. In dem Wasser tauchten Gesichter auf. Gesichter und Gestalten, die gleich darauf wieder untergingen und verschwanden.

Ede sagte: »Vor annähernd zweihundertfünfzig Jahren lebte in Dohlravan, der Hauptstadt von Benorien, ein Händler, der ins Unglück geraten war. Weder bei Göttern noch bei Menschen fand er Hilfe. Also suchte er sie anderswo. Am Ende war es ein Dämon, der ihm antwortete – ein Dämon, den er unter dem Namen *Der Hungerer* kennenlernte. Dieser Dämon ist wie sein Name: ein furchtbarer, unersättlicher Hunger. Er hilft Menschen, ihren Hunger zu stillen, wenn sie dem seinen ein Opfer erbringen. Der Händler aber hungerte nach Macht und Reichtum. Im Laufe der Zeit fand er Gleichgesinnte: die Oberhäupter von Kaufmannsfamilien, die sich wie er vom Schicksal betrogen fühlten; oder die von einer unstillbaren Sehnsucht verzehrt wurden, einer Sehnsucht nach etwas, das sich ihnen stets im allerletzten Moment entzog.

Am Anfang wurden die Händler durch ihre Gier und ihr Unglück vereint. Bald vereinte sie auch ihr Dienst an dem Dämon. Die Notwendigkeit, Geheimnisse zu bewahren, sorgte dafür, dass sie sich immer enger zusammenschlossen. Nicht lange, und die Tochter des einen heiratete den Sohn des anderen. In ihren Häusern richteten sie geheime Kammern ein, wo sie dem Hungerer huldigten. Manchmal, in Nächten wie dieser, versammelten sie sich in der Wildnis, an verbotenen Orten, um zu Ehren des Dämons eine Feier zu geben; das waren Feiern, wo Wein und Blut flossen. Feiern, wo in jedem Lachen der Wahnsinn gellte. Vor den Augen der Welt rechtfertigten die Kaufleute jene unverbrüchliche Verbindlichkeit mit den Obliegenheiten einer Handelsvereinigung.

Wohl fünfzig Jahre ging das gut. Die Händler suchten, ihre Kinder im Geist ihres Bundes zu erziehen, und diejenigen, die sich nicht freiwillig fügen wollten, wurden gezwungen, die Geheimnisse zu hüten. Das Opfer aber, das der Hungerer verlangte – er gehörte zu jenen Dämonen, die gerne feilschten, und dies war die Einigung, zu der man kam –, waren zwei Kinder aus jeder Generation. Wie die Familien das Opfer untereinander aufteilten, und was für Kinder das waren, scherte den Dämon nicht. So wurde beschlossen, dass reihum eine jede Familie aus freiem Willen ihr jüngstes Kind geben sollte. Die ausgewählten Kinder wurden von dem Dämon heimgesucht, noch bevor sie begannen, zum Mann oder zur Frau zu werden, zwischen ihrem neunten und elften Lebensjahr. Der Dämon gab ihnen ein Stück seines Hungers. Dieser Hunger wuchs heran, bis die Kinder ihre Reife erreicht hatten. Es konnte der Hunger nach Liebe sein, nach Ruhm und Ehre, nach Reichtum, nach Tapferkeit im Kampf – immer aber trat er in einer grausamen, zerstörerischen Gestalt auf. Er quälte die, die ihm unterworfen waren, und trieb sie langsam, über Jahre und Jahrzehnte hinweg, in den Wahnsinn.

Das war ein Opfer, das dem Dämon gefiel: dass etwas von ihm in der Welt war und zugleich etwas aus der Welt herausgebrochen wurde. Die Händlerfamilien pflegten die zum Opfer bestimmten Kinder, wenn der Hunger ausgebrochen war, in Kellerverliesen einzusperren und sie dort siechen zu lassen, bis sie ihren Qualen erlagen.

Nun begab es sich, dass einmal ein Mädchen geboren wurde, das, zur jungen Frau herangewachsen, nicht ertragen konnte, einfach so geschehen zu lassen, was ihrem kleinen Bruder Owein widerfahren sollte. Der Name des Mädchens war Charis. Es gelang ihr, aus dem Haus ihres Vaters zu fliehen, ehe der Dämon ihren Bruder heimsuchte, und sie fragte sich, wohin sie sich wenden sollte. Dohlravan war eine Hafenstadt, aber sie fürchtete, dass die Wege ihrer Flucht zu schnell bekannt würden, wenn sie ein Schiff nähme, standen doch fast alle Kapitäne zumindest zeitweise im Dienst der Händlerfamilien. Also beschloss Charis, nach Osten zu gehen, nicht nach Norden oder Süden; sie hoffte, über das Meer in die Weite der Iskrischen Reiche zu gelangen, wohin, da war sie sich sicher, der Arm der Kaufleute nicht reichen würde. Mühsam und gefahrvoll war ihre Flucht mit dem kleinen Jungen, doch es gelang ihr, bis in die Windmarken zu kommen. Mittlerweile aber war der Winter nah, und dieses Land war in jener Zeit noch viel leerer und einsamer als heute. Es gab kaum Orte, an denen Charis und Owein Unterschlupf finden konnten.

Eines Nachts also klopften die beiden verirrt, hungrig und halb erfroren an die Tür einer Hütte, die einsam auf einer Lichtung im Wald stand. In dieser Hütte lebte ein Jäger und Fallensteller, dessen Frau bereits vor vielen Jahren verstorben war, ohne ihm Kinder hinterlassen zu haben. Der Name des Jägers war Irvar. Es war ein harter, menschenscheuer Mann, aber das Elend der jungen Frau und des Kindes rührte ihn, sodass er die beiden aufnahm. Als Charis und Owein wieder zu Kräften gekommen waren, hatte sich bereits etwas wie Freundschaft zwischen dem Mädchen und Irvar entwickelt, und bald war aus der Freundschaft Liebe geworden. Der Jäger, der sich in diesem Leben nicht mehr viel Glück erwartet hatte, konnte kaum fassen, wie ihm geschah, und dankte Elaah für seine Huld. Auch Charis war glücklich, denn sie erkannte, dass der harsche Mann ein gutes, ehrenvolles Herz hatte. Doch sie wagte niemals, ihm zu erzählen, wer sie war, wo sie herkam und warum sie die Flucht angetreten hatte – aus Angst, er könnte sie verstoßen oder ihren Bruder als Dämonenkind den Sonnenrichtern übergeben.

Das Glück der beiden währte anderthalb Jahre. Natürlich waren die Händler nicht untätig geblieben, wussten sie doch, dass der Hungerer es nicht dulden würde, seines Opfers beraubt zu werden. Zugleich aber wussten sie, dass sie bei der Jagd nach Charis kein Aufsehen erregen durften, um zu verhüten, dass jemand hinter ihre Geheimnisse käme. Also gingen zwei ihrer Brüder auf die Jagd. Die Namen der Brüder waren Odrehan und Saegar. Man sagte, die beiden hätten eine lange Fahrt angetreten. Tatsächlich durchstreiften sie, als reisende Kaufmänner getarnt, die Lande, und hofften, eine Spur ihrer Schwester zu finden.

Sei es, dass sie besonders klug waren, sei es, dass ihnen der Dämon Hilfe zukommen ließ, jedenfalls schafften sie es, die kaum merkliche Spur bis in die Windmarken zu verfolgen. An einem Frühlingstag, als Charis ins nahegelegene Dorf ging, um von Irvar erlegtes Wild gegen Mehl, Milch und Eier zu tauschen, entdeckte sie, dass ihre Brüder den Weg zu ihr gefunden hatten. Auf dem Dorfplatz hatten sie einen Stand aufgebaut und boten dies und jenes feil. Von Schrecken ergriffen, lief sie zurück zur Hütte im Wald und bekannte dem Jäger die ganze Wahrheit.«

Ich wartete darauf, dass Ede weitersprechen würde. Er tat es nicht.

»Und? Was hat das jetzt mit mir zu tun?«, fragte ich.

Er antwortete nicht.

»Diese Lichtung, auf der das Haus des Jägers steht, das ist Danjes Lichtung, oder?«

Er antwortete nicht.

»Bei allen Höllen, Ede, ich will keine Geschichten hören! Ich will wissen, wie ich Rudrick und den Schwarzen Jäger besiegen kann!«

»Hast du etwa unsere Abmachung vergessen?« Ich hörte das Lächeln in seiner Stimme. »Du tust etwas für mich. Dann bekommst du deine Antworten.«

»Gut! Was soll ich für dich tun?« Durch zusammengebissene Zähne zischte ich die Worte.

»Du folgst der Straße, auf der du jetzt stehst«, entgegnete er. »Du folgst ihr nach Osten. Immer weiter nach Osten. Irgendwann kommst du ans Beskalische Meer. Dort suchst du eine Stadt namens Donost.«

»Wie lange soll das dauern, bis ich dort bin?«

»Eine Woche, ein Monat – ist das wichtig?«

»Nein. Nicht wirklich. Also … ich suche diese Stadt. Was mache ich, wenn ich dort bin?«

»Dann suchst du einen Mann.«

»Was für einen Mann?«

»Er heißt Ludger.«

»Vielleicht gibt es in dieser Stadt fünf Männer, die Ludger heißen. Woher soll ich wissen, welcher der richtige ist?«

»Es ist der Hafenmeister.«

»Also gehe ich nach Donost und suche Ludger, den Hafenmeister. Was mache ich, wenn ich ihn gefunden habe?« Ich fragte, obwohl ich die Antwort kannte.

»Du tötest ihn.« Da war noch immer ein Lächeln in Edes Stimme.

»Warum soll ich ihn töten?«

»Das ist nicht deine Sache.«

»Und wenn ich ihn getötet habe? Was dann?«

»Dann kommst du zurück in den Gasthof *Zum Fröhlichen Toten*. Ich werde auf dich warten.«

»Woher willst du wissen, dass ich dich nicht betrüge? Vielleicht komme ich zurück, ohne deinen Auftrag erfüllt zu haben?«

»Ich werde es wissen.«

»Und woher soll *ich* wissen, dass du mich nicht betrügst? Vielleicht töte ich für dich, und du hast keine Antworten.«

»Ich habe Antworten. Alle Antworten. Und ich werde sie dir geben.«

Ich sah ein, dass ich keine andere Wahl hatte, als dem Elenden Ede zu vertrauen. »Gut, ich werde tun, was du verlangst. Ich werde tun, was du verlangst, und ich werde zurückkommen. Das schwöre ich.«

»Horch, horch«, sagte Ede. Dann sagte er nichts mehr. Jetzt war ein Lächeln in seinem Schweigen. Er drehte sich weg und ging fort, weiter nach Norden. Ich sah ihm nach. Obwohl ich ihn nicht sehen konnte.

Als Ede verschwunden war, wandte ich mich nach Osten. Die Nacht war kalt. Ich hatte weder Geld noch Vorräte. Dennoch wollte ich mich sofort auf den Weg machen. Wenn ich zu Justinius' Landsitz zurückgekehrt wäre, hätten die anderen nur Erklärungen verlangt. Vielleicht hätten sie auch versucht, mich zurückzuhalten. Ich hatte keine Lust, mich zu rechtfertigen. Und außerdem hatte ich keine Zeit zu verlieren.

Ich ging los.

Ich war allein in dem stillen, dunklen Wald, den kein Sonnenstrahl je berührt hatte. Allein auf einer Straße, die mich an Orte führen würde, wo ich noch nie gewesen war. Zu einem Mann, den ich noch nie gesehen hatte. Einem Mann, der mir nicht das Geringste getan hatte. Und den ich dennoch töten würde.

Ich fragte mich nicht, ob ich das Richtige tat.

Ich fragte mich, ob ich mir diese Frage stellen sollte.

Da sah ich ein Licht vor mir. Es hing in der Luft und kam langsam näher. Verwundert blieb ich stehen: Wer sollte in einer Nacht wie dieser an einem Ort wie diesem unterwegs sein?

Es war Scara.

Sie hielt ihre Laterne höher, um besser sehen zu können. »Ah, Mykar, da bist du ja!«, rief sie.

»Scara? Was bei allen Göttern machst du hier?!«

Sie wiegte nachdenklich den Kopf: »Vielleicht könnte man sagen: Ich rede mit dir?«

»Lass den Unsinn! Es ist gefährlich allein in der Nacht!«

»Erstens bin ich ja nicht allein. Schließlich stehst du kaum zwei Schritte von mir entfernt. Zweitens würde ich, wenn ich ein böser Mann wäre, um diese Zeit brav daheim sein und mich unter die Decken kuscheln.«

Ich schnaubte gereizt.

»Ich werde nicht mit dir zurückkommen, Scara.«

»Also, ich habe gar nicht vor, dich zurückzubringen. Nachdem du und der durchsichtige Herr gegangen wart, haben sich die Dame mit den Bändern im Haar und der hässliche Mann gestritten. Die Dame mit den Bändern im Haar hat sich gedacht, dass der hässliche Mann nicht nett zu dem armen Jungen war, und der hässliche Mann hat sich gedacht, dass das gar nicht stimmt. Dann hat sich Justinius gedacht, dass wir den armen Jungen mit uns nach Hause nehmen. Aber der arme Junge wollte nicht, wie Justinius wollte. Offenbar gefällt es ihm gut bei dem hässlichen Mann. Er hat uns auch erklärt, warum das so ist, aber davon habe ich, ehrlich gesagt, kein Wort verstanden. Jedenfalls wollte er so wenig, wie Justinius wollte, dass er angefangen hat, ganz kläglich zu weinen. Da haben wir uns gedacht, dass wir ihn besser mal beruhigen. Dann ist dem lieben Mädchen eingefallen, dass du gar kein Geld hast. Und da sie ja viel Geld hat, hat sie sich gedacht, dass sie dir etwas davon abgeben könnte. Leider mussten wir feststellen, dass uns der durchsichtige Mann nicht gesagt hat, in welche Richtung er mit dir geht. Also haben wir uns gedacht, dass es vernünftig wäre, wenn wir uns aufteilen. Das haben wir dann auch getan. Allerdings erst, nachdem Justinius noch mit der Dame mit den Bändern im Haar gesprochen hatte. Das war ihm sehr wichtig, fürchte ich. Sie haben sich gedacht, dass die Dame mit den Bändern im Haar gelegentlich ihren Vogel bei uns vorbeischickt, um zu sehen, ob es Neues gibt. Du siehst, es gab viele Gedanken bei uns, und einige nicht unbeträchtliche Entscheidungen.«

»Wie? Ihr habt euch aufgeteilt? Ich verstehe nicht …«

»Was gibt es denn da nicht zu verstehen, Mykar? Bei dem Haus von dem hässlichen Mann ist doch eine Kreuzung. Du erinnerst dich? Bekanntlich nennt man eine Kreuzung Kreuzung, weil sich dort Wege kreuzen. Wenn sich zwei Wege kreuzen, ergibt das vier Richtungen, in die man sinnvollerweise gehen kann. Also hat das liebe Mädchen eine Richtung genommen, die Dame mit den Bändern im Haar die zweite, Justinius die dritte und ich die vierte.«

»Aber auf diese Weise könnt ihr mich gar nicht gefunden haben! Ich bin zuerst nach Norden gegangen und dann nach Osten. Von Groleks Gasthof führt gar kein Weg dahin, wo wir jetzt sind!«

»Ich fürchte, ich muss dich enttäuschen. Ich bin nämlich nach Norden gegangen, und da du mir entgegengekommen bist, bist du offensichtlich nach Süden gegangen.«

Ich blickte über die Schulter. Tatsächlich lag der schwarze, spukhafte Wald hinter mir. Ich hatte den Weg zurück eingeschlagen. Wie war das möglich? Verwirrt sah ich Scara an.

»So ist das, Mykar. Man kann sich im Dunkeln leicht verlaufen. Jedenfalls, wo du schon einmal hier bist …« Sie holte eine Handvoll Goldstücke hervor und hielt sie mir hin. »Wie gesagt: Das ist vom lieben Mädchen. Damit du dir immer Brot und Wurst kaufen kannst und warme Unterwäsche, wenn der Frost kommt. Vielleicht reicht es auch für einen Becher Glühwein ab und zu.«

Zögernd nahm ich das Geld.

»Übrigens, wohin führt dich deine Reise?«

»In eine Stadt namens Donost«, sagte ich widerwillig.

»Ah, das liegt am Meer. Freu dich, es ist bestimmt schön dort.«

Ich brummte unwillig; ich hatte Angst, dass sie weitere Fragen stellen würde.

Sie tat es nicht. Stattdessen verkündete sie in aufgeräumtem Tonfall: »So, und nun ist es an der Zeit, Abschied zu nehmen. Pass gut auf dich auf, Mykar, und denk an uns, wenn du in der Fremde bist.«

»Ja … Scara … ich – ich hoffe –«

Sie ließ mich nicht ausreden. »Gewiss, hoffen ist immer gut. Aber eines sollte ich dir noch sagen. Das ist sehr wichtig …«

Scara machte ein ernstes Gesicht, atmete tief aus und ein. Dann hob sie an zu sprechen, unterbrach sich jedoch sofort wieder.

Plötzlich wurde ich wütend. Ich erschrak darüber, wie stark die Wut war. »Bei allen Göttern, Scara! Willst du mir jetzt verdammt noch mal –«

»Ich kann dich nicht heiraten, Mykar.«

Mein Ärger war wie weggeblasen. Alles war wie weggeblasen. Mein Mund klappte auf. Ich versuchte, ihn wieder zu schließen. Aber es ging nicht.

»Ich weiß, du würdest gerne. Aber es geht nicht. Es tut mir leid.«

»W-w-was …«

Scara legte eine Hand auf ihre Brust. »Das liegt daran, dass mein Herz bereits vergeben ist. An den Wind und die Sterne, die Wolken und den Mond. An den Sonnenaufgang und vielleicht auch an den Sonnenuntergang. Da bin ich mir aber noch nicht sicher.«

»Scara …«

»Ja, so heiße ich. Sehen wir den Tatsachen ins Auge.«

»*Scara* …«

»Außerdem wollen wir an Schlappi denken. Und schließlich: Was würde *sie* dazu sagen?« Scara wies mit dem Kopf auf den Schädel, den ich in der Hand hielt.

Danje.

Ich hatte sie fast vergessen.

Und da geschah es: Wieder war ich auf der Lichtung. Nacht hüllte mich ein – eine Nacht mit rotem Mond. Ich sah eine Hütte und einen Stall; den Ort, an dem Danjes Familie gelebt hatte. Eine eisige Glut versengte die Luft, ließ sie gefrieren. Es stank nach Tod und Verwesung. Um die Gebäude herum war die Erde zerwühlt, und mir kamen die Worte des Jägers Jarl in den Sinn: Als wäre ein Rudel Wildschweine über die Lichtung geprescht.

Dann sah ich sie: einen Mann, eine Frau, ein Kind. Und ich sah, dass Danje tatsächlich war, wie ich sie mir vorgestellt hatte. Ihre Haare waren rot und glatt, eine Brücke von Sommersprossen lief über ihre Nase. Eine Sekunde lang wollte ich auflachen vor Freude. Eine

Sekunde lang nur. Dann packte mich Grauen. Denn nun begriff ich, dass ich in Wahrheit eine Hinrichtungsstätte erblickte. Die Körper waren verstümmelt und verwüstet. Da waren zerfetzte Gliedmaßen und aufgeschlitzte Bäuche, Blut und Eingeweide ... *Was hat sie euch angetan? Was hat die Hexe euch nur angetan?* ... Ich wollte wegschauen. Es ging nicht. Mir wurde klar, dass ich durch die Augen der Linde blickte, der uralten, mächtigen Linde – jetzt und in den anderen Momenten, als ich mich plötzlich auf der Lichtung wiedergefunden hatte. Nur, dass Bäume keine Augen haben. Doch das änderte nichts. Ich konnte, ich musste hinsehen. Und ich sah: die Frau lebte noch. Mit letzter Kraft kroch sie zu dem Mädchen herüber; das Gesicht verzerrt von letzter Verzweiflung. »Nein!«, wimmerte sie. »Nein! ... Bitte nicht ... bitte ...!«

Und ich schwor: *Ich werde sie töten, Danje! Ich werde sie für dich töten!*

Und Danje rief: *Warum hast du mich alleingelassen?* Klagend, anklagend, verletzt, empört, zärtlich rief sie es.

Und ich begriff: Sie musste immer bei mir sein. Ede hatte es mir gesagt, in jener ersten Nacht: *Ihr gehört zusammen, es ist gefährlich für dich, von ihr getrennt zu sein.* Das war es, was er mir gesagt hatte. Warum hatte ich nicht auf ihn gehört? Was war der Preis? Vanice, die verzweifelt mit den Toten rang ... Cay, der in das rußgeschwärzte Haus geführt wurde ... Was war der Preis?

Ich fiel auf die Knie, dort vor Scara, und vergrub das Gesicht in den Händen. Ich hörte meine Stimme, hörte die Worte: »Es tut mir leid! Es tut mir so leid! Ich bin da! Ich gehe nicht mehr weg – nie mehr!«

Scara legte mir eine Hand auf den Kopf, strich mir durchs Haar, sagte leise und sanft: »Es ist gut ... es ist alles gut ...«

30
UNVERHOFFTES WIEDERSEHEN

Vanice

Es klopfte an der Tür.

»Ja, bitte?«, sagte ich.

Scara kam hinein. Ich fand es nach wie vor erstaunlich, dass sie klopfte. Vielleicht war das eine besonders feinsinnige Art, sich über mich lustig zu machen, oder vielleicht wollte sie einfach nur höflich sein. Ich wurde aus Scara nicht klug. Das galt umso mehr, je länger ich sie kannte.

Wenn Scara mein Zimmer betrat, ging es für gewöhnlich um praktische Dinge; etwa darum, dass die Bauern, die ich als Diener für den Winter angeheuert hatte, nachdem das Gros der Reparaturen am Haus erledigt worden war, ihre täglichen Arbeiten zugeteilt bekommen wollten. Es waren zwei Männer und eine Frau – Stane, Egbert und Ulla –, und ich war froh, dass Justinius' Landsitz in der dunklen Zeit etwas belebter sein würde.

Ich fragte mich, was Scara diesmal veranlasst haben könnte, mich aufzusuchen. Es war noch früh am Morgen, höchstens zwei Stunden nach Sonnenaufgang. Seit der Versammlung in der Herberge *Zum Fröhlichen Toten* waren fünf Tage vergangen, und wir hatten bislang kaum über die Ereignisse jener Nacht geredet. Was ihr letztes Gespräch mit Mykar betraf, so hatte Scara nur erzählt, dass sie ihm das Geld gegeben habe und dass er im Auftrag Edes nach Donost gehen würde; was er dort vorhatte, schien auch sie nicht zu wissen. Und über das Böse, das Ahekrien heimzusuchen drohte, hatten wir kein einziges Wort verloren. Glaubten wir, was Prinz Gereon – dessen Geist ja ganz offensichtlich zerrüttet war – erzählt hatte? Und wenn wir es glaubten, was hieß das für uns? Sollten ausgerechnet *wir* uns berufen fühlen, gegen irgendwelche finsteren Mächte anzutreten? Früher oder später würden wir diese Fragen beantworten müssen; diese und hundert weitere. Doch ich war mir sicher, dass wir alle noch etwas Zeit brauchen würden, ehe wir entschieden, wie es jetzt weitergehen sollte.

Das heißt: Bis zu diesem Moment war ich mir sicher gewesen.

Doch der Blick, mit dem mich Scara musterte, nachdem sie zuvor gewohnt skeptisch mein Zimmer inspiziert hatte, ließ mich an meiner Einschätzung zweifeln.

Vielleicht war Scara wieder einmal schneller, als ich gedacht hatte.

»Mein liebes Mädchen, wir beide sollten heute einen Spaziergang machen«, sagte sie nun.

Ich konnte meine Verwunderung nicht verhehlen, runzelte fragend die Stirn.

»Einen … Spaziergang? Und wohin?«

»Zu einem sehr interessanten Ort.«

»Ich nehme an, wenn du mir mehr sagen wolltest, würdest du es tun?«, fragte ich.

Scara legte den Kopf leicht in den Nacken und betrachtete blinzelnd die Decke. Es war offenbar recht mühselig für sie, mit jemandem Umgang zu pflegen, der so schwer von Begriff war wie ich.

»In der Tat«, flötete sie. Dann fuhr sie in sachlichem Tonfall fort: »Ich schlage vor, wir treffen uns in zehn Minuten am Stall. Dann können wir Schlappi einen guten Morgen wünschen, bevor wir gehen.«

Ich nickte. »Einverstanden.«

»Schön«, sagte Scara und drehte sich um.

Leise schloss sie die Tür, nachdem sie mein Zimmer verlassen hatte.

Ich wandte meine Aufmerksamkeit wieder dem Buch zu, das in meinem Schoß lag. Ich war fertig angezogen, konnte mir also noch eine Seite oder zwei gönnen, ehe ich Scaras Einladung folgte. Bei dem Buch handelte es sich um Haitons *Die Reise des Kalimikes*, eine seltsam schwermütige Epopöe über das Leben des ersten Sar'Anaam-Priesters, der, geleitet von der Unendlichkeit des Wüstenhimmels, in den Kampf gegen die Alten Götter gezogen war. Mit der Hilfe von anderen Heroen gelang es ihm nach vielen Mühen und Leiden, die Alten Götter zu besiegen und in die Verbannung zu schicken.

Als Tochter einer großen Handelsfamilie hatte ich nicht nur die Sprache meiner Heimat, sondern auch Ahekrisch, Iskrisch und Numerisch gelernt. Vor allem Numerisch galt als höchst anspruchsvoll, und ich war immer stolz darauf gewesen, wie gut ich es beherrschte. Haiton zu lesen half mir, etwas von diesem Stolz wiederzuerwecken. Ich liebte es, mir selbst aus der *Reise des Kalimikes* vorzulesen und dem Fließen der Verse zu lauschen: Sie konnten wie das lustig-verspielte Plätschern des Baches sein, wie das mächtige Rauschen eines großen Stromes, oder wie die Erhabenheit des Meeres in einer schweigenden Nacht.

Wenn ich an meine Gespräche mit Justinius zurückdachte, fragte ich mich, ob ich ihm vielleicht einmal von dem Werk erzählen sollte. Ich war mir ziemlich sicher, dass sich seine Bildung nicht auf numerische Dichtung erstreckte, und vielleicht hätte es ihn interessiert, was der Frevel der Alten Götter war: Sie hatten es zugelassen, dass sich Gut und Böse voneinander trennten und einander fortan in bitterer Feindschaft gegenüberstanden. Sar'Anaam hingegen war die unverbrüchliche Einheit des Seienden, die sich gerade darin ausdrückte, dass das Leben ein ewiger Kampf und jedes Ding mit sich selbst zerworfen war.

Ich seufzte und klappte das Buch zu.

Kurz darauf betrat ich den Stall. Scara stand bereits bei dem Lattenverschlag, in dem Schlappi untergebracht war. Sie trug ein Kopftuch, neben sich auf dem Boden hatte sie einen Weidenkorb abgestellt, der mit einem Tuch bedeckt war. Ihre Art, dem Esel guten Morgen zu sagen, bestand darin, ihm Zuckerstückchen zu verfüttern. Ob sie bereits vergessen hatte, wie teuer Zucker war? Ganz offensichtlich hatte sie keine Probleme damit, mein Gold einem guten Nutzen zuzuführen. Allerdings musste ich zugeben, dass auch ich Schlappi ins Herz geschlossen hatte. Ich trat an den Esel heran und kraulte ihn zwischen den Ohren, so gut es meine Krallen erlaubten. Er ließ sich sowohl den Zucker als auch mein Streicheln gefallen, schnaubte behaglich und schüttelte sich.

In Scaras Blick lag ein anerkennendes Wohlwollen, als sie sich zu mir umdrehte und sagte: »Ich freue mich, dass du Schlappi zu schätzen weißt!«; ich lächelte und freute mich meinerseits über ihre Freundlichkeit, was mich dann doch ein bisschen irritierte.

Nachdem wir auch Lorenz und Kornelius – die in Scaras Gunst zwar deutlich tiefer standen als Schlappi, aber immerhin »gute Tiere« waren – einige Wohltaten hatten angedeihen lassen, machten wir uns auf den Weg. Wir hatten die Diener darüber unterrichtet, dass wir ein paar Stunden außer Haus sein würden; von Justinius hatten wir uns hingegen nicht verabschiedet. Der hatte sich seit kurzem (genauer gesagt: seit der Nacht der Versammlung) angewöhnt, beim ersten Licht in den verwilderten Garten zu gehen, der hinter dem Haus gelegen war, um dort Schwertübungen zu machen. Wenn ich auf dem Söller vor meinem Schlafzimmer stand, konnte ich manchmal hören, wie Justinius bei seinen Übungen ein heiseres Stöhnen ausstieß. Ich dachte dann an das riesige Jagdmesser des Geisterreiters, das ganz unten in meinem Koffer lag. Niemand wusste, dass ich das Messer mitgenommen hatte. Und so sollte es auch bleiben, bis die Zeit kam – und mittlerweile zweifelte ich nicht mehr daran, dass sie gewiss kommen würde –, seine schwarze Klinge erneut in totenschwarzes Fleisch zu rammen.

Jedenfalls war Scara der Meinung, dass es »durchaus nicht nötig« wäre, Justinius über unseren Spaziergang zu unterrichten. Ich ließ es dabei bewenden, und bald danach gingen wir auf der Landstraße unserem Ziel entgegen. Wobei ich mir beim besten Willen nicht ausdenken konnte, worin dieses Ziel bestehen mochte. Als ich den Korb sah, hatte ich mich gefragt, ob Scara vielleicht mit mir Pilze oder Beeren sammeln wollte. Aber dafür war es doch viel zu spät im Jahr, oder etwa nicht?

Nun, sie würde mich wohl kaum über Sinn und Zweck unseres

Ausflugs aufklären, auch wenn ich sie hundertmal fragte. Mir blieb also wenig übrig, als geduldig neben ihr herzugehen.

In den letzten Tagen war es deutlich kühler geworden. Es hatte starke Regenfälle gegeben; rauhe Herbstwinde fuhren aus dem schiefergrauen Himmel herab, um die verbliebenen Blätter von den Bäumen zu reißen und über die Felder und Wiesen zu treiben, wo noch die Dankaltäre standen, die die Bauern nach jeder Ernte für die Erdgöttin Lemarah errichteten. Die Straße war mit Pfützen gesprenkelt und streckenweise recht matschig, doch es gelang uns trotzdem, halbwegs trockenen Fußes voranzukommen, während über uns schwere, tiefhängende Wolken dahinzogen, die weitere Schauer verhießen.

Wir gingen schweigend; niemand begegnete uns. Hin und wieder summte Scara eine einfache Melodie; sie schien sehr heiter an diesem Morgen, und mitunter bekam ich den Eindruck, als hätte sie meine Anwesenheit völlig vergessen.

Ich hingegen dachte fast die ganze Zeit über sie nach. Ich hätte gerne mehr von ihr gewusst: Wie war sie wohl als Mädchen gewesen? Natürlich interessierte mich, was es damit auf sich hatte, dass sie eine Hexe sein sollte. Daran glaubte ich nicht im Geringsten, doch ich konnte mir vorstellen, dass sie in diesen Ruf gekommen war, weil sie überall fremd wirkte und störte. Vor allem aber hätte ich mir gewünscht, dass Scara mich weit genug ins Vertrauen zog, um mir von ihren Träumen zu erzählen. Was wollte sie vom Leben? Worauf hoffte sie? Und Justinius und Mykar – was bedeuteten sie ihr?

Ja, das alles hätte ich gerne gewusst.

Aber natürlich waren wir noch lange nicht so weit.

Es war noch keine Stunde vergangen, als wir in ein Dorf kamen. Das Dorf bestand aus strohgedeckten Lehmhütten und einem kleinen Elaah-Tempel; es unterschied sich durch nichts von Hunderten anderer Bauerndörfer, die sich in den Weiten des ahekrischen Reiches verloren. Eine Frau wusch Hemden und Hosen in einem Bächlein, das am Dorfrand entlangfloss; von der Schmiede klangen Hammerschläge herüber; ein Hund wurde durch unser Nahen aufgeschreckt und begann, wie wild zu bellen.

Ich zog mir die Kapuze meines Umhangs über den Kopf. Obwohl ich es gar nicht nötig hatte, nahm ich ein paar Minzblätter aus dem Täschlein an meinem Gürtel und begann, sie zu zerkauen.

Als wir den Dorfplatz betraten, riss die Wolkendecke auf. Helles, blasses Licht ergoss sich über uns und ließ einen Schimmer über die Pfützen huschen. Wir kamen an ein paar Bauern vorbei, die vor dem Tempel standen und darüber sprachen, dass irgendjemandes Pferd in der vergangenen Nacht ein Fohlen ausgetragen hatte. Scara grüßte freundlich, und der Gruß wurde ebenso freundlich erwidert. Ich wandte die Augen ab. Auf der gegenüberliegenden Seite des Platzes hockten zwei Greise auf einer Bank vor ihrer Hütte. Es waren ein Mann und eine Frau. Die beiden hielten sich an den Händen; ihre Gesichter waren friedlich, frei von Angst und Erwartung.

Erst als wir den Dorfplatz überquert hatten und Scara bei dem Eingang einer weiteren ärmlichen Bauernhütte stehenblieb, begriff ich, dass wir unser Ziel erreicht hatten.

»Scara, wo sind wir hier?«, fragte ich.

»In einem Dorf, mein liebes Mädchen. Das ist da, wo die Leute wohnen.«

»Ich weiß, Scara. Ich frage dich, was wir hier *wollen*.«

»Wusstest du, dass sie Maeva heißt?«

»Dass *wer* Maeva heißt?«

»Bevor wir uns verabschiedeten, hat mich Mykar noch um einen Gefallen gebeten. Ist das nicht schön? Er tut dem durchsichtigen Herrn einen Gefallen, ich tue ihm einen Gefallen. Vielleicht willst du, mein liebes Mädchen, ja auch jemandem einen Gefallen tun?«

»Was für ein Gefallen? Ich verstehe kein einziges Wort!«

»Die langsame Mühle mahlt am besten«, sagte Scara, und während ich noch darüber nachdachte, was das nun wieder bedeuten sollte, hatte sie sich bereits umgedreht und an die Tür geklopft.

Die Tür stand einen Spalt offen, aber wir warteten trotzdem.

Scara hielt den Griff des Weidenkorbes mit beiden Händen umfasst; der Korb baumelte auf Höhe ihrer Knie, und sie lächelte abwesend.

Die Tür ging auf und eine Frau trat an die Schwelle. Sie trug ein farbloses Kleid. Auch ihre Augen schienen farblos, und ihre Haare waren vollständig unter einem Kopftuch verborgen. Sie war mindestens fünf Jahre jünger als ich und sah mindestens zehn Jahre älter aus. Ich schämte mich und blickte zu Boden.

»Ja …?«, machte die Frau.

»Hallo«, sagte Scara. »Das liebe Mädchen und ich, wir wollen Frau Maeva besuchen. Dürfen wir hineinkommen?«

»Wer ist denn da, Imma?«, fragte eine müde Frauenstimme, während Scara und ich die Hütte betraten.

»Es ist Besuch gekommen, Mutter …«, entgegnete die Angesprochene, indem sie die Tür hinter mir schloss.

»Oh, Besuch …?«

Im ersten Moment kam mir die Hütte sehr düster vor. Sie hatte nur zwei Fensteröffnungen, und so, wie die Sonne gerade stand, fiel wenig Licht ins Innere. An Einrichtung gab es einen Ofen, eine Feuerstelle, einen Tisch mit Stuhl und Bank sowie eine Bettstatt. Auf dem Bett schlief ein kleines Kind, und am Tisch saß eine alte Frau.

»Das ist richtig, Frau Maeva«, sagte Scara heiter. »Wir sind gekommen, um dich zu besuchen.«

Ich trat einen Schritt zur Seite, zog mir die Kapuze vom Kopf und warf Imma einen bedauernden Blick zu. Ich wusste ja ebenso wenig wie sie, warum Scara und ich hier waren. Oder vielmehr: Ich hoffte sehr, dass es nicht das war, wonach es aussah.

»Aber wer seid Ihr denn?«, fragte Maeva.

»Ich heiße Scara und habe die Freude, auf Justinius von Hagenow aufzupassen. Das hier ist das liebe Mädchen. Sie neigt leider zur Albernheit. Das darf man ihr nicht übelnehmen.«

Der Name »von Hagenow« verfehlte seine Wirkung nicht. Imma sog scharf die Luft ein und schlug die Hände vor der Brust zusammen. Maeva musste sich am Tisch abstützen. »Bei Elaahs Gnade und Sorins Weisheit …«, brachte sie hervor. Das Ganze wirkte wie ein schlecht gespieltes Gauklerstück, aber mir war schon öfters die Vermutung gekommen, dass das Leben genau das war.

Scara lächelte begütigend, während die beiden Bäuerinnen um ihre Fassung rangen. Übrigens hatten sich meine Augen mittlerweile an das Halbdunkel gewöhnt, und ich konnte sehen, dass Maeva keineswegs so alt war, wie ich geglaubt hatte.

»D-d-der … *Baron* von … von Hagenow?«, stammelte Maeva.

Scara fasste sich ans Kinn und betrachtete nachdenklich den Fußboden. »Hm … *noch* ist Justinius kein Baron. Er *könnte* freilich einer werden. Allerdings will ich ihm das nicht geraten haben. Wenn er Baron wird, muss er nämlich zusehen, wie er ohne mich auskommt. Ich fürchte, da würde es ihm und seiner Kuh schlecht ergehen … Wusstest du, Frau Maeva, dass es ein Land namens Kutasi gibt, wo die Leute nicht zwischen Pferden und Kühen unterscheiden können?«

Unsere unfreiwilligen Gastgeberinnen waren wirklich zu bedauern. Offensichtlich verstanden sie kein Wort von dem, was Scara sagte.

Ratlos sah ich mich im Raum um. Etwas Arbeitsgerät war gegen die Wand gelehnt – eine Sense, eine Harke, vielleicht noch mehr –, und ich fragte mich, wie mir das jetzt weiterhelfen sollte.

Die Bäuerinnen versuchten unterdessen, sich einen Reim auf Scaras Merkwürdigkeiten zu machen. Natürlich verfielen sie dabei auf mich.

»Euer … Hochwohlgeboren …?« Maeva verneigte sich eilig in meine Richtung. Imma tat es ihr nach.

Ich wollte etwas sagen, aber Scara kam mir zuvor. »Nein, nein. Das hier ist kein Hochwohlgeboren. Das ist das liebe Mädchen. Ich glaube, ich erwähnte bereits, dass sie zur Albernheit neigt. Das alleine macht einen allerdings nicht zu einem Hochwohlgeboren. Ich erkläre es euch bei Gelegenheit.«

Imma ging um den Tisch herum und stellte sich neben Maeva. »Soll ich Wilbolt holen?«, flüsterte sie, doch die andere Frau schüttelte den Kopf.

Ich war froh, dass das Kind weiterschlief.

»Scara, vielleicht wäre es doch besser, wir würden gehen?«, sagte ich vorsichtig und hoffte, dass meine Worte sie erreichten.

Da hoffte ich allerdings vergebens. Scara nickte ernst und wandte sich wieder Maeva und Imma zu. »Das liebe Mädchen erinnert mich daran, dass zu Hause noch ein Brot im Ofen ist. Deshalb sollten wir jetzt die Plaudereien lassen, so nett das alles auch ist, und schnell tun, wofür wir hergekommen sind.«

»A-aber wofür sind – sind die Damen denn hergekommen?«, fragte Maeva kläglich, wobei sie mich ansah.

»Nun, das ist ganz einfach …«, Scara sprach wieder in fröhlichem Plauderton. »Du, Frau Maeva, bist ja schon recht alt und wirst sicherlich bald sterben. Das ist bedauerlich, aber nicht zu ändern. Ich fürchte, sogar Schlappi wird eines Tages sterben. Viel wichtiger ist natürlich, dass man, ehe es so weit ist, die Haustür abschließt, die Kinderchen zudeckt und die Lampe ausmacht. Ganz wichtig ist auch …«

Während sie sprach, stellte Scara den Weidenkorb auf der Bank ab, den sie bis jetzt in der Hand gehalten hatte. Sie nahm das Tuch von dem Korb, faltete es zusammen und legte es auf die Tischplatte. Dann griff sie in den Korb hinein und holte ein Bündel heraus, das sie ebenfalls auf den Tisch legte. Maeva und Imma folgten wie gebannt jeder ihrer Bewegungen.

Scara begann, das Bündel zu öffnen. »… dass man alles gut aufräumt, bevor man geht.«

Die Kinderknochen waren sehr sauber; fast weiß erschienen sie. Scara hatte sich gut um das Skelett gekümmert. Zunächst dachte ich, es müsste Mykar sein. Dann wurde mir klar, dass das unmöglich war.

Maeva begann, so heftig zu zittern, dass man es aus zwei Schritten Entfernung sah. Sie schaffte es gerade noch, sich auf den Stuhl fallen zu lassen. Bestimmt wollte sie weinen. Aber sie schien nicht mehr viele Tränen zu haben.

Imma blickte derweil mit einem Ausdruck fassungslosen Entsetzens abwechselnd Scara und mich an.

»Deshalb wird es dich, Frau Maeva, freuen, Neues von unserem Mykar zu hören!«

»Mein Junge …«, flüsterte Mykars Mutter. »Mein Junge …«

»Ganz genau!«, rief Scara. »Oder vielmehr: Ganz und gar nicht. Unser Mykar ist nämlich bei bester Gesundheit und befindet sich gerade auf dem Weg nach Donost, wo er viele schöne Abenteuer erleben wird. Das hier ist seine Freundin Danje. Zumindest ein Teil von ihr. Der Kopf reist natürlich zusammen mit Mykar ans Meer, das gehört sich ja auch so. Aber den Rest möchte ich gerne in deine Obhut geben, Frau Maeva. Das würde unseren Mykar gewiss freuen. Und mich freut es auch. Das ist übrigens kein Wunder, schließlich ist es meine Idee. Ich hatte sie vor drei Tagen beim Stricken. Du musst wissen, dass mir beim Stricken immer gute Ideen kommen. Wobei ich ehrlicherweise zugeben muss, dass diese Idee zur Hälfte von unserem Mykar stammt. Er hat mir sozusagen die Idee für die Idee gegeben. Und dabei strickt er nicht mal, soviel ich weiß.« Sie räusperte sich. »Jedenfalls, was ich sagen wollte: Als wir uns verabschiedeten, war unser Mykar sehr traurig, weil er seine Freundin Danje so lange allein gelassen hatte. Und seine Freundin Danje wiederum war sehr traurig, weil ihre Mutter – das hat unser Mykar mir anvertraut – vor ihren Augen von einem garstigen Wesen zu Mus gemacht wurde. Übrigens bin ich eine große Anhängerin von Mus. Vor allem von Pflaumenmus. Aber das tut jetzt nichts zur Sache. Was hingegen etwas zur Sache tut, ist, dass unser Mykar plötzlich an dich denken musste, Frau Maeva. Und wie er an dich dachte, dachte er sich, dass du ja noch lebst, im Gegensatz zu Danjes Mutter. Und da wollte er dich wissen lassen, wie es ihm ergangen ist. Und ich sagte mir: Wenn Frau Maeva schon nicht auf unseren Mykar aufpassen kann, dann wenigstens auf seine Freundin Danje. Ihre Eltern sind ja Mus, bedauerlicherweise kein Pflaumenmus, und vielleicht wird es sie freuen, wieder einmal ein Dach über dem Kopf zu haben.«

Jetzt weinte Maeva. Zwei, drei Tränen nur, die langsam über ihre faltigen, eingesunkenen Wangen liefen.

Das Kind erwachte und begann sofort zu schreien. Imma nahm es in die Arme und wiegte es sacht.

Unterdessen hatte sich Scara auf die Bank gesetzt. Sie strich ihren

Rock glatt, legte ihr Kopftuch ab und seufzte behaglich. Dann sagte sie: »Und da unser Mykar schnell nach Donost musste, hat er mich gebeten, dir einen kleinen Besuch abzustatten. Was ich hiermit tue. So wollen wir also alle miteinander Platz nehmen und es uns gemütlich machen. Dann kann ich dir, Frau Maeva, noch ein wenig davon erzählen, wie es unserem Mykar ergangen ist, nachdem deine Freunde ihn kaputt gemacht haben. Mal sehen, wie weit wir kommen, bis das Brot fertig ist …«

Wir blieben etwa eine Stunde bei Frau Maeva. Am Ende unseres Besuchs war sie in Tränen aufgelöst, ebenso wie ihre Schwiegertochter. Auch ich fühlte mich elend. Allerdings war ich dankbar, dass der Mann, von dem Imma gesprochen hatte, nicht nach Hause gekommen war; es musste sich bei ihm ja um einen von Mykars Brüdern handeln.

Die Sonne schien noch immer, als wir die Hütte verließen. Und noch immer hockten die beiden Greise auf ihrer Bank, schweigend und friedvoll. Ich musste daran denken, dass vielleicht auch Cay und Alva manchmal hier gesessen und einander bei den Händen gehalten hatten. Das war ein schöner Gedanke; er zerriss mir das Herz.

Scara verabschiedete sich gutgelaunt von unseren Gastgeberinnen. Sie brachte es sogar fertig, Frau Maeva zu einem Besuch auf Justinius' Landsitz einzuladen – es wäre doch an der Zeit, dass sie Mykars Freunde besser kennenlernte, und was gäbe es an langen Herbstabenden Besseres als eine gemütliche Plauderei am Kaminfeuer? Ich sagte nichts, lächelte verkrampft und wünschte, ich wäre weit weg von diesem Dorf.

Auch auf dem Rückweg schwieg ich. Scara summte wieder. Offenbar war sie rundum zufrieden mit sich. Ich verspürte einen unüberwindlichen Widerwillen dagegen, auf meine Zimmer zu gehen: Kalimikes und seine Geliebte Shadia konnten mir ebenso gestohlen bleiben wie die Alten Götter und ihr Kampf mit Sar'Anaam. Als wir das Tor des Anwesens erreichten, sagte ich Scara, dass ich unseren Spaziergang gerne noch ein wenig ausdehnen würde; sie nickte großzügig – es schien, dass ich um ihre Erlaubnis gebeten hatte, ohne es zu wissen – und meinte, ich solle rechtzeitig zum Abendessen wieder daheim sein. Ich nickte meinerseits und wandte mich ab.

Die Sonne hat jetzt ihren höchsten Stand erreicht. Weißblau wölbt sich der Himmel, die Luft ist klar und durchscheinend, sodass ich hinter den Hügeln, die sich nördlich des Landguts erheben, die Gipfel des Fokris-Massivs erkennen kann. Es ist, als wären die Berge über Nacht zum Leben erwacht, hätten sich auf gewaltigen, steinernen Beinen erhoben, groß und mächtig wie Wachtürme, und wären in Richtung der Perle marschiert, so nah scheinen sie. Ziellos streife ich umher. Das Gras ist feucht, die Felder vermatscht. Ich mache meine Stiefel und den Saum meines Kleides schmutzig; aber das stört mich nicht. Der Winterweizen ist bereits aus der Erde gestoßen, irgendwie gibt mir das Mut. Und auch die Dankaltäre sehe ich gerne, obgleich das Obst und das Korn, welches die Bauern Lemarah dargebracht haben, längst verfault oder von Vögeln geraubt worden ist. Ich denke mir, dass jemand einmal kommen und sie malen sollte: diese kleinen Erhebungen aus aufgeschichteten Feldsteinen, die kümmerlichen Reste der Äpfel und Beeren und Ähren, die einstmals mit Milch und Wein gefüllten Schüsseln, in denen nun das Regenwasser steht …

Irgendwann gelange ich zur Reichsstraße, wie es wohl unvermeidlich ist. Mein Kleid klebt am Rücken, so warm sind die Lichtstrahlen, die vom Himmel herabkommen, und es ärgert mich, dass ich so schnell zu schwitzen beginne. Doch sowie sich eine Wolke vor die Sonne schiebt, sinkt eine herbstliche Düsternis über das Land, mein Schweiß wird klamm, und ich friere.

Eine Weile lang betrachte ich die Wolken. Sie werfen ihre Schatten auf die Anhöhe, das Gras und die Bäume, während sie nach Süden ziehen. Ich frage mich, wie weit eine Wolke wohl fliegen kann. Wie weit kommt sie, ehe sie sich in den Winden auflöst, die an ihr zerren? Würde eine der Wolken, die ich in diesem Augenblick sehe, das Meer erreichen? Würde sie vielleicht sogar bis zu meiner Insel kommen? Meine Insel von weißem Sand und grauem Fels, vom Lila des blühenden Lavendels, vom Grün des Waldes und vom Grünbraun der Heide, vom Türkisblau der lichtglitzernden Wasser, von Gold und Silber, von Zink und Kohle und uraltem Blut.

Mein Enjahla.

Ich erschrak, als ich die Kutsche hörte. Die Welt um mich herum war mir so still und ruhevoll vorgekommen, dass das Getrommel der Hufe, das Schnauben der Pferde, das Knarren und Krietschen der Räder, der Achsen und der Karosse fast wie ein Frevel wirkte. Vielleicht lag es an diesem Eindruck des Falschen und Störenden, dass ich unwillkürlich unter einen Baum trat, der in einigen Schritten Entfernung wuchs; eine große, noch längst nicht kahle Buche.

Ich sah, was ich zu sehen erwartet hatte: eine Kutsche, gezogen von vier Pferden. Dann wurde mir klar, dass der Anblick doch nicht ganz meinen Erwartungen entsprach: Die Kutsche war zu klein für eine Reisekutsche, außerdem merkwürdig grob und schmucklos. Es gab keine Wachen, und noch mehr erstaunte mich, dass die Vorhänge an den Wagenfenstern zugezogen waren. Welcher Reisende würde denn an einem so schönen Herbsttag das Licht aussperren und sich selbst in einer engen und miefigen Kabine einschließen?

Die Buche stand nicht weit von dem Damm, über den in diesem Teil der Windmarken die Reichsstraße lief. Deshalb konnte ich sehen, wer in der Kutsche saß, als einer der Vorhänge zurückgezogen wurde. Ein Gesicht erschien und verschwand wieder. Kurz, ganz kurz nur hatte der Reisende nach draußen geschaut. Doch es reichte.

Ich schnappte nach Luft, taumelte zurück, bis ich gegen den Stamm der Buche stieß. Ich konnte mich nicht vom Fleck rühren, starrte die nun leere Reichsstraße an, während die Geräusche der Pferde und des Wagens langsam leiser wurden. Immer wieder blitzte in meinem Geist das Bild auf, das ich in den wenigen Sekunden erblickt hatte, während derer der Reisende an dem geöffneten Vorhang vorbei ins Freie schaute. Die Götter allein wissen, was ihn dazu veranlasst haben mochte, ausgerechnet diesen Moment zu wählen, um sich zwei, drei Herzschläge lang an den in der Herbstsonne leuchtenden Feldern und Wiesen zu erfreuen. Unsere Augen hatten sich nicht getroffen; er hatte mich nicht gesehen. Doch ich hatte ihn gesehen.

Die Gefühle in mir peitschten Wellen auf. Da waren Entsetzen und Freude, Angst und Verlangen, Sehnsucht und Wut und Dankbarkeit. Der Betrug und die Erlösung; das Süße und das Bittere. Zu viel, als dass mein Herz es hätte fassen können, so viel zu viel, und etwas brach in mir.

Derjenige, den ich gesehen hatte, war Cay.

EPILOG

Drei Jahre waren vergangen, seit der Mann diesen Ort zum ersten Mal betreten hatte.

Zum ersten und zum letzten Mal.

Bis zu dieser Nacht.

Wieder war es Herbst. Wieder ging ein kalter, harscher Wind um die uralte Klosterruine. Und wieder brannte ein schwarzes Feuer im Innenhof des Gemäuers, das die Geisterreiter in grelle, zuckende Lichter tauchte.

Doch wie viel hatte sich verändert.

In dieser Nacht kam der Mann nicht als Bittsteller. Er war nicht länger ein zitterndes Menschlein, das vor der Dunkelheit zurückschreckte, die es doch zugleich begehrte. Er hatte den Preis bezahlt. Er war den Weg bis zum Ende gegangen. Und nun trat er als einer der Horde in den Widerschein des Flammenkreises.

»Ziehen wir aus, heut Nacht?«, fragte der Schwarze Jäger.

Dieses Mal konnte der Mann jedes einzelne Wort verstehen. Und jede einzelne Gestalt erkennen. Die schartigen, gesplitterten Schatten. Den Wolf und das alte Weib. Die weißen Pferde mit ihren glühenden Augen und glühenden Hufen. Die weißen Hunde, von denen dieses Mal keiner knurrend die Dolchzähne bleckte.

Und ihn: den Schwarzen Jäger.

Wie viel hatte sich verändert. Doch die Horde war gleich geblieben. Nur er, der Anführer, er schien nicht mehr derselbe. Kleiner und harmloser schien er. Als wäre er geschrumpft im Verlauf der letzten Jahre. Als wäre seine strahlende Schwärze zu einem dumpfen Grau verkommen.

Dennoch riss der Mann beide Fäuste in die Luft und stieß ein wildes Gebrüll aus, um dem Schwarzen Jäger zu antworten. Als er die Hände wieder sinken ließ, musste er lächeln. Wie seltsam es war, dass ihn diese Opfergabe noch jetzt, da er die Schwelle des Todes übertreten hatte, daran mahnte, wer er gewesen war – an sein Sehnen, seinen Eifer, seine Dummheit – und was er erstrebt hatte.

Der Ringfinger seiner rechten Hand.

Auch dem Nachtgeist, zu dem der Mann geworden war, fehlte der Ringfinger der rechten Hand.

Vor vielen Jahren hatte er ihn gegeben. Damals war ihm bereits das Zeichen offenbart worden; er hatte zu dieser Zeit schon manch ein Leben genommen, manch ein Opfer dargebracht.

Doch es war nicht genug. Das begriff er, noch bevor er das schwarzhaarige Bauernmädchen tötete – Alva, ja, Alva, die Braut des Mannes, der sein Mörder und sein Befreier geworden war –, als sich der Jubel, der ihn eine kleine Weile erfasst hatte, in Leere auflöste. Er hatte begriffen, dass er mehr tun musste, mehr und anderes. Allein er hatte keine Vorstellung, was die Macht, der er diente, von ihm erwartete. Welches Opfer verlangte sie nun? Es folgte eine lange Reihe zerquälter Nächte und peinvoller Tage. Seine Freunde konnten ihm nicht raten – sie waren zu schwach. Auch er wurde schwächer, schwächer und schwächer, wann immer sich die Sonne senkte, ohne dass er eine Antwort auf die brennende Frage gefunden hatte, die seinen Geist und seine Seele verzehrte. Er bat, flehte, jammerte, bis seine Knie blutig und seine Stimme heiser waren. Doch keine Antwort, keine Gnade wurde ihm zuteil.

So war es am Ende ein Akt der Schwäche, dass er sich den Finger abschnitt. Nicht die tiefe, erbarmungslose Gewissheit verleitete ihn dazu, die seine Hand geführt hatte, als er zum ersten Mal ein Leben nahm. Nein, Verzweiflung war es. Und eine allzu schlichte, eine krämerhafte Kalkulation: War der Ring nicht ein Zeichen der Zugehörigkeit – zu einer Familie, einem Haus, einem Orden? Wenn das so war, dann hieß es doch, dass man alle derartigen Bindungen zurücklassen wollte, wenn man sich selbst des Ringfingers beraubte? Dass man sich frei machte von weltlichen Verbindlichkeiten; dass man bereit war, ganz aufzugehen in dem Dienst an etwas Größerem, Fremderem, Grausamerem, als es Ehre und Liebe, Reichtum und Macht je sein konnten?

Ja, im Grunde war es eine peinliche und nichtswürdige Handlung gewesen, die wenig mit dem einsamen Heldentum zu schaffen hatte, das er für sich beanspruchte, als er das Messer gegen sich selbst führte.

Dennoch war er erhört worden.

Schon in der Nacht nach der Tat hatte er den schwarzen Segen empfangen, den er ersehnte. Er war allein in seinen Gemächern gewesen, als er sich den Finger abschnitt, mit zusammengebissenen Zähnen und schweißüberströmtem Gesicht. Das nutzlose Glied hatte er ins Kaminfeuer geworfen, den Stumpf mit Branntwein übergossen und verbunden, den Rest der Flasche ausgetrunken. Dann hatte er alle Kerzen gelöscht, die Vorhänge zugezogen und sich aufs Bett gelegt. Und dann geschah es: Als würde die Zimmerdecke aufbrechen, die Mauern und Türme der Burg bersten und der Himmel in Trümmer gehen – und als würde ein Abgrund aufklaffen, von einem Ende des Horizonts zum anderen; ein schwarzer, endloser Abgrund, in den die Zeit selbst hineinstürzte.

Und in dem er seine Antwort fand.

Zwei Visionen wurden ihm geschenkt in jener Nacht.

Die eine zeigte ihm zum ersten Mal seinen Bruder und Herrn: Ihn, der nach ihm kam und ihm doch vorausging; ihn, dem er nicht wert war, die Stiefel zu binden, und dem er doch den Weg bereiten durfte. Er sah nicht sein Gesicht und er hörte nicht seine Stimme. Doch er erblickte seine Seele. Und das war ein Ding von einer Schönheit und einem Schrecken, wie er sie nie gekannt hatte. Als ihm diese Vision zuteilwurde, wusste er, dass er dienen und folgen würde.

Die andere Vision zeigte ihm den Schwarzen Jäger: In seiner anmaßenden, selbstherrlichen Macht und Größe sah er ihn, mit seinen Hörnen und seinem Spieß und seinem Umhang aus Dornenranken. Er sah auch die anderen, den Wolf und die Greisin, Garoy und Luziera, und die Schar der Geisterreiter mit ihren schneeweißen, glutroten Pferden und Hunden. Was diese Vision bedeuten sollte, begriff er nicht sofort. Tatsächlich war ihm, als hätte er es erst hier und heute – in der kalten, rauhen Herbstnacht, im Hof des verfluchten Klosters – endgültig begriffen.

Schon damals wusste er allerdings, dass es die Wilde Horde war, die er sah. Skargats Jäger. Der Zug der ruhelosen, verfluchten Toten. Und schon damals wusste er, dass ihm das Ziel seines Dienstes gewiesen worden war; ein Dienst, der ihm zu führen aufgab. Schließlich wusste er auch, dass es eine bestimmte Nacht war, in welcher er zu der Horde gehen musste. Dass es nur diese eine *Nacht war, die ihm erlauben würde, das Seine zu tun. Er hatte sogar das Datum gekannt, hatte gewusst, dass es jene Nacht war, die nun schon drei Jahre zurücklag, und dass es unabdingbar war, dass die Horde in einem alten, verfallenen Kloster ihren Unterschlupf genommen hätte, wenn er zu ihr kam. Nur so konnte sich alles erfüllen.*

Warum das jedoch so war, wusste er nicht – damals ebenso wenig wie heute. Und vielleicht war das die Lektion, die er zu lernen hatte; die Prüfung, die mit der Gnade der Visionen einherging: die Lektion, dass der wahre Gehorsam stets ein blinder ist; die Prüfung, sich in diese Blindheit fallen zu lassen, sich selbst aufzugeben, seinen Willen, sein Wissen, um ganz Werkzeug, ganz Waffe sein zu können.

Diese Lehre anzunehmen, war dem Mann nicht leichtgefallen. Und so hatte sich das Glück, das ihn nach seiner Nacht der zwei Visionen durchströmte – das Glück der Gewissheit, seine Berufung zu kennen –, mit einem nagenden Gram verbunden. Er fühlte sich zurückgesetzt, herabgewürdigt. Er sollte der Diener eines anderen sein, jenes fremden Bruders in Ahekris, er, Rudrick von Nordwiesen! Und nicht nur zum Diener war er bestimmt, sondern obendrein zu einem tumben, ahnungslosen Diener, der weder die Fähigkeiten noch die Kenntnisse besaß, um zu tun, was von ihm erwartet wurde!

Sein Stolz verbot ihm, sich widerstandslos zu fügen, auch wenn er keinen Augenblick zweifelte, dass er sich am Ende würde fügen müssen. Also begann er, Nachforschungen anzustellen, ging in Bibliotheken, sprach mit Gelehrten und Geweihten. Er versuchte, alles über die Horde herauszufinden, was man nur herausfinden konnte.

Viel war es nicht.

Über die Herkunft des Schwarzen Jägers gab es verschiedene Legenden. Allesamt erzählten sie, er sei ein Adeliger gewesen, der die Jagd mehr liebte als das göttergefällige Leben: ein harter, hoffärtiger Mann, der Sanftheit und Milde verachtete und sich am Anblick des Blutes berauschte, das er vergossen hatte. Mal hieß es, er hätte nicht die Geduld gehabt, am Lager seiner sterbenden Frau zu wachen, hätte sie alleingelassen mit ihren Qualen und sei eine Woche lang auf die Jagd gegangen. Mal hieß es, er hätte die Unverfrorenheit besessen, am Elaah-Tag zu jagen; die höchste Gottheit hätte ihm von jedem Tier des Waldes, das Hufe oder Tatzen besaß, ein trächtiges Weibchen geschickt, und er hätte sie alle niedergemacht. Mal hieß es, er hätte, während sein Vater begraben wurde, einem gewaltigen weißen Hirsch nachgestellt, dessen Geweih von goldenem Licht umflort war.

Letztlich liefen die Geschichten auf dasselbe hinaus. Darauf nämlich, dass die Götter den Unbarmherzigen damit straften, dass er bis ans Ende der Zeit verlorene Seelen jagen und erlegen musste, im Dienste Skargats. Und die Horde, die er anführte, bestand aus den Geistern böser Männer, die dazu verdammt waren, dem Schwarzen Jäger in der Ausübung seines grausigen Handwerks zur Seite zu stehen. In den beiden Nächten der Toten und den elf Nächten vor Elaahs Lichtfest zog die Geisterschar des Schwarzen Jägers für alle sichtbar übers Land und durfte einen jeden mitnehmen, der ihr begegnete. Während des restlichen Jahres war es der Horde nur dann gestattet, auf die Jagd zu gehen, wenn sich der Wind drehte: etwa vom Staubwind zum Giftwind oder vom Südwind zum Nordwind. In diesen Nächten waren die gespenstischen Reiter für die Augen der Sterblichen unsichtbar. Sie offenbarten sich dann nur als Lärm und Sturmgebraus; als kalte, peitschende Böen. Und sie durften allein solche Männer und Frauen ergreifen, die die göttlichen Gesetze verlacht und verhöhnt hatten und nicht länger unter Elaahs Schutz standen.

Das war es, was der Mann erfuhr, aus den Schriftstücken, die er studierte, und den Unterredungen, die er führte.

Nichts davon erklärte ihm den Sinn seiner Vision. Nichts davon brachte ihn der Macht näher, der zu dienen er bestrebt war.

Heute konnte er darüber lächeln, dass ihm das begehrte Wissen letztlich als Folge einer bitteren Erniedrigung geschenkt worden war. Damals verstand er sie nicht, die Lehre, dass man Demut gegenüber dem Erhabenen eben nur in der Demütigung lernt. Damals dachte er, er würde dafür gezüchtigt, dass er sich nicht klüger angestellt, keine größere Findigkeit bewiesen hatte.

Sein Bruder Wendell, der Erste in der Erbfolge, der immer ein götterfürchtiger Narr gewesen war, hatte nämlich Kunde von dem bekommen, was er »Rudricks Verbrechen« nannte – und diese Kunde an den alten Grafen weitergegeben. Der zwang ihn dann dazu, die Windmarken zu verlassen und eine lange Reise anzutreten; vorgeblich, um seine Kenntnisse der Kriegskunst zu vertiefen und seine Kampffertigkeiten zu verbessern, mithilfe der Waffenmeister befreundeter Familien, die ihn an Ort und Stelle, auf ihren eigenen Trainingshöfen, unterweisen sollten.

Diese Reise führte ihn zunächst in den Süden Eberas, nach Lihanny und Kutasi. Dann über die mygherische Meerenge, bis hinunter nach Num'er, wo tatsächlich ein Cousin seines Vaters lebte, der auf verschlungenen Wegen, die viele Schlachten und Kriege durchzogen, in den Dienst des Großtyrannen geraten war. Dann wieder nach Norden, in die stolzen Stadtstaaten Qheezans, nach Alanver, Rhadulos und Szekaareb. Und dort schließlich lernte er einen Mann kennen, der auf seine Weise derselben Macht diente wie er. Bei Tag führte dieser Mann, der sich Kemak nannte, ein bescheidenes, unauffälliges Leben: im Auftrag des Hauses der Tausend Farben *bewachte er Lagerhallen und eskortierte Karawanen. Bei Nacht jedoch verkehrte er in Kreisen, wo verbotenen Freuden gefrönt und geheimes Wissen getauscht wurde – und dort führte er seinen neuen Freund ein, den Grafensohn aus dem Norden.*

So geschah es, dass der Mann endlich seine Antwort erhielt. Nicht durch eigenes Mühen und Streben. Sondern als ein Geschenk, einen weiteren schwarzen Segen, der ihm infolge einer beschämenden Strafe, am Ende einer mühseligen, vermeintlich sinnlosen Reise zuteilwurde. Bei jenen nächtlichen Zusammenkünften erfuhr er nämlich zum ersten Mal, dass ein Mann Zutritt zu jenseitigen Gesellschaften erlangen kann, wenn er bereit ist, alles aufzugeben: das eigene Wohl, die Ehre, den Anstand und zuletzt das Leben. Damals, in den von purpurnen und scharlachroten Kerzen erhellten Turmstuben von Maktabar, der Hauptstadt Szekaarebs, ging es natürlich nicht um den Schwarzen Jäger und seine Horde, sondern um die Seelenfresser von Gu'or. Aber das änderte nichts. Ein Gedanke war geboren. Der Gedanke reifte zu einem Plan. Und als der Mann, vermeintlich geläutert, in seine Heimat, auf die Burg seines Vaters zurückkehren durfte, setzte er alles daran, um diesen Plan ins Werk zu setzen.

Und jetzt war er hier. In dem uralten, verfluchten Kloster, das einstmals ein Sitz der Bruderschaft des Zweiten Todes *gewesen war und nun der Horde als Unterschlupf diente. Noch einmal hatte er eine Vision gehabt, als er, zurück in den Windmarken, wieder damit begann, Leben zu nehmen und sich zugleich auf den Gang zum Schwarzen Jäger vorbereitete. Diese Vision offenbarte ihm, dass das Kloster, dessen rußgeschwärzte Mauern ihn in dieser Nacht umgaben, nicht einfach ein Ort war, an dem das weiße Licht den Kampf verloren hatte. Nein, es war ein Ort, wo alles, was weiß gewesen war, schwarz* wurde – und zwar in einem solchen Maße, dass etwas über das Licht und die Dunkelheit dieser Welt hinausreichen konnte. Dieses Etwas, Hass und Zorn und Fluch, hatte das wahre Licht, die wahre Dunkelheit erreicht, und bald würde über Ebera, diesem erbärmlichen Fleck Erde, die schwarze Sonne aufgehen, die alles verschlang, was nicht von ihren Gnaden war: Gut und Böse, Götter und Dämonen.

Als dem Mann jene letzte Vision gewährt wurde, begriff er, dass er seine Lektion in Demut erhalten hatte. Und dass seine Belohnung die Erkenntnis dieses Ortes und seiner Bedeutung war. Da hatte er gewusst, dass er nun endlich auf dem richtigen Pfad voranschritt. Dem Pfad, den zu gehen ihm bestimmt war.

Und jetzt war er hier.

Der Mann sah sich um im Hof des Klosters. Er betrachtete den von Sichelklingen gekreuzten Elaah-Kreis, das Zeichen der Bruderschaft des Zweiten Todes, das über dem Thaala-Tempel prangte, all die Geisterreiter mit ihren schwarz glänzenden, grausamen Jagdwaffen, und das alte Weib, das seinen Blick erwiderte, die roten Lippen zu einem lüsternen Lächeln verzogen.

Und er dachte an die Aufgaben, die jetzt vor ihm lagen. Es galt, Freunde zu belohnen, Verräter zu bestrafen, Feinde zu vernichten.

Die Freunde: Bero und Gerrik. Der eine schmachtete seit seinem Tod in den Ketten, die auch ihn gefangen gehalten hatten; in einer kleinen, schäbigen Kapelle lag er gefesselt und harrte auf Hilfe, bewacht von einem alten, zahnlosen, heruntergekommenen Geweihten, der stets mild-vertrottelt lächelte und doch größere Macht besaß als manch ein hochehrwürdiger Priester mit leuchtenden Roben. Ihn würde der Mann befreien.

Der andere hatte alles getan, was von ihm erwartet worden war; er hatte das Opfer dargebracht, hatte mit angesehen, wie sein Name geschmäht wurde, und sich zuletzt töten lassen, von dem Pfeil des alten Veteranen Gelfrat, dessen Tochter sie genommen hatten. Doch sein Lohn war kärglich gewesen. Er hatte keinen Platz in der Horde gefunden, sondern irrte durch die Nacht, als ein Wiedergänger wie hundert andere. Ihm würde der Mann eine Aufgabe finden.

Die Verräter: Laghras, Radulf und Edmund. Zwei von ihnen waren einfach Feiglinge. Das hatte er immer gewusst. Er hatte damit gerechnet, dass ihre

Kraft und ihr Willen nicht ausreichen würden. Ihre Abtrünnigkeit überraschte ihn nicht. Bestrafen würde er sie trotzdem. Der dritte war ein anderer Fall. Er hatte sich eingeschmeichelt, hatte ihm den wahren Glauben vorgegaukelt. Und es war ihm tatsächlich gelungen, den Mann zu täuschen. Er – der er ein umsichtiger, strenger Führer hätte sein sollen – hatte sein Wissen mit ihm geteilt. Nicht alles, aber doch zu viel. Er war sogar so schwach gewesen, ein Stück seiner Hoffnungen zu teilen. Das konnte er nicht verzeihen. Weder sich selbst noch dem Verräter. Denn Radulf hatte von Anfang an darauf gesetzt, Macht und Reichtümer zu erwerben. Nicht dienen wollte er, weder als einer, der führte, noch als einer, der folgte. Sondern sein eigenes Licht sollte leuchten. Als wäre er selbst die schwarze Sonne, die das Helle in Finsternis hüllen konnte. Entsprechend schrecklich würde seine Strafe sein.

Die Feinde: Justinius von Hagenow und seine Gefährten. Das war es, was den Mann am meisten schmerzte. Er musste sich eingestehen, dass er Justinius niemals wirklich aufgegeben hatte. In einem verborgenen Winkel seiner Seele hatte bis zuletzt die Sehnsucht danach gewohnt, ihn, der ein Freund hätte sein können und vielleicht einmal ein Freund gewesen war, für seine Wahrheit zu gewinnen. Nun würde er ihn töten müssen.

Und nicht nur ihn. Es gab auch die blonde Frau. Etwas mit ihr stimmte nicht. Und das hatte nichts damit zu tun, dass sie mit den Leichenfressern paktierte, diesen widerwärtigen, nichtigen Kreaturen. Nein, da war etwas anderes. Der Mann wusste nicht, was es war. Aber er ahnte, dass die Frau ihm gefährlich werden konnte. Nein, er musste sich eingestehen, dass sie ihm bereits gefährlich geworden war. Denn sie hatte etwas in seinem Herzen erweckt, was er nie gekannt hatte. Eine wilde Begierde, die Lust darauf, zu quälen und zu schänden. Immer wollte er sich vorstellen, wie er den nackten Leib der Blonden mit hundert blutigen Blumen schmückte. Das war nicht gut. Er durfte sich nicht von solchen Wünschen beherrschen lassen.

Schließlich gab es den bleichen, schwarzhaarigen Jungen. Die Blonde hatte ihn Mykar genannt. Er war vielleicht die größte Bedrohung. Denn in ihm wohnte eine Dunkelheit – eine Bitterkeit, eine Wut, ein Hass –, die der seinen beinahe ebenbürtig war. Doch darin lag auch eine Chance. Vielleicht würde er in diesem Jungen finden, was ihm bislang versagt geblieben war. Einen echten Freund. Einen Waffenbruder. Wenn nicht, würde er auch ihn vernichten.

Justinius und seine Gefährten waren Feinde, die ihn überraschten, mit denen er nicht gerechnet hatte. Vielleicht gab es noch andere. Aber das ängstigte ihn nicht. Er würde mit ihnen fertig werden. Ebenso wenig ängstigten ihn die Feinde, die er kannte. Gelfrat beispielsweise. Es war eine Sache, dass er und die Seinen einen ehrlosen Tod sterben mussten, damit sie ihre Aufgabe erfüllen konnten. Eine ganz andere Sache war, dass der alte Veteran es gewagt hatte, tatsächlich die Waffen gegen sie zu erheben. Das war eine Dreistigkeit, eine Anmaßung, die nicht unbeantwortet bleiben würde.

Ja, das waren die Aufgaben, die vor dem Mann lagen. Die Herausforderungen, die er zu bewältigen hatte. Es fehlte noch ein Monat bis zur nächsten Nacht der Toten. Spätestens dann, wenn der Winter kam, würde er handeln müssen. Vielleicht würde er die Feiglinge Laghras und Edmund auch schon vorher spüren lassen, dass er sie nicht vergessen hatte. Vielleicht würde er eine Nacht in ihrer Nähe verbringen. Durch die Zimmer schreiten, wo sie schliefen. Ein böser Gedanke, der in ihren Träumen lauerte. Eine Ahnung kommenden Grauens.

Der Schwarze Jäger freilich wäre nicht einverstanden, wenn er wüsste, was der Mann plante.

Und das schließlich war die größte Herausforderung, die seiner harrte. Daran, ob er sie meisterte, würde sich alles entscheiden.

Denn der Anführer der Horde musste sterben. Er war der Waffe nicht würdig, die er führte. Die Nachtgeister und Spukwesen, die auf ihn hörten, mussten von seiner Herrschaft befreit werden. Erst dann konnten sie sehen, worin ihre wahre Bestimmung lag. Nicht darin, verdammte Seelen einzusammeln, für einen schwachen Gott namens Skargat, dessen Dunkelheit sich allein dem Licht verdankte, das die Schatten warf, in denen er sich verkroch. Nein, ihr Ruhm und ihre Ehre wäre es, die Gespensterwelt zu unterjochen. Terror zu verbreiten unter denen, die in ihr hausten. Um sie gefügig zu machen und den Weg zu bereiten für das, was kommen und ihre kindischen Vorstellungen von Gut und Böse, Gesetz und Ordnung zerschmettern würde.

Das war sein, Rudricks, Dienst. Der Dienst, der ihn zum Führer bestimmte.

Zum Führer der Horde.

Der Schwarze Jäger breitete die Arme aus. Die rechte Hand war zur Faust geballt. In der Linken hielt er den gewaltigen Spieß, die schwarze Klinge voller Zacken und Widerhaken.

Die Geisterreiter hatten seine Fragen beantwortet. Mit stolzen, wilden Rufen. Nun war die Zeit zum Aufbruch gekommen. An der Spitze des Zuges käme er selbst, der Schwarze Jäger in seinem Wagen. Die weißen Hunde würden an seiner Seite durch die Dunkelheit preschen, die weißen Pferde auf dem Nordwind galoppieren. Auch der riesige Wolf wäre dabei, mit seinen roten Augen und roten Zähnen und gesplitterten Flanken. Nur die Greisin würde im Hof des Klosters bleiben, versunken in uralten, unauslotbaren Träumen. Die Horde aber würde die Nacht zum Erzittern bringen. Ihre Reiter kamen, um sie zu holen: den Wanderer auf dunkler Straße; die Magd auf verlassener Heide; den Hirten in einsamen Hügeln; die Verirrten und Verlorenen; diejenigen, die ihren Weg gefunden hatten.

»Lasst die Jagd beginnen!«, schrie der Schwarze Jäger.

Wie er es unzählige Male zuvor getan hatte.

Ja, dachte der Mann, der kein Mann mehr war: Lasst die Jagd beginnen.

Und die Horde jubelte.

EBERA
ISK
DIE FIRFJEN-
INSELN
OKKMORR
TROLLHAMMER
NORRFALL
HUVEEN
GRIMMBERGEN
SKARWALL
DIE WAREK-LANDE
ASK
HAYFARN
DAS FOKRIS-MASS
DAS AHEKRISCHE
TYRGART
BENORIEN
DIE REICHSSTRASSE
DIE PE
DIE TAGURISCHE EBENE
DOHLRAVAN
DAARADO
TAGUR
DIE TARR-SEEN
LIHANNY
KUTASI
ALKESSA
DIE BALIGNA-
INSELN
DIE MYGHERISCHE
MEERENGE
RABAN
ENJAHLA
DAS MYGHE
MYGHRIS
ALANVER

UBATAI
ARDAN XIM
UTUM
DIE TAIMATAN-BERGE
IE LILIENSÜMPFE
AHEKRIS
DAS BESKALISCHE MEER
AHEKRIEN
DIE STRASSE DER TAUSEND
ZANTIR
MANDRIS
DIE FRIEDMARSCHEN
NANTIS
DONOST
MANDURIEN
GYTHANIA
BESKAL
BEL QAR
SYRATHANIS
JURIN
PACHERI
RHADULOS

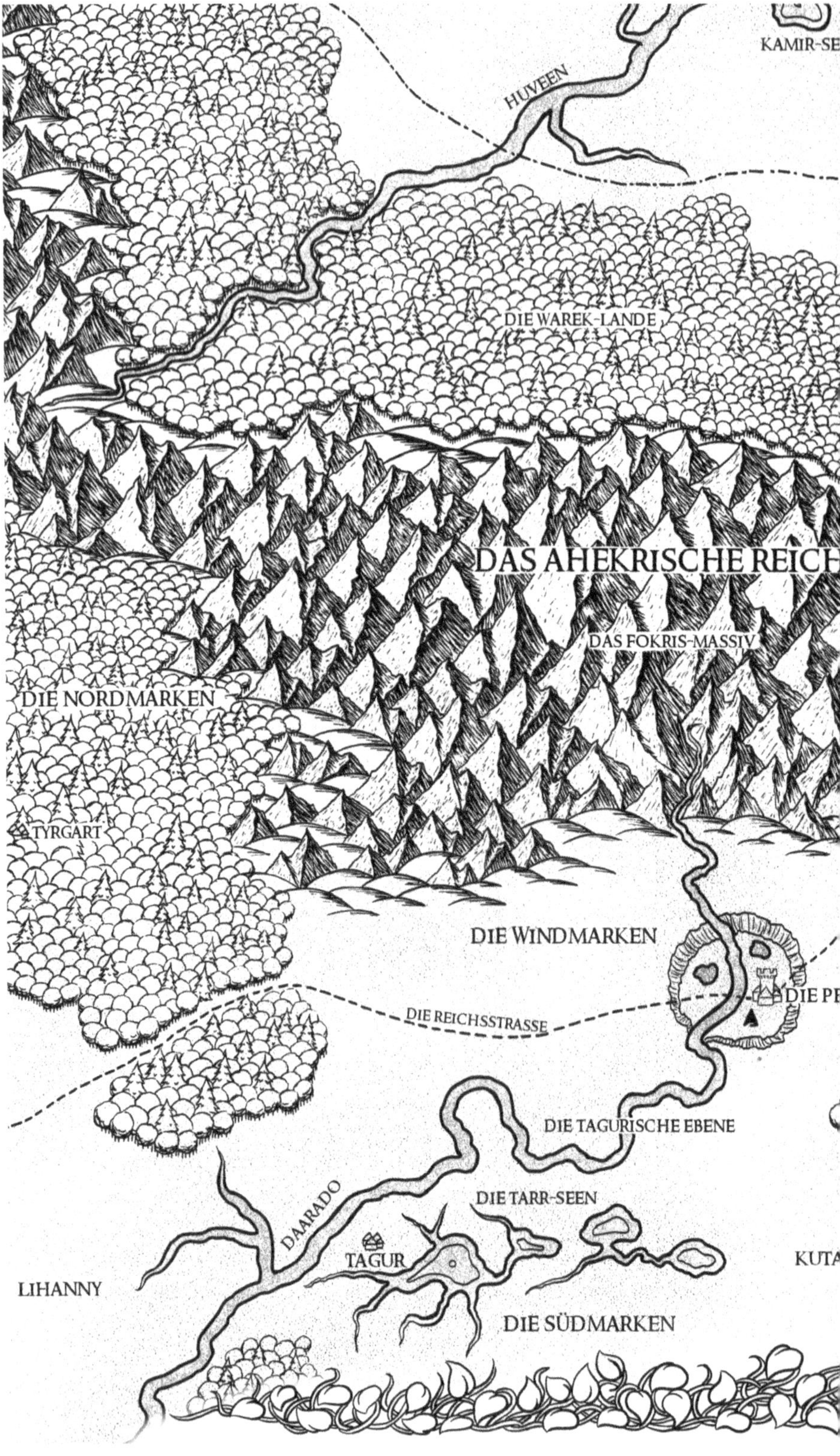

KAMIR-SE
HUVEEN
DIE WAREK-LANDE
DAS AHEKRISCHE REICH
DAS FOKRIS-MASSIV
DIE NORDMARKEN
TYRGART
DIE WINDMARKEN
DIE PE
DIE REICHSSTRASSE
DIE TAGURISCHE EBENE
DIE TARR-SEEN
DAARADO
TAGUR
KUTA
LIHANNY
DIE SÜDMARKEN

KAMIR
DIE TAIMATAN-BERGE
DIE LILIENSÜMPFE
AHEKRIS
MARK BRANDENWALL
DIE STRASSE DER TAUSEND
ZANTIR
AHEKRIEN
MANDRIS
DIE FRIEDMARSCHEN
NANTIS
DER
AHRWALD
MANDURIEN
GYTHANIA

DANKSAGUNG

Ich danke:
Miki Bender, Inken Frost, Uli Schlitzer, Thomas Robertson und Imi Siegert – für viele Jahre und Geschichten
Hermann Kappelhoff und Micha Lück – für die Pilgerfahrt
Björn Martens, Christine Busch, Tobi Haupts, Christian Lippe, Christian Pischel, Friedhelm Pörner, Yuliya Boyd, Caroline Steinkrug und Lores – für guten und schlechten Rat, Ermutigung, Zuversicht und Zweifel
Reinhard Lohmann – für die Ausrichtung des inneren Kompasses

Mein besonderer Dank gilt:
Werner Löcher-Lawrence – für das Wagnis eines neuen Genres
Stephan Askani – für eine Zusammenarbeit, wie ich sie mir besser nicht wünschen könnte
Allen, die bei der Hobbit Presse werken – für ihren Einsatz und ihr Vertrauen

Schließlich:
Sophie und Noëmi – für die Freundlichkeit gegenüber streunenden Tieren
Und Christine – für den Kochkurs